U0926024

月亮湾往事

周德彬◎著

江苏凤凰文艺出版社
JIANGSU PHOENIX LITERATURE AND ART PUBLISHING, LTD

图书在版编目（CIP）数据

月亮湾往事 / 周德彬著. — 南京：江苏凤凰文艺出版社，2016（2018.8 重印）

ISBN 978-7-5399-9556-4

Ⅰ. ①月… Ⅱ. ①周… Ⅲ. ①长篇小说－中国－当代 Ⅳ. ①I247.5

中国版本图书馆 CIP 数据核字(2016)第 178309 号

书　　名　月亮湾往事

著　　者　周德彬
责任编辑　黄孝阳　汪　旭
出版发行　凤凰出版传媒股份有限公司
　　　　　江苏凤凰文艺出版社
出版社地址　南京市中央路 165 号，邮编：210009
出版社网址　http://www.jswenyi.com
经　　销　凤凰出版传媒股份有限公司
印　　刷　永清县晔盛亚胶印有限公司
开　　本　652×960 毫米 1/16
印　　张　27.25
字　　数　403 千字
版　　次　2016 年 9 月第 1 版　2018 年 8 月第 2 次印刷
标准书号　ISBN 978-7-5399-9556-4
定　　价　54.00 元

目　录

《月亮湾往事》序

江苏省作协主席　范小青

周德彬又写出了一部长篇小说，我并不是太惊讶，却有着十分的感动。

几年前，我认识了周德彬，那时候，他已经六十开外，不仅从镇政府的岗位上退下，也已经从自己的企业一线往后退了。这一退，又一退，让他拥有了一样宝贵的东西：时间。

土生土长的周德彬，一辈子在农村生活、在乡镇工作、在企业打拼，没日没夜地把汗水洒在家乡的土地上。现在，终于，可以闲静一点，安逸一点，可以做一点轻松的事情，也可以什么都不做，颐养天年，周德彬够这个资格了，六十多年风雨兼程，所吃的苦头，所受的劳累，所积累的经验，所得到的收获，足够他躺在功劳簿上歇息。

不过周德彬是不会歇下来的，他歇不下来，大半辈子努力向前的惯性还在，多少年的奋力打拼的精神不减，这时候的周德彬总归是要做一个选择的，在他退下来的时候，他到底会有一个什么样的新的开始呢？

于是，年轻时的梦想来找他了。

年轻时的周德彬，做的就是文学梦。

只是这几十年，身不由己地裹挟在人生必行的道路上，行走奔波，一站又一站，忙碌得连做梦的时间也没有，辛苦得连做梦的力气也没有。

但是，梦还是在的。现在，她终于清晰地浮现出来了。

终于，周德彬要现实他的梦想了。

周德彬毫不犹豫地进行了选择：写作。

这是他的不二选择。他不会再选择做其他事情，即使他有条件，有能力，有可能去做别样的事情，他也只会选择写作。

这是埋在他心里的最美好的向往，这是藏在他心底的最隐秘的诱惑,他抵御不了的,他也无须抵御,就这样走上前去,就这样义无反顾地踏上了文学之路。

厚积薄发的周德彬,真是一发不可收。

我认识他的时候,他已经创作出版了两部长篇小说,分别是《浊水清流》和《八品官儿》,手头正在创作第三部长篇《东方女性》。

很快,《东方女性》也写出来了,出版了,并且获得好评,召开了研讨会,他的老乡徐风在会上说,周德彬一个人活出了三辈子人生:干部、企业家、作家。

而且,样样活得精彩。活色生香。

现在,他的新长篇《月亮湾往事》又呈现在我们面前了。

我说了我并不惊讶,是因为我知道他在《东方女性》出版后,还在继续写小说,写长篇,所以我不惊讶;我说我感动,是因为我知道写作的艰辛不易,尤其是写长篇小说的千辛万苦。

我深深知道,如果不是从内心深处真正的热爱着写作,热爱着文学,他是不会这么执着,如此坚持的;还有,我知道,他人生的感受太多太多,他想倾诉的欲望很强很强。

所以,又一段往事从他的笔下,走到了纸上,从他的纸上,走进了读者的心灵。

《月亮湾往事》延承了前几部长篇小说、尤其是《东方女性》那样的写实风格,也体现了作者长篇写作文字功力的增长,更令人感慨的是,这部小说,是可以让人耐心阅读,让人静心欣赏的,不浮躁,不功利,就是一个单纯的叙述往事的文本。

诚然,往事是惊心动魄的,故事是跌宕起伏的,但是读起来,人心却是安静的,同时,又是有回旋、有余味的。

我在读《月亮湾往事》的过程中,体会到了一种久违的朴素的感觉,自然流露的不加修饰的写作,触动了我,我忽然想起,前不久我在整理自己早些年写的一些作品时,浏览了其中的一部分,原以为几十年过去了,结果却没想到,我会被那种肤浅的幼稚所打动,掩卷之后,不由感叹,那种朴素的东西,再也找不回了。

今天,我却从周德彬的《月亮湾往事》中再次相逢了这样的感觉。

真好。

《月亮湾往事》写的是农村“四清”时的事情，小说还原了历史背景下的月亮湾的真实形状，描述了二十世纪六十年代江南农村的风土人情，塑造了一群农村干部和农民的鲜活的形象，尤其是陈跃峰这个人物，他是成长中的陈跃峰，他是一个一步一个脚印慢慢前行的陈跃峰，他甚至还是跌跌撞撞的陈跃峰，跌倒了再爬起来的陈跃峰，因此，这个陈跃峰，既真实可信，又令人起敬，是一个成功的人物形象。

整部小说稍觉遗憾的是，在小说的最后一章，使用作者的直接叙述交代这么长的时间进程、如此复杂的时代变化中的重大事件，显得粗糙和简单了一些。当然，如果要展开来写的话，那就是另一部长篇小说了。

写到这儿，忽然很想有一天到月亮湾去看看。

第一章　陈跃峰的婚事

月亮湖像月亮。站在高高的天柱山顶峰，月亮湖就在脚下，弯弯的两端，中间大，两头尖，两条弧线围着一潭水，就像天上的月亮摔到了地上，月亮湖太像月亮了。自古以来就有一个美丽的传说，月亮在天上走累了，下凡来到地上睡一个觉，留下了自己的身影，于是便有了月亮湖。

月亮湖的水来自天柱山，十八条清清的溪流注入月亮湖的南端；月亮湖的水来自上游十八条河流，十八条河流的流水注入月亮湖的北端。两支水流交汇在湖的中间，不知过了多少年，泥沙不断沉积，终于形成了一片湾荡，人们叫它月亮湾。月亮湾土地肥沃，芦苇成片，藕荷飘香。注目远望，水阔无边，远山倒映，湖中白帆点点，水鸟翩飞，就像美术大师的一幅巨大水彩画，印在这块美丽的大地上。

月亮湖虽然没有太湖的浩瀚万顷，也没有鄱阳湖的一泻千里，却也纵贯武泾、武宜两县，从南到北，气贯长虹几十里，一路碧流滔滔，流入长江，滚滚东去。

不晓得是哪个朝代，不知是兵荒还是灾荒，很多人逃难来到月亮湾，他们搭起茅棚，把沼泽围成湖塘，用来种藕种菱，把荒滩开垦成良田，种稻种麦。人们忙时种田，闲时捕鱼，有米有鱼，便是鱼米之乡，这地方成了繁华之地，这乡也成为温柔富贵之乡。村庄、集镇也因此得名，这村是“月亮湾村”，这集镇便是“月亮镇”。

时钟滴答不止，日日旋转，天上太阳天天升起，又天天落下，昼夜交替，四季轮回，见证世事变迁。到了公元一九六五年，月亮镇早已不叫月亮镇，人们已经习惯称它为“月亮人民公社”，月亮湾村也就跟着改名为“月亮湾大队”。

月亮公社下辖十八个村，便是十八个生产大队，月亮湾大队隶属于月亮公社，大队又按自然村划分十五个生产队。大队设有党支部书记、大队长、大队会计;生产队有生产队长、副队长、会计、记工员。大大小小的干部领导指挥全大队的劳动生产和粮食分配。每个社员都要参加集体劳动,评工记分,秋后按照“多劳多得,少劳少得”的分配原则,在集体分得粮食、现金,维持每家每户的生活。这年月,生活虽然过得清苦,但是糠糠菜菜,粗茶淡饭,已能吃饱肚子。人们是从旧社会苦过来的,农民没有过高的要求,只要能吃饱穿暖,他们就满足了。

八月十五中秋节,月亮湾大队迎来两件喜事,第一件,四清工作队要进村了。大队书记李光义,大队长许云中,大队会计李国正正带领一帮党员干部,站在村口大路上,敲锣打鼓迎接四清工作队。第二件,陈家桥一队队长陈跃峰,迎来了一生重大的喜庆日,今天他结婚。他穿着笔挺的藏青中山装,胸戴大红花,迎着新娘子乔亚芳的送亲队伍,在亲友们的祝贺声中走进陈家桥,随着一阵响亮的鞭炮声,把新娘子迎进了新造的两间新房中。

新娘子乔亚芳是从娘家一路哭着走进新郎陈跃峰家中的。

按照风俗习惯,姑娘出嫁时都要哭,这样婚后才能幸福吉祥,才能夫妻恩爱,子孙满堂,白头偕老。这是老一辈人传下来的规矩。可是,新社会的年轻人,不信旧社会的老一套,结婚是大喜事,为什么要抹眼泪?这样的传统不为青年姑娘所接受。从小长到大,结婚是女人第二次生命的开始,要和自已心爱的男人在一起了,心中不知有多幸福,多激动,多高兴,就是把辣椒水放到眼中,也辣不出眼泪呢。乔亚芳一路眼泪汪汪地走来,眼睛肿得像葡萄一样。看样子,她的哭不是做做样子给别人看的,是真哭。此刻,她坐在新房中,双肩仍然一耸一耸地抽泣,梨花带雨般地淌着泪,哭得是那样伤心。她用手绢擦泪水,更显出她的端庄与俊美。

是新郎陈跃峰不优秀,配不上她?那倒不是。陈跃峰高中毕业,一米七五的个儿,生得人高马大,俊秀健壮,在月亮湾大队是百里挑一的小伙子。他还担任着陈家桥一队的队长,是月亮湾大队最年轻的共产党员,也是公社党委看准了的大队书记接班人,无论是人品、貌相,还是政治前途,都无可挑剔。

是陈跃峰家中条件差?那就更不是了。陈跃峰有两个哥哥,大哥早年当兵提干,已在外地成家,二哥结婚后也分开住了,家中还有一个妹妹陈芳菲，待字闺中，高中刚毕业就被选送到公社农机厂当学徒，还每月领着工资。父亲在生产队是一把劳动好手，还能挣工分养家。母亲料理家务，饲养两只母猪就够上一个男劳力在生产队劳动一年的收入。家中个个能劳动挣工分，没有一个吃闲饭，在农村，这样的家庭经济条件已是上等家庭了。陈跃峰这么优秀，家庭条件又这么好，乔亚芳还有什么不满意？

自古以来，男女之间讲的是情和爱，婚嫁讲究的是愿意与不愿意。而乔亚芳嫁给陈跃峰为妻却是媒妁之言，父母之命。

男人看女人，看重女人长得美不美，好看不好看。女人漂亮与否总是男人择偶的重要标准。从认识乔亚芳那一天起，陈跃峰就爱上了这个美丽的姑娘。

尽管媒婆踏烂了陈跃峰家的门槛，带来了一个又一个相亲的姑娘，他都没有相中一个。村上的人都说他要求高，说他要娶天上的七仙女、东海龙王的小龙女。也就在这个时候，天上抛下一根红头绳，他和邻村乔渎村的乔亚芳牵上了线。

有一次，陈跃峰到公社开会，他坐在乔渎大队书记乔顺田的身边，乔书记认识这个相貌堂堂的优秀青年，还多次听过他科学种田的经验介绍，他喜欢他，器重他，于是就动了成人美事的念头。散会了，乔书记把陈跃峰拉到一旁，拍着他的肩膀说："小伙子，该找对象了，把我村的乔亚芳介绍给你，中意不中意？"

陈跃峰一听是乔亚芳，顿时一怔，说："您别开玩笑了，她和徐渎大队的叶东方在恋爱，我们是同学，这些情况都知道。"

乔书记笑着说："臭小子知道的还真不少，他们是谈了一阵子，乔亚芳的父母不同意，吹了。听说叶东方这小子吃不了种田的苦，外流去新疆了。"

陈跃峰说："如果是这样，我愿意，就怕她看不上咱。"

乔书记又拍了拍陈跃峰的肩说："小伙子，你看我是谁？有我做大媒，她敢不同意？我就等着喝你的喜酒呢。"

就是乔书记这几句话，深深地撩拨着小伙子的青春激情，他失眠了。因为他清楚地记得，在四年前，即将毕业考大学，很多男生都向这个校花塞过纸条，陈跃峰也不例外，塞了一次，乔亚芳没理他，他又大着胆子塞了第二次，可是，在夜自修结束后，乔亚芳当着同学们的面把纸条还给他，不无嘲笑地说："你再写这些无聊的纸条，我交教导处啦！"陈跃峰碰了一鼻子灰，在同学面前丢了脸。虽然事隔四年多，他还敢对乔亚芳有非分之想吗？再说了，她和叶东方谈得正如胶似漆，父母说声不同意乔亚芳就会听？这不是乔亚芳的个性。但他又不甘心，要是和叶东方真的断了，他错过了这样的好机遇，会后悔一辈子！

他终于大着胆子，在一个黄昏过后，去了书记李光义家里，向他吐露了心声，请他和乔书记出面做大媒。李书记喜欢这个年轻人，陈家桥生产队是他的样板生产队，陈跃峰又是他的爱将，支撑着月亮湾大队的门面，成人之美，他当然愿意去做这个大媒，便一口答应了。

两个书记亲自登门到乔亚芳家中，这是普通老百姓家天大的面子，乔亚芳的父亲乔坤生递烟又倒茶，她的母亲陈巧娣立即到灶下烧鸡蛋，老夫妻听说小伙子是月亮湾的陈跃峰，这样的女婿照着灯笼都难找，没费多少口舌，就一口答应了。可乔亚芳却关上了房门，父母千呼万唤也不肯出来回两个书记的话。陈巧娣破口大骂叶东方这个杀千刀的，把女儿勾引得掉了魂，外流在新疆死了都没人给收尸。

女儿是父母生养长大的，只要父母同意了，女儿就必须服从父母的安排。这桩婚姻就这么定下了。

陈跃峰却犯愁了。父母同意了，可乔亚芳不情愿，心里还想着叶东方，即使嫁过来，人在曹营心在汉，这样的婚姻是没有幸福的，他向李书记说出了自己的担心。

李书记说："什么情愿不情愿，有哪个姑娘能在长辈面前说我愿意？只要她嫁过来，成了一家人，你对她好，这感情就有了。我和家里那一位结婚时面都没见过，不也生了四个孩子，现在赶她走都不走了。"

陈跃峰说："那是过去的包办封建婚姻，现在时代不同了，提倡婚姻自由，如果乔亚芳不同意，捆绑不成夫妻，强扭的瓜不甜，那就算了。"

陈跃峰也是有自尊的，虽然他喜欢乔亚芳，但得不到她热情的回应，他也不会低三下四去求她。

又过了一个多月的时间，陈跃峰对乔亚芳完全失望了。可偏偏有了转机。一天吃过晚饭，陈跃峰正要去队屋评工记分，李书记和乔书记来了，他把他们领到堂前坐下，给他俩泡好茶，乔书记呷了一口说："乔亚芳同意了，但提出了三个条件，只要其中一个办不到，就免谈。”

陈跃峰立刻转忧为喜，说：“姑娘找对象，总要提要求的，只要我能办到的，尽量满足她！”

乔书记从口袋摸出一支烟叼上，又抽出一根烟给李书记，划一根火柴点上，吐出一口浓浓的烟雾，说：“第一个条件要造两间房，结婚后小夫妻单独过。”

陈跃峰不假思索答应了。因为现在住的房子还是老祖宗留下的，又破又旧，还漏雨，这两年日子好转了，早就想翻建新房了。

“第二条，乔亚芳结婚后，她不愿在生产队参加集体劳动，大队必须给她安排一个不下地干活的工作。”

陈跃峰为难了。这不是一般的要求。一个大队几千人，只有三个主要干部是脱产的，任何人都得下地劳动挣工分，不下地干活去干啥？他想不到乔亚芳会提出这样苛刻的条件，这明明是让他知难而退。但他还是把目光投向了李书记。李书记用力抽上一口烟，为难了好一阵子说：“大队稻麦加工点只有机工王其亮一个人，有时忙不过来，再说收款加工一个人，也违反财务制度，就让亚芳到加工点工作吧。”

乔书记说：“这不用下地劳动，挣的工分又多，我想亚芳会同意的。”

陈跃峰一阵感动。乔书记又提出了第三个条件说：“跃峰，你可能还不知道，亚芳的弟弟亚明暗恋上你妹妹芳菲，可芳菲却不理睬亚明，亚明也是一个好青年，只是文化没有芳菲高，如果芳菲不同意嫁给亚明，亚芳也绝不会同意这桩婚事，这样做似乎有些不在情理，可眼下妹妹为了帮哥哥，牺牲自己幸福的也不少。”

陈跃峰一惊，这是明摆的换婚，只有娶不上老婆的小伙子，或者身上有缺陷的小伙子，为了传宗接代，延续香火，才会牺牲妹妹的幸福，用换亲的办法娶一个老婆。而陈跃峰这样的棒小伙，是姑娘们心目中追求的偶像，根本就不需要用这种办法换取自己的幸福，他的自尊受到了莫大的伤害，他的人格受到了侮辱，他愤然地说：“感情不是买卖，婚姻不是儿戏，这条件太损人了，即使芳菲愿意，我也绝不会同意。不必再说了，就到此为止吧。”

李书记一直沉默着，也忍不住说：“亚芳这孩子太过分了。”

乔书记做了一个无奈的手势，说：“我把话传到了，责任也尽了，愿不愿意你自己看着办。”

这个最关键的条件不能满足乔亚芳，陈跃峰与乔亚芳的婚恋也就无法继续了。

很显然，乔书记还不会做媒。至少他还不懂得做红娘的秘术。会做媒的人，牵着男女两方的鼻子跟他转，而不是随着哪一方的指挥棒两头跑，更不会让任何一方提出难以接受的苛刻条件。一个会做媒的人应该是一个心理学家，他既要了解姑娘内心到底在想什么，又要察言观色了解小伙子的思想动态，尽快把他们两人捏合到一块儿，他俩好上了，事情就成了一大半，到时父母反对也没用了。如果小伙子相貌平常，家庭条件一般，而姑娘长得漂亮出众，就要让男方多出彩礼，用钱摆平。反之，男方条件好，姑娘家条件一般，就要女方降低要求，少收彩礼。如果碰上一方父母不同意，就要鼓励青年男女采取抗争，要不吃不喝不下地干活，甚至用上吊喝农药的办法来威胁。再不然，就让小两口逃出去，先斩后奏，把生米煮成熟饭，逼迫父母同意。媒人还应该是一个战略家，如果一场婚姻是一场复杂的战役，媒人就是这场战争的总指挥，游戏的总导演，他必须纵观全局，综合考虑，不断平衡双方的矛盾，做到利益均等，化解各种矛盾，防止和及时阻止其中一方提出不合时宜的要求，让另一方无法应付。他必须使男女双方越走越近，越走越亲，到这个时候，一切由他说了算，不该说的只字不提，把双方弄得服服帖帖地跟着他转。做媒人还要学会瞒天过海，该骗的时候就要骗，该蒙的时候就要蒙，把对方的缺点说成优点，把方的说成圆的，把黑的说成白的，全靠嘴上两片唇。直到新郎新娘进入洞房，他才功德圆满地退场。

会做媒，媒两头；不会做媒，两头吃煤块。乔书记的无能，直来直去，该说的没说，该阻止的没阻止，在陈跃峰这里出难题，在乔亚芳那边没面子，两面不讨好。而陈跃峰，嘴上没说啥，心里却怪怨他，当了十多年书记怎么这样没水平。

正当乔书记放下茶杯要离开的时候，陈芳菲从里屋走出来，她面带娇羞又显得非常愤慨地对乔书记说：“我答应！但你必须告诉乔亚芳，这不是我哥配不上她，也不是我哥娶不上媳妇要换亲，而是我为了哥愿意这么做，同时也让她知道，无论她设置多大的障碍，提出不恰当的无理要求，都难不倒我兄妹俩！”

乔书记惊讶了，他看着站在面前这个姑娘，扎着两条粗黑的长辫甩在肩膀上，苗条的身材，高耸的酥胸，俊秀的瓜子脸儿，一双会说话的大眼睛，配上白嫩的肤色，每一个动作都是这样优雅大方，浑身上下都是城市姑娘的气质与做派。他想不到陈跃峰的妹妹如此漂亮优秀，难怪乔亚芳要提出这个交换条件了。而那个乔亚明，身材粗而短，初中都没毕业，能配上陈芳菲吗？然而，她竟然挺身而出，不顾自己的终身大事来换取哥哥的婚姻，不能不使乔书记钦佩。她这一突然的举动，使乔书记也失态了。他不敢相信这是真的，慌慌张张地说："你真的愿意？"

陈跃峰一跃而起，大声说："芳菲，你疯了！"

陈芳菲认真而又真切地说："哥，我没疯。我听了你们谈话的全部内容，决定是我做出的，我要让未来的嫂嫂为提出这样无理的要求而感到羞愧。"

陈跃峰和乔亚芳订婚了，仪式很简单，由媒人李书记和乔书记出面，乔坤生和陈巧娣带着乔亚芳到陈跃峰家吃了一桌饭，双方的父母见面了，陈跃峰的母亲肖凤金拿出八十八元订婚礼金，还有她出嫁时的一对银手镯，一并交给乔亚芳的母亲，陈跃峰和乔亚芳的恋爱关系也就确定了。

订婚后的陈跃峰和乔亚芳，不像恋爱中的其他青年男女，没有花前月下，卿卿我我，没有情人之间的眉目传情，更没有如胶似漆的寸步不离，搂搂抱抱，他俩还是和先前一样，少了一份恋人之间渴望的相思，多了一份互相走动的关系。端午节前陈跃峰带着礼品，这是未婚情人相会的最好时机，姑娘会把小伙子关进自己的闺房，两人说悄悄话，倾诉思念之情，小伙子还会赖着不走，住一夜，丈母娘开一眼闭一眼，让他俩在一起，培养感情。可乔亚芳却不愿意，把陈跃峰一人晾在堂前，自己借口去自留地种菜了。她就这样避开了陈跃峰，生怕亲热了会烫伤，靠近了会传染疾病。她淡然的态度，深深刺伤了陈跃峰的心。冷漠是对爱最苍白的表情，是对另一颗心最无情的回应。

陈跃峰不是不想获得乔亚芳的爱。月亮湾和乔渎村只隔着一个社渎村，每当村上放电影，无论生产队的劳动有多忙，有多累，陈跃峰都会穿上一身干净衣服去乔渎家中约她，而乔亚芳总是找理由推托了。有一次被陈巧娣逼着跟陈跃峰走了。在暗淡的星光下，陈跃峰大着胆子拉过她的手，被她一甩推开了，两人拉开距离一前一后走着，看着其他青年男女往树林里钻，往田野中隐去，陈跃峰心中实在不是滋味，自己总是掏心掏肺去爱她，却得不到领情领意的回报，痛不过感情，伤不过心灵，他只能看着她看半场电影就回家了。

陈跃峰想，也许乔亚芳太爱面子，怕被别人看到了难为情。也许她的父母太传统，不允许他们婚前有太多的接触，也许她就是这么一个人。他总是带着笑容原谅，带着宽容为她找理由，因为还没有结婚，不能有非分之想，也许错在自己。这些感受不能说，只能止于唇，藏于心。

陈跃峰憧憬爱情的甜蜜，盼望着日子快些过去，他数着日历上的日子，到八月中秋节就要结婚了，到那时两人睡一张床上，一个被窝里，她还会不允许拉她的手，不让自己摸，还能拒绝一块儿亲热！

陈跃峰要造新房子了，他把生产队的工作交代给副队长王家全，他和父亲起早摸黑筹备建房所需的材料。

屋基地紧靠着老屋的东面，而且还是自家的自留地，用不着和别人商量，宅基地就这样顺利地确定了。盖房用的砖瓦早就备好了，刚过春节时卖了一窝小猪，足足赚了一百多元，父亲陈全根立即去窑厂买了八千张瓦和一万块砖，如果砖还不够，可以就地取材，把地反复夯实，再用刀片划成砖一样大小的长方形，然后一块一块挖起来，堆成一排一排，经过阳光照射，用不了多长时间就会变成硬邦邦的土砖块。这样的活儿一个人干不来，光棍强伢主动来帮工，他腰粗膀宽，有的就是力气。两人一干就是一通宵。最难筹集的建筑材料是木材，大梁桁条要木料，门窗、木椽要木料，别看镇上的生产资料部堆满了木材，这都是分配给生产队集体修船造房使用的，任何人不准移用一根一片，没有木材怎么办？陈全根看到儿子发了急，他不慌不忙地说："长岭小姑家有两亩自留山，长满了毛竹和杉树，都已成材了。虽然是我亲小妹，但我会按市价付钱的。"说完就上月亮镇信用社提取早就准备好的造房用的钱，步行六十多里，来到长岭小妹家，妹妹听说侄儿要结婚，一口就答应，当天就砍伐了造房所需的毛竹和杉树。

建筑材料备齐了，陈跃峰的二哥是个不错的泥瓦匠，农村造房总是亲帮亲，邻帮邻，一家造房众人帮，大工小工来了一大帮，不出半个月，两间平房拔地落成了。门是门，窗是窗，外墙内墙用石灰粉刷得亮堂堂。陈跃峰累得瘦了一圈肉，心里却是甜滋滋的，他顾不得浑身的疲劳，到镇上理了发，兴冲冲地来到乔渎亚芳家，他要与她分享这巨大的喜悦。这是他俩结婚的新房呀。

推开大门，丈母娘热情接待他，并大声喊乔亚芳："跃峰来了，你陪他说说话儿。"说完就到灶下为女婿去烧糖水鸡蛋了。陈跃峰掩饰不住自己的兴奋，直接去了乔亚芳的闺房，她正对着镜子在梳妆，他从镜子中看到了她娇美的脸蛋，就像天仙一样漂亮。想到过不久就要成为他的新娘，陈跃峰心中一阵冲动，从背后突然搂住她的腰肢，如果她热烈地回应，他会紧紧地拥抱她，亲吻她乌黑发亮的头发，还有这湿润的樱桃小口，还会抚摸她高耸的双乳，她身上的一切是那样诱人神秘。他第一次触摸到心爱姑娘柔软的肉体，全身顿感到一阵酥麻。青年男女在恋爱时总是想入非非，做梦也想亲热地和她搂抱在一块。但是乔亚芳没有配合，她先是一惊，想不到陈跃峰动了手脚，她急忙掰开他的手，瞪着双眼气愤地说："你这人，怎么会这样，耍流氓啊！"

她这话就像一盆冷水从头浇到脚下，陈跃峰的热情顿时凉了一截，像被她狠狠地抽了一个耳光。她是我的未婚妻啊，这里不是电影场，也不是公共场所，在她房中，就两个人，不会有人看到，再有几个月就要结婚了，拉拉手，亲个嘴很正常，可在她眼中，却成了耍流氓。乔亚芳这样对待他，骂他，还双眼瞪着他，完全像陌生人一样。他像小偷那样尴尬地站在那里，像做错了事的小孩一样低着头。到这时他才感到自己的轻浮与冒失。

错事是他做下的，解铃还须系铃人，他强作笑脸对乔亚芳说："对不起，镜中的你实在太可爱了，我一时失控，请你原谅我的冲动。"他看到乔亚芳还在生气，又说道："新房造好了，这次来，就是让你和妈去看一看，婚房放在哪个位置最合适。"

乔亚芳这才放下脸，恢复了常态，然后不以为然地说："有什么可看的，不就是两间平房吗！"

乔亚芳没有原谅他的冒失，也没有让他坐下的意思，这满不在乎的言语和冰一样的冷漠，把陈跃峰的热情凉透了。

爱情，是两颗心热烈的碰撞，感情是两个人的无私付出。可以想象，如果一对恋人拉手的动作都没有，说悄悄话都嫌脏，如何在新婚之夜同床共枕亲亲热热地男欢女爱缠合在一块？乔亚芳不是那种不温不火的女人，也不是对感情天生愚钝不解风情，她热烈奔放，敢爱敢当，她和叶东方山崩地裂般的爱情，浪漫得一塌糊涂的恋爱，同学们都知道是她主动出击付出，她把最好最美的一面都给了叶东方。而对待他，却是无情的讥讽，断然的拒绝，连改正的机会都不给他，陈跃峰伤心极了。他只能退出她的闺房，坐到堂前。

陈跃峰不得不重新审视他与乔亚芳的恋爱关系了。

人的感情就这么奇妙，凭着一个"缘"字创造出许许多多的爱，凭着一个"爱"字又创造了许许多多的梦。当初在高中读书时，情窦初开的他如扑火的飞蛾，被她美丽的外表、优雅的气质深深地吸引并对她产生神奇的幻想，头脑中尽是她美丽的身影，日记里记着与她的点滴，直到被她当众亮出情书并撕毁，他的梦想才彻底破灭，惶恐地离开。像她这样漂亮的姑娘，应该有一个有着盖世才华无比风流的男人，才能与她携手驰骋天涯，跟她一起做梦。而陈跃峰自知不是这样的男人，受她羞辱之后就断绝了这颗萌动的心。但他在日后的相亲中，总是把她作为选择爱人的标准，一个个姑娘在他眼中黯然失色，带着对他的怨恨离去。乔亚芳美丽的外表，在他心灵深处打上了不可磨灭的烙印。还是这个"缘"字在作怪，人要走运，鬼神难挡，他与乔书记坐在一起开会，他做媒给他说的还是乔亚芳，天上掉下一块馅饼，不偏不倚砸到了他头上，又勾起了他的旧情，为了得到她，他满足了她所有不合理的要求。

陈跃峰以为只有这样，才能得到她的芳心。可是越是顺从她，迁就她，她越是蛮不讲理，到了他无法忍受的程度。他费了九牛二虎之力，把房造好了，她仍然不屑一顾，进而恶言相讥。堂堂男儿，也非等闲之辈，担任着生产队长，一呼百应，自我感觉良好，视自己为浪里白条。谁知扑腾"狗刨"两下之后，乔亚芳越来越不像话，几个浪头下来，陈跃峰已被淹得两眼发直，喘不上气来。他的思维是清醒的，也是理智的，他爱她，可她不爱他，即使今后结了婚也无幸福可言。爱情的痛苦只能藏在心中，没有人可以替你分担，一段伤痛不在于怎么处理，而在于是否有勇气重新开始，不要用结局去质疑开始，成全人的是缘分，捉弄人的也是缘分。

陈跃峰憋着一肚子委屈，便向丈母娘告辞，陈巧娣无论如何也不让他走，把他按在凳子上，倒上一杯茶，说："再忙也得吃完点心走。一定又是亚芳惹你生气了，等一会我来教训她。"陈巧娣的热情使陈跃峰再一次坐下，但他的心情已坏到了极点，满满的一碗鸡蛋一个都没吃，只喝了一口汤就放下了。他没有向乔亚芳告别，就径自出门走了。他听到了身后陈巧娣对乔亚芳的怒骂："你天生是叫花子的命，叶东方哪一点能比上陈跃峰？"作为母亲，陈巧娣是理智的，一个女人一生有两次决定命运的机会，一是托生大富大贵之家，二是嫁一个如意郎君。陈跃峰虽不是吃皇粮的国家干部，但她请算命瞎子算了陈跃峰的命相，说他印堂饱满，神态高昂，将来非富即贵。她相信他将来一定会有光辉的前途。

到了这时，陈跃峰才清楚他与乔亚芳的恋爱自始至终是一头热，尽管丈母娘百般宠爱，但是乔亚芳不是陈巧娣，她有她自己的主见，今后跟他过日子是乔亚芳，痛定思痛，面对无情的她，没结婚就折腾，结婚后岂不翻江倒海？该下决心了。

一颗心要伤多少次，才会选择放弃；一个人要傻多少回，才知道自己是多余的。陈跃峰漫无目的地在田野里胡乱地走，露水打湿了头发，脚底沾满了泥土。直到东方发白，他才回到家中，提笔写道：

> 你我同学一场，只怪你我无缘，乔书记点错鸳鸯谱，本该知你心中无我，不该再起波澜。我知道配不上你，然而，总是难忘同窗情。偶然也好，命定也好，阳光照进的不是温暖，春风吹过的不是明媚。人来人往，你我只是匆匆过客，与其说是相逢相识，还不如说是遇见。两心不同，难归一意，不必有恨，不必有伤，从此各奔前程。因为彼此从未走进对方心灵世界。

他又看了两遍，觉得没有不妥之处。该放手的时候就该放手，该决断的时候就要决断。他还年轻，前面的路还很长，生活还要继续。他把信纸折好，放入信封，用不着乔书记转交，到月亮镇邮电局，贴上邮票，放进邮箱，乔亚芳自能收到。肩上卸下千斤重担，他长长吁出了一口气。

他疲倦极了，躺下就睡，醒来时太阳已经出来了。为了造房，他耽误了很多次出勤，庄户人家要靠挣工分养家糊口，他急忙起身，拿了劳动工具，往社场走去。

使他想不到的是，在村口碰上了乔亚芳和她母亲，昨天被她痛骂一顿，今天一早又来干什么？陈跃峰百思不得其解，只能呆呆地站在那里。

乔亚芳走上前，面对他小声说："跃峰，昨天你生气了吧。"那神态，语调显然是来给陈跃峰赔不是的，陈跃峰还能说什么，他的心一下就软了。陈巧娣走过来拉住陈跃峰说："亚芳来看新房子，你还下地干活？"

陈跃峰看着这对母女，不知是演戏，还是真的来赔礼道歉，好汉不打上门客，既然来了就要接待，这是他一贯的为人，但心中那股怨气仍然未消，他不冷不热地说："就这两间平房，也没有什么可看的。"

其实，乔亚芳是被母亲陈巧娣逼着来到陈家的。陈跃峰负气离开后，陈巧娣先把乔亚芳痛骂一顿，骂着骂着她自己也哭了。她知道女儿不喜欢陈跃峰，但事到如今，她也没有办法了，乔书记对她百般施加压力，说："这事不成也得成，我的牙齿是界石，说过的话是金口，我和李书记在陈跃峰面前许了愿，拍了胸，亚芳要反悔就是不给我面子，到时别怪我不给你面子！亚明在农机厂学徒快要转正了，到时转不了正要清退别怪我没帮忙！来明造房要宅基地，没有我同意，一辈子也别想造新房！我的话只能说到这份上，事成不成你自己掂量吧。"这两件事是乔家的大事，乔书记翻手为云，覆手为雨，你是孙悟空有七十二变都翻不过他如来佛的手心！

陈巧娣只能与乔亚芳摊牌了，说完后母女抱头痛哭！陈巧娣擦干女儿的泪水说："亚芳，听娘的话吧，陈跃峰一表人才，家庭条件好，今后当上大队书记，还可以给你安排不用下地干活的工作，你想想，这些东西叶东方能给你吗？"

乔亚芳痛定思痛，为了这个家，也为了自己，含泪向母亲点了点头。于是第二天一早，就跟着母亲来到陈家桥。

陈跃峰领着母女俩来到家中，乔亚芳先向陈跃峰母亲问候，姆妈姆妈的叫得特别亲热，然后拉着陈芳菲有说有笑。陈跃峰从未看到乔亚芳有今天这样的高兴和热情，心中的坚冰开始慢慢融化，昨天对自己的冷漠，也许她有另外的原因，也许她真的是传统害羞，每个人都有做人处事的原则，千万不能过分苛求，不要为这点小事而因小失大，要给自己爱的人留一点空间，包容她冷漠的态度和过失。

他领着乔亚芳在新屋外面转了一个圈，她满脸笑容地对陈跃峰说："跃峰，这房的朝向真好，大门朝南阳光好，走出后门是河埠，要洗什么东西都方便。"

陈跃峰说："只可惜房不高，梁不粗，比不上你家古香古色的楼房。"他还没有忘却乔亚芳昨天对新房的不屑一顾。

乔亚芳说："这有什么关系！这墙壁粉刷得多平整，根本就看不出是土砖墙，这窗户多明亮，能透过很多的阳光。"

他俩从屋外看到屋里，又走进未来两人居住的新房，她转过身来面对着陈跃峰，她的眼睛充满着柔情和欲望。一夜之间，她变得判若两人，陈跃峰不得不重新审视他已做出的决定，到底在哪儿出了差错，又是谁的错。可是没有容得他多想，乔亚芳已扑进他的怀抱，掐着他手臂上的肌肉，无比娇羞地说："跃峰，你真笨！昨天是在我家啊，让我妈看见了怎么说，要骂我轻浮没品行，我也没办法呀。"没等陈跃峰开口说话，她已迎上去，紧紧吻住了他。没有一个男人能抵御一个漂亮姑娘的主动的亲昵。女人用美丽征服男人，用柔情征服世界！到了这一刻，任何言语都是多余，任何疑虑一扫而光，爱与不爱就在这一瞬间，心与心之间就隔着一层皮肉，两颗心在一起跳动，两个身体紧紧抱在一起，一吻绵长，吻走了往日所有的不快与怨气。

陈芳菲已从镇上买肉回来，母亲已把公鸡宰好，乔亚芳去厨房帮忙了。陈跃峰埋怨自己小心眼，他从口袋中拿出那封"断交信"，划了一根火柴，一把火烧掉了。

自那天之后，乔亚芳变了，她对陈跃峰热情了，变得温柔了。

终于盼来了激动人心的婚期。陈跃峰为了能让乔亚芳穿上光鲜漂亮的新衣服，他集全家和亲戚几年来节省的布票，陪着乔亚芳到县城百货公司扯了一大堆的各色花布，请了几个裁缝师傅在家做了一星期，从内衣到外套，上装到下裤，一年四季轮换的衣服，都做全了。这是农村青年男女结婚顶级的奢侈。她跟着裁缝师傅学裁剪，很快学会了。她对陈跃峰说："我也想买一台缝纫机。"可这机器有钱买不到，陈跃峰为了不让她失望，找了亲戚的亲戚，送了一百斤大米，十多斤河虾，弄到一张上海的缝纫机票，买回一台当时最时髦的蝴蝶牌缝纫机。

为了取得乔亚芳的芳心，她要上天摘月亮，只要有爬上天的一架梯，陈跃峰也会把月亮摘下来；她要龙宫中的珠宝，只要海底有龙王，陈跃峰也会潜入海底去向龙王讨来。

可是，就在结婚前几天，乔亚芳失踪了，但陈跃峰不知道。这突如其来的变卦，把乔坤生和陈巧娣的方寸都乱了，夫妻俩急得像热锅上的蚂蚁，到处寻找，找遍了所有的亲戚朋友和同学，都没有一点足迹。还是陈巧娣的心灵，会不会叶东方回来了，跟着他跑了？她急忙赶到徐渎村，到一个远房表弟家打听，表弟说，前几天看到了叶东方，可是他又走了，而且还看着他上了去县城的轮船。陈巧娣暗自思量，会不会和叶东方双双私奔了？她立即回家打开衣柜，亚芳的衣服一件不少，全部在家里，看样子又不是私奔。她人究竟去哪儿了？乔坤生坐在堂前叹粗气，陈巧娣躺在床上干号。收了陈家的彩礼，接受了日帖，到了喜日这一天，媒人和新郎来领人，看不到乔亚芳怎么办？

正在陈巧娣满腹狐疑一筹莫展的时候，出去三天的乔亚芳回来了，乔坤生气得直哆嗦，大骂怎么生了这样不争气的女儿，要把她赶出家门，还是陈巧娣理智，她拦住了丈夫粗暴的行动，对他说："亚芳回来了，不论这三天去哪里做了什么事，只要顺从嫁到陈家去，还误不了大事，反正陈跃峰不知道，到时把人嫁过去就是了。"

乔坤生听妻子说得有理，喜事在即，也没有再节外生枝去拷问乔亚芳到底去了哪儿。

在出嫁的前三天，乔亚芳的表现特别好，每天一早下地了，晚上收工回来陪伴母亲染红蛋，分包喜糖。陈巧娣看着乖巧的女儿，笑容又上了眉梢，可是到了八月十四晚上，乔亚芳不吃晚饭就睡了，她躺在床上嘤嘤地哭，陈巧娣心中有数，知道她还想着叶东方，没好气地说："陈跃峰哪一点比不上叶东方？一个好吃懒做的流浪汉，你嫁了他喝西北风！"乔亚芳没有顶撞母亲，哭得更厉害了。这一哭，就一直哭到八月十五出嫁的好日子。

姑娘出嫁时的哭是顾家恋家，是情不自禁的哭。

姑娘出嫁时的泪是离开双亲，舍不得亲情的哭。

姑娘出嫁是对少女时代的告别，是对新生活的向往与憧憬，是少女到女人划时代的转型，是梦想成真幸福的眼泪。

这哭声掩饰着内心的激动与喜悦，这眼泪赢得了亲友的赞誉和尊重！

乔亚芳哭得这么伤心，究竟是为了什么，其中只有乔亚芳自己最清楚。

村上的大人小孩都来了，争先恐后地一睹新娘子的风采，屋里屋外挤满了人。结婚的喜宴就办在家里，强伢在张罗着台凳，厨师把一碟一碟的菜让下手端到每张桌子上，灶台上飘出的鱼肉油烟香味，惹得亲友们肚子咕咕叫，馋得小孩们直流口水。

可是喜宴还不能开席，媒人李光义和乔顺田还没有到场，他俩要把新娘送入洞房才完成媒人的全部使命。然而四清工作队的进驻，李书记和乔书记都是大队的主要负责人，这是大事，是公事，二者相比，做媒主持婚礼喝喜酒就是次要了。

碰到这样的情况，陈跃峰比任何人都焦急，他走到村口不停地往大路上张望。

第二章　四清工作队

月亮湾大队部门前，锣鼓喧天，热闹异常。

李光义书记带着支部委员一班人，站在那里迎接四清工作队进驻月亮湾。

四清工作队，是地委、县委二级党委派遣到人民公社、生产大队广泛开展社会主义教育运动的一支工作队。他们帮助大队、生产队清政治、清组织、清财务、清账册，故称为“四清”工作队。

工作队员和工作队的领导都不是本地人，是从外县抽调的在职干部和挑选的农村知识青年，也有解放军干部和在校大学生。他们来自各行各业，目的只有一个，就是坚持社会主义方向，防止资本主义复辟，走农村集体化道路。整个运动要发动群众，提高阶级斗争觉悟，通过检举揭发，清理账目，挖出贪污和侵占集体财物的“四不清”干部，并实行清退，给予严肃处理。每个干部都要通过批评与自我批评，洗手洗澡，自觉交代自己的问题，改正工作中的错误和缺点，这是对农村基层干部的严峻考验。运动后期，还要把涌现出来的积极分子，提拔到各级领导岗位，当好社会主义接班人。

发动群众检举揭发，人人过关，虽然搞得人人自危，但大多数干部如果是好的和比较好的，怕什么呢？中央文件讲得很清楚，决不会冤枉一个好人，也不会放过一个坏人。只有心中有鬼的人像到了末日一样，整天忧心忡忡；阶级立场坚定，一心为公的干部依然理直气壮，带领社员群众战天斗地，走集体共同富裕的道路。

大队书记李光义自担任月亮湾乡乡长、月亮湾大队党支部书记以来，他办事公道，不贪不占，工作清正廉洁。历次运动整的都是贪污腐化、反党反社会主义的反革命分子，他拥护党的领导，热爱社会主义，他没有必要害怕，社员群众对他的口碑好，他可以理直气壮面对，积极投入到运动中去。

李光义把工作队长常国华、指导员王海松和工作队员迎入大队部。他在公社已经和常队长、王指导员见过面，已经熟悉了，现在又把大队长许云中，大队会计李国正和支委介绍给常队长，常队长看了看工作笔记，问李光义："支委陈跃峰怎么没来？"李光义说："今天他结婚，已经请过假了。"常队长说："陈跃峰是月亮湾最年轻的支委，公社党委和工作队党委按照培养接班人的要求，经研究决定，任命陈跃峰为月亮湾大队党支部副书记，并兼任大队贫下中农协会主任，协助工作队搞好这期四清运动。"

对于陈跃峰的突然任命，李光义确实吃了一惊，在这特殊的时刻，没有征求他的意见，增设一名副书记，他感到一种压力。上级领导是不是不信任他了？或者在运动中要撤换他？刚才还是一身轻松，现在却满腹心事了。他不禁想起了在面上社教时，县委就对他划分自留地、包产到户的做法进行了严肃批评，当时未对他做撤职处理，是党委赵书记分担了责任。开展社会主义教育运动后，整党内走资本主义道路的当权派的风声一浪高过一浪，会不会旧事重提，对他再次批判？让陈跃峰当书记，他当然愿意，这也是他原先的安排，他一直在努力表现，希望能够平稳交班，但要把他在运动中撤职，这是不光彩的下台。当干部真难啊，多分自留地是走资本主义道路，包产到户是走回头路。还有那些"右倾"和"左倾"，一不小心就会陷进去。农村基层干部只知道听党话，跟党走，让田里多收粮，社员吃饱饭，就是走社会主义道路。

有这样紧张情绪的，还有大队长许云中。他是李光义的副手，多分自留地是他亲手丈量的，包产到户是他一手策划的，李光义所有的错误都有他一份。多设一名副书记，是不是要取代他大队长的职务？他不拘小节多吃多占，经常到生产队称粮支现金，侵占集体的财物。他还有更严重的问题，社会上传言他和地主婆孟秀枝勾勾搭搭，一旦败露，件件都是撤职开除出党的错误啊。

大队会计李国正更是坐立不安了，工作队进村前公社就派人封存了大队的账册，这是一个信号，组织上已经不信任他，对他产生了怀疑。贪污挪用公款不会记在账上，但可以通过查账发现漏洞，工作队查账对证个个是专家，这几年自己做的事自已清楚，一旦被揭露出来，是要坐牢吃官司的啊。紧张的心情使他整天坐立不安。

工作队的进村，社员喜气洋洋，可以扬眉吐气；工作队进村，干部要洗手洗澡，人人过关，检查挨整。突然增设一个副书记，给他们带来了不安。种种迹象表明，月亮湾的干部队伍要动大手术了。

常队长似乎看出了他们紧张的情绪，便进一步解释说："陈跃峰担任副书记，他的主要日常工作还是生产队长，以做好本生产队的工作为主。对他的任命，是培养革命接班人的需要，要使他在运动中得到锻炼，得到提高。你们要端正态度，好好工作，继续处理好大队日常事务，在运动中经受考验。"

常队长的这些话，无疑缓和了李光义的紧张情绪，他责怪自己过于敏感了，可是运动当头，不敏感能行吗？他经历了"三反"和"五反"，经历了大鸣大放反右运动，参加过反冒进拔黑旗，很多敢于讲真话，坚持实事求是的干部，一夜之间被拔掉了。在政治运动中撤换干部是不需要理由的。李光义看得多了，经历也多了，他人的教训，现实的残酷，不得不步步惊心。

他是月亮湾大队的书记，工作队进村要和贫下中农同吃同住同劳动，他必须妥善安排。同劳动容易安排，住在哪个生产队就在哪儿参加集体劳动，同吃同住就不一样了，要吃住到社员家里，老百姓的住房并不宽余，要有多余的房间，有多余的房间还要主人同意，同吃更是一件难事，有谁愿意突然多几个毫不相干的人，一日三餐在一张桌子上吃饭，而且一住就是半年，他必须做好这些社员的思想工作，让工作队在贫下中农家中落户，开展工作。

这个会议一直开到中午，但李光义心里一直惦着陈跃峰的婚事，他是媒人，要主持婚礼，他不到场喜宴就不能开席。会议终于结束了，他急忙带着进驻陈家桥的工作队员柳青和赵志走出会议室。

乔顺田书记也一样，欢迎工作队进村后在大队部开会，他坐立不安，几次向工作队陈队长请假提前离开，陈队长严肃地批评了他。乔书记受了一肚子委屈，会议一结束就直往月亮湾走来。他想，以前经常到群众家中吃吃喝喝，犯了多吃多占的错误，但这次和以往不一样，他是女方媒人，而且还送了贺喜的份子钱，连小孩都知道，工作队进村了，干部吃了老虎胆也不敢到群众家中去吃喝了。

究竟去不去，乔顺田举棋不定。他必须见到李光义，听听他怎么说，李光义不去，他也不去，李光义说可以去，他就一定跟着去，这喜酒吃了也没问题。李光义是月亮公社十八个大队书记中威信最高的书记，在公社开会发言时，他说什么别人就跟着说什么，他做什么别人也就跟着做什么，跟着他绝对错不了。

八月秋阳依然如火，乔顺田走到月亮湾大队部的时候，已浑身是汗，正好碰上了李光义，还有工作队员柳青和赵志。乔顺田迎上去问李光义："陈跃峰的婚礼去不去?"李光义说："我俩是媒人，当然要去啊，如果不去，就坏了陈跃峰的大事，群众要指责我俩不懂事，假装积极呢。"乔顺田"哦"了一声说："去了又要喝酒，群众又要骂我们嘴馋多吃多占了!"李光义一面走一面说："我俩必须去，至少有两个理由说不上是多吃多占，第一，我俩是媒人，没有我俩哪有陈跃峰和乔亚芳今天结婚的喜事? 第二，我俩都送了份子钱，送份子贺喜喝酒是乡土人情，不是多吃多占。在吃喝上我历来坚持'三吃三不吃'，亲戚家的请吃可以吃，朋友邻居的红白喜事送了礼可以吃，送新兵入伍可以吃。你想想，做父母的一把尿一把屎把儿子养大了，要去保卫祖国上战场了，三年五年都回不来，有的还要流血牺牲，哭哭啼啼地来请你，不去安慰一下鼓励一下还是党员干部吗? 三不吃，就是动用集体公款不能吃，社员群众请你办事不能吃，地富反坏右请客绝对不能吃。吃了人家的嘴软，拿了人家的手短，不拿群众一针一线，清正廉洁是我党的一贯作风。"

乔顺田当了这么多年的书记，还是第一次听到在吃喝上有这么多讲究。李光义就是比他高明，凡事都有自己的主见。他用不着犹豫了，大步跟上李光义，往陈家桥走去。

他们在村口碰上了正在等候的陈跃峰。李光义指着柳青对陈跃峰说："这两位是进驻陈家桥生产队的工作队员，叫柳青和赵志，你家刚造了新房子，他俩人就住在你原来的房间，同意不同意?"陈跃峰急忙握住了柳青和赵志，说："欢迎，欢迎，请都请不来呢，我原来住的房间空着，就给你俩住吧。"柳青也说道："我在公社就听到了你的事迹介绍，你是月亮湾大队的秀才，我们一定要向你学习。"

陈跃峰带着柳青和赵志去老屋放下行李被铺，热情地邀请他们参加婚礼，工作队有严格的群众纪律，柳青和赵志婉言谢绝了。其实，李光义早就在贫农陈开文家中安排了派饭。婚礼在等着这三位主要人物,他们急匆匆来到婚礼现场。

喝喜酒的亲友早就坐席了,酒是香的,猪肉是肥的。人们只有过年才能吃到的鸡鸭鱼肉已摆上桌子,馋得人口水直流,但婚礼没有举行,再饿再馋也不能动筷子,围在桌边的孩子眼睁睁望着碗里的肥肉,但他们的手都被大人紧按着,想偷偷吃一块肉,脸上抽一个巴掌划不来。

媒人到场,新人上场,这是农村青年男女结婚的风俗。一阵鞭炮响过之后,李书记、乔书记领着陈跃峰和乔亚芳走进喜宴大厅,人们经不住一阵欢呼,随之又是一片掌声,伴娘李新秀搀着新娘,和陈跃峰并肩站在乔亚芳身旁,婚礼进入了高潮。

接着便是主婚人乔顺田讲话,他像主持大队会议一样,轻轻咳一下,然后说道:"首先,我衷心祝愿新郎新娘夫妻恩爱幸福,早生贵子,白头偕老!"随着一片掌声,他又接着说道:"翻身全靠共产党,幸福不忘毛主席,社会主义幸福生活万年长。"他像小学生背诵课文一样说完这几句政治术语,愣在那儿就没下文了,过了好长时间涨红着脸说:"我说完了,下面请跃峰同志公开一下恋爱经过,行不行?"一帮青年男女立即齐声附和:"行!"

别看乔顺田不善言谈,这一着真的难为了陈跃峰,要他介绍恋爱的经过,公开小两口说的悄悄话,怎么能当着长辈和亲朋好友说呢,不说是不行的,大队团支部书记李海波已把他和乔亚芳拉在一块,大声逼迫着要他说,陈跃峰涨红了脸,看了一眼身边的乔亚芳,她红着脸避开了他的目光,这神态是告诉他,你爱怎么说就这么说吧。

陈跃峰终于鼓起了勇气,说:"我和亚芳是同学,她模样长得好,我从心里喜欢她爱慕她,去年由乔书记牵线做媒,我们走到了一起,这就是恋爱的全过程。"

李海波不依不饶地说:"就这么简单,没有了?"

陈跃峰也调皮地说:"我爱她,她也喜欢我,你还要我说什么?"

李海波摇着头说:"太简单了,你要老实交代,你拉过亚芳几次手,两人拥抱过几次,再说深刻一点,你第一次亲亚芳,是什么样的感觉,都要从实招来。否则,我们是不会让新娘进入洞房的!"

陈跃峰的脸突地红了,他没有想到,李海波在他的婚礼上,会出这样的难题，说亲了吧会使新娘子难堪不高兴，说没有过亲过吧，这么漂亮的姑娘在身边，怎么会不动情！他抱过她，也亲过她的嘴，然而这是他俩的秘密，怎么可以对着这么多的人说呢。男女私密的相处是不能公开乱讲的，这会给人抓住笑柄，造成一种轻浮的感觉。李海波再怎么逼他，他是不会说这种不入调的话儿。

不说是不行，不说也过不了这一关，强伢领着小伙子们越逼越紧。陈跃峰的思维是敏捷的，他正视亲朋好友，用调笑而又婉转的口吻说道："要说不想亲是说谎，亚芳长得这么可爱漂亮，可是我想亲，亚芳不同意怎么办？"

一句话把大家逗得哄堂大笑，陈跃峰既表现了男子汉的剽悍，又顾及了新娘子的脸面，把大家逗得开心。

李海波没有得到想要的结果，他眉头一皱，计上心来，拉过强伢，咬着他的耳朵，不知说了啥，只看到强伢笑着离开了婚礼现场。

农村青年男女结婚的"闹婚"是粗俗的，狂野的，而且不分老少，大人会唆使不懂事的小孩叫新娘给他喂奶，年龄相仿的男性会提出同新娘子喝交杯酒，顺势在她身上捏一把，更有粗野的，几个小伙子把新娘子抬起来，在她身上乱摸乱捏，新郎官还不准生气。这是老祖宗留下的风俗，只有这样闹过了，新娘子婚后才能生下一个白胖的儿子。

每一个结婚的姑娘都要经历这一关，她们都要做好思想准备，经受这种"侮辱"；每一个新郎官也要做好准备，应对各种各样肉麻的提问，并且要做到不卑不亢，大方豁达，还要负起保护新娘的责任，尽量使新娘少受这些野蛮的"侵犯"。

陈跃峰做好了充分的准备，他知道他的这帮狐群狗党不会就此放过他，人的一生就这么一次，闹就闹吧，闹得越热闹越显出新郎有人缘，闹的人越多，说明新郎家越有人气，要是没有人来闹，结婚的场面还不热闹呢。

强伢又回来了，他快步走到新郎和新娘的身边，从口袋里拿出一只串了红线的苹果，用力捉住了亚芳的柔弱的手臂，不让她有退缩逃跑的余地，然后对着众人高喊："现在请新郎新娘吃苹果，大家要不要看啊？"众人异口同声欢呼，强伢已按住了亚芳的头，把苹果放到她嘴边，李海波迅速上前按住陈跃峰的头，把他的嘴吻住苹果的另一面，强伢突然把红线往上一拉,陈跃峰和乔亚芳的两张嘴终于亲在一起了!

"新郎新娘亲嘴了!"

孩子们在欢呼,大人们在开怀大笑。

强伢又抱起新娘,往陈跃峰怀中送去……小伙子们一哄而上,把新郎新娘紧紧贴在一起。

"新郎新娘拥抱了!"

喜宴的闹剧到了高潮,小伙子们仍然不肯散去。

李光义拨开人群,虎了李海波一眼说:"你有完没完?"这一着果然灵验,李海波做了一个鬼脸,缩着头往一边去了。蛇无头不行,小伙子们没有人指挥,很快就散了。乔亚芳流着眼泪,迅速逃进了新房,把门紧紧关上,再也不敢迈出新房一步了。

李光义政治思想领先,即使在这婚庆喜宴的场合,也要突出政治,他轻轻地咳了一声,拉开嗓门说:"同志们,一个新的家庭在大家的祝福声中诞生了,建设社会主义新农村又增添了一分力量。大家知道,工作队进村了,轰轰烈烈的社会主义教育运动就要开展了,陈家桥生产队是月亮湾大队的样板队,不但要在农业生产上处处领先,还要在运动上争取当好排头兵,领头羊。在这里,我要宣布一项重要的任命,经公社党委和工作队党委研究决定,陈跃峰同志担任月亮湾大队党支部副书记。他肩负的责任更重了,在这双喜临门的日子里,我希望他戒骄戒躁,再接再厉,积极投入运动,锻炼自己,成为革命接班人。同时也希望乔亚芳同志要积极支持丈夫工作,比翼双飞,为社会主义建设做出新贡献!"

陈跃峰任职的决定比他婚礼更为轰动,更激动人心,人们一下议论开了。

副队长王家全一阵激动,推了推坐在一条凳子上的会计陆明荣说:"我早就说过,跃峰是不会跟着我们吃苦的,现在是大队副书记了,他要去大队工作了。"陆明荣:"谁说不是,他有文化,科学种田又搞得好,公社赵书记早就看中他了。"

李新秀正在忙里忙外招呼客人,当她听到陈跃峰这一任命时,她一下愣住了,呆呆地站在那里。当然她为跃峰哥感到高兴,但觉得心里酸酸的,眼眶里充满了湿漉漉的泪花。她与他在同一个生产队劳动,中学读书时比他低一级,五年同出同进的走读使他们结下深厚的情谊,陈跃峰饭量大，她会把自己的蒸饭划一半给他，李新秀的数学成绩差，陈跃峰经常到她家辅导，在别人眼里，他俩早晚会成为一对。可是，她有一个在县委工作的爸爸，当女儿向母亲吐露对陈跃峰的爱慕时，这朵爱情之花还未绽放就被父亲无情地扼杀了。他对女儿说，陈跃峰有什么好，最优秀也只能在农村种一辈子地。他要在县机关的青年干部中挑选一个乘龙快婿，无论如何也不同意女儿和陈跃峰恋爱。李新秀抗争过，父亲却丢下一句话，除非陈跃峰能当上大队书记，到那时再和他谈恋爱。一个大队只有一个书记，几千人就只有一个，什么时候能轮到陈跃峰？就算能当上，到那时早已过了谈婚论嫁的年龄，她的心死了。现在陈跃峰当上了大队副书记，但他已经有爱人了。父亲当年的话已成为一个永远的魔咒。她强压住心中泛起的阵阵波澜，但她还是为他自豪，为他高兴。她急忙去新房，要把这个好消息告诉乔亚芳。

这个任命的宣布，震动最大的莫过于李海波了。他是大队团支部书记，二年前发展为新党员，也是大队公推选定的接班人之一。而公社党委最终选定的不是他，而是陈跃峰，这打击无疑是晴天霹雳：我哪一点不如陈跃峰？河堤上，水库工地上，他都是青年突击队长，带头苦干在前，流下了不知多少的汗水；在突出政治上，他组织的文艺宣传队，在各个生产队轮回演出，被团县委评为先进团支部，他为大队争先进夺红旗立下汗马功劳，而他期望接班人的地位却落空了。一股强烈的忌妒与不平，充满了他的心头。

人们在继续议论，已无心再听李光义的讲话，有的已经拿起筷子，端起酒杯喝酒了。李光义这才感觉自己的讲话太长了，谁说不是呢，太阳都正中了，大家都饿了，看着台上丰盛的菜肴早就垂涎三尺了。

李光义是体贴群众情绪的，原先准备的一大套内容不说了，他举起酒杯对大家说："陈跃峰同志担任了大队副书记，让他表个态吧。"

陈跃峰走到李光义的身旁，深深地向来宾鞠躬致谢，然后说道："今天是我结婚的日子，又迎来了组织对我的任命，感谢党组织对我的培养，感谢社员群众对我的信任，可我陈跃峰，还是陈家桥一队的队长，我一定还像以前一样，努力工作，团结全队社员群众，搞好农业生产，夺取粮食更大丰收！"

"别说的比唱的还要好听！你团结过我吗？你不要忘了，我的家庭出身虽然是地主，但也是可以教育好的青年，是团结的对象。生产队的社员都在这里喝喜酒，唯独我不能参加，你看不起我，把我送的份子钱也退了。我今天就是要当着大家的面问一问，你是搞团结还是打击人？”

这人正是地主张金大的儿子张飞扬，在这个时候说这种话，显然不是来贺喜的，而是来闹事的。

大家吃惊地放下手中的酒杯，看着这个不速之客。他与陈跃峰同年生，从小学到初中一直是同学，由于是地主，初中毕业后就失去了升学的机会。他太像他父亲了，没有气度，个性张扬，为人斤斤计较。想当年土改时，老地主张金大六十亩好地被穷人分光了，一气之下得病暴亡，留下大老婆潘秀凤和这个儿子，小老婆孟秀枝年轻轻的守了寡，大小老婆生活在一块合不来，成立高级社以后孟秀枝就单独分开过了。潘秀凤和孟秀枝是地主婆，一直被管制监督劳动。张飞扬就生活在这样的家庭中，前几天他和强伢一同向陈跃峰贺喜送份子钱，陈跃峰独单退回了他的份子钱，他的一肚子气终于爆发出来了。

陈跃峰看着张飞扬，张飞扬也看着陈跃峰，两人四目对视，一步一步地逼近，厅内几十个人看着他，张飞扬的气焰真够嚣张了，竟敢在这个时候来闹场，陈跃峰肯定饶不了他，眼看着一场打斗就要发生，刚才还是喜气洋洋的氛围，霎时变得剑拔弩张，小孩子们吓得钻进了妈妈的怀抱。

陈跃峰顺手拿过一张方凳，他已走到张飞扬的面前，人们更加紧张了，大家以为他要砸向张飞扬，几个小伙子已做好了拉架的准备，就在这一刻，只听到陈跃峰轻轻地对张飞扬说：“退回份子钱是我的错，我向你道歉。”

紧张的局势一下缓和了，猜拳行令喝酒的继续碰杯喝酒，吃肉的继续大块吃肉。陈跃峰在台角边上放下方凳，对张飞扬说：“这儿的人都坐满了，你坐到我的边上吊角吧。”张飞扬怒气仍然未消，站在那里不肯坐下。陈跃峰又说道：“是男人就坐下，但你要记住，你欠我一顿喜酒。”

张飞扬想不到陈跃峰有这样的肚量，原来是要捣乱他的婚礼，同他打一架，发泄退他份子钱之恨，然而一只杯子碰不响，吵架没人还嘴，打架没有对手，捣乱婚宴原本就是他的错，现在只能低下头，轻轻地说一声："对不起。"然后在陈跃峰身边坐下，随着互相喝酒敬酒，一场纠纷烟消云散。

但在张飞扬的骨子里，却埋藏着深深的仇恨。他出身的成分是地主，在校读书受到歧视，中考成绩门门优秀却不能录取高中读书，跨出校门到生产队劳动更是受到歧视，小伙子们不同他做伙伴，姑娘们更是远离他，他像是一堆臭狗屎，长到二十多岁了，还没有媒人踏进他家门，看到陈跃峰娶得如花似玉的乔亚芳，而且当了三年生产队长，就晋升大队副书记了，天上地下的境遇使他强烈不满。他孤独，他自闭，出生不由己，道路可选择，可有让他选择的机会吗？他对自己的前途完全丧失了信心。一种内心的不平，毫无由来的忌妒，在心中撞击，终于迸发出来了。还好，陈跃峰没有迎着他的锋芒，只软软地接过这一招。人就这么奇怪，都是吃软不吃硬，他的狂躁被陈跃峰轻轻制服了。

这是一个小小的插曲，喜宴还得按程序进行，新郎新娘向宾客敬酒这一程序必不可少，乔亚芳躲在新房里不肯出来，李新秀只能拉着新郎一同到新房，乔亚芳才勉强跟着陈跃峰到长辈和宾朋桌上敬酒。

陈跃峰是有酒量的，他敬别人喝一口，别人回敬他也喝一口，他要让所有的宾朋喝得高兴开心，也要给自己放纵一次，一生结婚就这么一次，还有比这更快乐的事吗？

乔亚芳可不是这样，她胆小，她敬别人只是酒杯在嘴上抿一下，别人敬她总有推托的理由，碰上非喝不可的长辈，她又把目光投向陈跃峰，这是求助的目光，爱恋依靠的目光，陈跃峰立即接过酒杯替她一口干了。乔亚芳优雅中蕴含着女性的娇柔，表现得落落大方。优雅是一种气质，优雅是一种风度，优雅是一种做派，优雅与容貌无关，但能给美貌加分。她非凡的气质和不可侵犯的高贵，在落后的农村让人们叹为观止。

在这样的场合中，即使新郎最有酒量，不想办法对付，就这样喝下去，总会被灌醉的。陈跃峰百般呵护乔亚芳，更激起了小伙子们非要把他灌醉的决心。

李海波指使小伙子们轮番上，敬了陈跃峰又敬乔亚芳，敬他的必须喝，乔亚芳的酒又都是陈跃峰替她喝了，他清楚地知道，再这样喝下去，就是有海量，也非醉不可。

不改变这种局面是不行的。比赛喝酒历来是量大的唬住量小的，胆大的吓退胆小的，只有豁出去和他们拼了，才能扭转被动的局面。陈跃峰佯装喝多了，瞪着血红的眼睛，看着这帮恶作剧的小兄弟，接连在自己面前倒了三杯酒，大声说道："有种的来跟我喝，先和我干了这三杯，没胆量的，站到一边去！"

这一招还真灵验，谁都知道酒喝多了伤身体，原本是集体起哄灌醉陈跃峰，喝酒吹牛只是闹着玩，哪有和他单挑的胆量，小伙子们退下了。

只有强伢不知天高地厚，拿着酒杯非要和陈跃峰比高下。

陈跃峰也壮着胆说："干就干，我还怕你不成！"

他拿起满满的一杯酒，碰了碰强伢的酒杯，正要干杯的时候，他拿酒杯这只手被人捉住了，他回头一看是柳青，"别喝了，开会时间到了，我们走吧，常队长还等着和你谈话呢。"他接过陈跃峰手中的酒杯一口干了，对乔亚芳和陈跃峰说道："祝你俩新婚快乐！"

工作队员柳青的出现，还有谁敢起哄瞎闹呢？小伙子们回到自己的座位，小孩们回到父母身边，张大眼睛看着这个陌生人。人们把注意力又回到餐桌上，这些美味菜肴最有吸引力。人们一面吃，一面赞扬新娘的美丽，赞扬新郎的前途无量。郎才女貌，天作之合，陈跃峰在众人羡慕的目光中和柳青、李光义走出了宴会厅。

第三章　夜半风火

陈跃峰从婚礼中离开去参加会议，心中总有些牵挂和不情愿。

“国民党税多，共产党会多。”早就成了群众的顺口溜，这话虽不反动，却蕴含了老百姓对众多会议的厌倦和不满。这会能不多吗？政治学习要开会，农业生产要开会，评记工分要开会，阶级斗争要开会，传达上级指示精神要开会，开了大会要开小会，每天都有新精神，一天不学习不开会，就跟不上变化了的形势。开会是干部的职业，不是被人开会就是开别人的会。轮到社员要开会，又不能耽误田里的生产，就只能晚上开会了。四清工作队进驻之后，会议就更多了。有人喜欢开会，也有人不喜欢开会，不论你喜欢不喜欢，你都得去开会，否则，你就没有资格开会了。尽管李光义和陈跃峰讨厌会议太多，但今天的会议却是重要的会议，是必须去参加的会议。

陈跃峰和柳青、李光义走出陈家桥，便沿着月亮河的圩埂，往大队部走去，后面却没有看到李海波。

月亮湾村就坐落在月亮河的两岸，河南岸的人家后门紧靠月亮河，河北岸人家的大门朝向月亮河。月亮河在村中缓缓流过，把整个村落切成两半。一阵凉风徐徐吹来，暑气在飒爽的秋风中渐渐消退。两岸的河埠上尽是妇女和姑娘，有的在淘米洗菜，有的在洗衣服，拎起衣服的一角，在清澈见底的河水中漂涤，然后放在青石板上，举起棒槌“啪啪”地捶打。人们隔河相望，谈笑风生，打情骂俏，谈天说地。初秋的河埠，是村中最热闹的地方。

长长的月亮河河面上架起了陈家桥、李家桥、胡家桥三座环形石桥，成为河南河北人们互相交流走动的必经之路。陈家桥在村东，胡家桥在村西，李家桥居中。这里的农民世世代代居住在这里。月亮河日夜东流，湖中水草茂盛，鱼虾成群，农民忙时种地，闲时到湖中捕鱼，据李家桥上的石刻记载，在唐朝贞观年间，月亮湾已经是几千人的大村大巷了。

秋天是月亮河最繁忙的季节，全大队五十多条农船，摇着橹，扯着白帆到湖中积肥，湖中的水草，芦苇滩上的杂草，用肥沃的河泥腌制腐烂，成为稻麦最好的自然肥料，月亮湾大队的粮食产量高，与这得天独厚的自然条件分不开。

生产队的男女劳动力，都会扯棚摇橹，驾驶木船。别看用橹摇船，这还是一项特殊的技术活，不会上船摇橹的人是旱鸭子，从外地嫁到月亮湾的女人，第一桩事就要学会摇船扯风帆，否则就不会上船积肥，当不了正劳动力。陈跃峰自小就是浪里白条，上小学时就学会了摇船，到上高中时，无论是驾船竖桅扯风帆，还是罱泥耙草，已成为驾船积肥的一把好手。

岸边杨柳倒挂，随风飘扬，河中微波细浪，白帆轻舟，来往穿梭；两岸稻浪遍野，一望无垠。“吱嘎、吱嘎”的摇橹声，伴随着优美动人的歌声，这场景，既是一幅美丽的画卷，也是一支悦耳的交响曲。

陈跃峰走在李光义的身后，他还在想着李海波，为什么自己当了支部副书记，他就变了脸？他和他是朋友，在抗洪排涝的险工地段上，有他俩并肩苦干的身影，在河工水库工地上，有他俩为大队争先进流下的汗水，朋友就应该彼此成全，相互帮助，如果换一个位置，李海波晋升了，他会为他感到高兴，会祝贺他。真正的友谊是用自已托起朋友，两个人都因此得到提升和升华。

然而李海波反常的行为，有意识的作弄，让他心灵刻上了一道伤痕，也使他多长了一个心眼，在朋友那里，可以城门四开，可以卸下伪装，可以露出破绽，因为朋友就要肝胆相照。但跟竞争对手在一起就不一样了，看得出李海波忌妒他，认为你拦在他前面，夺取了他的前程，他就会千方百计地毁坏你。既生瑜何生亮，碰上周瑜这类没气量的人，就是容不得别人走在前面。打拼时尚可齐心协力，成功后就各怀心事。谁比谁都不容易，要容得自已，也要容得下别人，海纳百川，才能成其大事。原来他以为李海波只是心胸狭窄一点，争强好胜一点，怎么会在暗中使坏主意？人这一辈子，难免会遇上笑里藏刀，要你心肝五脏的人，就像在一条巷子里走着走着突然窜出一条恶狗，不咬你一口，也会吓你一跳。

别看这共和国最基层的官儿，竞争激烈着呢，一个大队两千多人，三千多亩地，大队书记至少也是权倾一方的诸侯。农村知识青年的前途在哪里？出路只有两条，一是当兵提干吃皇粮，陈跃峰由于视力欠佳失去了这个机遇；二是从生产队干部干起，脚踏实地干出成绩，能当上大队的领导，那可是百里挑一漫长艰苦奋斗的过程，也许努力一辈子都实现不了这样的愿望。他回乡种地四年了，干生产队长也三年了，每天比别人起得早，收工走在最后头，流的汗比别人多，出的力比别人多，挣的工分却不会比别人多。他没有别的奢望，只想把生产搞好多收粮食。这突然对他的任命，他当然高兴，但要毁掉与李海波之间朋友的感情，不免又增添了一份担忧。

激动高兴之余，他心中还有一丝淡淡的忧虑，月亮湾大队书记只能有一个，他上台李光义就得下台，如果真的是那样，他觉得对不起李光义。他从没想过要从他手中夺过这位子，他只想当他下属，协助他工作，学习他的工作经验，到他真的干不动了，或者公社党委妥善安排他另外的工作，他才愿意去接这个班。所以李光义让他表态时，他坚定了自己的观点，暂时不去大队工作，仍旧做好生产队长的工作。他为什么要这样做？因为他这颗善良的心永远不会去伤害一个正直能干的人。

在陈跃峰的心目中，李光义是好书记，他的形象是高大的。在三年困难时期的饥荒中，一些干部昏了头，跟着上面的浮夸风，你亩产一千斤，我比你更高，每亩能收两千斤，报了产量就必须交纳公粮，仓库里的粮食交光了，乡亲们却没有吃的了。一颗卫星放过后，哀鸿遍野，饥民逃荒要饭，树皮草根都吃光了。早晨还在忙别人的丧事，下午突然双眼一翻，咽下最后一口气，被别人抬着埋葬了。是李光义顶着上面的压力，果断地给社员分了自留地，让社员种上了南瓜芋头，瓜瓜菜菜能塞饱肚子，糠菜芋头能救人性命。月亮湾大队奇迹般没有饿死人。他永远不会忘记，在他读高二的那一年，家中断了粮，幸亏李书记送来一百斤救济粮，全家才渡过了难关，他才能继续上学读到高中毕业。他永远记得这位务实而又关心群众的好书记。

群众拥护的干部领导不喜欢，领导喜欢的干部群众不拥护。李书记在三级干部会上被点名，分土地是走资本主义道路，社员们为他感到不公正，陈跃峰也为他鸣不平，难道看着老百姓饿死，干部不去想办法，这就是走社会主义道路？

陈跃峰看着李光义佝偻的后背，一股同情心油然而生。他处处为老百姓着想，为月亮湾的老百姓操尽了心，一辈子都没过上好日子。解放前还是一个娃子的时候，他为活命挣一口饭吃就到地主家放牛，长大成人后又给地主做长工；新中国成立后他带领受苦人斗地主分田地搞土改，让贫苦农民有了自己的土地；他是解放后第一批入党的老党员。担任月亮乡乡长后又带领群众组织互助组、合作社，到一九五八年成立人民公社时，他已是几个村的联合支部书记了。要说他走资本主义道路，陈跃峰无论如何也不相信。

在面上社教时，县里的工作组找他谈过话，要他在两条道路斗争中站稳立场，与李光义划清界限，并积极主动地批判他的右倾思想，但他做不到，因为他认为李书记做得对，没有做错。再说了，他从心底里感激李书记，岂能为一己之利，做翻脸无情的小人？“滴水之恩，涌泉相报”永远是他做人的原则。如果工作队要他带头揭发批判李光义，他宁愿不做这个副书记，也不会昧着良心踩着李光义的肩膀上。

他就这么一路思量着，来到大队部。

这大队部有五间屋，最东面的一间是书记、大队长、大队会计的办公室，像学生的课桌一样放着三张办公桌，一顶老式的木柜放着大队的账册与文件。李光义和大队长许云中，大队会计李国正就在这间屋子里处理大大小小的事务。隔着一层木板向西是一间小会议室，这是党员开会活动的场所。还有三间是放着长条木凳的大会议室，是召开大队全体干部会议的会议室，所有这些就是月亮湾大队的全部家当。工作队进驻后，这间小会议室又成为工作队常队长、王指导的办公室了。

屋内容纳不下这么多人，工作队员和生产队干部走出会议室，在屋边场地上找一块空地坐下，或是蹲在墙角下。这场面，就像是一个露天交易所，队长会计们像商品一样推销自己，向工作队员介绍自己和生产队的情况，工作队员在笔记本上认真做记录。工作队是一颗革命的种子，走到哪里都要扎根群众，与贫下中农打成一片。

李光义带着陈跃峰走进常队长的办公室，常队长立即握住面前这个高大粗壮满是老茧的手，就在这一刻，他发觉这个年轻人虽然长得粗犷,但他的眼神却透露出文雅睿智而又善良的目光,陈跃峰伸出的手,刚劲有力,又显示出一种柔中有刚的品位,他腼腆不失大方,年轻稚气的脸上透露出老练的成熟。第一次接触就给常队长留下了良好的印象。

陈跃峰轻轻地说:“常队长,你好!”

常队长搬过一张方凳说:“小陈,你坐下。”

李光义知趣地退了出去。运动当头,有幸被上级领导谈话的只有两种人,一种是犯了错误的人,领导要他端正态度,交代问题的人;另一种就是即将提拔重用的人。

显然,陈跃峰是属于后一种人,但他心里仍然很紧张,因为他看出,常队长不像公社赵书记那样平易近人,有一种居高临下的威严,渗透到你身上每个细胞,他使人感到不安。虽然他说话是那样和蔼,但两道浓密的眉毛,掩盖不了那种严肃的神态,还隐隐闪动着一股杀气。是的,工作队是来查问题的,整人的。他握着干部任用的生杀大权,进驻前就先声夺人。有问题的干部惶惶不可终日,地富反坏右如末日来临。陈跃峰当然不怕这些,但被这神秘的传说折服了,无论常队长会问些什么,他已感到神经绷紧了。

常队长喝了一口茶,打量着陈跃峰说:“小陈,你是一个很不错的生产队长,又是有着一定文化水平的共产党员,这次把你提拔到大队领导岗位,既是对你的信任,又是对你的考验,希望你能站稳立场,与阶级敌人划清界限,积极投入运动,当好接班人。”

常队长一番话,使陈跃峰一头雾水。怎样才算站稳立场?当好生产队长,带领社员共同致富,算不算立场?划清界限,与地富反坏右当然要划清界限,李光义算不算阶级敌人?也要和他划清界限?他还是月亮湾大队的党支部书记呀。三岁小孩都知道,走资本主义道路的当权派就是阶级敌人。要积极投入运动,就是要带头揭发批判、冲锋陷阵在前。反之,缩手缩脚,不提意见,就是落后于群众了。这些话,面上社教时县里的工作队都说过,现在常队长又旧话重提了。

这是常队长的路线交底,但要违背自己的意愿说假话,陈跃峰做不出。不表态不行,他很勉强地说道:“我是共产党员,当然要听党的话跟党走,积极投入运动。不过,运动刚开始,没有清查账册,谁是四清干部还不知道呢?”

常队长说:“按照中央文件‘二十三条’规定,这次运动的重点是整党内走资本主义道路的当权派。月亮湾大队搞多分自留地,就是走资本主义道路。这不是明摆着的吗?而我们的同志,没有认识到当前两条道路斗争的严重性和复杂性,这是很危险的。经工作队党委商量,要以批判分田到户为突破口,全面揭开月亮湾大队阶级斗争的盖子,把清政治、清思想、清财务、清经济的社会主义教育运动全面铺开。”

陈跃峰知道了,常队长所谓的站稳立场,就是必须以阶级斗争为纲,站在工作队的一方;所谓划清界限,就是要和李光义划清界限;所谓的积极投入运动,就是要敢于向李光义揭发批判。可他弄不懂,为什么看着老百姓饿死,不想办法解救倒是对的;急老百姓所急,采取果断措施,救了老百姓却是错的?他感到极其反感,但又不便顶撞,他委婉地说:“社员群众迫切要求清理财务,清理账册,惩治贪污腐败,要求改变干部粗暴作风,这是众望所归。但对分田到户要进行批判,群众却不会积极响应……”他支支吾吾不再说下去。

常队长说:“你也是这么想的吗?”

陈跃峰憨厚地说:“当然,我也是这么想,多分一点自留地,救了老百姓的命,月亮湾还是社会主义的天,还是党在领导,还不至于有这么严重……”

常队长愕然了,月亮湾这块地资本主义思想根深蒂固,连选定的接班人都这样没觉悟,要提高他们的阶级斗争觉悟,绝不是开一次两次会议能解决,李光义的根基太深了。他抬手一看手表,已到了开会时间,对陈跃峰不满地说:“这个事情我们今后再商谈,现在去会场开会吧。”

他俩一同走进会场。

大会场里挤满了人,生产队队长、会计都来了,还增添了贫下中农社员代表。好多年不开这样的大会了。会场里坐不下,有的人只能站在门外听报告了。

主席台上坐着三人,常队长威严地坐在正中间,指导员王海松和李书记分别坐在两旁,这是工作队第一次召开大会。工作队与贫下中农同吃同住同劳动,作风深入,清正廉洁,清查贪污腐败不正之风,为民做主。社员群众盼星星盼月亮,终于盼来了。

常队长作说明来意的工作报告，他说道："这次四清运动是农村继土地改革运动后的又一次大运动。土地改革，贫苦农民斗地主，分田地，农民当家做主翻了身。而这次运动要充分发动群众，忆苦思甜，提高贫下中农的阶级觉悟，以阶级斗争为纲，深入开展揭发清查干部的贪污盗窃，多吃多占，从而更加坚定地走社会主义道路。这次运动的重点是要整党内走资本主义道路的当权派！"

常队长停顿一下又继续说道："月亮湾大队两条道路的斗争是复杂的，干部中'四不清'的问题是严重的。月亮湾大队在未经上级同意，个别领导顶风逆干，一下就分了集体土地两百多亩，这是明目张胆地走资本主义道路！"

会场"轰"的一声炸开了。人们对常队长的每一句话都在认真思考，重点整党内走资本主义道路的当权派，这不是公开点李光义的名吗？他虽然还坐在主席台上，但他的脸已经红了，头也低下了。

一阵议论过后，常队长理论联系实际，从国际形势讲到国内形势，帝修反亡我之心不死，台湾国民党反动派蠢蠢欲动，企图反攻大陆；国内两条路线，两个阶级斗争尖锐复杂，走资本主义道路的人中央有，地方有，他们上下勾结，遥相呼应。人们从来没有听过这样有水平的形势报告，会场里静极了。当讲到月亮湾大队的阶级斗争时，他更加严肃地说道："月亮湾两条道路的斗争是严重的，阶级斗争是尖锐复杂的，国民党反动军官谭君武，宣传台湾的军队都是美式装备，而解放军还是小米加步枪。这些谣言与蒋介石反攻大陆遥相呼应，地主婆潘秀凤念念不忘被贫下中农分了的土地，把变天账交给了儿子张飞扬，这就是向贫下中农反攻倒算。这些触目惊心的事实，必须引起我们的警惕，我们要牢牢记住；拿枪的敌人被消灭之后，不拿枪的敌人依然存在，他们必然地要和我们做拼死斗争，我们决不可以轻视这些敌人。我们别以为阶级敌人老实了，他们如屋檐下的洋葱，皮枯叶烂心不死。如果让他们的阴谋得逞，贫下中农就要吃二遍苦，受二茬罪。阶级斗争必须年年讲，月月讲，天天讲。"

常队长的报告步步深入，他继而又说道："当前在经济领域的阶级斗争表现尤为严重，一些干部忘记了入党誓言，沾染了剥削阶级思想，利用手中职权，贪污盗窃，化公为私，在群众中造成了恶劣影响。个别干部大兴土木，建造楼房，大把花钱。大家都在生产队劳动，收入都是公开的，这钱是哪儿来的？家有黄金，外有等秤，这钱不会从天上掉下来，也不会从地上长出来，他们利用收入不记账，多收少记等手段侵吞集体财产。这种干部，大队有，生产队也有。这次四清，不管你的资格有多老，手段有多巧妙隐蔽，我们都要发动群众，举报揭发，利用查账对证，清理账目这个法宝，追回集体财产。对贪污盗窃，多吃多占的干部，必须坚决实行退赔，有一元退一元，有多少退多少，决不姑息迁就！"

清理经济，严查贪污盗窃，事关社员切身利益，是社员最关心最迫切的一件大事，常队长的报告说到贫下中农心坎里了。大多数党员干部心里明白，常队长已掌握了很多的情况，而且是有所指。大队会计李国正已经低下了头，犯有四不清错误的干部都已坐立不安。人都有自知之明，自己做的事自己知道。常队长的决心，震撼了四不清干部，鼓舞了社员群众。

常队长有意让大家议论了一番，然后继续说道："党对犯错误干部一律采取'惩前毖后，治病救人'的方针，犯了错误不要紧，问题不在大小，关键在于态度。只要自己说出来，退赔行动快，仍然可以得到贫下中农的谅解。每个干部都要洗手洗澡，然后轻装上阵。人人过关有什么不好？经过运动的洗礼，事实证明你是清白的，比什么都好。"

常队长的报告像一颗重磅炸弹，在这个会场上炸开了。

接着王指导讲话，然后进行分组讨论。目的只有一个，认清形势，主动下楼，交代问题，党的政策是"坦白从宽，抗拒从严"。分派在各生产队的工作队员，分别找生产队长、会计谈话。一时间，浓云密布，气氛严肃而又紧张。有些人知道自己难以过关，已在哭哭啼啼地交代问题了。

历史开了一个玩笑，当年斗地主，分田地的那些积极分子，多数已担任了大队干部，生产队干部，而现在却成了走资本主义道路的当权派，有的成为四不清干部，走向革命的反面。他们将要站在社员群众面前，认真检查，交代问题，接受社员批判，退出不义之财。历史就是这样，当他推翻别人的时候，是革命的动力，一旦掌权之后，忘记了当初革命的目标，穿上新鞋走上了老路，又成为别人革命的对象了。

会议讨论一直到日落西山，王指导再次进行讲话，布置各生产队晚上开会，向全体社员传达常队长讲话精神，并组织贫下中农进行忆苦思甜，然后选出贫农代表。

黄昏来临，暑热已退，家家户户在门前搁一张竹床或门板，早早地把晚饭放在门板上凉着，然后一家人围住开始用餐。人们没有别的选择，只能用这最原始的方法避暑降温。天色暗下来了，女人收拾了碗筷，然后用抹布擦干净，这竹床，这门板又成为男人小孩乘凉睡觉的场所。这里的农民在夏夜就是这么度过的。

陈跃峰快步走过几条村巷，迎面来了一队小学生，他们一面走，一面高呼着口号：

"千万不要忘记阶级斗争！"

他从学生队伍边上走过，一个学生又举起臂膀，领头高呼：

"提高警惕，防火防偷，严防阶级敌人破坏！"

几十双细小的拳头齐刷刷地举起，一片稚嫩的童音在晚霞中传遍四方。

陈跃峰从学生队伍插过，来到家中，父母坐在堂前，芳菲在灶下忙烧饭。中午来的客人都走了，只等他回家后就要吃晚饭了，可是，他没有看到乔亚芳，便急忙问道："亚芳呢？"母亲说："我让芳菲去叫她过来吃晚饭，她说不饿，不想吃。"陈跃峰想，也许她真的累了。便急忙往新屋走去，房门紧闭着，热闹过后的新房，显得格外的清静。他推开房门，只见乔亚芳躺在床上，仍在咽咽地抽泣，泪水打湿了枕巾，在这人生喜庆的日子里，为何要以泪洗脸呢？是不是自己下午没有陪着她，让她生气了？他上前真诚地说："亚芳，对不起，让你受委屈了。"他伸出手拉她，要让她起身，乔亚芳敏感地坐起挣脱了他的手，背对着他又躺下。陈跃峰又说道："起来吃晚饭吧，爸妈在等你呢。"乔亚芳说："我不饿，你们吃吧。"

陈跃峰关切地说："中午你没吃啥，晚上又不吃，这样会饿坏身子的，要不我把晚饭端过来，我俩一块在新房里吃。"

乔亚芳止住了抽泣，丢过来一句话："我说过了，我不饿，你没听到？"

陈跃进峰心里猛地"咯噔"一下，她的藐视和冷漠，让他吞了一块冰，他只能转身走了。既然她不愿意吃晚饭，也只能随她自己了。

社场上的哨子声响起来了，副队长王家全大着嗓子喊："生产队开大会了，要选贫农代表啰，一律不请假，一晚上记半天工。"

开会只磨时间不出力，一个晚上抵上半天工，社员们搬着凳子往社场走，这年头，参加会议是社员的政治权利，地主富农想参加还没资格呢。

陈跃峰是生产队长，是会议的主持人。工作队柳青第一次参加生产队的会议，他在贫农陈开文家中急匆匆地吃了一碗饭，就往社场走去。

八月中秋的月亮又大又圆，已升至半天挂在树梢，洁白的月光洒向大地，把近处的房屋、远处的树木、空旷的田野，罩上一片淡淡的清辉。

社场在两个自然村的中间，正中是生产队的五间仓库，堆放着全队两百多人的口粮，这也是生产队开会评工记分的场所。社场的西面是一排猪舍，里面养着六十多头生猪和三条耕牛，社场的东北面堆着一个高大的麦秸草堆，这是全队五十多户人家烧茶煮饭的燃料。所有这些，就是生产队的全部财富，也是社员安身立命的依靠。

凉爽的秋风吹散了社场上白天留下的暑热，人们用芭蕉扇拍打蚊虫，一盏汽油灯高高挂在三脚竹架上，发出"哧哧"的声响，照亮了整个社场，会议的中心就在汽油灯下，一张破旧的桌子，两张长凳，是会议主持人的位置，此刻，陈跃峰在清点到会的社员，柳青正在翻阅学习材料，会计陆明荣在灯光下登记账册，副队长王家全在驱赶嬉闹的小孩。男人们逍遥自在地抽烟、喝茶，女人们借着亮光做针线活儿，姑娘和小伙们在李新秀的领唱下，唱起了忧伤动人的歌曲：

天上布满星，
月牙亮晶晶。
生产队里开大会，
诉苦把冤伸。
万恶的恶社会，
穷人的血泪恨。
千头万绪涌上了我心头，
止不住的辛酸泪挂在胸。

不忘那一年，爹爹病在床，
地主逼他做长工，累得他吐血浆。
瘦得皮包骨，病得脸发黄。
地主逼债好像活阎王，
可怜我的爹爹把命丧。

忧伤的歌声，触动了贫下中农社员在旧社会的伤痛，会场里没有了笑声，更激起了他们对地主富农的痛恨，妇女们放下手中的针线，沉痛的回忆仿佛又回到了那暗无天日的旧社会，情不自禁地跟着唱起来，悲壮的歌声盘转在村庄上空，飘向广阔的田野。

这边刚唱罢，学生们呼着口号又走过来，他们排着整齐的队伍，一位高年级的男生一声领唱，同学们跟着唱起来：

月亮在白莲花般的云朵里穿行，
晚风吹来一阵阵快乐的歌声。
我们坐在高高的谷堆旁边，
听妈妈讲那过去的事情。
那时候，妈妈没有土地，
全部生活都在两只手上，
汗水流在地主火热的田野上，
妈妈却吃着野菜和谷糠。
冬天的风像狼一样嚎叫，
妈妈只穿着破烂的衣裳，
她去给地主缝一件狐皮长袍，
又冷又饿倒在雪地上。
经过了多少苦难的岁月，
妈妈才盼到今天的好光景。

人们跟着孩子们唱起来，如果记忆是一个仓库，回忆就是一道闸门，这道闸门一旦打开，那些陈年仇恨就像潮水一般滔滔涌出。旧社会没田没地的农民，受地主剥削和欺压，在心灵深处打下了深深的烙印，人们含着泪花，平添了几多伤感，使人回首不堪。

在歌声中等待着开会，不一会儿社员陆续到齐了。生产队开会不讲究规范和形式，大家都可以随便讲话，往往就是你一句，我一句，会议就结束了。这一次开会与往常不一样，没有人吵吵闹闹，也没有人大声嚷嚷，人们规矩地坐在那里，陈跃峰和柳青交换了一下意见，便大声说道："开会了！别交头接耳开小会啰！"人们立即静下了，小孩也不再顽皮了。陈跃峰这才正式说道："四清运动正式开始了，按照工作队党委的部署，今天会议的内容是贫下中农忆苦思甜，通过对旧社会的控诉，启发对新社会的热爱，提高我们的阶级觉悟，并选出贫农代表。这次四清运动，就是依靠贫下中农，揭开农村阶级斗争的盖子，揭露干部队伍中的贪污盗窃、多吃多占，追回集体损失，巩固社会主义阵地。"

紧接着柳青又说道："贫下中农在旧社会都有一本血泪账，在新社会有一本当家做主的翻身账，我们要牢记血泪仇，不忘阶级苦！刚才我和跃峰同志研究决定，今天由李祥和陈开文两人作忆苦思甜，大家欢迎！"

一阵掌声过后，李祥正要发言诉苦，贫农李金海突然站起来说道："我有冤要伸，有苦要诉！蛇蝎心肠的狗地主张金大死了我也不会放过他！我八岁去他家放牛，他给我吃的是猪狗食，干的是牛马活，还要经常受他的毒打和虐待。他用柳条抽得我浑身血迹斑斑，还把我赶走了。我要向他声讨，清算血债！"

开会从不发言的老贫农陈金荣放下口中的烟斗，斜视着李金海说道："是这样吗？明明是你偷了他妹妹的金手镯，被他捉住了，才把你赶走，做人要凭良心，说话要讲事实，你还要脸不？"

人们一阵哄笑，李金海没有感到羞愧，反而恬不知耻地说："我是贫农，被地主欺压毒打，你不同情，反而帮着张金大，倒像是他的狗腿子！"

陈金荣一阵哆嗦，只能指着他说："你，你是无赖！"两人吵了起来。

会场秩序乱了，有人指责李金海，说他从小偷鸡摸狗，不是好人，也有人说，他是贫农，应该让他把话说完，诉苦会顿时变成了辩论会。

陈跃峰看着这混乱的局面，大声说道："李金海既然要诉苦，就让他说完后咱再议论，行不行？"

会场静下了，李金海沉默了一会，又继续说道："在黑暗的旧社会，三座大山压在劳动人民的头上，贫下中农过着暗无天日的生活。我三次被抓壮丁，第一次被伪乡长李天荣抓走了，我不愿意为国民党反动派卖力，在部队待了三天，就逃回来了，过不久又被抓走，再逃回了家。李天荣带着枪来到我家，逼着我画了押，说再逃就枪毙我，可我还是逃走了。李天荣带着乡丁抄了我的家，把家中仅有的一点粮食全抢走了，害得我全家只能去逃荒要饭。今天我要申讨李天荣这个反革命，并要求工作队为我申冤雪耻！"

贫农陈开文再也憋不住了，他站起来指着李金海愤愤地说："李天荣欺压百姓，固然不是好人，但你比他更坏，害苦了一村的老百姓！你口口声声说是被抓壮丁，其实你是贪财卖壮丁，第一次村上各家各户为你凑齐了二十担稻谷，你逃回来后又卖第二次，你又得了二十担稻谷，你再逃再卖第三次，把卖壮丁作为生财的门路，这稻谷都是村上穷人凑起来的呀，是你把我们害苦了，你还有脸说呢。"

李金海指着陈开文说："你胡说，你污蔑贫下中农！"

陈开文说："你想当贫农代表，就编了故事蒙骗工作队柳青同志，真不要脸。如果你还不服，要不请全根和炳德来说几句，看你还有脸再把故事编下去！"

柳青皱了一下眉，对陈跃峰说："李金海怎么是这样一个人？"

陈跃峰说道："李金海在解放前不务正业，游走江湖，到处混吃混用，履历复杂。虽然他没田没地，但不是真正的贫农，也不能代表贫农。谁想到他会抢先发言，把诉苦大会搅成了一团糟，他想当贫农代表想疯了。陈家桥一队有威信有正义感的贫农只有三个人，一个是我父亲陈全根，还有便是陈开文和李祥，选其中任何一人群众都能信任。现在就让李祥诉苦申冤吧。"

柳青点了头，便对大家说道："大家静一静，别再争论不休了。每个贫下中农在旧社会都有一本血泪账，每个人的遭遇不一样，所受的压迫也就不一样，李金海的诉苦到此结束，现在请李祥同志继续诉苦，大家欢迎。"

李祥从容地站起来说："我在旧社会受的苦，要讲三天三夜都讲不完，那时我家地无一分，全靠父亲给地主乔万财当长工，养活一家人。我母亲体弱多病，带着我姐弟三人挖野菜，下湖摸螺蛳充饥，过着衣不遮体，半饥不饱的生活。哪知天有不测风云，人有旦夕祸灾，我八岁那年，母亲得了肺痨，父亲向乔万财借了高利贷，给母亲看病吃药，谁知年底扣了父亲全部的工钱还欠他十元大洋。乔万财黑心黑肺又狠毒，十元大洋利滚利转眼变成了三十元，带着狗腿子逼债，把我们全家五人赶出家门，母亲被逼无奈上吊自杀了，父亲一气之下去找乔万财拼命，他怎能斗得过有钱有势的乔万财？仇未报却被狗腿子一顿乱棍打死，为了掩盖他的罪行，毁尸灭迹把我父亲抛入月亮湖，至今找不到他的尸骨。"说到这里，他已泪流满脸，说不下去了。

李祥强压胸中悲伤，擦干了泪水，又继续说道："父母都死了，留下我和姐弟三个年幼的孤儿，豺狼心肠的乔万财仍然不放过，把我姐卖给月亮镇上的佃农刘仨当了童养媳，看到我小弟活泼可爱，当时就被他抱回家，后来不知卖到什么地方，至今下落不明，生死未卜。他看到我人虽饥瘦，但挺机灵，又把我强行押到他家抵债放牛。从此，我就成为他家的奴隶。直到解放，镇压了乔万财，我才重见天日，回到月亮湾，分得了土地和房屋，才过上了幸福快乐的生活。"

李祥血泪的控诉，每个贫农都有类似的身世，女人们在掩面抽泣，男人在低头沉思，小孩已不再顽皮。李祥的诉苦把人们带进了遥远的凄风血雨中。

往事如烟，随着岁月的流逝，李祥早已有了幸福的家庭，贤惠的妻子和可爱的孩子。新旧社会两重天，旧社会他是地狱里的人，新社会他是天上的人，饱受风霜的他已知足了。微笑又回到他脸上，他万分感慨地说："一切都过去了，旧社会把人变成鬼，新社会把鬼又变成人。翻身不忘共产党，幸福不忘毛主席，贫下中农听党话，跟党走，谁要走老路，复辟资本主义，我们贫下中农坚决不答应。"

月亮已上中天，夜已经深了，经过一天劳动的社员早就累了，李祥的忆苦思甜收到了预期的效果。全体社员一致选举李祥做贫下中农代表。

陈跃峰回到家里，母亲肖金凤关切地为儿子预备了一盆热水，递过一条浴巾，说："亚芳没有吃晚饭，还在流泪，姑娘嫁到一个陌生的地方，总会不习惯，你要劝劝她，千万不能心急啊。"

母亲是女人，是过来人，她知道男人在新婚夜的猴急，她更理解做新娘的心情。陈跃峰对母亲的关照更是感动，但又觉得不好意思，他腼腆地说："妈，我知道了，你忙了一天，早点休息吧。"

他在擦洗着身体，心里在想着乔亚芳，她漂亮的脸蛋，浅浅的酒窝，性感的嘴唇，在他脑中不断浮现，想到这里，他已冲动得不能自持。他用毛巾擦干水渍，就要进入新房，与乔亚芳共戏鱼水之欢。

突然，从门外传来一阵惊人的铜锣声，这深夜的锣声只有发生了火灾才可以敲起这紧急的锣声！是谁家失火了？他急忙穿上短裤和背心，跑到屋外一看，社屋那边已是火光一片，是社屋失火了！屋里还堆放着几百担粮食，这是全队社员半年的口粮，锣声就是号令，他急忙穿上外套，提了一只水桶就往社场跑去，走近一看，原来烧的不是社屋而是草堆！

王家全敲着铜锣一面跑一面大声喊叫，"快救火啊，救火啊！"小孩的哭声，人们的呼叫，慌乱的脚步声，整个村庄乱成一团！

社场的上空已被大火烈烟笼罩，风卷火势，巨大的火焰在社场上空飘舞，烈火夹着燃烧的噼啪声，呛人的热浪使人无法靠近。人们提着水桶向火焰泼水也只是杯水车薪，大火越烧越旺，火舌不断向社屋卷来，如不采取果断措施，社屋受到高温火焰烤灼，马上也要起火燃烧，麦秸堆烧了已是一大损失，烧了社屋，烧了粮食，损失就更大了。

在这千钧一发之际，陈跃峰大喊一声："随我来！"只见他跳入河中，脱下外套，用水浸湿，然后披在头上，手提水桶，冲向大火，把水泼向社屋。人们跟着他跳入河中，弄湿衣服，排着长队，把一桶一桶的水传到他手中泼向社屋。水火不相容，水是火的克星，任它火舌狂卷，社屋被水雾笼罩，大火后退了，社屋保住了，几百担粮食保住了。

王家全把浓烟中的陈跃峰拖出，他身上的衣服被烈烟烤焦，浑身冒着烟焦味，身上脸上全是乌黑的草灰，他大喝一声："你拖我干啥？"王家全也大声说道："你长时间在烈烟中会倒下的！"陈跃峰再次跳入河中，提出水桶，把水泼向减弱的火势。

更多的人提着水桶冲向火焰，一场大火终于扑灭了。

社场上流着脏污的黑水，到处散乱着烧焦的麦草，蒸腾着白色的烟雾，社员们在此刻谁也不想离开，他们在心里嘀咕着，刚刚还在这里开会，怎么一转身，就烧起这么一场大火呢？

李光义、许云中、李国正他们都来了,他们的脸上也是灰,全身也都湿透了。常队长和王指导也来了。社场上到处是烟雾,高大的麦秸堆变成了一堆灰烬。

李光义问陈跃峰:“怎么着火的?”

陈跃峰拖着疲倦的身子说:“我也不知道。”

常队长说:“一定要排查失火原因,特别是要警惕是不是阶级敌人蓄意破坏。”

陈跃峰沮丧地说:“失火原因一定要查清。我也在琢磨,全队社员都在这里开会,怎么一会儿就着火了?”

许云中说:“会不会是烟头而引起失火的?”

王指导不满地说:“我看这事来得蹊跷,工作队刚进村就出了这等大事。失火原因一个一个排查,先把抽烟的人都叫来,他们的烟头是不是都掐灭了。”

李光义说:“在没有查清失火的原因之前,各种情况都有可能,会议结束后,是谁最后离开社场的?”

王家全说:“我把汽灯熄灭后放进社屋,是我最后一个离开,这里已经没有人了。”

李光义又问道:“是谁第一个发现失火的?”

王家全说:“也是我最先发现的,当我走出社场一百多米时,发现身后有火光,回头一看,麦秸堆起火了,我立即跑去想把火苗扑灭,可是火苗已蹿上了草堆,已经无法扑灭了,我立即跑到家中,敲起了铜锣,大火已经透天了。”

王海松说:“不排除阶级敌人的破坏,我建议,把五类分子全部押送大队部审查!”

陈跃峰说:“地富反坏右纵火破坏可能性不大。他们没来开会,全在家中。会议刚散场就起火了,他们没有放火的时间,再说胆子也不会这么大。抽烟无意失火的可能倒很大,这么多人在抽烟,麻痹大意留下了火种,被风一吹上了草堆。好在抢救及时,仓库保住了。”

王家全说:“我认为跃峰的分析有道理,这是一起麻痹大意造成的失火。”

李光义、许云中虽然同意陈跃峰的分析,但王指导提出要审查五类分子，虽然他们不同意采取这种措施，但也不能反对。他俩同时用目光投向常队长，希望他能做出比较合理恰当的决定。

常队长担任过公社党委书记，县委农工部长，熟悉农村工作，办事干练稳妥，工作队刚进村就遇上了这样的重大事故，他心里比任何人都着急，如果不查不问，也无法向社员交代。面对这样的形势，不查不行，而且必须一查到底。他对李光义和许云中说道："阶级斗争这根弦千万不能松，五类分子一定要审查，群众抽烟也要排查，不论是谁放的火，查实后都要依法严肃处理。这事由柳青和跃峰两人负责，要扩大范围，多方寻找线索，达到快速破案的目的。我相信，群众的眼睛是雪亮的，一定会把这场火灾的原因查个水落石出。"

常队长果断而又全面的安排，一锤定音，结束了喋喋不休的争论。

中秋的月亮已经西斜，时间已经到了后半夜。经历了紧张的救火，大家早就累得打着呵欠，陈跃峰心里更不是滋味，原本甜蜜的新婚夜，开会、救火、排查线索，好心情全没了，他拖着极端疲倦的身子往家走去。

第四章　新娘逃了

陈跃峰没有直接去新房。他浑身上下都是脏，满身的水渍和泥浆，满脸的乌灰，还有一身臭汗味，这个样子能进新房吗？

他到老屋拿了一条干净的短裤和衬衫，不能再让母亲烧浴水了，他轻轻关上门，乘着洁白的月色，来到屋后的河埠上，脱光了身上的衣服，一头窜进凉快的水中，擦洗身上的污渍，他憋住气钻进水中，揉着满头浓密的黑发，哪怕有一点点汗味，他都要洗净。尽管河水是凉的，青春的欲火在萌动，涌动着热血，泡在河中的凉水里，他一点都不觉得冷。

他擦干身上的水渍，穿好衣服，就迫不及待地往新房走去，幸福就在眼前，亚芳呀亚芳，你是否与我一样，在涌动着青春的激情，期待着爱与欲的尝试。新婚的等待，几年的期盼，就在这惊喜颤抖中的一刻。

他不知多少次在梦幻中想过她，在花丛中与她缠绵悱恻，一旦醒来，只留着她温柔的余音，越发感到爱的神秘。在未进入婚姻状态的青年男女，越是不能得到就越是纠结，她身上每一个部位，对他来说都是秘密。他多么想掀开她的衣服，看一看她白嫩的皮肤，摸一摸她高耸柔软的乳房。但不能，老祖宗的规矩在，新娘子的身子，只有到结婚的那天夜晚，新郎才可以把新娘全身看个透彻，全身抚摸个够。人伦的道德约束不允许他有任何越轨行为。她美丽娇艳的容貌，婀娜多姿的身条，细腻妩媚的神态，婉转动听的声音，无一不吸引着他的心扉。虽说她是农村姑娘，还在田里干活，任凭风吹烈日晒，怎么也晒不黑，白得好撩人。一对巍颤颤的乳房，高高挺起，总是包裹严实，生怕漏出一点儿鲜嫩，她走路的样子也是步履轻盈，扭动着腰肢，更显出少女的优雅。在他眼里，乔亚芳是天仙，任何女人都比不上她。这样美丽的外表，她的身子是否也像外表一样可爱？

新房布置得简单雅致，一张四柱木床，一张办公桌放在床头，对面放着一顶立式榉木大柜，在当地农村青年男女结婚，这条件已经是很不错了。

办公桌上点着美孚灯，半明半暗闪烁着光亮，到处都是柔和温馨的气息，乔亚芳坐在床边，泪眼愁容，更显示出她的高贵与贞洁。

陈跃峰爱怜地抓起她一只手说："对不起，到现在才回来，谁会知道草堆会突然起火呢，时间不早了，咱们睡觉吧。"

乔亚芳没有回答他，仍然在抹着眼泪，还带有一丝惊恐。

陈跃峰自顾脱得只剩一条短裤，床上是新铺的凉席，好爽身！

乔亚芳坐在那里，仍然一动不动，陈跃峰起身抱她，温柔地说："我要你了。"

乔亚芳双手一推，甩开他，陈跃峰这时才发现，乔亚芳穿着两条长裤和紧身衣，热出的汗湿透了衣服和裤子，他亢奋的心一下凉了，新婚夜新娘穿紧身衣裤，这是明确告诉他：你休想碰我！

他沮丧地坐在那里，心里有说不出的难受，他所期盼的新婚之夜竟然会发生这样的怪事，他心爱的姑娘竟会对他如此冷漠。也许她在生他的气，也许她在责怪他没有好好陪她。他仍然轻轻地去抱她，并柔声地解释："亚芳，都是我不好，让你久等了。我是生产队长，碰上火灾这种大事，不去能行吗？今后一定要好好陪你，亚芳，别生气了，脱衣睡吧。"

她还是一动不动，坐在那里就像一尊塑像，好美好动人，她的气息在撩拨着他，他再一次冲动起来，向她扑过去，一下把她压倒身下，伏在她身上急切地吻她，她左右躲闪，用手护住前胸和裤腰，到底还是被他的嘴堵住，他腾出一只手，去解她的裤带，她拼命地挣扎，情急之下，猛然在他肩上咬了一口，脱口而出："流氓！"

他吃惊了，松开她，看着肩上的流血的伤口，哀怨地说："我是你丈夫啊。"

她仍然不作声，那目光是恨恨的。

陈跃峰想不到是这样的结局，既然嫁过来了，又不让他亲近，究竟是为了什么？是对他不满意，还是不愿意过性生活？他百思不得其解，用手擦尽了肩上的血迹，露出一排清晰的牙印，他皱皱眉头，忍住痛，从办公桌上拿过一包烟，从不抽烟的他，擦一根火柴点燃了香烟狠狠地抽起来。

秋风吹得窗棂呼呼地叫，秋风把窗外的榆树叶吹得沙沙地响，月光很亮，照得影影绰绰，撒在地上，揉碎了一轮明亮的月儿。

他看着这个既熟悉又陌生的女人，在恋爱期间，几经波折，总以为她把叶东方彻底忘了。他不计前嫌，现在的姑娘谁没谈几个恋爱相几次亲，这很正常。他总认为，姑娘一旦相中了未来的丈夫，就能芳心暗许，一心一意跟定他。殊不知，初恋难忘，难忘初恋，她要不是想着叶东方，在新婚之夜怎么会不准他碰她呢？

他恨叶东方，恨他把乔亚芳迷得神魂颠倒，他也恨乔亚芳，既然答应和他结婚，就应该彻底忘掉叶东方。

然而，乔亚芳已经是他的妻子了，是妻子就应该尽妻子的义务，要和他做爱生儿育女，他做丈夫有这个权利，不同意也不行，因为她是他的，随便怎么做都不过分。他情不自禁伸手去摸她脸蛋。

她没有躲开，也没有破口骂人。

他的手从脸上移到她的胸前，她恼怒地拨开他的手，态度很坚决。

她把脸扭在一旁，不正面看他一眼，他猛地惊醒过来，原来自己是一丝不挂赤着身子。

他不顾这些，扑上去，再一次把她压在身下，解开她衣服的纽扣，扯她的裤子。

她吃惊地喊："你要干什么？"

"干我该干的事，"他气喘吁吁地说。已经剥下了她的上衣，只剩下一件背心，他乘机抓住了她两只饱满的乳房。

她拼命地挣扎，坚决地抵抗，低声哭喊："放开手，流氓！"

陈跃峰的自尊受到莫大的侮辱，再次松开她，愤怒地说："谁是流氓？今天是我俩的新婚之夜啊。"乔亚芳擦着眼泪，不屑一顾地说："我不愿意，你就是流氓！"

陈跃峰被她气昏了，反唇相讥："你不愿意和我亲热，又何必嫁到我家？"

乔亚芳双手抱胸，不回答他的言语，看样子，铁了心似的不让他靠近她。两个人就这样相持着。

月影移过南窗，房内已经暗下来，死一般的沉寂，只有马蹄闹钟在

“滴答滴答”地发着响声。乔亚芳就是不让他靠近，陈跃峰的心情坏到了极点。他迫切要知道乔亚芳为什么要这样，他提高嗓门说：“你说呀，为什么要这样？你怎么不说话？”

乔亚芳转过身来，眼里含着泪花，看着陈跃峰哀怨地说：“你非要我说吗？那我就说，我是没有办法才嫁过来的。”

陈跃峰又是一惊，说道：“我没有逼你，是你同意后才操办婚事的。”乔亚芳放声大哭，哭得是那样伤心，就是铁石心肠的人，看了也会同情，她说没有办法，肯定别有隐情。陈跃峰坐到她身边，爱怜地说：“别哭，别哭，这样会哭坏身体的，有什么难言之隐，我是你丈夫，我会想办法帮助你。”说完温柔地拉过她的手，又说道：“你是不是还想着叶东方，可是他漂流在外，能给你一个安定的生活环境吗？亚芳，一切都过去了，既然嫁给了我，我会对你好的，我们从头开始吧。”乔亚芳挣脱了他的手，把头扭向一边说：“我俩没有开始，因为从一开始就结束了。即使没有叶东方，我也不会爱上你。没有你，也许我现在过得很开心，我的噩梦都由你而起，由你而生，你趁早死了这条心吧。”陈跃峰说：“婚姻不是儿戏，咱们结婚了，两个人在一起时间长了，即使没有爱情也可以培养，一切都会慢慢习惯的。即使你不爱我，你总得承认我俩现在是夫妻。我相信，你是一块铁我也会用爱来熔化你。你不用对得起我，也要对得起你自己啊。”乔亚芳说：“你是自作多情，一厢情愿。你用高压的态势请出乔书记和李书记，我父母怎能受得了，我一家人的性命都操控在大队干部的手中，这不是明摆着逼婚吗？你应该知道，当初我提出的三个条件就是让你知难而退，而你都答应了。明知不可为而偏为之，这能怪我吗？”陈跃峰说：“就算你说的都是事实，这也是我爱你啊。”

乔亚芳不再说了。东方天空的曙光透过窗子照得屋里蒙蒙眬眬，农村的黎明静极了，一只猫在窗外发出凄厉的叫声，大概也在寻找失去的伴侣吧，陈跃峰越来越感到身上燥热，重新坐到乔亚芳的身边，抱紧她，在她肩上轻轻地拍着，像哄一个受了委屈的孩子。乔亚芳始终蜷缩着身子背对着他，一个男人对着一个女人，女人不愿意，男人还能怎么样！

他把手伸进她的背心，摸到了她坚实的乳房，她用双手抱着护住，不让他得逞，他又把手伸向她的小腹，那是多么平坦柔软的腹地，他第一次感觉到女人的肉体竟是这样的光滑柔软，一股欲火骤然升起，他解开了她的裤腰，快速把她的长裤褪下，她在拼命地挣扎，用手抓住裤带，然而一个弱小的女人怎么能抵挡一个强壮男人，长裤终于被他褪下了。只剩下一条裤衩的裸体已被他压倒在身下，乔亚芳感觉到他坚挺的阳物在寻找她身上的部位，只要这条裤衩被他扯下，就能顺利进入她的体内。女人喘着气用双腿夹住，并用双手护住这隐私部位，这是一场惊心动魄的搏斗，男人的尊严是要征服女人，女人的尊严是不受侵犯，男人喘着气要撕下这最后的障碍，双方都要维护自己的尊严，这场战斗不分胜负，男人和女人都累坏了，战斗仍在继续。最后的防线终于被男人扯下了，他摸到了一片浓密的芳草，是那样的柔软可爱，他用力分开她的两腿。然而，持久的拼搏与挣扎，几乎耗尽了他所有的气力，刚刚碰到这片湿润的草地，一股奇异的快感扩散到全身，他再也没有力量深入了。这是欲火燃烧最终的暴发，是两性生理的释放，但可惜的是，它软绵无力，没有进入就一泻如注。

新婚之夜，是男人和女人共同的拼搏，如同苍穹与大地，积聚起巨大能量的阴电与阳电，呼啸着似雷鸣电闪之势，疯狂地扑向另一半的不眠之夜，是人的原始本能释放的狂欢之夜。男人为自己的强壮与亢奋充满征服力而骄傲，女人为自己磁铁般的吸引力而满足。云雨初试，伊甸园的禁果从此不再神秘，可以像家常便饭那样随时采摘。这是人生又一个起点，从而结束单身而担负起延续人类的重担走向新的生活。

这个美妙的日子，男人在热切地盼望，女人在焦急地等待，男人希望女人温柔如水，女人希望男人猛如虎狼，这个人即使在天涯海角，也会因爱而至。相逢全靠缘分，相爱两情相悦，心生爱慕，一见钟情，把芳心暗许，柔情缠绵，非你不娶，非他不嫁。虽然没有爱得天崩地裂，也是几年恋爱，大家都说郎才女貌，天生一对，可就是男不欢女不爱，相逢相聚擦不出火花。情由爱生，性为情生，来不得半点勉强和做作。不要用结局去质疑开始，成全人的是缘分。

男人的力量源于女人，女人的幸福来自男人。谁都知道，女人可以忍受男人所有的缺点和不足，唯独不能接受男人没有耕耘播种的能力。女人和男人一样，希望男人似潮水般的汹涌狂澜。谁都愿意享受快活得都要休克的那种感觉，可她还没有感受到，就匆匆结束了。陈跃峰太累了，新婚夜的第一次，就这样以失败告终了。

乔亚芳恼怒地推下陈跃峰，淌着眼泪下床擦拭，她伤心地哭泣，口中不住地叫骂："你不是男人，明知自己没用，还要害我，你是骗子，你是畜生！"

陈跃峰上前抱住她说："亚芳，亲爱的，我不是没用，更不是阳痿，你挣扎，你反抗，我的注意力都分散了；我疲劳，我心累，你再给我一次机会，我一定能行的。"

有没有性能力，是不是阳痿，男人自己最清楚，没碰着女人时心中发狠，恨不得把女人一口吞下，碰着了女人却又垂头丧气，举不起，心中发慌，越急越不行，人有很多事急不得，特别是一个急着要，一个不情愿的时候，心慌吃不成热豆腐。原本是一件男欢女爱的喜事，到头来却是鸳鸯分飞不欢而散。他有正常男人所有的能力，他有强烈的欲望，瞬间的冲动，他有挺拔的男人器官，只要女人需要，他都能给予。迫切的欲望失去了控制，一切的一切，都不凑巧。但只要乔亚芳配合，他的男性功能一定能再次暴发，一定会成功。

然而乔亚芳已经穿上了衣裤，还在不停地流氓、骗子、畜生骂不绝口，丝毫没有让他再来一次的机会。再强行把她按倒床上，打斗一番，强扭的瓜不甜，他已经没有了这个兴趣。他又恨又气，恨自己在关键时刻不争气，气乔亚芳无理取闹，还在不断恶言伤人，侮辱自己，新婚云雨初试，遇上这种尴尬，他里外不是人，不气不恨也不是人。而更为重要的是，他的致命弱点已经被她抓住，看这闹剧怎么收场。

乔亚芳已经穿戴整齐，把换洗衣服打成一包，看样子就是回娘家！当地的风俗是，新婚的姑娘三天后回娘家，还要丈夫陪伴着风风光光地回娘家，哪有新婚之夜天不亮就走人！如果是这样，无须解释，无须遮掩，原因只有两个，其一新郎官虐待了新娘子，新娘受不了了。其二，新郎官生理上有缺陷，不是男人！

陈跃峰清楚地知道，她一走，天亮之后就成了村上最火爆的新闻，无论街头巷尾，田间场上，都会谈论热议，对他指指画画，一个有能耐的男人，新婚之夜怎能让女人跑掉呢？

他将威信扫地，无脸见人，再也不会吆喝着分配社员做这个，做那个，只要一句话，就得气死你，你老婆都管不好，还管咱！出了这种丑事，自己抬不起头，父母脸上无光彩，亲戚朋友面前都要矮三分。面子是立足社会的根本，威信是做好工作的命脉，失去了面子和威信，他就什么都不是了。

不能让她走！即使要走，也要过了三天，实在合不到一块，只能向外宣布，感情不和，媒人作证，吵着闹着去离婚，然后各奔东西。

然而，这又是一厢情愿，脚长在她的肚子下，她若是爱你，哪怕只要一丝爱意，就不会这样执着，既是夫妻，就让再试一次又何妨？问题的实质是，她根本就不爱你，决不会给你机会。你的面子，你的威信，与她何关？现在有了理由，有了把柄，再不离开，更待何时！

她利索地走出新房，打开屋门，跑到外面，陈跃峰追出门外，她已扬长而去。

出了这样的大事，第一个发现的是肖金凤，她一早起床了，听到了小夫妻的争吵，她在门外听得一清二楚。然后是陈全根，再是陈芳菲。一家四口坐在堂前唉声叹气，昨天还是喜气满堂，宾客满座，今天却是人走楼空，悲声鹊起。新娘逃了，有辱祖宗，是家门不幸。肖金凤在抹泪，陈全根在叹气，陈芳菲在咽咽啜泣。谁家出了这么大的事情，不是闹得鸡飞狗跳。

一家人坐在堂前心里难受，还要担心女方上门闹事，乔坤生为人忠厚不会做出格的事，陈巧娣可不是省油的灯，女儿受了委屈，她决不会善罢甘休。如果陈巧娣带着一帮人闹到门前，全村人来看把戏，不该发生的事却发生了，该来的也避不了，这个家丑注定要闹得沸反盈天了。

王家全和陆明荣来了，他们是来商量工作的，王家全说："五类分子去了大队部，昨夜抽烟的人在社场等着柳青找谈话，一下少了这么多劳动力，这个农活怎么安排？"陈跃峰说："下湖积肥不能松，水稻治虫也不能拖，除去上船积肥的，剩下的劳力安排治虫吧。"

陆明荣说："生产队的麦秸烧光了，社员有了锅上没有锅下的，有人提议买煤分给社员烧，你看怎么样？"陈跃峰说："买煤又要一大笔开支，我不主张。湖边荒滩上有的就是杂草，发动社员去割草自救，不就解决了！"王家全说："这倒是一个好办法。"陈跃峰又说道："今天我要处理一下家事，队上的事你俩多操一点心吧。"

一个生产队几百口人，柴米油盐酱醋茶开门七件事，全要生产队长安排，如果说生产队是一个大家庭，这个生产队长就是这个大家庭的家长，如果说生产队是小小的国家，生产队长就是“总统”，这比喻虽然不恰当，但他只要一个早晨不到场，整个生产队就乱套了。他紧锁眉头，家事集体的事都揪心，他在心烦意乱中，只能坐在家里等待，除此之外，他还有什么办法呢？

王家全和陆明荣走了，他又陷入了深深的痛苦。新婚之夜新娘逃走了，新娘在一夜之间由姑娘变成为女人，这是最大的损失，是无法计算的“掉价”，出了这种事，无论怎么说，责任在男方，女方会来人把新房砸个稀巴烂，把陪嫁一样不少抬回去，然后再坐下来谈赔偿。这赔偿是漫天要价，没有规定姑娘的贞洁和名誉值多少钱，赔几百的有，赔上几千的也有，如果男方不答应，女方来的人，先下手为强，大打出手，然后提出更高的要求，获得更多的赔偿。也许大打一场后什么都不要，只要陈跃峰承认是性无能，男人无用，乔亚芳没坏馒头馅心，还是姑娘身，今后还能像黄花闺女一样嫁出去。无论哪一种闹法，陈跃峰不会睡女人的臭名声传出去了，再也没有媒人为他做媒，再也没有女人愿意与他结婚，他只能做一辈子光棍了。

不是冤家不碰头，他的名誉就这样被乔亚芳坑了，他后悔自己这么傻，这么多的姑娘看上他，追求他，他都看不上，唯独看上了她，爱得那样痴情，爱得那样一厢情愿，早知今日，何必当初，拒绝她的理由有千条万条，只要她与叶东方牵牵缠缠这一条，就可以小看她拒绝她！然而一切都晚了。

乔坤生和陈巧娣果然来了，但后面没有跟着一群人，只有乔书记和李光义，看这情况没有大打出手闹事的样子，也许是乔顺田和李光义做了工作，也许是夫妇俩并没有听信乔亚芳的一面之言，这么一个高高大大、壮壮实实的女婿，怎么在这方面就不行呢？

陈跃峰紧张的心情有所缓解，招呼着他们在堂前坐下。陈巧娣看了陈跃峰一眼，拭着眼泪带着哭声说：“亚芳的命真的苦啊，怎么嫁了这么一个不中用的男人！”乔坤生立刻虎住妻子，说：“事到如今，哭有什么用！跃峰，你明知自己不行，却偏要娶亚芳，丑媳妇总要见公婆，你骗了亚芳，骗了我俩，也骗了李书记和乔书记，你说这事该怎么办？”

陈跃峰说：“爸，妈，我没有欺骗你们和亚芳，也没有欺骗乔书记和李书记，我是一个很正常健壮的男人！要说这事怎么办，你俩去问问亚芳自己，新婚之夜穿着几条长裤睡觉，严严实实地包裹着，不让我碰她，这究竟是为什么？对我不满意可以解除婚约，何必又要这样对待我？”

陈巧娣知道女儿的德性，不禁倒抽了一口冷气问道：“你说的都是真的？”

陈跃峰说：“我是真心爱着乔亚芳，可她心里没有我，有谁愿意刚结婚就在洞房里打打闹闹，让人看笑话？现在全村的人都知道亚芳逃回了娘家，说我不是男人，我的脸往哪里搁？”

乔坤生脾气暴戾，不明是非真相，站起来用手指着陈跃峰的额头说：“你要脸面，我家亚芳的脸面呢？自己有这臭毛病，还有脸责怪亚芳，和你说实话吧，你准备花多少钱，来赔偿亚芳的名誉损失？”

“你回家问问亚芳，究竟谁要赔偿谁。”陈跃峰气得叫了起来。

话不投机，各说各有理，双方吵了起来。

乔书记按住了乔坤生，把他拉到一边说：“事情还没弄清楚，说赔偿还为时太早。”

李光义也拉过陈跃峰走到一边，说：“跃峰，你跟我说实话，你到底行不行？”陈跃峰说：“我说行，你能信，但他们能信吗？”

李书记觉得跃峰的话不无道理，便对乔书记说：“亚芳说跃峰不是男人，跃峰说亚芳无情，男女间的房事谁也不能看着做，也就是说，他俩的话都不能信，还是让跃峰去医院检查吧。”

“我很正常，为什么要去医院？”陈跃峰就是不愿意。

“不敢去医院检查，你就是有毛病！”陈巧娣一把鼻涕一把眼泪又哭了起来。

“还是去医院检查吧，是骡子是马，医院一查不就清楚了。”乔书记也生气了。

李书记是见过世面的人，他相信陈跃峰说的是真话，这样的棒小伙不会没有性能力，可是，没有医生权威的证明，他能证明自己吗？如果这事拖着，损失最大的还是陈跃峰，他要为他洗去身上的耻辱，唯一的选择就是上医院，陈跃峰僵着不愿做检查，显然不利于问题的解决，他做出了不容置疑的决定，斩钉截铁地说：“按理说，做媒到做到把一对新人送入洞房，我和乔书记任务完成了，谁想到发生这样的事呢。跃峰你是明事理的人，今天不去也得去，检查结果出来了，你们爱怎么样，要吵要打随你们。我还忙着呢。”

李书记把话说到这份上，陈跃峰还能不听他的话！

一行五人往月亮镇走去。

镇上有一家医院，方圆几十里的人生病都来这里看医生。医院总共只有十多人，二十多间房，医院虽小名气却很大，这主要是院长何香蓉的大名和威望，她是何许人也？早年中央大学毕业，做姑娘时花容月貌，不爱红装爱武装，从军当了一名国民党军医，军队是清一色的男人，来了一个花朵似的姑娘，犹如狼群中来了一只羔羊，都想在她身上闻到一点花香，可她就是一身正气，不给男人一个媚眼，不听男人一句花言巧语，越是这样，男人越是想靠近她，从她身上捞一点便宜。在一个狂风暴雨的深夜，她的顶头上司撬开了她的房门，强行把她压在床上，要成其好事，她奋起反抗，在慌乱中摸到上司身上的手枪，她一枪打断了上司的腿骨，事情闹到团部，岂容军人强奸姑娘？她的上司被撤职了。从此再也不敢有人在她身上造次。她不但刚烈，而且为人仗义，曾多次营救被捕的共产党员，据说武宜县委第一任书记马文勇，就是她营救出狱的。随着解放军横渡长江解放了苏南，她随着部队起义，摇身一变又成为解放军的军医，后来转业到地方，她医术高明，不久就担任了月亮镇医院的院长。

她至今还是单身一人，也没生过孩子，四十多岁的她正是徐娘半老，风韵犹存的年龄。她听了李书记的一番言语，把陈跃峰关进一个小房，让他躺下，然后脱下白大褂，换上一件细花衬衣，一对乳房若隐若现高高耸起，她的身材还是像姑娘一样苗条，人未走近一股香味早就袭来，她让陈跃峰觉得这个房间仿佛不是病房，而是温馨的闺房，她把陈跃峰的眼睛蒙住，然后一双柔软的手在他腹部轻轻抚摸，只听远处一个温柔的声音飘来：“新娘漂亮不漂亮？她的两只奶子柔软不柔软？啊，她的皮肤一定又白又嫩，小伙子，你不要性急，慢慢地抓住她的奶子，轻轻抚摸呀，不要弄痛她呀。小伙子，想不想抱住她亲亲，新娘是你的，你想怎么样就怎么样。”这娇滴滴的声音，好像是乔亚芳的声音，但又不是，这使陈跃峰想起了乔亚芳被他扯掉了衣服的那一刻，滚圆滚圆的乳房，粉红色的乳头，雪白的小腹，这是多么美丽的肉体！心中一阵冲动，马上有了感觉，下体在急速膨胀。何院长一双柔软的小手在往下移动，在小肚子上抚摸，痒痒的，麻麻的，他从未感受到这样抚摸，这感觉真是好极了！他又听到一个声音，是软软的，娇滴滴的女声，“你看到了吗？新娘已脱光了衣服，等着你呢，慢慢地，轻轻地，你千万别性急……”陈跃峰如梦幻般陷入新婚的甜蜜之中，下体已经完全膨胀发挺，一只软软的小手，仍在不停地搓揉，越发硬挺。啊，是不是亚芳愿意了？是她在轻轻地拨弄！

那发挺的地方突然被重重地一拍，蒙住的白布被掀开，只听何院长咯咯一笑，说：“小伙子，你很健康，这里是医院，回去见了新娘别激动，慢慢地抱住她就行了。”

陈跃峰满脸通红地坐起，何院长把他推出门外。

乔坤生、陈巧娣、乔书记一齐涌进来，陈巧娣焦急地问道：“我女婿有病吗？”

何院长不急着回答，她开出一张缴款单，交给李书记，说：“去交两元检查费。”然后转身对陈巧娣说：“小伙子身体结实，功能齐全，硬邦邦的一张卵，还说它不中用，我还担心你女儿吃不消呢。”

何医生幽默的调笑把大家逗乐了。这回轮到李光义批评陈巧娣夫妇了，他严肃地说：“婚姻大事不是儿戏，看你俩是怎么调教女儿的，跃峰不计较，我们做媒的人脸上也无光啊。亚芳嫁给跃峰就是陈家的人，赶快回家把她送过来，让他们小夫妻团聚。”

陈巧娣这才知道，跃峰没有欺骗他们，说的都是真话，错在自己的女儿。她急忙在医院走廊里高声大喊：“跃峰，跟我一块去接亚芳啊！”

然而，已不见陈跃峰的身影。

第五章　谁是纵火犯

陈跃峰走出医院，就往陈家桥快步走去。他已不必为流言而惶恐，更不必为自己不是男人而自卑。医院开出的证明最权威，他是一个强壮而又功能齐全的小伙子，乔亚芳回娘家是她自己的事。难以言说的困惑，李书记巧妙的一个主意，何院长一番精心设置，把乔坤生和陈巧娣治得服服帖帖，现在他变被动为主动，理在他这边，不是他要向丈母娘和乔亚芳道歉，而是乔亚芳要向他道歉了。

他听得陈巧娣在后面喊他，但他就是不理她。他绝不会给乔亚芳面子，亲自上门去接她。她愿意来就来，不愿意来就待在娘家！每个男人身上有一个雷区，那就是不可触碰的男性尊严。女人可以对男人撒娇，可以对男人无缘无故地发脾气，甚至可以把拳头伸向男人，还可以咬男人一口，只要男人爱她，一切可以由着她的性子“作”。但千万不可以侮辱男人在这方面不行，这是男人至高无上的自尊。乔亚芳不分青红皂白，不让他履行丈夫的职责，还生出这么大的是非，原本是一桩床笫小事，闹得全村轰动，沸沸扬扬，让他里外不是人，丢尽了脸面。再说了，他也该治一治乔亚芳的娇气了，否则，今后怎么平等地在一起生活？

他还有很多事情要做，生产队的农活要安排，一场大火烧光了全队社员的柴，社员有了锅上的没有锅下的，吃饭是第一件大事，总要想办法去解决。还有更要命的，常队长催着要破案，究竟是阶级敌人蓄意破坏，还是无意中失火，这都是一个谜。不破案不行，要给全体社员一个交代。要破案没有线索，他又不是公安局的侦察员，哪有这么容易抓住纵火犯。家事私事，集体的大事，搅得他心烦意乱。

他来到村后的河边，三只农船紧靠在岸边，棆杆和白棚放在一边，显然没有人去月亮湖耙草积肥。他再走到村前田头上，田里看不到一个人，水稻要治虫，人都去哪儿了？难道他交代王家全要干的活，他一件都没有安排?

他急忙走到社场,只见社屋大门敞开着,他进门一看,生产队的男劳力全部都在这里,柳青正在主持会议,全面排查抽烟的人,质问烟头丢在哪儿,丢下后踩灭了没有,社员们挨个儿说明情况。王家全也抽烟,脱不了干系,也在嫌疑人之中,他正在说清楚,说抽了三根烟,当时丢下都用脚踏灭了。陈跃峰心中一阵反感,有这样的破案吗?即使没有踏灭烟头,现在发生了火灾,也不会有人承认没有踏灭烟头。这种排查破案实在太愚蠢了。

他没有责怪柳青,对着王家全吼道:"生产劳动不安排,田里的害虫正在吃稻叶,错过了防治时间,就要歉收,别人不知道,你也不懂吗?"

"我也没办法,柳同志说要排查失火原因。"王家全摊开双手说。

"人误庄稼一时,庄稼误人一季,农时季节不饶人,现在散会!轮到该上船的下湖耙草,其余的拿了农药去治虫。"

柳青的脸涨红了,不满地对陈跃峰说:"集体的麦草堆烧了,就不要追查了?"

陈跃峰说:"我没有说不要破案,白天积肥治虫要紧,晚上有的就是时间,排查线索,并不需要停工排查,可以边劳动边了解情况嘛。"

在生产队的事务上,陈跃峰是不会顾及任何人的面子,即使是柳青,他也不破例。一个生产队,几百口人,顾及了个人就伤害了集体,照顾了少数就伤害了大家,生产队集体的利益高于一切。队长是当家人,他必须处事公道,顾全大局,维护集体利益,就是维护了大家的利益。

社员们一哄而散,轮到上船积肥的摇着船下湖了,剩下的社员拿着农药和喷雾器向田野走去。

柳青随着人们去稻田治虫,虽然一肚子不高兴,但陈跃峰的决定无疑是正确的。会议开了两个多小时,都说烟头踏灭了,就是再开下去,也不会有新的线索发现。提前结束是好事。柳青就这样想着,也就不再生气了。

陈跃峰安排好社员的农活,对王家全说:"社员们担心做饭的烧柴,我们去荒草滩看看吧。"。

他俩来到河边,跳上一只小木船,王家全摇着橹,陈跃峰在船头用竹篙撑着船,荡悠着向月亮湖前进。

八月的河水清，清澈见底，杨柳低垂，鱼翔浅底，几个光着身子的儿童在水中摸鱼，他们看到有船过来，又憋足气一头钻入河底。船儿在悠悠前进，儿童们又露出水面，突然间，一条受惊的鱼儿跃出水面，正巧跌落在船头，陈跃峰"啊"的一声放下竹篙，迅速捉住，竟是一条大鲤鱼，红红的尾巴，鼓鼓的眼睛，嘴巴在一张一合地喘气。他把鱼儿丢进船舱，对王家全说："这鱼儿找死了。"王家全开心地说："它不是找死，是鲤鱼跳龙门，预示着咱们生产队要发财了！"陈跃峰想起了自己婚姻的不幸，苦笑一下说："但愿如此吧。"

两人说话之间，船儿已来到了草滩，草滩上一片一人高的杂草，随风起伏。秋天到了，杂草秸秆硬了，部分叶片也枯黄了，也到了收割的季节。这一片湿地，足足有几百亩的方圆。春夏雨季，淹在水中，秋冬旱季露出水面。千百年来，草长了枯，枯了烂，堆积了一层厚厚的黑色沃土，无人问，没人管。而这块荒草滩，正坐落在陈家桥村的田头。按照村上不成文的规定，落在谁的田头就归谁所有，这荒草滩属于陈家桥三个生产队所有。而陈跃峰的第一生产队，遭遇了失火的天灾，要提前收割荒滩上的杂草，解决有了锅上没有锅下的燃眉之急。

王家全拔起一把杂草说："这杂草茎干硬，叶片少，晒干后火力比麦秸旺，全队劳动力只要用一天的时间，就足够弥补烧毁的麦秸了。可是，二队、三队不同意提前开镰怎么办？"

陈跃峰说："这个你别担心，陈国祥、陆荣汉也不是不讲理的人，他们同情我们的遭遇，况且我们也没有必要多占，把草滩平均分三份，我们撷三分之一，不多占一分，他们也不会有意见！今晚通知各家各户，准备好镰刀工具，明天就行动。"

两人在草滩上拉着皮尺量了总面积，本着公平合理原则，划分了三块。兄弟生产队之间讲团结，讲风格，绝不搞本位贪便宜，这是陈跃峰处理公务的一贯风格。

社员的烧柴困难有了指望，但没有查出失火的原因，始终是陈跃峰的一块心病。他粗暴地解散了柳青召开的座谈会，并不是不要追查，他是觉得柳青的方法不对头，按照他的思路去查案，既耽误了生产又拖误了案情侦破的时间。他每天在村上转，每户社员家里的情况都一清二楚，哪个人有多大的胆量，能干出什么样的事，他都心中有数，哪家来了可疑的客人,会去干什么坏事,他都知道。就是飞进一只苍蝇都逃不过他的眼睛。

他对这起失火原因做过周密的分析,他认为烟头不是起火的原因,五类分子破坏更没有可能。只要稍加思考,阶级斗争风声这么紧,连会议都不允许参加,难道吃饱了撑着,有孙悟空的七十二变,变只苍蝇麻雀吐出一口神火就把麦秸堆烧了?究竟是谁纵的火,他觉得另有蹊跷。要揭开失火的真相,首先要排查在家没来开会的人。

究竟谁没参加会议?只有长期卧病在床的陈根宝和他妻子刘菊香,还有老寡妇卫玉英,没有来参加会议。陈根宝久病卧床,面色焦黄,生病已有半年多,到处求医不见起色,不能劳动挣不到工分处处要生产队对他照顾,集体对他恩重如山,难道他丧尽天良去烧生产队的麦秸?不可能。卫玉英六十多岁了,平时不出家门,她也没有理由去搞破坏。这年头,社员之间,吵架打架时有发生,社员和干部之间,打得头破血流,你死我活的也有,但都是为了各自的利益。人们都知道纵火是犯罪,轻则要拘押,重的要判刑。为了一分工、一根草、一粒粮,犯不着去烧毁集体的草堆。究竟是谁放的火,他决定先到陈根宝家里去看一看,也许能发现一点蛛丝马迹。

陈根宝家住社场的东北角,与他毗邻的还有四户人家,他们都是胆小怕事的农民,而且那天都在社场开会,他们没有作案的动机,也没有放火的时间,只有陈根宝一家人,那晚都在家中,离社场又近,也许他会知道当时起火的情况。

陈根宝的门虚掩着,他推门进去,一阵呛人的纸灰烟味迎面扑来,三个老态龙钟的老太正在念佛烧黄纸,家中到处弥漫着烟雾。她们看到陈跃峰来了,立即扑灭了香火,躲到了里屋。陈根宝的妻子刘菊香上前对陈跃峰说:“为治病,家中值钱的东西都卖了,可他的病还是一天比一天严重。没办法,只能里修外补听迷信,请玉英阿婆来算了一卦,她说根宝撞着了邪神,正在给他驱鬼呢。”陈跃峰关切地说:“有病要相信医生,别搞封建迷信了,这样会耽误了根宝的病情,最好是去县医院看医生,那儿的设备好,能查出真正的病根。你家有困难,我是知道的,再批十元借款给你,明天上县城医院吧。搞封建迷信害人害已,给工作队知道了还要批判呢。”刘菊香流着泪说:“我也知道搞迷信不好,我错了,但总不能看着他一天严重一天。谢谢你的关心，我带他明天一早就上县医院。”

陈跃峰走进陈根宝的卧室，只见他皮黄骨瘦，气息奄奄，才四十多岁的人，病得像一个半老头。他撑起身子抓住陈跃峰的手说：“队长，谢谢你了，你是我一家的恩人！只要我这病能好起来，一定不忘是集体救了我。”陈跃峰把他按在床头说：“村帮村，邻帮邻，你病成这样子，我怎能看着你不管呢？别担忧，你会好起来的。”陈根宝和刘菊香千恩万谢，把陈跃峰送出家门。

陈根宝的家正对着社场，昨夜刮的是东北风，刘菊香搞迷信烧钱化纸，会不会把火种引上了麦秸堆？

刘菊香昨天晚上是什么时候烧纸的？他必须找到卫玉英，来查实麦秸堆起火的真正原因。

卫玉英，六十岁出头，孤身一人，是这个生产队最神秘的人。她年龄不算太大，但早就不参加集体劳动了。然而生活却过得比一般人还要好。镇上的肉铺上，卖鱼的街边上，她经常光顾，会买三两半斤猪肉，买两条鲜鱼，吃得满嘴是油，时鲜果蔬，从不离口，人们羡慕她，眼红她。但她不劳动，这些钱是那儿挣来的？

她的身世也是让人同情的，她不知道出生在哪儿，也不知道亲生父母是谁，只知道六岁时被人贩子卖进了戏班唱戏，由于长得还秀丽，十六岁就给班主做了小老婆，想不到还没生下一儿半女，班主就死在日本人的刺刀下，大老婆卷走了所有的家财，把她卖给了县城的窑子，从此干上了妓女这勾当，直到解放后人民政府取缔了妓院，她经人介绍嫁给了陈家桥的光棍李天发，原本可以安安分分过日子，想不到飞来横祸，丈夫在一场洪水中淹死了。她哭哭啼啼地掩埋了他，从此又过上了孤苦伶仃的寡妇生活。她原本就好吃懒做，不会下地干活，以前还有丈夫养着，丈夫死了生活没有来源就更苦了。三年前的一天夜里，灵官大仙突然上了她的身，她穿着一件道袍赤着脚满村跑，大喊着，她要替天行道给人看病断狱，普救众生。她平时不出门，在家缝缝补补，烧茶煮饭。灵官上身的时候她就不是卫玉英了，她俨然就是灵官下凡，操一口京腔，女人声也变成了男人声，满口胡言某某人拆了灵官庙，注定要绝后，过不了几个月，拆庙的某某独生儿子果然死了。她说整田平地挑高墩填水塘，败坏了风水，陈家桥要遭灾了，果然社场的草堆被火烧了。她和妇女们聊天，聊着聊着，突然晕过去，又突然醒来，然后睁大眼睛说道，你家死去的爷爷来了，要打入十八层地狱，要超度。又说某某家的坟头坏了风水，家人必然要生病。人们既信又不信，如果家中真的出了一点事，或者有人生病了，就被她言中了，就不得不请她花钱消灾。人家给她的钱，到底是给了灵官还是她私吞了，谁也不知道。

她借着灵官的神威，断了不少邻里纠纷，也治好不少疑难杂症，她的名声越来越大，四乡八邻的善男信女请她断案治病，如果她审不清案情，就说你心不诚，如果她治不好病，就说来迟了。无论是怎样的结果，她总能把来人说得服服帖帖。来的人送上十斤米，五斤面，有的送上几块钱，一刀肉，一只鸡，她有吃有喝有用，世上只要有善男信女，就有她的生活，而且过得比别人好。

陈跃峰推开她的家门，她正在忙着糊纸人，堂前的台上放着一个猪头一只鸡一条鱼，她要遮掩已经来不及了。搞迷信是破坏生产，搞迷信是欺骗群众，台上的物品就是赃证，陈跃峰严肃地说："社员们都在搞生产，你又在骗谁的钱？"

卫玉英先是一怔，马上装出普救众人的菩萨模样，连珠炮似的说道："哎哟哟，我天天在家求灵官大仙，保佑陈家桥一方平安，怎能去骗社员群众的钱财呢？"

陈跃峰紧追不放，指着台上的猪头三牲说："你不骗财不骗吃，这些东西谁送的？"

卫玉英知道露了马脚，装得可怜兮兮地说："根宝叔得了重病，菊香弟媳天天来求我，我也没办法，一时糊涂答应了他。你批评我搞迷信，我就不帮她了，根宝的病是好是坏也与我没有关系了。"

她软中有硬，而且还带三分理直气壮。

陈跃峰灵机一动说："那就是说，你一直在帮陈根宝看病做法事？"

卫玉英眼珠一转说："根宝家穷得叮当响，哪有钱扎亭子化灾难？我只是给他念念消灾经，买些黄纸烧点锭。我没有骗她的钱，你要是不信，问一问根宝就知道了。"

陈跃峰心中已明白了一大半，又紧追不放问道："你一个人能干这么多事？"

卫玉英说："我一个人当然做不了这么多的事，刘菊香自己请了人，我给她看准了昨夜的良时吉辰，带着她们把黄纸化了。现在全都做完了。但愿根宝的病能一天天好起来。"

一切都清楚了，卫玉英烧纸的时间和地点都和草堆失火对上了号，失火的原因不是抽烟引起，也不是阶级敌人蓄意破坏，而是搞封建迷信引发了大火。封建迷信是社会的毒瘤，人人都知道是迷信，没病没灾不信它，一旦灾祸来了，又有这么多人信它。封建迷信害人害已，揭开草堆失火的谜底，不但可以提高人们的思想觉悟，还可增强人的防火意识，同时，也对一有风吹草动就是阶级敌人破坏，给予一剂清醒良药。按照这种愚蠢的简单方法，不知要冤枉多少无辜的人。如果按照柳青的方法继续排查，只能钻进死胡同！陈跃峰没有继续追问卫玉英，只是狠狠训了她几句，就急忙走开了。

他必须去西窑，把这情况告诉冯军，因为那里还关着谭君武、陈庭君等人，虽然他们是阶级敌人，管制对象，但他们又是生产队的劳动力，需要他们干活。天地良心，他们也是人民。旧社会他们欺压穷人，已经错了，新社会对他们也应该公道，实事求是。不是他们的错，也不能无辜冤枉。

西窑猪舍远离村庄，两座馒头似的废窑坐落在月亮河边，这是一九五八年大跃进的产物，烧了一阵子砖瓦，在三年饥荒期间再也没有人造房，就废弃了。后来李家桥生产队把当年留下的窑棚改建成猪舍，这里便成了集体养猪场。

在猪舍审讯五类分子的是工作队员冯军，还有李海波和大队治保主任曾国兴。冯军是从劳改农场抽调出来参加四清工作队的。他管理犯人有一套，最拿手的方法就是利用犯人管犯人。他管教一百多个罪犯，把他们分成三类，第一类改造较好的犯人，第二类是表现一般的犯人，第三类就是不服改造的那一类人。不服改造的是少数，但他们有着复杂的心眼，经常制造麻烦，还欺负表现积极的犯人，但又怕改造较好的犯人打小报告。他就利用各类犯人们的心态互相牵制，利用犯人之间的矛盾互相穿插，对犯人的一举一动了如指掌，取得了较好的管教效果。他的中队是模范中队，曾受到劳改总局多次表扬和嘉奖。常队长让他来审讯五类分子，真是杀鸡用上牛刀了。

冯军认为，谭君武当过国民党军队的营长，见识多，脾气犟，难以对付，右派分子陈庭君文化高，诡计多端，想当年对县委书记都敢提意见，也是一个难缠的人，只有伪乡长李天荣，地主婆潘秀凤、孟秀枝是土老包，容易对付，便采取个别谈话，政策攻心，突破一点，全面击破。他用这种方法内部分化，认为一定能取得良好效果，便把谭君武和陈庭君晾在一边，把李天荣叫到一旁说："'坦白从宽，抗拒从严'是党的一贯政策，你要争取主动，坦白交代，并要积极揭发检举，争取立功受奖，这才是你唯一出路。"李天荣说："我老老实实改造，没有破坏，也没看到别人放火，要我去检举谁呀，做人总要实事求是，不可以乱咬人呀。"李海波一听就火了，上前就是一个耳光，大吼一声，说："你是教训冯管教吗？这儿有你说话的份吗？"说完又要再打，冯军拦住了他伸出的拳头说："工作队不搞逼供，更不准打人，让他想好了再说吧。"李海波退到一旁，冯军又唤过潘秀凤和孟秀枝，用同样的话说了一遍，潘秀凤若有所思地说："昨天晚上，我冲凉出门倒水时，看到陈庭君慌慌张张地从社场那边走来，这么晚了，他去社场干什么？我们女人最怕黑夜，立即关门睡觉，一会儿就听到铜锣响了，出门一看，社场的大火已经透天了。我说的是真话，陈庭君的嫌疑最大。"

冯军一听大喜，立即说道："你真的看到了？"

潘秀凤说："我可以和陈庭君当面对质。"

孟秀枝觉得陈庭君一贯为人正直，绝不会干出伤天害理的事，便说道："大姐可不能随便举报，要有真凭实据，不能为了自己立功就瞎说。"

冯军站起猛地把桌子一拍，说："孟秀枝，你包庇陈庭君，为他抵赖，是不是你和他是一伙的？"

孟秀枝急了，急忙解释说："我老老实实参加劳动，和陈庭君素无往来，怎么会与他同流合污？"

冯军审案有了眉目，眼前一亮，哪里顾得再与孟秀枝废话，他示意曾国兴和李海波，把孟秀枝、潘秀凤拖出去，把陈庭君带进来。

冯军看了看这个眉清目秀的中年汉子，一副文弱书生的外表，虽然被太阳晒得乌黑，精瘦的身条仍十分精神，深邃的眼神显得深不见底，一看就是经风雨见世面的知识分子，在冯军的工作生涯中，这种人是最难对付了，右派分子反党反社会主义，对人民有刻骨仇恨，有作案动机，深夜出来干啥，时间又正好符合，就直截了当地问道："昨天晚上出来是干什么的？从实招来！"

"拉肚子，去茅坑大便了。"陈庭君不假思索地回答。

"你胡说，有人给你证明吗？"

"上一趟茅坑要人作证，真可笑。我来这里已经拉三次了，要不要把昨天的大便送医院化验，才能证明我是拉肚子了？"

陈庭君不卑不亢的回答，把冯军说得哑口无言。他如果再这样审下去，势必得不到他想要的效果，还要丢失自己的面子。对待右派分子，硬的不行，倒不如换一种态度，也许能得到线索，于是便说道："你是失火前唯一到过社场的人，如果看到了其他人，也要大胆揭发，党的政策你很清楚，你不说清楚逃不了干系，迟交代不如早交代，还是竹筒倒豆子，直说了吧。"

"我没放火，交代什么呀？总不能凭空捏造一个故事，说给你听，使你破案误入歧途，让纵火的罪犯逃之夭夭。要我说真话，第一，我没放火；第二，也没看到其他人放火。你要打死我也只能这么说。"

陈庭君回答滴水不漏，冯军咬住不放，审讯又陷入了僵局。

隔壁的谭君武唱起了山歌，曾国兴跑过去骂道："你唱什么？"

谭君武说："天天出工劳动，今天难得这么空闲，我又想起了残渎桥打鬼子的那一仗，打得多痛快，我在唱《义勇军进行曲》呢。"

曾国兴说："你闭嘴，《义勇军进行曲》是你唱的吗？"

谭君武说："小伙子，这个你就不知道了，国共合作打鬼子，八路军唱新四军唱，国军也唱，爱国的中国人都唱，才把日本鬼子打败了。"

曾国兴说："你胡说！八路军新四军在抗日最前线，英勇杀敌抗战，国民党反动派打内战，采取不抵抗政策，节节败退逃跑。我上小学时课本都是这么说的。"

谭君武说："国民党镇压共产党是不争的事实，因为两党的政见不同。但在抗日战场上，国军是主力，打的大战役，台儿庄战役一仗消灭了鬼子几万人，那时我是班长，一个班的士兵都牺牲了，只剩下我一个，我端起重机枪，猛烈地扫射，阵地前死了一片日本鬼子。南京保卫战，武汉保卫战谁打的？国军牺牲了几十万兄弟。你只听了一面的宣传，我是亲身经历过来的。"

曾国兴不相信,谭君武扯下了长裤,露出了腿上的伤疤,说:“这个伤疤是台儿庄留下的。”他又掀开了衣服,露出了小腹上的伤疤,说:“这是保卫南京时留下的。肩膀上还有一个伤疤,那是残渎桥阻击战留下的,你听说过残渎桥打鬼子的这一仗吗?”

曾国兴半信半疑地问道:“你参加过残渎桥阻击战?”残渎桥就在月亮公社境内,曾国兴怎么也不相信,他会是残渎桥的抗战英雄。

残渎桥是月亮镇通往县城的必经之路,曾国兴读小学时就听父亲说过残渎桥阻击战的惨烈。日本鬼子要占领县城,就必须占领水陆交通要道残渎桥。国军在桥的南面修筑了坚固的工事,日本鬼子一次次地进攻,都被国军的机枪猛烈扫射打退了。日本鬼子一次次地增援,国军也在增兵把守,双方阵地上横尸遍野,这一仗打了三天三夜,桥下流过的河水被鲜血染红,重创了鬼子的主力。小时候割草,他还看到过国民党政府为牺牲士兵立下的纪念碑。像他这样反动透顶的人,还配做残渎桥阻击战的抗日英雄?曾国兴不相信,然而这伤疤使他不得不相信。

曾国兴听得入神,谭君武又继续说道:“在南京保卫战的战场上,我们连没有一个士兵后退,全连一百三十多个士兵和军官,到撤退时只剩下三十多人。连长牺牲了,我负了重伤,在战场上由副连长升为连长。由于我奋勇阻击,部队在整编时,我又提升为副营长。谁说国军不抗日?在那时,只要是月亮镇的,都会跷起大拇指,国军是好样的!”

曾国兴听得津津有味,在他面前的这个反革命似乎一下高大起来,他的英勇壮举感染了他,便迫不及待地问道:“后来你怎么成了反革命?”

谭君武说道:“我参加过皖南事变,这是我一大罪状,后来,又在天目山血战过新四军,这是第二大罪状,我双手沾满了共产党的鲜血。然而,军人以服从命令为天职,我有什么办法呢?可我还是有良知的人,在镇守月亮湖以后,没有残害老百姓,也没杀害过共产党;相反让出一条路给新四军北辙,要不是让路有功,在镇压反革命时,早就一枪崩了。现在我有老婆有孩子,所以感谢共产党不杀之恩。”

曾国兴说:“既然这样,你为什么要敌视社会主义,去放火烧了生产队的麦草堆?”

谭君武说:“笑话,烧一个草堆就能动摇共产党的政权?就能配合蒋介石反攻大陆？太幼稚了。我早就看透了，国民党腐败祸国殃民，共产党为穷人当家做主，我也是穷苦农民出身，只是走错了路，要是跟了共产党，现在的官儿不比县长小。搞破坏是特务干的事，我在军队最恨这些特务了。”

人的心灵一旦被打开，陈年往事就会像流水一样滔滔涌出。曾国兴相信他说的是真话。但他是历史反革命，即使曾经打过日本鬼子，也是英雄末路，他反革命的本性不会变，他的立场宗旨不会变，必须提高警惕，与他划清界限。

伪乡长李天荣顽固不化，地主婆潘秀凤、孟秀枝百般抵赖，谭君武振振有词，矢口否认，右派分子陈庭君虽然嫌疑最大，但也缺少证据，冯军的审问陷入了僵局。太阳快要下山了，究竟是放人还是继续审问，冯军也感到为难了。

正在这个时候，陈跃峰来了，冯军迎上去说道："阶级敌人太猖狂了，一个个像狡猾的狐狸，都守口如瓶，百般抵赖，你说该怎么办？"

陈跃峰说："那就得检查我们的破案方法与思路是否正确，也像我们打井取水一样，把井打在岩石上，再怎么打下去，就是不会有水涌出来。五类分子没有去放火，而我们盯住他们不放，却让纵火犯在你身边溜走了。依我说，赶快把他们放了。"

陈跃峰形象的比喻，把冯军说得满脸通红。但他仍然没有意识到自己的错，也许他管理犯人有一套，但刑侦和看管不是一回事，他在破案的歧途上越走越远。反而认为陈跃峰阶级斗争觉悟不高，警惕性不强。他生气地说道："不能放人！我就不相信这个案子破不了，把他们再关两天，进行政策攻心，让他们的思想防线彻底崩溃，到那时只能乖乖交代了。"

陈跃峰看到冯军生气了，已经钻了牛角尖，急忙对他说："我通过认真的走访和排查，已初步确定了失火的原因。如果错失破案的良机，让纵火的坏人逍遥法外，你我就成了傻瓜。"

冯军用惊愕的眼光瞪着陈跃峰，似乎在说，就凭你，这么容易找到了破案的线索！

陈跃峰拉过冯军，走到门外，把调查走访的过程向冯军作了详细的汇报。

冯军松了一口气，一下就乐了，拍着陈跃峰的肩膀说："你怎么不早说呢？让我猜谜语，眼看我走进了死胡同，还不拉兄弟一把！把这几个纵火嫌疑人交给我，保证一天内就破案！"他转过身子对曾国兴说："把五类分子都放了！"

冯军去向常队长汇报新的发现，常队长是注重证据的人，只要能查出纵火的人，立即同意了冯军审问卫玉英和刘菊香的方案。

谭君武、陈庭君他们走出了猪舍，晚风夹着稻花的清香迎面扑来，顿时浑身轻松。人最需要的是自由，刚刚还是关押的囚犯，现在自由了。他们心中好不痛快。他们用感激的目光看着陈跃峰，要不是他，今晚肯定要在这猪舍喂蚊虫呢。

陈庭君快走几步，跟上陈跃峰，对他说："有句话不知当说不当说，憋在心里难受。"陈跃峰说："我又不是吃人的老虎，有话你尽管说。"陈庭君看着四面无人，终于鼓起勇气说："我怀疑这把火是卫玉英和金海嫂子放的，但我不敢说，右派分子怎么能揭发贫下中农呢，再则我怕李金海报复我。"陈跃峰说："不管是谁，犯了错就该揭露，你是懂得政策法律的，知情不报就是包庇坏人，大胆地说吧。"

陈庭君受到了鼓舞，把昨夜看到的原原本本告诉了陈跃峰。

"这几天我拉肚子，生产队会议散会后，我又急着上茅坑，看到卫玉英鬼鬼祟祟地走过来，后面跟着金海嫂子褚秀娣，不一会刘菊香也来了，手里提着几大包纸锭，我想卫玉英这老寡妇又在搞迷信，骗钱骗吃了，连陈根宝这样的苦人家也敢骗，真是丧尽天良了。我看着她们点燃了纸锭，但又不想惹事，提着裤子就回家了。到家没睡下就听到救火声，这火不是她们放的还有谁！"

陈跃峰一阵惊喜，完全证实了他的推断。至此完全可以确定是化纸烧钱引起了火灾。现在还有了证人，这把火确实不是阶级敌人的蓄意破坏，而是搞封建迷信烧了集体的麦草堆。

太阳落下西山，晚霞万道，陈跃峰忙了一天，这是多事的一天，这一天他忙了私事又忙公事，他要回家了。家是累了可以憩息的地方，家是亲人团聚的场所，是笑了有人分享，哭了有人抚慰的伊甸园，人人都有一个家，家是人类永远的归宿。他忘不了早晨与乔亚芳发生难以启齿的私房事。他负气没有去接乔亚芳，可是她回来了吗？

第六章　睡地板的男人

乔亚芳回家了。她是被母亲陈巧娣逼着送过来的。

儿媳妇回家就好，陈全根和肖金凤放心了。新婚之夜，小夫妻一个心急，一个惊慌，惹出一点小麻烦，造成误会是常有的事，闹一闹坏事变成好事，查一下身体让人放心了，儿子生理上没毛病，儿媳妇是正宗的黄花闺女，雨过天晴，小夫妻甜蜜地生活在一起，二老只等抱孙子呢。

女人从一个家走进另一家，等于重新投胎一次，重新选择生活一次。这不仅是环境的改变，还是一场潜在的变革，她要接受另一个家庭的人，适应另一个家庭的习惯。同时她又带来自己的生活方式，要让另一个家庭的人适应她。还有她的饮食口味、爱好、言行举止，需要新的家庭成员接受、认可。甚至还有许多细微的情感问题，这需要长时间磨合。刚开始时，是一个人对养他的全家人，慢慢地变成二对二。男人永远不会明白女人的其中滋味。男人是变色龙，好多事只能豆腐煎煎两边皮，妻子面前说妻子的话，父母面前说父母的话。虽然这样，好在不至于孤军作战了。初来乍到，总有些陌生和被动，先顺应局面，然后讲究策略，表面文章一定要做，装得顺从听话，有些事，虽然看不惯，但一定要忍，因为公婆还在，离主宰这个家庭还远着呢。在一起时可以闭口不语，笑而不答，实在话不投机，可以推托走开，走进自己的小天地，小夫妻亲亲热热地讲讲悄悄话，早点休息。这看似在敷衍，其实不是，因为虚晃一枪，可以避免很多尴尬。

走进新的家庭，好多事情摆在眼前，亟待解决，从家中卫生开始，再到餐桌和锅碗，堂前一日要清扫几遍，碗筷要反复清洗，洗碗布用完后要铺开，晾在通风处，筷子要头朝上整齐放进筷笼。习惯需要长时间了解，有些根本不能一时适应，比如烧菜放不放辣椒，能吃或者不能吃，几种口味，众口难调。就是能迁就或者不能迁就，能顺从或者不能顺从的事……最不能容忍的是，女人不能共用一个马桶，唯恐会留下干黄的尿渍。人类直立行走后，开阔了视线，给生活注上一个又一个严格的习俗。社会学家把家庭作为社会的一个细胞，古人把治家作为平天下的基础。家就是一个字，几间房，几个人，但这几间房里的人、发生的事足以影响到一家人生活是否快乐幸福。

一家人在堂前等，不见陈跃峰回来，有时候生产上忙，晚些回来吃饭是常有的事，总不能让儿媳饿着肚子等，肖金凤把饭菜摆上了桌子，招呼乔亚芳先吃了。

乔亚芳一口妈一口爸叫着，让陈全根和肖金凤特别受用，吃完晚饭又抢着洗了锅碗，这样温柔懂事勤快的好儿媳，这年头，戴着眼镜也难找。跃峰有福气、有眼光，选了这么贤惠又漂亮的好媳妇，祖宗坟头上都出笋了。

陈跃峰到家已夜色茫茫了，肖金凤又端出热在锅里的饭菜，他已饿了，狼吞虎咽地吃了两碗饭，就急着往新屋去，母亲拉住了他，关切地说："儿子哎，让着她，千万不能再吵了，传出去让人笑话呢，女人总是女人，你哄着她不就得了。"陈跃峰知道母亲是担心，房中事害羞又不便明说，他挣开了母亲说："妈，我知道了。"便匆匆走了。

乔亚芳坐在新房中，低着头，手中在不停地织毛线，女人就是这样，手中从来不会闲，即使邻里闲谈聊天，手中都在不停地纳鞋底做针线，一家人的缝缝补补，穿戴浆洗谁料理？有女人的男人身上光光洁洁，没女人的男人总是邋邋遢遢，拖牌挂块。女人生来就是照顾男人孩子生活的，乔亚芳继承了她母亲的灵活麻利的品行，她也要做一个贤妻良母了。

陈跃峰一阵高兴，只要她回心转意，能做一个好妻子，跟他好好生活，不管她以前是否伤害过他的感情，他都不在乎，一切从头开始，他要给她温柔，给她快乐，让她做一个最幸福的妻子。

乔亚芳抬起头，轻轻地说："你回来了。"

陈跃峰坐到她身边，热情地说："原谅我没有去接你，昨天生产队失火，实在太忙了。还生我的气吗？"

乔亚芳没有回答他，她又低下头，自顾自地织毛线，是那样的旁若无人。她神态冷艳，不屑一顾，连眉梢都不抬一下，任陈跃峰怎样的热情，她都一副拒人千里之外的冷漠表情，仿佛是两个互不相干的陌生人。只有她的手指在灵巧地不停地摆动，缠绕，才给这僵持的氛围带来一点活跃的气息。看她这神态，她的态度一点都没改变，根本不像是来和好的，谁知道她心里在想什么。

陈跃峰心想，她既然自愿来了，就要和她一块过日子，他不能再惹她生气，便起身给她倒了一杯开水，顺便把医院的检验单放在她的面前，说："你看看吧。"

她抬起眼角，把茶杯推到一边，冷冷地说："这有什么可看的，是男人都有这个功能，难道有这个功能，就可以在我身上发泄？"

陈跃峰不想把关系再次弄得不可收拾，忍着一肚子不满，真诚地说："我俩结婚了，是夫妻，这是正常的男欢女爱，怎么能说成是发泄？"

她放下手中的毛线，眼望着窗外的明月，凄凉地说："不错，我们是结婚了，我就是你的女人，可又是谁，硬要逼着我嫁过来？我不给你，就欠你的；如果给你了，而我不愿意，你要强来，即使得我的身体却得不到我的心。这有什么意义呢？"说到这儿，她的声音已哽咽，满脸是泪水。停了一下，她又说道："你与我，就像两条平行线，永远没有交叉点，你好比是月亮湖里的水，我好比是井中的水，永远流不到一块。你是明白人，话说到这儿你应该清楚了。"

陈跃峰气得脸色煞白，抬高了嗓门，恼怒地说："我不明白，就是不明白，你为什么要这样！"

她打断陈跃峰的话，接着又说道："你受不了吧。我把话挑明，我爱叶东方，我喜欢他，他也喜欢我。我曾试着忘记他，但忘不了。我做了很多次努力，想爱上你，可就是爱不上。但你必须冷静地面对，痛苦地接受这个现实。性，从来是为情而生；爱，只有爱，性才能为情而变得浪漫而又夺目光彩。你非要夺去原本不属于你的东西，我是抵抗不住的，但我会恨你，会从此恩断义绝变成仇人。"

"亚芳，"陈跃峰痛苦地说，"你现在对我说这些，是不是太晚了？你告诉我，你为什么要对我这样无情？"

"干吗要追根刨底？干吗要和自己过不去？干吗非要我在你心上再插一刀？倒是我求求你，咬咬牙，狠狠心，就这样过上几个月，去离婚吧。而且我早就对你说过，别爱我，爱上我你会后悔的！记得那次在我房里你要亲我，而我严厉地拒绝你，而且还骂了你，让你滚开的那一次？也许你还记得，你曾逼着我回答，为什么要喊叫，为什么要骂你，我当时就直截了当地告诉你：我不爱你！免得你心存幻想，我就是要让你死心，要你知难而退，回了这门婚事。"

陈跃峰想起来了，她的确说过，而且说得非常决绝，当时他也灰了心，决定不谈了，还写了绝交信，只是没有发出而已。现在才恍然大悟，是自己欺骗了自己，一厢情愿的爱到头来注定是悲剧。

但陈跃峰仍不甘心，他又问道："你这么讨厌我，你能说说理由吗？"

乔亚芳擦干眼泪说："爱是无理由的，爱就是爱了。但不爱却有各种各样的理由。你还记得读初三这一年，期中考试我和叶东方塞纸条作弊这件事吗？是你到教导处告密，让我受了记过处分，我恨死你了，我咒骂你杀千刀，不得好死！在少女时代你我就结下了怨恨！上高中时，你和叶东方都是三好生，成为学校培养入党的对象。为了能使叶东方跑在你前面，我把两个月的伙食费丢在路边，好让叶东方捡去交公立一功，顺利加入共产党，但他晚到了一步，阴差阳错地让你捡到了，你成了拾金不昧的英雄，而且因此入了党，害得我喝了两个月的酱油汤。高考发榜时，叶东方只差一分，落了榜，要是有这个党员身份，加五分，也不会落得做盲流的下场，早就在大城市拿工资吃皇粮了。我恨你，你还老着脸皮给我写求爱信，要不是为了自己的名誉，我真想把你的情书贴在学习园地上！青春年少时就结了这么多的怨，不是冤家也是对头了。可你还是想尽办法让乔书记做媒，拆散了我和叶东方，逼着我嫁过来。这些事，原本烂在肚子里不说了，又是你逼着我说出来。"

乔亚芳狠狠看了陈跃峰一眼，又说道："你自私，是马屁虫，你嫉妒叶东方，踏着他的肩膀上，把我爱的人逼上了绝路。要不是你横在我和叶东方的中间，爸妈迟早也会答应我和叶东方的婚事，是你害了我，我不恨你恨谁？"

说到这里，乔亚芳放声大哭，发疯般地叫喊："你来啊，你来剥光我的衣服，把我压在床上，来强暴我啊！"她看到陈跃峰没有动静，又说道："你怕了，你不敢？你要真敢那样做，我就死给你看！"说完拿出了一把闪亮的水果刀，然后又深藏在贴身的衣袋中。

陈跃峰惊呆了，久久说不出一句来，他眼中也饱含着眼泪，这桩姻缘，从开始就反反复复，分分合合，从来就没有坦诚地沟通过，他多次想沟通，她也不给机会。生长在父母包办婚姻的年月中，他既向往自由恋爱的甜蜜，但也相信父辈们先结婚，再恋爱，同样也能幸福过一辈子的事实。他见过两情不和的包办婚姻，闹得跳楼、上吊、投河自尽的女人都有，随着生活的磨合，多数能回心转意，从不爱到相爱，从相爱到儿女成群。他和乔亚芳缺乏婚前的感情交流，但坚信爱能打开她的心灵，温暖的阳光能融化她，爱的雨露能滋润她，但他想得过于简单了。她不让他靠近，温情消融不了她仇恨的坚壳，真诚改变不了她与叶东方的山盟海誓。

他与乔亚芳的婚姻，自始至终都是一头热，都是他一个人在唱独角戏。他忽略了爱情最重要的真谛，那就是互相羡慕和互相吸引。乔亚芳道出了少女时代对他的怨恨，才使他如梦初醒。

这根深蒂固的积怨由来已久，不是几句话就能化解，也不是去跪着求她就能得到原谅，解释不清干脆别解释，怨恨的种子早就在她心中发芽生根，长成参天大树了。

他再也不去脱她的衣服，扯她的裤子，即使他有这个权利，他也不想这么做，纯正的家风是他毕生的准则，传统的道德是人格的体现。做人的规范不一定写在纸上，挂在墙上，而是牢牢记在心中，做事有尺，做人有度，三思而行。走不进的世界不要硬挤，化不开的坚冰即使用热水化开也是一盆冷水。难为了别人，作贱了自己，由她去吧。

现在，他不得不重新评估这桩婚姻了，他决定把她还给她自己，让她做出选择。不论她愿意留下来，还是等一段时间去离婚，他把决定权让给她，是合是分由她做出决定。

他轻声对她说："你睡吧。"

"那你呢？"她仍然不放心。

"我睡地板。"

他站起来，在柜子里拿出一瓶酒，咕噜咕噜地和着泪水全喝下。他麻醉了，穿着衣服倒在地板上，呼呼睡去。

窗外的月亮已升到了中天，从天边推上一片乌云，掩盖了皎洁的月光。起风了，吹得树枝飒飒地响，吹得灰尘满地地飞，来得是那么急促，又那么突然。一道刺眼的闪电划过了黑色的夜空，紧接着一声巨响，暴雨倾盆而下。闪电夹着雷声，湛蓝的流光照亮天空，急风暴雨的夜幕把新房发生的一切掩盖得严严实实。

早晨醒来，天已大亮，陈跃峰觉得全身疼痛，头也沉甸甸的，他拍了拍脑门，看到地上的酒瓶，才想起昨天夜里发生的一切。他往床上看去，已不见乔亚芳的身影，她起床了，她去了哪儿？会不会又逃回了娘家？他急忙到处寻找，只见母亲在灶上做饭，亚芳在灶下帮忙，多么贤惠，多么勤快，俨然是一个乖巧的好媳妇，看她装得多好啊，装就装吧，假装毕竟要比逃婚胡闹好！陈跃峰也装着无事一样，他上前对乔亚芳说："亚芳，吃过早饭去大队加工点上班吧，王师傅会安排你工作的。"母亲看到小两口亲密的样子，她开心地笑了。

陈跃峰走出屋子，一夜的雷雨，把天空洗得碧蓝透亮，天上没有一丝云彩。鸟儿在树上欢唱，炊烟在村庄上空飘浮，鸡儿狗儿在蹦跳，他的心里有些酸，拾起一块石头，向鸟儿扔去，鸟儿飞了。他又向狗儿走去，狗儿垂着尾巴也走了。人到倒霉时，连鸟儿都看轻你，狗儿都不理你。

他想回新房睡觉，可是不行，他不想让她看到可怜，更不想让她以胜利者自居。他想去月亮镇，到几个同学那里聊聊，大家都在为生活而忙碌，聊什么？聊自己被刚过门的媳妇抛弃了？还是向他们显耀自己娶了一个养眼的漂亮媳妇？

你渴望得到，就会害怕失去；你害怕失去，这个厄运就落到你的头上，这就是命中注定。有时候不是对方不在乎你，而是你把对方看得太重了；有时候总感觉对方忽略了你，其实可能是你太重视对方了。等不起的人就不要再等了，你的痴情感动不了一个不爱你的人。伤害你的不是对方的绝情，而是你心存幻想的坚持。勇敢一点转个身，必须放弃的就必须放开，才能获得更圆满的自己。乔亚芳不爱你，过程和理由她已说得清清楚楚，再去纠缠，自己都觉得多余。

乔亚芳的"装"，她是在拖时间，在等待某一个机遇，等待一个人，一旦时机成熟，她就会毅然决然地离开。现在也许她乱了分寸，没了主张，一时不知怎么办。人活着，总要顾及方方面面。也许什么都不是，也许还有很多个也许，陈跃峰都猜测过，现在他什么都不想了。

她要装到什么时候？陈跃峰不知道。装下去无非是两种结果，一种是乔亚芳被现实所迫屈服，放下所有的防身铠甲，陈跃峰你要就来吧，这个少女身子等了你二十多年，没有人动过，专等着这一天，让你来耕耘破土，这个身子全是你的了，陈跃峰当然期待那种结果。另一种结果是她在等待叶东方，没有人知道他在哪儿，没有人知道他什么时候回来。一旦回来了，乔亚芳就会毫不犹豫地离开陈跃峰，跟着叶东方远走高飞。到这时，陈跃峰必然落得人财两空，蛋打鸡飞的下场。

无论是哪一种结果，陈跃峰都要面对。时代不同了，男女平等，婚姻自由了，一纸婚书，不是铜墙铁壁；丈夫孩子，再也不是捆绑婚姻的绳索，嫁鸡随鸡嫁狗随狗的封建婚姻早已走进了历史的坟墓。围城再是坚固，总有冲出的缺口。乔亚芳有这样的自由，她有权利决定自己的命运。这不是现实残酷，而是陈跃峰还不够成熟，凭着浮躁的激情，片面追求外表美丽，忽略了爱的真谛，到现在才知道一厢情愿的婚姻是多么的幼稚和无知。

前面的道路还很长，生活还得继续，他不能就此沉沦，他还年轻，爱情不是人生的全部，只是生活中的一个部分。男子汉大丈夫，志在四方，外面的世界很精彩。闯世界，干事业，才是男人的至关重要。生产队不能没有他，一大摊的事务还在等待着他。

男女社员已磨快了镰刀，全部集中在社场，只要陈跃峰一到，一声号令，就会跳上船，摇起橹，开赴草滩。众志成城力量大，有草滩在，总不会让社员的锅灶断了炊烟。

可是，社场上的情况却和往常不一样，不查出谁放的火，社员们不干了！

王家全一点办法都没有，五类分子已经审查过，抽烟的人也调查过，究竟是谁放了火，社员们在逼王家全交出放火的人。

李金海指着王家全说："拿着干部的补贴工，却没有当干部的能耐，当这官儿还有啥意义？还不如辞职回家陪老婆！"当众指责的是王家全，实质是把矛头指向了陈跃峰和柳青。生产队是个大集体，大家都有提意见的权利，大家可以路见不平大吼一声。生产队里的人，你出生在这里了，要走飞不出，就只能在这里劳动生活，一辈子的光阴，从小孩到青年，再从青年到老年，头发白了，皱纹长满，老死了，还只能葬在这块土地上。多少人在得与失之间争得面红耳赤，多少人在荣辱之间打得头破血流，吵了打了还只能在这里过下去。但像今天这样把矛头一致对着陈跃峰和王家全，却从来没有发生过。

骂得最凶的要数李金海，骂了王家全又骂地富反坏右，连工作队也骂了。他没当选贫农代表窝着一肚子气，找个借口泄私愤。社员群众不选他，只要陈跃峰决定让他当，他已是神气活现的贫农代表了。

骂就骂吧，陈跃峰不在乎，生产队长是挡风的墙，铳前的狗，做好了是应该的，做不好就该骂。烧了的麦草是大家的，折腾了一天啥也没查出，社员发牢骚、有意见，很正常。他对着李金海也吼道："吵什么？快去草滩割草，等下午收工回来，就把放火的罪犯交给你们！"

社员们听队长这么一说，那是一定破案了，顿时安静下来，只有李金海没事找事，继续挑唆社员说："你是骗社员去撨草吧！"

陈跃峰双眼一瞪，说："就你多嘴，我什么时候骗过社员？"李金海一脸没趣。陈跃峰转身对着大家又说道："刘菊香、卫玉英、褚秀娣到大队部报到，工作队要和你们谈话，现在就去吧。"他滴水不漏，不透露一点风声。

可是，人们还是敏感的，都在想：草堆失火一定与她们有关。

李金海心怀鬼胎，一听老婆要去大队谈话，顿时火冒三丈，对陈跃峰狂叫："你凭什么，要让我老婆去大队？"

陈跃峰不温不火地说："去大队谈话是工作队通知的，是向她们了解情况，别人想去都没机会呢。"

李金海碰了一个软钉子，他心中有鬼，这几天褚秀娣和卫玉英鬼鬼祟祟地搞迷信，天天晚上都出去，很晚才回家，社场上的大火是不是与她们有关？那可是坐牢的大事！他心中一阵紧缩。他想问问老婆，是不是做了亏心事，然而，要上船去草滩了，他怀着一颗忐忑的心，跳上了已离岸的船。

草滩上的草是茂盛的，夹杂着稀疏的芦苇，这是农家煮饭上等的柴火。妇女在前面收割，男人在后面用草把捆扎结实，然后挑上木船，船上堆得高高的，装满了，人们摇着橹，撑着篙，唱着山歌，运往社场。不论碰到什么样的困难，还是集体力量大，用不着一家一户去犯愁，这就是社会主义优越性。

陈跃峰挥动镰刀，奋力割在前面，在他的身后露出了一片黑油油的滩地，这土地肥沃啊，难怪杂草长得茂盛，要是种上水稻，能不能长得一样旺？月亮湾人多地少，这几年努力攻单产增总产，粮食是多收了，但农药化肥的成本也上去了，纯收入并没有增加。农民对土地的感情，相当于对自己的生命，没有土地，就没有粮食；没有粮食，就没有生命。每一个鲜活的生命，都要靠粮食来养活。几千年来，农民为土地而斗争，而这块肥沃的草滩，就长着荒草，如果把它开垦，种上水稻，一定也能收获金灿灿的稻子。

月亮湾这一片肥沃的良田，千年前不也是荒草滩吗？多少代人的开垦，洒下了不知多少汗水，荒滩变成了良田。沧海桑田，就这么轮回变换。这块草滩虽然地势低洼，只要四面筑起抗洪排涝的圩埂，一定也可以种上水稻，收到更多的粮食，为集体增加收入。

陈跃峰擦拭着脸上的汗水，大脑在不停地运转。他担任生产队长，就多了一份责任，要多收粮食，为社员增加收入，提高生活水平。他要站得高，看得远，要敢于做前人没有做的事，敢于做前人不敢做的事。

强伢突然在草丛中叫起来："快来捉鱼啊，好多的鱼，都快干死了。"

人们放下镰刀，立即跑过去，芦苇滩上经常有干塘鱼，发洪水时鱼儿来到草丛中产卵，洪水退去时忘记了回去的路。人们上前一看，只见一片低洼，只有浅浅一层的水，鱼儿们受惊后，在水中乱窜乱跳，有的鱼儿跳上了岸边，人们争先恐后地跳入水中，用手捕捉。李金海捉住了几条，脱下衣服包好，又跳入水中，又捉又抢。这里的鱼不是家养的，是月亮湖中的野鱼，飞来的鸟儿游来的鱼，全靠力气和运气。

男人在捉，女人也在捉，全身泥浆都不顾，与其说是捉鱼，还不如说是抢鱼，力气大的推倒力气小的，男人总是抢在女人的前面。谁说不是呢？这样的鱼儿不捉白不捉，捉到了鱼就是自己的。这样的好机会，谁能放过呢。

大鱼捉完了捉小鱼，小鱼捉光了摸小虾，只要下水去捉鱼，多少都有收获，只有五类分子谭君武、陈庭君、李天荣，还有潘秀凤和孟秀枝，只能在一旁看别人捉，他们不敢和贫下中农争，眼巴巴地看着鱼儿被捉光了。

没有下水捉鱼的还有陈跃峰，不是他不会捉，也不是他不喜欢吃鱼，因为他是干部，如果他也和社员一样去抢鱼，社员还会听他的话吗？

陈跃峰在想，人往高处走，鱼儿往低处游，可惜的是，到了低处再也回不得江河大湖，等待它们的是下油锅，然后再被摆到餐桌上。而人往高处后又是怎样，他没有想过，也想不到这些。

而草滩上的鱼儿却给了他启发，把这块草滩围起来，便成了养鱼塘，这里可以养很多的鱼。鱼儿不怕发洪水，鱼儿的价格比稻谷高，一亩水面养鱼的收入要抵上几亩稻谷的收入，这片草滩有几百亩，如果养上了鱼，就能抵上生产队的总收入。靠山吃山，靠水吃水，一方水土养一方人。陈跃峰在设想把荒滩变鱼塘的规划。

这是个梦，这个梦很多人想到过，解放前地主张金大就提出过，筑堤垦荒造田，但村上的人早就看出他是要霸占那块滩涂，这个计划未经行动就在一片反对声中夭折了。现在有社会主义集体的优越性，人多力量大，不怕做不到，就怕想不到，没有办不成的事。新旧社会两重天，旧社会豺狼当道，暗无天日，把好事变成了坏事；新社会把理想变成现实，只在咫尺之遥。

陈跃峰一面走，用脚步丈量着土地的面积，他从东走向西，又从南往北走，粗略估计，这块草滩至少也有四百亩，几乎占陈家桥三个生产队粮田总面积的一半，无论是垦荒种粮，还是养鱼栽桑，都是不错的设想。

陈家桥的农民，自古至今牵着水牛拉着犁，在这片土地上春播夏种，靠天吃饭，一年过了一年，一代人埋入了黄土，又一代人成长了，还是吃不饱穿不暖，几十代人就这样走过来，始终脱不掉这个穷，原因是没有足够的地，可是这草滩也是一块地，只要抗住洪水，同样可以种上水稻，向荒滩要粮，向荒滩要钱，未必不是一个好办法。冬天的寒号鸟夜夜"哆罗罗，哆罗罗，快要冻死我，明天就去筑巢窝"。天亮了，太阳出来了，它在温暖的阳光下忘记了昨夜的寒冷，它不思努力，结果冻死了。现在都说穷，穷得叮当响，不怨天不怨地，千万别学寒号鸟，没有神仙，没有上帝，没有救世主，劳动人民就是救世主，用自己的双手去耕耘，用手挖用肩挑去创造，做前人不敢做的事，去干前人没有干过的事。

陈跃峰摩拳擦掌，恨不得变成孙悟空，移山倒海，一气呵成，把大坝筑成。金灿灿的稻谷和白花花的鱼儿，瞬间变成了花花绿绿的人民币，社员们分得大把钞票，造新房，讨媳妇，家家户户过上幸福快乐的日子。

陈跃峰啊陈跃峰，这个生产队长虽然不是官，却重担千斤，身系全队社员温饱的责任，想到就要做到，赶快行动吧。

他又向草滩丛深走去，惊飞了草丛中的一对野鸭，"嘎嘎"地叫唤着，飞向芦苇滩的深处。陈跃峰一阵内疚，对不起，这里所有的水鸟，你们都要搬家了。

这时圩田上走来两个人，陈跃峰一看，是李光义和常队长，他俩也看到了陈跃峰，他们是特地来找他的。陈跃峰来到圩埂上，常队长对他说："小陈，你行啊，冯军、柳青查了一天的案，钻进了牛角尖，而你不费吹灰之力，锁定了卫玉英和褚秀娣，这个案子就破了。"陈跃峰惊喜地说："她们都招了？"常队长说："做了坏事的人原本就心虚，我们采取说服教育，交代'坦白从宽，抗拒从严'的政策，没费多少时间她们就说出了实情。封建迷信害死人，烧纸钱把火苗引到草堆上，要不是救得及时，烧了仓库的粮食损失就更大了。看似一次无意的失火，实质是一起严重的政治事故，这也是阶级斗争的新动向。我们必须从思想上引起警觉，乘着社会主义教育运动的深入开展，把封建迷信思想批倒批臭，以教育广大社员群众。"

陈跃峰说："封建迷信确实害死人，腐蚀了社员的思想，破坏了集体的生产，陈根宝的病被她们拖误了医治的时间。刘菊香、卫玉英和褚秀娣在社员大会上必须做出深刻检查，还要对她们做罚款处理。否则，社员受了这么大的损失，会有意见的。"

常队长考虑了一下，说："对，必须严肃处理，但他们三人的错误，不能一概而论，要分主次。卫玉英以封建迷信为职业，打着帮人治病的幌子，以骗人钱财为目的，必须坚决予以打击。褚秀娣贪图小利，想分半个猪头，积极参与了活动，而且失火后不及时报警救火，不严肃处理不足以平民愤。至于刘菊香，她是被骗的受害者，而且在烧纸时没有在现场，教育批评一下就算了。"

常队长的分析条理清晰，观点明确，轻重得当。李光义和陈跃峰一致赞同常队长的处理意见。

社场失火的迅速破案，结果虽属意外，但可以向全队社员交代了。

陈跃峰领着李光义和常队长走到草滩上，常队长关切地说："要关心群众生活，帮助社员解决困难，这些荒草能弥补火灾的损失吗？"

陈跃峰说："只要开动脑筋，办法总比困难多，就这么苦干一整天，火灾的损失就全补上了。而且还让我得到了一个重要的启发，我想把这片草滩开挖成鱼塘，塘里灌水养鱼，塘埂上栽桑养蚕，多种经营，让生产队增加收入。这是我个人初步的设想，如果大队党支部同意这个规划，就要乘秋旱这个有利季节，发动社员，立即投入劳力，一气呵成。"

李光义虽然感到突然，还是给予了充分的肯定，说："这好啊，草滩放在这儿，长些草也没收入。不过这是一个巨大的工程，草滩的四面要筑起大坝，要挑多少方土？要投入多少劳动力？不打无准备的仗，先核算一下。"

陈跃峰说："我计算过了，草滩面积大约四百亩，四周一千九百米，大坝底宽十米，高两米，总土方工程量约三万方左右，陈家桥三个生产队男女劳动力有四百多，平均每人挑土一百方，大家加把劲，半个月就能完成任务。"

李光义又问道："陈国祥和陆荣汉同意了？"

陈跃峰说："这就是我要向你汇报的原因，希望大队党支部做出决定，做好二队三队的工作，咱们三个队合在一起搞，发扬愚公移山的精神，人心齐，泰山移。"

李光义拍了拍陈跃峰的肩膀说："你小子胆量可不小，人心不足蛇吞象，大坝筑好了，一下就为集体造田几百亩。陈国祥、陆荣汉的工作我负责。"说完后又征求常队长的意见。

常队长不假思索地说："好啊！向荒滩要粮，向荒滩要钱，四清运动要做到运动、生产两不误，我举双手赞成！"

陈跃峰想不到常队长和李书记这么快就答应了。可他还不放心，三个生产队合在一起搞工程，干部思想要统一，社员要发动，只要其中一个生产队不参与，这个规划就难以实现。再说了，临近秋收了，要把全部劳动力集中到开塘工地上，势必会影响秋收的准备工作。真的动手干起来，摆在面前的困难还真不少。

其实李光义早就看出了陈跃峰的担心，他对每个生产队长还是了解的，陈家桥三个生产队，陈国祥绝对没问题，两个生产队决心下定了，陆荣汉还能不干吗？他对陈跃峰说道："决心下定了，就要大胆地干，不要担心有人打退堂鼓，陆荣汉的思想工作有我呢。更不要担心开鱼塘会影响秋收秋种，离秋收大忙还有一个多月，这段时间正适合搞工程。”说完他又对常队长说道：“开挖鱼塘是个大工程，进度、质量都要有专人负责，我建议成立一个指挥班子，由大队长许云中作指挥，陈跃峰任副指挥兼技术员，二队长陈国祥、三队长陆荣汉作为指挥部成员，统一指挥，专人负责，苦干半个月，胜利完成整个工程任务，做到工程和当前农业生产两不误！”

常队长高兴地说：“生产上的事你说了算，运动上的事我们商量着办。我完全同意你的建议，跃峰同志应该给他挑担子了。”

第七章　许云中的艳事

卫玉英、褚秀娣骗钱搞迷信，烧了生产队的麦草堆，像一阵风似的传遍了全村。搞封建迷信已是严重的错误，烧生产队的草堆是放火，放火就是犯罪。要不要坐牢，群众不太关心，这是政府的事，群众想急于知道的是如何赔偿。一个麦草堆，全队社员几个月的烧柴，少说也值几千元，放火犯查出来了，总不能轻描淡写地作一个检查，一分钱不赔就了事。

社场上又点亮了汽油灯，照得通亮，又要开社员大会了，人们猜测着，这次会议肯定与这一场大火有关，早早搬了一个凳子，来到了社场，看如何处理这三个放火犯。

工作队常队长和柳青来了，大队领导李光义、许云中来了，陈跃峰、王家全热情地招呼他们坐下。一下来了这么多领导，是生产队开会从没有过的事，会场显得很严肃，没有人说笑，也没有人交头接耳，连小孩子都不敢高声喊叫，不敢哭闹，因为社场的四周，站着十多个武装民兵，他们肩上背着枪，威武地注视着会场的一举一动。

常队长看了一下会场，问陈跃峰："社员都来了吗？"陈跃峰说："都到了。"常队长又说道："通知五类分子也参加。"王家全转身就往村上走，一路高声叫喊："地富反右坏都听着，来社场开会啰。"

谭君武、陈庭君、潘秀凤这些五类分子岂敢拖延，战战兢兢来到社场，站在一边。曾国兴立即举起手高呼："千万不要忘记阶级斗争！"

会场顿时一片沸腾，几十个拳头举起："阶级敌人不老实，就叫他灭亡！"这口号，这呼声，吓得潘秀凤、李天荣他们嗦嗦地颤抖。口号刚刚停下，民兵营长赵荣军一声高喊："把纵火犯卫玉英、褚秀娣押上来，向全体社员低头认罪！"

卫玉英、褚秀娣被武装民兵押到前面，她俩搞迷信、骗钱、骗吃，烧了集体麦草，已铸成大错，她们自知对不起社员，低着头，老老实实地站着，等待群众的批判，接受生产队的处理。

强伢坐在李金海一边，对他说："金海哥，你一时糊涂，怎么不大义灭亲？早早检举自己的老婆，这贫农代表该是你的了。"李金海脸上红一阵，白一阵，气得站起身走了。

常队长在群众的掌声中慢慢站起来，明亮的汽油灯光，照着他花白的头发，额头上浅浅的皱纹，更显出他的气宇不凡和成熟，他端起茶杯，喝了一口水说："谁能想到，这把火竟是贫下中农自己放的，这充分说明阶级斗争的长期性和复杂性。封建迷信批了十多年，大庙小庙都拆光了，菩萨也砸烂了，搬光了，但这些菩萨和神灵继续在人们的头脑中兴风作浪，还在毒害我们的人民。刘菊香、卫玉英和褚秀娣虽然不是阶级敌人，但起到了阶级敌人起不到的作用，用不法手段欺骗贫下中农的钱财，纵火烧了集体的麦草，犯下了不可饶恕的错误。工作队和大队党支部经过慎重的考虑，决定对她三人进行严肃的批判，并给予改正错误、重新做人的机会。为了教育人家，分别给予卫玉英罚款六十元，褚秀娣罚款二十元的处罚决定。至于刘菊香，她既是受害者，又是纵火者，要从思想上认识错误的严重，在经济处罚上，考虑到她家中的严重困难，给予免于罚款处理。"

下面又是一阵议论，一阵骚动。贫农代表李祥站起说："杀人偿命，放火赔偿，罚几十元钱抵不上失火的损失，咱不在乎批判，只要全额赔偿就是了。"

强伢高着嗓门说："深刻检查顶屁用，一张检查书能抵上几百担麦草？谁稀罕批判这两个贱人！"

"杀人是犯罪，放火也是犯罪，送去劳改农场坐牢不就得了！"老队长陈炳德更是语出惊人。

一时间众怒难平，七嘴八舌，会场像一锅烧开了的水。

常队长招手示意大家静下，继续说道："谁是我们的敌人，谁是我们的朋友，这是革命的首要问题。我们要分清两类不同性质的矛盾，正确处理人民内部矛盾。卫玉英、褚秀娣的错误，虽然性质严重，损失巨大，但属于好人犯错误，她们没有破坏的目的，只是一不小心把火苗引上了草堆，所以是人民内部矛盾。既然是人民内部矛盾，就只能用批评、教育、说服，使其改正错误的办法来解决。”

常队长努力说服了李祥和陈炳德。卫玉英和褚秀娣却耍起了无赖，卫玉英一声惊叫：“我哪有这么多钱？把房子卖了也不值六十元，把我这老骨头去卖了吧。”褚秀娣干脆坐到地下，边哭边叫：“要钱没有，要命一条，还是让我去坐牢吧。”

李金海不愿让老婆丢人现眼，上前就是一个巴掌，说：“谁让你好心帮人，这好事是做不得的！”说完拖着她就回家了。

陈跃峰看到卫老婆子越闹越凶，她孤身一人，吃粮烧柴，都依赖着集体，现今的人不怕你凶，就怕你穷，她拿不出罚款，还能一棍子把她打死！他对赵荣军说道：“还愣着看啥，赶快送她回家吧。”赵荣军双手架起卫玉英，连拖带抱把她送回了家。

麦草烧光了，纵火犯查出来了，都是人民内部矛盾，只要改了就好。领导要掌握处理的政策，社员关心的是切身利益，关心的是罚款多少。一场闹剧就此结束。这让常队长感到寒心，阶级斗争天天讲，月月讲，年年讲，老百姓的觉悟怎么还这样低下，不要政策只要钱。

社员们又平静下来，常队长又继续说下去：“社会主义教育运动，是反修防修的大事，是防止资本主义复辟道路的需要，我们要批判‘三自一包、分田到户’的错误路线，坚定地走社会主义道路。”他话未说完，李祥又站起来说：“老百姓不知道修正主义、资本主义是啥，只要能吃饱肚皮就行。但对查账对证，清算贪污盗窃，多吃多占倒很感兴趣，所以我要问一问，清查什么时候开始？能不能一查到底？查出贪污是不是都能退赔？”常队长说：“老李提的问题很好，按照工作部署，马上就要开始查账，希望广大贫下中农紧密配合，积极检举揭发，提供线索。对于四不清干部的贪污盗窃、多吃多占，坚决退赔，一次退不清的，订立计划，分期退赔，直至退清为止。”李祥又问道：“退赔后是不是可以再当干部？”常队长说：“党的政策是，惩前毖后，治病救人，不是一棍子打死人。只要问题不大，退赔又好，还是要给出路的。”李祥说：“真要让贪污分子东山再起，咱们贫下中农又要吃‘二遍苦’了。”常队长连忙说：“如果有人打击报复，还有我们呢。”

大多数社员觉得与己无关，还是少管闲事为好，自己该干什么还是干什么，挣不到工分养活不了家人，一些人斗干部是自己削尖脑袋向上钻，老百姓不想做官，也不会去同官斗。更多的群众认为，清理账册、彻查贪污盗窃是工作队的事，能把贪官揪出是好事，要公开面对面揭发，还心有余悸。尽管社员还有顾虑，情绪还是发动起来了，常队长的座谈会收到了预期的效果。

会议最后是李书记安排布置生产，他长话短说："荒滩开挖成鱼塘，塘埂可以栽桑养蚕增加收入。鱼塘科学养殖管理，一亩水面能起捕成鱼六百斤，三百亩水面就能起捕一千多担，一年的总收入就有四万多，除去鱼苗饲料成本，纯收入还有两万多，到年终每户可以多分四百多元。这是一个致富规划，符合大家的利益。社员同志们，齐心协力干吧，好日子在等待我们呢。"中国的农民是最纯洁的老百姓，最容易受到鼓舞的群体。开塘养鱼看得见，摸得着，大队和生产队的领导下了决心，社员跟着摩拳擦掌了。

陈家桥三个生产队几百男女劳动力开进了草滩，工地上红旗飘扬，歌声嘹亮。三个生产队是三个战斗集体，社员们手挖肩挑，沉睡千年的荒滩在觉醒，黝黑的泥土翻起见到了太阳，四周的大坝已初现轮廓。站在远处的圩埂上看去，几百人就像蚂蚁一样来回走动，把土挖进挑箕装满，再挑上圩埂，来回往复，塘底一点点低下去，圩埂一点点高起来。人们就用这最原始的劳动，改造自然，以极大的付出，创造积累财富，使一代一代的人们，繁衍生息。

许云中带队参加过大运河疏浚，北固河的疏通和开挖，有着指挥集体劳动的丰富经验。为了提高劳动的工效，他把每个生产队的劳动力合理搭配，分成若干小组，每天划分下达土方任务，每天的任务必须每天完成。组与组之间开展劳动竞赛，社员的积极性上去了，小伙子们赤膊上阵，露出结实的肌肉，在姑娘面前显示出力大无比的强壮，姑娘们也不甘示弱，誓与男人一比高低。每个小组都要争取先进，谁也不甘落后。工程的进度比预想的要快得多。

人口在增长，土地在减少，任何东西都可以创造，唯独土地不能创造。人多地少制约了生产的持续发展，人多地少限制了农民的收入，在农民的眼中，土地就是金灿灿的粮食，土地就是农民的光辉前景和希望，这希望看得见摸得着，出力流汗是农民的本分，最苦最累也心甘情愿。

热辣辣的太阳已升到中天，吃午饭的时间到了，随着陈跃峰的一声哨子，一切行动听指挥，人们放下工具潮水般涌向河边的树荫下，有的夫妻对面坐下，有的一家人团团围住，打开早晨带来的中饭，狼吞虎咽直往肚子送。人是铁，饭是钢，只有吃饱肚子才能大干快干加油干。

许云中的妻子死了，没有人为他操持带饭，肚子饿得咕咕叫。谁让他自己不带饭，他只能靠着树干眯着眼睛看着别人吃饭。

自从妻子生病过世后，剩下两个不足十岁的女儿，他既当爸又当妈，孩子上学了，他把中饭包在学校附近的妹妹家。自己呢，有时吃了早饭就没了中饭，要坚持到晚上，有时碰上好心的社员，知道他没人给他做饭，请他随茶便饭吃一顿，这样的次数多了，他也落下了多吃多占的坏名声。

没有老婆浆洗，衣服肮脏邋遢，没有女人缝补，身上拖牌挂块，没有老婆烧茶煮饭，饱一顿饥一顿，没有老婆的日子不是过日子。幼年丧父，中年丧妻的人生不幸全落在他身上，他只能自叹命苦，好心的人们也为他牵线搭桥相过几个中年寡妇，但人家上门一看，家境不好，还有两个上学的孩子，便再也没有下文了。

然而，在这工地上，却有一个女人在注视着他，关心他，她就是孟秀枝。她把饭盒中的饭只吃了一半就放下了，她想把剩下的饭菜给他吃，但在众目睽睽下又不敢送过去。她拿着饭盒特地在他面前走过，在人们不注意的时候把饭留下。可许云中就是不理她，还丢着眼色让她赶快走开。运动当头，一个革命干部和地主婆拉拉扯扯，让人看见了，简直就是把屎盆子往头上倒，自寻倒霉！

可就是这个地主婆，却疯狂地爱着他，愿意为他做一切，只要许云中愿意，不要他花一分钱，就嫁给他。一个没有老婆，一个没有丈夫，孤男寡女，两家并一家，男人有女人照顾，女人从此有依靠，怎么就不能走到一块？

不是男人不想，也不是女人不要，他们之间有座高山，他们之间隔着一个没有边际的大海，这座高山连鸟都飞不过，这个大海没尽头，一眼看不到边。如果他俩走到一块，女人就是拉拢腐蚀革命干部，男人就是丧失阶级立场。阶级路线像一条人间天河，使他俩隔河遥遥相望，演出了一出现代版的牛郎职女。

哲人说爱情是没有国界的，不分阶级，不分贵贱，男女只要相爱，便可结为夫妻。中国古代，穷人可以爱上富家小姐，公子哥儿可以爱上贫家女，七仙女下凡嫁董永，三圣母情归刘彦昌，任他礼教多重天规多严，有情人终成眷属。可是，天规再严，也严不过党组织的纪律，尽管许云中与孟秀枝青梅竹马，几十年恋情，只能以心相许，暗度陈仓。几度春秋，两人愈加缠绵。许云中老婆死后，曾想辞去大队长的职务，放弃十多年党龄，像鲤鱼精那样，剥鳞抽筋也要换来自由身，与孟秀枝结为夫妻，可是孟秀枝却不愿意，宁可这样担惊受怕，偷偷摸摸，也不能毁掉许云中的美好前程。

他们之间的情感还要从解放前说起，那时的许云中二十多岁，已是一个健壮如牛的小伙子，他的舅舅与孟秀枝家是邻居，那时的她已经十五岁，已出落成苗条秀丽的姑娘，每到麦收季节，许云中都要去帮舅舅收麦，孟秀枝送茶到田头，两人眉目传情萌生了爱意，他舅舅看在眼里喜在心里，一心想成全这对年轻人，于是做大媒把孟秀枝许配给许云中，双方父母已经谈好，只等孟秀枝年满十八岁，便欢欢喜喜地嫁过去。然而天有不测风云，人有旦夕祸灾。一场瘟疫使孟秀枝的母亲长病卧床，家里的当家人倒下了，地主张金大收了租田又逼债，一家人为了活下去，父亲孟春山只能狠狠心，把如花似玉的女儿送到了张家去抵债。孟秀枝在张家做牛做马地干活，一心想还清债务就和许云中完婚。想不到蛇蝎心肠的老地主起了花心，在一个狂风暴雨的黑夜奸污了她，并拿出白花花的一百元大洋作聘礼，父亲贪财悔婚答应了张金大，在月亮镇土地改革的这一年，张金大正式把她收了二房，从此孟秀枝便成了地主的小老婆。下半年，在土改中，她划成了地主成分，张金大一命呜呼后，她自然而然成了地主的小寡妇。

许云中自己给地主做长工，既没财富又没地位，只能眼巴巴看着心爱的姑娘做了地主的小老婆。后来，他分得了土地和房屋，他工作积极入了党，又做了村干部，经人介绍和邻村姑娘徐志英结了婚，才慢慢淡忘了这段往事。

这段不堪回首的往事本该结束了，想不到在一九六〇年，连续三年自然灾害，粮食歉收，苏联逼债，天灾人祸，当干部的也和社员一样，断粮断炊。徐志英得了浮肿病离他而去。痛失爱妻，许云中伤心入肺，家庭的重担全落到他一个人身上，日子还要过下去，以往女人做的活儿他要接过来做，天天要上河埠淘米洗菜洗衣，孟秀枝住在河对面，也到河埠洗菜洗衣，她看着许云中，男人怎么能够做女人的活儿呢？她让许云中把一大堆脏衣服拿过来，帮他洗干净了，晒干了，再让许云中过来拿过去。两人原本就是恋人，都生活在孤独的环境里，彼此是这样的投缘，这种感觉，仿佛在陌生的世界里走了太久，一下子又回到了从前，感到了温暖，孟秀枝还是那么美丽，那么年轻，在他眼中，还是那个乖巧可爱的孟秀枝。在一个漆黑的夜晚，他摸黑到她家中，他抱住了她，她泪流满脸，推开他说："你是党员干部，我是地主婆，使不得，我会害了你的前程，你还是走吧。"许云中说："人活一世，什么都是空的，唯有你，才是我最宝贝的！"孟秀枝一阵颤抖，身子却不自觉地倒在他怀抱里，她守寡这么多年，多么需要一个男人，需要男人有力的肩膀，需要男人强大的力量。她盼着有个男人进入自己的生活，可男人们都像瘟疫一样避开她，再不抓住这个机会，这辈子再也没有做女人的福分了。

许云中再次抱紧她，他感觉到两只丰满挺拔的乳房的温暖，看着瑟瑟发抖的孟秀枝，体内一股强烈的欲望在膨胀，自从老婆死了以后，再也没有碰过女人，他爱怀中这个小女人，她身上散发着迷人的香味，更使他异常兴奋。这股冲动使他力大无穷，胆大无比。他把她轻轻放在床上，脱去她的衬衫，白花花的肉体就呈现在他的眼前，升腾起来的欲望迫切需要满足，他已无法控制自己，迅速扯掉自己的衬衫，裤子滑落在脚下，这具诱人的肉体原本就是他的，他不顾一切地扑了上去。

他搂紧她的玉颈，看到了她几许羞涩，几许胆怯，几许欣喜的神态。他贴近她的酥胸，嗅到她身上与他死去的妻子不同的气味，他深情地吻着她身上各个部位，嗅着她身上兰荷般的清香……

孟秀枝幸福地闭上了眼睛。

他正要拨开她的双腿，进一步侵占她的时候，耳边突然响起了公社赵书记严肃的声音：女人这个塘虽然不深也不大，在里面淹死的人可不少！一些人当了干部，有了权，忘记了自己是共产党员，见了漂亮女人就没了骨头，睡到了别的女人的床上，搞良家妇女，连地主富农也去搞，这是糖衣炮弹美人计啊！赵书记的话多么形象，多么深刻！前任公社党委蒋书记就是睡了右派分子的老婆，最后开除党籍开除公职，遣送回老家劳动了。这是多么深刻的教训！再说孟秀枝这口塘绝不是普通的塘，张金大的妹妹是台湾的美蒋特务，这口塘盛满了拉拢腐蚀干部的污水和浊水，踩了这塘浑水，一辈子别想干净了。

他害怕了，拉起裤子，像兔子一样蹿出门外。这一刻，他听到了孟秀枝伤心的哭声。

孟秀枝仍然在河埠上淘米洗衣洗菜，许云中也在河对面洗衣洗菜，在没人的时候，她依然招呼许云中，把一大堆脏衣服拿过来，然后隔一天，他会再过来，把洗净晒干的衣服拿回来。谁也不提那晚的事，只当从来没发生过一样。

看着自己爱的女人不能爱，他痛苦，他失落，那颗饱经风霜的心被搅得一刻都不安宁。

难道当了干部就不能去爱自己要的女人？就应该失去那份人生应该享受的快乐与幸福？他在自己的命运中苦苦挣扎。

为了大队长这个职务，为了这个党票，他丢失了那份自由，强忍着那份欲念，过着和尚禁欲般的生活，他不甘心。人是一去无回的旅程，年复一年去老去，难道还不够短暂，还不够艰难？一路颠沛流离，有些事让人刻骨，有些事让人难忘，有些景又让人不舍，回首时才发现，苦苦追求的并非那样美好，那样辉煌，心中逐渐空虚，不知看破了多少，也不知放下多少。他的痛苦够多了。回到现实中，再也不想忍下去了，再也不想克制忍受了。

爱情的牵挂，两小无猜，怦然心动，相濡以沫的情谊，在于平淡时光的体贴。经历岁月磨砺，才会真正懂得，政治生命又算得什么？家庭爱情比这职务更加重要。党员只是一个符号，有它无它照样活下去，当干部也不是终身制，哪一天不当了，仍然是一个农民。你看那普通社员，家庭和睦，夫妻恩爱，都比你过得幸福。他要豁出去了。

在一个风雨交加的夜晚，他偷偷地渡过河，又来到孟秀枝的后门，轻轻地敲门，孟秀枝也轻轻地开门，他像贼一样溜进去，抱住孟秀枝，吻住了她的嘴，他觉得这个女人是那样美丽可人，是那样知心和善解人意。他要找一个女人倾诉，而这个女人就是她。对她的思念藏在心里，太难受了，他要放开情怀，走进她的心里。男人是这样，女人更是这样，多年的等待与煎熬，胸中的郁闷和失落，顿时云开雾散，快乐的氛围吹散了天空的云翳。

孟秀枝牵着许云中的手，缓缓走到床边，自己脱光了所有遮身的布条，一个光滑洁白的肉体裸露出来，她躺在床上，叉开双腿，热烈地让许云中看个够，尽情地让他耕耘播种。这是爱的奉献，爱的承诺。女人啊女人，她没有赵书记说得那样可怕，在那口塘里流淌的不是浑水，而是蜜一样的甜水，这样的蜜水怎能淹死人！

往事如烟，这偷偷摸摸的恋情一晃已有四年多。

福兮祸所伏。孟秀枝很有规律的月经两个月不来了，而且还想吐，特别想吃酸的，他们最担心的事情还是发生了。自从许云中和孟秀枝好上之后，许云中和她做那事十分谨慎，一直没出差错，他知道，一旦让她肚子大起来，就无法收拾这个局面。然而，两个月前在胡家渎看电影，她在回家的路上碰到了许云中，他把她拉进了一块桑树地，孟秀枝说没带避孕套，许云中说，就这么一次不会那么准，猴急地把压倒在草地上，两人快活了，开心了，但就这么粗心大意的一次，种下了不可逆转的恶果。

世上有多少儿女情长为珠胎暗结而败露，有多少春花秋月在它们的孕育中灰飞烟灭。许云中和孟秀枝不是不想结婚，有一个爱的结晶。她曾无数次想过同他结婚的情景，相爱的目的是结婚，而结婚又是为了更好地相爱。许云中想辞掉大队长的职务，把孟秀枝明媒正娶嫁过去，就可以名正言顺为自己生儿育女，孟秀枝却坚决不同意，她说他今后会怪怨她，会后悔的。她也不想由此毁了他的前程。在四清工作队进驻这时刻，她怀上了他的孩子，这个孽种来得真不是时候。

孟秀枝心中很纠结，就把许云中约到家中，两人先是一番亲热，孟秀枝突然沉默了，两眼含泪看着他，一副梨花带雨的娇美，就像秋天霜打的茄子一样，哭丧着脸，许云中更加爱怜了，刚才还是激情满怀高高兴兴的，现在变了个人似的，他看着她，憋不住了，对她说：

“秀枝，今天怎么了？”

“我有了。”

“有了什么？”

“我们的孩子呗。”

“每次都用了套，怎么会有了？”

“那天桑树地里的事都怪你，平常你都到家里来，那天也不知你吃错了什么药，非要野外做，说什么天作帐，地作床，有情趣。现在好了，惹出祸了。”

“你就别数落我了，当时你不也是火急火燎的。现在不是谁怪谁的时候，关键是要想出一个办法。”

“趁着月份还不大，赶快去打掉。”孟秀枝坚决地说。

“我要这个孩子，死鬼给我生了两个女儿，没有儿子，你就看着我绝后了！”

“寡妇怀孕了，就是偷人养汉，还要被人背后骂，我还要走出去呢。再说对你也不利，万一别人把你怀疑上，再到医院验血对上号，你这个大队长就得完蛋！”

“完蛋就完蛋，反正这倒霉的干部我也不想干了。我和你一个被窝里睡觉，却不能在一个锅里吃饭。一不做，二不休，就让肚子大起来，只要你坚持不供出我，把孩子生下来。等到风波过后，我再来领养。”

“孩子不在你身上，你站着放屁不闪腰，没有爸爸的孩了，生下也是个野种。你要逼我生下来，还不如让我去上吊，人死了，我俩的关系就不会被发觉，一切都太平了。”说着孟秀枝大声哭起来了。

一个要生，一个不愿生，两人在床上吵了起来。祸是许云中闯下的，他又不承担生孩子的责任，孟秀枝气得屁股朝着他。原本他还想与她云雨一番，这一来心情全没了，再这样吵下去，吵到天亮也不会有结果，他只能提前溜走了。

越是怕鬼越能碰上鬼。他跳上船的这一刻，岸上闪过一条黑影，拉住了正在启动的木船，一个熟悉的声音飘过来：“噢，原来是大队长！这么晚了，你怎么在这里？”这人正是李金海。

为人不做亏心事，半夜敲门不吃惊。许云中这一惊非同小可，他从孟秀枝家后门出来莫非让李金海看到了？他急中生智地说道：“我刚从二队那边过来，用船渡过河，少走不少路呢。”

李金海松开手，用力推开船，并一语双关地说：“用船摆渡，真方便，就不用绕圈子了。”

许云中回到家，如坐针毡，全无一点睡意，香烟一支接一支抽，祸不单行，孟秀枝不肯把孩子生下来，屋漏又逢连夜雨，偏偏碰上李金海，如果把他和孟秀枝的关系向工作组揭发了，留着孩子让人抓把柄，他越想越可怕，越想越惊慌，还不如趁早让孟秀枝去堕胎。

没有了孩子就没有证据，没有了孩子还可以抵赖。任他李金海口若悬河，到处乱说，他可以说他造谣无中生有。捉奸要捉双，他没有这证据，只要孟秀枝死不承认，一条道走到黑，就能蒙混过关。

他又渡船过河敲开了孟秀枝的门，孟秀枝流着泪给他开了门。许云中惊慌失措地来找她，凭直觉，肯定是出门碰到了人。她担心地问道："你又来做什么？"许云中说："我碰上了李金海。"孟秀枝吓得脸色煞白说："那怎么办？"许云中说："只要你咬定不承认，这也没什么大事。可这孩子不能要了，你把孩子去打掉吧。"

许云中突然改变了初衷，孟秀枝觉得很奇怪，要孩子和不要孩子都是他说的，怎么说不要就不要呢？再说许云中走后，她躺在床上也左思右想，好不容易怀上了，是女人都想当一回妈妈，早年那个老地主，年纪大了，不中用，没留下一点骨血，膝下没有一儿半女，自己寡妇一个，无依无靠，现在有了，无论是生个儿子还是女儿，今后老了病了，身边有个孩子，老来有靠。就在许云中走后，短短一会儿，她进行了全面权衡考量，最后还是决定，无论许云中是什么态度，她都要把孩子生下来。让别人骂吧，没有一个女人是正经的，是女人都不要脸，区别在于是和自己的男人搞还是和其他男人搞。她坚定地对许云中说："我要这个孩子，再说了，我也不愿让我们的精血白白流淌到茅坑里。"

许云中看到孟秀枝有意与他过不去，心中不由怒火中烧，说："不行！决不可以生下来！一个地主婆，没有丈夫怀了孕，即使李金海不说，工作队也会追根问到底，到时你顶不住供出我，我俩都死无葬身之地。再说了，生下后，谁来抚养我们的孩子？"

孟秀枝抬起没有血色的脸，气愤地说："要保住孩子是你的主张，现在要打掉孩子又是你的主意，孩子在我肚子里，我的孩子我做主！"

许云中没有办法，硬的不行，只能软说："你当我愿意？没有办法了。我知道你喜欢孩子，工作队总是要走的，只要你听我的，要孩子今后我们还可以生。现在打掉了孩子，什么事都没有了。"

许云中的反复无常，更让孟秀枝伤心不已，她哭着把一对无力的拳头像雨点般捶向许云中的胸膛："你这死鬼，往常都要天亮前走，谁让你这么早就走，现在让李金海发现了，如何是好？”

许云中在哄着她，看她小鸟依人的样子，格外可爱，一股强烈的冲动勃然而起，他扯掉她的内裤，用足全力压上去，利剑般地刺进去，他的身体剧烈地运动起来，嘴里咕哝着说：“你不愿意去打胎，让我把它搞出来，你我都没事了。”

孟秀枝抽泣着，无力地应付着，他是她的男人，他要干就得让他干。

一阵狂风暴雨过后，许云中把孟秀枝搂在怀中，柔和地说：“秀枝，你要沉住气，李金海是否看到我从你家中出来还说不准，听听风声，看看动静，为了安全起见，这段时间我就不来了。”

孟秀枝“嗯”了一声，又泪如雨下。

爱情是伟大的，性爱是迷人的，但在人的身体上，女人永远是弱者。她不仅要背负沉重的精神负担，还要承受肉体上拖累。所以，当女人决定付出自己身体的时候，务必要冷静想一想，自己是不是真的爱上了他，如果爱上了，能否接受男人变心不爱抛弃你的事实。孟秀枝没有想到这些，也从来没有去想这些，她只要有一个男人就满足了。

许云中满足地走了，这一走，就再也不敢踏进孟秀枝家一步。

许云中闭上眼睛，回忆着自己的风流艳事。上天给他两个女人，一个死了，一个却欲爱不能，眼巴巴地看着从他面前走过，却不敢光明正大和她说一句话。现在再想起赵书记讲的话，女人是祸水，一不小心，阴沟里也会翻船，女人这潭水真能淹死人！

今后怎么办？他不会算卦，也不会预测将来，那就过一天算一天吧。

这种忧心忡忡的日子不是许云中一个人。自从工作队进村以后，李光义在担心，常队长已经放出话，他多分自留地给社员，就是走资本主义道路；而这次运动就是要整党内走资本主义道路的当权派。李国正也在担心，他造了三间楼房，有人举报他贪污了，说得有鼻子有眼，工作队还刚刚开始查账，究竟有没有贪污，凭他家中的收入，“三看一比”就能知道，造这三间楼房的钱是哪儿来的？李国正犯的错误比李光义更严重。别管别人了，想想自己吧，与地主婆睡在一个被窝里，一个腐化堕落的锐化变质分子，下场比他们还要惨。

许云中坐在树下闭目养神，二队长陈国祥、三队长陆荣汉悄悄走来，他俩被工作队谈话了，心中正窝着一股闷气，无处发泄。见着了这个顶头上司，想顺便刺探一些“情报”，便在许云中的两旁坐下，陆荣汉气不从一处来，说：“你是知道的，一九六〇年秋天，公共食堂断了粮，停办了，我冒着撤职的风险，把麦种分给了社员，才避免了饿死人的惨局。现在社员揭发这是私分集体粮食，破坏集体生产，工作队赵志要我做出检查，退赔粮食，这明明是分给全体社员的，干吗要我一个人退赔？难道看着老百姓饿死了，就是坚持原则？”

许云中知道这件事情的，说实话他是赞成陆荣汉的当机立断，但赵志说了，要退赔，他能和工作队唱对台戏吗？他放下脸严肃地说：“认了吧，党的政策是惩前毖后，治病救人，只有认识了错误，作了退赔，才能过关呢。”

一队会计陆明荣看到树荫下谈得热闹，也凑过来探听风声，他对许云中说：“工作队柳青找我谈了话，要我交代经济贪污的问题，生产队就这么一点收入，社员们都看得见，我没贪污，没有啥可交代。我去年做了一次以粮换山芋的买卖，赚了一百多元钱，柳青又说我是长途贩运，搞投机倒把，要把非法收入退出来，我一口拒绝了他，他说我态度不端正，要从严处理，还要彻底清查所有账册，你说我该怎么办？”

许云中摆出大队领导的架势，一本正经地说：“每个生产队的账册都要查，问题不在大小，关键在于态度。毛主席他老人家早就说过，有则改之，无则加勉。运动才刚开始，你就受不了啦。”

陆明荣不作声了，许云中又对陆荣汉说道：“你的问题还多着呢，据我知道，你还和会计合伙卖过集体粮食，你还是主动交代，早一点放下包袱，争取宽大处理为好。”

陆荣汉原本想来找些安慰，想不到碰了一鼻子灰，被他训了一番，不由怒火冲天，他站起来指着许云中说：“一盆子屎倒在你头上，你受得了？”他觉得仍不解恨，不戳他的伤疤不痛，打蛇要打七寸，他直指许云中的短处说道：“你老婆死了，你和地主婆孟秀枝好上了，你也去向常队长老实交代，争取轻装上阵！”

许云中一惊，啊，陆荣汉都知道了他和孟秀枝的事，社会上一定传得沸沸扬扬了，而自己还在掩耳盗铃，假装镇静，他涨红了脸说：“谁和孟秀枝私通了？她看我可怜，给我孩子洗几次衣服罢了。”

陆荣汉又说道："你没偷女人觉得冤枉，我没贪污集体的粮食要我退赔，说几句气话还不行？你是领导，要实事求是，不可以讲屁话，糊弄人。"

许云中这才松了一口气，陆荣汉只是打的比方，是说的气话。但他的比方绝对不是空穴来风，群众的眼睛是雪亮的，他庆幸自己有预见，不和孟秀枝来往了，并坚决要把她腹中的胎儿打掉。

许云中看到陈跃峰向他走来，手中还提着一罐饭。

饥饿的滋味是难受的，一股强烈的食欲再次惹得许云中肚子咕咕地叫唤。

陈跃峰揭开饭盒，一股饭香溢出来，他递给许云中说："知道你没带饭，这饭给你留着，赶快吃了吧。"

许云中感激地接过饭罐，狼吞虎咽地吃起来。

陆明荣余气未消，他对陈跃峰说："从明天开始，我这会计不做了，你让工作队另选他人吧。"

"这个时候卸担子，你发神经啊。"陈跃峰知道他是发牢骚。

"我用稻子换山芋，再把山芋卖了，赚了一点钱，稻子是自己的，碍着谁了？"

陈跃峰这才清楚，他是为退赔投机倒把的赃款在赌气，陈跃峰也火了，冲着陆明荣大声说道："你还有理？你私开了生产队的证明，粮管所扣了我们集体稻子换山芋的计划，社员吃亏了，你赚钱了，难道这钱不应该退吗？不处分就便宜你了。"

陆明荣低下了头，陆荣汉也不作声了。

陈跃峰把话挑开了，说："现在很多人对四清运动不理解，对自己的错误不认识。这么多年来，群众信任我们，是要我们为大家办事，而不是谋取私人利益。骂我们的人，批评我们的人，大多数是好人。有的还骂得很凶，有那么一股报复的情绪，我们要理解他们，换一个位置来想一想，也许我们比他们还要骂得凶呢。群众有一肚子的气，让他们发泄出来就好了。不管讲得如何尖锐，都要抱着'有则改之，无则加勉'的态度。清除腐败，改变作风，退赔不义之财，是社会主义教育运动一项重要的工作。不要想不通，不要怕退赔，错就是错了，改正了还是好同志。我当队长三年来，虽然没有多占集体一粒粮，一根草，社员照样对我有意见，工作队要我检查错误，社员还在给我提意见，说我作风粗暴，我心中当然也有气，然而细细想起来，我的官僚作风还真够大，开口闭口骂社员，动不动就扣社员的工分，再不改掉这些坏作风，干群关系就变成猫鼠关系了。”

拿了集体的手短，侵占了集体的理屈，陆荣汉他们刚才还振振有词，听了陈跃峰的一番话，都低头不语了。

工地上又响起了哨子声，人们像潮水般地涌向工地。

第八章　光棍的情欲

鱼塘工地上，秋阳高照，红旗招展，迎风飘扬。

一个生产队插着一面红旗，代表一个战斗集体，三个生产队插着三面红旗，代表三个战斗集体。民兵营突击队、共青团突击队，他们的工地也插着红旗。每个突击小组都有一面彩旗，十几个突出小组就有十几面彩旗。旗帜代表了争创先进的决心，也增添了工地热闹的氛围。整个热火朝天的工地，是一片人的海洋，也是旗帜飘扬的天空。

人们挑着担，排着队，从低处往高爬，把一担一担的泥土倒下，然后走下去，再挑着满担爬上来，循环往复，宽阔的圩埂在长高，塘底在向下延伸，一个巨大的长方形鱼塘框架已经形成。

人们挑着土吭哧吭哧地往上爬，挑着的泥土仿佛不是土，而是一担担的财富，淌下的汗珠仿佛不是汗，而是播下的一粒粒种子，放入水中一条条的鱼苗。种地的农民，从来不在乎汗水和力气，他们的希望很简单，能吃饱穿暖，再多分几个钱，这就是社会主义的幸福生活。

为了加快工程的进度，争取在早稻开镰收割前完工，四清工作队，学校教师都来参加义务劳动。各行各业支援农业，农业是基础，手中有粮，心中不慌，这已成了所有人的共识。

李光义、许云中和李国正挑起满担的泥土，踏着矫健的步伐，带头走在前面。常队长和王指导带着工作队员也在参加劳动，他们从事不同的工作，有的从未挑过担、干过活，现在赤着脚，一身污泥，满头汗水，不在乎能挑多重的担子，关键是干部要起到模范带头作用，能与劳动人民同甘共苦。他们只有一个目标，四清运动搞好了，农业生产也要跟着上一个台阶。

陈跃峰、陈国祥、陆荣汉带领自己生产队的社员，为了充分发挥社员的劳动积极性，把土方任务分到户，落实到人，互相之间开展比学赶帮超，谁先完成土方任务，谁就可以先下工。大队长许云中还说了，要给超额完成土方任务的先进个人发奖状。先进光荣，谁也不愿落后。三个生产队的劳动力是工地的主力军，他们的进度，决定着整个工程的速度。

大队民兵营和共青团展开了竞赛，民兵营长赵荣军是复员军人，生得熊腰虎背，此刻光着膀子用箩担装土，民兵个个是壮年汉子，圩埂上的堆土已高出共青团工地一截，眼看就要夺取先进当劳模了。

共青团书记李海波，看在眼里，急在心里，他找来李新秀，两人暗暗商量，硬拼赶不上民兵营，决定晚上挑灯夜战把进度赶上去，誓夺先进不松劲。

民兵营和团支部较上了劲，带动了整个工地的比学赶帮超。小学生站在圩埂上，挥动着手中的小旗帜，齐声呼着口号：

> 下定决心，不怕牺牲；
> 排除万难，去争取胜利！

口号声声，童音稚嫩，一遍又一遍的高呼，让热火朝天的工地更加热闹。

李新秀看着这激动人心的场面，放下挑担，放开喉咙，一声领唱，共青团员们歌声顿时响彻工地上空。

> 五星红旗迎风飘扬，
> 我们的歌声多么嘹亮，
> 歌唱我们亲爱的祖国……

歌声振奋了人心，歌声鼓足了干劲。人们挥舞着铁耙，铿锵健步挑着担子，先进带动后进，先进更有强中手。一家一户的劳动生产，人们没有力量开发荒滩，只有社会主义集体化的优越性，才能干出大事，创造奇迹。集体的利益就是社员的利益，锅里有，碗里才有，集体富，社员才能富。社员迫切致富的愿望，化作坚忍不拔的动力。

紧张的劳动，愉快的休息，又到了休息时间，随着一声哨子响，人们在原地坐下休息，有的人找到大树下的阴凉处，充分利用半个钟点的时间，说笑、喝水、吸烟。男人们坐在一块说养鱼捉鱼；妇女们在一块谈养蚕，扯家常；姑娘小伙们坐在一块谈理想，谈人生，谈爱情。几百个人就坐在不足半平方公里的土地上，满世界都是人，这壮观的场景，只有在河工上，工地上才能看到这一道最靓丽的风景。

每个人都有一个生活圈，朋友圈，休息时人们按着自己的圈子，坐到一块，谈天说地，交流各自的生活与喜悦，只有强伢这个人，他无处可去，挨着男人坐下人家不理他，坐在年轻人一块，人家讨厌他，他要往女人堆里钻，女人们"哄"地一下就散了。

他没有人缘，他孤独，这不能怪别人，只能怪他自己。他三十岁了，还是光棍一个。没有人为他做媒，没有相过一次亲，更没有闻到女人味。他生来就有一种"病"，手脚不清爽，不论是妇女和姑娘，有机会就要在她们奶子上捏一把，捏不着奶子也要撞一下，再粗言俗语调戏一番，然后笑嘻嘻地离去。这样的男人，女人见了他像见到了瘟神！

他转了一圈，来到民兵营的工地上，赵荣军正在讲抗美援朝的战斗故事，看到他坐下后，赵荣军停住不讲了，民兵们站起离开了。他又走到共青团员们的工地上，姑娘们拥上来赶他走，不让他坐下。他像一只掐了头的苍蝇在工地上乱飞乱转。

他记得以前不是这样的，他虽然是孤儿，人们都没有嫌弃他，也没有用异样的眼光看他，衣服破了，邻居嫂嫂让他脱下帮他缝几针，家中断粮了，村上的老人会借给他，人们同情他关心他，什么时候人们一下就变了呢？那还是在五年前的一天夜里——

他是单身汉，队长陈炳德让他住在社屋里，这是照顾他的肥差，牛棚里拴着两条牯牛、一条小母牛，晚上起身给耕牛喂两次料，一年可以记上五十个工分。他把三条耕牛照顾得无微不至，并特别喜爱那条小母牛。在他眼里，那条小母牛温顺得像一个姑娘，特别的可爱。在分发饲料时，把嫩的鲜草喂给小母牛，豆饼之类的精饲料总往小母牛的槽里添。小母牛也知道他关爱它，见了他就"哞哞"地叫。只要你对牲口好，牛也通人性，人和牛也会产生感情的，比如在喂料时会不停地舔你的手，还会靠着你的身子擦痒痒，这些都是牛对人亲密的动作。那天黄昏大队放追鱼的电影，他去看电影了，碧波潭里的鲤鱼精冒充相府千金跟张君约会，是那样的多情，那样的温柔，深深地拨动着那颗骚动的心，一时间他竟想入非非，小母牛会不会变成一个漂亮的姑娘，也等他去约会。他神差鬼使般地走进牛圈，拍拍小母牛的屁股说："小母牛啊小母牛，你要能变成一个漂亮的姑娘就好了！"想着想着竟无端地冲动起来，下面硬得难受，便脱下裤子，意欲同它做爱，这母牛怎能依他？倔强地在牛圈中乱转，始终不能让他得逞。他一时性起，便把小母牛牵到场上，在地上钉下四个木棍，把牛脚拴住，小母牛再也不会犟了，他痴痴地说："看你犟到哪里去？"便急切地爬上小母牛的背上，像牲口交配那样，竟把小母牛奸污了。

第二天，队长陈炳德发现小母牛不能走动了，立即请公社兽医来医治，兽医作了认真的检查，说牛脚崴了。陈炳德说："小母牛还没学会干活，脚怎么会无缘无故地崴了？"牛是生产队的大牲畜，陈炳德问强伢："小母牛的脚是怎么崴的？"强伢红着脸说不知道。陈炳德又向群众做调查，李金海上小学的儿子虎儿说："这条小母牛是被强伢搞坏的，我亲眼看到他骑在牛屁股上和它配种，如果你们不相信，地上还钉着四个木桩呢。"小孩子讲话既可信又不可信，炳德队长到现场一看，真的有四个木桩！

炳德队长把强伢捆了扭送到公社，县公安局来人了，经过一番调查取证，人证、物证都在，强伢不得不承认，把小母牛的四只脚绑在木桩上，强奸了小母牛，法院以破坏生产罪、流氓罪判处强伢有期徒刑六个月。

刑满释放回来后，孩子们抓他脸皮，羞他和小母牛生了一个牛魔王，老人们说他是骚牯牛转世犯了采花心，妇女和姑娘们见了他更是胆战心惊，能和牛做这种事的人，他的卵有多长多大，吓死人了！从此以后，再也没有人敢接近他，再也没有媒人踏进他的门，年龄一年大一年，他也错过了婚龄。女人见了他等于见了鬼，母牛都被他搞坏了，有哪个女人能吃得消！

他走到这里，人家不欢迎，走到哪里都讨厌他。现在他只剩下一个机会，就是远远地看女人，看她们鼓鼓的奶子，滚圆的屁股。这样虽然能饱眼福，但根本解决不了性的饥渴。女人的性感只点火而不灭火，结果往往是适得其反，更使他感到迫切的饥渴。

他听到了姑娘的歌声和笑声，这笑声直往他耳朵里钻，像一根无形的绳索，在牵引着他。姑娘们像一朵朵的鲜花，散发出诱人的花香，撩拨他的鼻尖，他似一只采花的蜜蜂，嗡嗡地乱转乱飞，还没有落地，姑娘们起身走了，还用手扇着鼻子，怎么有一股牛臊味！

他就生活在这样孤独的环境里，活得落魄，活得毫无意义。他也想努力表现自己，即使做得最好，也没有人欣赏，没有人表扬。尽管身边人来人往，却好像被所有人遗弃遗忘。这是多么苍凉的人生，他一个人在陌生的世界里独行独走。

走着走着，耳边飘来一个悦耳的女人声音："强伢，口渴了吧，这儿有水。"

他回头一看，是地主婆孟秀枝，虽然他是劳改释放犯，同样是坏分子，却看不起这个地主婆。孟秀枝比他大三岁，是同一年龄的人，在一个生产队劳动，一年也说不上几句话。而今天，他觉得她是那样的亲切，别人不理他，她还招呼他喝水呢。

他接过她手中的茶杯，咕噜咕噜把一杯水全喝下了。

孟秀枝怎么会突然对他发慈悲呢？她恨他恨到骨子里，恨不得他雷劈刀杀下油锅，走在平地上摔跟头呢。

这要从强伢从劳改释放回来的那一个夏天说起。他劳改刚回家，没有劳动奖粮，只有基本口粮，半年的口粮两个月就吃光了。俗话说，穷邋遢，饿偷食，没有吃的，人总要活下去，只能在张家的自留地上摘一个玉米棒子，在李家的地里偷一个南瓜，饱一顿饿一顿，勉强糊口度过这青黄不接的日子。而孟秀枝自留地上的芋头长得特别好，他就经常去光顾。芋头被贼偷了，孟秀枝总想抓住这个贼，天黑了，她伏在田埂上，一会儿，强伢拿着竹篮镰刀又来了，孟秀枝上前抓住他，强伢不怕她，用力甩开她，女人不是男人的对手，他不逃也不走，反而淫邪地说："地主婆的芋头不吃，吃谁的？我还要吃你的人呢！"说完上前抱住她，扯她的裤子，孟秀枝拼命地挣扎，无意中碰到了他下面棒硬发挺的东西，她用劲一捏，痛得他像狗一样尖叫，他才松开手，孟秀枝才得以脱身，慌不择路跑回了家。明天早晨去一看，芋头还是被他偷了。从此两人结下了怨仇，见了面也不说话。

孟秀枝也是孤独的，许云中为避嫌疏远她，她就更加孤独了。自从怀上了这个孽种后，她满腹心事，又无人可诉。在漫漫长夜中，用手摸着小腹，爱恨交加，只要有可能，她会把胎儿挤出来，但又舍不得，这是她自己的亲骨血，哪有做娘的亲手扼杀自己的小生命，但要把孩子生出来，麻烦实在太大了。左思右想想不出好办法。美好的东西总是没有在适当的时候来临。而她又没有选择的余地。

孤独是一座高高的围城，围得四面密不通风，里面没有热闹，没有温暖，没有朋友，没有快乐。高兴的时候没有人与你分享，落魄时没有人为你担忧。你冷眼看世界，这个世界也冷待你。你燃烧自己的生命，照着镜子孤芳自赏，却没有人欣赏你，没有人与你同行，更没有人夸奖你。寂寞的时光，一路晨光到茫茫黑夜。孟秀枝就这样孤苦伶仃地一天天过下去。

还有和她一样孤独的人吗？她看到了强伢，没有人和他说话。没有人愿意与他搭档干活，甚至不把他当成一个人。所不同的是他在千方百计摆脱孤独，找着理由去接近别人。而她却一味紧锁城门，关得严严实实。孤独人碰到寂寞人，同病相怜。孟秀枝在考虑要不要越过围城，走进那个热闹非凡的世界。

只要你打开城门，总会有人走进来。孤独需要互动，强伢第一次用真诚的目光看着这个秀丽的寡妇，她需要人间的温情，需要别人的帮助。她三十多岁了，仍然五官端正，面容娇美。虽然气质冷艳，举手投足之间还有少妇的柔情，眼神闪烁着向往美好生活的阳光。强伢不懂审美，但她修长的大腿，高高的个儿，丰满的胸脯，瓜子脸儿上的樱桃小口却让他看得顺眼。不行，他从内心打了自己一个耳光，怎么这样健忘，在芋头田里被她骂得还不够吗？被她捏的地方到现在还隐隐作痛。她是一个不让男人靠近的女人，论村上的辈分，他还要叫她婶婶呢。

他把茶杯交给孟秀枝，就转身走了。

开工干活的哨子声又响了，人们又涌向工地，投入了紧张而又艰苦的劳动。强伢似乎变了一个人，他借来了一副别人不用的箩筐，光着膀子，挑着比别人多一倍的泥土，吭哨吭哨地往上走，没有到收工时间，他的土方任务就完成了。

离他不远的地方，就是孟秀枝分得的土方，没有人和她合作，也没有人帮她。她自锄自挑，加上她最近妊娠反应，气虚力衰，已干得汗流浃背，气喘吁吁了。

强伢走过来，轻轻喊了一声："婶婶，你休息一会儿吧，我来帮你挑。"

孟秀枝没有拒绝他，她放下担子，把大块大块的泥土装进强伢的箩筐，趁着他挑上去的空隙，她可以松口气，一下轻松多了。

人与人相处，只有气场相近的人才能走到一起。看起来他俩是两个世界的人，但同样的孤独产生了共鸣，同情使他们俩走到一起。虽然曾是冤家对头，然而这杯水，消除了他对她多年的积怨，犹如打开了一扇紧闭的门。强伢的无私和援助，把孟秀枝昔日的怨恨抛到九霄云外。其实人与人之间，没有过不了的坎，只要一句话，一个善意的举动，就什么都和解了。

在收工时，孟秀枝对强伢说："金海家的花狗咬死了我家的芦花公鸡，你要不嫌弃，就来吃掉吧。"

强伢正为晚饭发愁，孟秀枝请他吃晚饭，力气换饭吃，他高兴地答应了。

日落西山一片红，社员们拉着长长的队伍，走在月亮河的圩埂上，走在最前面的是妇女，也许家中还有嗷嗷待哺的孩子，正在哇哇大哭，急切地寻找妈妈熟悉的面孔和滋润的奶头，孩子牵着母亲的心。也许女人生理上的原因，集体劳动很多不便，正急着要回家处理。远离村庄的劳动，最艰苦的是女人，无论一天的劳作多么疲劳，回家后，男人可以休息一下，而女人，还要烧茶煮饭洗衣，女人是任劳任怨的代名词，谁让你是农村妇女呢。

一年三百六十天，天天都是这样。一天过去了，新的一天又来临了，今天取代了昨天，明天又变成了今天。小车不倒只管推，生产队有干不完的活，不管你愿意不愿意，没有人敢息在家中不出工。

共青团员晚上开夜工，陈跃峰在圩埂上垒起了土灶，架起了一口大铁锅，生产队为突击队员供应晚餐，锅里烧的是白米饭，下饭的菜是商代店买来的萝卜干，这年头，能免费吃上一顿白米饭，省下家里的口粮，就满足了。

李新秀干起了家庭主妇的活儿，把洗净的碗和筷子分发到每个人的手中，小伙子们排着队来盛饭，她看着他们狼吞虎咽，女人照顾男人的生活，是农村世代的传统。贤惠女人就是任劳任怨的小媳妇，否则，就会看成不会做家务的懒婆娘，到找对象谈恋爱时，会被男方挑剔成不会持家的蠢女人。

陈跃峰一连吃了两碗饭，李新秀又给他盛了一满碗，陈跃峰把手挡回去，说："饭不多了，给别人吃吧。"李新秀心疼地说："你比别人干得多，不吃饱哪有力气？你以为我不知道，中午你就没吃饱，省下一半给了大队长，再这样下去，你会饿坏的。"说完，把饭一下倒进他碗中。陈跃峰感激地说："新秀，你也坐下吃吧，再不吃，只剩下锅巴了。"李新秀笑着走开了。

月亮升起了，一片银辉把工地照得影影绰绰，共青团员又上了工地。李海波这次发了狠，一定要战胜民兵营。共青团员女青年多，体力弱，一个对一个干不过民兵营，他早就发出了通知，把争取入团的青年都叫来了，人多力量大，蚂蚁也能搬动泰山。弱队能战胜强队，弱国能打败强国，骄兵必败，这先进肯定属于共青团了。

陈跃峰、李海波把挑担换上了箩筐，男青年个个不示弱，也换上了箩筐，李新秀带着姑娘们一字排开挖土，男青年挑着担子健步如飞。青年男女搭配，干活不累。姑娘们"加油，加油"的喊声就是命令，就是动力。铁耙在挥舞，"吭唷吭唷"的呼声一阵高过一阵。人心齐，泰山移，共青团工地的标高已远远超过了民兵营。

月亮已升到中天，共青团已完成了预定的任务。陈跃峰对李海波说："赵荣军大意失荆州，这次败在你的手下，明天加油都赶不上了。"李海波得意地说："兵不厌诈，他有他的优势，我有我的打法，这还是刚开始呢。"李海波高兴地走了。

夜晚是青年人的天下，尽管累得腰酸背痛，但总有那么一股朝气，似奔腾的马儿，又如盛开的花儿，出水的藕莲，永远蓬勃怒放。他们三个一群，两个一对，潜入夜色之中。白天人多眼杂，男女青年稍有一点亲近就会招来谈笑资料，姑娘小伙的恋情是隐蔽的，银色的夜幕遮掩了人的视线，可以旁若无人地窃窃私语，低声呢喃，可以忘情地拉着手依偎在恋人怀中。夜幕的屏障把纷扰繁杂的世界隔开，变成他们的两人世界。

陈跃峰走在最后，不是他不累，也不是他不想早些回家，生产队长这一职责养成了习惯。每当社员收工后，他必须在地里转上一圈，琢磨明天的活儿怎么安排，怎么配工，派谁去完成。其实他的心早就飞到家中，他希望乔亚芳能回心转意，回家后能真诚地待他，能温柔地告诉他，别睡地板了，睡到床上来吧，并让他搂着她，睡到热被窝里去。这些天，他害怕夜晚，害怕走进新房。别人新婚燕尔，小夫妻甜甜蜜蜜，而他两人一个睡在床上，一个睡在地板上，什么新婚燕尔，夫妻百年好合，在别人眼中的郎才女貌，对他却是残酷的摧残与折磨，这样的生活破坏了他对爱的渴望，破坏了性爱的神圣，成为他的噩梦。乔亚芳坚持不让他碰她，这个家还有什么意义，还不如钻在草堆洞里宿一夜。

他走上圩埂，一阵微风吹来，夹着稻花的清香，沁人心脾，一阵阵的蛙鸣，由远及近的齐声合唱，恰似舞台上的领唱和合唱，是那样的和谐。他深深地吸了一口新鲜空气，呼出压抑在胸中的浊气，慢慢向村庄走去。

前面的树丛中闪出一个黑影，他走近仔细一看，是李新秀。

陈跃峰惊讶地说："你怎么还没回家？"

李新秀一脸调皮地说："在等你呗。"

陈跃峰关切地说："我都累死了，你还不累？"

"干活累不是累，心累才是真的累呢。"

"你说谁？"

"不是说你还有谁？有谁见过新娘睡床上，新郎睡地板？"

"谁睡地板了？"

"睡了地板，干吗不承认？昨天我去找芳菲，她人不在，我就去新屋找，新房门开着，门边卷着一张席子，一条被子折叠放在一边，联想到亚芳在新婚之夜跑回娘家，你又去医院作男性检查，我就知道你俩之间出了问题。今天早晨天未亮去你的窗台下偷看，你果然睡在地板上。就这些，我说错了吗？"

世上没有不透风的墙。新婚夫妻不睡在一块，父母不知道，妹妹不知道，对外瞒得铁桶一样密不透风，居然给李新秀发觉了。这秘密传出去，又是月亮湾爆炸性的新闻，街头巷尾的热议，人们对他指指点点，他将无地容身，无法见人。不准李新秀说出这个秘密，可是嘴长在她的脸上，你不让说她就会不说？对了，先哄她一哄，稳住她，封住她的嘴，才是唯一的办法。他装着无所谓的样子说道："你没说错，我一人睡惯了，天亮前在地板上睡一觉，这没什么大惊小怪，你一个姑娘家，偷看别人的房事，就不怕别人说你下流？"

这一着果然有效，李新秀一时害羞，竟说不出话来，但她知道他爱面子，是说的谎话，她相信自己的眼睛，更相信自己的判断。她应该把她所知道的，毫不保留地告诉他，让他作好应对的准备。她关切地说道："你睡不睡地板，你自己清楚，但我必须告诉你，你的一切努力都是枉费心机，乔亚芳的心不在你身上，在你结婚前几天，我爸在县城看到了乔亚芳和叶东方，而且已经住在一块了。有这么多的姑娘爱着你，你一个看不上，却偏偏和一个爱着别人的女人结婚，你给她骗了。有的时候，老天爷让你结束一段感情并不是对你的残忍，而是将你的不幸看在眼里，为你感到惋惜，为你心疼。及早结束吧，否则受伤害的是你，吃亏的是你自己。"

"你说什么？乔亚芳和叶东方睡到一块了？你为什么一直瞒着我，直到现在才告诉我？"陈跃峰的心像被尖刀猛地刺一下，疯了似的拉住李新秀。

李新秀挣脱了他的手说："我也是刚知道，如果看不到你睡地板，打烂我的嘴巴都不说。"

陈跃峰高声叫着说："那你为什么还要告诉我？"

他在吼着叫着，世上就有这样的事，夫妻感情出轨，一方瞒着着另一方，不知道要比知道了好得多，尤其是爱人的肉体出轨了，瞒着掩着也许能继续过下去，甚至可以夫妻白头到老，一旦揭穿了，夫妻间非打即闹，这个家庭就永无宁日。亲友邻居明明知道了，却善意瞒着当事人，目的是不扩大事态。而李新秀直言相告了，陈跃峰气得像一头起了性的狮子，在发狂咆哮。

李新秀并不后悔，如果乔亚芳和陈跃峰恩恩爱爱地生活，用铁橇都撬不出这句话，而她已经看到了他俩分居的事实，再不告诉他实情，继续让他蒙在鼓里，将要彻底毁了他。当事者浑，旁观者清，让他发怒，让他吼叫吧，暴风雨过后是理智的冷静，她在等待他的清醒。那种神态就像一个心理医生面对她的病人。

陈跃峰不再逼问了，不再狂叫了，李新秀又对他说道："我能体会你此时此刻的心情，突然发觉最爱的人一直在欺骗你，你会觉得很窝囊，其实这早就是公开的秘密，乔亚芳一直在和叶东方暗中来往，我是给你吃了一剂清醒药，其实，你能不能原谅她的不贞是你自己的事。”她还在进一步试探陈跃峰真正的想法。

陈跃峰在狂怒中慢慢平静，长长叹了一口气，心中百感交集，又悔恨万分，家丑不可外扬，可他的家丑，已经捂不住，别人在背后议论，一双手掩住一张嘴，十双手只能掩十张嘴，一传十，十传百，知道的人多了，就是公开的秘密。再这样下去，如何面对父母，面对亲友，他应该丢掉幻想，面对这一切了。

他带有责怪的口吻对李新秀说：“真正的朋友不是看人笑话，如果你为我好，就该在婚礼前告诉我，事到如今，你让我明白，一切太晚了。”

李新秀生气了：“跃峰哥，倒是告诉你实情不对了！要知道，如果我当时说了，别人会骂我不道德，是插脚后跟，我会受不了。再说了，我也是最近听说的。现在看来，当初的传言没说错，活该你倒霉了。”

陈跃峰一脸沮丧地说：“发生这样的事，是家门不幸，也是我命中注定的劫难。她若能了断前情与我和好，这是我期望的，如果她难舍旧情，还死抱着叶东方的感情，那就只能离婚了。”

李新秀说：“跃峰哥，你太善良了，她根本就不在乎你，也不值得你去爱，而且错在她不在你，你不能再糊涂下去了，应该面对现实做出决定，让她父母把不争气的女儿领回家！”她说着已淌出了眼泪。

陈跃峰说：“她是伤害了我，这是不争的现实。一场不成功的婚姻，总是在互相伤害，我明知她不爱我，明知她还恋着叶东方，我却让乔书记做媒，使她承受了巨大压力，她在不得已的情况下才答应了这件婚事，这就是我对她的伤害。我错在前，她做了对不起我的事，错在后。其实，这都是人的意识在作怪，她还是乔亚芳，还是一个完整她。也许你认为我没有骨气，是窝囊废，男子汉真正的骨气是什么？不是在她犯错后逞强去欺负她，成为你的玩物和奴隶，男子汉要有广阔的胸怀，把世俗看重的东西看轻，把别人看轻的东西看重。正是她对我的无情，显示出她对叶东方的忠贞，这种情爱难能可贵。错的不是乔亚芳，是不合理的包办婚姻。我不害怕与她分手，她有她的自由，让她做出选择吧。”

陈跃峰的宽容和大度，简直使李新秀不敢相信。在她的认知中，一个真正的男子汉，视女人的贞洁比生命都重要，一个男人可以献出家财，可以没有一切，却不能献出自己的女人。爱情是专一的，只能相互独享。忌妒是人的本能，没有一个男人能宽容出轨的妻子，没有一个男人能把自己爱的女人拱手让给情敌。陈跃峰简直不可理喻。她不由带几分醋意说："跃峰哥，我佩服你的气度与修养。不过，你这样做，这个玩笑是不是开大了？"

陈跃峰一怔，说："那你觉得应该怎样处理才好？"

李新秀说："清官难断家务事，幸福的家庭都是相同的模式，不幸福的家庭却有各种各样的原因。在爱你的人那里，你可以什么都不在乎，她骂你是爱你，甚至打你也是爱你。如果跟一个爱着别人的女人在一起，两人同床异梦，你就必须时时提防。即使破镜重圆，打碎了的镜片再拼凑，也是伤痕累累。世界上最遥远的距离，不是千山万水相隔，而是明明在一起，却远得如遥遥凝望的星星。你与乔亚芳，她即使在你身边，却在想着叶东方。这还不是最重要的，重要的是她没有把你当成她的丈夫，可你还在等待她回心转意，你可以不计较她的过去，但她不会接受你的未来。这种毫无结果的等待，不如放下两轻，既解救了自己，也成全了亚芳，一举两得，你何必再自讨苦吃。凭你的条件，不是没有姑娘爱你，这样拖下去，你俩都会被拖死的！"

陈跃峰愕然，一个没结过婚的姑娘，说出一个又一个道理，也许她说得对，即使乔亚芳接纳了他，也是一块布满裂痕的镜子。从最坏处考虑，两人不同心不同德，必然要闹出更多是非。李新秀不是预言家，但她都想到了。陈跃峰感慨之余，突发奇想，反问道："假如你的男朋友对你不忠，感情出轨，你会做出怎样的处理？"

李新秀从容地说道："我没有男朋友。如果我的男朋友背叛我，我会毫不留情地让他滚蛋！只要是女人，都会这么做，亏你还谈过恋爱结过婚，女人这点心思都不懂。"她既有知识女性的文雅，但又毫不掩饰地表现出农村姑娘的直率和野性。

陈跃峰真诚关切地说："新秀，你也老大不小了，应该找一个合适的对象了。"

李新秀的脸红了，她转过身，忍不住悲伤袭上心头，哀怨地说："我不谈对象，并不是没有人追求我，我回绝了同学的追求，回绝了爸爸同事介绍的相亲，他们的条件都很好，有的在工厂做工，有的在机关工作。我不为所动，不为别的，我在等一个人，而我等的这个人却另有所爱，已经结婚，而我还在等他，你说我傻不傻，冤不冤？”

“这就是你的不对了，人家有了老婆，你去拆散别人的家庭啊。”陈跃峰直言不讳地说。

李新秀转过身怒目而视，放声吼道：“你是真不知道还是假装不知道？我耽误自己的青春年华，错过了许多美好的机缘，就是因为你！而你视而不见，去追一个根本不爱你的人。我强忍痛楚，做乔亚芳的伴娘，祝你俩从此美满幸福，但事与愿违，你的婚姻并不成功，而你一根筋走到底，你是一块木头，是一个傻得不能再傻的人。你说一句真话，我哪一点比不上乔亚芳？”

李新秀已经泪流满脸，这样大胆坦诚的表白，要一个女孩子先说出来，顿觉得又羞又愧，没等陈跃峰回过神来，她已跑进黑色的夜幕，霎时不见了。

陈跃峰还傻傻地站在那里，他万万想不到，在这个情殇的日子里，还有这样一个美丽纯情的姑娘爱着他。她最后表白的几句话，犹如寒冬的春风，吹进他冰冷的心，犹如一束温暖的阳光，照进他心灵的窗户。他是多么需要这样温顺的姑娘，来填补心灵的空缺，比翼双飞。但他不能，她一直把她当成自己的妹妹，哥哥与妹妹的情谊永远不能转化为爱情。这一切来得太突然了。她还是一朵鲜花，而自己已是一堆牛屎，一朵鲜花岂能插在牛粪上！

陈跃峰的心在剧烈地跳动，他的脸在发热，但他的头脑却异常清醒，他是结过婚的男人，乔亚芳还在，她一天不离开，她还是他的妻子，他没有资格接受另一个女人的爱，他也不可以去爱另外的女人。无论他的爱情如何坎坷，如何痛苦，需要抚慰，有一种东西决不能丢失，那就是德行；有一种感情不能放纵，那就是欲望；有一种追求不能游戏，那就是爱情。

他没有去追李新秀，他平静地在路上踽踽独行。

第九章　月夜奇遇

孟秀枝回到家中，急忙把鸡放入锅中，又炒了一碗黄豆，做了几个下酒的小菜，她感激强伢，她就是这么一个人，不欠他人之情，强伢帮她挑土方，请他吃一顿饭，她不欠强伢的，强伢也不欠她的。从此两清。

锅中冒出热腾腾的香味，她尝了尝味道，觉得很鲜美。再看看外面的天色，已经渐渐暗了。她突然觉得，一种说不清的尴尬，孤男寡妇，就两个人，在一块喝酒吃饭别人会怎么看，怎么说？强伢这人，名声不好，见了女人等于饿鹰见血，到处乱摸乱捏，她怕他色迷迷的眼光，怕他强壮的肌肉，她后悔请他到家吃饭了。

邀请是她发出的，此刻再去回绝他，于情于理都不配，做人不能言而无信，既然请了，米饭也煮了，鸡也烧好了，就得让他来吃饭。他想起了姨表兄陈开文，让他来作陪，这是最好的办法了。

孟秀枝来到陈开文家中，他刚从自留地上栽菜回来，她上前拦住他说："我请你喝酒，你能答应吗？"陈开文一愣，两人虽是表亲，平时极少来往，这突然的邀请，让他感到奇怪，他笑着说："表妹，你有事找我？"孟秀枝说："其实也算不上什么事，强伢帮我挑了土方，我请他吃饭，想让你作陪。"陈开文一下就明白她的用意，立即答应了。

两人刚坐下，强伢也到了，孟秀枝端出油汪汪的芦花公鸡，给陈开文和强伢倒上酒，两人你一杯，我一杯地喝起来，为表示对强伢的感谢，孟秀枝特地撕下一只鸡腿，放到强伢面前，他啃着鸡腿，对孟秀枝说："婶婶，挑土方这活儿不是女人干的，你慢慢挑，我帮你完成任务。"他说得真诚朴实，孟秀枝又一次被他感动，她也直率地说："你帮我完成土方任务，我管你的中饭，咱们说定了可不许反悔。"强伢也说道："帮你挑土方，是顺带方便，你管我中饭却要破费你了。可我实在弄不懂，你比我大三岁，土改时怎么就评上地主了呢？"孟秀枝说："那时我年纪小，不懂事，死鬼张金大是地主，村里开地主富农的会叫我去参加，我也去了，这样我便成了地主婆。”

陈开文放下酒杯说：“我记得你是土改前几个月和张金大完婚的，按政策也不应该评上地主成分，当时谁也想不到成分有这么重要。即使评错了，现在要改过来就很难了。”

孟秀枝说：“我抵债来张家，是有纸笔文凭的，来到张家就是帮工的，根本没享受地主生活，要不信，这纸笔文凭还在呢。”

她说完走进房中，从箱子的夹层里，拿出一张已经发黄的纸片，交给陈开文，上面墨迹犹在，清清楚楚写着：

抵押文书

孟家渎佃户孟春山，欠月亮湾张金大稻谷三十担，折合大洋六十块，因无力偿还，愿将女儿孟秀枝抵债做工五年，还清债务，特立此字据为凭。

债务人：孟春山

债权人：张金大

中证人：孟家渎保长：孟田中

民国三十五年农历三月初五

陈开文仔细看了两遍，对孟秀枝说：“月亮镇是民国三十八年春天解放的，公历是一九四九年四月，你是一九四六年抵债到张家的，一九五〇年土改时你还在抵债还钱，怎么能是地主呢，这是明显的错划，我听柳青同志说过，错划的右派可以纠正，错评的地主应该也可以纠正。这关系到你一生一世的大事。我帮你写申诉材料，你去找工作组柳青，这张抵债契约就是最有力的证明。你要时来运转了。”

孟秀枝一阵高兴，给自己倒了一杯酒说：“表兄，只要这地主成分纠正了，我再请你喝酒承谢！”说完一口干了。

强伢也端起酒杯附和着说：“这个地主婆名声不好听，他们要不给你纠正，我陪你把状告到县上，看他们纠正不纠正。”

陈开文拍了他一巴掌：“就凭你，连自己的名字叫啥也不知道，还帮别人申诉呢。”

强伢又喝了一口酒，说："我是文盲不识字，但知道被管制劳动的日子不好过，你现在是工作队的红人，对自己的表妹一点不关心。"

三人正在说得热闹，谭君武突然闯进来，大着嗓门说："我还以为谁呢，原来是你们在这里饮酒作乐。怎么着？你们想帮孟秀枝翻案？"

强伢说："想翻案又怎么着？与你这个反革命有什么关系？"

谭君武受了强伢一顿臭骂，非但没有生气，反而坐下耐心地说："在这时候去纠正成分，你们不是帮她，是害她。你们是不知道的，国际形势起了很大的变化，美国支持台湾的老蒋反攻大陆，已经上岸了。福建、浙江沿海很多县市都光复了，用不多久就要打到我们这儿。老蒋还说了，他最痛恨的就是叛徒，孟秀枝要改地主成分就是叛徒，叛徒要'喀嚓'一声杀头的啊。"说完做了一个杀头的手势，竟把强伢唬住了。

陈开文板下脸说道："谭君武，你又造谣了，造谣可要坐牢吃官司的啊。"

谭君武说："这可不是我说的，今天我下工回家，路上拾到好多传单，上面有老蒋的照片，还有全副美式装备的军人，坦克和大炮，第三次世界大战就要爆发了。不信，你们看看这个！"

他从口袋里拿出几张彩色传单，陈开文一看，果然是老蒋威严地站在战车上，上面的天空上有飞机，后面跟着的是炮车和坦克，下面还有文字介绍，中华民国总统蒋介石，正在指挥着海陆空三军向大陆挺进。

陈开文是不会轻易相信的，当年蒋介石五百万大军被解放军打得落花流水，败退到台湾这个孤岛上，追随他去的军人都已变成"胡子兵"，再也没有力量反攻大陆，根本不可能打到福建和浙江。他再次对谭君武严肃地说："这些东西是老蒋用气球飘过来的反动宣传品，按规定捡到了要上交，你已经违反了治安规定，还在信谣传谣，这说明了什么？只能暴露你的反动本质。我劝你，把这传单交给工作队，争取立功受奖。"陈开文说完这些话，把传单还给了谭君武。

谭君武说："你们不信，反正我信。道不同，不相为谋，我走了。"

强伢觉得好玩，追出去对谭君武说："给我几张。"谭君武不屑一顾地说："你要它干吗？"强伢说："觉得好玩呗。"谭君武又随便抽了几张，扬长而去。

这虽是谣言，谭君武的一席话却扰乱了孟秀枝的思想，她忐忑地看着陈开文说:“谭君武说的是真还是假?”陈开文说:“他的话能信?他就不是谭君武了。”孟秀枝也说道:“治保主任曾国兴开会老是批评他思想反动,我以前还不信,现在真的相信了。”

陈开文说:“你出身贫寒,根本就不是地主,千万别混在他们一块。”孟秀枝说:“那当然,这个申诉我还是要写呢。”陈开文说:“写申诉很容易,今天夜里就可帮你写好,关键是要有人受理。土改过去这么多年了,评成分的单位早就撤销了。”孟秀枝说:“只要能改变成分,不管有多难,我都要去试一试。”

陈开文和强伢吃饱喝足走了。

孟秀枝的心情久久不能平静,这个该死的地主成分,就像一座泰山,压得她喘不过气,抬不起头。十多年来,这顶地主婆帽子戴在头上,她像一个行尸走肉,提心吊胆地活着,低声下气做人,忍气吞声改造,邻里街坊不当她人看待,小孩走过都向她吐唾沫,连娘家的兄弟都怕受到牵连,也断绝了来往。只要有一线希望,不管结局如何,哪怕杀头坐牢,这个案,她都要翻。

她又想起了许云中,要是他在这里,还可以和他商量,他当了这么多年的干部,见多识广,怎样去翻案,会给她出主意,想办法,可他不来了。她不由想到了陈跃峰,他当队长以来,不像炳德队长那样经常训斥她,在安排劳动上,也没有刁难欺压她,他把她当作一个劳动积极的社员,平等地对待她。他是一个好人,孟秀枝尊重他,信赖他,要改变地主成分是大事,她决定去他家,说给他听听,他说可以翻,就一定要去翻,总不能坐在家里不行动,把这地主婆帽子带到棺材里。

陈跃峰一家晚饭已经吃过了,乔亚芳在收拾桌子上的碗筷,陈跃峰和父亲坐在堂前聊生产。母亲肖金凤坐在一旁切猪草,看到从不串门的孟秀枝推门进来,肖金凤立即放下手中活儿,搬过一个凳子说:“秀枝,你坐下,今天怎么串门来了?”孟秀枝坐下说:“我找跃峰谈点事。”肖金凤说:“他晚饭吃好了,有事你和他说吧。”

农村的家庭是忙碌的,白天在生产队干活,下工之后忙自留地,晚上还要养猪养兔,搞好家庭副业。陈全根就是这种勤俭持家的典范。肖金凤切好猪草又去喂兔子了,陈全根去猪圈喂猪了。堂前只剩下陈跃峰和孟秀枝,她终于鼓起勇气说:“我想纠正我的地主成分,你看成不成？”

陈跃峰一惊，现在正是运动当头，以阶级斗争为纲，而她不承认是地主要翻案，在这个时候要求改正地主成分，弄得不好要吃苦头。陈跃峰是知道她身世的，从内心同情她，但作为生产队长，不愿看到她往茅屎坑里跑，他真诚地说：“你的地主成分确实让人纳闷，可能是错划了。李书记都说过，你评地主有些冤，可是，这么多年都过来了，为什么一直沉默不申诉，偏要在现在提出来？”

陈跃峰的一番话，给予了孟秀枝鼓励。既然有错划的因素，早晚都得提出翻案，晚申诉不如早申诉，工作队为人民服务，现在提出改正正碰上时候。她对陈跃峰说：“有你这句话就足够了，这些年我受够了，一刻也不能忍受了。无论是怎样的结果，我都不后悔。”

陈跃峰说：“我没有给你纠错的权力，但一定会帮你如实反映情况。纠正地主成分是一个复杂的过程，这其中有政策问题，有办案人的立场问题，还要有许多证明人，你都考虑过吗？”

孟秀枝说：“这些政策我不懂，但土改时的人还在，总应该帮我说句公道话。”

孟秀枝起身告辞了。她从陈跃峰的话中得到了更多的启发。许云中是她最亲密的人，那时他是农会长，她评地主成分的情况比任何人都清楚，她必须找到他，问个明白，究竟是什么原因评上了地主。

她回到家里，时间尚早，村上还有人走动，她不敢轻举妄动，就坐在堂前，等待夜深人静，渡船过河去找许云中。

孟秀枝走后，陈跃峰也在思考自己的事，常队长找他谈了话，要他带头放包袱，向全队社员作出检查，为全大队干部做出榜样。他想不通，自己辛辛苦苦为大家操劳，不拿集体一分钱，一根草，不多吃多占，检查什么呢？但常队长说，四清运动不论职务高低，必须人人过关。通过运动的考验，你是清正廉洁的，有什么不好呢。

生产队长是个苦差事，只有带头吃苦在前的份儿，没有享受在后的福气。也有人说生产队长是肥缺，要人有人，要物有物，掌管着几百人的吃喝拉撒，大小事务一个人说了算，这个权要多大就有多大。但要当好队长也不容易，要懂农业生产，要懂农业技术，什么时候播种，什么时候收获，该施肥时就要施肥，该治虫的时候要治虫，更重要的还要有领导艺术,要使社员服从你领导,听你话。否则,这个生产队就是一盘散沙,人心涣散,矛盾百出,地里收不到粮食,你这个生产队长就得下台。

陈跃峰当队长三年来,一心扑在集体上,社员干部之间的矛盾减少了,上下团结合力拧成一股绳,粮食产量提高了,改变了原来的落后面貌,一跃成为公社的样板队。他为集体为社员付出了自己最大的努力。常队长要他作检查,还真想不通呢。

人最怕照镜子,照镜子可以照见自己的相貌,无论美的丑的,都可以一览无遗。丑人不愿照镜子,是怕看到自己的丑;美人喜欢照镜子,可以看到自己的美。作自我检查也像照镜子一样,可以发现自己的不足和错误。自我批评就是一面镜子,可以整衣冠,照人格。没有不犯错误的人,圣人也有三错,最洁净的衣服穿久了也会沾染灰尘和发出汗臭。

动用公款集体吃喝是不是多吃多占?自己建房社员义务帮工是不是占小便宜?乔亚芳去加工点工作是不是以权谋私?不是没有错误,不是没有私心,是自己没有严格要求自己,是特权思想在作怪。洗手洗澡,人人过关是党对干部的关心和爱护,让一些干部首先轻装上阵是运动的需要。想到这里,他豁然开朗了。他拧亮美孚灯,摊开了白纸,伏在吃饭桌上,认认真真写起来。

美孚灯的灯芯已结了三个灯花,他终于写完了最后一行,他看了一遍,觉得检查已经够深刻了。他打了一个呵欠,连日的劳累使他感到疲倦,他走进卧室,乔亚芳早就睡了,她还是穿着长衣长裤半盖着被子。其实这种提防已是多余,自那天晚上以后,他就打消了与她同床共枕的欲望。他是要脸的男人,不会去强要不爱自己的女人,有时男人的自尊,比女人的贞洁更为坚守。一个卧室睡着一对同床异梦的男女,对谁都是沉重的负担,是一种煎熬与折磨。

他拿过席子和被子,走出卧室,关上房门,在堂前就地铺开,让她一人在新房放心地睡吧。

窗外半残和月光漫过窗棂,如水般一泻而下,悄悄地落在地上,爬在桌子上。夜色静谧,秋虫低鸣,他的人生刚刚起步,就碰上这难以处置的感情纠结,刚才还是昏昏欲睡的疲倦神态,忽然间睡意全无。他努力克制自己的情绪,不去想这烦恼的事儿,可是,越是克制越是焦虑,他坐起再躺下，躺下再坐起，历历往事像电影一样在脑海里翻腾，成功的欢乐与失败的痛楚交替回放，活跃的思想像野马一样奔腾，敏感的神经越来越兴奋，他失眠了。

与其躺着睡不着，不如到外面走走。他起身走到屋外，半轮明月当空，树影婆娑。他沐浴在清凉的月光下，看着灰蒙蒙的村舍。红尘滚滚，多少人匆匆来又匆匆去，一代又一代的人在这里繁衍生息，有苦也有乐，有辛酸也有幸福。而他为了乔亚芳的美，为了这个好身材，竟冲昏了头脑，落得如此下场。这深刻的教训，足以一生深深遗憾，而在眼下，对这个不贞洁的女人，竟没有了主张……

时光不能倒流，婚姻失败了，人生的事业追求却带来了曙光，他在政治上进步了，担任了大队党支部副书记，很明显，这副书记仅是一个过渡，他将很快成为月亮湾大队的一把手，这是很多人梦寐以求的目标，李海波在削尖脑袋钻，很多人觊觎这个位置，而他并不那么急切，不那么想钻营，却轻而易举就成为接班人，也许有这么一个规律，好处不能让一个人占尽，有所得就必须有所失，“情场失意，官场得意”真的应了这句话。

在这万籁俱寂的深夜，村庄枕着月亮河潜入梦乡，只有几只窗户偶尔透出几点幽幽的灯光，证明这灰蒙蒙的黑暗中隐藏着无数的生命。村庄无语，河水无声，夜静谧而深邃，天空凝重而高远，只有苍穹的星星眨着眼神在神秘地交流。远处几声犬吠，小孩深夜的啼哭声，给宁静的村庄带来生的气息，沧桑岁月永不停步，默默流逝。

陈跃峰呼吸新鲜湿润的空气，独自沿着河边漫步。

河的两岸停满了农船，船是生产队的大型农具，是积肥必备的农具，也是生产队的运输交通工具。它们早出晚归，早晨犹如出巢的鸟儿，扯着白帆，嗖嗖驶向月亮湖，晚上回来洗净擦干，停息在河边。月亮河就是它们的窝，一条接一条，齐齐整整地排列在河的两岸，静静地憩息，准备迎来新的一天忙碌。

陈跃峰在河边走着，看到一条木船被人解开绳缆，正向河北飘去，船未靠岸，这人就灵巧地跳上北岸，这船横在河的中央。作为生产队长，决不允许这种不负责任的行为发生。对这样的社员，一定要给予严厉的批评。他快步向那边走去。

这一看使他吓一跳，月光下的身影分明是孟秀枝，这么晚了，她去河北干啥？是不是有了相好？一个奇怪的猜想不禁油然而生。可是，孟秀枝一贯恪守妇道，在村上没有相好，今天她是怎么了？陈跃峰出于好奇，很快就跟了过去。

他也到了河的北岸，轻轻地跳上去，看到孟秀枝在许云中的门前停下，在轻轻地敲门。过了一会儿，大门露出了一条缝，透出一线光亮，孟秀枝侧身进去了。陈跃峰心里明白了，真是知人知面不知心，孟秀枝竟然和许云中相好了。许云中道貌岸然教训别人作风要正派，暗地里自己搞破鞋，而且搞的不是一般的女人，还是一个地主婆。俗话说，色胆大如天，运动当头，他竟敢顶风作案。他没有老婆，生活无人照应，还拖扯着两个孩子，要找对象很正常，孟秀枝也是孤身一人，两个苦命人能走到一块，不失为一桩好的婚姻，可是许云中是党员，是大队长，党员干部决不可以和地主婆结婚的，于是他们就私通了。

无论是对许云中的爱护和对孟秀枝的同情，他俩都不能走到一块，这种私情是不会有结果的，何况还是搞破鞋。关心他就必须上前阻止，让他做一个阶级立场坚定，清清白白的人；如果对他不负责任，就让他犯错误，阶级路线不分，让他下河，等待他的是大会批小会斗，然后撤职开除党籍。

陈跃峰蹑手蹑脚走到窗下，侧着耳朵细听，事情的发展根本不是他想象的那样。

家中没有一丝亮光，孟秀枝和许云中影影绰绰站在堂前，他们没有上床，也没有拥抱，只听到孟秀枝在哭，许云中在呵斥，两个人正在吵架，而且吵得很凶。

许云中咬着牙压低声音说："你的胆子真够大了，同你说过别接触了，你竟敢跑到我家里，要是给别人看到了，我就彻底完蛋了。"

孟秀枝说："我有急事找你，顾不得那么多了。"

许云中大着嗓门说："有事快说，说完了快走。别怪我态度不好，我也没有办法啊。"他觉得态度太生硬了，又放低声音说道："我是爱你的，熬过了这段时间，等工作队撤走了，我们照样往来。"

孟秀枝受到了极大的侮辱，低声抽泣着骂道："你下流，你无耻，你才熬不住！我来告诉你，我的地主成分是错划的，我要翻案把成分改过来！你知道我的情况，要为我作证明。这地主成分甄别了，我就可以明正言顺和你结婚，你想想，这事对你对我有多么重要。”

许云中说：“你吃错药了，在这个时候想翻案？工作队是干什么吃的？他们是搞阶级斗争的，就是要把地主富农往死里整。你死了这条心吧。”他带着威胁的口气回绝了她。

孟秀枝哭得更凶了，她一面擦着眼泪一面说：“你不要把工作队说得那样坏，他们是为人民服务的，工作上实事求是，纠正冤假错案是他们的职责。跃峰队长就比你正直，敢说敢做，敢于讲真话，不像你缩头乌龟。你不愿为我作证明，自有人为我作证。我算白来一趟，不和你多说了。”说完就要转身离去。

许云中不禁勃然大怒，男人最忌骂乌龟，而孟秀枝就是把他骂了。他气得两眼冒火，也破口大骂：“我是乌龟，你就是偷人养汉的婊子！直到现在，我才看出你地主婆的本质！”他把世上最难听的粗话都骂出口了。

许云中对她的破口大骂，把她彻底骂清醒了。她一直把他当作自己的知心人，他变了，变得自私，变得凶残，变得不可理喻。这些年她把他当作自己的依靠，谁知道靠山山要倒，靠人人会变。她冒着风险来找他，原本想为她作证，把地主帽子摘了，今后就可以和他生活在一起。谁知他绝情无义，连这种难听话都骂出口了。她曾听死鬼张金大说过，官场无情义，恶吏最苛刻。他岂止是无情义，连最起码的人格都没有了。她在他心目中，根本没有一点分量，她只是他发泄兽欲的一个玩具而已，现在露出了真相，对这种毫无人性的东西，已不值她再留恋。

她擦干眼泪，一字一句对他说：“许云中，你听着，以前我瞎了眼，把一只白眼狼引到家里，我后悔一辈子！本来还想把你的孽种生下，让你不绝后，现在改变主张了，明天就去医院打掉，也让你后悔一辈子。”

许云中没有丝毫悔意，反而嘲讽说：“你去打啊，现在就去打呀，这肚子里的货究竟是谁的，还不知道呢。”

孟秀枝宁可让他骂，也决不会让他污蔑尚未出生的孩子；她宁可站着死，也不会让他污蔑自己的人格。每个人都有底线，每个人的忍耐有限度，底线突破了，限度崩溃了，愤怒的潮水决堤了，汹涌而澎湃，一贯软弱顺从的她，举起了手掌“啪”的一声，一个耳光重重落在许云中的脸上，一口唾沫吐了他一脸，“你是流氓，你丧尽天良，对自己的孩子都这样，你的良心被狗吞吃了。”孟秀枝最后的一线希望在这耳光中彻底破灭。没有必要再和他纠缠，一个失去人性的人，连畜生都不如！

许云中掩着发热的脸膛，气急败坏地说：“你竟敢打我！”

他想报复，孟秀枝已打开大门，头也不回走了。

人与人的相爱，人与之间的友情，需要真诚和真情，从认识到相爱，以身相许，需要很长时间的磨合，来之不易，人与人的决绝，有时只要一句话，一个冲动，就会一去不返。好话一句三冬暖，恶语一句伤透心。男女相爱最痛的结局是，人还在，爱情却没有了，两个人没有变，心却变了。

生活还要过下去，过了今天，还有明天，过了今年，还有明年，人的一生有许多个明天和明年，孟秀枝还要过下去，但她和许云中已经没有明天了。

孟秀枝掩着脸从陈跃峰身边走过，但她没有发觉他，他也没有惊动她，看着她走到河边，划船到南岸回家了。

陈跃峰长长吁了一口气，许云中和孟秀枝果然有一腿！

作为大队长，大队党支部委员，许云中与地主婆通奸，还使孟秀枝有了身孕，他丧失了阶级立场，犯下了严重的两性作风错误，就凭这一条，就可以把他撤职开除党籍。他表面是人，暗中是鬼，表里不一，很多人在背后议论，他利用职权，逼迫社员给他送钱送米，他打过很多社员，还让民兵捆绑过社员，他有很多男女作风传言，看来都不是空穴来风。他还配作大队长吗？

但是，许云中已迷途知返，已当机立断与孟秀枝划清了界限，断绝了往来，自觉改正了。可是，他睡了别人，骗了别人，一脚把女人踢开，他找回了党性，却丢失了人性。党性和人性是这样的对立，这不得不使陈跃峰感到茫然。他想对许云中进行无情的揭露，把他清除出党。可是，处理了许云中，孟秀枝会以勾引革命干部而受到严厉的打击，如此对待这个没有依靠的弱女子，陈跃峰不忍心了。

陈跃峰在党性和良心之间徘徊。处理男女之间的通奸，人们历来都采取慎重的做法，不到万不得已绝不公开，一旦揭露了，轻则夫妻不和，重则分手离婚，一时想不开还会上吊投河闹出人命。孟秀枝偷人养汉，伤风败俗，要承受无法见人的羞辱，每个人吐一口唾沫都能把她淹死。

陈跃峰最终选择了良心，无论是对许云中还是孟秀枝，他都不忍心看到这个残酷的结局，好在这事还没有被人发觉就结束了。扶人一把总比踩人一脚好。党内斗争不必斗到你死我活，人与人相处还是和睦友善为好，多一些包容和理解。许云中死了老婆，孟秀枝没有丈夫，大可不必上纲上线，只当是耳边风，睁一只眼闭一只眼，别再惹事闹出风波来。

陈跃峰划船渡过了河，在孟秀枝的门前经过，窗户里还亮着灯光，这个可怜的女人还在伤心哭泣。她没有过上地主生活，却被管制了十多年，正因为这个地主婆身份，一个人孤苦伶仃地生活。他决计要帮助她，帮她纠正地主成分，回归到贫下中农的队伍，让一个女人过正常的生活。

夜已深，人已静，劳累一天的人们进入了梦乡。陈跃峰走过长长的村巷，却远远看到陆明荣从家中出来，都是深更半夜了，明天他就要去大队部接受工作队谈话，他不睡觉，要去哪里？

陈跃峰在后面跟着，陆明荣来到陈炳德的门前，他轻轻地敲敲门，大门开了，他走进去了。

陈跃峰蹑手蹑脚地走到窗下，往里一看，陈炳德和陆明荣对面坐着，台上摆着几个小菜，还有一瓶酒，陈炳德给陆明荣倒满了酒，这么晚了，他俩居然还有兴趣喝酒，更使陈跃峰感到疑惑不解。

只听陆明荣心情沉重地说："明天我就要进去了，你说该怎么办？"

陈炳德不以为然地说："闭口不说呗。活人不开口，仙人也识不透，只要你不交代，关几天就会放你出来。在面上社教时，我就不交代，不也过关了！"

陆明荣说："这一次不一样了，工作队不把问题查清决不收兵，几年来你我合伙多称的粮，陈开文记了对手账，而且已经交给了柳青。工作队已掌握了情况，要是拒不交代，就要从严处理了。"

陈炳德说："你可以编造一百个理由，说陈开文陷害你，工作队是讲政策的，你不交代就不能定案。"

陆明荣把酒喝干了，陈炳德给陆明荣又倒了一杯，对陆明荣说道：

"老弟，你还嫩，没经历过风浪，共产党搞运动，就像一阵风，来得猛去得快，你能招架住，就过去了。你要经不住他们的软硬兼施，政策攻心，心一软，把什么都交代了，你就要倒霉。说什么'坦白从宽，抗拒从严'，都是骗人鬼话，那些被关进去的人都是'坦白从严'处理了，而抗拒不交代的倒是'抗拒从宽'，放出来了。"

陆明荣呷了一口酒，不无忧愁地说："有些事，我可以一个人顶着，不供出你，可是我俩私分的六百五十元运费，虽然用'飞过海'的手法处理了，但社员都知道有这笔收入，万一露馅了，你说怎么办？"

陈炳德放下筷子，迟疑了一下，说："这样的事，不到推车撞壁不交代，最好你一人先顶着，这样做也许你会觉得很吃亏，其实保住一个总比两人一同进去强，我在外面再找些关系，能瞒就瞒过去，事到如今也只能这样了。这些年来我当大哥的待你不错吧。"

陆明荣深深吸了一口气，总觉得不妥当，一个人顶两个人的贪污，倒霉的是自己。两人合伙贪污时，会计只能听队长的，都是他主动，谁轻谁重，他还拎得清，今后判刑还要按贪污数额来量刑呢。古人说得好，夫妻本是同林鸟，大难临头各自飞，凭什么要替他顶黑锅？上贼船容易下贼船难，当初分赃欢天喜地，现在要退赔，岂能一人独当炮灰！他早已作好打算，一旦败露，他就说出实情，全盘托出。但为了稳住陈炳德，他敷衍着说："请你放心，我会顶住的。"

陈炳德端起酒杯碰了碰陆明荣的酒杯，说："患难见真情，我陈炳德有你这个兄弟，不枉我俩的交情了，今生今世报不了你的恩，来世做牛做马还你的情！"说完眼角淌下了混浊的泪水。

陆明荣也被感动了，他一口干了一杯酒，拍着胸膛说："你我同船共命，这刀山火海，兄弟一人闯了，万一有个闪失要判刑，还望老兄照应好我的家人。"说完已泪流满脸。

陈跃峰在窗外听得明白，队长会计合伙私分粮食，贪污集体公款，社员们的猜疑由来已久。这运输费来得不容易，是社员冒着生命危险过月亮湖，闯太湖挣来的血汗钱，知人知面不知心，竟被他俩不见山不见水地吞吃了。心中一阵愤怒，脚下一滑，额头碰在窗台上，动静虽然不大，却惊动了屋内的人，陈炳德警觉地站起来一声喝问："是谁？"

陈跃峰快步离开，转过墙角，钻进茂密的南瓜藤，扒在那里注视着屋里的动向。

陈炳德追出门外，用手电筒四处照射，不见人影，却听到路边两声猫叫，骂了一声“死猫”，一颗悬着的心才放下。他照着手电，走到路口，手电的强光四处照射，不见任何人影，才回到屋里，关上大门，又继续与陆明荣喝酒谈心。陈跃峰钻出南瓜藤，又回到窗下，注视着屋内的动静。

陈炳德又给陆明荣倒了一杯酒，说道：“工作队没有什么可怕，他们是外来人，两眼一抹黑，堡垒最容易在内部攻破，他们希望我们互相揭发，互相乱咬，他们的日子就好过了，而我们的日子就难过了。昨天柳青找我谈了话，特地问起了造桥这件事，你是总负责，管工程又管财务，购买石材、水泥、石灰都是你一个人经手，据我所知，你多报了六十吨石料款，还要了工程队回扣一百二十元，我没透露一点情况，说这财务开支都是和工程队两家共同管理的，这账早就算清了。我向你讨要过封口费吗？人人都有私心，你能捞一点我也为你高兴，这些都不说了，你能保我，我也必须保你，工作队一走，还是你我的天下。来，咱俩干一杯。”

陆明荣张着的嘴巴半天说不出一句话。这样秘密的事他都知道了，他真够老谋深算了。为了封住自己的口，竟然抛出了撒手锏，这一招还真够狠。陆明荣一口酒呛得面红耳赤，咳嗽不止，缓过神来他对陈炳德说：“你行啊，都说你是穿山甲，你凭什么说我多报了石料吃了回扣？你把大鱼大肉吃了，我只喝一口汤啊。”说完又是摆手又是摇头，明里是无奈却又是转守为攻。

陈炳德讥讽地说：“你有几斤几两我怎么会不知道？造桥的石料最后是我签的字，我当时就看出了其中的猫腻，把工程队的接收单核实后，不多不少正好六十吨。工程队王队长对你克扣工资的意见很大，说吃了回扣不帮忙，当时又拿出你私用公报少用多报的发票，我用算盘细细地算了算，又有几十元，本该我要处理你，可就在那一天，我的队长被李光义撤了，干部不当了，你贪污与我有什么相干？”

陆明荣哑口了，但转念一想，造桥的账本烧了，没有了依据，口说无凭，你陈炳德最狠也没用，他断然否认，也狠狠地说：“大哥别说二哥，你的事以为我不知道？一九六〇年，二队失窃三百斤救济粮，是你和陆荣汉偷了，把米一路撒到陈国祥家门口，让他背了四年的黑锅。至今还被冤枉着，炳德啊，这秘密要是陈国祥知道了，不把你往死里整？不说这些了，咱俩瞎子吃馄饨——心中有数，谁也别说谁了。你为我严守保密，我为你挡风遮雨，咱俩对天发誓，你要对得住我，我要对你负责，如果谁首先背叛了，一定不得好死！”

陈炳德心中本来就有鬼，他看到陆明荣起了毒誓，心中落下一块石头，他要的就是攻守同盟，他的目的达到了，站起伸出右掌，对着陆明荣右掌，“啪”的一声，说道：“谁出卖朋友，谁就不得好死！”

陈跃峰“啊”的一声，打死他都不相信，陈炳德和陆明荣，一个前任生产队长，一个会计，会如此丧心病狂，狼狈为奸，利用手中权力，盗窃集体粮食，贪污公款。更不能容忍的是，不思悔改，订立攻守同盟，企图蒙混过关。他想冲进去，点穿他俩的阴谋，然后交工作队严肃处理。但冷静一想，却又不能，因为还没有掌握他们的贪污证据，过早拆穿不利于深挖问题，他要以这些贪污盗窃作为依据，彻底清查生产队账册，给全队社员有所交代。

陆明荣已经站起来，看样子要走了。

陈跃峰一颗心紧绷着，他不能让他俩发现，必须在他出门前先离开。

村庄在蒙眬的夜色中沉睡，看似平静的夜晚，却不平静，只有天上的星星眨着眼，有规则地从东向西移去。寂静的夜幕不平静，山雨欲来风满楼，干部在担心，阶级敌人在担心，各种不同的人们站在不同的角度在思考。这个世界原本就复杂，每一个干部要过关，每一个社员要参与，各种利益混杂于一块，各种矛盾纠缠在一起，这个社会变得更加复杂了。

在这一刻，陈跃峰的思想却异常清晰，看似这个复杂的社会，你若以清明看世界，不同流合污，这个世界就干净，就简单；你若苟且，存一肚子坏水，这个世界就复杂，就暧昧；你若以其昏昏，半推半就，这个世界就会变得半黑半白。在这个世界上，总是好人多，坏人少，你认为的坏人，不一定全坏透，你认为的好人，不一定是好人，坏人中有好人，好人中有坏人。许云中和陈炳德是党员，陆明荣是会计，你能说他们是好人？孟秀枝是地主婆，就一定是坏人？

不知谁家的公鸡长长地啼了一声，村上的公鸡都跟着唱起来。陈跃峰的头发都被露水淋湿了，他才发觉自己困了，累了。

第十章 阶级敌人

工作队员与社员同吃同住同劳动，与贫下中农打成一片，白天劳动，晚上扎根串连，吸取社员对干部的意见，并成立了查账小组，进行“三看一比”，调查摸底挖掘，清查干部“四不清”问题。四清运动蓬勃地开展，连日紧张的工作，工作队很快掌握了月亮湾干部队伍的基本情况。在这基础上，征得社教分团的同意，月亮湾大队决定召开大队、生产队二级干部会。按照运动部署，每个生产队的队长、会计、贫农代表都要参加会议。每个干部都要“洗手洗澡，放下包袱”，方法上要会内会外互相配合，由社员面对面提意见，也可以背对背进行揭发，直至社员没意见可提了，群众谅解了，这个干部才可以“轻装上阵”。为了保证时间，严肃纪律，参加会议的人，一律不准请假，集中住宿，集中用膳。会议搞得如此紧张，大有山雨欲来风满楼的气势，而工作队就要这样的氛围，取得压倒一切的态势。要不是这样，松松垮垮，没有压力，四不清干部能放下包袱吗？

生产队长、会计、贫农代表都去大队开会了，工地上群龙无首，显得有一些混乱。高大宽阔的圩埂像一条褐色的巨龙，躺在昔日的荒草滩上，主体工程已经完工。塘埂的高度和宽度都是按照月亮湖历史汛期最高水位设计的，足以抵抗特大洪水的发生。工地上剩下的活儿，就是整修圩埂，清理塘底了。

火车跑得快，全靠车头带。工地上没有队长的带领与督促，显然大不一样了。劳动纪律松懈，进度在放缓。生产大忽隆，上工拿面钟，钟动人不动，集体磨洋工。吃饭打冲锋，下工如赛跑。社员自编自导的顺口溜，这边唱来那边和。人们习惯把队长比作猫，把社员比作老鼠，猫不在，老鼠们可以自由出场表现了。

王家全是副队长，陈跃峰不在他就是队长，可以行使队长职权。可是社员都长着一对势利眼，副队长算什么东西？形式上是队长的助手，实质上只是队长铳前的一条狗！队长让你冲你必须冲，队长说不行，你说行也不行。别以为代理队长就不得了，分粮分草的大权交给你了吗？你有权扣社员的工分吗？

王家权知道自己就这么一点分量，说的话没人听等于白说，有些社员没有是非观，会把对的说成错的，把白的说成黑的。人心不古，只要你稍不注意，就会遭来群体的起哄。这个时候没有人能听他的指挥。要做好这代理队长，确实很困难。他唯一能做到的，就是对得起良心，自己干活不偷懒。他一锹一锹地挖土，一担一担地挑，只有李新秀和几个老实忠厚的社员跟着他干。都说老实人不吃亏，但终究还是吃亏了，多出了力气多干了活，却不会多记一分工，还要被人讽刺假积极。

李金海挑着担子，四处张望，觉得机会到了，他放下挑担，大叫一声："队长会计去开会了，坐着躺着都记工分，我们也该坐下休息了！"这话有煽动性，但没人理他，他自己一屁股坐下了。王家全实在看不下去，上前对李金海说："就你这个劳动态度，还想削尖脑袋当贫农代表，连做社员的资格都没了。"李金海白了王家全一眼，根本不理他。他就是这么一个人，一队人嫌他一个，他嫌一队人，凡事都要占小便宜。他性格刁钻，凡事只要对他不利，就要反对。陈炳德当队长时送他一个绰号，叫"三角黄石"，这种人放在任何地方都摆不平。这次受到王家全一顿奚落，憋着一肚子气，干脆拉着张飞扬跳下芦苇荡，摸鱼捉虾去了。

强伢看到李金海、张飞扬捉鱼去了，也把挑担一丢，在树荫下两腿一伸，躺下睡觉了。

谁愿意在太阳下晒？干多干少一个样，干好干坏一个样，做一天和尚撞一天钟，谁不想省下一点力？人们纷纷放下挑担，坐在泥土上聊天，要不是记工员忠于职守，记着谁迟到了，谁早退了，一些社员准会下工回家了。

王家全实在看不下去了，这个从来不发火性的老好人，对着芦苇荡里的李金海说："李金海，你不干活离开工地，扣你一天工！"这一着还真灵，人们拿起挑担又干起来，李金海也急着赶回来，冲着王家全说："你敢扣我工分？"王家全懒得与他理论，李金海挑衅寻事找不着对象，只觉得浑身冷得瑟瑟发抖，他看到谭君武脱下的衣服就在一旁，便拿起穿上，把手伸进口袋，是沉甸甸的一沓纸，仔细一看，上面印着飞机大炮，还有蒋介石反攻大陆的讲话。他一阵警觉，立即意识到，这是反动传单！

李金海心想，谭君武的贼胆太大了，竟把反动传单带到工地上！你这个反革命，别人看不起我，连你都不当我人，经常说我坏话，现在把柄落在我手中，如果不教训你一下，我就不是李金海了。

陈跃峰看不起他，不让他当贫农代表，工作队柳青看不上他，认为他没有正义感，王家全也敢骂他扣他工分了，他今天就要做给他们看看，他有阶级觉悟，有正义感，敢于同阶级敌人斗，把这传单交给常队长，立一功，当一回积极分子，让他们刮目相看。他穿着谭君武的衣服，急急忙忙去大队邀功了。

常队长和王指导正在商量工作，他闯进去把一沓反动标语放到常队长面前，大声说："不得了，地富反坏右要翻天了，反革命分子谭君武和伪乡长李天荣配合蒋介石反攻大陆了！"

常队长一看，也吓了一跳，立即问道："这是哪儿来的？"

李金海说："这是在谭君武身上搜到的，他正在散发呢。"

常队长一拍桌子，大声说道："反动气焰如此嚣张，必须进行坚决打击！"他把传单交给王指导，又说道："月亮湾这地方不大，但这潭水却很深，这里旱路水路，四通八达，过往人多，鱼龙混杂，解放前就是国民党的堡垒村，好多人出身成分不纯，社会关系复杂。再有地富反坏右在暗地里作祟，村上的党员、民兵成年累月和这些人厮混在一块，儿女亲家，叔伯兄弟，姑姨表亲，干爹干娘，藤藤蔓蔓交织，就更为复杂了。一定要查清反标来源，并肃清影响。王指导，你是搞对敌斗争的，赶快集中地富反坏右，立即侦查破案。"常队长没有忘记前来报案的李金海，对王指导又说道："李金海同志阶级斗争觉悟高，斗争性强，要给予鼓励和表扬。"李金海受到了赞扬，顿感精神百倍，又趾高气扬地说："阶级斗争松一松，阶级敌人就要攻一攻。地主婆孟秀枝也要翻案了。"

王指导叫来曾国兴和李海波，下达了审查国民党反动军官谭君武、伪乡长李天荣、右派分子陈庭君、地主婆孟秀枝的命令，曾国兴和李海波立即领命，向鱼塘工地而去。

他们把地富反坏右带到西窑猪舍，王指导已经先到一步了。最先审问的当然是谭君武，王指导不再转弯抹角，随口就说："老蒋反攻大陆，攻下了厦门和漳州，是谁给你报信的？"

谭君武早就有预料，捡到反动传单闯了祸，自己口无遮拦祸从口出，但他并不畏惧，反而挺直腰板，从容地答道："我明人不做暗事，没有人给我报信，我是捡到了传单，传单上就是这么说的。"

王指导又厉声说道："捡到了反动传单，为什么不上交，还要到处乱说？"

谭君武说："我没有到处乱说，只和李天荣、强伢说过。传单上印着美国飞机、军舰，印着光复厦门，群众夹道欢迎国军的照片，我也觉得好奇，蒋介石怎么这么快就会重整旗鼓，一举攻下厦门和漳州，看了这些传单，又不得不相信这一切都是真的。大家知道，我当过国军营长，是党国军人，国军打了胜仗，我当然高兴！"

"住口！"王指导大喝一声，打断了他的嚣张气焰，又训斥道："你捡到了反动传单不上交，这已是一错；看了传单，宣传反动内容，这是犯罪。直到现在，你仍然坚持反动立场，等待你的是严厉打击和制裁！"

谭君武毫不畏惧，仍然振振有词地说："传单是从飞机上丢下的，又不是我印的，我把传单放在衣袋里，又没有散发，而是为拉屎擦屁股用的。我不怕政府处理我，我是军人，军人连死都不怕，还怕什么！你们想怎么处理就怎么处理吧。"

谭君武死猪头不怕开水烫，真是拿他没办法。

对待这种反动透顶的人，还能改造好吗？他一心追随国民党反动派的花岗岩脑袋，砍下来都不会改变反动立场。王指导在劳改农场当指导员，这种人碰得多了，见得多了。他挥挥手，让李海波带下去，只要关押起来，让他闭门思过，这就是对他最严厉的惩罚。

王指导又让曾国兴带来李天荣，他在琢磨略显儒雅的伪乡长，他有文化，办过私塾，教过八股文，后来又创办了月亮镇小学，当过校长，也算一个文化人。对待这样老奸巨猾的反革命，大声呵斥威吓只能显得自己粗鲁无知，胸无点墨。王指导在调整自己的审讯方式，审讯阶级敌人无非就是威吓动粗，让他们感觉到好汉不吃眼前亏的哲理，乖乖地交代问题。再就是软硬兼施，软的不行，就来硬的，硬的不行，再软硬交替。这种方法对没文化的粗人能产生效果，而眼前这个人，上通天文，下知地理，通古知今，官场民事，各方交道，无一不通，你再用这种方法审讯，等于自暴弱点，掀着尾巴让他看丑。王指导经过一番深思熟虑之后，他决定不先谈反动标语，他只是看着他，不着边际吐出一句话："看你这么文雅聪明的一个人，居然会做出不明智的事，你不觉后悔吗？"

李天荣一怔，以往公社、大队找他谈话，不是训斥就是拳脚相加，今天却碰上一个文绉绉，说话不卑不亢的人。虽然脸上有一股威严之气，说出的音调却软和和的，如果是满口脏话，或者拳脚相加，他就不开口了。但他愿意和有知识的人说话。他抬起头，慢慢地说道："你是说我为什么要担任伪乡长吗？那是没有办法的事。不出来担任乡长，老百姓选我了，不为老百姓办事，日本人就会抓很多的人，杀更多的人。乡亲们推举我，是要我保护他们。我不是国民党员，但国民党军队也抗日，所以我执行他们命令；我不是共产党，但新四军的会议都去参加；我痛恨日本鬼子，但又不得不为他们办事。在当时，老百姓称我为'三搭界'乡长。日本人要在安山上筑碉堡，要派民夫，我派好了送过去，如果让他们来抓民夫，老百姓要反抗，他们肯定要杀人放火，送过去也是保百姓一方平安。又比如，鬼子要收粮，我挨家挨户去收，收来的粮食交给日本人的少，交给新四军共产党的多。我为新四军筹饷得到过粟裕司令的表扬，还发给我奖状，至今还保存在家里。有一次日本鬼子一下抓了五个新四军，要我去辨认，我一看其中一位就是经常召集我们开会的区长蒋志根，我立即去和鬼子说，这几个都是本乡本土的良民，鬼子还不肯放人，最后我筹集了五十担稻谷交给鬼子才放人。我还给新四军茅山根据地送过情报，使新四军安全转移。同时又把鬼子扫荡根据地，月亮镇空虚的情报送给国民党驻军，国军乘机偷袭了月亮镇鬼子的老窝，扫荡根据地的鬼子急忙回师自救，新四军乘势追击，鬼子两面受敌被消灭一百多。这就是著名的国共联手大败日本鬼子的月亮湖之战。解放后，有人举报我是汉奸，要判我死刑，蒋志根师长特地从省城来为我作证，洗去了汉奸的身份。我是中国人，爱我中国，爱我百姓，绝不会帮日本人打中国人。"李天荣说到这里，深深叹了一口气，然后慢慢说道："抗战胜利后，谭君武要我继续任乡长，我说什么都不干了。全身心投入筹建月亮镇小学，谭君武处处刁难，与我作对，从此两人结下了仇怨，见面都不说话。我和他是两条道上跑的车，他反共反人民，我是教书匠，永远走不到一块！”

王指导看过李天荣的档案，他的陈述没有说谎，他做过很多有益革命的工作。但他也为鬼子和国民党办过事。尽管现在身上晒得和劳动人民一样黑，干瘦的腿杆已没有多少肌肉，但改变不了他反动的本质，对他不能抱有任何幻想和同情。王指导没时间和他绕圈子了，便直指要害说：“你说和谭君武见面不说话，前天在鱼塘工地上，他把你拉到一边，鬼鬼祟祟说了些什么？”

李天荣想了想说：“是有这么一回事，他对我说，蒋介石已经攻下了厦门和漳州，很快就要进攻上海和杭州，咱们出头的日子快到了。当时我也大吃一惊，但仔细一想绝不可能，如果真是他说的那样，政府早就开动宣传机器，干部学生上街游行申讨蒋介石了。于是我对他说，别做梦了，蒋介石能攻下厦门、漳州，当年就不会被赶到台湾去了。我不信谣言，也不传谣言，我不希望国民党反动派卷土重来，我的弟弟和好多亲属都是共产党，况且政府也没有亏待我。”

王指导没有发现李天荣与谭君武有什么关系。处理这样功过参半的历史反革命，无须采用专政的手段去对待。他对李天荣挥了挥手说：“你可以回去了。”

李天荣走了，王指导又问曾国兴：“那个闹着要翻案的地主婆呢？”曾国兴说：“她从工地上回来，说要回家一趟，我同意了。她马上就到。”

两人正在说话时，陈跃峰领着孟秀枝来了，他对王指导说：“她就是孟秀枝，并且对自己的地主成分提出了申诉，要求改正。”孟秀枝不认识王指导，陈跃峰送到这儿就走了。

王指导打量着这个半老徐娘，丰韵犹存的孟秀枝，这么年轻就评上了地主，他左看右看，也看不出她有地主婆的毒辣与狡猾，她就是一个年轻女人，长得俊俏模样，低垂着头，可怜兮兮，两只手在不停地摆弄衣角，以缓解内心的恐惧和不安，还显示出一种莫名的害怕。

有这样年轻而又腼腆的地主婆吗？王指导没有见到过。地主婆大多是个性骄横，不可一世，目中无人的那一类，即使被剥夺了政治权利，长期养尊处优形成的奸刁改也难。但在孟秀枝身上看不到。人们都说，现在的地主婆装得老实了，她是不是特别会装的女人？他决定要给她一个下马威，试一试是真的老奸巨猾还是真的有冤屈。他大喝一声：

“你大胆，竟敢公开翻案，你知道严重的后果吗？”

孟秀枝猛地震了一下。她把申诉书交给柳青的时候，柳青没有大声喝问她，只是说要向上面汇报。她认为领导越大越是有知识，越讲道理，想不到一见面就是不问青红皂白，一顿训斥，她心中又急又怕，眼泪忍不住地涌了出来，急得“我……我”竟然说不出一句话来。

这一刻，她后悔了，改变成分有这么难，还要受训斥，这么多年来都过来了，都忍受了，还有剩下的日子，就这样过下去算了。

翻案是要冒风险的，没有人会帮地主婆翻案，她曾经最好的好人许云中都不愿帮她，即使陈跃峰帮她，也只能点到为止。陈开文、强伢帮她，无职无权，有心无力……孟秀枝满怀着希望，又觉得遥遥无期。

可是今天一早在工地上，曾国兴通知她去大队部，她是多么高兴，到底是上面派来的工作队，这么快就商量了她的申诉，工作队真是好人哪！她又惊又喜，只要把这个地主的帽子摘掉，她就不再是地主婆，她可以像社员一样，开会搬一个凳子坐在前面，讨论工作和选举也能举起一只手，人们不会对她另眼相待，她回娘家侄儿侄女不要像瘟神一样躲避她，她也不会连累他们。再说了，她年龄还不大呢，谁不想自己有个家，有一个丈夫，生儿育女，过上开开心心的日子。

孟秀枝回到家中，换上一身干净的衣服，然后照着镜子，理了理散乱的头发，镜子中的那张俊俏的脸，还是那么年轻。啊，十五年了，她评上地主婆的时候，还是尚未成熟的年轻人，这些年她不知道是怎样走过来的。她看着村上的姐妹一个一个的出嫁，生儿育女，而她已是一个小寡妇了。她再也不敢想象甜蜜的爱情，再也不敢向青年男子多看一眼。她把自己封闭起来。一个女人最美好的青春年华，就在监督劳动中荒芜了。

镜中的女人苦笑了一下，男人都是没良心的，她一生被两个男人害苦了，张金大的良心被狗吃了，许云中的良心也被狗吃了。她尽量往好处想，也许改变了成分，像她并不显老的俊俏女人，仍然会有男人爱她……

她放下镜子，又是凄然一笑……然后出门向大队部走去。

大队部到处都是人，这些人都是干部，是有头有面的人，孟秀枝不敢正面看他们，低着头在他们身边走过。她不知道王指导在哪里，又不敢去问,她在人群中看到了陈跃峰,便立即走向他,陈跃峰什么也没说,就带着她来到西窑猪舍。而她得到的是一顿训斥,她的心一下就沉下去了。

王指导看着孟秀枝害怕慌张的样子,他很高兴,他的威胁收到了效果。对待阶级敌人的仁慈,就是对人民的残忍。现在他要开始正式审问了,他拿出记录本说:“你读过书吗?”

“报告王指导员,我没上过学,但上过扫盲夜校,能认识好多字。”她慌慌张张地回答。

王海松记下了,又问道:“你嫁给张金大是自愿的吗? 媒人是谁?”

孟秀枝说:“他的年龄比我父亲还大,我怎么会愿意嫁给他! 我家穷,欠了他的债,是父亲心狠,把我抵债才进他家的。”

王海松说:“你不要慌,老老实实说,如果是说谎话,就是欺骗政府翻案,那就是罪上加罪。你慢慢说吧。”

孟秀枝听了王海松一番话,心情平静了许多,仍然低着头,慢慢说开了。

“我十五岁的那一年秋天,我从田里收棉花回家,看到父亲和张金大坐在堂前,我慌忙往后屋走,母亲坐在灶前哭,两个弟弟也在哭,我问母亲怎么了? 母亲抱住我哭得更凶了,她一边哭一边告诉我,张金大来逼债了,稻子还长在田里,哪有钱还债? 张金大说:你不是有两个儿子和一个女儿吗,卖掉一个儿子就够了。母亲怎么也不肯卖掉弟弟,张金大又说:那你把女儿送到我家干五年活,这债务就两清。张家逼债逼得紧,父母没办法,就同意了。一张还债文书把我送到了张家,我没日没夜地干活,每年只能在大年夜回家一次,年初二就要回张家干活了。

“到了第二年的夏天,一天夜里外面刮着风,下着大雨,雷电交加,吓得我躲在柴房里不敢出来,张金大那老贼起了黑心,一个人摸进了柴房,抱住我不准我喊出声,我叫天不应,喊地不灵,这老贼在柴房里把我奸污了,天哪,我才虚岁十六岁啊。我又气又怕,当夜逃回了家,我娘知道了当时就晕了过去,我爹气得拿了一把菜刀,约了几个叔伯兄弟来张家拼命,张金大那老贼早就有了防备,请来了乡绅李天荣调解,并自愿拿出大洋二十元作为赔偿处女费,并立下字据保证今后不再侵犯。父亲贪财又逼我继续去张家,我恨张金大也恨我父亲,我蒙受了这样的耻辱，今后还怎么做人？我不愿再去，一气之下就投了河，当我醒来时，才知道是来孟家渎走亲戚的许云中救了我。

“一个姑娘在未嫁之前就有这种坏名声，这一辈子就彻底完了。我走不出家门抬不起头。为了还债，在父亲的威逼下，我又回到了张家，老贼张金大的妹妹骂我是骚狐狸，老婆潘秀凤骂我是不要脸的小婊子，为了还清债，我忍气吞声住下了，但在枕下放了一把杀猪的尖刀，张金大再要贼心不死，我就一刀捅死他！

“这样提心吊胆又过了一年，终于熬到了解放，老贼又起了花心，他同我说要收我做二房，我‘呸’地一声说你休想。他找准了我爹贪财的弱点，亲自带着六十块大洋到我家，说要跟我‘圆房’，爹妈左思右想女儿已被他坏了名声，今后也嫁不了好人家，嫁给张金大做二房却吃穿不愁，看在六十块大洋的份上，父母牙一咬牙就答应了。我知道逃不出老贼的虎口，又想到了死，一死了之，一了百了。我找了一根绳子在柴房上吊，想不到老贼早已派人监视我，他把上吊用的绳子捆了我手脚，把我放到他的床上，他百般折磨我，我又逃过两次，都没走出村就被他捉住，回来后又是一顿毒打，还说再逃就打断我的两腿。

“白天我和长工们一块在田里干活，晚上他把房门锁上，不让我走出家门一步，一个女人走到这步田地还能怎么样？就在这个时候，土改工作队进村了，老贼张金大也走到了末日，他和潘秀凤被民兵押上了批斗台，那是我最开心的日子，我自由了，回到了孟家渎娘家。可是有一天，两个背长枪的民兵来到我娘家，把我押回月亮湾，站在张金大一块被批斗了。我不服，跑到土改工作队的驻地大呼冤枉，他们不让我申诉，反而把我关了禁闭，说：‘不法地主的小老婆不是地主是什么？’天哪，那一年我刚满十八岁，却成了地主婆。”

孟秀枝说完了，已是泪流满脸，没想到这血泪般的叙述，并没有使王指导同情，相反使他感到深深的厌恶。王指导想，她在地主张金大家中四年多，仅用抵债两个字就能说明她不是地主吗？如果她不贪图张金大的钱财，不贪图享受富贵生活，完全可以逃婚抗婚而一走了之。当年土地改革运动，分田地，评地主，是严格执行政策的。她做了张金大的小老婆，足以证明她享受了地主生活，才把她从娘家押回月亮湾，当作地主婆进行批斗。土改运动的历史早已写就，他应该尊重那一代人的工作成果，历史的结论，绝不能轻易地否定。

王指导合上记录本，对孟秀枝说："你所说的我都记下了，我们还要调查核实，才能得出结论。你现在还是地主分子，不要翘尾巴，还要接受贫下中农的监督改造！"

孟秀枝头脑"嗡"的一声响，几乎要跌倒了，讲了半天就给她这么一个结论，她的期望值越高，对她的打击越大。她太单纯了，她哪里知道在阶级斗争为纲的形势下，要改变一个地主成分比登天还难！她不知道是怎样被曾国兴带出猪舍的。这案翻不过，她知道要大祸临头，还要罪上加罪啊！

常队长和王指导紧急磋商后，面对当前阶级敌人猖狂的活动，二级干部大会掉转方向，以阶级斗争开路，狠狠打击阶级敌人的猖獗活动，全面揭开阶级斗争的盖子，提高人们的觉悟，深入开展查账对证，把四清运动进行到底。

王指导和常队长并排坐在主席台上，他首先向大家宣读了三份地委的通报。第一份通报是，某县某公社的一个文书，解放前是国民党军统特务，解放后改名换姓，伪装积极混入干部队伍。在四清运动中，他的这段历史被群众揭发暴露，他狗急跳墙，拿出私藏枪支，枪杀党员干部两人，打伤群众多人，后被闻讯赶来的公安干警击毙。第二份通报是某公社某大队的书记，与地主女儿长期通奸，老地主为了报复贫下中农，指使女儿让某书记殴打社员，克扣口粮，共产党的书记变成地主在党内的代理人。经调查核实后，某书记撤职开除党籍，判有期徒刑三年。第三份通报是，某公社某大队恶霸地主原本就是国民党潜伏特务，伙同多名特务进行破坏，炸毁了公社会议室，炸死一人，炸伤多人。经过侦查，破获特务组织一个，查出手枪五支，炸弹多枚，抓获特务多名，经核实无误，恶霸地主某某判处死刑，立即执行。

会场上鸦雀无声，静得一根针掉在地上都听得到。月亮湾的干部群众从未听到比故事还要动听的阶级报复，不听不知道，一听吓一跳。

王指导接下去说道："月亮湾不是世外桃源，全大队的地富反坏右加起来有二十多个，有的当过国民党的乡长、国民党军队的连长、营长，他们像屋檐下的洋葱，皮烂苗枯心不死，如果他们组织起来就是一个排的武装力量。你们以为我在吓人？就让事实来说话吧。"

他向曾国兴做了一个手势，曾国兴走出门外，和民兵营长赵荣军一左一右架着谭君武走进会场，让他低着头站在主席台面前。大家一阵骚动，王指导抬高了八度嗓音，指着谭君武说："就是这个反革命分子，造谣惑众，散发反动传单，还到处胡说，蒋介石已攻下厦门漳州，马上就要攻打上海杭州。同志们，千万要提高警惕，如果蒋介石要反攻大陆，谭君武就是还乡团长，到那时，贫下中农千百万人头就要落地了。"

整个会场的空气仿佛凝固了。阶级斗争年年讲，月月讲，天天讲，不知道阶级敌人在哪里，谁能想到，阶级敌人就在眼前，与国民党反动派遥相呼应，梦想夺回已失去的天堂。

"怪事还多着呢，同志们！"王指导就像聊家常那样滔滔不绝地演说，驾驭着人们的思想，控制着会场的情绪。"前几天，李家桥的老地主李德培生病了，他自知来日不多，这么多的土地和房屋被穷鬼们分了，怕儿孙们不知道，他让上小学的孙儿扶到田野里，指着一片田说，这片地都是我家的，土改时被穷鬼们分了，你千万要记住，有朝一日要收回来。这就是地主交给孙儿的变天账！"说完把一本练习本高高举起，说道："这就是老地主的变天账！他孙儿在学校受到老师的教育，知道这是向贫下中农反攻倒算，把这变天账上交给我们了。"下面又是一片哗然，王指导抬手让大家静下，又说道："还有更离奇的呢，地主婆孟秀枝，居然不承认自己是地主，还写了申诉书要翻案，同志们，你们同意不同意？"

李海波突然站起，振臂一呼："我们贫下中农坚决不答应！"

接着在一片口号声中孟秀枝被押进会场，她散乱的头发披在脸上，一个劲地哭着，已瘫软在主席台前。李海波更是气愤不过，上前揪住她的头发，强迫她抬起头示众，只听她"哇"的一声竟没了气息，王指导怕出人命，立即让妇女主任王彩花拖着她离开了会场。

王指导最后说道："同志们，阶级斗争松一松，阶级敌人就要攻一攻。拿枪的敌人被消灭之后，不拿枪的敌人依然存在，他们务必要和我们作拼死的斗争，我们决不可以轻视这些敌人。阶级斗争这根弦绝不能放松，只要有地富反坏右还存在，我们就必须和他们斗下去。"

阶级斗争暂告一段落，会议引入主题。接着常队长做工作报告，转入四清工作的总动员。

孟秀枝被妇女主任拖出会议室，她跌跌撞撞回到家里，只觉得头脑炸裂似的疼痛，一头倒在床上，就昏过去了。

孟秀枝不知道是白天还是黑夜，不知过了多少时候，她终于醒了，这土方任务还没完成呢？她起床拿着工具就往工地走去，忽然听到有人喊她："秀枝，回家吧，这挑土的活儿不是女人干的！"她回头一看，竟是老贼张金大，不由怒上心来："老贼，你害得我人不人，鬼不鬼，你又来干什么？"张金大说："我只是出了一趟远门，你和老情人许云中又干上了，肚子里还有了他的孽种，看我不打死你！"孟秀枝不知从哪儿来的勇气，怒目圆睁地说："你敢！"张金大毫不畏惧，凶狠地说："你这小娼妇，也不抬头看看天，这是谁的天下？这田地全归我了，你看，这些穷鬼都给我干活呢。"说完就把孟秀枝按在地上，用手去抓她……孟秀枝一阵惊慌，突然醒来，竟是一个噩梦！可是在床边却真真实实地坐着一个人，喷着酒气，正在抓捏她的乳房，她挣脱他，看不清楚是谁，但知道这人不怀好意，她一跃而起，大声喝问："你是谁?"那黑影迅速把她抱紧，用手掩住她的嘴巴，说："许云中能干你，我就不能干你?"听口音，这人正是李金海！

啊，她总以为和许云中的交往密不透风，居然让他发觉了，许云中的担心并不是多余，李金海来的目的不言而喻。孟秀枝拼命推开他，而李金海却不慌不忙，一面脱衣一面说："你要拒绝我也可以，现在我就去大队部，向常队长揭发你和许云中的奸情，让你俩挂着破鞋游村吧。"

孟秀枝又气又急，顿时瘫软在床上。李金海乘势抱住她，解开她的衣襟，摸她光滑坚挺的奶子，再顺着乳峰往下摸，是平坦柔软的腹地，再往下是一片浓密的芳草。这女人，没生过小孩，二十岁就做了寡妇，还是一个姑娘身子，他迅速脱光了衣裤……

窗外起风了，雷鸣闪电，下起了大雨。雷公电母啊，不要震怒，不要咆哮，你的照亮，只是一闪而过，你的不平，只有一声吼叫，根本阻挡不住罪孽的发生，满天的眼泪，只能化作一河浊水。罪恶的黑夜，掩盖了人世间柔弱得不能再柔弱的反抗。

李金海发泄完兽欲走了。

孟秀枝哭得死去活来，李金海凭什么这样欺负她，还不是因为她是地主婆！李金海胆子这么大，正因为抓住了她和许云中私通的把柄，强奸了你也不敢讲。她又想起了白天的斗批，要改变地主成分已不再可能。这地主的帽子只能永远戴在头上了。让人揪着头发按下她的头，让人指责让人侮辱，无休止的阶级斗争，让她永远抬不起头，这个日子怎么过呀？

她的眼泪哭干了。李金海强奸她赃证俱在，但她不敢去告发，他是一条疯狗，她怕李金海反咬一口，他什么事都做得出，把她和许云中的私情揭露出来，她已经无所谓，许云中可要撤职开除党籍的啊。她理不出头绪，揪自己的头发，把头往墙上撞，痛了哭了，哭了再撞，再也没有力气了，她把双手搭在胸口，胸脯还是肉鼓鼓、高耸耸的，坚挺得像两座小山峰，还像刚出嫁的大姑娘一样。她顺着往下摸，肚皮上没一点赘肉，腰肢还是这么苗条，正是这好看的身材，惹得男人眼馋。要是长得像猪一样丑，那有多好。

她觉得身上很脏，脸上还有李金海残留的口臭，身上还流淌着他的脏东西，阵阵恶心使她翻肠倒胃。她起身烧水把身子洗干净。又习惯地照镜子，镜子里的她脸容还是那样秀丽，眼睛又大又亮，满头秀发又厚又软，只是略显憔悴。她对自己的美丽都感到惊奇，两行眼泪又不自觉地淌下。她对着镜子自怨自艾。要是头上没有地主婆这顶帽子，那该有多好！

现实毕竟是现实，地主婆的帽子就像一座山，压着她抬不起头，任人欺压，任人玩弄。这条道路远得没有尽头，没有终点。

她又躺到床上，哭累了昏睡过去，睡醒了又接着哭，任凭泪水不停地往外淌。

一觉醒来，天已大亮，人们都在准备上工了，村里没有人，静得出奇，她又想起了昨晚发生的事，李金海会不会当众说出来，他是不要脸的无赖，他是一个十足的流氓！他还是小伙子的时候，就用卖壮丁的钱，去城里逛窑子，他不以为耻，反以为荣，说妓女如何漂亮、风流，弄得她直喊爹娘；他还奸污过女青年，在一九六〇年饿死人的困难年月，他仅用一碗白米饭，就强奸了一个讨饭姑娘，还说是未开过苞的处女呢。他下流，睡了女人还要显耀到处讲，如果把昨夜的事说了，她还能走出去吗？

她恨李金海，恨不得一刀杀了他！他说过几天还会再来。他这种人，就是厚颜无耻，得寸进尺，有了第一次，就有第二次，还会再有下一次。

她爱的人抛弃了她，她讨厌的人却来纠缠不清，命中注定就是苦命。她母亲就对她说过，这一世你投爹娘不着，下一辈子投一个好人家吧。人死了，真能转世投胎吗？要有就好了。早死早超生，来生再也不做地主婆。

她已经死过两次，第一次投河，第二次上吊，但都没有死成。她能够活下来，能够熬下去，因为她还年轻，她还抱有一线希望，人的一生能够苦尽甘来，后半辈子能过上幸福的日子，这是她梦寐以求的希望。所有的希望都像肥皂泡一样破灭了，还能指望得到什么？她害怕阳光害怕见人，害怕所有的人。眼前只剩下一条去死的路。

死是自己最后的一件事，活着的时候不被当人看，死后一定要有一个好样子，用绳子上吊，吐着半尺长的舌头圆睁着眼，这个样子太吓人。她小时候看到过吊死鬼，一个年轻女人上吊自杀了，披头散发吐着鲜红的舌头，吓得她夜里都不敢起床尿尿。用菜刀割断喉管也不行，这样会流很多血，死了还要破相。如果去跳河，她已经学会了游泳，不但淹不死，还要落下笑柄被人扯谈。

这样死那样死都不行，难道就不死了？一个下决心要死的人，总会找到死的方法。她看到床边有一只死老鼠，这是她用老鼠药毒死的。老鼠只要吃上几粒浸过药的米，马上就死了，人吃了，也应该死得很快，这样死不痛苦也不丑陋，就像睡着了一样，躺在门板上头发都不乱。她看到台上还放着没有用过的老鼠药，想不到留着给自己用了。

她拿着老鼠药看了又看，一阵悲从心头来，她摸着腹中尚未成形的小生命，他有什么罪过，非要带着他一同死？想到这里，她更恨许云中了，要不是他无情，她上刀山下火海也要把他生下来，无论是男是女都要把他养大。孩子，别怪妈心硬，要恨就恨许云中吧。

孟秀枝啊孟秀枝，到生命的最后一刻，她呼唤着自己的名字，问自己，你害过人吗？坏过别人良心吗？在村上，有生死冤家对头吗？没有啊，没有！她连一个蚂蚁都不踩，从不和人吵架红脸，更没有冤家对头了。不恨人，不害人，为什么还要整你、斗你，把你当作最卑贱的女人来作贱，使你抬不起头，人前人后扬不起脸？你作了什么孽，要落得这样的苦命，得到这样的报应？

她的反问是那样的幼稚可笑，所有的疑问没有人能够回答她。

她起身烧水泡老鼠药。揭开锅盖，发现锅里还有米饭，她的肚子早就饿了，强烈的食欲又不自觉地拿起了碗筷，就是死也不做饿死鬼，吃饱了再去死。她的心一酸，这是在人世间最后的一顿饭了。

她换上一身干净的衣服，闭上眼睛，把水泡开的老鼠药一饮而尽。

然而，她却没有像老鼠那样死得快，只觉得喉咙像火烧一样，死怎么这样难受啊，她爬到水缸边喝了几碗冷水，火是压下去了，肚子开始剧痛了，痛得肝肠寸断，她大声呻吟，叫天不应，叫地不灵，在地上打滚……

第十一章　轻装上阵

二级干部会集中住宿，集中用餐，在紧张严肃的氛围中不断向纵深方向开展。

二干会的核心是解决大队和生产队二级干部的四不清问题。

工作队在深入发动群众的基础上，把会议分成会内会外两条线，会外各生产队建立查账对证小组，清查账册，组织社员检举揭发，发现问题，及时送交工作队。会内开展批评与自我批评，自觉交代问题，干部之间互相揭发，人人过关，上上下下，几个回合，干部是不是清正廉洁，谁黑谁白，谁贪谁清，利用群众运动这个照妖镜，一照就现出了原形。

运动在有序进行，证实了大多数干部是好的和比较好的。从大饥荒过来的漫长岁月，他们掌握着比生命还宝贵的粮食，不是只顾自己，而是和广大群众同甘共苦，共渡难关。党员干部也是人，家中有爹娘老婆孩子，他们同样在挨饿，饿得皮黄骨瘦，不曾利用职权，多吃多占。他们是党的好干部，是人民忠实的勤务员。他们很快通过了审查，放下了包袱，轻装上阵了，成为工作队和群众信得过的干部。

但总有这么一小部分人，大权在握，私心严重，手伸得特别长，他们贪污盗窃集体钱粮，多吃多占，在群众中造成了极坏的影响。通过查账对证，已经暴露了很多问题，有的人的问题越查越大。这些人尽管人数不多，民愤却极大。他们害怕退赔，害怕处理，至今不检查，不交代，妄图蒙混过关。

常队长罗列了这几类人的情况，适时召开了工作队党委会，然后再次召开全体党员干部会，让那些好的和比较好的干部放下包袱，轻装上阵，对犯有严重错误的小部分人展开攻势，使他们丢掉幻想，自觉交代问题，清查干部队伍中的贪污盗窃，然后进行退赔。

常队长威严地坐在主席台上，开门见山地说："工作队进驻月亮湾大队后，扎根基层，联系群众，排队摸底，查账对证，对干部进行面对面、背对背地检举揭发，一些人的问题已暴露在光天化日之下。通过二干会的学习提高，大多数干部的问题已经见底，并制订了退赔计划。经过工作队党委研究决定，决定给予陈跃峰、陈国祥等二十一位同志轻装上阵。他们在长期的工作中，已经为社会主义建设做出了很大的贡献。希望你们戒骄戒躁，以更大的热情投入运动，积极认真工作，为党为人民做出新的贡献。”

会场顿时响起了一片热烈的掌声。

常队长停顿了一下，又继续说道：“我们有一些党员干部，刚开始时，对‘人人过关’想不通，有意见，我不责怪，因为洗手洗澡总会触到痛处，觉得委屈，但事实证明你是清白的，过过关有什么不好？过五关，斩六将，这才显英雄本色。”

“大部分干部轻装上阵了，可还有一部分人在等待观望，根据我们掌握的情况，错误并不太严重，可就是拒绝交代，像挤牙膏一样，避重就轻，点一下，交代一点，态度极不端正。党的政策是‘惩前毖后，治病救人’，决不一棍子打死人，问题不在大小，关键在于态度，丢掉幻想吧，不要再等待了。特别是许云中和陆荣汉两位同志，贫下中农在看着你们，党在等待你们的转变，哪一天问题交代清楚了，交代彻底了，哪一天就可以轻装上阵。”

常队长极有煽动的讲话，句句戳到犯错误干部的心上，台下又是议论一片。

许云中和陆荣汉低下了头，心中犹如井中的吊桶七上八下，悬着的一颗心始终放不下。怎样才算彻底交代？怎样才算端正态度？不交代想绕过，前面还有更大的坎。交代了要退赔，以后的日子怎么过？他们站在十字路口彷徨，有时候走过泥泞的道路，方知坦途悠然。

除去轻装上阵和继续交代问题的，最后只剩下了李光义和李国正、陆明荣这三个人了，这是和尚头上的虱，明摆着的。李光义虽然没有贪污盗窃，多吃多占，也不需要退赔，可是他是党内走资本主义道路的当权派；李国正、陆明荣经济贪污数额巨大，手段恶劣，已是众所周知，他俩到底贪污集体多少钱？据查账小组人员透露，已经确定的就有几千元，盗窃粮食也有几千斤，还有很多疑点，正在调查取证追查中。人人过关，总有过不了关的人。

人们既高兴，又惊异，高兴的是以前的怀疑得到了证实，善有善报，恶有恶报，向他们清算的日子终于盼到了。惊异的是，贪污的数额会如此巨大，这些钱和粮加起来，几乎是一个生产队几十个劳动力辛辛苦苦劳动一年的劳动成果啊。

常队长招了招手，让大家静下，继续说道："犯有严重贪污盗窃的是谁，我不点名，大家也应该知道了。大队会计李国正、陈家桥一队会计陆明荣，长期以来，把生产队的仓库当作自家的米粮仓，把集体的收入当作自己的小金库，大搞贪污盗窃，化公为私，其数额巨大，手段恶劣。触目惊心。虽经工作队多次谈话，仍然置若罔闻，不思悔改，拒不交代。对犯有这样严重错误的人，不彻底清查对不起社员群众，不打击不足以平民愤，经工作队党委研究决定，对这两人实行隔离审查，去西窑猪舍继续交代问题。"

不再有人交头接耳，会场静得出奇，这一惊人的决定，既让人感到突然，又是在人们意料之中。李国正和陆明荣被工作队员带出会场，前往西窑猪舍接受审查。这也使人们感到四清运动不是一阵风，一刮而过，而是风声一阵紧一阵，工作队在反腐反贪工作上动真格了。

常队长最后说道："四清工作已经取得了很大的成绩，但最终还要落实在行动上，贪污盗窃必须全额退赔，多吃多占也要全额退赔，只有退赔了不义之财，才能彻底改正错误，才能得到社员群众的谅解。最后，我再次严肃告诫尚未彻底交代的同志们，不要抱有任何幻想，企图蒙混过关，只有端正态度，主动下楼，自觉交代问题，这才是唯一的出路！"

二干会开得大快人心，放下包袱的党员干部，拿出实际行动，踊跃退赔，贪占挪用公款的退钱，侵占集体粮食的退粮。不忍痛割肉不行，没有困难的要退赔，有困难也要退赔。工作队对退赔的态度采取零容忍。

大会结束了，常队长和王指导带着陈跃峰、曾国兴、李海波马不停蹄赶往西窑猪舍。

大队部的办公室只留下大队书记李光义，常队长虽然没有点他的名，但也没有宣布轻装上阵，他心中似十五只吊桶七上八下，他究竟是属于哪一类干部呢？四不清干部算不上，他没有贪占集体一粒粮，贪污一分钱，在大饥荒最困难的岁月，眼睁睁看着饿得皮黄骨瘦的妻子和孩子在挨饿，眼睁睁看着生了浮肿病的父亲一病不起，命归黄泉。他行得正坐得端，清清白白，群众对他没意见，查账对证没有发现可疑问题，贪污盗窃和他沾不上边。常队长不让他轻装上阵，也没有对他隔离审查，这不是好兆头，分明是把他搁置起来了。

经济上没有多吃多占不等于政治上没有错误，李光义的心里明镜般地清楚，他犯的是政治路线错误。他给月亮湾社员分了自留地，就是分田到户走资本主义道路。常队长已多次向他指出，必须做出深刻的检查。而李光义却认为，多分自留地仅是困难之中的权宜之计，月亮湾大队没有倒退，走的还是社会主义道路，难道不顾老百姓生死存亡，这就是正确路线？他不写检查也不认错。他知道这样硬顶，后果是严重的，但他生来就是这种倔强性格，决不会为了自己的一官半职，去迎奉领导做违心的检查，要不他就不是李光义了。

看着别人轻装上阵过关了，自己却被常队长不理不睬地挂着，要不难受是不可能的，这个检查书是写还是不写，他的内心在激烈的斗争。无论是写还是不写，他都要作为典型被处理，但他必须陈述当时的实际情况，他铺开纸，提起笔……

往事如烟，一桩桩、一件件早已过去的事情在脑海中翻腾，把他又带进不堪回首的饥荒年月。他刚掩埋了生浮肿病死去的父亲，几十个饿得皮包骨头的村民聚集在他家门口，向他要借粮，地里收不到的粮食，国家也很困难，哪里还有借粮？正是青黄不接的季节，总不能让村民活活饿死。他召开了支委会，斗胆对六个支部委员说：“社员都揭不开锅了，集体有的是土地，却收不到足够的粮食，在这生死关头，是看着老百姓活活饿死，还是划一块土地，给社员种上山芋、南瓜进行自救，我在思想斗争了很多天，现在终于决定了，我建议，每人分一分地，适当扩大自留地，同意的请举手。”七只手都举起来了。月亮湾的社员分到了自留地，人们种上了南瓜，芋头和红薯，灾荒还在继续，这块大地上还在上演饿死人的悲剧，而月亮湾人碗里却有满满的南瓜和芋头，人们渡过了饥荒。过了一年，县里派人来调查，要处理他，社员们聚集在大队部，写了万民书，成群结队地跑到公社，为他辩护，为他申冤。出于老百姓的压力，县里来的领导再次深入群众调查，月亮湾确实没有饿死人，并征求公社赵书记的意见，终于避过了这场劫难。这事早就有结论了。多分的自留地早就归还了集体，月亮湾的地，还是集体的地；月亮湾的天，还是社会主义的天，常队长为什么还要抓住不放？他想不通，实在写不下去了，他把纸放在手中搓成了一团。一股委屈夹杂着莫名的烦躁，像鸡爪一样在胸中乱抓乱划，他要找常队长，再次对他说，他带领社员群众是走的社会主义道路。

他走出办公室，已不见常队长和王指导，却迎面碰上了柳青，他也急着要去西窑猪舍，他对李光义说道："李书记，我知道你委屈，你难受，但是，朴素的阶级感情代替不了路线觉悟，方向路线错了，一切都错了。听我一句话，认真写检查，作深刻反省，争取得到从宽处理。"

柳青走了，李光义仍然迷茫地站在那里。他想，柳青是同情的劝说，难道真要说假话，作违心的检查才能过这一关？

常队长和王指导丢下李光义，正在西窑召开积极分子骨干碰头会。要全面深入揭露李国正和陆明荣的贪污盗窃。还有很多的注意事项，第一，不能让他俩与外界接触，免得泄露审查情况，内外串通搞攻守同盟。第二，要加强政策攻心，促使交代问题。第三，还要防范意外情况发生，所谓的意外情况就是要防止被审查人员一时想不开畏罪自杀。受审的人非正常死亡，在运动中时有发生。死人毕竟不是好事，影响太大，还会断了线索不利于深查。布置结束后，王指导又细心察看了李国正和陆明荣的宿舍环境，虽然感到满意，但总觉得不放心，又指示李海波把他俩的裤带也解下收缴，这才放心地走了。

此刻李国正坐在地铺上，两眼望着屋顶，秋风在呼呼地吹，屋外的树叶在"沙沙"地响，守护他的工作队员静静坐在一边，这情景显得格外地凄凉。人生走到这一步，都悔不当初，不该心贪手长，都说对不起组织对不起群众，也对不起亲人，可是已经做下一切，既成事实，再来追悔以往，为时已经晚了。

李国正自从下放回到老家之后，没过多长时间，由于农村没有文化人，就担任了食堂会计，几百个人在一口锅中吃饭，每天要去购买蔬菜鱼肉，在他手中经过的钱像流水一样，他眼红了，有谁见了钱不爱？有谁没有私心？开始每天少买多报，就是这么几块钱，贪这几角几分，人们没有发觉，胆子就大了，又多贪几角几分，每天贪污几元，社员们发觉伙食不如以前了，有意见，但都不识字，只怀疑不会查账，他胆子更大了，继续贪污，也没有人查出他贪污。后来他由食堂会计提升为大队会计，地位高了，权力大了，经手的钱和粮食更多了，大笔一挥，几十元上百元的公款就进了自己的腰包，自己发了富了，吃鱼吃肉，老百姓仍然糠糠菜菜，半饥不饱，他丝毫不感到良心过不去。贪欲是一种病，永远没有满足的一天。钱用不了存在银行里，看看也喜欢。贪污的钱越来越多，直到他造了三间楼房后，李光义才起了疑心，找他谈了话，他欺负李书记文化不高，又不懂财务，略施小计就把他骗过了。面上社教时查了他的账，没有发现漏洞，他们一阵风似的离开了，他侥幸逃过了一劫。真正让他害怕的是这次四清运动，工作队发动群众“三看一比”，查账对证内外结合，查出了几桩上千元的收入不记账，他才慌了。他表面上痛心疾首写检查，心中却在思考着对策，不到万不得已，决不轻易交代一丁半点。他像挤牙膏式的那样，常队长指出一点，交代一点，好赖则赖，好瞒则瞒，绝不多说一句话，多吐一个字。

他在静静地等待，等待这阵风一刮而过。他有土改运动、“三反”和“五反”经历，还有反右运动的经验，建国以来的运动都参加过了，以前他都是整别人的，现在换了位置，别人来整他了，这个社会就是这样斗来斗去，说不定今天整他的人，明天又要被别人斗。不要害怕，不要心慌，什么“坦白从宽，抗拒从严”，都是一种手段，有谁见过坦白从宽了？只有抗拒不交代才是真的狠，一切都会过去，他在自己安慰自己。

正在他胡乱瞎想的时候，常队长和王指导推门进来了，他俩在他的对面坐下。常队长两道严厉的目光在他浑身上下不停地扫视，怕什么？他迎着他的目光，对视撑着，可是，常队长一着不让，更紧地盯着，做贼的人总是心虚，他还是低下了头。常队长不温不火地说：“李会计，有些紧张吧？当了多年的大队会计，本应为大伙多做一些事情，想不到你做了这么多违反党纪国法的事，群众对你的意见又这么大，你该想好了吧！”

李国正面部一阵抽搐，这是紧张的表现，但他很快就镇静了。他在想，常队长一次一次要他交代，这说明，工作队并没有掌握他的全部，谁都知道，搞运动虚虚实实，真真假假，靠讹诈发现问题，吓死胆小的，撑破胆大的,被吓着了,竹筒倒豆子,全都交代了,那才是傻子!胆子大一点不交代,大不了态度不好,我倒要摸摸常队长的底,你究竟掌握了多少。

李国正想好了,抱着头,就是不开口说话。常队长略把口气放平和一些说道:"问题不在大小,关键在于态度,自己主动交代问题,就能获得从宽处理,隔离审查虽然严一点,但对你交代问题有好处。现在让你洗手洗澡,洗掉身上的污泥浊水,就可给你回去。李会计,不要犹豫了,自觉交代吧。"

李国正低着头,还是一言不发。王指导也在一旁说道:"现在你能如实交代还不迟,别以为你贪污的手法有多么巧妙,都逃不过群众的眼睛。我们一次一次地找你谈话,是想挽救你啊。"

李国正坚持不交代的态度并没有改动,只是抬起眼睛瞟了王指导一眼,心想:说的比唱的好听,你当我是一个小孩子骗,如果把问题都交代了,就要升级处理了。你们爱怎么讲就怎么讲,反正我什么都不说。他低着头仍是一言不发。

常队长摸准了他对抗的情绪,决定抛出一点材料,刺激他一下。让他丢掉幻想,于是从公文包里拿出一本记录本,一边翻一边说:"李国正,这里有一笔账,要与你核对,一九六一年解散公共食堂的时候,各生产队食堂余下的现金一千八百六十元,大米三千四百斤,当时全部交到大队,这些钱和粮都到哪儿去了?"

李国正一惊,这是四年前的事了。他还依稀记得,各生产队把钱和米交到大队,他写了收条,还盖上了大队公章,当时上级要求老账转新账,在转账时候,这些粮钱没登记,也就不显山不露水地放进了自己的腰包。事情过去了好多年,各生产队早把这事淡忘了,捕风捉影是工作队惯用的手段,只要咬住说不知道,工作队最狠也落实不了这笔贪污款。他含糊其辞地对常队长说:"我不记得了。"

明目张胆地贪污了粮和钱,却赖得一干二净,如果不刹住他嚣张的气焰,后果不堪设想。对这种不见棺材不掉眼泪的人,只能让证据来说话。他站起来走出门,喊了一声:"老许,你把证据拿过来!"

老许在银行工作多年,干的是农村财务辅导员,他精通大队和生产队的财务。他拿着一沓账册和单据放到李国正面前说:"这收条是你写的吗?”李国正看了看,无论间隔多长时间,这字迹改不了,他不得不承认:“是我写的。”老许又拿出当年老账转新账的账册,严肃地说:“你把这收入记哪儿了? 你自己找出来。”李国正把账册翻来翻去就是找不着,老许又说:“在你心里放着呢。”李国正说:“我听不懂你说的话,怎么越听越糊涂?”老许放下脸说:“你很清楚,不糊涂,我劝你一句,苦海无边,回头是岸!”

李国正突然“哇”的一声哭了,他扇着自己的耳光说:“我该死,见财起黑心,一时糊涂把这钱粮据为私有,造了两间楼房,我愿意把楼房退赔。”他毕竟是见过世面的人,在事实面前还要赖账是要加重处理,他立即转换态度,痛心疾首地说:“我掌管大队财务,私心杂念恶性膨胀,忘记了入党的誓言,当干部是为了谁,忘记了党纪国法这根高压线,忘记了做人的底线,是该死的贪欲害了我。我要如实交代,争取宽大处理。”

痛哭流涕的忏悔,感人肺腑的态度,一时间两种截然不同的态度,让常队长大出意外,难道转变态度就在这一刹那? 这种转变可以骗得了别人,却骗不了常队长,一些人在痛心疾首的时候,承认了一个错误,却正在隐瞒另一个更严重的事件,在兵法上叫作丢卒保车。他的招法太笨拙了,常队长火眼金睛,一眼就把他识破了。他要继续看他演戏,看他耍花招,便随口说道:“还是那句话,我们的政策是惩前毖后,治病救人,问题不在大小,关键在于态度。只有犯了严重的错误,又死不交代的人,才给予无情打击。”

常队长一推一拉的政策攻心,止住了李国正哭声,他连声说道:“我有罪,我交代,我辜负了党对我的培养和信任,不配共产党员这个光荣称号。我贪污了这一千八百六十元钱,还把这大米卖了高价,社员们饿着肚皮参加劳动,而我家天天吃饭,还去镇上买鱼买肉……我比旧社会地主的心还要黑。”

“我把副业队当成自己家的菜园子,三天两头去副业队拿青菜、萝卜、四季豆,家里吃的蔬菜都是副业队的,从不付一分钱。我多吃多占,私心严重,手伸得特别长,一九六三年春节副业队杀了两头猪,我拿走了两副大肠和一个猪头,事后也没付一分钱,我当大队会计以来,没有为集体当好家,到处鱼肉乡亲,到群众家中吃喝,比过去的恶霸还要恶劣,我要求组织上从严处理我……”

常队长在笔记本上记，记了几页纸，都是一些鸡毛蒜皮，李国正避重就轻，挤牙膏似的交代，常队长心中明白，李国正不到万不得已，推车撞壁，是不会全盘托出，他打断了他滔滔不绝的交代，严肃地说："李会计的记性真好，小事记得清楚，大事忘得精光。别着急，静静心，把解放前在省城读书，一直到浙江金华工作的那些事，好好再回忆一下。"说完他招呼王指导出去了。

李国正心中又是一怔，"四不清"的问题已让他难以应付，怎么又牵扯了他在省城读书那些事？不由浑身冒出一身冷汗。他的思绪回到了烽火连天的解放前夕——

那段经历不堪回首，人生如棋局，在关键时刻只要走错一步，就会全盘皆输。然而就在人生起步的时候，他走错了一步，注定了他一生不得安宁。

他出生在月亮湾一个中等水平的家庭，父亲李全明种着十多亩土地，上有哥哥姐姐，家中排行他最小，况且又聪明伶俐，家中供他上学到初中毕业，他又考中了省城的高等中学。李全明下决心要培养一个能支撑门户的儿子，咬咬牙卖了几亩土地，省吃俭用把他送到了省城。那个时候，国民党为了争取青年学生，把在读的高中学生集体加入了三青团，后来又集体转为国民党员。他想谋取一官半职，衣锦还乡，光宗耀祖，又秘密参加了国民党保密局苏南培训班，还穿上了国民党军官的制服。随着解放军的隆隆炮声，隔江横渡，在他面前摆着两条路，一条是跟随国民党军队败退南下，一条是脱离国民党继续读书，在无奈的纠结中，他开小差逃回了家乡，省城解放后他又回到学校恢复了学籍，转而积极拥护共产党，未毕业又随军参干，跟随部队南下到浙江金华，接管了地方政权，他隐瞒了这一段历史，加入了中国共产党，从一个普通工作人员干到县财政局预算科科长。由于他是随军南下干部，又是在学校参干的，从来没有人怀疑他的历史有问题，在内部审干和镇压反革命时，都没有动过他一根毫毛，他应该知足了。但在整风"反右"的期间，他对局长有私怨，不合时宜地提了很多意见，局长肚量大，没有从心底里计较，群众却对他有了看法，有人怀疑他在学校那段历史不清白，提出要去调查，他参加过三青团、国民党、又在国民党特务组织培训过，再混进了共产党的政府，他就是蒋介石的卧底，是美蒋特务，蒋介石的卧底要坐牢杀头啊。他坐立不安，正巧县里要精兵简政，他第一个向局长送上全家下放的报告，局长正愁完不成精简指标，有李国正带头，他大笔一挥就签上了同意这两个字。人都走了，还查什么！以后也就没有人再过问这段历史了。

他带着妻子和孩子回到了月亮湾，是响应国家号召下放的，又是共产党员，李光义没有埋没人才，就让他担任了食堂会计，他做得兢兢业业，依说听话，在人民公社不停变换的体制中，第二年就担任了月亮湾大队的会计。

他解放前的这一段经历，李光义没有怀疑过，许云中没有怀疑过，人们想都不敢想，一个从学校参干的革命干部会有这一段复杂的历史。但常队长是何许人也，他在解放前读书时就秘密参加了共产党，深知这个时期鱼龙混杂，政治局面混乱，很多历史上有问题的人解放后摇身一变，混进了共产党的政府，虽然经过历次运动清洗，仍有漏网之鱼。他一进村就注意到这个履历特别复杂的人，于是派出外调人员到金华，再顺藤摸瓜到省城，查阅了大量的资料，终于在敌特档案中发现了他的踪迹。

这是一个"双料"的历史反革命，既有历史问题，又有大量贪污盗窃的现行。为了保密，常队长和王指导没有透露出一点风声，他要深查坐实各种证据后，再向外界宣布，国民党反动派残渣余孽钻进党内，混入干部队伍，并非危言耸听。

李国正自己对这段历史一直是块心病，但他并不担心，因为他的档案里没有，月亮湾的群众不知情，当年参加特务培训班的学员死的死，走的走，有的去了台湾，已无从对证了。

李国正有这个自信，常队长对他的历史问题只是怀疑，没有证据，只是随口说说而已。共产党搞运动历来如此，对每个人的历史都要刨根刨底，祖宗十八代都要查一遍。这种讹诈的手段对别人也许行，对李国正则是关公面前舞大刀，只要一条心横到底，抱定宗旨不交代，最终只能查无根据偃旗息鼓。

李国正坐在猪舍回忆，常队长和王指员在外面也在盘算，到目前为止，只掌握李国正集体参加过三青团、国民党，如果仅是这一点，仅是一般政治历史问题，可是，他的邻居李有才反映，却看到他穿着国民党军官制服的照片，三青团和国民党是不穿军装的，这又是怎么一回事？是不是李有才看错了？这不可能，李有才说得有头有道，李国正的娘给他看了照片后还说，我家国正小小年纪就当官了！从这种迹象推测，李国正还有一段不平凡的经历。接着王指导说道："一九四九年春节刚过，他在家住了三个月，直到省城解放了，他才回去读书，这就是疑问，我们必须顺藤摸瓜查下去。"常队长也说道："他在金华县财政局工作，已经当了科长，当时精简下放，也不会让骨干离开，其中一定另有原因，继续派人去金华外调，不查彻底决不收兵。"

两人正在商量，柳青急匆匆地向常队长汇报："陆明荣态度十分恶劣，拒不交代问题，还吵着要回家，你看怎么办？"常队长笑着说："慢慢来，别着急。端正态度要有一个过程，我们有的就是时间，会内会外相结合，不愁撬不开他的口。"王指导也说道："一把钥匙开一把锁，陈跃峰是队长，他是会计，为什么不请他去开这把锁？"

柳青拍着脑袋，如果不是王指导的提醒，自己又钻牛角尖了。陈跃峰比自己更了解陆明荣，他立即返回大队部，找到了陈跃峰，对他说："陆明荣太顽固了，态度蛮横，他要回家，只能请你出马了。"

陈跃峰微笑着对柳青说："工作队个个都是反贪专家，你都撬不开他的口，难道我是钻在他肚子里的蛔虫！"

柳青说："那可不是我的意思，是常队长交代你的任务，我传达到了，你去不去与我没有关系了。"柳青假装生气的一番话，果然起到了作用。

陈跃峰虽然掌握了陆明荣的一些情况，但也怕把事情弄僵，于是便说道："那我去试试吧。"

陆明荣被单独关在另一间猪舍里，坐在那里满脸怒气，一见陈跃峰就没好气地说："跃峰，我犯了罪，也该向我说明白，柳青同志东一榔头西一棒子，弄得我晕头转向，你是知道的，我清清白白做人，规规矩矩做事，从来不拿集体一草一木。我没贪污，凭什么要关押我，我受不了啦，你可要为我证明。"说着淌下了眼泪。

陈跃峰看他既骄横又可怜的样子，心中一阵恶心。装得倒像一个正人君子，暗地里却是一肚子坏水，这几年贪污了这么多的公款和粮食，现在装狗熊了，真要是一条汉子，好汉做事好汉当，错了就是错了，贪了就是贪了，老实交代，彻底退赔，不就完事了！可现在这个态度，根本就不想交代，如果让他蒙混过关，溜之大吉，生产队的劳动果实，给他和陈炳德白白吞吃了！

要揭露他的贪污，陈开文已经清查了账册，他用多收少记，少支多报和飞过海等手段贪污几千元的现金，证据确凿，赖也赖不掉，但他和陈炳德的合伙贪污盗窃，要当面揭露，却有顾虑，他有他的难处，两家人同是邻居，抬头不见低头见，他见了父亲总是亲热地叫叔，不是亲戚也是近邻，而且两人相处得还不错，说不上是铁哥们，工作上还是支持他的，现在要撕破脸皮一定会反目成仇，还会世世代代记下去。采用方法击破他和陈炳德的攻守同盟并不难，但他俩的问题远远不是攻守同盟这几件事。“三看一比”只能看出他收入来路不明，攻守同盟替代不了证据，关键还要他自己交代。如果这次放过他，集体的财产再也无法追回，正义得不到伸张，陈国祥还会继续蒙受冤枉。私交和良心不断地敲打着他的心灵，究竟是照顾个人情面还是给予无情揭露，他终于拿定了主张。他看了陆明荣一眼说：“明荣哥，群众的眼睛就是一把尺，做啥事都瞒不过群众，你看，我都作检查了，你能不检查?”

陆明荣低着头，略带怨声说：“你也这么认为，可你让我说什么呢?”

陈跃峰说：“作为生产队会计，集体给你补贴工分，是要为大家管好财务，而你做了些什么，你自己最清楚。人啊，总得有良心，社员出力流汗的劳动果实，被你不声不响地拿走了，你想想社员是多么可怜！而你口袋里的钱装得鼓鼓的，吃香的，喝辣的，社员炒菜锅里没有一滴油，一年到头吃不上荤腥，生产队就这么一点儿收入，社员看得一清二楚，你自以为手法巧妙，做得隐蔽，硬树有硬虫钻，别人给你记了对手账，你还能瞒得过吗？还是老实说了吧，争取宽大处理。”

陆明荣仍不为所动，反而狡辩道：“我是有多吃多占的错误，但都交代了。要交代，你是队长，你去交代清楚吧！”他横下一条心，一副死猪不怕开水烫的样子。

陈跃峰没有生他的气，反而苦口婆心地劝说道：“不管你愿不愿意交代，最终都会水落石出。任何约定，不是铁板一块，你不交代别人交代了，你就被动了。我不想再对你说什么，只是为你考虑，错误已经犯下，给你机会，不要错过，珍惜机会彻底交代，才是你应该的态度。”陈跃峰说完，站起身假装准备离去。

陆明荣突然拖住陈跃峰的衣襟，带着哭腔哀声说："跃峰，你一定知道什么了，要告诉我啊。"

陈跃峰看到他已经有所触动，坐下又说道："我来这里就是为了帮助你，可你拒绝我帮你，我当然知道一些情况，也可以转告你，像诬陷陈国祥偷米这样的事，你是知情人，到现在还帮别人瞒着，这是何苦呢！"

陆明荣的精神支柱彻底坍塌了，这分明是告诉他，陈炳德把什么都交代了，而自己还在帮他隐瞒，死不交代。他知道自己玩不过陈炳德，事到如今，与其让陈炳德先交代了，还不如自己竹筒倒豆子，彻底交代，才是唯一出路！

他拉住陈跃峰，气急败坏地说："陈炳德老奸巨猾，他不是人，他和陆荣汉偷了救济粮，还诬陷陈国祥！他是队长，我是会计，贪污公款，盗窃粮食，都是他让我干的！"

陈跃峰趁热打铁又加重语气说："明荣哥，瞒不住了，你半夜去陈炳德家喝酒订立攻守同盟，工作队全都知道了。"

"果然如此！"陆明荣心中狠狠骂了一句，"这狗娘养的！"

他对陈跃峰说："我交代，全部说出来，争取宽大处理！"

柳青推门进来，记下了陆明荣的交代。一个生产队，在短短的三年中，竟被队长会计合伙贪污现金三千多元，粮食两千五百多斤。现在终于得到了清算。

柳青连夜带着治保主任曾国兴，敲开了陈炳德家的门，对他说："常队长在大队部等你，老实交代你的问题吧。"

陈炳德这才知道，攻守同盟不守约，陆明荣这小子扛不住全招了。他一声长叹，跟着柳青走了。

第十二章　地主婆也有情怀

孟秀枝肚子痛得在地上打滚，也许冥冥之中自有果报，注定她命不该绝。她盛情招待强伢吃了一只鸡，无意中积下了阴德，强伢记着这个情，要以情还情，以物还礼。

前一天傍晚，强伢从工地下工后，看着满天飞舞的黄雀，叽叽喳喳地在他头顶飞过，这个季节，黄雀已经膘肥体壮了。它的味道特别鲜美，想吃它的人太多了。他闪过一个想法，晚上要上滩捉黄雀挣一点零花钱了。

黄雀是一种候鸟，比麻雀大一点，每到农历七八月间，就从北方飞往南方越冬，路过长江中下游，正是稻黄季节，它们白天在稻田中跳跃觅食，专吃稻谷，晚上到芦苇上停息过夜。它还有一个习惯，就是群飞群息，每到傍晚，几万只黄雀叽叽喳喳停息在一小块芦苇上，让人们侦察发现后，在它睡熟的时候，轻手轻脚地走到芦苇滩上，用网线编织的海兜套住，捏住它的颈脖，只需轻轻一掐，颈骨就断了，哼都来不及哼一声，就一命归西了。

它吃农民的稻谷，全身肥得金黄发亮，滚圆的屁股，肥得流油。农民却要吃它的美味，捉来之后，褪去它的羽毛，开膛剖肚，塞满加上作料的肉末，再用碧青的毛豆，放在锅上清蒸，只要轻轻一咬，满口流油，味道嫩得鲜美。月亮湖的黄雀盛名传遍天下，人们把它当作时鲜送人，四乡八邻的人们慕名来吃，黄雀也便成了农民副业收入的来源之一。

捉黄雀的最好时机是月黑风雨夜，它是夜盲鸟，夜里看不见，如果刮着风，下着雨，就更容易捕捉了。强伢眼亮手快，是村上捕捉黄雀的高手。然而不刮风下雨，这活儿一个人做不来，需要几个人联手才能捕捉，船上要有敲锣的人，吵得它头昏脑涨，听不到危险的信号，人们才可以蹑手蹑脚地上滩捕捉。强伢吃过晚饭特地邀了王家全和李新秀，让李新秀在船上敲锣,他和王家全走上芦苇滩,用手电筒照着,不一会儿,就捉到一百多只。成事要有机遇,发财要靠运道,半夜时分,天边突然推上一片乌云,顷刻间雷电交加,狂风大作,倾盆大雨,打湿了黄雀身上的羽毛,不能起飞。这时铜锣也不要敲了,海兜也不用了,只要用手电照着,用手一抓一只,一晚上的工夫,三个人竟捉了一千多只。

这么多的黄雀,他们留下自己尝鲜的,天不亮就到月亮镇上卖了好价钱。

强伢吃了孟秀枝的芦花鸡,为报这一餐之恩,决定送她二十只,他高高兴兴地走到孟秀枝家门前,大门紧闭着,却听到屋里有响动,他贴在门框上一听,却听到孟秀枝在大声呻吟,这不是一般病痛的呻吟,而是杀猪般的嚎叫,他知道出了大事,立即踢开门闯了进去,只见她在地上打滚,家中杂物地上一片狼藉,他抱起她一看,双目紧闭,脸色发青,口吐白沫,再往台上一看,却放着印有磷化锌老鼠药的空纸袋,碗里还有吃剩的残汤。不好,她一定是吃了老鼠药!来不及多问原因,他驮着她就往大队医务室跑。

大队医务室就在李家桥的桥坡下,这间屋原来住着一个五保户,两年前五保户死了,房屋收归了大队。这里是村庄的中心,李书记把它稍作整理,就成为大队的医务室。大队赤脚医生李宝坤,是抗美援朝的退伍军人,他在部队干过卫生员,对一般风寒咳嗽发几片药,社员擦破了皮肤涂涂红药水、紫药水,还能应付。碰上头痛发热,肚子痛的病人总是说,去医院看吧。与其说是医务室,还不如说是聊天室,社员们三三两两坐在这里谈天说地,谁家媳妇结婚不到一个月就与公婆分开单独过了,谁在自留地上挖得了一口棺材,里面还有一对金镯子呢。这里也是大队的新闻中心,就是在角落里发生芝麻大的事,只需半天全大队就传开了。

强伢背着孟秀枝上气不接下气来到医务室,对李宝坤说:“李医生,孟秀枝吃了老鼠药,赶快救人!”李宝坤急忙翻开孟秀枝的眼皮,瞳孔还没有放大,但脸色已发青,他“啊”的一声:“她吃的是磷化锌,是剧毒!”这次他没有立即让孟秀枝去月亮医院,他知道,对于服毒的人,时间就是生命,他迅速调配好肥皂水,用皮管插进孟秀枝的食道,把肥皂水灌进去,孟秀枝“哇”的一声,肥皂水和连同吃进去的米饭和老鼠药一齐吐了出来。他接着再灌，再吐，直到吐出的全是清水。

李宝坤洗净了手上的脏物，孟秀枝的脸色却越来越紫了，他急忙对强伢说："剧毒已进入血液，不清除体内的毒素仍然有性命危险，赶快送月亮医院。"

强伢急了，一个人怎能送她去医院？他想起了在大队开会的陈跃峰，他是队长，孟秀枝再是地主婆，也是一条人命呀，在这性命交关的时刻，只有去求助他了。

他找到了陈跃峰，结结巴巴地说："不，不好了，孟秀枝吃老鼠药了！"陈跃峰急忙问："人在哪里？"强伢也不回答，扯着陈跃峰跑步来到医务室，陈跃峰看到孟秀枝还有呼吸，没有犹豫，大声说道："赶快上船，去月亮医院！"

他急忙来到河边，桥下有船，无论是哪个生产队的，用了再说。强伢背着孟秀枝，李宝坤把她平躺在船舱，这才发现，她的鼻孔已经在流血，下身也在淌血，把裤子都淋湿了。她命悬一线，全身在抽搐，已经昏迷过去。陈跃峰急忙摇橹开船，强伢在船头撑篙，船儿飞快地向月亮医院驶去。

孟秀枝被抬到急诊室，门诊医生看到病情危急，急忙找来院长，李宝坤向她介绍了抢救过程，何香蓉查看了一下病情，不慌不忙地开好药方，立即采取吊水、打针进行解毒，并送进了急救室。过了一个多钟点，何院长出来对陈跃峰说："谁是她的丈夫？命是保住了，可孩子流产了。"

"什么，她流产了？没有丈夫怎么会流产？"陈跃峰话到嘴边，又止住了。他想起了那天晚上，她和许云中私会的那一幕，许云中啊许云中，你把人家的肚子都搞大了，却狠心把她一脚踢开，你还是人吗？陈跃峰怔了一下，回答道："她丈夫死了。"

"胎儿都快三个月了，死在子宫里，必须及时手术，没有丈夫也要有一个亲人签字。"何院长冷冷地说。陈跃峰倒抽了一口冷气，一时不知所措，事已至此，救人要紧，不签也得签，他想让强伢签字，但一想到他是一个没结婚的光棍，传出去等于把屎盆往他头上倒。不行，还是由自己来签字，虽然和她一点亲属关系都没有，但他是生产队长，他签字应该有效。他急忙问何院长："生产队长签字生不生效？"

何院长皱了皱眉头说:"那你签吧。"

陈跃峰接过何院长手中的笔,签上了自己的名字,管他别人怎么说,只要能救人性命,谁让自己是她的生产队长呢。

手术就在这个简陋的手术室中进行。强伢坐在条凳上抽烟,陈跃峰在走廊上不停地来回走动,他在想,孟秀枝为什么要自杀,是为腹中的胎儿吗?看来不是。她早知道自己怀孕了,是为了翻案不成,反被批斗一场,一时想不开就自杀?看来也不是,什么样的批斗她都经历过,都不曾去死,她也不会为这点事而轻生。究竟是什么原因,使她走上自杀这条路呢?

孟秀枝的自杀已经传遍了月亮湾大队,工作队一定会以阶级斗争的新动向追查,而流产这件事总要有一个男人站出来认账,这事不得不牵扯到许云中了。

男女通奸致使女人珠胎暗结,胎儿在女人身上,受罪的是女人,孟秀枝是个可怜人,再也经不起打击了,好在人们只知道她吃老鼠药,还不知道她流产了,只要强伢和李宝坤不说出去,暂时帮她隐瞒一段时间吧。

他又在手术室门口又等了一个多钟头,孟秀枝被推出来了,身上挂着吊瓶,双目紧闭,脸色白得像张纸,就像死人一样。何院长接着也出来了,她对陈跃峰说:"命暂时保住了,但还有危险,需要住院治疗,先到财务处交钱吧。"

人没事就好。救人一命,胜造七级浮屠!他身上没带钱,只能问强伢:"你有钱吗?"强伢没回答,走到收费处,从口袋抠出一沓钱,交足了医疗费,这是他捉黄雀攒下的钱,现在终于派上了大用场。

孟秀枝躺在病床上,慢慢醒过来,她不敢相信自己还活着,为什么去死都这么难?她伸手摸摸自己的胸口,心脏还在扑通扑通地跳,人活着多好啊,可以看日出日落,可以听人说话,只要人活着,比什么都好,只有从死亡线上回来的人,才感觉生命是最宝贵的。不必把世界看得太坏,人世间还是好人多。她在许云中眼里一文不值,却在另一些人那里依然重要。人这一辈子,无非就是一个过程,好过也是一生,歹活也是一世。得意别嚣张,失意不卑贱,花无百日红,草不全年青。三年河东,十年河西,风水轮流转,贵人有贵命,贱人有贱命,各活各的命,无论你怎么活，这世上总有人说长道短，无论怎么做，总有人指手画脚。没有不被评说的事，也没有不被议论的人，难称千人心，难调众人口。李金海要怎么说，就让他说吧。她的眼泪又一颗一颗流下来。

陈跃峰走进了病房，在她对面的病床上坐下，他轻轻地对她说："秀枝姨，为何想不开呢？人的生命只有一次，好活歹活总要活下去，我知道你从小就苦，可别人也不比你好多少，都好好地活着，别再胡思乱想了。"

孟秀枝听到陈跃峰称她为秀枝姨，这么多年来，村上所有的人，都没有这样亲切地称呼她，客气一点叫一声孟秀枝，不客气地就直呼地主婆，只有欺负和压迫，从没有被人尊重过。她听到这样的安慰，一股热流顿时传遍全身，便"哇"的一声哭出声："跃峰队长，我做了一个女人最可耻的事，见不得人了，只有一死才是最好的结局。"

陈跃峰知道她还在担心流产的事，急忙制住说："流产的事只有李宝坤和强伢知道，他们会为你保守秘密，你就放心吧。不过，你是一个聪明的人，有些事，该放手时就得放手。"

孟秀枝哭得更凶了，她伸手乱舞，想拔掉输液的管子，陈跃峰把他的手按住说："我知道你自寻短见的原因了，他不是男人，他只是一个没有道德的胆小鬼而已！"他几乎在咆哮了。

孟秀枝突然止住了哭声，惊讶地说："你都知道了？可我不是为他而死！"

陈跃峰不明白，既然不为许云中，又不是为了挨批斗的原因，究竟为了什么呢？她还另有难言之隐？这个时候去追根问底，她肯定不会说，也不合适。让她暂且安定下来，养好身体，等她平静之后，再去找她谈，她一定会说出自杀的原因。他转而关切地说："秀枝姨，人生不容易，人只要活着，总有出头的一天。"

陈跃峰的真诚劝导，像一位心理医生，使她心灵的伤口在慢慢愈合，把绝望变为希望，给她鼓起了活下去的勇气，尽管她还是那样的悲哀，但已经平静下来，开始接受他的劝导。她在极度的虚弱中慢慢睡去。

她的病情还在危险期，思想情绪还会有反复，这样的病人需要陪护，需要照顾，娘家的兄弟早就同她断绝了关系，他们不会来，潘秀凤和她势不两立，结怨更深，根本不可能来照顾她。二千会正处于最紧张的阶段，他留下强伢照顾孟秀枝，便和李宝坤摇着船回大队了。

强伢搬了一张板凳在门口坐着，时不时把眼光向里张望。他要看瓶里的药水是否滴完，他要看她的病情是不是会有反复，她还会不会再次寻短见，队长交代他的任务，他一定要尽心尽责，把孟秀枝照顾好。

单身汉的生活使强伢练就了烧饭做菜的本领，他在镇上买了猪肉，斩碎全部放到黄雀肚子里，再清蒸，一碗香喷喷的菜做好了，自己没有吃一只，全部放上病床的床头柜，孟秀枝含着眼花一只只地吃进去。过去最讨厌的人，蛮不讲理的野兽，现在变得温顺体贴，服侍她面面俱到，这使孟秀枝十分感动。以前对他缺乏了解，其实他是一个很有善心的人，晚上很晚才回去，天不亮他就来了，问寒问热，从街上买来了烧饼油条白粥，中午在家做了米饭做了菜，汤是汤，菜是菜，每顿吃得又好又爽。人们都说强伢是下三滥，打打杀杀的性格，不懂人情世故，是冷血动物，是坐牢吃枪子的坯子。好事不出门，坏事传四方，人们对他的误解太深了。刚开始的时候孟秀枝不肯吃他送来的饭，他坐在床边像劝亲人一样开导她，像哄妹妹一样哄她，一点也不流氓，一点都不粗鲁。他还为她付了医药费，要不是他救了她，早就一命呜呼了。他是她的救命恩人啊。这使孟秀枝冷却了的一颗心，感受到人间的温暖。想起那些年的事，他不种菜，专到她的地上偷，她恨死他了，现在想来，又何必呢？他用卖黄雀的钱，都用在她身上了。他还帮她挑土方，他是这样地关照她，不求一点回报。作孽人怜惜作孽人，苦人生帮苦人生，惺惺惜惺惺，强伢的心也不坏，是好人哪。

孟秀枝不再讨厌他了，还对他露出了笑容，强伢也变得斯文了，不再“喂喂”地叫她，也不再喊她婶婶，改口叫秀枝姐了。人与人之间的隔阂最怕就是不理解不交往，一旦相互了解了，无论做什么事说什么话，彼此都觉得坦然。在医院的相处，他们之间多出了一种亲近的情意。

孟秀枝出院了，强伢摇着船把她送回家。中毒流产使她身体仍然十分虚弱，她不能参加劳动，只能在家静养。这些日子，强伢照样来看她，照料她，帮她自留地上种菜，帮她水缸的水挑满，什么活儿都干，如果强伢有一天不来，她会觉得冷清，盼望着他的到来，见了面又会脸上发热，尴尬地你看着我，我看着你，心在跳，压抑得说不出一句话来，用沉默代替了一切。他俩就这样别扭地交往着，终于有一天孟秀枝忍不住了，她对强伢说："你为什么要对我这么好？我是地主婆啊！"强伢说："你不是地主婆，你同我一样，是一个受苦人。"孟秀枝从没听过这样的贴心话，心中一热，就势靠近他，口中不断地呢喃："你是好人，好人啊。"强伢一惊，本能地走开，并慌乱地说："秀枝姐，你疯了，我可是一个下三滥，不务正业的流氓光棍……"强伢眼里噙满了泪花，孟秀枝抽泣着说："不是这样的，你是一个好男人。"

人与人之间，有许多事情难以理解，当强伢得到女人的信任后，他无论如何也不会相信，只觉得在梦中，她怎么会爱上我呢？孟秀枝虽然处在污泥之中，却是一朵洁白的荷花。而强伢觉得，自己身上又脏又臭，一个在天上，一个在地下，他配不上她，也许说这些话是感恩。可他不懂得女人，不懂得爱情，更不会谈情说爱，当爱情真的来临，他却一步步退缩，这使孟秀枝十分伤感。她又想起了许云中，还有李金海，那肮脏的鬼一样的黑手，撬开门竟把她奸污了。天下男人都是一个样，许云中需要她的时候，什么心肝宝贝都讲得出，一旦风吹草动，跑得比谁都快，人最怕深交后的陌生，认真后的淡然，温柔后的冷漠，信任后的利用。孟秀枝含蓄的表白，未得到强伢的热烈的回应，一定是看不上她，把她当作一个下贱的女人。她恨自己，都到这个地步了，心中还有这么一把火，还能冒出这个想法。

生活把什么都夺走了，为什么还会有情与欲？她应该是一个点不燃的石头人，这股要命的欲火，去见鬼吧。再也不做贱骨头的女人。她一边哭一边说："强伢，你走吧，我是一个不干净的女人。"她狠狠心推他出门，转身关上门。饱经风霜的女人就是这样，一时三变，她整整一个晚上都在哭。

这件事之后，连着好几天强伢没有来串门，她又迫切盼望着。他们各自在痛苦，在盼望，在默默地生活，在劳动。每当夜深人静的时候，强伢睡不着觉，他都会起身在孟秀枝的门口走几趟，被一个成熟漂亮的女人点燃的欲火，不是说熄灭就能熄灭，它会长久地燃烧，直到完全失去希望。

也许强伢和孟秀枝的缘分未到，缘分一到，就什么也阻挡不住了。

一天吃过晚饭，强伢又来到孟秀枝的门口，他听到屋里有人在吵架，还有扭打的响声，强伢不自觉地去推门，门却未闩上，一推就推开了。黑暗中他看到两个黑影扭打在一块，只听孟秀枝大声呵斥："你再不走，我要喊人了，去工作队那里告你强奸妇女。"

只听那男人说道："你去告我强奸，我就告你拉拢腐蚀干部，看工作队相信谁的话！"

"你不要脸！"孟秀枝一边挣一边骂。

强伢听得清清楚楚，那男人正是李金海，他企图强奸孟秀枝。

他顺手操起闩门杠，在黑暗中对准李金海下体用力劈下去，这一杠，足以打断他的两腿，让他残废终生后悔。可是，这一杠却打在墙角上，门杠只在他腿上一擦而过，只伤其表皮，没伤着筋骨。李金海突然受到这样的惊吓，只听他"哎呀"一声，他放下孟秀枝忍痛逃走了。

孟秀枝在嘤嘤地哭，强伢擦根火柴点亮了煤油灯，只见她只穿着短裤，单衬衫，缩着身子站在角落里，浑身冷得在打战，牙齿也在咯咯地作响。

就是面前这个女人，他日夜思念的女人，她把他推出门，使他伤心失望。现在知道了，他不能靠近她，原来她与李金海有一腿，他愤怒得把牙咬得咯咯响，上前抓住了她还在发抖的手，说："这就是你赶我走的原因？"

那个颤抖的身子发出了极端恐惧的声音："不是这样的，不是！他是撬门进来的！"她不想让强伢误会，百般地解释。

强伢看到了刚才的那一幕，李金海疯狂地扯她的衣服，而她拼命地抵抗，要是她愿意同他上床，还用得着挣扎喊叫吗？

强伢终于明白了，这个女人是多么可怜！多么无奈！她还年轻，还有姿色，像一朵花一样，招惹着不怀好意的男人，李金海利用她软弱可欺，不敢说出去，也不敢去告发，一次一次来强奸她，她越是害怕，越是有人来骚扰她，强迫她，她的眼泪只能往肚子里流。

他要保护她，从此不再被人欺负，被人侵犯，最好的办法就是让大家都知道，孟秀枝是他的女人，谁要再对她有非分之想，强伢的铁拳不认识人！

他走过去，扶起她，爱怜地说："你的病刚好，身体还很虚弱，不要冻着，我扶你去床上睡，被窝里暖和。"

浑身冰凉的孟秀枝，已瘫软在强伢的怀中。她半裸的身子，是那样的光滑，那样的柔软，对一个发育成熟的男人，第一次接触到女人的肉体，他是多么的冲动，犹如一头发情的公牛。他把她抱紧贴在胸膛上，他语无伦次地对她说："秀枝，我爱你，我快忍不住了，我要你，你就给我吧。"

孟秀枝何尝不想，他表面上粗鲁，实质上心地善良，在医院的几天，他无微不至的关怀服务，让他感受到夫妻般的温暖，这样的爱，死鬼张金大没有给她，他夺取了她处女的贞操，剩下的是无尽的折磨。许云中也没有给她，他只有威严的发号施令，什么时候要就得什么时候给他，她只能可怜地跪着乞求那份见不得人的爱，没有平等，只有占有，没有爱情，只有欲望，她只是他的发泄工具而已。她要的是平等，而她与强伢之间，没有那种悬殊，站在那里一样高，放在天平里一样重，放在水里一样漂浮着。他需要她，她也需要他，这念想就像生了根似的埋在心里。她好恨自己，是她一时糊涂把他赶出了门，下了狠心不理他，让他冷了这颗心，把他这股火慢慢地熄灭。

寡妇门前是非多，谁知道又遇到这样尴尬的事，让他碰到了，他再一次救了自己。他是她命中注定的恩人。要成为他的人，这就是缘分，她无以回报，就把这个身体作为报答吧。

她那张憔悴的鹅蛋脸上露出了一丝笑容，睁开了美得让女人嫉妒的丹凤眼，启开了没有血色的双唇，吻住了强伢急切寻找的那两片嘴唇。他俩抱得更紧了。

人世间的这一对苦命人，生命的源流正当旺盛，启开的情欲一发不可收，孟秀枝一口吹灭了灯，两人脱光了衣服，钻进了被窝，抱在了一起，撞击出欲与火的闪电，散发出生命的光热。爱情的枯枝在春雨中又萌发出新枝嫩叶，还会绽放出瘦弱的花朵，结出苦涩的果实……

皎洁的月亮也不忍打扰他们，悄悄躲进了云层。

良久，孟秀枝侧过身，对强伢温柔地说："我是你的人了，但不能这样偷偷摸摸的，我要明媒正娶嫁到你家……"

"谁偷偷摸摸了？你没有老公，我没有老婆，两人谈恋爱光明正大，你不嫌弃我的条件差，人不好，就是我的福分了。我要让跃峰队长做大媒，去公社领结婚证，办十桌喜酒，风风光光地把你娶过来。"强伢快言快语地说。

"真的?"孟秀枝惊喜地问。

"一定。"强伢肯定地回答。

从那天晚上开始,强伢不再在村上转悠了,也不再招惹是非打架了,也听不到谁家自留地上的菜被偷了。天一黑他就钻进了孟秀枝的家,吹灭了煤油灯,恩恩爱爱睡到了一起。一对深深陷入爱情中的人,既时时感到害怕胆战心惊,又觉得迟来的爱是那样愉悦和甜蜜。只要在一块,他们就搂着、抱着、吻着,有说不完的话,长期被压抑的感情一旦爆发,就格外热烈放纵。他们相逢恨晚,恨不得把以前浪费的时间在一夜之间都补回来。

瞬间风平浪静,愉悦仍未退尽,那种满足长久地充满心间。两个人就这样一声不响地躺着。强伢余兴未消,压在她身上问她:"开心不开心?"

"你以为女人也跟男人一样,每次都这样快乐?"她的声音是一种担心,一种悲怆,她眼里噙着泪花说:"男人占有女人,是一种胜利,可女人,却是一种失去,从此再也不是自己。我有一种预感,不祥的预感。要不就赶快结婚,这事你和跃峰说过没有?"

强伢搂紧了她说:"急什么?结婚总得看一个好日子,还要把家中整理一下,做一套像样的家具,否则太委屈你了。"

孟秀枝说:"我们的婚事用不着像姑娘小伙子结婚那样隆重操办,你是一个人,我也是一个人,两张床并作一张床就可以了。我的意思是要让大家知道,免得别人说闲话,惹出节外生枝的事来。"

孟秀枝说得有理有节,强伢不作声了。

第二天一早,强伢在社场上碰到了陈跃峰,要说的话预先都想好了,他把陈跃峰拉到一边,涨红着脸半天也说不出,陈跃峰奇怪地看着他说:"你今天怎么了?"

强伢更结巴了:"我想请你帮……办……一件事。"

陈跃峰说:"只要我能办的,一定给你办。"

"就是……就是……我和孟秀枝……"他说不下去了。

正在这时候,柳青匆匆走过来,对陈跃峰说:"常队长让你立即去大队部,你赶快去吧。"

陈跃峰转过头对强伢说："我知道了，你在医院照顾孟秀枝耽误了工分，我会考虑帮你记上的。"说完追上柳青快步向大队部走去。

强伢知道陈跃峰曲解了他的意思。这怪谁呢，谁叫你老豆腐切边——做嫩！到紧要关头就说不清楚了！

一连几天，强伢都去陈跃峰家，他都没碰到，听他父亲说，大队会开得很紧张，他连这个家都不要了。

天黑了，强伢仍然悄悄溜进孟秀枝的家，这温柔乡，醉生梦死，从没得过女人雨露的他，是那样的幸福和甜蜜。

幸福中的人毫无觉察，一场灾祸却在暗中悄悄降临。

李金海强暴孟秀枝没有成功，反被强伢打了一棍，他怀恨在心，伺机报复。这天夜里，他看到强伢又去了孟秀枝的家，一股无名妒火，又蹿上心头，他把牙齿咬得咯咯响，然后敲响了张飞扬的门。

张飞扬披上衣服开门，说："这么晚了，正困着，有事不好明天说?"

李金海贼一样溜进，转身关上门说："我是为你而来，你可不知好歹，你那个小娘，败坏门风，此刻正在和强伢寻欢作乐呢。"

张飞扬一怔说："你狗日的吃饱了撑着，我小娘这么多年正正经经，谁不知道?"

李金海说："知人知面不知心，俗话说，寡妇门前是非多，她这么年轻，又这样漂亮，即使她不动心，可动她念头的男人多着呢。你要挽回张家的面子，办法只有一个，就是把强伢捆起来，说他强奸你小娘，送到大队部。如果你这点胆量都没有，等你小娘的肚子大了，给你再生一个小弟，到那时，败坏的是你家的门风，你还有脸面走得出！我是狗捉老鼠——多管闲事，你不在乎，关我屁事!"说着就要开门动身。

张飞扬毕竟未经历过世面，经不得他这么一挑动，瞬间一股热血冲上脑门，一把拉住要走的李金海，说："我一个人制服不了强伢，你要帮我一下，去打断强伢的双腿。"

李金海说："打断他的腿是活该。不过我们做事要有理有节，还是捆了送大队，让工作队去处理。"

张飞扬不置可否，他俩的谈话却让潘秀凤听到了。她也来到堂前，提起前事，咬牙切齿地骂道："这小骚货就是狐狸精，以前死鬼被她迷住了，丢了性命，现在又偷人养汉，我要抓破她的脸皮，把她送到死鬼的坟头上，让他看看这小婊子，究竟是什么货色！”

张飞扬找了一根麻绳，拿了一根木棍，走在前面，李金海和潘秀凤跟着走在后面，蹑手蹑脚地来到孟秀枝的门前，张飞扬不敲门，不喊人，一脚踢开门就往里面冲。孟秀枝和强伢正在甜蜜的梦乡，被这响动突然惊醒了，两人吓得魂不附体，不知道发生了什么事，光着身子爬起来，摸黑套上了裤子，张飞扬和潘秀凤站在那里，堵住了他俩的去路，说时迟，那时快，张飞扬飞起一棍，向强伢的肩头打去，强伢一闪躲过，拿起一张条凳，两人乒乒乓乓打起来，潘秀凤是何许人也，她走出门外，哭着大声喊叫：“不要脸的婊子，骚货、偷人养汉了。”在寂静的深夜，这喊声，喊得惨人。

李金海和张飞扬拿着棍子站在门口，强伢就是有上天入地的本领，现在也插翅难飞。

隔壁邻舍都起床了，来到孟秀枝的门前，男女老少都来看把戏，不久前还要死要活吃老鼠药的年轻寡妇，居然不守妇道，伤风败俗，把野男人养在家里，真是不要脸，臭不要脸。人们在骂着，孟秀枝无地容身，直把头往墙上撞，强伢抱住她说：“秀枝，你没老公我没老婆，不犯法，天塌下来由我顶着！”他对张飞扬吼道：“现在是新社会了，你少来这一套！明天我和秀枝去公社登记领结婚证，这和你有什么关系？”

别看强伢是粗人，他为自己的辩护还起到了作用，陈开文媳妇走到张飞扬面前说：“飞扬你也消消气，如今是啥年代了，我看强伢和秀枝是很好的一对，你就成全他们吧。”

人们七嘴八舌跟上来，都向张飞扬说情放过强伢和秀枝。李金海眼看设计的圈套要泡汤，他不甘心，挥了挥手对大家说：“月亮湾是清白的月亮湾，决不允许辱没祖宗的事情发生。既然大家有不同的看法，我看还是把他俩交给大队处理吧。”他的提议一下得到了陈炳德的支持，他拿着麻绳走向强伢，陆荣汉和他盗窃救济粮，诬陷陈国祥的事，强伢作了证人，他正恨得咬牙切齿，不无讥讽地说：“现在知道了吧，你对我不义，也别怪我无情！”

李金海和陈炳德押着五花大绑的强伢和孟秀枝，在黑夜中向大队部走去。

陈跃峰和曾国兴就睡在大队部的地铺上，屋外的吵闹声把他俩吵醒了。陈跃峰揉着惺忪的眼睛，看到五花大绑的强伢和孟秀枝，就明白发生了什么事。他先是一惊，两人这么快就好上了，这也无可非议，不就是未婚同居么，也决不可以这样对待，他严肃地对陈炳德说："你们知道在干什么吗？这是侵犯人权！他俩有恋爱的权利，也有结婚的自由，做得太过分了！"李金海不服，说道："地主婆偷人养汉，伤风败俗，被我们捉住了，难道不是他们的错，倒是我们的错了？"

"李金海你别胡说！"强伢抬起头，辩解说："我和孟秀枝没有错，她是寡妇，我是单身汉，我爱秀枝，秀枝也爱我，我们正商量准备结婚，睡在一块犯了哪条法？倒是你李金海，满脑子流氓坏思想，深更半夜闯进秀枝家，要强奸秀枝，被我发现了，打了一棍，你怀恨在心，串通张飞扬报复我。我本不想揭发你，可你把事情做绝了，我非要告你强奸妇女罪！"

陈跃峰转过身问正在哭泣的孟秀枝："真有这种事？"孟秀枝低下头，羞愧难当地说："你去问李金海吧。"

李金海顿时暴跳如雷："这是阶级报复，阶级报复！"他毕竟心中有鬼，底气不足，便对陈跃峰说："我跳进黄河都洗不清了。"

强伢紧追不放，说："只要你脱下长裤，你右膝盖肯定有一个紫块，这就是你要强奸孟秀枝时被我一棍打伤的，你敢给大家看看吗？"

"你是流氓，是胡说八道！"李金海心虚，直往后退想溜走。

曾国兴拦住他讥讽说："你给大家看一下，就用不着去跳黄河了。"

李金海恼羞成怒，用力推开曾国兴，说："都是地主婆的帮凶，不跟你们说了，我要去找常队长！"说完快步逃离。

李金海的品行不端，流氓成性，全村社员都知道，他不敢验伤，急着逃离，证实强伢不是胡说八道，人们嗤之以鼻，哄然大笑，便散开了。只有张飞扬下不了台，他受李金海挑唆，往自己头上扣屎盆子，干出如此蠢事，他自觉没趣，拉着母亲潘秀凤灰溜溜地走了。

陈跃峰上前解开绑住强伢的麻绳，恨铁不成钢，又气又怜地说："你能和秀枝走到一块，组成家庭，大家都能支持理解，为什么不请出媒人，光明正大地结婚，要这样偷偷摸摸呢？"

陈跃峰的责怪，强伢都懂，这是为他好。但他不放心地看着还被绑着的孟秀枝，对陈跃峰说："那她呢？"

陈跃峰走到孟秀枝的身边，也解开了麻绳，然后对强伢说："你把她送回家，好好地待她，两人商量一下，然后再请出媒人，选一个日子，赶快结婚吧。"

孟秀枝满脸是泪，朝着陈跃峰跪下，说："跃峰队长，你的大恩大德，我只能给你磕头了。"

陈跃峰扶起她说："都新社会了，不作兴下跪，可我还要说一句，强伢自小就没了爹娘，缺少管教，做事粗鲁，凡事不能由着他，你要多操一点心。"

强伢拉着孟秀枝要离开的时候，李金海带着常队长来了，可以说，他是被李金海从床上拖起来的，他一边走，还在纽着衣服纽扣。常队长问陈跃峰："你准备怎样处理这个地主婆？"陈跃峰连忙说道："他们是自由恋爱，不是男女偷情，根本就用不着处理。倒是李金海惹是生非，犯有强奸孟秀枝的嫌疑，还被强伢打了一棍，他怀恨在心，反咬一口，做了如此的荒唐事。"常队长怒目看着李金海，疑惑地说："真有这事？"李金海含糊着说："他们都在污蔑我！"说完退到黑暗中溜走了。

陈跃峰看着李金海走了，对常队长说："李金海高呼阶级斗争的口号，自己却干着见不得人的事，这种人根本不知道什么叫羞耻，什么是道德，只要一有机会，就制造矛盾，造成混乱，他乘机浑水摸鱼，是一缸黄鳝一条鳅，搅乱了社会秩序，破坏了生产队内部的团结，影响了集体的生产。只有揭开他丑恶的面目，他就没有市场了。"

常队长说："李金海是有些毛病，但这件事做得没错，只是形式上过分了一点。孟秀枝这人我早就听说了，不服改造，企图翻案，还以自杀威胁社员群众，现在又未婚同居，造成了不良影响。你的心地固然善良，但缺少阶级斗争意识。她是你生产队的，对这件事还必须严肃批评教育啊。"

陈跃峰有些茫然，不过他还是违心地说："我知道了。"

第十三章　贪污犯的交代

李光义在写检查书，他一次次地写，一次一次地撕，最终都没有写出来。

常队长忍不住了，来到他的办公室，只见满地都是撕碎了的纸片，他心中明白了，李光义对自己的检查不满意，正在作触及灵魂的思考。他没说什么，就走了。

等了他一天，还没有把检查交上来，常队长和王指导两人又到他办公室，他仍然坐在那里，常队长说："大伙都在等着你呢，检查写好没有？"

李光义把手一摊，说："我真的写不下去。"

常队长又说："你是不想检查，顽抗到底了？"

李光义说："请你不要扣帽子，我是想作检查。如果按你的要求去检查，是违背良心说假话，所以写了撕，撕了再写，到现在都写不出使你满意的检查。"

明明是拒绝检查，却说是写不出满意的检查，这使常队长大为恼火。没有人敢这样对抗运动，他真想把他大骂一顿，又怕自己失态，他强压怒火，严肃地说："如果你真写不出检查，我只能再提示一遍了。"

李光义说："那你说，我记吧。"

常队长说："根据工作队进村之后了解掌握的情况，月亮湾大队两条道路的斗争是严重的，阶级斗争是复杂的，而多分自留地就是走资本主义道路，你作为党支部书记，能推卸这个责任吗？长期以来，你缺乏阶级斗争观念，致使阶级敌人活动猖獗，撒布谣言惑众，记变天账妄图反攻倒算，而你听而不闻，麻木不仁，助长了阶级敌人的反动气焰。在任用干部上，不突出政治，不管白猫黑猫，能捉老鼠就是好猫，致使个别干部严重贪污盗窃，使社员怨声载道……这一切，你作为大队党支部书记，负有严重的失察责任。我再喊你一声同志，这些触目惊心的事实，都与你有关，我必须对你猛击一掌，睁开眼睛看看，如果让这些人的阴谋得逞，这个月亮湾大队，还是走社会主义道路的吗？”

这些话李光义听得耳朵起老茧了。在他看来，农村哪来这么多的路线斗争，阶级斗争。过去分田地，与地主富农斗了一阵子，他们已经老实了，国民党反动派留在大陆的残渣余孽，梦想复辟，也掀不起风浪。现在国泰民安，老百姓要过好日子，就必须多生产粮食，这才是正道。与阶级敌人斗，与人斗，没问题找问题，越斗人心越坏，越斗问题越多，斗到何时才结束？实践是检验真理的唯一标准，连续三年的困难时期，天灾加人祸，田里收不到粮食，社员饿得路都走不动了，分一点地给社员解决燃眉之急，事实证明是做对了。做人不能做变色龙、墙头草，自己不浮夸，不吹牛，不贪污，不多占，以身作则，始终和社员同甘共苦，这何错之有？如果真的是错了，也是上面的政策错了，也不应该让他作检查。

他没有读过马克思和列宁的书，但读过毛主席的书，为人民利益坚持对的，为人民利益改正错的。他始终记住老人家说的话。做对了的事情坚决不检讨。

他细细回味常队长说的每一句话，在任用干部上，错用了李国正、陆明荣，他有失察的责任，但这也不能全怪他，李国正是公社党委管理的干部，当他发现这些疑点后，他向公社主要领导作过反映，要求上级派人查账，可未能引起领导足够的重视。他没有包庇他，更没有同流合污。人不是完人，该作检查的还必须做出深刻检查。

对于干部多吃多占的问题，更是一个普遍的不正之风，对党员干部教育不严是现象，缺吃少穿是实质。俗话说，穷邋遢，饿偷食。在这饥荒的年月，可以吃的都吃光了，人们看到了粮食就像饿蝇见到了血，社员成群结队去偷，每个村的人都是“贼”！谁没有小偷小摸的劣迹？党员干部也是人，同样忍受着饥饿的折磨，在死亡线上挣扎，每个人都有求生的欲望。他睁一眼，闭一眼，不能眼看着他们被饿死。他没有教育好党员干部，应该为他们的错负责。

不检查就过不了关，不检查就不能轻装上阵，很多党员也都劝说他，米里也有沙子，眼睛里也有灰尘，你就按着常队长的要求检查吧，反正我们心里明白，到支部改选，我们还是选你当书记！党员干部纯朴的感情感动了李光义。他终于写下了三页纸的检查书，交给常队长。他看完，说："检查错误不全面、不深刻、不彻底，改正态度不端正、不坚决。但比以前进步了。检查错误要触及灵魂，改正错误态度要坚决。我不希望你再写第三次了。"李光义想来想去觉得没什么可写了，怎么触及灵魂，怎么坚决改正？他在每个段落后都添上"错误严重""接受批判""坚决改正"这些词汇，再次送给常队长，他皱着眉头看到完，用笔又添加了很多"严重"与"违反"的词语，然后说："这检查不全面，也不彻底，就让群众揭发批判吧。"李光义终于松了一口气，他可以在大会上作检查放包袱了。

第二天上午，大会按计划准时召开，参加会议的人员仍然是全体党员干部，贫农代表，每个生产队又增加了两名社员代表，原本就很紧张的座位，很多人只能站着开会了。

会场的布置也比往常更为严肃，主席台上方挂着一条"洗手洗澡，轻装上阵"的横幅，会场四周的墙壁上贴满了"千万不要忘记阶级斗争"，"坦白从宽、抗拒从严"等革命标语。会场的大门站立着两个全副武装的民兵，使大会的氛围比原来更显得紧张和神秘。

主席台上坐着常国华、王海松、陈跃峰。

常队长主持会议，大会有条不紊地进行着，先由大队书记李光义作检查，然后按职务顺序是许云中和李国正。

干部上台作检查，表现各有不同，有人打悲情牌，痛哭流涕地进行忏悔，坚决痛改前非，以求得群众的谅解和领导的信任；有人滔滔不绝地只讲成绩，不谈错误，以求将功抵过；有人把责任推向别人，好事都是他做的，坏事都是别人干的；还有一种人就是死不承认，顽抗到底，特别是经济上的贪污，要作货真价实的退赔，往往是查出一点，交代一点，指出一点，就承认一点。而运动总是这样，有积极参与的，有被动挨整的，也有死不交代的。而犯有这样那样错误的人，总想把大错误说成小问题，把小问题说成没问题。真正能正确对待，彻底检查交代，竹筒倒豆子，一下把问题全部说出来的人，少之又少。

李光义走到主席台前，面对群众拿出稿纸，向到会人员深深地鞠了躬，说："现在，我向四清工作队、全体党员干部、贫下中农代表作深刻检查，如有检查不到之处，请工作队领导、到会全体同志，对我进行揭发批判，本人一定认真听取，虚心接受，坚决改正。”

“第一，平时很少学习，对上级政策理解得不深不透，执行不力，犯了方向路线性错误，在三年困难时期，未经上级政府同意，错误决定两次划分自留地、十边地给全体社员，共计二百六十五亩五分。这是破坏集体经济，走资本主义道路。在这以前，我还没有认识到错误的严重性，认为这是为了普救社员群众。通过学习提高，现在认识到，如果把土地都分了，集体经济就瓦解了，资本主义就复辟了，贫下中农就要吃二遍苦，受二茬罪。我的错误性质是严重的，希望工作队领导给予我最严厉的处分。

“第二，身为党支部书记，没有突出政治，对党员干部思想教育不严，用人不当，导致很多干部私心严重，普遍犯有多吃多占的问题。而且个别干部大量贪污盗窃，性质是严重的，数量是触目惊心的。问题在他们身上，责任却在我身上。如大队会计李国正，家庭收入和支出严重不符，很多同志在我面前提醒，而我没有引起足够重视，只是轻描淡写地谈几次。权力缺少了监督，导致他的贪欲越来越大，使集体经济遭受到严重损失。我犯了用人不当的错误。又如陈家桥三队队长陆荣汉，在我眼中是肯吃苦，能抓生产的队长，却忽视了他私心重，品质恶劣的一面，导致他盗窃集体财物，还经常殴打社员。特别是一九六一年，伙同陈炳德偷了社员的救济粮，制造假象，诬陷二队队长陈国祥，而我听信了陆荣汉一面之言，认定陈国祥偷了救济粮，错误地撤了他的支部委员，还勒令他作了退赔。现在真相大白了。我忠奸不分，糊涂判案，使陈国祥蒙受四年冤屈。我向陈国祥同志道歉！月亮湾大队出现的贪污盗窃，多吃多占，我有推卸不了的责任，我向全大队社员道歉！”

“第三，长期以来，放松了对自己世界观的改造，没有对自己高标准、严要求。我利用特权，犯有多吃多占的错误。在一九六〇年春天，父亲得了浮肿病，利用书记的职权，吃了国家五十斤救济粮，并把他送进营养食堂。又如一九六二年冬天，我批准五队杀了一只生病的老牛，队长胡国庆送给我五斤牛肉，当时付了两元钱，后来他把钱退给了我老伴，这笔账后来再也没付……我还接受社员的请吃请喝，这些多吃多占，我一定会折合成现金如数退赔。”

“我的检查完了，请工作队领导和同志们对我继续揭发帮助。”

常队长接过李光义的检查书，放到一边，极不满意地说：“同志们，李光义同志的检查不深不透不彻底，特别是对大搞分田到户，如蜻蜓点水般一代而过，这是两条道路斗争的大是大非问题，错误性质是严重的，必须触及灵魂，再次作深刻的检查。其次对干部的任用，性质同样也是严重的，俗话说，上梁不正下梁歪，月亮湾大队出现了那么多的贪污盗窃，多吃多占，特别是李国正的大量的贪污盗窃，用一句未引起足够重视就能解决吗？我要重申党的政策方针：坦白从宽，抗拒从严，问题不大大小，关键是态度。现在按照大会程序，对李光义同志进行揭发批判。”

常队长的一番话立即引起了议论和骚动，却没有人揭发批判。常队长又提高嗓门说：“不要怕打击报复，不要怕穿小鞋，革命不是请客吃饭，不能那样文质彬彬，那样温良恭俭让。有意见就说出来。这次运动的重点就是整党内走资本主义道路的当权派！”

他把目光投向那些积极分子身上，只见李海波站起大步走向主席台，他一面走一面说：“李光义检查不彻底，态度不老实，我代表全体共青团员向他揭发批判！”显然，他的揭发批判是会前常队长有意安排的。

人们又是一阵骚动，李海波是李光义培养入党的党员，他和李光义的个人关系都很好，怎么对他会有刻骨仇恨呢？人们都用吃惊的眼光看着这个忘恩负义之人。人与人的关系不是一成不变的，特别是在政治运动中，每个人都在考虑自己的前途和利益。李海波看到陈跃峰提拔了，而他却还在原地踏步，他变得越来越自私，心理越来越不平衡。社会本身就是一座金字塔，越向上人越少，越向上越难爬，能登上塔尖的能有几人？任何一个单位，领导岗位总是少数，大多数人只能从事一般工作，无论你多努力，也难突破这个瓶颈。李海波可不这么想，陈跃峰上去了，他不能上，把一肚子怒气都发泄在李光义的身上，在背后不知说了李光义多少坏话，恨不得一下就把他打倒。道德上沦陷的人，都有一个共同的特点，一旦不如意就变得疯狂，好端端一个人，就找不回原来的他。成可看人，败也可看人，他对李光义这么愤恨，就可看出他的内心是多么的肮脏！

他拿出稿纸，照章宣读，先是揭发批判李光义分田到户，走资本主义道路的严重错误，又揭发他用人不当，任用贪污分子李国正，这些都是老调重弹，他说完了，突然话锋一转，说："李光义走资本主义道路，还破坏国家统购粮食政策，他听从少数落后群众的意见，私自开仓动用战备粮，给六队社员私分战备粮一百多担，这是什么性质？是破坏备战、备荒为人民的战略部署。没有了备战粮，一旦美帝苏修发动侵略战争，解放军战士吃什么？"

常队长一怔，还有这等事情，他从来没听说过。李光义的头真是发了昏，分田到户搞"三自一包"已犯下严重错误，现在又多出一条私分国库粮食，这还了得！他也激动了，大声责问李光义："有没有这回事？谁给你这么大的权？"

李光义开始一怔，他想起来了，月亮镇粮站在月亮湾六队设了一个战备仓房，存放了一百多担稻谷，春天多雨，在翻仓时发现仓底的粮食受潮了，正是青黄不接的季节，社员家里断了粮，李光义请示粮站同意后，把这些受潮的粮食分给了社员，秋后把好粮补进了仓库。错就错在这是战备粮，这也算得上是一条罪！

李光义正要向大家说明原委，只见社员代表席上窜出一个人，他揪住李海波又是打又是骂："你这狗崽子，良心被狗吞吃了，那年要不是李书记给我家发了救济粮，你娘和你早就饿死了，还能活到今天吗？咱老百姓不知道走什么道路，谁救了咱，就是咱的恩人！你连好人坏人都分不清，还站在台前放什么屁？"大家一看，此人正是李海波的父亲李志福。

"月亮湾的社员代表真没觉悟！"常队长在无奈中咕哝了一句。老子骂儿子，谁也管不着，李海波被父亲拉出了会场，台上台下一片混乱。

常队长再也坐不住了，他站起身子，用手敲着桌子大声说："大家静一静，别乱动！李志福破坏会场秩序，请武装民兵把他拉出去。"

李志福被赶出了会场，人们又静了下来，揭发批判的大局不会乱。常队长深深吸了一口气，说："现在继续揭发批判李光义。"

李光义为人厚道，关心群众，人们对他没有深仇大恨，谁愿意吃饱了撑着！尽管常队长一再提醒有工作队撑腰，不要怕穿小鞋，不要怕打击报复，仍然没有人上台揭发批判，他把目光转向许云中，堡垒最容易从内部攻破，许云中是大队长，由他揭发李光义，一定能起到轰动的效应。

许云中迎着常队长焦虑的目光,心有灵犀一点通,他知道常队长此刻的心情,他需要什么,而他又应该做什么。他的命运掌握在他的手中,只有取得他的欢心,反戈一击,揭发批判李光义,才有他的出路,虽然这样做会伤害与李光义多年的感情,但权衡利弊,他必须豁出去,与李光义划清界限,对他进行揭发批判。

他从李光义多分自留地,搞三自一包,又说到私分粮食,再从阶级斗争说到地主富农要变天,原本不是他的事情,都说成是他支持的,他把芝麻说成了西瓜,无限上纲上线,李光义被他批得体无完肤,实实足足是一个混进党内的走资派。最后振振有词地说:"李光义要走资本主义道路,咱们贫下中农一千个不答应,一万个不答应!"

一些党员干部和贫农代表,在工作队的指派下,纷纷上台揭发批判李光义,会议开得轰轰烈烈,有声有色。常队长终于放下一颗悬在半空的心。而李光义却寒了心,他看着这些曾经被他关照过,被他雪中送炭,救济过的人们竟会如此违背良心,忘恩负义,信口雌黄。这个世界,照见冷暖的是人心,在他得势的时候,哗啦啦身边聚着一帮人,那些平素阿谀奉承,嘘寒问暖的人,一下子作鸟兽散,调转风向,陈词激烈,狠批猛揭。看见被风雨刮倒一棵禾苗,不是去扶他一把,而是去踩上一脚;原本那些最听话、最可靠的人,到了关键时刻最靠不住。不是吗?许云中是跟李光义跟得最近的人,李光义说要分自留地、十边地,他举双手赞成,拿着弓丈量土地,跑在最前面的是他许云中。形势好转了,李光义说要收回自留地,他第一个响应表态,带头退出自留地。可现在,又是他带头揭发批判他。真是人心不古,人心难料啊。

一阵热闹过后,又是短暂的冷清。只见陈国祥走向前台,他向常队长要求发言,常队长点头同意。他转身面对会场,大声说:"我反对许云中的发言。划分自留地、十边地是党支部的集体决议,即使错了,支部每一个党员都有责任,每个支部委员都要担责,为啥要李书记一个人承担？月亮湾大队划分了自留地、十边地,社员种上了山芋、萝卜、青菜,才没有饿死人,我倒要问问许云中,那个时候你比谁都积极,你反过谁,拼过谁？现在摇身一变,倒打一耙,把错误都推向李书记,你成了积极分子,你去清水屎坑照照,你究竟是什么样的人?"

陈国祥昂着头，大步回到座位。李光义却热泪盈眶哽咽了。

问世间，谁是好人，谁是坏人？扑朔迷离的人心，不到落魄时，难得见人心。许云中、李海波为了一己之利，取悦于常队长，竟然出卖了多年的老搭档，出卖了栽培自己的恩人。

而陈国祥，一直蒙受冤枉，被李光义撤了党支部委员，现在真相大白了，该是陈国祥对李光义出气的时候了，可他没有借机报复，反而在关键时候说明了真相。为何砖儿厚、瓦片薄？人间自有真情在。路遥知马力，日久见人心。但当人心照见，好人坏人水落石出，尘埃落定，毕竟用错了人，走了很多弯路，付出了太多的代价。

这样的批判会再开下去，只能开成李光义的评功摆好会，还会有更多的人发言为他辩护。常队长掌握会场动态，适时果断地说："对李光义的揭发批判暂告一段落。每个党员干部，贫农代表，要不留情面，要继续进行揭发批判，现在由许云中向大会作检查。"

许云中颓丧地走到主席台前，他知道无论怎样积极表现，都要上台作检查，接受批判。他知道自己的人缘没有李光义好，群众基础差，作风又粗暴，还打骂过社员，克扣过社员的救济粮。社员吃过他的苦，肯定要报复他。他担心，他害怕，想昔日抬起头如土窟顽蛇，气势汹汹，现在却是过街老鼠，人人喊打。他的态度最老实，检查最深刻，群众也不会饶过他。

他不识几个字，不会写检查，低着头说道："我这人没有文化，请允许我作口头检查。"然后抬起头可怜地看着常队长，慢慢说道："长期以来，我对党的方针政策学习不够，理解不深，缺乏阶级斗争觉悟，李光义要分集体的地，我就拿着弓丈量，搞'三自一包'，犯了的方向路线性错误，我有罪，愿意接受组织和群众批判。"

"你是跟着李书记犯错误吗？你不要忘了，你也是主谋！在那次支委会议上，你拍着胸脯说，再不分自留地，老百姓都要饿死了。你的这些话，支部记录本白纸黑字都记着。做对了是你的功劳，错了你推得一干二净。怎么瞎了眼让你当上这个大队长！"党支部委员郭兴发愤怒地说。

许云中怔了一下，立即说："你批评得对，我是主谋，不该上推下卸，我罪该万死！"

一副低头认罪的奴才相，引得会场上一阵哄堂大笑。

许云中继续作检查说："我工作方法简单粗暴，违反党的纪律，动手打人骂人，其行为与流氓恶棍无异，现在向被我打过的社员道歉，以求他们谅解，如果还不解气，现在就可以上来扇我几个耳光，我决不还手。"

他滑稽可笑的语言，又引得人们的一阵笑声和指责。

许云中又接着往下说："我私心严重，手伸得特别长，多吃多占特别严重。一九六〇年冬，利用手中特权，从五队食堂拿回家大米六十斤，面粉二十斤；一九六一年春天，又贪污救灾粮一百二十斤；给老婆看病挪用大队公款七十元，至今未还。我不顾场合，接受社员请吃请喝，男女婚嫁造房喜事吃，死人下葬也去吃，还向社员要着吃。拿了人家的手软，吃了人家的丢了原则，我骑在人民头上作威作福，败坏了党的作风。现在我愿意作全额退赔。同时，还要求组织给予我严厉的党纪处分。"

"最后，我要作一点说明，好多同志怀疑我有男女两性作风问题，也许我没有老婆，平时喜欢和漂亮的小媳妇们开开玩笑，讲话不检点，其实我这人，有这心，也没这胆，不过是兔子吃鸡，洋相难看！"

又是一阵哄堂大笑，十队队长张天发逗笑说："看你也像一只骚鸡公，吃了几只鸡你心中有数！"

六队队长徐夕兰说："同女人开黄色玩笑就是调戏妇女！"

二队队长陈国祥说："社会上传说你和孟秀枝关系不正常，而且有人看到了，你深更半夜往她家里钻，黑灯瞎火的，又是孤男寡女，你不为去偷腥，又为啥？可话又说回来，她没丈夫你没老婆，能走到一块也是好事，何必要偷偷摸摸呢？"

陈国祥讲得有人情味，不把他往死里整，可许云中慌了，孟秀枝是地主婆啊，如果他当众承认了，就是丧失了阶级立场，要定为锐化变质分子，这错误比走资本主义道路还严重呢。不能承认，决不能承认。何况男女偷情，捉奸要捉双，谁看见了？给谁捉住了？他没根没据，只是凭感觉猜想而已。他咬紧牙关，急中生智编了一个谎话说："孟秀枝是我舅姥家的侄女，舅姥让我带个信，去她家一趟，信送到了，我就转身走了。"

常队长抓大事，关心的是兴无灭资，党不变修国不变色的大事，男女作风是声色犬马的桃色新闻，他不能让会议离开主题，必须紧紧掌握斗争的大方向，他严肃地对大家说："不要没根据乱讲男女关系，更不应该开玩笑，对许云中的男女作风问题到此为止。请大家继续深入揭发批判。"

听话听音，常队长在有意袒护许云中，他的袒护不仅没有起到作用，反而引起了人们更大的愤怒，五队社员代表王坤生站起来愤慨地说："我父亲生了浮肿病，摘了生产队半篮青蚕豆，就被你一顿痛打，自此一病不起。我爹是被你气死的，这个仇我要报！"夺妻之恨，杀父之仇，等于寒天吃冷水，点点在心头，王坤生说完拿上一根木棍就要打许云中，没有人拦得住，许云中也慌了，急忙躲到一边，王坤生追上还要打，这木棍打在头上头要破，打在腿上腿要断。就在这一刻，木棍却歪向一边，大家一看，陈跃峰架住了王坤生有力的手臂，并厉声说道："有意见可提，你把他打坏了，你也犯法了！"王坤生不服，说："有怨报怨，有仇报仇，你父亲也被他打过骂过，难道你就不想报仇？"陈跃峰说："党的整风是要整掉不正之风，而不是冤冤相报，以牙还牙！今天批判他，是要让他认识错误，改正错误，同时也是教育全体党员干部，从根本上改变党和群众的关系。如果你今天打了他，明天他再来报复你，这冤冤相报何时了？"

王坤生听罢，狠狠地把手一甩，把木棍丢在地上，回到了座位，会场又恢复平静。陈跃峰对许云中严厉地说："如果以前我对你还有一丝敬意，听了你的检查之后全没了。一个人最重要的是品格，党的干部更要敢作敢当，你敢当了吗？在灾荒面前，如何带领社员渡过灾荒，不论采取哪种方法，只要能救人，都无可指责。划分自留地这一举措功德无量，月亮湾没饿死人，就是果断决策，而你为了迎合上面，把责任推向别人，谁是谁非，谁错谁对，群众看得最清楚，你的拙劣表现，我看不上你，更让广大群众看不起！其次，很多同志揭发你有生活作风问题，你还是遮遮掩掩，你没有老婆要再婚，理所应当，你爱上了人家，睡到一张床上，就结婚呗，大家也为你高兴。而你为了保官保权，翻脸不认人，你想到别人的感受吗？你的男女作风错误，不便在大会上公开，我会单独向常队长检举。同时也希望你迷途知返，丢掉幻想，还是老老实实交代吧。"

许云中的防线完全崩溃了，他语无伦次地哆嗦着："我……我……怎么说呢。"

许云中低下了头，陈跃峰继续说道："你当了干部，就高高在上，社员在饥饿中偷了一棵菜，一只瓜，一根胡萝卜，原本可以教育的，而你动不动就是打就是骂。你吃饱了，吃面条不喝汤，吃粥不舔碗，把旧社会所受的苦全都忘了，把地主欺负穷人的一套对待自己的阶级兄弟，你忘本了。你不配做一个领导干部，这样说你虽然狠了点，可是，被你欺压打骂过的人，把这笔账都记在共产党的账上，是你败坏了党风党纪。同时也请你要记住，越是弱势的人，越是不可欺负！你不要责怪他们，换一个位置也许你比他们还要不讲理。"

陈跃峰的发言说出了大多数人的心声，社员代表们站起身拍手叫好。人们关心的不是走什么道路，道路再好，总得吃饱肚子；当干部不能脱离群众，是要为民担当，李光义和许云中谁好谁坏不是谁说了算，老百姓心中自有一杆秤。群众拥戴的干部不一定讨上面喜欢，领导宠爱的干部社员不一定拥护。这话虽然不是绝对真理，但可以看出一些人脱离群众有多么的远。

这使常队长感到非常尴尬，他怎么也想不通，党员干部，贫农代表的路线觉悟会如此之低，竟然不分社会主义和资本主义，公开为李光义唱赞歌，这样的会议再开下去，非但收不到效果，只能起到相反的作用。他正要提前结束对许云中的揭发批判，会场外面一阵骚乱，原来是李金海押着孟秀枝来到会场门前，无论常队长敲着桌子，让大家安静，都静不下来。

李金海不知从哪里得知，孟秀枝在医院流产了，这是谁干的？这地主婆分明是狗眼势利，一股无名妒火油然而生，许云中能干她，强伢能干她，为什么他就不能干她？你无情薄义，我撕破脸皮，把你往死里整，让你见不得人，方知我的厉害。二干会正在揭发批判大队三个主要干部的错误，把你和许云中的奸情公布于众，既可以得到工作队的表扬，又可以一泄胸中私愤，这一举两得的行动，何乐不为呢？地主婆是随时可以批斗的，于是他把孟秀枝押来了。

李金海把孟秀枝押进会场，未经常队长同意，便指着孟秀枝说："孟秀枝道德败坏，勾引党员干部，臭不要脸，偷人养汉，怀上了野种，你们要不要知道奸夫是谁?”

下面顿时一片热议,有人吹口哨,有人高叫:“让地主婆老实交代!”

只有许云中像到了末日,眼看奸情就要败露,他惊恐地看了孟秀枝一眼,其用意很清楚,孟秀枝,千万要顶住,承认了你我的奸情,都是死路一条!

孟秀枝已经顾不得害羞,她抬起头,指着李金海说:“奸夫不是别人,就是你李金海,你半夜三更,多次撬开我的家门,对我强奸,你是野兽,你畜生都不如!”

会场又是“轰”的一声炸开了,有人指责李金海不是人,有人骂孟秀枝不要脸,李金海更是发疯似的把一双破鞋挂上了孟秀枝的颈脖。

正在这时,跟随而来的强伢闯进了会场,他一把揪住了李金海说:“你不是要知道奸夫是谁吗?孟秀枝没有奸夫,只有爱人,我和她在一起,使她怀上了,我没有老婆,她没有丈夫,有什么不可以?倒是你这个强奸犯,几次三番撬门强奸孟秀枝,有人瞎了眼,还把强奸犯当成积极分子!”

李金海恼羞成怒,气急败坏地说:“你是流氓,你污蔑贫下中农!”顺手拿过一张条凳,向强伢头上砸去,强伢一闪避开,迅速拔出一把杀猪刀,向他胸口刺去,李金海大叫一声“不好”,尖刀已刺进他的胳膊。强伢拔出尖刀,鲜血飞溅而出,又向他的胸膛刺去……

在这千钧一发之际,眼看一场惨祸就要发生,陈跃峰已跃下主席台,他握紧拳头,猛烈向强伢手臂一击,尖刀“咣当”一声跌落地上,强伢一迟疑,被迅速上来的曾国兴和李海波制服,被捆得严严实实。

李金海倒在血泊之中,常队长和王指导迅速指挥人送李金海去医院抢救。

一个严肃的大会,被一场闹剧扰乱了整个会议,成了奸夫淫妇恶斗骂街的场所,实在不像话。

在这一刻,只有许云中感到高兴,强伢在关键时刻站出来,认了孟秀枝腹中的胎儿,接过了这个烫山芋,而且孟秀枝已经流产,和他再也没有关系了。但一股醋意又涌上他的心头,孟秀枝这骚货,竟同时和几个男人来往,还要死缠硬赖这孽种是他的,欺骗了强伢又欺骗了他,地主婆到底不是好东西。

这个会议还能开下去吗？常队长只有在心中深深自责，像李金海这种流氓无产者，是贫下中农的败类，决不能当作运动依靠的对象。

强伢已被曾国兴扭送公社，时间已到中午，人都走散了，揭发批判李国正的大会只能下午召开了。

不会因为强伢的行凶杀人和李金海的捣乱而影响揭发批判大会的继续，下午照常开会。会场的人员进出更严格了，大门的警卫又增加了两个武装民兵，不是参加会议的人员，休想走进会场一步。

李国正被两个工作队员带进会场，李海波立即站起振臂一呼：

“李国正必须老实交代！”

“坦白从宽，抗拒从严！”

“李国正必须彻底破产退赔！”

毫无疑问，对李国正的揭批大会“升级”了，因为已经查实的经济贪污就有一万多元，粮食有几千斤，还有很多疑点正在调查取证，人们最恨的就是吞吃集体劳动果实的贪污犯。

随着群众三看一比，查账对证深入进行，李国正的贪污盗窃一桩桩、一件件浮出水面。他被隔离审查后，又查实了几桩巨大的贪污。他的贪污手段之恶劣，在农村大队实属罕见。从一个下放干部堕落成贪污犯，他是一步一步堕落才走到今天。他担任食堂会计时，还不敢如此大胆，大家在吃食堂，有钱还不能用，他只能在买菜时揩点油。食堂停办了，又恢复了一家一户的生活，他也担任了大队会计，经手的钱更多了，大队财务没有监督制度，人们爱钱，钱也能咬人，被咬了就撒不开，贪了一次就有第二次，次数多了，贪心就越来越大，开始只是几十元，再到上百元，到后来一次贪上千元，也不当一回事了。他越贪越多，觉得房子太旧了，便造新楼房，钱从哪儿来，先用了再说，然后再用“飞过海”、“少支多报”、“转账抹平”等手段，化公为私。从此一发不可收。李光义对他敲过多次警钟，要他收手改正，退还公款，他不听忠言，反而把账本砸在他面前，说会计不当了。他把好心当驴肝肺，终于走到不可收拾的地步。他后悔，要是时间能倒流，他一定像李光义那样，做一个清清白白的人，做一个人民的忠实勤务员。每一个贪官都是东窗事发，才说对不起组织对不起人民，才说出这种悔恨的话，显得这么可怜。大权在握的时候，伸手贪不义之财的时候，从未想到有一天要败露。

他走到主席台前，脸向大会场，但不敢抬头，手也在哆嗦着，完全没有了往日趾高气扬的潇洒，他怯怯地望了大家一眼，低着头说："我犯了极大的错误，对不起父老乡亲。我在这里向大家谢罪！"说完行了一个九十度的鞠躬。然后又继续说道："这些年来，我利用大队会计职务之便，挪用公款，据为私有，不顾群众还在挨饿，吞吃大量集体粮食，所有这些，已构成严重贪污盗窃，我愿意接受党纪国法的制裁，进行破产退赔。"

老百姓允许干部犯错误，包括路线错误，作风错误，甚至走资本主义道路，老百姓都可以原谅，但决不能允许干部收受贿赂，贪污盗窃，吞吃老百姓的血汗钱。古往今来，老百姓最痛恨的是贪官，最不能容忍的也是贪官！

他假惺惺的道歉，根本无法得到原谅，人们要求他彻底交代的呼声一遍高过一遍。

李国正在巨大的压力面前一脸颓丧，继续说道："一九六一年，各生产队的公共食堂解散后，交到大队现金共计一千六百二十元，在旧账换新账的时候，我没记收入，把钱据为私有了。一九六三年，粮食增产了，各生产队多卖给国家超产粮一千多担，国家返回差价三千四百元，我没有按政策返还给各生产队，也给贪污了。去年大队重建李家桥和陈家桥，我利用职务之便，多开材料发票六百五十元……在这不到五年的时间里，我贪污公款一万零五百七十元，粮食二千四百斤。我用这贪污得来的钱造了三间新楼房，添置了家具，现在还有银行存款三千多，我愿意把存款和楼房全部退赔……"

一万多元现金，是一百多人的生产队两年总收入，人们在叹息，社员累，社员苦，穿不上新衣吃不饱肚，一分钱也要掰做两半用，而他却造新房、添家具，吃饱饭，还有这么多存款，李国正的心黑，李国正的心狠，他所交代的，仅是已经查出的，还有没查出的，群众不知情的，又该有多少？

大家争相举手揭发批判，李海波又走到主席台前，准备揭发批判。他的每次发言，都经过精心准备的，第一要迎合领导意图，以阶级斗争为纲，第二要显示才华，博得大家喝彩。社会主义教育运动发现人才，培养接班人，他要紧跟形势，而这一场合正是他表现的舞台。他摊开发言稿，义正词严地说："李国正从一个革命干部沦为一个贪污盗窃犯，究其原因，是剥削阶级的腐朽思想作怪，他的锐化变质，充分说明，农村阶级斗争的长期性和复杂性……”他长篇的阶级斗争的理论，常队长听得津津有味，下面的党员干部、贫农代表却听得不耐烦了，交头接耳地开起了小会，噪音掩盖了他的讲话，他仍然不觉得发言啰嗦陈腐。陈国祥忍不住了，站起大声呵斥说：“大伙不是来听你上党课的，你有完没完？”李海波一怔，立即说道：“我正要揭发他的罪行和错误呢！”他话锋一转，说道：“一九六四年，李国正造新房，所有的木匠和泥瓦匠，还有帮衬的小工，都是月亮湾社员义务派工，我给你算了一份工资单，大工小工的工资就要付三百多元，过去给地主资本家做工都有工资，你的心比资本家都黑！”

陈国祥讥讽道：“李国正造房，你是他的管家，大工小工都是你到生产队派工的，当时李国正倒是说了，木匠泥工每天付一元，小工每天付六角，而你却说，亲帮亲，邻帮邻，农村造房衬工谁付工资了？拍马抬轿的是你，风儿一转，给他清算工资的又是你，这工资如果李国正赖账不付，就要你付了！”

李海波被说得满脸通红，只能低着头下去了。

大会继续揭发批判，四队会计芮树成站起来说：“一九六三年春天，你到各生产队筹款二千五百元，要购制农田灌水机器，经查账核实，灌水机器设备总共用去一千六百元，还有剩下九百元，既没有返还生产队，大队也没做收入，这钱去哪儿了？”

李国正含糊其辞地说“我……不记得了”

一句不记得了就能蒙混过关？其实他心中明镜般地清楚。他每贪污一笔集体的公款，都作过深思熟虑的巧妙运作。要把账上的数字变为现金，再装进自己的口袋，过后还要把账抹平，要有一个思想准备和巧妙的掩盖，这一过程他是记得清清楚楚的，永远不会忘记的。由于不被别人发现，他的胆子越来越大，黑手越伸越长，只要一有机会，就肆无忌惮地化公为私，大肆贪污。李光义不懂财务，不会查账，许云中是文盲，他财权独揽，借着各种理由到生产队调拨粮食，抽调资金，不打收条，事后不给发票，瞒天过海，都装进了自己的腰包。他敢吞上级下拨的救济款，敢贪生产队的公共积累，连烈军属的优抚也敢克扣。他自认为做得天衣无缝，但群众的眼睛是雪亮的，他总会留下蛛丝马迹让人们怀疑。人们一个接一个地揭发，暴露的问题更多了，常队长和王指导记满了半本记录本。

最后，李国正的邻居，社员代表李有才走上台，他指着李国正说："我要问你一句话，你究竟是共产党还是国民党？"

李国正抬起头，吃惊地说："我虽然有愧于月亮湾的社员，已经不配做一个共产党员，但也不是国民党啊。"

李有才接着又问道："一九四八年的秋天，你妈拿出你一张穿着国民党军服的照片对我说，我家国正当官了，你看这照片多神气！别的我看不出，大盖帽上的国民党徽我还是认识的，你要老实坦白交代，倒底当的什么官？"

这话等于一个重磅炸弹，会场一下炸开了，李国正干过国民党反动派，是混进党内的阶级异己分子！

常队长和王指导交换了一下眼色，李国正最狡猾，他在解放前的历史问题，还是被人揭发了！

李国正对待群众的揭发批判，从不辩驳，这一次例外，他急忙解释说："我在省城读高中，穿的是学校制服，你一定看错了。"

李有才说："我俩从小一起长大，这照片是不会看错，还有你妈说的话不会听错。当时，我还羡慕你的运气呢。后来又听你妈说你参干随军南下，又看到你穿解放军装的照片。你是不是参加过国民党，再后来又混进了共产党？"

李国正一反常态，气愤地说："你无根无据，这是对我的污蔑！"

李国正拼死抵赖，李有才拿不出他当年的照片，也有人说李有才捕风捉影，常队长考虑调查工作正在深入，不宜扩大影响，他敲着桌子说："别再争论了，假的真不了，真的假不了，知无不言，言无不尽，言者无罪。工作队不冤枉一个好人，也不放过一个坏人。"

大会开到日落西山，常队长才宣布散会。

揭批三个大队主要干部收到了满意的效果。李光义、许云中、李国正都犯有不同类型的严重错误，统统撤职查办，不符合打击一小撮，团结大多数的政策，只查办李国正，不处理李光义、许云中，也偏离了运动的方向，而这次运动的重点是整党内走资本主义道路的当权派，三个大队主要干部谁能轻装上阵，让谁继续批判，他决定召开工作队党委会，并邀请陈跃峰列席参加，听听大家的意见再作决定。

常队长首先回顾了工作队进村后所取得的进展，然后说道："李光义在长期的工作中，以身作则，责任心强，不贪不腐，群众基础好，这应该肯定。可是偏偏撞上了分田到户的原则错误，李国正大量贪污盗窃，他也要承担失察和用人不当的错误。有人怀疑，他会不会是李国正的保护伞，或者是同伙，现在没有证据，不能肯定也不能释疑。许云中在路线上犯有追随执行的错误，可作风粗暴，打骂社员，民愤极大，还有严重的多吃多占问题，不处理不足以平民愤。李国正严重贪污盗窃，已足够撤职开除党籍，对他的处理，任何人都不会有异议。对他的政治历史问题，必须尽快开展内查外调，直至弄清为止。这是我的初步评估，请大家畅所欲言，提出自己的看法和意见。"

常队长的评估，原则性强，但由于所站的角度不同，党委成员中仍然有不同意见。王指导首先说道："李光义热爱集体，关心群众，在三年困难时期，适当多分自留地进行自救，这必须同'三自一包'严格区分，不能混为一谈。在对待这样重大的原则问题上不能无限上纲，把一个好同志往死里整。至于是否和李国正同流合污，这仅是猜测，我们决不可以再犯怀疑一切，打到一切的错误了。我个人意见，给予李光义轻装上阵。对于许云中，从揭露出来的问题可以看出，主要是私心严重，多吃多占，作风粗暴，打骂社员，还有与孟秀枝的男女作风问题。只要没有新的问题发现，再次作检查之后，也给予轻装上阵。李国正的经济问题严重，还有历史反革命嫌疑，必须深查深挖，弄清真实情况。总之，他已经不能作为轻装上阵的干部了。"他的发言直率，既实事求是地看待干部，又不放弃原则。

负责对敌斗争的冯军说道："新中国成立以来，虽然经过'三反'、'五反'、'审干'等运动，仍然有漏网的反革命分子。李国正有敌特嫌疑，这是新的发现。类似这种情况，各地都有发现。我同意对李国正继续深查。但对李光义书记，我也和王指导的看法一样，应该让他出来大胆工作。"

负责查账对证的许其中说："有人怀疑李光义与李国正有合伙贪污的嫌疑，根据李国正的贪污手段和形式，都是李国正独立作案，不存在合伙贪污的可能，我建议取消对李光义的怀疑，让他出来工作。如果违反民意一意孤行，老百姓要对工作队提意见了。”

最后柳青说：“多分自留地给社员自救，算不算走资本主义道路，不要匆忙定性，再听一听贫下中农的意见，尊重大多数人的意见。至于和李国正是否同谋，我个人认为，没有这个可能，否则，他父亲也不会生浮肿病去世。要重证据，不能乱猜疑，否则会毁了一个革命干部。”

同志们的发言，态度明朗，实事求是，即深刻，又现实。这是一次不同意见的交底，政策的交底，良心的交底，顺应民心的交底。如果常队长采纳大多数党委成员的意见，这真是除暴扬善，惩腐反贪的青天大老爷了。可是，这次运动的重点是要整党内走资本主义道路的当权派，对原则问题决不能讲良心，顺民意。在路线问题的大是大非原则下，党委成员们实事求是的发言是那样显得微不足道。

常队长沉默了良久，翻开中央文件“二十三条”说：“请同志们重新学习一下中央文件，领会我们工作的重点和任务。同志们，千万不要忘记这是最根本的任务。如果我们放弃了原则，就要犯方向性路线错误了。”

常队长短短的几句话，否决了包括王指导所有人的意见。他一锤定音，给李光义定下了错误性质。伟大的时代产生伟大的口号，不朽的口号决定人的命运。常队长和李光义没有过节，内心并非要把他打入黑名单，而这个口号不得不使他痛下杀手。

陈跃峰一直在听，他清楚自己是列席的身份，但在这关键时刻，发自内心一股涌动，这不是对李光义的个人感情，而是为了良心，伸张正义，他无暇顾及常队长的态度，便激动地说道：“这几年来，月亮湾大队在李书记的带领下，各生产队的粮食产量逐年提高，对国家的贡献也逐年增多，社员分配的生活水平每年都有提高，月亮湾是坚定不移走的社会主义道路。给李光义定性为走资派毫无根据。处理一个同志，不能把错误性质无限上纲，也不能把芝麻说成西瓜。这会打击大多数人的积极性。月亮湾的贫下中农，党员干部决不会同意这样的处理决定。”陈跃峰一字一句说完这些，他意识到常队长会不高兴。

没有人敢和常队长顶牛，他的脸色由白转青，放下脸说道：“社员群众的路线觉悟不高可以谅解，而我们工作队的同志和积极分子都这么说，太使我失望了。”他转过脸又对着陈跃峰说：“谁把芝麻说成西瓜？谁无限上纲上线了？分了集体的土地总是事实吧，许云中同志认识到错了，李光义不认错，就是死不悔改。小陈同志哎，不要感情用事，这样下去会迷失方向，乱了阶级阵线！”常队长对陈跃峰的发言给予了严厉的批评。

常队长严肃的批评，让大家一时无语。他接着又作了总结性的发言：“李光义同志犯了严重的路线错误，不容置疑。必须受到党内处分，现在大家思想还没有统一，还有不同意见，我提议，把他先挂起来，待请示分团领导后，再作明确处理。”

王指导不明白“挂起来”是什么意思，插话说：“‘挂起来’是什么样的处理？”

常队长说道：“挂起来就是暂时不行使职权，也不作免职处理，就是等待处理的过渡吧。”

各种运动发明各种政治术语，没经组织批准的停职可以“挂起来。”这不是常队长最先的发明，在运动中有很多地方对犯错误干部不能继续工作，又不能作处理，就把他放在一边，暂不处理，这样有充分的灵活性，在运动中已被广泛使用了。

常队长继续说：“月亮湾的二级干部会取得了巨大的成绩，百分之九十以上的干部已放下包袱，轻装上阵，说明大多数干部还是好的和比较好的，每个工作队员要做好思想工作，对‘四不清’干部的多吃多占必须退赔，有钱退钱，有粮退粮。对一次性退赔有困难的，可以订好退赔计划，分期分批退赔，直到退尽为止。对李国正、陆明荣这些贪污数量大的，必须实行破产退赔，把房屋、家具、衣物作价评估，抵价退赔。要让群众看到成果，看到希望，不断把运动引向纵深发展。

“对李国正在解放前的政治历史问题，这次李有才对他的揭发，很有价值，证明我们的怀疑是正确的，这很重要，要顺藤摸瓜，外出调查，直到查清为止。清理阶级队伍是运动的一项重要工作，关系到干部队伍的纯洁，关系到党不变质，国不变色的大问题，这项工作由王海松同志负责，加快做好外调方案，近期出发外调。

“同志们，月亮湾的阶级斗争盖子已经初步揭开，干部的四不清问题基本暴露，工作的重心要转向深挖与退赔，不是担子轻松了，而是更加重了。我相信，在分团党委的正确领导和具体指导下，在同志们的努力下，一定会取得更大的成绩。”

第十四章 珠胎暗结

月亮湾大队的二干会举行最后一次会议。

常队长宣读了月亮分团和公社党委的联合文件，公布了关于大队三个主要干部的处理意见。对李光义的处分是：鉴于月亮湾大队书记李光义同志违反政策，扩大社员自留地，走资本主义道路，情节严重，影响极大。经研究决定，给予停职反省处理。在这期间，继续深刻检查，以观后效。对大队会计李国正的处分是：鉴于李国正在任大队会计期间，利用职务之便，大量贪污公款、粮食，数额巨大，手段恶劣。经研究决定，给予撤销大队会计职务，进行隔离审查，交代问题。并对认定的贪污进行破产退赔。对许云中同志的处分是：在任大队长期间，严重多吃多占，作风粗暴，影响了党的声望，但已做出深刻检查，有悔改表现。经研究决定，给予党内警告处分，并对多吃多占全额退赔。在这同时，公布了对陈跃峰的工作决定：鉴于李光义暂时不能行使大队党支部书记职务，在运动期间，大队支部工作暂由党支部副书记陈跃峰主持。

对李光义的处理决定，人们只是低头叹息，好人、好人啊！为帮社员群众渡过难关，他却遭罪了。人们向他投去了同情的目光。也有人说，分田分地是高压线，谁碰上谁倒霉！李光义自己却很镇定，他并不认为倒霉，他卷起被铺，扛在肩上，毫无怨言地走了。大队书记不吃皇粮，不拿工资，靠挣工分吃饭，无需等待组织重新安排工作，他仿佛早就料到会有这么一天。

对李国正的处理决定，一片欢声雷动，会场炸开了锅。当李海波、曾国兴封了他三间楼房的大门，抬着他退赔的红木大柜、八仙台、办公台涌进会场，全体人员拍手叫好，争相一睹他用赃款购买的高档家具、被铺衣服。人们向他摔石子，吐口水，老百姓痛恨的是贪官，只有共产党的领导才能清除干部队伍的腐败。人们的怨气终于得以释放。人们奔走相告，工作队是火眼金睛，常队长就是包青天。

李国正作了破产退赔，生产队干部跟上。陆明荣、陆荣汉也作了破产退赔，拿出了银行存折，抬出了家具。其他犯有多吃多占的党员干部咬着牙，忍痛退出了现金和粮食。平时贪占小便宜，到了剜肉才觉得痛。

大会场里堆满了退赔的家具和粮食，李海波忙着登记，曾国兴跑里跑外地接待安排。按照大队党支部的决定，退赔的粮食返回生产队，家具衣物作价拍卖，每件物品都标上了价格，会场里挤满了看货购买的社员，这些家具货真价实，比市场便宜，只要看准了，当场付清了钱款，就可以买下抬着回家。这是多么热闹的场面！四清运动最大的亮点就是让老百姓看到了希望，共产党能惩治自身的腐败，改正自己的错误，而工作队与贫下中农同吃同住同劳动，不拿群众一针一线，与劳动人民打成一片，让大家感觉到，共产党与劳动人民永远心连心。

早稻已经开镰收割，秋收是大收，秋种又是承上启下的耕种，关系到来年的农业丰收。陈跃峰惦着生产队的农活，他把退赔拍卖的工作交给以曾国兴为首的拍卖小组，就急忙回陈家桥生产队了。

深秋的天气特别好，蓝天上飘着棉花朵儿似的白云，随着微风吹来，和煦的秋阳仍然显示着威力，照得大地热气腾腾。田野里到处是人，妇女弯着腰割稻，男人挑着一担担稻把往社场上送，场上放着一排脚踏脱粒机，妇女们脚踩踏板，把稻把送上飞速旋转的滚筒，轰鸣的机器中飞出金黄的稻谷。秋收的季节，无论田头场头，都是一片繁忙的景象。

陈跃峰从田头转到场头，王家全把各项农活安排得井井有条，心中一阵高兴。王家全性情厚道宽容，大智若愚，他懂得农业生产的环节，又能调动社员积极性，其实他当生产队长，农业生产经验丰富，工作方法稳重而实在，更胜自己一筹。

王家全站在高高的草堆上，妇女们把稻草一捆一捆抛上去，堆成了高大的草堆，这是全队社员做饭的烧柴。草堆顶上盖得像房屋一样，不漏雨不漏水。这是一项技术活。一般人干不了，生产队只有陈炳德和王家全能干这种技术活，陈炳德的问题还没有完全说清楚，在大队交代问题，这活儿只能王家全亲自上阵了。

李新秀是妇女队长，社场上的妇女都由她安排分配活儿，她看到陈跃峰，高兴地说："今天收的稻子多，妇女又要开夜工突击搞脱粒，你可要关心妇女呀，半夜餐安排吃什么？"陈跃峰说："场头生产归你管，半夜餐按照老规矩，每人半斤米，吃饭吃粥你说了算。"李新秀抿嘴一笑说："你放权，我就宣布啦！"她带着甜蜜的笑容抓起稻把又走向脱粒机。

陈跃峰拿了一根扁担、一副绳索，向田野走去。田里的男劳动力正在抢收稻子，挑着担子"吭呀吭呀"地走在田埂上，挑到社场上。陈跃峰大步跨入稻田，挑起稻担，融入了这支队伍。

天渐渐地暗了下来，稻田中的稻子收完了，社场上却堆满了，李新秀点亮了三盏桅灯，高高挂在竹竿上，幽暗的灯光在夜色中闪烁着，虽然不明亮，却给打夜工的妇女送来了光明，可以看清稻把上的稻子是否脱粒干净，还可以照着人们把稻草捆好搬到一边。场头上一系列的环节都要安排紧凑，最后把稻子扬净，搬进仓库。

陈跃峰拖着疲惫的身子回到家中，母亲早已把饭菜摆上桌子，儿子在大队开会，十多天不回家吃饭了，她特地为他炒了几个鸡蛋。陈跃峰没看到乔亚芳，问母亲："亚芳呢？"母亲脸上露出一丝笑容说："睡着呢，今天中午吃了就吐，身子不舒服，会不会有了？妈等着抱孙子呢。"陈跃峰一惊，结婚后碰都没碰她，怎么可能怀孕？他连忙说："妈，不可能，她肯定是病了。"

陈跃峰吃完放下饭碗就往新屋去，房门紧闭着，他轻轻敲开门，里面没有点灯，只听到乔亚芳在小声哭泣，他急忙划火柴点亮美孚灯，看到乔亚芳用被头紧裹的身体，淌下的眼泪打湿了半个枕头。陈跃峰关切地问："哪儿不舒服，要不要去医院？"乔亚芳止住了哭声，说："我没生病，躺一会儿就好了。"陈跃峰说："既然没生病，就要起来吃晚饭，躺着干啥，又生谁的气了？"乔亚芳有气无力地说："我心中难受，不想吃。"说这话，显然不是在生病。

陈跃峰心想，既然没生病，又没人欺负她，为啥哭得这样伤心？看来妈说的没错，她是怀孕了。可是结婚后一直住在他家，他又没有碰她，是谁和她做了见不得人的事，而且还怀上了孩子。心中一股怒火油然而生，他大声责问："我妈说你吐了，是怀上了孩子的症状，这是不是真的？"乔亚芳不回答他，只是哭，陈跃峰气不从一处来，又大声追问：

"如果真是怀孕了,这个男人是谁?"他一连串的发问,乔亚芳被吓坏了,她颤抖着坐起,看着这位名义上的丈夫,虽然她把话早就说清了,她不爱他,还恨他,即使得到了她的人,也得不到她的心。可是,在法律上是他的妻子,现在怀孕了,这孩子究竟是谁的,这个男人又是谁,他有资格问,有资格生气,甚至骂她打她都不过分。她做了女人最不应该做的事,只要有一点血性的男人,都不会放过红杏出墙的女人。

乔亚芳怎么也不会想到,她和叶东方在县城只住了两个晚上,偏偏屋漏碰上连夜雨,不该来的还是来了,居然有了。而且当时还信誓旦旦对叶东方说,如果怀上了孩子,无论是男是女,一定要把孩子生下来。叶东方也立下誓言,一定要混出个人样儿,尽快和她团聚,男欢女爱时的一句玩笑话,居然成了恶咒。现在叶东方杳无音讯,是死了还是活着都不知道,她盼星星盼月亮地等他回来把她接走,可他人在哪儿呢?她后悔自己不该这么傻,要是新婚之夜顺从了陈跃峰,还有谁能知道这孩子是谁的?现在一切露馅了,她在这个家也不能住了,连安身的地方都没有了,她真的害怕了,如果不说出实情,陈跃峰肯定会把她赶出家门。

她慌忙对陈跃峰说:"对你实说了吧,这孩子是叶东方的!这事既然做下了,要离要分都随你,我只要求你一件事,暂时不让爸妈知道,也不要赶我走,让我继续住在这儿。"

陈跃峰这才知道,他是一个大傻瓜,被她欺骗了。他羞愧,他暴怒,早知道她有这样的经历,情愿把办好的酒席去喂猪,布置好的新房放一把火烧掉,也绝不会要这样的女人做妻子。结婚后被她折磨得苦不堪言,而她的肚子却大起来,怀着别人的野种,她居然还有脸说不要给爸妈知道,要继续住在这里,还要他做缩头乌龟,他太窝囊了。只要是男人,决不会忍受这耻辱!陈跃峰捏紧拳头,压抑在胸口的怒火终于爆发,他要揪住她的头发,把她痛打一顿,要把脚踩上她的肚子,把这野种踩死!他举起了手,抬起脚,乔亚芳早已吓得躲进角落……能这样吗?打她一顿就能挽回所发生的一切?把这野种踩死就能出气?在农村,男人可以打老婆,施以家庭暴力后还不许女人说出去,但他不能,他决不可以!他举起的手放下了,但这怒火还在燃烧,顺手抓起一对洋娃娃摔得粉碎!

暴怒之后是短暂的冷静。陈跃峰不得不面对现实,他严厉地对乔亚芳说："我们离婚吧，一切都该结束了。明天就去办离婚手续，你走你的阳关道，我走我的独木桥！"

说完这话，他转身离开。乔亚芳跳出被窝，拦住陈跃峰，双腿一弯，竟跪在他的面前，抱住他的两腿，凄声说道："你可以打我，骂我，我决不怪你，但求你饶过我这一次，你要是说出实情，爹妈非打死我不可，你不收留我，我已没有退路，只有死路一条！"说着拿出一把雪亮的小刀，就要往手腕划去！

陈跃峰急忙夺过小刀，丢在地上，愤怒地说："你别以死来威胁我！要死，别在我家，你去叶东方家死！"他推开乔亚芳，转身又要离去。

乔亚芳又紧紧抱住陈跃峰说："跃峰，我知错了，千错万错都是我的错。你要不收留我，我就只有死路一条！你总不能见死不救吧。我都想过了，要跟你好好过日子，要用我的过错加倍偿还你，你就原谅我吧。"她说得凄惨动情，就是铁石心肠的人，也会被她的满脸泪花和诉求所感动。

她站起身，脱去紧身的毛衣、衬衫，只穿一件贴身背心，露出了白皙、丰满而富有弹性的乳房，那苗条的腰肢像柳条一样柔和，修长的双腿亭亭玉立，她拥住陈跃峰，紧贴着他，把灼热颤抖的嘴唇送上去，陈跃峰本能地举起一条胳膊挡住，可是，那湿润的嘴唇让他感到一阵阵的眩晕，伸出的胳膊瘫软无力地垂下了。她的美丽，一次次地让他想入非非，有着无与伦比的魔力，吸引着他每个细胞，每一条神经。原始的本能，烈火般地燃烧，他的双臂不由自主地把她挽住，刚才还讨厌她这肮脏肉体，现在竟然这般可爱柔和，有这么巨大的诱惑。乔亚芳伸手解开他上衣的纽扣，把他拉到床边。这不是她引诱，这是出自内心的悔过，她要把她的身体彻底交给他，和他和和美美地过日子。叶东方的失信，让她万念俱灰，她经不起再等了。

可是，乔亚芳的温柔来得太突然了，太不是时候了。陈跃峰多少个日子的等待，多少的怨恨淤积在心中，谁知道她是真心假意？想到她肚子里还有叶东方的孩子，又感到一阵恶心。他不能被她的假象所迷惑，不能被她的温柔所俘虏，他突然推开她，整了整衣服说："你走投无路了，才想跟我过日子了，难关一过，你又能飞能跳了，又可以去找叶东方，到现在说这些，晚了。"

乔亚芳又抱住他的双腿，仍然边哭边恳求："求你别赶我走，我会一辈子感激你！"

陈跃峰说："我可以让你暂时住这儿，但你必须把胎儿做掉！免得再让我丢人现眼。"

"只要你同意我住这儿，一切听你的，我明天就去医院。"说完头像鸡啄米似的往地上磕，其情也真，此情也悲。

是人都会犯错的，她到了这步田地，已走上了绝路，也够可怜了，是不是要原谅她，他一时没了主张。

可是，她的一颗桃花心，朝三暮四，说变就变，只要叶东方一出现，她就跟着他跑了，再一次蒙受耻辱？他对她已失去所有的信任。爱情是两个人的互相吸引，不是说爱就爱，爱情是两个人心灵的结合，不是说散就散。婚姻不是小孩过家家，陈跃峰背负的这段感情太沉重了。女人的眼泪能使男人心软。难道真的是英雄难过美人关？

他小时候经常听妈妈说，世上每个人都要轮回转世，比如前世奢靡，今生必然潦倒；前世荒淫纵欲，今生必然是孤寂单身；前世欠人债务，今生必需偿还；前世作孽，今生一定受苦。生生死死，好有好报，恶有恶报，难道前世真的亏欠了她，今生来讨前世的情债？

陈跃峰不迷信，不信鬼神，不信轮回报应，更不信前世与今生的因果关系，他是无神论者。但他不得不承认前世是欠了她的，今生她是来讨债。他回顾自已和她的交往，他有多么爱她，追她，捧她，样样依她，使她高兴，使她感到优越感，明知她爱的是叶东方，他却死死抓住不放，造成这样的后果，他同样负有不可推卸的责任。现在她陷入了绝境，把她赶出家门，同样也是一种残酷。人性的良知在不停地敲打，善良的本质在呼唤，一只破船在进水后下沉了，是去踏上一脚，让它快一点沉没，还是去把它拉上岸，堵塞好漏洞、修好，再次让它扬帆远航？他到底应该怎么做？想到这里，他的心软了。

可是，男子汉的尊严还在猛烈地敲打着他。万事都可原谅，他不能接受她的虚伪，更不能接受她失贞的现实。他与她之间已隔着千山万水，感情的裂缝已无法修补。如果继续让乔亚芳住下去，父母知道了怎么办？村上的人知道了会怎么看？闹的笑话已经够多了。没有不透风的墙，一旦传出去，更是一个石破天惊的新闻，他的脸面往哪里搁！

他的脑子乱极了，他摔门而去，丢下一句话："明天你去医院吧。"

他在夜色中胡乱地走着，路边杂草上的露水打湿了他的鞋子与裤管。他的心情仍然不能平静，这一切来得太突然了，摆在他面前有两个选择，一是接受现实，认可她的过去，培养感情，重新开始，好好过一辈子。这未必不是两全其美的选择。男人和女人究竟是先有感情再结婚，还是先结婚再培养感情？在落后封闭的农村，青年男女的婚姻还是父母之命，媒妁之言，只见一面就订下了终身，然后结婚生儿育女，白头偕老。他的父母是这样，包括李书记也是这样。你能说他们夫妻没有爱情？还有更离奇的，月亮湾这一带的穷人，过去讨不上老婆，还盛行"抢亲"，一旦男方看中了某一个姑娘，男穷女富，各方面的条件都不如女方，明知不能相配，男方摸准了姑娘的行踪，半路上强行把她塞进花轿，抬进家中举行拜堂结婚，女人怎能受得这种屈辱，开始寻死觅活，过了几天，就乖乖顺从了，也能恩恩爱爱过上一辈子。先结婚后恋爱的多着呢，李金海的媳妇就是抢亲抢来的，两家大打出手，他的丈人把他告到政乡府，乡长一拍台子愤怒地说："都解放了，还有这等事？"拔出手枪要来抓捕李金海，他媳妇却拦着乡长说："他是我丈夫，你干吗抓他？"乡长看见这小两口已经和和美美，人家都成夫妻了，立刻放下手枪说："呵呵，泡一碗甜茶给我喝，以代喜酒吧。"这些事陈跃峰都知道，可他不是李金海，乔亚芳也不是褚秀娣。如果他原谅了乔亚芳的不贞，还能像以前那样爱她吗？第二就是干脆离了，随别人怎么说，怎么看，自尊是没有了，面子也彻底丢了，但他还可以重新恋爱重新开始。然而他一想到乔亚芳跪地求饶的可怜样子，就下不了狠心。叶东方不知漂流何处，她爹娘不会接受她回家，每一个人吐一口唾液就会把她淹死。赶她走，无疑是把她往死路上推，她也是一个要强的人啊。给她一点时间，给她一点余地，她能走多远就走多远，等到她想走了，再去办离婚。陈跃峰的这一宽容要比想象的更为成熟，更为坚强。

世界上最宽阔的是海洋，比海洋更广阔的是天空，比天空更广阔的是人的胸怀。这话说得多好啊，宽容他人是一种善行，也是一种品德，更是一种智慧。途穷而志存，苦难能自立，责任揽自身，以德报怨，忍辱而负重，更是一种姿态。人生有度，坏在过度，好在适度。欺弱逞强要不得，强硬过度是欺压。乔亚芳现在像一棵风雨吹打的小草，只要轻轻地一踢一踩，就能把她彻底摧毁，宁可她负我，我不负她！

陈跃峰从田野走回村上，社场上灯火通明，机声隆隆，不时传来人们互相配合的叫喊，妇女们脱粒正进入高潮。秋收秋种必须抢时间争季节，繁重的强体力劳动透支每个人的体能，男人们辛苦，妇女就更累了。

他走到社场，加入了脱粒的队伍。把一墩一墩的稻把放到脱粒机边，堆积如山的稻把全部脱粒了，妇女们又迎着微风把稻谷扬尽，金灿灿的稻谷成了一个一个的粮堆。人们怕露水打湿，李新秀指挥妇女们用稻草严严实实地盖好。挑灯夜战已告一段落，妇女们走进浴房，洗去身上一天的汗水与灰尘。一只浴锅只能一个一个轮流洗，更多的人只能坐在浴房外等待。李新秀把分好的米饭，送给每一个妇女，人们一面吃着米饭，一面谈论着明天的农活。体力劳动的消耗永远填不饱这个肚子。

人们渐渐散去，李新秀发觉没有人值班看夜，场上堆了这么多的稻谷，总使人不放心。她去社屋墙上看了轮流值班表，今天该是陆明荣，他还在隔离审查中，是王家全大意没有安排别人补班。李新秀急了，直奔陈跃峰说："女人是不能看夜的，这么晚了，喊谁来看夜？"陈跃峰笑着说："看你急的，我不是男人吗？"

李新秀"咯咯"地笑了一声："你让亚芳姐一人睡冷被窝？"说完拿着一包干净衣服溜进了浴房。

看夜值班就是防小偷，虽然没有被偷窃过，防盗防偷还是必须。看夜的人睡稻草窝，地上铺的是稻草，四周用稻草围住，上面盖的也是稻草，晒干的新草发出阵阵的清香，拿上一条被子，睡在里面既暖和又舒适。陈跃峰是巧手，一会儿一个小巧玲珑的草窝就搭好了，他不想再回家拿被子，就穿着衣服用一捆稻草枕着睡下了。

不知过了多少时候，正要迷迷糊糊地睡去，只听草棚外一阵脚步声，陈跃峰警觉地探出头露出半个身子，只见李新秀拿着一条棉被站在外面，她看着陈跃峰关切地说："不盖被子会感冒的。你生病了，生产队的秋收秋种谁来操心？"

陈跃峰一阵感动，爬出草棚接过被子说："你怎么知道我没被子？"

李新秀又是"咯咯"一笑说："你这人，我还不了解？"停了停又说道：

“没讨媳妇有娘疼，讨了媳妇没人疼，活该你受冻了。”她一半是挖苦，一半是同情。

一句话戳到陈跃峰的痛处，他“唉”的一声，拿了一捆稻草坐下，他不想再睡了，再睡也睡不着，结婚到现在，他没睡过一夜好觉，人瘦了，别人还以为他新婚宴尔，耗过了精力，有谁会想到，一个年轻力壮的小伙子，守着一个拒绝和他做爱的女人，要爱不成，要离又不能。李新秀是鬼灵精，什么都瞒不过她，她同情他，为他不平，还为他保守秘密，不向任何人吐露一个字。他感激她，不愧有这样的红颜知己。

李新秀也拖过一捆稻草坐下，她看着面前这个诚实的男人，乔亚芳已经对他无情无义了，他为什么还要对乔亚芳这么好？一个人有很多秘密，她想解开这个谜，剥开他的外壳，走入他的内心世界。这也许是好奇，也许还有说不清的原因。她对陈跃峰酸溜溜地说：“别唉声叹气的，亚芳都怀孕了，快要做爸爸了，高兴都来不及，还是回去陪陪她吧。”

陈跃峰一惊，她怎么会知道亚芳怀孕了？是不是乔亚芳告诉她的？但他马上否定了，人都是要脸面的，乔亚芳不明不白的怀孕，即使是亲姐妹，不到推车撞壁，也不会轻易说出口的。那她是听谁说的？他假装什么都不知道，有意识地质问：“你听谁瞎说，我怎么不知道！”

李新秀嘻嘻一笑说：“你自已做了这个事，还假装不知道，这回露馅了吧。实话告诉你，前天我带着卫玉英和褚秀娣去医院检查妇女病，在妇科登记处看到了乔亚芳的名字，我问何院长，乔亚芳身体好好的，来看的什么病？何院长说，人家怀孕了呗，来医院证实一下。何院长都这么说了，这还会有假？你装，看你还能装多长时间。”说到这儿，李新秀一脸沮丧。

没有不透风的墙，越怕家丑外扬越是瞒不住，李新秀不会随便乱说，卫玉英和褚秀娣这两张嘴能堵住吗？李新秀似乎看出了陈跃峰的担心，接着说道：“这事就我一人知道，卫玉英和褚新娣并不知情。”

陈跃峰松了一口气说：“既然你都知道了，我就直说了吧，她肚子里的孩子是叶东方的，我正为这事伤透了脑子，不知如何处理是好！”

李新秀一阵惊喜，转而愤怒地说：“这有什么难处理的，向她父母如实说清楚，送她回娘家离婚呗！换了别人，早赶她走了！”

陈跃峰说：“赶她回娘家容易，她一时想不开，万一自寻短见了，这不是送她上绝路！她也是一时糊涂做了蠢事，现在她有家难回啊。”

“那你原谅她了？哎，一日夫妻百日恩，我是狗捉耗子多管闲事！”说完这些，她无力地站起身子，准备回家。

陈跃峰知道她不高兴了，拉住她的衣角说：“不是你说的那样，我还没说完呢！感情和生活是两回事，我不赶她走并不代表还爱她，他和叶东方藕断丝连，暗中来往，已使我彻底失望，现在暂不和她离婚，也是出于无奈。善待她也是善待我自己。在生活上，我不能对她赶尽杀绝，离婚已成定局，只是时间问题。她暂住在我家，我的条件也是苛刻的，她必须去流产，否则，我的心理得不到平衡，也无法向父母交代，这就是我与乔亚芳的现状。”

“啊，原来是这样！”李新秀紧张的心情一下放松了，她又继续问道，“你准备拖到什么时候，你不觉得累啊！”

陈跃峰说：“我也不知道，过一天算一天吧！”

李新秀说：“凭她现在的处境，叶东方又不知漂泊在哪儿，她只能求你了，我就怕你心软……她也确实配不上你……”她说不下去了。

“最难熬的时刻都熬过来了，我只当身边没这个女人。城里人晚婚，像我这个年龄还在读书呢。再晚几年结婚，不也是这个样。”陈跃峰面对一个姑娘，说这样的话，还真说不出口。

李新秀终于鼓足了勇气，说：“你再这样拖下去，就怕有一个爱你的姑娘等不及了，她承受着家庭的压力，逼她去相亲，而且还是在政府吃皇粮拿工资的干部，人还长得潇洒，她坚守着不答应，却暗恋你，她为你茶饭不香，晚上失眠，非你不嫁。而你却不在乎，你可要对得起她呀。”她的脸上腾起一片潮红。

陈跃峰一怔，说：“我哪有这种福气！被乔亚芳这一折腾，我变成二婚男，没用的阉蛋，姑娘们见了我躲都来不及，这辈子恐怕要打光棍了。你还在讽刺我呢！”

李新秀站起身，用手指戳着他的额角说：“读书这么聪明，生产队工作安排得头头是道，但在这方面你就是傻，傻得像一条笨牛。爱你的这个姑娘也很漂亮，她的条件比乔亚芳更好。她远在天边，近在眼前！”

李新秀说完，转身就跑，一溜烟地消失在夜色中。

李新秀又一次大胆的表白，使陈跃峰欲罢不能。上一次工地回来路上向他表白，他以为是跟他闹着玩，他未往深处想，但今天再一次真情地吐露，绝不是玩笑的调侃。陈跃峰对她充满着好感，但一直是当作对妹妹一样的关心和厚爱，纯洁的友谊不含一点杂念，谁能想到，异性之间交往产生的友谊，在这友谊的长河中，已不知不觉流入爱情的泉水，这不是肮脏的感情，这是爱情自然地流露，这是友谊的必然升华。李新秀放出的探空气球，都被他大意忽略了。现在她把隐藏在心灵深处的情愫挑明了，陈跃峰既紧张又害怕，这纯真的情感折腾着他心潮澎湃。

几颗闪亮的过天星已经升到中天，一颗流星划过长空，静寂的苍穹顿时一片慌乱，无数繁星眨着眼睛，惊恐地看着刚才发生的一幕。

远处的田野中偶尔传来几声蛙鸣，与秋虫的鸣唱自然和合，寂静的世界并不死寂，万物仍在喧嚣，在歌唱着它们的自由与幸福。

陈跃峰在细细回忆着李新秀的交往。在那天晚上从工地上回家的路上，他就隐隐感到奇怪，她为什么要关心他和乔亚芳的关系，为什么偷偷窥视他的新房，这不是一个姑娘对别人关注的范围，而当她发现，他和乔亚芳从没有过上一次正常夫妻生活后，就发起一场场的感情攻击，这都是迂回的侦察，现在直说了，足以表明她对他的关心已经超过一般朋友关系了。

然而，生活不是戏剧，也不是玩过家家，自己是结过一次婚的男人，现在还没离婚，在世俗中已是掉了身价的男人，根本没有资格去爱这样优秀的姑娘，更不可以轻易地接受她抛过来的红绣球，再给自己挖掘一个不能自拔的陷阱，再陷入一场爱情风波。她说他傻，他并不傻，他清楚地知道，她的父母已经给她设计了理想的婚姻，为她在县城物色优秀的男孩。他和她条件不相当，根本没有可能走到一块。对没有指望的恋爱，这潭浑水绝不可以蹚，要说傻，她才傻呢。

现在，陈跃峰只有恨自己了，这么优秀漂亮的姑娘，就在他身边，他视而不见，却偏偏死追乔亚芳不放，她有什么好，除了那张漂亮脸蛋惹人喜爱，她还有什么好！她对他从来就没有好过，更没有真心爱过他。男人爱漂亮，女人爱潇洒。漂亮是一个陷阱，潇洒更是虚伪的，很多人都跌落在这个美丽的陷阱中，一味追求外表美的人，结婚后所淌的泪水都是那时脑子进的水。

他累了困了，钻进草棚，盖上李新秀送来的棉被，上面散发着女人用过后的香味，这种香味很是受用，使人想入非非，那是她的体香呀。一个姑娘能拿自己贴身盖的棉被送给男人用，本身就意味着交出一颗火热的心。个中隐含的情意，陈跃峰真真实实地感受到了。

他在迷迷糊糊中睡去，却异常清晰地听到了杂乱的脚步声，还有人在低声说话，看夜的职责使他警惕起来，他猛然坐起，只要有他在，绝不能使集体的稻谷被小偷窃走，他猫着腰钻出草棚，只见星光下有两个黑影照着手电，其中一个说："看夜草棚搭在哪儿？"

另一个说："只要李新秀没说错，他肯定在这儿。"

陈跃峰终于听出了，他们不是小偷，一个是陈国祥，另一个是曾国兴，他俩是来找他的。他拍打一下身上的草圾，站起身说："这么晚了，你俩来干什么？"陈国祥说："原来你在这里看夜。"陈跃峰说："我还以为你俩是小偷呢！"

三人钻进草棚，陈国祥打着手电筒说："大会宣布李光义停职反省，党员们都议论纷纷，说常队长办事不公道，为李书记鸣不平。我也认为常队长误会了李书记，我们总不能看着李书记受委屈呀！"

陈跃峰说："工作队党委研究决定了，上级党委的批复也下达了，还有谁能改变这一决定？"陈国祥说："今天晚饭过后，很多党员和贫农代表来到我家，说李书记下台了，月亮湾的老百姓又要遭罪了，都要给李书记鸣冤，大家就让曾国兴执笔写了一张万民书，全大队已有二十八个党员，十五个贫农代表签了名，现在等着你签名呢。"

曾国兴从口袋中摸出万民书，递给陈跃峰，他用手电照着光亮看下去，心中不时泛起波澜，纸上写的内容正是他要说的，党心民心，九九归一。他未做思考，就签下名字，交给了曾国兴。陈国祥一脸迷惘地说："我真弄不懂，李书记以身作则，平等待人，仍然有人要把他往死里整，特别是许云中和李海波，他俩的良心被狗吃了。"陈跃峰说："这并不奇怪，名有多大，谤就有多大。李书记关心群众，无意中就把别人摆在不关心群众的位置；他有廉洁的名声，就置别人于贪婪；他勤奋有作为，就把别人推上怠惰的位置；他有君子的风范，就等于指责别人是小人；他想尽善尽美，便把别人摆在丑陋的位置。他所有的好，都会让别人受不了，容不下。'木秀于林，风必摧之；堆出于岸，流必湍之；行高于人，众必非之。’一个行得正坐得端的干部，保护了群众，就得罪了小人，何况李书记多分了自留地，正碰上高压线，一些人怀着鬼胎，趁机报复一下，就一点也不奇怪了。”他停顿了一下，又继续说道：“这万民书最好不要急着往上送，先交常队长，让他听一听党员的意见，看一看群众呼声，他要不理睬，一意孤行，那我们就逐级往上送，到那时还不迟。”

曾国兴说：“还是跃蜂想得周到，先送交常队长为好。”

陈跃峰思考了一会儿又说道：“我看这万民书这个名称也不合适，都什么年代了，还用这俗气的名称，我看还是叫请愿书比较合适。另外，这请愿书不要把党员和群众混在一起，党员代表党员的意愿，群众代表群众的意愿。签名不要强求，签一个算一个。对那些花言巧语，见风使舵，当面一套背后一套的人，不要让他们签，免得领导追查时，他们又来一个反戈一击，这样的请愿书就变味了，没分量了。”

曾国兴说：“是啊，许云中和李海波就是这种人，他要签也不让签。我看到他们就来气了。”

陈跃峰皱了皱眉头，说：“李海波就是这德性，墙上芦苇两面倒，谁得势依附谁，很少有人与他合得来，就让他去表现吧。”他停顿一下又说道：“四清工作队进驻后，发动群众，清查了贪污盗窃，多吃多占，规范了财务制度，改变了干部作风，提高了社员的觉悟，成绩是主要的，我们必须拥护支持，否则，我们就犯下反对工作队的错误。”

陈国祥说：“跃峰说得对，四清工作队与社员群众同吃同住同劳动，和社员群众打成一片。常队长对李书记也许是一时的偏见，我们希望常队长能够倾听党员和群众的呼声，最后做出正确的决定。”

不知谁家的公鸡高亢的啼叫了第一声，村上的公鸡都应声唱了起来。陈国祥和曾国兴走了。村上响起了早起人们的开门声，脚步声，新的忙碌的一天又开始了。

第十五章 爱恨绵绵

陈跃峰负气出门后，乔亚芳一直在等他回来，从结婚到现在，一个睡床上，一个睡地板，毕竟还是两人同室而卧，她不感到孤单，这样的生活她习惯了。她就这样坚持着，在等着叶东方的来信，有一天能和他远走高飞，到那时她可以自豪地对叶东方说，她永远属于他，这个身子还是清清白白的，没受过一点侵犯和污染。

可今天就是不一样，她睡不着觉，侧着耳朵在听着屋外的脚步声，期盼陈跃峰开门回来。彻夜的等待，不见伊人归，带给她无尽的焦虑。

陈跃峰一夜未归，好让她心里犯了一夜的猜疑。开二干会的时候，党员干部，贫农代表集体住宿，集体用膳，她都是知道的。这么多的男人，用稻草铺在地上，用着自带来的棉被铺开，头靠头，脚对脚，往被窝里一钻，有的衣服都不脱，就这样睡觉了。现在会议结束了，棉被也拿回家了，他能去哪儿睡?

要是在以往，她还希望他不回家呢。如果有哪一个姑娘爱上他，或者他有了相好，这正是她所希望的，因为她不爱他，所以也就不忌妒，两人终归要分手，到法庭上还可以多一条理由，是他先出轨，恋上了别的女人。女人是弱者，真理和同情总在女人这一边，到时都会指责不守规矩的风流男人，同情家中可怜的女人。

今天可不同了，她希望陈跃峰在她身边，她要做出一生最重大的决定，接纳陈跃峰，抛弃叶东方。她为叶东方付出了沉重的代价，叶东方却几乎毁了她的一生，说好了会很快来接她，一去就没有音讯，她日日盼，夜夜哭，哭干了眼泪，望穿了秋水，度日如年，这种日子再也过不下去了。更使她想不到的，在县城的旅社里，只和叶东方住了两夜，居然就有了。这个种子来得不是时候，见不了阳光。一个正经的女人，必须明媒正娶，在风风光光结婚后，才能挺着肚子在公婆小姑面前骄傲，她为丈夫和婆家延续了香火，这是作为女人最大的荣耀。而现在肚子里的种子，分明是偷偷摸摸的产物，见不得人，这是女人最大的耻辱，使她一生都抬不起头，甚至只有投河上吊吃农药才是她的归宿。

珠胎暗结，纸包不住火，她生理上的变化被婆婆肖金凤发现了。肖金凤这一生，她怀孕六次，流产两次，生下三男一女，都已长大成人。对新嫁女人一丝一毫的变化都很在意，她发觉乔亚芳饭量明显减少了，吃菜也是挑挑拣拣，好好地在吃饭，突然吐了，这不是怀上了是什么？她看在眼里喜在心中，她又要抱孙子了。

这些微小的变化，乔亚芳自己倒没有理会，她没有和陈跃峰同过房，虽然月经迟迟没来，有时两个月并一次也是常事，后来觉得自己爱吃酸的，就到河边的糖梨子树上采上一堆酸果子，吃得津津有味。酸得发涩的东西这样上口好吃，她心里也紧张了，怀着一颗忐忑不安的心，到医院一检查，居然怀上了，她当时就晕了。到这时才知道一时冲动犯下了大错，她后悔自己天真无知，在婚前做了不该做的事，这孩子还没出生，就把母亲害得走投无路了。她恨不得把这不该来的种子捞出来，掐死他。

她一路哭着，一路恨着，回到家眼睛都肿了。

她永远不会忘记，叶东方从新疆回来与她约会，当她在县城的街头看到他，一头的长发，像乱蓬蓬的茅草一样，是那样落魄，简直就是一个囚犯。她是那样的心疼，挽住他的胳膊说："东方，不要在外面混了，回来吧，你看别人，不都过得很好吗？我不在乎你没有钱，也不在乎你农民的身份，只要你在身边，我就去退了这门婚事，假如父母还要阻挡，我就死给他们看！"

叶东方说："外面是不好混，我在中苏边界那个农场，找了一份收棉花记账的工作，月薪五十元，这已经是很好了。有一天突然从边境来了一支苏联军队，把棉花装上他们的卡车，他们对天鸣枪，谁不服从就把枪口对准谁，还把牛羊全部撵过边境，我侥幸从他们枪口下逃出来，这鬼地方再也不能去了。"

乔亚芳说："我求你跟我回家吧，你不在身边，写信又不知往哪里寄，想你时，把你的照片一张张翻出来看，上面滴满了我的泪珠，辗转反侧到天明。你总说带我一起去闯天涯，我愿意，要活一起活，要死一起死，可到时候你却不声不响地走了，留下孤零零的我，你的心真狠！有时候真想不理你了，但又做不到，心灵深处只留着你的位置，任何人都别想走进。再有一个星期我就要结婚了，你让我怎么办？”

叶东方的眼睛也湿润了，他捏了捏乔亚芳纤细的小手说，：“是我害苦了你，但我不能跟你回家。我既然跨出了这一步，就必须义无反顾地走下去。再说了，我回家，大队把我当作阶级敌人一样看管起来，我能受得了吗？我想好了，在外面不混出一个人样来，这一生决不再回徐渎村。我不带你走，是不想把你也害了，谁不想和自己的爱人亲亲热热地在一起，互相也好有照应，可你要知道，盲流是些什么人，有盗窃犯，政治犯，流氓强奸犯，还有从监狱逃出来的杀人犯，这些人什么事情都干得出。我带你出去，你长得这样漂亮，我保护不了你，等于把你往虎口里送，这就是我不带你出去的原因。”他无奈地看着乔亚芳，已感到山穷水尽。过了一会儿，他又说道：“这次约你出来，是我俩最后一次见面，我必须告诉你，我俩应该结束了。你结婚吧，我希望你幸福！”

乔亚芳的心猛地紧缩一下，压制不住心中的悲痛，眼泪夺眶而出。再过几天就要成为陈跃峰的新娘，从此与他两地天涯，永不相见。她没有办法改变这个现实，但又不可能忘记他，无法不爱他。她无奈地说：“你不带我远走高飞，只能和陈跃峰结婚了，但我不会成为他的妻子，我爱的是你，我等你，我心中的丈夫，永远是你！”

叶东方感到揪心的难受，几年的恋情就要结束了，相爱了又怎么样，还不是照样成为别人的妻子！非你不娶，非他不嫁的誓言就要变成流水，到头来还是棒打鸳鸯散，这比摘他的心还要痛。人的一生充满了错，如果当初不选择出去闯世界，也许比现在的处境要好得多。他可以和乔亚芳一起和她父母抗争，两人可以不顾一切结合到一块。他把她一个人丢在家里，把事情弄得不可收拾，不可挽回。他强压忍痛，决绝地说：“把我忘了吧！我有你这样的恋人，已经知足了。”说完，独自一人向前快步离开。

乔亚芳追上前，哭着拉住他的手，说：“东方，你别走，我离不开你，你还是带我走吧。”

他们在大街上拉拉扯扯，一个姑娘拉着一个小伙子，引来人们的好奇，大家围着观望，乔亚芳一阵脸红，放开了叶东方。

叶东方快步向大街的尽头走去，路的尽头是氿湖，湖面有很多航船，有的扯着白帆迎风驶去，有的顺流而下，百舸争流，各有各的航程，各有各的归宿。人海茫茫，每个人都在人生路上航行，有的顺风顺水，一泻千里；有的碰上暗礁，顷刻浪打船沉。他和乔亚芳的爱情犹如触礁一样，该放手之时就得放手。他抹去一把眼泪，目视远方，任风劲吹，他要把心中的忧伤，让风尽情吹散，让浪花冲刷干净，也许心中的煎熬，会轻松一些……

乔亚芳跟着来到湖边，她不能丢下他不管，她的心情更不平静，比叶东方的心情还要沉重。

她俩走进一片茂盛的树林，这里是烈士陵园，高高的烈士纪念塔就矗立在葱翠的树林之中，草地上树立着大小不等的墓碑，这些都是革命烈士。虽然紧靠城市，这里除了清明节前后会热闹一番，平时从来无人光顾。秋天到了，除去四季常青树木，其他树木已变得金黄，风儿一吹，弱不禁风的叶儿就慢慢飘荡，像一只受伤的蝴蝶，飘浮旋转着扑向大地。树上叽叽喳喳的鸟儿，时而飞向高枝，时而又扑打着翅膀，互相追逐。这里幽静异常。乔亚芳对叶东方说："我决定了，带我走吧。哪怕是天涯海角，哪怕是深山野林，我不怕吃苦，只要我俩能在一起。"

叶东方爱怜地搂着她的腰肢，忧伤地说："我走的是不归路，不能把你拖进深渊。你知道吗，现在我有钱了，但也犯罪了，农场收棉花的钱都在我这里，有三千多元。场部领导以为被苏联士兵抢走了，其实我多了一个心眼，看到苏联坦克压过来的时候，就把钱埋在地下。逃回之后，又取出来，这钱是上交还是私吞？我出来是干什么的？为的就是挣钱，我毫不犹豫地选择了私吞。这事迟早要被发现，等待我的就是坐牢了。在这期间，我结识了两个越狱的国民党军官，他们要偷渡到香港，决定带我一起走。到了那边，凭着这笔钱做生意，马上就会赚更多的钱，而你却要和陈跃峰结婚了，你让我怎么办？"

乔亚芳先是一惊，继而高兴地说："你真的有钱了？与其过些日子来接我，还不如现在就跟你一块走。"

叶东方说："那不行，偷渡要往海上走，陆上走也要囚渡深圳河，人越少越安全，成功的几率就大，只要一个人被发现，整个偷渡计划就要失败，抓起来就是叛国罪，重的判死刑，轻的也要判无期，我留在国内是罪犯，叛国越境也是犯罪，这就叫孤注一掷吧。”

有翅膀的不一定是天使，也有可能是鸟人；身骑白马的不一定是王子，也许是白马寺前的强盗，有钱不一定能让人幸福安康，也许这钱是去黄泉路上的买路钱。叶东方此去前途未卜，生死不知，这是一个冒险的计划，美丽的幻想，还暗藏着无限的凶险。乔亚芳听说偷渡要漂洋过海，她就更怕了。叶东方不带她一同偷渡，很多时候还是在为她考虑。一个从未出过远门的姑娘，对外面的世界还很陌生，她可以忠于自己的爱人，为爱而坚守，但没有一起冒险的勇气。乔亚芳在这最关键的时刻，却没有坚持和叶东方一同去共赴艰险。

叶东方冒着生命危险，用生命作抵押，都是为了爱她，还有比这更崇高的更宝贵的爱？她扑倒在他的怀中，送上湿润的嘴唇，两人紧紧地拥抱在一起。青春的爱是炽热的，他们在享受着分别前的依依不舍，时间在不知不觉中悄然而去。

天公不作美，刚才还是秋阳高照，不知什么时候天上乌云密布，阴沉的天空淅淅沥沥下起了细雨，就像受了委屈的孩子，下得一发不可收拾，两个人身上都湿了。乔亚芳这才想起，从县城到月亮镇一天一班的轮船早已开出了，要回家就得冒雨步行四十多里路，还要走夜路。她没有带雨伞，更害怕夜晚的黑暗。

雨越下越大，两人一路跑着走进旅社房间。房客突然带来一个漂亮的姑娘，服务台的阿姨瞪着一双警惕的眼睛，在乔亚芳脸上扫来扫去，然后说道：“你俩是什么关系？要住这里一定要到服务台登记的。”乔亚芳没有带出行的证明，是不会给她开房的。叶东方连忙说：“对不起，我俩是夫妻，等会儿就去登记。”羞得乔亚芳低着头脸红到颈脖上，要不是外面下着雨，她早就跑出去了。

要让乔亚芳住下来，就必须和经理疏通。叶东方从旅行包中拿出两包新疆葡萄干，走到经理室，经理是一个半老头，戴着老花眼镜正在看报，叶东方先递上一支烟，然后又把葡萄干放到他面前说：“陈经理，向你求个情，我爱人来了，今晚就住这儿，请给个方便。”陈经理拿下搁在鼻子上的眼镜，看着这葡萄干，马上换了一脸笑容说：“没关系，都是老房客了，等会我去同服务台说一声。”老经理那边说好了，他还怕服务台找碴，又回房拿了一包葡萄干，放到服务员面前说：“阿姨，尝尝新疆葡萄干，甜不甜?”阿姨们把葡萄干放进嘴里，眉开眼笑地说：“新疆葡萄干甜!”另一个年龄稍大的阿姨又说：“陈经理说过了，你小两口放心住吧。”叶东方悬着的一颗心才放下。

他俩回到房间，立即把房门反锁上，转身对乔亚芳说：“你放心吧，她们不会来打扰了。”乔亚芳仍然一脸为难，说：“我怕，怕别人知道了，人都要羞死了。”叶东方叹了一口气说：“在此一别，不知能否安全偷渡，何日相见，也许这就是永别!”说完眼眶涌满了泪水。乔亚芳上前掩住他的嘴巴说：“不许你乱说，你一定能安全到达!”叶东方轻轻把她搂住：“但愿如此吧。如果在香港站住了脚跟，我立即接你过去。”乔亚芳顿觉一股热流涌遍全身，竟然瘫软在他怀中。

叶东方轻轻把她抱起，把她平放在床上，他麻利地脱下她的上衣，解开她的背心，白皙的酥胸，坚挺的乳房，全都暴露在他眼前，她不挣扎，任他抚摸。他感到一阵眩晕，把脸埋在她两乳之间，姑娘的体香是那样令人迷醉，他在贪婪地疯狂地吮吸。过了很久，他抬起头，乔亚芳已经神情迷乱，把他紧紧抱住。他吻着她的红唇，然后紧紧地合在一起。启开一个姑娘的心扉，原来这么容易!

他迅速脱光衣裤，一个健壮有力的肌体呈现在乔亚芳的眼前，男性的命根粗大挺拔。她从未有过寻求做爱的迫切，现在却真真实实感觉到了，她是多么的需要，这个感觉来得这样快速，来得这样突然，幸福就在眼前，激情的需要完全掩盖了姑娘的羞涩，她迅速扯下裤头，把这个结实的身体抱紧……这是她的第一次，也是从姑娘变为女人的起点，她只感觉到一阵深深的刺痛，然后就是从未感受过的奇异的甜蜜，飘飘欲仙。她迎合着他有力的撞击，两手的指甲深深掐进他的背心……

青年男女的初交是短暂的，可是在他们的心中仿佛过了几个世纪，几个朝代。从他两人第一次爱慕的眼光碰撞，一个少女对情欲的幻想，两性的结合，似懂非懂，就等待着那一刻。这时的她，初试云雨情，已经云里雾里，飘向九霄云外，她快活得要晕过去，她终于尝试到情欲的滋味，原来竟是这样的愉悦！他俩就这样相拥着，抚摸着对方陌生而又熟悉的躯体，享受着青春的美好，品尝着甜蜜的爱情。

乔亚芳泛着满脸潮红的喜悦坐起，在她身下洁白的床单上，留下一朵鲜艳的红玫瑰。她抬起头，给叶东方甜甜一个笑容，胳膊一挥，拨开脸上的乱发，立时在乌云中露出了一轮娇丽的满月。她闪动水灵的眸子，露出白瓷一样的牙齿，两个精美的酒窝上下闪动，就像科学家精心培育的一颗良种，她的脸上身上，集合了姑娘最灿烂的美丽，是那样温柔，那样楚楚动人。

叶东方被她的美征服了，他看着这朵血色玫瑰，抱歉地说："亚芳，对不起，我弄痛你了！"

乔亚芳用湿毛巾使劲地擦着，用花朵一般的媚眼看着他说："我愿意，可你要记住，是你结束了我的姑娘时代，开启了我今后漫长的人生旅途，无论你在哪里，我都是你的人了！"

叶东方一阵激动，再次抱住她把她压在身下。

外面的雨不知什么时候停下来了，娇美的月亮从乌云中走出，露出了半张明亮的脸孔，透过窗户照在床前，使这个简陋的房间显得格外温馨。

长久的相思终于得以团圆，两人的终身相互托付，虽然没有洞房花烛夜的红烛，没有亲朋好友的赞美和祝福，没有筵席猜拳行令的热闹，却胜于热闹非凡的婚礼。真正相爱的人的结合，只需各自把自己交于另一方，没有比这种形式更彻底更完美了。

他们谁都不想睡觉，生怕一旦睡着了，这样的幸福就会像鸟儿一样扑着翅膀飞走，春宵一刻值千金，青春的活力有用不完的劲，青春的激情一浪高过一浪，他们一次又一次努力地把自己交给对方，直到两人都累了困了，才相拥着走入甜蜜的梦乡。

他们几乎是同时醒来，天气出奇的好，一缕阳光从窗外照进，大街上的自行车铃声夹杂着熙熙攘攘的人声，一切都表明，新的一天又开始了。可是他俩还沉浸在甜蜜的时光里，他们希望地球停止转动，太阳别再升起，新的一天永远别再来临。然而地球照样永不停息地转动，新的一天还是来到了。他们知道相聚不容易，分别就在今天，这一别不知要到什么时候才能再次相会。他们紧紧地抱着，谁也不想离开谁，就怕一松手对方就会逃走，从视野里永远消失。然而，今天不分离，到了明天怎么办？

乔亚芳忍不住分离的痛苦，伏在叶东方的怀中又嘤嘤抽泣起来，叶东方像哄小孩一样哄着她："亚芳，你别伤心，我不走还不行吗？"

乔亚芳收住了眼泪，顿时高兴起来："你真的不走了？"

叶东方说："今天陪你玩个高兴，去祝山风景区，咱们玩个够。"

乔亚芳说："上初中时，学校组织同学去祝山春游，那里有梁山伯和祝英台的读书处，还有闻名全国的善卷洞，不凑巧，我感冒发热了，没去成，懊悔了好多天，后来再也没有机会去过。太好了，我们去吧。"她一边说一边掀开叶东方身上的棉被说："懒虫，快起来吧。"

他俩来到汽车站，匆匆吃了早点，乘上去祝山风景区的班车，乔亚芳紧靠着叶东方，开着车窗，迎着扑面而来的秋风，感觉惬意极了。汽车驶出城区，绕过氿湖，就进入丘陵山区，一路上远山含黛，小溪横秋，芳草迷径，繁花惹眼。一望无边的水稻正在扬花抽穗，山坡上的毛竹像波浪一样随风起伏，一个山坡紧连着一个山坡，大自然鬼斧神工，造就阳羡美景。乔亚芳听着一片松涛声，口中哼起了优美的曲调。

半小时的路程一眨眼就到了，叶东方买了景区门票，为数不多的导游带着游客走进溶洞，迟来游客被拦在洞外，等待导游下一批再进洞游玩。乔亚芳不愿等待，她对叶东方说："我们先看祝英台的读书处碧鲜庵吧。"

他俩转身返回，哪里还有碧鲜庵？只剩下几段残亘断墙，然而在民间，却流传着这个催人泪下的美丽传说。导游侃侃而谈，祝英台自幼在此读书，成年后女扮男装与梁山伯一起去杭城求学。同窗三年，梁山伯竟不知祝英台是女儿身，等到梁山伯真相大白，前来祝家庄求婚时，已被她父亲许配给马公子马文才了。乔亚芳拉着叶东方，一路听导游解说，从英台读书处一直看到山伯墓，导游最后凄惨地说："梁山伯与祝英台楼台相会后，回家后就一病不起，不久死于非命。马文才又来逼婚，祝英台身穿素衣白孝，上了花轿，路过梁山伯墓，痛哭祭奠，这时奇迹发生了，山伯墓徐徐裂开，祝英台一跃而进，墓又慢慢合上。却飞出一对美丽的蝴蝶，自由地在花丛中飞舞。"说到这里，导游又指着花丛中飞舞的蝴蝶说："这些一对一对的蝴蝶，应该是梁山伯与祝英台的化身。"

乔亚芳已经泪流满面，她挣开叶东方的手，独自向山边的树林走去，叶东方急忙跟上去说："你怎么了？"乔亚芳说："我难受极了。后悔来这里了。"叶东方说："那我们去溶洞玩吧。"乔亚芳抽泣着说："我不玩了。让我一个人待一下。"叶东方说："刚才还好好的，想不到你还是一个多愁善感的小姐!”

乔亚芳擦干眼泪说:“东方,你不觉得我俩的爱情,就是梁山伯与祝英台在二十世纪六十年代的翻版吗?乔书记就是当年的县太爷,陈跃峰是马文才,我是祝英台,你是梁山伯,我父母就是祝员外。再有一个星期我就要嫁过去,触景生情,我心中能好受吗?你让我像祝英台那样去殉情,还是跟陈跃峰过一辈子?”

叶东方一下清醒过来,乔亚芳面临人生的抉择,就要嫁人,而他只是埋怨,从不为她考虑,替她出谋划策,该如何做才好。她把心掏给了他,把人都给了他,她如何面对陈跃峰,怎样度过难熬的新婚之夜?叶东方没想过,也从没为她考虑过,他轻率地和她同居,已把她推向了深渊,到这时他才想起已经害苦了心爱的姑娘。但他毫无办法,仍然不负责任地说:“对不起,你可以再坚持一下,逃出去躲几天,让陈跃峰找不到人,结不成婚。我多则二月,少则一月,就来接你去香港。”明知自己没有把握,却说出这种馊得不能再馊的主意。

为了躲避这婚期,乔亚芳不知想过多少主意,始终没有想出一个办法对付。一句“对不起”远远不能解决问题的根本,他轻率不负责任,更使乔亚芳感到无奈。她和叶东方就像两个人拉着一根橡皮筋,他突然松开手走脱了,后松手的乔亚芳一定为被反弹的橡皮筋狠狠地抽一下。

乔亚芳怨恨地说:“你倒说得轻松,父母接受了彩礼,乔书记和李书记定下了喜日,我要是逃走了,首先陈芳菲要抛弃我弟弟,还有彩礼钱要退还给陈家,这些钱都置办了嫁妆,这还不是最重要的,如果惹怒了乔书记,他没了面子,把这怨恨全记在爸妈头上,弟弟农机厂的工作要辞退,大哥的新房造不成了,一家人的生命都捏在他手中,今后全家人的日子怎么过?农村姑娘最好的出路就是嫁一个干部子女,能干上民办教师,代课教师,或者到镇上的工厂上班,跳出农门拿工资。最末等的也能干上大队副职干部,不要像普通社员那样泥里水里,一身脏一身汗。现在除非你带着我私奔,我失踪了,一狠心什么都不在乎了。你让我逃婚,逃得了和尚逃不了庙,这样做等于把一家人往火坑里推!”乔亚芳又放声大哭起来。

叶东方搂住她,拿出一块手帕擦干她眼泪,说:“亚芳,不说这些了,也不玩了,去百货公司扯几块花布,回去做几件新衣服。”

乔亚芳推开他说:“我没带布票,我要回家。”

叶东方只能跟着乔亚芳登上返回县城的班车。一下汽车,乔亚芳就急着走向轮船站,只可惜,轮船已经起锚开出了,她站立在码头,眼泪又“扑嗽扑嗽”地直往下淌。

叶东方牵着乔亚芳的手走向大街。县城就只有一条不到两公里的马路,路面上不知是哪个年代铺上的青石板,长年风吹雨打,人走和车轮的摩擦,把石板磨得像卵石一样光滑。路上几乎没有车辆,行人也很稀少。县百货公司的三层大楼鹤立鸡群似的矗立在市中心。在这里可以买到其他商店买不到的商品,人们进进出出,这里也成了最热闹的商业中心。

货柜上的东西大多数要证券,买布要购布证,买食品要粮票,买香烟要烟票,就是晚上点灯用的煤油都要凭户口证供应。社会主义计划经济,一切商品按计划生产,一切消费品按计划供应。这种形式造成各类商品奇缺,如果不带各类证券走进商店,几乎无法买到商品。

女人喜爱逛商店,到了商店最喜欢的是扯花布,做新衣服。乔亚芳来到布柜前,百货公司与乡下的商店确实不一样,布多花色多,好多花色都是乡下商店没有的,可是,没有购布证,这花布最喜欢,也只能望洋兴叹了。

他们又走到鞋柜营业窗,这里摆满了各式各样的皮鞋,叶东方却盯上了一双绿色女鞋,他让乔亚芳试着一穿,正合适,既漂亮,又大方,连走路的样子都变优雅了。乔亚芳问服务员:“这双鞋要卖多少钱:”售货员说:“这是全牛皮的,三十五元。”乔亚芳舌头一伸,做了一个鬼脸,天哪,这么贵,一双牛皮鞋要花费在生产队劳动三个月的工分收入。她把皮鞋交给服务员,对叶东方说:“太贵,买不起。”说完又往前走。叶东方却对服务员说:“把鞋装好,我去付款。”

乔亚芳脸上露出一丝笑容,但她还是说:“这钱算我欠你的,等年终分配后,我还给你。”

走了一天,人也累了,肚子也饿了,叶东方带着乔亚芳走进阳羡饭店,柜窗里放着红烧猪肉、五香牛肉、酸菜黑鱼,各类菜肴有荤有素,一应俱全,让人看了直流口水。这些菜肴明码标价,一盘就要一块多,一般人消费不起,只有那些拿高工资的人,为了招待贵客,才来这里吃饭。

乔亚芳对叶东方说："这儿的菜太贵，出去找一个小吃店，吃一碗面条就行了。"叶东方说："你来这两天，还没有吃上一顿好饭，不让你吃好我心中不痛快的。"

他找来服务员，在楼上要了一个小包厢，吊灯把包厢照得富丽堂皇，肉鱼好菜摆上一桌子，两个人面对面坐着，温馨的环境又让他们高兴起来，叶东方关上包厢的门，把乔亚芳拥入怀中，爱情在她的回眸一笑中瞬间变得灿烂，两人相拥相亲，一肚子的忧愁和烦恼瞬间跑得无影无踪。

叶东方把好吃的尽往乔亚芳碗里夹，似乎看着她吃也是一种享受，她深深感到被爱的幸福，被关切的舒畅。她也以同样的热情给予回报，把叶东方爱吃的菜夹在他碗里。如果说在此之前，她还自由任性，以为自己还是一个孩子，而在这餐桌上却感受到夫妻的恩爱，她感觉突然长大了，成熟了，懂得了互相尊重，互相关照，相敬如宾的道理。他俩尽情享受着爱与被爱的快乐。

回到旅社，他俩就关紧房门，相拥而睡。年轻的力量是无穷的，年轻的资源是取之不尽的。他俩一次次的做爱，要把青春的力量全部释放，要把分离后的爱提前支取。因为他俩都知道，过了今夜，天各一方，不知何时才能再相会。

广州的同伴不停地来电话，服务员一次次来敲门，叶东方一次次穿衣去接电话。同伴催促他赶快上路，时机不能错过。良宵苦短，分别的时刻终于来临，两人心情十分沉重。叶东方打开旅行包，里面装满了伍元大钞，三千多元啊，这是一笔巨款，叶东方把一生的前途以此作抵押，把它作为赌本，赌赢了，是他人生的一次转折，他可以衣锦还乡，光宗耀祖，把乔亚芳接过去，从此过上幸福美满的生活。赌输了，也许永远也回不得家乡，见不得亲人。没有人能预卜成功与失败，没有人能预卜吉凶，他走的是不归路，这也像上战场的士兵，子弹是不长眼睛的，谁能知晓是生是死？战死了是为国捐躯，战胜了衣锦荣归。不冒险干不成大事，干大事的人都冒过风险，况且他已没有了退路。

他拿出厚厚的两沓钱交给乔亚芳说："你拿着这二百元，已足够到广州的路费，听着我的音讯，还是这句话，用不了多长时间我们就能重新相见。"

乔亚芳接过钱，在她眼里，这不是钱，这是通往幸福的门券，是通往香港的火车票，是牵着心爱的人儿相聚的红头绳。她含泪收好钱，禁不住又哭起来。

两人谁也不愿先离开，叶东方坚持要先把乔亚芳送上轮船，乔亚芳坚持要把叶东方送上汽车，最后还是叶东方拗不过乔亚芳，两人一起来到汽车站，依依不舍分别，那一刻，叶东方眼圈红了，乔亚芳忍不住眼泪流下来。

汽车开动了，叶东方从车窗探出头挥手，向乔亚芳告别，他大声说："等着我，少则一月，多则两月，我会来接你的！"

愉快的相会，在泪水中的分别。乔亚芳念念不忘叶东方挥手时说的那句话，她坚信，用不了多长时间他就会来信，接她去香港团聚。这是她生命中唯一的盼望。她要对得起叶东方，要为他保留贞洁的身子。新婚之夜拒绝了陈跃峰，昧着良心造出了他是阳痿男的谣言，逃回了娘家。她一次次地拒绝陈跃峰，用自尽割脉来威胁陈跃峰，守卫着自己的贞洁，她毁掉了陈跃峰，也使他彻底凉了心。

曾经在千年树下的等候，只求回眸一笑，曾经双双的山盟海誓，只为等一次轮回团聚。阡陌红尘，终究一场繁花落寂。她盼星星，盼月亮，天天盼着邮递员，没有盼到闺蜜转来叶东方的信件。岁月在等待中落下了眼泪，时间在回忆中化为无限的忧伤。这几个月，她忍受着新婚而不婚的痛苦，忍受着常人不能忍受的巨大压力。泥牛入海无消息，望穿秋水一场空，她被折磨得快疯了。

祸不从一处来，原本不平静的生活，突然的怀孕，在她和陈跃峰之间投了一颗重磅炸弹，眼看这桩婚姻就要破裂，她将无处安身，无家可归。她的欺骗与任性，也将陈跃峰害得名声扫地。

她开始痛恨叶东方了，他说爱她为什么不来信？无论偷渡是成是败，只要还活着，总要告诉她一声吧。是他的承诺破坏了自己的婚姻，是他在县城小旅社的两夜风流使她冷落了陈跃峰。这苦苦的等待，到什么时候才能结束？其实陈跃峰也是百里挑一的优秀青年，他和叶东方并排站在那里，比叶东方还要优秀，为了这个无望的爱，为了这个一诺如金的誓言，她为叶东方付出的代价，太大了，太不值得了。

多少个不眠之夜，痛苦的等待，痛苦的思考，她觉得自己太傻了。

为了活下去，她努力把女性的爱转向陈跃峰，但他守信义，不提非礼要求，不再强迫她，他的父母好，待她像自己的亲生女儿，几个月的共同生活，她感受到家庭的温暖，老人的慈爱。只要她待陈跃峰好，小两口之间会恩爱无比，亲密无间。但她这个决定太晚了，当她无奈地告诉陈跃峰，肚子里的孩子是叶东方的，等于是晴天霹雳，一下把他气昏了。是她欺骗了他，是她伤害了他，伤得太深太绝了。她没尽妻子的义务，他毫不犹豫地拒绝了她的求爱。她没有理由怪他的绝情，他也没有必要尽丈夫的职责。为什么要指望在这个时候给她爱，来关心她，不赶她回娘家已经做得情至义尽了。

陈跃峰从社场回家吃完早饭，就带着社员下地干活了，要指望他陪同去打胎，已经不可能了。她收拾好几件换洗衣服，放进挎包，咬了咬牙，自己酿的苦酒自己喝，就往月亮镇走去。走过了村前的小桥，禁不住又一阵伤心，泪眼婆娑而下，她停下转身张望，希望陈跃峰能跟着她过来，她会扑进他的怀抱，再次求得他的原谅，死心塌地跟着他，给他温柔，给他幸福，替他生儿育女，烧茶煮饭，和他好好地过一辈子。可是路上没有一个人，只有一片金黄稻田，人们正在田里忙着收割。她不再有奢望了。

月亮湾医院的妇科是几十里出了名的好，做刮宫手术只能算小手术，尽管乔亚芳吓得浑身是汗，何院长三下两下就完成了，然后让她躺下休息一会儿，就可以出院了。农村妇女体质好，又不懂得保养休息，有的上午刮了宫，下午就下地劳动了。乔亚芳生来就娇嫩，从未遭受过这种罪，躺在病床上嘴里直哼哼。

为计划生育来刮宫的妇女都由妇女干部领着陪着，是光荣的。因私情未婚先孕的姑娘来刮宫，总是躲躲闪闪。乔亚芳也一样，怕人多眼杂，被人发现，躺一会儿就起身走了。刮宫毕竟是手术，惊吓加流血，脸色是苍白的，头脑是晕晕的，她摇摇晃晃地走出医院，经过食品站门前，她已痛得迈不开脚步了，便坐在路边的石块上，也许休息一会就能恢复。

食品站最大的业务就是收购肥猪，四乡八邻农户的猪养大了，都到这里来出售。验猪膘份的收购员是大红人，他说这头猪是什么价，就是什么价，他说这头猪还不够收购标准，你就得抬回家，养到足够膘份再来卖。秋收秋种农忙开始了，为了减轻劳动的负担，食品站门前挤满了猪和人。此刻，站内一阵接着一阵的猪叫声，吵得乔亚芳更加心烦意乱。

“乔亚芳，你怎么坐在这里？”

她抬头一看，原来是张飞扬。她们是同级不同班的同学。由于张飞扬出身是地主，平时见了面也不多说话。他们之间最多只能算是熟人而已。她有气无力地说：“我感冒了，刚看医生出来。”

张飞扬说：“怪不得脸色这么难看。我刚卖了一头猪，乘我的便船回家吧，”他拍了拍鼓鼓的口袋得意地说：“卖了一个好价钱，五十一元伍！”

乔亚芳说：“怪不得你这样开心。我不回月亮湾，去乔渎娘家，就不乘你的船了。”

“看你病得不轻，我送你到乔渎，虽然多走一些水路，谁让我们是一个生产队呢。”

乔亚芳难受得实在走不动了，终于跟着张飞扬向河岸走去，张飞扬扶着她上了船。

船上有很多猪粪，又臭又脏，根本无法坐下，张飞扬用拖把把船头洗干净，又用自己脱下的旧外套，垫在仓板上，让乔亚芳坐下，她心头一热，眼泪又不自觉地淌下。

张飞扬用竹篙把船顶开离岸，又灵活地架起橹，用力地摇着，微波拍击船头，发出潺潺水声，小船箭一样向乔渎驶去。

人永远无法回避这一生能遇上什么人。乔亚芳在春风得意时，目空一切，看不起任何人。张飞扬成分不好，性格又古怪，在校读书时，乔亚芳众星捧月似的被男同学捧着、追着，对他从来都是不屑一顾。人在旅途，人在路上，她碰上最看不上的人，却热情帮助了她。也许送她一阵，微不足道，但在她最困难的时候帮她一把，她感到心头一热。抬头再看张飞扬，他并不猥琐，也生得健壮英俊，是什么原因使他这么卑贱，低声下气，因为他是地主子女，使他抬不起头。如果他出生在贫农家里，也许早就大学毕业参加工作了，脚穿着光亮的皮鞋，洁净的衣服，潇洒地站在讲台上讲课，坐在办公室里描绘图纸。而他现在，却比一般人还要矮了一截，连一个对象都说不上，惺惺相惜，一股同情油然而生。

乔渎很快就到了，张飞扬把船轻轻靠岸，放好跳板，扶着乔亚芳走上岸，乔亚芳不让他送，一个陌生男人送她回娘家，被别人看到了，又要指指点点，猜测一番，闲言碎语。人最怕唇上枪，舌中箭。她说了一声“谢谢！”就支撑着走回娘家。

第十六章　社员的心声

陈跃峰踏着露水来到田头，转了一圈，这是他每天必做的工作，不掌握田头的生产情况，就无法合理安排当天的农活，转田头是生产队长一项重要的工作。

秋收秋种，既要收，又要种。稻子要抢晴天收上场，脱粒后稻进仓；种麦要抢墒情，抢季节适时播种，收与种的活儿同样重要，又交错在一起，更需要合理安排，才能使秋收秋种忙而不乱。他让妇女和放忙假的学生去割稻，男劳动力一部分挑猪灰，一部分去收稻，干的都是重体力。老弱病残社员撒猪灰，两个耕田手扶着犁翻土，再让太阳照一天，就可以种麦了。陈跃峰把这些活儿安排好，就拿着担子去挑猪灰了。

队长不带头，社员没干劲，这是社员常说的顺口溜。一个生产队的工作好坏，产量高低，全靠生产队长的工作能力，他能不能出以公心，以集体利益为重，能不能吃苦耐劳，带头苦干，能不能团结群众，处理好各种矛盾。除此以外，还要懂生产，懂技术，总之要承受常人不能承受的压力，才能把粮食生产搞上去。当队长虽然辛苦，但也有比社员更多的权利和自由。他要比社员起得早，歇得晚，为了集体与社员发生矛盾，他要坚持生产队集体的利益，当他干到实在劳累的时候，可以以检查生产为名到田埂上转一圈，让肩膀减少压力得到短暂的休息，让喘着的粗气平息，把驼的背直一下。最让人羡慕的是大队一个通知，去大队开会，拿一张凳子往墙上一靠，闭上眼睛就睡，那就是当队长最大的福气了。

陈跃峰干最重的活，他不怕脏不怕臭，挑着猪灰“吭唷吭唷”地在前面走，社员跟着他，挑着满担向前走，谁也不会少走一步，谁也不能少挑一担。算计好的队长总是这样，该出力流汗的时候必须出大力，社员才不会偷懒，计划好的农活才能按时完成。

陈跃峰没有忘记，乔亚芳今天去刮宫。他不陪同她去，这是他的自尊，也是对她无情的冷落。他听别人说，刮宫是女人过鬼门关，要流很多的血，碰到特殊情况还有生命危险，乔亚芳娇生惯养，从未受过这样的苦，刮掉孩子是割她身上的肉，精神上的压力，肉体上的痛苦，足以把她折磨得死去活来，如果不陪同她去，未免做得有些过分，但要与她一块去，她肚子里的孩子是谁的？他的自尊告诉他，他不能去，这不是他的错，是她不守妇道，婚前偷情，意外怀孕，自作自受，这是老天对她无情的惩罚！

要不要陪同她一块去医院，仇恨和良心同样在折腾着他，使他一刻也不能平静。他对她的移情和不贞，深深刺痛了他这颗受伤的心，你无情我不义，一还一报，无可指责。然而，这一切已经发生了，她还是你的妻子，她是错了，而且已经认错了，你看着她苦苦挣扎，不闻不问，你也不是善良之人，还是大队副书记呢，就是生产队的社员，也应该去关心呢。复杂而又矛盾的心情就这样敲打着他的良心。他在忐忑中终于下定决心，放下挑担，回家取了现金，便急匆匆往月亮医院走去。

医院永远是那样忙碌，人来人往。仅有的几张病床躺满了病人，走廊上都放上了临时铺位，有的在吊水，有的病人在哼哼。穿着白大褂的医生护士走出走进，陈跃峰看不到乔亚芳，就直接到手术室，何香蓉院长看到他，放下脸就说："只知道在媳妇身上开心，却不知道体贴爱护女人，有哪个男人像你这样狠心？"何院长把陈跃峰说得满脸通红。他急忙问道："手术做得顺利吗？"何院长白了他一眼说："你不会自己去问她？还有脸问我，手术早就做好了。"说完她又进了手术室，"砰"的一下关上了门。陈跃峰受了一顿批评，退了出来，满医院的找寻，看不到乔亚芳，心想，她把胎儿刮了，大概回娘家了。做了就好，他感觉轻松多了。

他走出医院，又在附近转了一个圈，看不到乔亚芳的踪影，就站在河边看河中来来往往的船只。医院是那样忙碌，人们摇着船把病人送到医院，病人康复了，又摇着船把病人接回家。每一个病人都有亲人关照，而乔亚芳独自一人来，又独自一人去，一个人承担着痛苦，支撑着受伤的病体，得不到亲人的关爱与谅解，一股欠妥之意充斥着他这颗矛盾而又善良的心。

他来往走了几遍，没找到乔亚芳，正要准备回去，却看到一只船又停靠在河埠，李光义被他爱人卫正英搀扶着走向医院，他腰背佝偻，一只手捂着胸口，艰难地跨着步子，昨天还是好好的，只隔着一天，怎么病成这样，他病得不轻啊。

他急忙走上前，看到李光义憔悴的脸，关切地问道："李书记，你哪儿不舒服?"他爱人说："早上起身时他说头晕，我说你就躺着吧。可他还是下地了，不一会儿就晕倒在田埂上，他还是不肯看医生，我把赤脚医生李宝坤叫来，给他测了血压，下压高到一百二，上压二百一。李宝坤说，这血压已经很危险了，而且心跳也不正常，给他服了两片药，让我赶快送医院。他还不依呢。"

陈跃峰说："有病不能拖，早看早恢复，我背你。"说完他蹲下身子，让李光义伏在肩上，走进了医院。何香蓉院长正送走了一位病人，忙得额头上冒出点点汗珠，看到李光义病成这样，连忙给他量血压，听心跳，然后放下听诊器说："李书记，你得注意啊，高血压、心脏病，不住院还不行!"她不容置疑的态度，让他爱人和陈跃峰都吃了一惊，何院长的眉头一皱，病床没有了，让他住哪儿？过了一会，她又说道："病床没有了，先在值班室住下吧。"

何院长的特殊照顾使李光义非常感动，他已经是下台干部了，凭啥要对他特殊关照？世俗的眼光都是势利的，你有权，就往你身边靠，恭维你；你失势了，下台了，人走茶凉，人情比纸薄，不踩你一脚就算凭良心了。而何院长的照顾，让李光义感动得眼睛都湿润了。

李光义被宣布停职反省后，平时冷清的家庭反而热闹了，村上的社员来来往往，络绎不绝，有来看望他的，也有来安慰他的，说你当了干部为了啥？连老百姓都不如！你总说要以身作则为群众谋利益，连父亲得了浮肿病都没吃救济粮；你顾全大局把贫下中农的子女安排进工厂，自已的儿子和女儿始终在生产劳动第一线。你公而忘私一心扑在工作上，顾不了这个家，老婆孩子跟你吃苦头。言词之中都在抱怨工作队处理不公正，这么好的干部怎么能够一撸到底呢。社员群众的抱怨就是对他最大的安慰，最好的颂扬。衡量一个干部有没有群众基础，有没有业绩，有没有官声，不是在台上风光时，而是他调走了，下台了，不当干部了，群众还是这么信任他，关心他，离不开他，而且比他在台上时走得更近了，这才是群众真正的贴心人。李光义担任村干部，担任小乡乡长，大队书记十多年，带领贫苦农民斗地主，分田地，他没有把最好的地分给自己，也没有住进地主的楼房，把好的房子分给了最穷的老百姓。在合作化高级社的道路上，他把自己的耕牛、农具、种子，第一个交到合作社，他既是乡里的领导，又是普通劳动者，吃苦在先，享乐在后。在三年大饥荒中，他身为大队书记，掌握着分配粮食的大权，而他自己也得了营养不良症。他清正廉洁，大公无私，老百姓看在眼里，记在心里，谁好谁坏心中明镜似的清楚。而他，恰恰犯了分田到户的错误，可就是这一点荒地，十边田，让老百姓渡过了饥荒。如果这也是错误，全村的老百姓情愿都去顶上，也不能让李书记受委屈。

李光义看着一滴一滴的药水流进血管，他回忆着这些往事，他觉得自己对得起老百姓，也对得起上级组织。如果今后再碰上这类事，他还会这么做。同时他仍然相信党，相信工作队，现在对他的处理，是形势的需要，是教育大家走社会主义道路的需要，到了一定的时候，上级党委一定会帮他改正。他没有埋怨常队长，理解他也有难处。到了这个时候，他还在替别人着想，他对党的忠诚已到了忘我的境界。

不可否认，从旧社会走过来的翻身农民，对党的感恩和信任已达到迷信的程度，就像我们拧开水龙头，相信里面流出的水肯定没有毒，都可以饮用；我们睡觉，相信上面的屋顶不会塌下来；我们过马路，当红灯亮起，相信汽车都会停下来。他相信党，相信组织，把党比作母亲，母亲就是仁慈的化身，党做出的决定都是正确的。

然而，这种信任何尝不是迷信与教条。自来水中会渗入污水有毒，驾驶员会违规闯红灯，碰上地震屋面会塌下来，母亲发怒会错打自己的儿女。当一个人付出无限的忠诚后，所得到的不是信任，而是无情的打击。当他不能承受这种压力，一觉醒来甚至会无法从床上爬起来。

李光义就这样病倒了，他的病不是身体上的病痛，但他的心病了，这个身体还能不病吗？

陈跃峰坐在病床前，他知道李书记此刻心中的痛楚。他的身体一直很好，晚上熬夜开会，白天劳动，无论怎样劳累都没有使他倒下来。刀枪能杀人，那是刀刀见血，一枪一个窟窿，而被组织上的处理不见血不见伤，却处处伤在要命的关键部位。药能治愈肉体上的伤，却治不了心灵上的创伤。该如何安慰他，抚平他心灵上的伤，让他心情好起来，陈跃峰一时没了主意。

陈跃峰曾听李光义说过，在一九六一年春天，家家户户断粮了，人们吃着野草渡春荒，麦田里的草比麦苗壮，十边地都荒了。那时省里来了一个大官儿，叫徐鹏飞，蹲点就在月亮湾，他体贴民情，了解情况，对李光义说，老百姓都快饿死了，大田麦子收成又不好，不如把十边地，荒地分给老百姓种上芋头，南瓜和蔬菜，也好让老百姓吃饱肚子。他的提议和李光义不谋而合，立即召开了支委会，支委们个个举手赞成，地就这么分了。公社党委赵书记睁一眼，闭一眼，看到了只当没看到，反而暗地里带领大队书记来参观，这意图很明显，就是要他们跟着做。群众观念强的书记跟着分了自留地，其结果却大不一样，那些没分自留地的大队饿死了许多人，月亮湾大队没饿死人，跟着月亮湾大队做的也没饿死人。赵书记几次在大会上表扬李光义，说他有远见，有魄力，但过了一年又来了反右倾，十边地、自留地又被集体收回，那时人们已渡过饥荒，省里来蹲点的徐鹏飞却被问责了，他把分田到户的责任一人扛下，省政府办公厅主任的职务被撤了，连降十八级，下放到边远地区当了一个公社副书记，李光义也被牵连受处理，但月亮湾的老百姓不买账，写了万民书送到县委县政府，才免于了处理。现在，旧事重提，逃过了昨天，逃不过今天，要走社会主义道路，这笔账不算也得算。

李书记可以把责任向上推，推向徐鹏飞，也可以推给赵书记，像许云中那样狠狠地批，反戈一击不但能保住大队书记的职务，还可以获得常队长的信任。如果他要这样做，他就不是李光义了。

李光义一生中最重的就是义。古往今来有多少英雄豪杰，舍生取义，不顾自己安危去成全别人。真正的友谊是用自己托起朋友，真正的情义是用自己的身体去支撑别人。他知道应该怎么做，什么是不应该做。一个自私卑微的人，是不会理解“义”的含金量有多重的。在徐鹏飞最落寂的时候，李光义和赵书记带着社员们捐献的鸡蛋和糯米粉，去他下放的地方看望他，使他得到了安慰和鼓励。老百姓记着救命恩人，无论他是官还是一介草民，老百姓的口就是碑，老百姓的心就是他的落脚点。对待这样的恩人和知己，李光义不会在徐鹏飞身上再踩一脚，也不会把祸水往赵书记身上泼。他不是忘恩负义的无耻之徒，他愿把所有的责任一人承担。

陈跃峰清楚李光义的为人做事，在这个时候他不需要别人同情，更不需要可怜。他要的是理解。他坐在病床边，默默无语，但心中似有千言万语要说，又不知从何说起，因为任何的安慰，对他都是多余。只要他坐在这里，能理解他，就是对他最大的关心和安慰。

陈跃峰不得不告诉他："组织上对你的处理，在党员干部和社员中引起了极大的反响，他们写了万民书，还签了名，要送到公社和县委，被我阻止了。我让陈国祥把万民书先交给常队长，民意不可违，看他怎么处理。"

李光义说："怎么能这样？这是制造矛盾！其实常队长也有他的难处，中央'二十三条'文件规定，要整党内走资本主义道路的当权派，他能不执行文件吗？为我的事，你千万别为我辩护，你已经受了很大的委屈，这样会毁掉你的前途。"

陈跃峰说："工作队是做了大量的工作，清理了财务，查出了李国正，陆明荣这样的贪污犯，使很多疑难案件得到了澄清，但在这过程中又制造了很多矛盾，原本就不是平静的一潭水，扔下一块石头，弄得更加沸沸扬扬了。一个生产队是一个大家庭，大家参加集体劳动，人们应该和睦共处，可是为了清查干部的贪污盗窃，支持群众向干部提意见，鼓励党员干部之间互相揭发，这样一来，群众与干部，干部与干部之间的关系更加复杂了。斗来斗去到底斗了谁？还不是互相抓破了脸伤了和气。"

李光义说："我俩想到一块了，干部的'四不清'问题要清查，阶级队伍要清理，群众利益要保护，党风要转变，这些事情工作队都做了。但我不赞成说错一句话，做错一件事就无限上纲，都说成是阶级斗争，要实事求是地解决问题。地主富农经过十多年的改造，都已成为自食其力的劳动者，今天批，明天斗，他们也是人啊。毛主席老人家还说，要团结一切可以团结的力量呢。"陈跃峰说："一个大队要团结，一个生产队要团结，干部要团结，社员之间要团结，才能上下一条心，拧成一股绳，团结就是力量。哪个生产队干部社员团结一条心，农业生产就搞得好，粮食增产幅度就高；哪个生产队不团结，搞内斗，生产就搞不上。可我想不通，一边在斗，一边又在讲要团结，斗得脸红耳赤，四分五裂，斗红了眼睛，还能团结吗？”

李光义一时语塞，他不懂得斗争哲学的辩证关系，他的心乱了，语无伦次地说道：“这个……我也不知道……不过……把我的支部书记撤了，我还是党员，还要团结我。”

陈跃峰气愤地说：“你总是为别人考虑，换了别人，把分田到户的责任往上面一推，让他们查吧，你还是受害者。我知道你不会这样做，但党员群众一定要为你申诉，直到为你甄别为止。”

李光义起身急忙说：“千万不能这样做！这样你也会受到牵连，你要知道，要培养一个能坚持实事求是，能踏踏实实为民办实事的接班人有多难，要花费多少心血，是多么不容易！”

陈跃峰说：“如果转风使舵，做个风吹两面倒的墙上芦苇，不顾群众的利益，不关心社员的生活，只顾自己往上爬，去当这个狗屁官，还不如做一个社员，我宁愿种一辈子地，也不昧着良心去当大队书记。我不但要为你申诉，还要把孟秀枝的地主成分改过来，不能看着这个可怜的女人，人不人鬼不鬼地过下去！”

李光义叹息着说：“这些都是‘高压线’，你去碰，太冒险了。”

陈跃峰说：“这就是我们这一代年轻人与你们上一辈人的区别。你们什么都听上面的，不分是非不分对错跟着走，只要是上面的号召都执行，今天做的明天说错了，你们跟着说错了，昨天批判过的东西，今天要纠错，你们跟着去起哄。反右倾、批‘左倾’，弄来弄去，什么是真理，什么是谬论，越弄越糊涂。而我们这一代人，政治嗅觉比你们强，凡事都要问一个为什么，正确的要坚持，不切实际的就不执行，实践出真知，拖着不办，慢慢来。等到上面来纠错，再回头一看，我们才没有走弯路呢！”

人民公社、大跃进，总路线，三面红旗就是这样反反复复走过来的。道路是曲折的，前途是光明的。无论是反“右倾”，批“左倾”，都是在曲曲折折地向前进。

李光义佩服陈跃峰的智慧，长江后浪推前浪，一代比一代强。他没有看错人，让他接替当好月亮湾大队的家，走集体共同富裕的道路，社员群众就不会被乱折腾，会少走弯路。他不由赞叹地说：“看你人不大，这么多鬼点子，跟谁学的？”陈跃峰说：“还不是跟你学的呗！”

一瓶药水滴完了，李光义的心情好多了，便吵着要出院。陈跃峰急忙叫来何院长，她恳切地对李光义说：“你这病还要治疗，血压一高，说危险就有危险，脑血管随时都会破裂，即使能救过来，也会落下终身残疾。这不是我吓唬你，既然你来了，我就得为你负责，把血压降下来，调到正常后才能出院。”

李光义说：“真有这么严重?”

何院长说：“我还骗你不成!”

陈跃峰说：“既来之，则安之，病人必须听医生的话。等你康复了，我接你出院。”

李光义在医院治病，既有病痛的折磨，又有心灵的煎熬。

陈跃峰惦着生产队的劳动，告辞了李光义，离开医院急忙回陈家桥。

他在路上碰到了陈国祥，他对陈跃峰说：“我把党员签名的请愿书已交给了常队长，他在办公室生气呢。”

陈跃峰说：“他凭啥要生气?”

陈国祥说：“他在生你和曾国兴的气呢。”

陈跃峰知道了，他在列席队党委的会议上，顶了常队长，讲了他该讲的话，让他下不了台。现在又在请愿书上签了名，分明是和他对着干，他可以不生别人的气，却不能原谅陈跃峰这么做，他是他培养的革命接班人，他最信任的人都在反对他，他能不生气吗。陈跃峰说：“他爱生气就生气吧，谁让他这么主观，非要把李书记打成走资派!”说完就往陈家桥一队的田头走。

事情发展到这个程度，常队长不得不作深刻的反思，对李光义停职检查的处理，到底是做对了，还是做错了，还是处理偏重了？他向分团刘团长请示过，刘团长的观点和他一样，月亮湾多分自留地就是分田到户，走资本主义道路，李光义当然是走资派。为了坚持走社会主义道路，必须抓典型，杀鸡儆猴，以一儆百，这样做符合打击一小撮，教育一大片的政策。即使李光义群众基础好，作风正派，不贪不腐，整他的路线错误没有错。

党员为他鸣冤叫屈的申诉书，社员为他不平的万民书，仅是部分党员，部分社员群众不明真相的错误行为，这是阶级斗争的新动向。常队长认为，群众的错误需要启发引导，党员的觉悟要教育提高，认清当前农村阶级斗争的形势，把这场斗争进行到底。

然而，党员和群众的申诉必须有答复，而且答复要有说服力，能解决问题。否则，党员群众不服再向上申诉，将会造成更大的影响，一旦领导追查责任，驻月亮湾大队的四清工作队，会吃不了兜着走！

常队长是有充分工作经验的老干部，对待群众性的上访请愿只能说服不能压服，往往压而不服会闹出更大的乱子。他立即召开驻各生产队的工作队员会议，提出两项工作要求。第一，做好在申诉书上签名的党员和群众的思想工作，说明利害，在他们本人同意的情况下撤诉除名，做通一个撤诉一个，尽最大可能做到全部撤诉。第二，根据农村大忙的特点，召开田头批判会，让李光义到各生产队轮回作检查，让社员群众都知道，李光义本人都认错服罪了，再去帮他申诉也没用了。树欲静而风不止，这么多人为李光义辩护，正说明了阶级斗争的复杂性，工作队要在阶级斗争的大风大浪里经受考验。

出了这样大的问题，王指导在家就好了，多一个人多一个主意，然而他正在千里之外调查李国正的政治历史。他记得在临走时同他交换意见说的话，老常啊，我发觉你变了，你在农工部长的位置上，大家都说你“右倾”，现在怎么突然变成了“左倾”？你说李光义热衷于走资本主义道路，月亮湾资本主义复辟了吗？可还是社会主义的天下，集体经济壮大了，社员群众生活提高了。硬把走资派的帽子往李光义的头上压，可能会压出问题的！

事情果然像王指导预料的那样，党员干部为李光义申诉，社员写了万民书。陈跃峰也说过，老百姓喜欢的干部领导不喜欢，领导信任的干部老百姓不欢迎。李光义就是这种典型，究竟是老百姓说对了，还是他的思想观念从根本上错了？

面对现实，再回头评价李光义，不得不认可他对党忠诚老实，工作实事求是，是一个关心群众的好干部。如果再开他的田头批判会，收不到预想的效果，批判会变成评功摆好会，那就更加被动了。他的内心在激烈的斗争，最后终于做出决定，暂停召开田头批判会。

深入调查研究，倾听群众意见是党的优良传统作风，李志福是万民书的发起人之一，他敢在大会上为李光义而责骂自已的儿子，他敢于领头把万民书送来，他和李光义究竟是什么关系？常队长必须弄清楚。他决定去田头找他，也许会发现新的问题，打开一个缺口，把这场风波平稳过渡。

李志福五十多岁，身板壮实，在生产队还是一个壮劳力。他思维敏捷，为人正直，虽然不是生产队干部，生产队长张成松在重大问题决定前，很多时候先征求他的意见，而他每次总是能提出好的意见被采纳。他精通各种农活，还善于观察天气，知道天晴该做什么活，雨天农活又该怎么安排，人们调侃地称他为“二队长”，他也乐意接受，总是笑着说：“我这个二队长可轮不到开会，也不拿工分补贴呀。”

他正在牵着牛扶着犁耕田，张成松来田头告诉他，常队长要找他谈话，他心中就明白了一大半，我既不是干部又不是党员，找我干啥，还不是为了万民书的事！他没好气地对张成松说：“我正忙着呢，你让常队长到田里来。”

张成松把话传给常队长，常队长只能来到田头，李志福这才吆喝着耕牛停下，卸下铁犁，把牛牵到田头，让牛逍遥自在地吃着田埂上的青草，这才走到常队长的面前说：“种田人靠争工分吃饭，不像你每月拿工资，有话快说吧。”常队长被他噎了一下，但很快镇定了。他说：“那我也长话短说，李光义犯了严重的错误，才被停职反省，而你为他写了万民书，为他申诉叫冤，为一个犯错误的干部翻案，这是阶级立场问题。你是社员代表，应该爱憎分明，怎么可以跟着觉悟不高的人瞎起哄呢？”李志福说：“种田人不懂得觉悟和阶级立场是啥东西，只知道共产党为人民服务，谁为农民办事就说谁好。李书记在关键时刻救了咱老百姓的命，你让我忘恩负义去踏上一脚，咱是人，不是牲口，做不出。”常队长哈哈一笑，说：“老李你这就说对了，李光义搞分田到户就是走回头路，要让农民重新回到暗无天日的旧社会，重新过这牛马不如的生活，你愿意再回到过去吗？”李志福也哈哈一笑，说：“常队长你把我当小孩子了，我活到五十五，好人坏人还是能够分得清，李书记给咱分一点自留地，是为了二千多社员，他不是欺压社员的地主，月亮湾大队也没有回到旧社会，走的还是集体化道路。我倒要问你一句话，你看到农民饿得生了浮肿病，在张着口要吃饭的时候，你能拿出你的工资和口粮去救人吗？李书记做到了，他把家中仅有的一点粮，救了我的命，而他父亲得了浮肿病，不久就去世了。这样的好干部，你们偏把他撤了。是你们做错了。这不是我阶级觉悟不高，是你高高在上没有阶级感情了。”他说得痛快，说得直率，常队长的脸发红，由晴转阴，不由心中暗暗骂道：“顽固不化！”

常队长见过各式各样的落后群众，还没碰上当面骂他的人，他气得抛出一句狠话：“老李，你如此执迷不悟，会后悔的！”

李志福说：“我脚踏土地，手扶犁耙，这世上，只有穿衣的怕赤膊的，没有赤脚的怕穿鞋的，还怕你夺去我这根犁耙柄不成！”

李志福气呼呼地牵了牛又去耕田了。

常队长碰了一个壁，心中不是滋味。他太自信了，没有想到李志福会这样蛮不讲理，使他碰了一鼻子灰，也不能这样走开。落后群众需要教育，群众感情需要培养。他从田埂上拿过锄头，走到田里，和社员一块干起来。

常队长负气而走，而批评他没有阶级感情这句话，却在他胸中回荡，使他久久不能平静。这些年来，长期在机关工作，接待的是上一级领导，下乡接待他的也是基层领导，几乎和老百姓隔开了，听不到群众的话，不知道他们想什么，距离远了，人心也远了，他也脱离了群众。他不禁想起了一九五八年的秋种，县委要求各公社要组织“深翻队”，“深翻一尺半，誓夺亩产一千斤！”这就是当时大跃进的口号，人们不愿意这样胡搞，县委下了强迫命令，把青壮年劳动力集中去深翻，大片农田却耽误了季节，种不下麦子，老百姓怨声载道，身为公社书记的他拒绝执行县委的命令，抢季节把麦子种下了，可他的公社书记却被停职了。来年的春天，深翻的麦苗抽不出穗，而他所在公社的麦子获得了丰收。老百姓没有忘记这个爱民如子的公社书记，写了“万民书”，要求县委恢复他党委书记的职务，可县委没有为他纠正，还是把他送地委党校学习了。这件事让他深深感动，维护群众利益，为老百姓说话，群众就拥护，而且还为他写了万民书。反之，水能载舟，也能覆舟。老百姓的万民书虽然没有为他官复原职，但为他日后复出起到了很大的作用。老百姓的朴素感情，让他温暖，让他永远忘不了。而现在，月亮湾的群众为李光义写了申诉书，而他不尊重群众意见，不顾民心所向，还是坚持处理了李光义。还何谈阶级感情？李志福批评得对，骂得有理。也许，只有群众声音才是对一个人实事求是的评价。他决定再次召开贫下中农座谈会，每个生产队随机叫上两个社员，这座谈会就在田头召开。

常队长敞开胸脯，用衣襟擦着头上的汗水。他让社员们坐在田埂上，拿出卷烟每人发了一支，社员代表们抽着烟，常队长与他们聊着秋收秋种的活儿，今年的收成，互相之间一下拉近了距离，不感到他高高在上的威严，人们都随和了，他才和谐地说："每一位社员都是我请来的，我有一个问题，要请教各位，但必须真实地回答我，李光义书记是关心群众，一心为集体的好干部？还是不顾群众利益，自私自利的不称职干部？大家对他再进行一次评价，是就说是，不是就说不是，好话坏话我都听，要讲真话，请大家发言。"

靠近常队长身边的陆发祥说："你把李书记撤了，他为社员操碎了心，我对你一肚子意见呢，要不恢复他书记的职务，到时别怪我不让你走！"

常队长不表态只在笔记本上记。坐在对面的张惠南接着说道："李书记把自己的救济粮送给社员，自己得了营养不良症，这年头还能找出第二个吗？老百姓的好书记被你撤了，群众的心也凉了。"

常队长仍然在日记本上写，他又掏出一包香烟，每人发了一支，说："你们说，我在记呢。"

六十多岁的徐老汉站起身说："月亮湾没饿死人，这就成了李书记的错误，工作队是不是希望再饿死一批人？"老汉直话直说，矛头直逼常队长。

常队长再也坐不住了，他起身按下徐老汉说："三年大饥荒，天灾人祸，确实有很多地方饿死人。李书记采取自救方式，为政府挑担子，为民渡难关，李书记功不可没！"他的眼睛湿润了。

社员们你一言，我一语诉说着李光义的好，他们不是李光义亲眷朋友，也没有任何关系，更不是受人指使，这是他们发自内心的感受，对李光义的敬重并说出了对工作队强烈的不满。这些话就像一支支利箭，使常队长心底流血。共产党执政为民，难道是口头上的一句口号？李光义才是真正的执政为民啊。

历次政治运动把各级干部都整得异常听话，只要是中央文件，上级指示，不加思考，不问实际情况，坚决执行。造成各级干部碌碌无为，官样文章，明哲保身，自己又何尝不是混迹其中，文过饰非，死搬硬套，非要找出一个走资派，以示运动取得了成绩。这种错误观点，既害了别人，也害了自己。

他在自责中，又一个社员说开了："我总听你讲阶级感情，李书记晕倒在田头，现在又进了医院，他好歹也为共产党干了这么多年，没有功劳也有苦劳，他是被你们气成这样的，你去医院看过他吗？"

"怎么，他病了？"

常队长一股歉意油然而生。这个心中装着老百姓的人，管理着月亮湾二千多人，他把救济粮送到社员家中，自己饿得皮黄骨瘦，在关键时刻，他果断决策，使老百姓免受灾害，月亮湾没有饿死人就是他最大的功绩。是他一次次找他谈话，给他压力，要他一次次地写检查，不让他轻装上阵，社员们对李光义的赞扬，使常队长彻底清醒了。

他再也坐不住了。他要到医院看望李光义，要对他说出心中的内疚。

他一个个病房寻找李光义，却不见他的人影，他去问护士，护士带着他敲开了那间值班房，李光义还在躺着挂水，他一下看到了常队长，急忙起身说："你怎么来了？"

常队长上前握住他满是老茧的手说："老李，撑不住了？亏你还是土改走过来的干部呢。"

无须华丽的语句，无须更多的表白。这一刻，他们的心是相通的。这一对在解放初斗地主，分田地成长起来的干部，终于解开了心结。

第十七章　社员聚餐

火红的太阳下山了，人们抢收抢种，在一片霞光中收工了。

可是到了下半夜，突然从天边推上一片乌云，竟淅淅沥沥下起了雨，秋收秋种最怕碰上这突然的阴雨了。陈跃峰立即起身，跑出屋外，吹起了哨子，高声大喊："下雨啦，赶快起来抢场头呀！"随着"嘭嘭"的敲门声，杂乱的脚步声，人们提着桅灯、照着手电潮水一般涌向社场，把晒干扬尽的稻谷抢进仓库，把没有晒干的稻谷用稻草一层一层盖好，盖得密不漏雨。人们抢出了一身汗，淋成了落汤鸡，粮食是宝中之宝，到手的粮食千万不能受到损失。整个社场被雨水一淋，到处都是散乱的稻草，掉落的稻谷，显得格外的狼藉。让人们欣慰的是，抢得及时，没有让雨水淋湿了稻谷。

田里的农活更糟糕，割下的稻铺在还在田中，随着雨水的积聚，这些稻铺已漂浮在水面，翻过土的田块，被雨水一淋，整个田块泡在水中，不能破土播种，已经种下麦子的田块，不能复土盖子，麦子裸露着，这样的麦苗入冬之后，也会被霜雪冻死。秋收秋种碰上了最糟糕的"烂稻场"。

秋天的雨缠缠绵绵，淅淅沥沥地下，来了就不肯走。空气里夹杂着稻草腐烂的气息，天边涌着乳白色的积雨云，里面积滞着下不完的雨水。秋雨就像受了委屈回娘家的少妇，赖在娘家迟迟不愿回夫家，但又天天盼着丈夫来，忍不住白天哭夜里也哭，昨天哭到今天不断地哭，雨在不断地下。这样的天气着实让人犯愁。天要下雨娘要嫁，谁都没有办法使天停止下雨。

按照秋收秋种的顺序，一般到霜降就开始收割稻子，如果天气晴好，割下的稻铺，放在田里晒上两天就可以收到场上脱粒，空出的白田就要抢季节翻土种麦，农活一环套一环，然后把泥块斩细斩匀，做好麦垅，播种上麦子，只等出麦苗了。秋收和秋种是一对矛盾，收在前，种在后，种必须服从收，收了才能种。小麦最佳播种期是霜降和立冬的短短十五天之内。过了这一季节，即使种下出苗了，也不能高产，季节是个宝，人们争季节抢速度，而这场秋雨打破了秋收秋种的格局，稻子泡在水里收不上，长时间泡在水里会发芽腐烂，麦子不按时播种，来年的夏熟作物会失收。稻麦两季的收成是农民的命根子，老天啊，你怎么这样不讲理，这雨下到什么时候才到头啊！

县里的干部在发急，公社的干部也在急。县里开了抗灾夺丰收的广播大会，公社接着开，一级一级的精神往下传达，真正急的还是在水里干雨里跑的农民，稻子收不上，就没了口粮，麦子种不下，年终分配就落了空。

月亮湾大队的干部社员都在急，党员干部穿着蓑衣冒雨开沟排水，把田中的积水引流到排水沟，然后再放入河中，原本清清的河水一下混浊起来，湍急的水流飘着稻草等杂物，日夜不停流向月亮湖。

在这场自然灾害中，按时播种，心中不慌的只有陈跃峰了。不是他的这块地没受灾，天没下雨，天地这么大，他的生产队只有两百亩地，老天也不会为他造一块遮雨布。很多时候由于一个正确的决策，就会改变整个秋收秋种的进程，在不利条件中寻找机会，从而减少受灾的影响。

就在夜里突然下雨的这天中午，陈跃峰在广播下收听天气预报，气象预报只是多云转阴不下雨，他父亲陈全根却说："我有预感，这鬼天熬不过今晚就要下雨，田里这么多稻铺来不及抢收，可以先堆放在田埂上，这样既可不让稻子淋雨，又可以冒雨抢种。"陈跃峰也有同感，这气温高得不正常，秋末凡有这种高温必是下雨的前兆。他采纳了父亲的建议，集中劳动力抢收堆小稻堆，夜里居然下起了大雨，陈家桥一队的秋收秋种争取了主动。

种了一辈子地的人，对天气有特别的敏感，陈全根凭着自己的感觉，看蛇虫鸡狗的行动，居然算准了这场大雨的来到。

自然灾害面前人定不能胜天，但谋事策划还在于人。

听着呼呼的风声，哗哗的雨声，陈跃峰和王家全穿上了蓑衣，到田头开通了所有的排水沟。天亮了，田里没有积水，男女社员照样穿着雨衣、蓑衣下地，趁着气温高，墒情好的条件，翻土抢种小麦。这种雨天种下的麦子，一天破口，两天拖白发芽，三天就能出苗。按照麦苗的生长规律，没盖土的露天麦，只要在三叶期加强培土管理，仍然能获得高产。正在兄弟生产队一筹莫展的时候，陈家桥一队的社员，已冒雨种下一大片。同是一样的天，同受一样的自然灾害，却出现了两种完全不同的结果。

陈跃峰细心查看社场上的稻谷，由于湿度大，堆积多，已在发热，如果不采取措施，就会发霉烂变质，他主动腾出自已的两间新房，让潮湿的稻谷铺开，降温阴干。在他的带动下，许多社员纷纷腾出住房，晾晒稻谷。孟秀枝深感陈跃峰对她的帮助，自告奋勇把自己的住房，也让生产队晾晒稻谷，她的积极行动又一次得到社员的好评。

恶劣天气对秋收秋种所带来的不利影响，已造成严重的危害。一些生产队停工放假，坐等天气好转。等，不是办法，只能造成更大的损失。李光义冒雨来到大队办公室，对常队长说："今年的秋收秋种遇上罕见的自然灾害，我们不能坐以待毙，要树立泰山压顶不弯腰，解决怨天尤人无所作为的思想。第一，要出全勤，冒雨开沟排水，理清田内积水，做到雨停水尽。这些工作，陈家桥一队做到了。现在召集各生产队队长会议，到陈家桥一队看现场，做到大雨小干，小雨大干，无雨加油干，抢时间抢季节进行播种。"

常队长采纳了李光义的建议，立即召集了各生产队队长会议。当他们来到陈家桥一队的田头，到处是人，田埂上是一个个小稻堆，人们一边翻土，一边冒雨播种。李光义翻开小稻堆，下面的稻秆和稻穗都没淋雨，就是再下几天雨，也不会浸水受湿。再看这些稻田，已经挖好了排水沟，田里没有一点积水。队长们点头称赞，李光义因势利导地说："同是一个天，陈家桥一队做到了，为什么你们就不能做呢？"

陈跃峰又带着党员干部走进另一块田套，这是前几天冒雨种下的小麦，麦子已经发芽冒青，麦粒虽然裸露在泥土表面，麦苗的根系已深扎在土壤之中，它已由一粒麦子生长成为一株麦苗了。

李光义对大家说："我们不提倡种露天麦，但老天专和我们作对，不让我们下种，怎么办？那就不能等天下种，秋种质量必须服从季节，先种下，让它出苗，有了足够麦苗，再加强培土管理，来年照样能够获得丰收。”

党员干部又是一阵议论：“我们怎么没想到呢！”

李光义继续说道：“同志们，不是你们没想到，是怕苦畏难的情绪迷失了你们的方向，是靠天吃饭的无所作为思想使你们一筹莫展，要组织社员下地开沟排水，堆好小稻堆，趁着现在气温高，墒情好的有利条件，在寒潮来临之前突击把麦子种下，加快秋播进度。”

常队长在寻找陈跃峰，希望他跟大伙再说几句，可是他已经拿起铁锹，同社员们在田里开挖排水沟了。

李光义说：“说一千句，一万句，不如落实在一个行动上！”干部们脸红了。李光义又说道：“干部一身泥一身水，就是最有力的命令！什么样的干部带出什么样的社员，生产队长是啥模样，生产队的面貌就是啥模样。”李光义最后这句话，就像鞭子一样抽在每个人的肩膀上。

天空中的细雨慢慢停下了，太阳从云缝中露出了半张脸，强烈的阳光从云缝中射出，使阳光变得格外耀眼，下了三天三夜雨的老天，终于给人们带来了希望。

大队现场会结束后，公社又接着到陈家桥一队召开抗灾抢种的现场会。这年月就是用现场会的形式来指导生产。水稻栽插要开现场会，积造自然肥料要召开现场会。各级领导要把上级和自己的意图贯彻和推行，就用现场会的形式推开。人们涌出涌进，走了一批又来了一批，原来满是水坑的田埂，被踏成为泥浆塘。生产队集体化生产，是前人没有走过的路，集体生产怎么指挥，谁都没有实践过，只能走一步看一步，谁做得好，谁指挥得当，就跟谁学。陈跃峰成为全公社家喻户晓的热点人物。

雨过天晴，当其他生产队全力投入播种时，陈家桥一队的秋种已经进入尾声。冒雨种下的麦子已是一片青青的麦苗，一着主动，全局皆赢，陈跃峰回过头来搞秋收，粮管所的水泥场都空着，一船一船的稻谷往粮管所送，晒上两天都干了，全公社第一个完成了公粮任务。粮管所又送给了陈跃峰一面锦旗，他又夺得了一项先进，成为“爱国家、爱集体”的标兵。要夺先进的人很多，不服气的大有人在，不妨也来试一试，这先进不是吹出来的，是干出来的！没有三分三，还上不了花果山呢。

王家全和陈开文交完了公粮，结算了最后一张码单，拍了拍满身的灰尘，对陈跃峰说："社员们辛苦了半个月，都说要庆贺丰收，按老规矩，到大众饭店开三桌？"

陈跃峰摸着下巴，吞吞吐吐地说："社员们辛苦了，庆贺一下也应该，可是，我没带现金，饭店要现钞呢！"他分明在推托。

王家全说："这钱早准备了，你就等着喝酒吧。"

陈跃峰说："你又卖了集体的稻谷？这是犯错误啊。"

"每年都是这样，一年到头，就吃这一次，也是提高社员的积极性啊。"

"不是我不同意，而是想给大家吃好一点，让妇女劳动力也参加，过两天再吃吧。"

"哪里有免费的午餐，我才不信呢，你不同意就算了。"

王家全生气了，他丢下陈跃峰，转身就走了。

陈跃峰知道王家全误会了，便追上去说："你这人也真是，我还没说完呢。聚餐要买肉买鱼买酒，要吃就要让大伙吃好，男人要吃，妇女不参与，也不公平，她们同样辛苦了，让男女社员一块吃！吃的钱哪里来？一不动用公款，二不卖集体粮食，自己动手，丰衣足食。我想好了，把隔河水弄干，估计能捕几百斤鱼，自己吃一部分，卖一部分，吃肉喝酒的钱都有了，我不是哄你吧。"

王家全一听，这倒是一个不错的主意。他知道隔河中有很多鱼，这些鱼夏天在滩上吃草，秋天滩上没水了，它们游进了隔河，而隔河又与外河不通，这些鱼儿已是瓮中之鳖。隔河的鱼是野河中的鱼，谁先捉就归谁所有，陈跃峰有先见之明，别人正在全力秋种时，他已看中了隔河里的鱼。

王家全高高兴兴地领着几个社员，抬着车水设备，来到隔河，架好了水车，他们脚踏水车，唱着山歌，水车槽筒里的水"哗哗"地淌进外河，水位在下降，鱼儿在水中惊慌游动跳跃，它们预感到末日即将来临。

陈跃峰来到社场，交给李新秀五十元现金，李新秀一惊说："给我这么多钱干啥啊？"陈跃峰说："让你去花钱啊，到食品站买猪头、猪肝、猪下水啊。"李新秀这才明白，生产队要聚餐了。她拿了一支笔，在纸上预算要买的鱼肉和蔬菜，然后皱着眉头说："就这点钱让大伙吃半饱？"陈跃峰夺过笔，边写边说："猪头五个，猪肝三副，公鸡五只，猪脚二十只，白酒十斤，红酒十斤，还可余下八元，怎么就不够了？”李新秀说：“猪肉有了，就不买鱼了？连萝卜白菜都不吃了？”陈跃峰一笑说：“鱼会大大的有，隔河干了，什么样的鱼都有，鲤鱼烧粉丝，红烧黑鱼片，糖醋桂花鱼，昂公烧豆腐，鱼天鱼地，月亮湖边的人不吃鱼，还是浪里白条么？至于萝卜白菜么，我家自留地上有，让我父亲送到社屋就行。”

李新秀“咯咯”一笑，说：“鱼还在水中呢，你倒提前把它放到桌上了。”说完高兴地叫上孟秀枝，挑着菜篮就去月亮镇。

一年一次的聚餐是生产队的大事，它比农历春节还热闹，全队几十个男女社员济济一堂，大块吃肉，大碗喝酒，吃的都是集体的，不用花自己一分钱，那才是真正的放开肚皮吃肉吃鱼，开怀畅饮，菜是家常菜，酒是劣质酒，在社员的生活中，却是最高档的享受了。

社员们听到要聚餐，挑着担子走得更快了，干活的劲儿更大了。田里场上的笑声也多了。生产队是大家庭，这饭是团圆饭，这菜是和睦菜，这酒是调和酒。没有过多要求的社员，只要有这一点点的物质鼓励，就能调动出无限的积极性。

陈跃峰来到隔河，河里只有薄薄一层水，可还不见鱼儿的动静，心里不免一阵紧张，难道河里的鱼儿早就走了？他跳上船拿起一根竹篙，在水面猛拍了几下，随着响声的扩散和惊扰，蛰伏在水底的鱼一下都慌了，向四面乱窜乱射，清澈的水层一下都变浑了。他这才定下心来，买肉买酒的钱，全靠这河里的鱼呢。

王家全从水车上下来，对陈跃峰说：“可以捉鱼了。”陈跃峰说：“别心急，只有把水车干了，才能捉到埋塘的大黑鱼。”说完他爬上了水车，用力地踩，水车飞快地转，隔河里的水往大河里流，眼看这隔河的水就要干了。

终于到了捉鱼的时刻，鱼儿没有了水，只能躺在河泥上张着嘴，困难地一张一合呼吸，王家全把网箱安装在外河的水中，把活蹦乱跳的鲜鱼放进了网箱，鱼儿们不知道，以为又回到了河里，然而，这网箱仅是下油锅前的中转站，任凭它如何跳跃逃窜都无济于事了。

捉完了大鱼捉小鱼。昂刺鱼、桂花鱼、小白条，别看它们个儿不大，可它却是淡水鱼中的上品。捉鱼又脏又累，黑鱼尾巴扇起的泥水弄脏了陈跃峰一身一脸，捉鱼的惊喜和刺激，远远胜过吃鱼的享受。隔河中一阵阵欢乐的笑声，一阵阵的喝彩，传遍河的两岸。

陈跃峰捡出一箩筐黑鱼和桂花鱼，这些鱼的肉质好，品位高，这些鱼都是人们最喜爱吃的鱼。他让陈开文赶快送到社屋，社员们看到了这些鱼，眉开眼笑地把它们放上了刀板。

“还有这么多的鱼怎么办?”王家全忍不住问陈跃峰。

“我已经联系好了，送镇水产公司，卖鱼所得到的钱，全部买最好的酒喝!”

烧菜烧饭的厨房就放在猪舍里，两口烧猪食的铁锅洗得澄亮发光，猪头脚爪烧烂后凉在那里，猪头汤也是肥油水，放进萝卜豆腐一锅煮，香喷喷的热气，腾满了猪舍的空间，人们嗅到的是肉香，却闻不到猪粪的臭。

李新秀是厨房的总指挥，孟秀枝是她的下手，她们把猪头上的肉剥下，麻利地切成片，再放进预先准备好的脸盆。猪头肉是主菜，每份必须分得一样多。餐厅设置在社屋，屋子里放着五张社员家里搬来的八仙桌，每张桌子上都摆满了菜，只等着把鱼烧好放到餐桌上。

陈开文刮着鱼身上的鳞片，嘴里哼着锡剧调儿，把各类杀好洗净的鱼送到猪舍，李新秀把鱼以品种分开，每一种鱼都有不同的烧法，不同的鱼儿有不同的美味，可以做成不同的菜肴。鲤鱼和粉丝做成鲤鱼餐粉丝，黑鱼做成精炒鱼片，鳜鱼用糖醋，鲫鱼烧成了乳白色的鱼汤。李新秀巧手掌勺，动作快捷，顷刻间把一大堆鱼都做成了美味的菜肴。炒猪肝、红烧猪爪、豆腐煨萝卜、肉丝炒白菜，各式各样的菜，摆满了桌子，只等男女社员到齐，宴会就要开始了。

男女社员涌进了社屋，出勤劳动有人请假，开会有人缺席，或者会借故走开，聚餐却不会有人请假缺席，连躺在床上生病的陈根宝也来了，人们不嫌弃他，让他先坐下。王家全把酒瓶打开，烧酒、红酒分放到每张桌子，酒香夹着鱼肉的香味，腾满了整个社屋。

在这欢快的时刻，只有两个女人在偷偷擦眼泪，孟秀枝看不到强伢，这个心直气壮的汉子，牵动着这个女人的心，他关押在看守所，那里有酒喝吗？他是为她犯罪的啊，她一阵伤心，掩脸走出社屋。

李金海伤口尚未痊愈，还不能走动，褚秀娣看到别人夫妻成对，谈笑风生，自己男人不光彩，做下缺德事，怨不得别人。她触景伤神，一人独自坐在猪舍，偷偷流泪。

无论谁的行动，都逃不过李新秀的眼睛，她来到猪舍，在墙角拿出一只瓦盆，里边装满了鱼肉，她对褚秀娣说："金海叔虽然自作自受，一个人在家也怪可怜，为他留下这份鱼肉，你送回家给他吃吧。"

褚秀娣破涕为笑："新秀妹子，你长得漂亮，为人更加善良厚道，谢谢你了！"李新秀说："赶快拿回家，金海叔等着吃呢。"

李新秀又走到草堆边，拉过孟秀枝说："秀枝姨，你又想他了？强伢的事我问过爸，他说这种情况最多判六个月刑，说不定还能回家过年呢。"孟秀枝擦了擦红肿的眼睛说："我才不想他呢，一粒灰尘迷了眼睛呢，你辛苦了，要多喝几杯呀。"

社员们都到齐了，五类分子潘秀凤，谭君武、陈庭君也来了，这是陈跃峰特许同意的，他说地富反坏右也是人，他们有劳动的权利，也有享受的权利，吃一次聚餐是小事，让他们感受社会主义优越性是大事。男人和男人坐一块，女人和女人坐一块，男人喝白酒，女人喝红酒。陈跃峰端起酒碗，站起身对大家说："社员同志们，一年一度的秋收秋种结束了，今年我队又获得了大丰收，据开文计算，稻麦平均亩产比去年增加了一成五，总产增加了三万多斤，总收入增加了近四千元。锅里有碗里有，集体富了社员收入也增加了。感谢每位社员的辛勤劳动，我敬大家一杯酒！"说完喝了一大口，又接着说道："现在'四清'了，干部作风变好了，社员觉悟提高了，从此之后立下规矩，聚餐不准公款开支，要吃自己动手，丰衣足食，月亮湖有鱼有虾，取之不尽，这样吃得开心，吃得安心。今天聚餐的费用，全部是王家全他们的捉鱼所得。我提议，第二杯酒敬王家全他们！"

人们碰碗碰杯，双双筷子伸向菜盆，大块吃肉，大碗喝酒！

门外的小孩馋得口水直流，纷纷涌进社屋，站在妈妈身边，妈妈们把肉和鱼夹进他们的小碗，可怜天下父母心，自己舍不得吃，谁让女人是妈妈啊。

李新秀看在眼中，她站起身，对孩子们说："别缠着妈妈了，跟着阿姨来，我给你们好吃的。"

孩子们跟着李新秀来到猪舍，她揭开锅，高声叫道："小朋友，排好队，每人两块肉，一条鱼，分到后回家吃！"

孩子们拿着碗，伸出手，接过李新秀手中的鱼和肉，蹦蹦跳跳地跑到社场上，一边吃，一边唱着莲花落：

生产队，吃聚餐，
大人喝酒又吃肉，
馋得小孩口水流。
新秀阿姨是好人，
给咱吃肉又吃鱼！
阿姨漂亮又能干，
我们衷心祝愿她：
找个老公成双对！

李新秀既开心又好笑，假装生气追着孩子们打闹嬉笑，孩子们一哄而散。

社屋内的猜拳行令声，碰杯声，夹杂着一片喧闹，随着酒气烟味，飘出窗户，溜出门缝，热烈的氛围已到高潮。

只见肖金凤迈着碎步，慌慌张张来到社屋，她探头寻找儿子陈跃峰，把他悄悄拉到一边，低声说："亚芳的爸妈来了，乔书记和李书记也来了，坐在家堂前，外面还有很多不认识的人，看样子是来闹事打架的，亚芳这么多天没回来，你是不是和她闹矛盾了，做了对不起她的事？"

陈跃峰先是一惊，马上镇定下来，安慰母亲说："亚芳住在娘家，自有她的原因，咱管不着。儿子白天走在大路上，晚上睡在自家床上，没做亏心事，一切我来对付，你放心就是了。"

肖金凤半信半疑，听他说话的口气，小夫妻确实是闹矛盾了。她不无担心地说："儿子啊，你是男子汉，亚芳纵然有不对之处，你也要担待，你就在她爸妈面前认一个错，把亚芳领回家，不就得了！"

陈跃峰心中烦恼，没好气地说："妈，我俩的事，你就别操心了。"

肖金凤知道儿子的脾性，小两口不和由来已久，她隐隐约约感到事态严重，事情到了这个份上，她还有什么办法，只能擦拭着止不住的泪水。

第十八章　糊涂官判糊涂案

陈跃峰发觉家前屋后果然游荡着很多陌生人，他一阵紧张，莫非乔亚芳出事了？这架势，分明就是死了人前来“找人命”！要不然，丈人丈母喊这么多的人来干啥？如果只是为了打胎这事儿，乔家用不着大动干戈，把事情揭开来，没脸面的是乔家，陈巧娣是上下三村的麻利人，不死人不会干这种蠢事。可是，死了人是要大哭大叫的，看样子，又不像是出了人命大事。他没有直接进家门，他对这些陌生人说：“都是乡里乡亲的，外面风大天冷，大家到屋里喝茶吧。”说着拿出一包烟，每人发了一根，他的厚道待人，使剑拔弩张的气氛明显缓和了。再说陈跃峰也算得上有身份的人，没有乔坤生和陈巧娣的发话，他们是不敢乱来的。

陈跃峰走进屋里，一眼看到怒气冲冲的丈人和丈母娘，心中就明白了一切，他不卑不亢地说：“爸、妈，生谁的气了？如果我做错了什么，要打要骂随你便，也用不着叫上这么多人，准备来打架啊！”

乔坤生一下跳起来，抓紧拳头“砰”的一声砸向桌子，大喝一声：“你陈跃峰太欺负人了，亚芳做错了什么，你非要逼她去刮宫，你还算是人吗？今天你不说清楚，我决不饶过你！”

陈跃峰一听这话，就知道乔亚芳没出事，紧绷的神经放松了。这是乔坤生和陈巧娣是听了女儿一面之言，前来为女儿出气的。女儿刮宫这么多天了，陈跃峰一次都没有去过，实在太过分了。他能理解岳父岳母的心情。女儿受到女婿的冷落，岳父岳母可以教训女婿，发火骂人也行，甚至打人砸东西的也有，这就是为女儿出气的办法。可是究竟是谁做错了，是谁受委屈了，必须要说一个明白。自结婚以来，乔亚芳不让陈跃峰碰他，他新郎不是新郎，丈夫不是丈夫，失去了新婚应有的欢乐，究竟是谁造成的，是谁的错，这些房笫秘事，陈跃峰羞于启口，外界的人都不知道，他忍受再忍受，还要装出乐呵呵的样子，希望乔亚芳有一天能感动，回心转意跟他好好过日子，然而等来的不是喜讯，也不是感动，而是一个男人最不能忍受的，她让他戴上了绿帽子，做了“乌龟”，而且还有了“野种”。究竟是谁的错，是谁欺负了谁？他要向乔书记和李书记说清楚，该作一个了断了。

“我再叫一声爸妈。”陈跃峰艰难地说，“乔亚芳怎么没来？有些话要当着她的面说出来，如果我一个人说，你们会不相信，骂我不是男子汉。这事传出去，又要成为月亮湾的新闻，不，是丑闻！她没有来，我只能骂你俩教子不严，生了这么一个无节无操守的女儿，回去问你们的女儿，婚礼前几天她去哪儿了，和谁住一块？然后再来和我计较。”

陈跃峰一字一句说清楚，气得乔坤生、陈巧娣的脸色由红转白，由白变灰，生儿莫若父，知女母知情，乔亚芳对这件婚事反反复复，做父母的煞费苦心，总算盼来婚期，而她突然失踪三天，这几天她去了哪儿？他俩不知道，至今仍然一团迷雾，现在女婿毫不留情提出来，难道女儿真的做了见不得人的事？这男人又会是谁？陈巧娣又恨又气，苦苦回想，在这恋爱期间，乔亚芳的行动，她的点点滴滴，做娘的都是清清楚楚的，女儿只交往过两个小伙子，一个是叶东方，而他远在新疆，插翅难回，绝对没有接触的机会。另一个就是陈跃峰，两人的交往别别扭扭，时好时坏，而现代的年轻人，恋爱期间就搂搂抱抱，谁能保证不做出格的事儿来？亚芳是怀孕了，刮宫了，有什么证据不是你陈跃峰的，而是别人的？就是从最坏处想，是别人的，你陈跃峰怎能分得清！

陈跃峰的一番言语就像一把刀子，插进了陈巧娣的心口，他不但侮辱了乔亚芳，还侮辱了自己和丈夫，侮辱了清白的家风，她怎能受得这样的侮辱，这是奇耻大辱！她是有备而来，准备大闹一场，她哭着尖叫一声：“我女儿的命怎么这样苦啊！”一头向陈跃峰撞去，陈跃峰没有防备，一跤摔倒在地，陈巧娣边哭边打边骂：“亚芳要有三长两短，我和你拼了！”

外面的人听到屋里的打骂哭声，这哭声就是信号，这骂声就是命令，他们破门而入，抓起砖块，砸向窗户，把茶杯、暖瓶乒乒乓乓，砸得满地都是碎片，亚芳的哥哥来明拿起闩门杠向陈跃峰走来……

乔书记坐不住了，他不允许他属下的社员打砸把事闹大，这有损乔渎村的声誉，他大喝一声：“谁动手打人，扣他全家口粮！”

李书记也起身拦住了来明，大喝一声："有理讲理，谁要闹事打架，一切后果由他负责！"

撒野的农民天不怕，地不怕，但见了大队书记不能不怕。大队书记掌管着他们的命运，他说给你称粮就可以得到粮食，他说你犯了法就可以随时关押，一句话能使你上天，一句话也能使你下地狱，老百姓不怕县官，就怕现管。月亮湾大队、乔渎大队的最高领导一声怒喊，还有谁敢乱砸乱打！

来明放下门闩杠，冲着乔书记吼道："我妹妹被这贼欺负了，就这样便宜了他？"

乔书记放下脸说："放肆，这里有你说话的份吗？究竟是谁欺负了谁，还没弄清楚呢。"

来明还想争辩，被乔坤生伸手一个巴掌，说："没大没小，你敢同乔书记顶嘴，看我不抽死你。"

来明被乔坤生推出门外，乔家的叔伯堂兄见状，真是皇帝不急急死太监，原本就是来壮威凑热闹的，看到乔坤生软弱，都责怪他胆小怕事窝囊，一时作鸟兽散，有的转身回家了。

躺在地上的陈巧娣又哭又闹，没有了帮凶，再也掀不起风浪，她怪乔书记手臂朝外抻，但又不敢同他反目，因为这纠纷还要他主持帮忙，她只能擦干眼泪，自己爬起悻悻地站在一旁，等待两位书记发话处理。他俩是媒人，吃了他家的糖水鸡蛋，又是村上的最高领导，必须把这桩纠纷处理圆满，直到这对小夫妻和好如初。

听了陈跃峰一番话，乔书记才明白自己听信了陈巧娣一面之言，是被她逼着来月亮湾的，幸亏多长了一个心眼，亲自登上李书记的门，把他也请过来。看似一件刮宫打胎的事，里面果然案中有案，情中有情。凭他对乔亚芳的了解，这事十有八九责任不在陈跃峰，而是在乔亚芳。既然来了，就得理事调解，按照老祖宗留下的规矩，宁拆十座庙，不拆散一对夫妻，夫妻闹矛盾劝和不劝离，夫妻吵架如两个铜铃碰得叮当响，有一个好的就碰不响。他想好了，先狠狠批评陈跃峰，这样做可以让陈巧娣消消气，给她一个下楼的台阶，再把女儿送过来。再则也是压一压陈跃峰的锐气，男人嘛，肚量总要比女人大，女人生来就是被男人哄着过日子的，女人气消了，被男人搂着睡一觉，最大的结都会被解开，如此不是功德圆满了！

乔顺田喝了一口茶，眺着眼睛对陈跃峰说："跃峰啊，你也是大队副书记了，自己的家庭闹成这个样，怎么做好表率，处理社员群众的纠纷？表率就是榜样，不能律己，何以治人？依我看，抛弃前嫌，向丈母娘认个错，然后亲自去乔渎把亚芳接回来，两个人亲亲热热地过日子，这事不就解决了！"

批评了陈跃峰，他又对陈巧娣说："俗话说，养女不教母之过，有什么样的母亲就有什么样的女儿，看你刚才蛮不讲理的模样，就可以看出乔亚芳的脾气也好不到哪里。古人说，男子二十而冠，女子十五而笄，就是说男女到了这个年龄，身体已长成，已经晓得做人的道理，可以成家立业了。朝廷有三纲，就是君君臣臣，君为臣纲，家庭也有五常，妻为夫纲，妻子要服从丈夫。夫妻一吵架就往娘家逃，连肚子里的孩子都不要了，肚子里的孩子是你乔亚芳一个人的？这是陈家的血脉，你断了陈家的香火，要是换了别人，不揍死你才怪！回去好好训一训自己的女儿，女人在家从父母，出嫁随夫君。赶快把女儿送过来。至于孩子嘛，跃峰和亚芳年纪轻轻的，说怀上就能怀上了。冤家宜解不宜结，退一步海阔天空，别再耿耿于怀了。"

乔书记谈古论今，侃侃而谈，豆腐煎煎两面皮，说了男方说女方，俨然像一个谈判专家。居然把陈巧娣说得哑口无言。

李光义真是服了乔顺田。别看他开大会开小会，说不出道道，理不出思绪，调解家庭纠纷却一套连着一套，既说出做人的知识，又摆出书记的威严。要说的话都被他说尽了，他只能闭口不说了。乔书记意犹未尽，觉得批评乔家多了一点，他必须为乔亚芳找一点理由，才能更好地化解双方的矛盾，他想到政府提倡晚婚晚育，计划生育，他对陈跃峰说道："很多新婚夫妇都响应政府计划生育的号召，不着急要孩子，亚芳是进步青年，怕生了孩子影响工作，这是以实际行动响应政府号召，双方的家庭都应大力支持。孩子刮了也不错，不准责难乔亚芳。谁要在这方面纠缠不清，就是破坏计划生育政策。"

乔书记只顾自己说，连插话的时间都不给别人，把陈跃峰要说的话都挡住了。他根本没有了解矛盾的起因，忽略了这孩子究竟是谁的，糊涂官判糊涂案，本该很快可以澄清的事，让他的一番大道理掩盖了。他根本不懂青年一代的爱情，还在用那些封建道德来处理日渐自由的婚姻关系，只能走进死胡同。没有爱情的婚姻，注定要分手，没有缘分的婚姻，永远不会有结果。红尘滚滚，多少人匆匆而来，又匆匆而去。委屈了只能忍受，心痛了也只能忍受，没感情也不能分开。人们都说清官难断家务事，何况乔书记是一个糊涂的昏官，调解纠纷抓不住问题实质，主要矛盾，硬要把同床异梦的一对人拿捏在一块，这就注定了悲剧的继续。

在听党话跟党走的时代，是一个思想纯洁单纯的时代，党员把一切交给了党，交给了组织；社员把一切交给了集体，交给了领导，领导说一句，就得听一句，不听领导的话，违背领导的意志，小则穿小鞋，大则让你生不如死。生长在这个时代，可以不听爹妈的话，却不能不听领导的话。乔坤生和陈巧娣在长期的生产劳动中，早已养成了听话的习惯，乔书记每说一句话，都奉为皇帝的圣旨。此刻，陈巧娣嗫嚅着说："我听乔书记劝解，回家劝亚芳尽快回来。"

陈跃峰却不能苟同乔书记的处理意见。他心中十分清楚，他和乔亚芳的婚姻，已经到了非散不可的地步。与其晚离还不如早离，早解脱早脱离苦海，早一天离婚也是放乔亚芳一条生路，也就是给自己一条出路。可这话要当着乔坤生和陈巧娣的面说出来，免不了又是一场大吵大闹。如果当面坚决要离婚，陈巧娣一气之下什么事都做得出，说不定会一头撞死在他的家堂前。

很多时候，即使你有理做得对，讲的是真话、实话，对双方都有利，但为了争一口气，死活不依你。陈跃峰要和乔亚芳离婚，乔家不但没面子，还会被人看不起。陈巧娣这样固执又占先的人，绝不会接受这个现实。对她这样的人，不需要多说，你说了她也不听。所以，不需要说的就不用多说，也不需要多说。

与不讲理的人争锋，能争到什么？一场唇枪舌剑，撕破脸皮，其结果自己也成了不讲理的人。

有些事，别人可以做，很多人都在做，可陈跃峰却不能做。他不做，不等于他没有理。他不和陈巧娣吵，反而显示他的大度和胃量。

他宁可被陈巧娣辱骂，也不同她一般见识，宁可别人说他是傻子，说他不是男人，吵着闹着证明自己不是傻子，最终自己真的变成了傻子。

陈跃峰把一切都想好了，便对乔书记说："吵架不能解决问题，但说出事情的真相，他们又不能接受，这样吵下去对谁都不利。我想让岳父岳母先回去，把最重要的事情向你说明白，再请你转告乔亚芳和她的父母。其目的只有一个，把我和亚芳的事能得到圆满解决。"

乔书记说："只要你听我的劝告，你说什么都行，送佛要送到西天，我乔顺田宁可耽误了工作，也要把这事处理好。"

说完哈哈一笑，转身对乔坤生和陈巧娣说："我说跃峰不会不听我的话，你俩放心回去就是了。"

陈巧娣一脸狐疑，陈跃峰这么快就回心转意了？可怀疑又有什么用，乔书记拍胸担保了，就要依他，如果不听他的，再和陈家打打闹闹，其结果是越闹越深伤。

乔坤生拉着陈巧娣吼道："还不赶快滚，我看你是昏了头，叫了一帮子人来打打闹闹，今后还有脸上女婿的门！"

陈巧娣心疼亚芳，回过头流着泪对乔书记说："亚芳的事全拜托你了。"

乔书记挥挥手说："你就放心回家吧。"

陈跃峰没有起身送乔坤生和陈巧娣，家中被他们砸成一团糟，心中显然还憋着一肚子气。

陈巧娣和乔坤生走了。陈跃峰看了一眼满是高兴的乔书记说："感谢你帮我解了围，我一生都感激你。可是，我同亚芳的婚姻，已经走到了尽头。"

乔书记一听，长长的马脸立刻拉下来，大喝一声说："你小子当了大队副支书，亚芳配不上你了？你小子别高兴太早，你要离婚，就告你这个陈世美，就别想接李书记这个班，连这个党员也把你开了！"

陈跃峰说："这不是我嫌弃乔亚芳，而是乔亚芳心中没有我，你知道吗？她爱的是叶东方，在结婚前他俩就同居了。你问一问乔亚芳就清楚了。"

乔书记气得跳起来，说："不准你侮辱乔亚芳！乔渎出嫁的姑娘都是正宗的。叶东方远在新疆，他能变了鸟儿飞回来？"

陈跃峰说："我与乔亚芳的婚姻，始终是一场误会。明知她不爱我，却拼命去追她，是她美丽的容颜迷失了我双眼，是我一味追求她的美害苦了自己，也是乔亚芳脚踏两只船害了她自己。而你为了促成这桩婚事，对她父母施加了压力。一个初出世道的姑娘，迫于家庭的压力，社会的压力，就这样被迫嫁过来，但她一刻也没有停止过抗争，新婚之夜就逃婚了。我还要告诉你，从结婚到现在，她睡床我睡地板，没有碰过她一次，所以才敢确定，她肚子里的孩子不是我的！她也不得不向我承认，她在结婚前失踪的日子，是和叶东方在县城旅社一起度过的。一切真相大白了，叶东方一走，杳无音信，不知人在哪里，我又不认可这个孩子，她不刮掉肚子里的孩子，还有什么办法？而我，再也不能忍受这样的婚姻，只能离婚了。任何人的劝说都无法弥合婚姻的裂痕。该结束了，一切都该结束了。”

乔书记和李书记不由大吃一惊，连声说着：“怎么会是这样，怎么会是这样！”他们相信陈跃峰不是说谎，惊得说不出一句话。

李书记和乔书记在这场婚姻中分别担任了重要的角色，特别是乔书记，他必须负责到底，既然有这样的开始，也应该有一个结束。他在思考着下一步怎么办，如果吵着闹着离了，第一个没面子的就是他，是他瞎了眼，居然亲自做媒把一个有了身孕的姑娘当作闺女嫁出去！

乔书记已没有了当初的自信，也没有了训斥人的一脸怒气。他转而缓和地说：“跃峰，事到如今，你还是忍了吧，孩子已经打掉，与叶东方再也没有关系了。论容貌，亚芳还是百里挑一的好姑娘，夫妻缘分是天定，亚芳由我去批评她，只要她回心转意了，你就别计较她的过去了。”

陈跃峰说：“没有这个可能了，谁能保证叶东方一旦回来了，乔亚芳和他旧情复发，又跟他跑了？一切皆有可能。我的忍耐已到极限，就请你把话传给她吧。”

乔书记看到陈跃峰铁了心要离，立即又换了一副脸面，他放下脸又威胁道：“你要坚决离，我也没办法，是你不要乔亚芳，是你先提出要离婚。男人是泥土，女人是水，泥土溶入水中，水要流走，要把泥土带走。女人二嫁不值钱，男人再娶一块宝，你准备给乔亚芳多少青春损失费？”

陈跃峰一惊，明知是乔亚芳对不起我，还要我补偿她的青春损失费？这太不公道了。但他不想与乔书记争论，他坦然说道：“我与乔亚芳之间，谁是谁非明摆着，要不要补偿谁的经济损失自有公论。结婚时我给她家一百二十八元彩礼，她来了陪嫁，不到彩礼钱的一半，这都算了。她可以把陪嫁全部拿回去，我为她做的衣服仍然是她的，因为她是女人，我都可以忍让，至于要青春损失费，这就不在道理了。实在不行，我们还是去法院解决吧。”陈跃峰说得句句在理，使乔书记哑口无言。

李书记实在憋不住了，愤愤地说：“老乔同志，你我不是旧社会的媒婆，是共产党的支部书记，处理这类民事纠纷，必须实事求是，秉公办事，我们解决不了，还是让他们去法院解决为好。”

乔书记的脸红了，他为自己的失言感到羞耻，但又不肯认输，转而恼羞成怒，说：“算我多嘴，我也是为了跃峰好，大事化小，小事化了。既然坚决要离，我把话带过去，乔亚芳能听还是不听，我到此为止。跃峰，你好自为之吧。”

乔书记丢下这句话，便愤然离去。

李书记相信陈跃峰能处理好这些事，只是担心乔家再起风波，他关照陈跃峰说：“乔家如果还要来闹事，要做好家里人的工作，不要针锋相对，你本人尽量避开。我会以组织出面进行调解的。”

折腾了一个下午，陈跃峰累了，他想到床上躺一下，可母亲一直在嘤嘤哭泣，心疼儿子，她一边哭泣一边诉说：“我生了这么一个儿子，这么忠厚，怎么就找着这样人家的女人。”

她越哭越伤心，可怜天下父母心，她一直以为小夫妻恩爱有加，有谁会知道，忠厚的儿子碰都没碰过媳妇，男人做新郎为了啥。

陈芳菲下班回家了，听了母亲一番话，立刻柳眉倒竖，跑出家门，说：“她不让我哥好受，我要让她死得很难堪！”

父亲坐在堂前叹息，母亲在家哭泣，妹妹一气之下跑出去了，谁知道她会干出啥事，陈跃峰的心情坏到了极点。

屋外的天空阴沉着，已飘起了雪花，每家每户屋上的烟囱在暮色中吐出缕缕青烟，袅袅升空，空气里腾着寒冷，满目的枯枝已披上了白色，呼啸的北风，吹得篱笆呼呼作响，冬天原本就冷漠颓废，初来乍到的寒潮，让各家各户早早关上了大门。

陈跃峰走出家门，被凉风一吹，才猛然记起，信用社蒋主任还在等他呢，鱼塘开好了，塘埂上要栽桑苗，塘里要放鱼种，这投入不是几百元、几千元，要几万元，三个生产队年终社员不分配，也解决不了这么多钱。公社赵书记给他向信用社打了招呼，栽桑养鱼当年投入当年就有收益，可向信用社贷款解决资金不足，蒋主任和他约定，让他今天去他办公室。想不到给丈母娘一场胡闹，把这事耽搁了。

信用社下班关门了，蒋主任就住在信用社的楼上，现在去协商还误不了大事。

月亮镇和月亮湾只有两里路，信用社一会儿就到了。他走上二楼敲门进去，蒋主任系着围裙正在做饭呢，他客气地让陈跃峰坐下，说："下班时还不见你的人影，我以为你不来了。这也好，我爱人回娘家了，咱俩喝杯酒，一边喝一边谈。"

陈跃峰闻到一阵饭菜的香味，中午只吃了半餐，肚子正饿得咕咕叫，蒋主任蹲点在月亮湾，经常在陈跃峰家吃派饭，两人早就混熟了，也顾不上客套，就答应了。

蒋主任端上热气腾腾的菜，又开了一瓶白酒，给他倒满了一杯，陈跃峰平时不喝酒，可今天，心里闷着气，他端起酒杯就喝了一大口。

可是，他不是来向蒋主任诉说满腹的心事，而是来谈贷款的，他警告自己不能喝酒误事。

他放下酒杯，说："蒋主任，鱼塘埂要栽桑，鱼塘要放鱼种，你可要支持我们呀，我们生产队富了，你就是大功臣呀。"蒋主任也放下酒杯说："你先别给我戴高帽，这贷款是不能乱放的，我的主要责任是支持农业生产，你先说说借贷理由和还贷的依据，然后容我考虑。"

陈跃峰说："三百多亩水面，每亩放鱼种一百斤，鱼苗要三万斤，鱼种每斤六毛钱，总共要贷款一万八千元；一百亩塘埂，全部栽上桑苗，就要一万株桑苗，两项合计要贷两万五千元，这仅是种苗支出，鱼苗放下后要喂饲料，平均每亩五十元饲料款，又要贷款一万五千元。"他如数家珍，把每项开支算得准确无误。

蒋主任说："要这么多贷款，我去哪儿弄啊！信用社只有五十万元的贷款规模，担负着全公社的化肥、农药、农具的贷款，还有兴修水利、扶贫都需要钱，我把贷款给了你，影响了其他事业的发展，公社党委赵书记追查责任，我可吃不消。"

陈跃峰说："栽桑养鱼的投资都是当年投入，当年收益。春天栽桑，秋季就可养蚕，鱼苗冬天放养，来年冬天起捕，就可以还清贷款。给我贷款，没有风险，还请主任网开一面，给予支持。”

蒋主任说：“不是我不支持，而你的贷款数额太大了，我力不从心，你的项目，我最多只能贷一万元。”蒋主任摊开双手，显出一副无奈的样子。

这一万元仅够买桑苗的钱。鱼苗的贷款不落实，整个计划就要落空。每个单位都有自己的职责，每一个人都不能超越的范围，这就是底线，做人有底线，工作也不能越轨，陈跃峰理解他的难处，但又不甘心，他恳求说：“县农行你熟悉，能不能给我牵牵线，再贷二万元？”

蒋主任喝了一口酒，说：“那倒是不错的主意。不过县农行也受规模的限制。我给你开一张介绍信，你去试试吧。”

这是明摆着的推托，可又有什么办法！农民要多挣一点钱，竟是这么难啊，信用社有钱，但有规章制度捆住了蒋主任的手脚，有钱不能贷，眼看社员披星戴月开挖的鱼塘，得不到充分的利用，让社员们的辛勤劳动白白浪费，原本就不愉快的心情，夹着借不到贷款的失落，一齐涌上心头。他端起酒杯，咕噜咕噜把杯中酒喝个底朝天。

蒋主任不能为他解决全部贷款，心存歉意，又为他倒上一杯说：“跃峰，你也别心急，凡事慢慢来，总会解决的。”他好心安慰陈跃峰，开好介绍信，又特地向县农行徐行长写了一封推荐信，其意也真，其情也使人感动。

蒋主任知道陈跃峰很有酒量，虽然菜不丰盛，但酒一定要让他吃好吃足，他又开了一瓶，给自己倒满一杯，也给陈跃峰倒满。两人喝酒聊天，直到两人都喝高了，陈跃峰才跌跌撞撞下楼。

陈跃峰走出月亮镇，被冷风一吹，酒就醒了一半。虽然没有得到足额贷款，怀里还有蒋主任的介绍信和亲笔信。他相信，只要自己有一股锲而不舍的精神，没有解决不了的困难。

跨过一座桥，走过一条圩埂，就到了月亮湾的村口，有两个黑影站在路口，走近一看，是王家全和陈开文。王家全迎上前急忙说：“你去哪儿喝酒了？到处找你不见人，出大事了，乔亚芳喝农药了，正在医院抢救！”

陈跃峰这一惊非同小可，竟是一身冷汗，酒全醒了，慌忙说道：“她在乔渎娘家，怎么就喝了农药呢？”

王家全上前推了他一下，说："是你不要她了，乔书记转告了她的父母，她能受得了？这么漂亮的妞儿，你不知足，她一朵鲜花插在牛粪上了。还愣着干什么？快去医院看她！"

农村人善良，总是亲帮亲，邻帮邻，谁家出事惹了祸，一个村的人护着帮着。喝过农药洗过胃的乔亚芳，被她的家人送到陈跃峰家，他父母吓得没了主意，救人要紧，王家全和陈开文立即把她抬到船上，送到医院抢救。在最危急的时候，他俩帮了他一把，避免了一场人命官司。

三个人急匆匆来到医院，何院长告诉陈跃峰，由于抢救及时，乔亚芳生命暂时没有危险，但体内还有残留农药，仍有生命危险。她现在严重的不是身体虚弱，而是她心态，她不想活了，又有谁能保证她不第二次自寻短见。

陈跃峰来到病房，看不到她爹妈，也看不到她的兄弟，只有自己的母亲坐在一旁落泪，发生了这样重大的事，她的家人都没有来，真够狠心了。

陈跃峰看着脸色灰白的乔亚芳，心中一阵伤感，他在病床坐下，纵然有千言万语，也无从说起，而这个要去死的女人，还是他的妻子，她再是对不起他，到了这个时候，总不能丢下她不管。人最宝贵的是生命，只有一次，她的自杀，恰恰又直接与他有关，他要和她离婚，父母的责骂，兄弟的白眼，是他把她送上了绝路，他想不到说出了实情之后会闯这么大的祸。

乔亚芳在抽抽噎噎地哭，陈跃峰看了她一眼，用毛巾给她擦眼泪，她抓住陈跃峰的手说："想不到你还会来看我，都是我不好，父母上门羞辱你，又摔了东西，我对不起你，已无脸再活在世上。所以，只有去死了，才能一了百了。"说完又放声大哭。

陈跃峰抚摸着她的手，让她尽量安静，在这特殊的时刻，她需要安慰，这种安慰不是宽恕，而是要解开她的心结，把她从死亡边缘拉过来，让她看到光明，提高生的勇气。他轻轻地说道："好好活下去，再也不能做这傻事了。"

乔亚芳的情绪慢慢稳定了，他又对她说道："这个世界上有好多的事，我们都毫无办法，左右不了，但有一样东西我们自己能掌控，那就是生命，父母既然给了你生命把你养大，就要爱惜。你是一个优秀的姑娘，即使走错一步，未必就是毁了终身。亚芳，你的人生刚刚起步，勇敢地面对吧。”

没有人了解闯过鬼门关回来的人，她的心情是何等的颓废绝望，她对生命不在乎。在死神面前毫不惧怕，面对死亡，哈哈大笑，昂起头张开口，把农药倒入口中，咽下去，只有结束这个不幸的生命，忘却前情，一切再从头开始，重新活一次，就不要煎熬了。然而执掌生命的阎罗王没有接收她，也没有给她开具通行证，一脚又把她踢回人间，注定她要继续面对，她是多么渴望被爱、被关怀啊。

她抓住陈跃峰那双滚热的手，也许吊水挂得太久了，她的手冷得像冰块一样，迫切需要这温暖的热量，焐在这温暖的手中。陈跃峰让她焐着，这温暖只能传递热量，却无法传递心灵的温度。就是这双有力的手，曾经千方百计地要把她拉到身边，可她硬是挣扎着不让他靠近，做出了一次又一次伤害他的事，使他彻底失望。她内疚，她后悔，要是时光能倒流，她情愿跪在他面前，请求他的原谅，以赎自己的过失。想到这些，又是一阵伤心，她对陈跃峰说道："我被父母痛骂一场，你妹妹又来我家中断了亚明的恋爱关系，弟弟一怒之下，把我赶出家门，骂我侮辱了乔家的门风，败坏了家规，罪有应得。我是一个坏得不能再坏的女人，自知罪孽深重，落得有家不能回，在这世上，已没有我生存的地方，还是让我去死吧。”

陈跃峰“啊”的一声，这才知道妹妹芳菲跑出去是干了什么，她断绝了亚明的恋爱关系，亚明把所有的责任归于姐姐，气不从一处来，把她赶出门，把她的衣服用品也尽数抛到场上。

芳菲为了哥哥，不顾自己的幸福，跟一个并不优秀的男孩恋爱，她用自己的幸福却没有换来哥哥的幸福，嫂嫂无情地对待哥哥，她终于爆发了，以牙还牙，她要让她无家可归，要让她死得很难看！

陈芳菲决绝的报复，不再理亚明，全家人都把她视作扫帚星，害人精。连最亲的亲人都对她恩断义绝，她终于拿起了农药瓶……

陈跃峰一阵内疚，说：“我妹妹对不起你，我替她向你道歉。”

乔亚芳平静多了，她说：“我不怪她，是我先毁了约定……”接着又放声大哭，抱住陈跃峰，把头埋在他怀中，伤心欲绝，断断续续地说：“我错了……知错了，再给我一次机会，我一定跟你好好过日子……”

叶东方音讯全无，说好了少则一月，多则两月，一定来接她。她守着他的诺言，新婚之夜拒绝了陈跃峰的求爱，守着她最宝贵的承诺。可是他到底在哪里？也许早就在偷渡时死去了，要不就是在香港成功高就，把她忘了。现在爹妈兄弟都不收留她，陈跃峰就是他唯一的依靠，她才苦苦地去哀求。陈跃峰何尝不知道她的艰难处境，可是，这不是搭救一个无依无靠的流浪女子，也不是施舍一个乞丐。人冷了，可以找个地方取暖，心冷了，却再也暖和不过来。爱情不是施舍，来不得勉强，两个人的世界，不怕吵架，不怕分开，怕的是心冷了，心累了，心与心之间不再信任，情与情之间已经断裂，他与她再也没有男女之间的吸引，夫妻的感情。彻底凉下的心绝非一场感动就能温暖。在这世上，有些人值得回心转意，有些人不值得回头。并非每个人都懂得爱的高尚，所谓的蓝颜，蓝着蓝着就让你绿了，所谓的红颜，红着红着两人就黄了。更多的人是，随着春夏秋冬而东南西北，变更方位，见山川草木而喜怒哀乐，交替感情。当今社会，生米煮成熟饭没有用了，就算变成了爆米花，要走的，照样离开！在生活里，常会发现，对一个人越好，反倒以为理所当然。所以，对人好也要看是对谁。现在乔亚芳身处绝境，只要收留她，他便是她的避风港，安乐窝。他可以做她的保护伞，但叶东方一旦回来，再出现在她的面前，她与他的生死之交，他们曾经的山盟海誓，生生世世，永不分离，甚至把姑娘最宝贵的贞洁都给了他，不是说忘记就能忘记，又有谁能保证不死灰复燃！人生最怕的是深交后的陌生。

不能，他承受了一个血性男儿不能忍受的折磨，这种游戏再玩下去，无异于老鼠在猫儿的爪子下玩儿，无异于狗儿在一块追逐。玩够了，利用完了，各归本性，他还得忍受她的轻蔑和冷漠，在她的心中，叶东方永远挥之不去。他轻轻推开她，说："未正式办理离婚前你可以继续住在我家，如果你不愿意，在加工点还有空房间，可以给你住下。这些都是暂时的，叶东方不会丢下你不管。他在外面挣钱为什么？就是为了你俩的今后。你为他付出这么多，坚持到现在，连生命都搭进去了，他会加倍爱你报答你。也许过不了多久，叶东方就回来了，你们就可以幸福地生活在一起。"

叶东方究竟在哪儿？乔亚芳不知道，是活着还是死了？她也不知道，他还能回来吗？

是叶东方的甜言蜜语害苦了她，是她不顾夫妻之情冷落了陈跃峰，此刻，她把叶东方恨得咬牙切齿，也不怪陈跃峰对她无情的决绝。

陈跃峰不计前嫌还为她安排了一个好的住处，使她暂时有了归宿，她从心底里感谢他。这样优秀的男人，她错过了，一生都错过了，再也得不到他的回心转意了。女人的本能，把这深深的绝望与后悔，全部化作流不尽的眼泪。

他走出病房，送母亲回家，又回到医院病房，乔亚芳已平静地进入梦乡，经历了生与死的折腾，她累了。

第十九章 “双料”特务

呼呼的北风带来了西伯利亚的寒冷，早晨厚厚的严霜，把麦苗和油菜涂上了一层银白，冻得折弯了叶片。河浜、水塘也结了一层薄冰。人们送走繁忙的秋收秋种，接着冬天也就来了。

冬天的月亮湖特别的热闹，人们没有因为冬天的寒冷就蜷缩在家中，他们天不亮就下湖夹草罱泥，积造自然肥料，把湖泥烂草盖上裸露的麦苗，就像冬天给麦苗盖上了一条厚厚的棉被，安全越冬。月亮湖中鱼虾成群，气温低了好捉鱼，罱泥夹草积肥都用网具，很多鱼虾被顺带方便捉进了船舱，积肥生产队记工分，捉到的鱼却归个人所有。这鲜鱼可以改善生活，也可以出卖后增加家庭收入。每一个家庭要花钱，孩子要上学，柴米油盐酱醋茶开门七件事，件件都要钱，冬天捕鱼成为农民一项副业收入来源。

刮了一夜的北风，气温下降到零度以下，这样的天气，是捕鱼最好的时机，社员们摸黑起身，肩扛着橹，手拿着竹篙跳上船，几十只农船悠悠离岸，河水泛起一片涟漪，薄薄的冰层在“吱吱”声中破裂，随着“咿呀、咿呀”的摇橹声，船头冲着河面的细浪，发出清脆的潺潺声，木船箭一样向月亮湖驶去。

冬天月亮湖中的鱼，随着风向浪水聚集成群，今天在这里，明天在那里，而且有一定的规律。有经验的农民，他们出湖一看风向，便知道鱼群在哪儿。几个村几十只船，有时会有上百只船，密密麻麻集中在一块，把夹网伸向湖底，夹起来的湖泥水草是肥料，夹起的鱼儿是外快。每只船上的人把夹网伸向湖底，鱼儿逃到哪儿都是网，它们晕头转向被捉进了船舱。每个人捉到一条大鱼都要欢快地叫一声，汗水湿透了内衣，湖面上却飘荡着紧张而又快乐的笑声。

太阳升高了，气温上升了，鱼儿向四面逃窜，要再捉它就不太容易了。到这时，湖草也积满了船，船舱里跳跃着各种各样的鱼儿，人们把它们放养在清水中，摇着船儿满载而归。女人们迎着跳上船，把鱼装进了竹篮，拿着钩秤高高兴兴地去月亮镇卖鱼。腰包有了钱，去百货公司扯布做新衣，去食品站卖猪肉，吃的用的都有了，还要去副食品店给孩子买几颗糖，给丈夫买上几瓶酒。积肥挣得工分，捉鱼额外增加收入，社员积肥的积极性越来越高涨。

这是一件集体、个人两不误的好事，却有人提出捉鱼影响积肥，更有人无话找话说，这是走个人发家的道路，要提高到路线上来认识。常队长很重视，立即和陈跃峰商量，并严肃地说："利用集体的农船，借积肥为名，走个人发家道路，该要调整方向了。"陈跃峰说："积肥不能停，捉鱼是顺带方便，这也是农民多年的习惯。再说了，捉鱼卖鱼，也是增加社员收入的一个途径，为什么要调整？"常队长说："刘团长都说了，月亮镇上卖鱼的都是月亮湾的社员，这是对我们严肃的批评。我不反对积肥捉鱼，是否可能换一种形式，捉的鱼也归集体，社员以钱记工。这样做既可保证社员个人利益，又可提高积肥积极性。先从你生产队试点，搞出经验，全面推广。"陈跃峰不置可否，说："如果一定要这么做，那我试试吧。"

社员照样下湖积肥，可是，不再起早摸黑了，捉到的鱼没有以前多了，而且又杂又小，水产公司根本无法销售，接连亏本，就不再收购农民的杂鱼了。看似一件小事，违背了大多数人的意愿，要集中统一是多么难啊。

没有利益的推动，社员的积肥积极性也明显降低，下雨下雪不上船，刮风也不上船，没有河泥烂草覆盖，这些露天麦苗，眼看就要冻死，陈跃峰看在眼里，急在心里。庄稼一枝花，全靠肥当家，他再也沉不住气了，顺应民心废除了这一规定，放开手脚，让社员大力积肥，顺带捉鱼，才保证足够自然肥料让三麦安全越冬。

就在这时候，王指导外调带回了一个振奋人心的线索，常队长把全部精力投入到这个大案要案之中，再也无暇顾及社员捉鱼卖鱼之事。

王指导出去一个多月，去省城调查了李国正的历史，终于获得了重大突破，还意外发现了早在解放前被镇压的反革命分子李振山，居然没有死，还活着，而且还混进了供销社。这样重大的案件，新中国成立以来少有，还惊动了县公安局。

这一突破，对外绝对是保密的，至今只有常队长和王指导知道。人们从王海松身上看到了微妙的变化，他自从参加四清工作后，就脱下了白色上衣和蓝色长裤的警服，换上了便衣，但这次回来后，他又戴上了大盖帽，穿上了这身威严的警服，他忙碌地往月亮分团跑，往县公安局跑。公安局王局长不辞辛苦，带着公安干警步行几十里来到月亮湾大队部，紧闭着办公室的门，谁也不许进，凭直觉，月亮湾大队又要出大事了。

最明显的是，多天不出动的小学生宣传队，天还没有黑，又排着长长的队伍，从村东走向村西，从村北走向村南，他们高呼着千万不要忘记阶级斗争的口号，人们听得心中惊慌，地富反坏右更是坐立不安。工作队做事都是有针对性的，不知道是谁做了坏事，又要揪出当活靶子。人们在惊恐之中，早早关门睡觉，积蓄精力，明天一早还要上船积肥捉鱼呢。

工作队果然对地富反坏右采取了紧急行动，对他们召开了训话会，然后责令他们写自我交代，特别要把解放前所做的事情，所接触的人详详细细作交代，不识字的要口述，由工作队员代笔记下来。每个人的交代材料，常队长和王指导都要亲自过目，似乎要在字里行间发现新的线索。他俩点着美孚灯，每天都看到深夜才睡觉。

终于在一个午后，常队长和王指导来到李光义的家中，他让聊天的人都回避走开，连李书记的老伴也被支出了家门，再神秘地关上大门。从日记本中拿出一张发黄的照片，交给李光义说："照片上这个人，你认识不认识?"

李光义接过照片，这是一张免冠一寸照片，照片上的人是平顶头，三十多岁，浓眉大眼，眼球鼓鼓的，挂着一张国字脸，一双眼睛冒着一般人没有的凶光，有着强人般的彪悍。凭着照片一看就觉得此人非一般。李光义看了几遍，惊奇地说："这不是李振山吗，他在解放前一年就死了，现在还提他干什么?"

常队长说："你能确定是李振山?"

李光义说："当然能确定，他烧成灰我都能认识。"

常队长又拿出一张一寸免冠照，放到李光义面前说："这是谁，你再仔细辨认一下。”

李光义一看，照片上的人已留了长发，已明显比前一张照片老了，但这脸型、眼睛、嘴巴还是与原来一模一样，他反复观看，仔细辨认，惊奇地说：“这是李振山，难道他还活着？”

王指导说：“他还活着，还活得很好，享受着供销社干部的待遇，拿着工资呢。”

李光义说：“这不可能！他当年被新四军处决在乔渎村的湖边上，尸体被打捞上来躺在地上，我还去看过呢。世上同名同姓，相貌长得相像的人多着呢。”

王指导肯定地说：“他现在叫李保山，李保山和李振山是同一个人，现在浙江金华县的供销社工作，还娶妻生子建立了家庭呢。”

李光义相信自己眼睛，他在乔渎港边看到的尸体是李振山，他相信当年新四军张贴的布告，新四军处死的是李振山。难道他为了潜伏，当年处死的是他的替身？是转移人们的视线，演了一场金蝉脱壳计？

他永远都不会忘记，他可怜的爷爷，一个地道的庄稼人，租种了地主张万秋三亩租田，那一年秋收过后，交了地租后还剩下几担稻谷。日本鬼子进了村，在李振山带领下挨家挨户抢粮食，闹得整个村鸡飞狗跳，把家中仅存的几担稻谷抢走了，这是一家人一年的活命粮，他爷爷死死抓住箩筐不放手，丧尽天良的李振山拿起枪对准他“呼呼”两枪，爷爷的手松开了，流淌了一地鲜血，悲愤地闭上了两眼。他当时正是血气方刚的小伙子，拿起门闩杠要与李振山拼命，李振山又举起了枪，在这千钧一发的时刻，被大伯拖进了后屋，劝他逃走了，才免于一死。这血海深仇，他怎么能忘记呢。

李光义吸了一支烟，心情平静多了。他对常队长和王指导说：“李振山出生在月亮湾，与李国正是远房堂兄弟，他家有十多亩地，家境尚好，所以他能到月亮镇上读书。父母就他这么一个儿子，从小娇生惯养，游手好闲，不务正业，在镇上赌吃嫖遥，样样齐全。不几年就玩光了家中所有财产，田也卖了，父母被他活活气死了，他成了无人管束的浪荡儿。但长得牛高马大，力大无穷，交了镇上一批游手好闲的地痞，天生就是一条江湖好汉，在没落无奈中卖了壮丁，在军队中练就一手好枪法，居然混到排长职务。后来与连长争夺一个女人，被连长追杀，情急之中,拖枪逃回月亮镇,与原来的狐群狗党拉起了一支队伍,自任营长,号称忠义救国军。他没有军饷,就在月亮湖设卡,打劫来往客商,敲诈勒索,鱼肉百姓。一次偷了日本鬼子的军火库,又被鬼子追杀,无处躲藏投靠了新四军的太滆支队,也曾打过日本鬼子,但受不了新四军的严格纪律,没多久又拉出自己的队伍投靠了汪伪军队,与日本鬼子勾结到一块,在'清乡'中建立了功勋,成了鬼子的红人。八年抗战胜利了,他非但没有追责成汉奸,他摇身一变,又担任了国民党月亮区的区长,据说这得益于江苏省军统人事处长张若芸的担保与推荐。张若芸是何许人也?她就是地主张金大的妹妹,她和李振山是初恋情人,现居住在香港。他在区长任内,飞扬跋扈,积极反共,枪杀了多名地下党员和新四军,还得罪了其他势力。各方面的人都要报复他。最终还是被新四军镇压在乔渎港湖边。他现在还活着,可见他是看到国民党败局已定,是一次有计划的潜伏。人们以为他死了,想不到他转走他乡,潜伏伪装,居然混进了供销社,现在该彻底清算他的罪行了。"

李光义介绍了李振山复杂的经历,常队长和王指导记下了笔录,心中更加明白了。

王指导兴奋地说:"人们都以为李振山死了,而他潜逃到省城,改名李保国,参加了国民党保密局特务,李保国就是李振山,他与张若芸一路退到浙江金华,李振山受命潜伏,张若芸逃到香港,至今还在指挥李振山。这一切都有敌伪档案为证,更为重要的是,李振山能潜伏至今,就是得益于李国正在金华军管会的证明和担保,可他和李国正究竟是什么关系呢?要把李振山抓捕归案,还必须进一步确认。这几天你就跟着我吧。"

常队长又补充说道:"李振山与李国正究竟是啥关系,现在还不能下结论,但可以肯定,李国正在保密局培训班与李振山就有一定关系,解放后李振山又得到了李国正的庇护。经公安局王局长分析,李国正可能是混入党内的'双料'特务,在抓捕李振山的同时,必须将李国正严加看管。"

抓捕李振山的行动是迅速的,县公安局王局长亲自带着两名刑警,还有王海松、李光义,第二天就风尘仆仆地乘上了去浙江金华的长途汽车。

李国正再次夹着被子走进了大队部，对他的审查也升了级，由陈跃峰、曾国兴和李海波日夜严加看管。常队长对他又进行了一次谈话，对他严肃地说："为了挽救你，给你最后一次机会，让你交代问题，你认为别人不知道的事情，其实早就暴露了。党的政策历年来坦白从宽，抗拒从严，何去何从，你自己选择吧。"

李国正说："我知道自己所犯的错误，性质恶劣，数额巨大，对不起党对不起社员群众，所以作了破产退赔。当然，仅凭这一点退赔，远远不够偿还所有的贪污金额，我已订出退赔计划，愿意用每年的劳动所得，分年分月退赔，直到退清为止。我的态度是诚恳的，愿意接受组织对我最严厉的处分。"他在继续试探常队长。

常队长谈话滴水不漏，也不会让他探出深浅，不可能向他指出新的发现，他只是含蓄地说："我没有批评你的退赔计划是否有不妥之处，我是提醒你，你的问题远远没有结束，你不要抱有幻想，蒙混过关。历史是无情的，历史也是公正的，你走过的每一步，都留下了脚印，是无法掩盖的。彻底交代吧，只有老实交代才是你唯一的出路。"说完他就走了，让他自己去品话中的分量吧。

看管李国正的人员也作了最周密的安排，白天黑夜分成了两组，二十四小时不脱人，进行轮流看管，具体任务交给陈跃峰和柳青负责。陈跃峰又把具体工作进行了细化，白天由柳青和李海波，晚上有他和曾国兴，二十四小时严加监管，出去大小便也跟着，妻子送饭也不准与他接触，不准外人跨进一步。陈跃峰和柳青不知他的问题有多大，只知道他的案情严重。常队长一天二次来检查，使这小小的房间既神秘又紧张，关押一个"四不清"干部，安全保卫工作竟做得如此森严。

李国正刚开始不以为然，死猪不怕开水烫，大不了破产退赔，会计撤职。他应付写交代，什么年月到副业队拿了一只鸡，一篮蛋，又在什么时候刁难了某某社员，不给发借粮，结果给他送了一只鸭，他多给了五十斤借粮，这些鸡毛蒜皮密密麻麻写了几张纸，常队长接过一看，说："藏着西瓜，抖出点芝麻，看你还能顽抗到何时？"说完又转身走了。

随着常队长对他越来越严的态度，该说的都说了，为什么还要紧逼不放呢？你能逼我，我何不捉弄你一下？你喜欢问题越大越好，我就胡编乱写，让你高兴一阵子，然后再全盘推翻。一个人什么都不在乎了，连坐牢都不怕，你就拿他没办法了。

他在乱交代，几年几月县里开挖城南河，他到各生产队筹集资金，一次就贪污了一千元。那年那月又贪污公粮返回款一千五百元。他的交代送到常队长手中，他照样看都没看，往地下一丢说："到底是经过特种训练过的，铁撬都撬不出一个字！"

这一下李国正真的慌了，常队长不是挖他的经济贪污问题，如果是，贪污上千元就是大老虎了，而他不感兴趣，他究竟要什么？再说了，对待一个经济贪污犯，也用不着把裤带和水果刀都没收，这显然是提防他自杀，一种不祥的预感笼罩着他阴暗的心灵。什么经过特种训练的？说话也是怪怪的，难道他们真的发现了那些陈年往事，还坐实了证据？

他不敢再想下去了。无论他怎样安慰自己都无法控制紧张的情绪，那段不堪回首的往事，像电影一样在脑海中翻腾，随着窗外呼啸的风声，他的思绪又回到了风雨飘摇的一九四八年秋天——那时他正在省城的一所高中读书，再有半年就要毕业了，那年头，毕业就等于失业，家中卖了田地供他上学，就希望他能有出息，或者捞上一官半职，可以支撑门户。然而国共内战的战火硝烟越烧越近，徐蚌会战正在大规模的进行，都城中除了军人就是逃难的百姓，到处都是一片战乱，何谈个人前途？他整天郁郁寡欢，一次在街上散步回校，迎面碰上了一个身穿军装的女中校，此人长得高挑丰满，不免看了她一眼，那女中校立即停下说："你不是国正弟吗？个子长这么高，我几乎认不出你了。"李国正也是一怔，他在都城没有熟人，这女中校怎么会认识他？还是一腔家乡口音，一阵亲切感立即传遍全身，他停下说："请问长官，你怎么会认识我？"那中校说："我是张若芸，你家住西村，我家住村东，你在月亮镇上小学我已经上中学了，虽然你长大了，但我还能认出你。"李国正这才明白，他也听说过张若芸，混得不错，当了国民党的军官，想不到会在这儿碰上，他立即改口说："若芸姐，你真好，有出息，这么年轻就当上中校了。"张若芸说："我正在办一个培训班，为了招生来到学校，培训班学期半年，学费伙食由学校供给，结业后授予少尉军衔，你若愿意，我可以特招你，谁让你是我一个村的人。"李国正喜出望外，正愁交不出下半年的学费，立即说道："长官，请你帮个忙，我愿意！"张若芸上前亲切地握住李国正的手说："你叫我若芸姐我爱听，叫长官，我别扭。"说着她拿出一张名片，又说道："这是我商号的地点，你到那儿找我就行了。"随着一阵香风，张若芸迈着轻盈的步子走了。

李国正怎么也不会想到，好运会降临到他的身上。他按名片的地址找到了那家商号，那是一家五层楼房的大商号，柜台服务生见到了张若芸名片，立即把他引上三楼，他没有看到张若芸，一位身着中尉服装的年轻军官接待了他，随着简单的询问，就让他填写了表格。接着又向他交代了保密条例，他就成为国民党保密局江苏特训班的学员了。

张若芸没有骗他，进入特训班的那天，就换了军装，一切生活费用全供给，按上峰指示，每人还发了八块银洋。接着就进入了紧张的军事训练和特工知识授课，李国正有文化知识，无论是军事训练还是特工专业成绩，都名列前茅，还受到了特训班的嘉奖。

李国正欢天喜地，按照保密条例，他到学校办了休学手续。一个人的青春是充满着蠢蠢欲动的，他穿着这身军装，戴着军帽，感到无上的荣耀，一时高兴，就拍了一个全身照，寄回家中，他要让父母高兴一番，读书用了家中这么多钱，现在可以出人头地了。他牛了，他轻轻地飘起来了。

他在培训班所受的教育是献身党国，效忠领袖，他所听到的是共军节节败退，再有几个月就可以消灭所有共军。他为国军每取得一个胜利而高兴，他把个人的命运完全寄托在这没落政府和军队。他有一个美好前途，却与时代背道而驰，直到在一次半夜紧急集合，队伍拉向荒郊雨花台，他才知道走上了一条不归路，可是已经由不得他了。那天夜里北风在呼呼地吹，天色显得格外的阴沉，队员们都知道这个地方是秘密杀害共产党的地方，张若芸已经在那里等他们了。她脸色阴沉，眼露凶光，向每个学员的脸上扫去，然后才开始训话："训练了几个月，也该考核你们对党国的忠诚了，前面绑着的囚犯，是刚从中央监狱押来的共党分子，每人执行一个，一枪击毙成绩为优秀，两枪击毙成绩为合格。如果三枪还不能击毙，那就要考虑你对党国是否忠诚。我希望每个学员都是忠于党国的，现在开始执行！"

军人以执行命令为天职，训练射击的目的就是杀人。李国正没有杀过人，站在他面前的共党，与他无冤无仇，而要他去结束他们的生命，不免心惊胆战，于心不忍。他能违抗命令吗？正在他疑惑之时，队列之中响起了枪声，前面一个黑影倒下了，接着又响起了几声枪声，几个黑影又应声倒下了。他射击的枪法是优秀，可这不争气的手在发抖，无论如何也瞄不准目标，他看到张若芸向他走来了，如果还是这个熊样，免不了又是一场大骂，他终于下了狠心，双手托起枪把，对准面前的黑影"砰"的一声，黑影应声而倒，他感到一阵恐慌，他为了自己的前途，他杀人了！杀的是和他无冤无仇的共产党。而他的双手已经沾满了共产党的鲜血，他还能回头不干吗？张若芸导演了这场杀人演练，要的就是这种效果，让你再无退路，这辈子只能死心塌地反共，跟着她干下去。

他杀人了，在这之前，他还幻想当一名谍报员，或者当一名文员，抄抄写写，收收发发，他还不十分清楚保密局是干什么吃的，现在他清楚了，保密局干的就是特务，特务的职业就是抓共产党，消灭共产党，他已成了杀人刽子手！特务就特务吧，国民党和共产党的战争，各为其主，战争就是杀人，胜者王侯败者贼，我不杀他，他就会杀我，共产党就是该杀的！杀一个人是杀人，杀十个二十个也是杀人，一将成名万骨枯，胆小没有将军做，哪一个军人不杀人！后来再接受这样的任务，他的手已经不抖了。

徐蚌会战注定了国民党覆灭的命运，所谓的国都已在风雨飘摇之中，最高统帅致了新年献词之后就辞去了总统职务，高官们忙着转移财产，做撤离准备，城内到处都是散兵游勇。张若芸无暇顾及这个培训班，很多识时务的学员趁着这混乱的局面开小差跑了，李国正也在审时度势考虑自己的后路，他去商号再找张若芸，可这个商号门关了人也走了，他找不到张若芸，便在一个同学家中住下了，准备看一看风向再作决定。就在这个度日如年的日子，解放军胜利渡江占领了总统府，红旗插遍了南京城，他在同学的帮助下又恢复了学籍。他隐瞒了培训班这段经历，伪装积极，报名参干随部队南下进入浙江金华，他有文化很快得到了重用，在县军管会担任了宣传干事，他工作积极认真负责，很快就入了党。正在他春风得意之时，他的远房堂兄李振山突然出现在他的宿舍，他拿出张若芸的亲笔介绍信，对李国正说，我被保密局任命为金华特别行动组上校组长，同时委任你为特别行动组上尉组员，其任务是掩护我安全潜伏。李国正又惊又怕，气得脸色发白，夺过委任状撕成碎片，要赶李振山出去，李振山说："赶我走我就走，你可别忘记在保密局培训班，也枪杀过共产党，咱俩要活一块活，要死一块进监狱，然后让共产党公审，再一枪崩了。何去何从，你自己选择吧。”李振山击中了李国正的命门，在保密局培训班的身份暴露了，他就得完蛋！他在百般无奈中，灵机一动，心想犯不着与他较真，先稳住他再作计较，再说金华也解放了，他也成了惊弓之鸟，谅他也不敢做出过分之举。他缓了一口气说：“我不会接受你们的狗屁任命，你说要我帮你，你说吧，就帮你一次，今后你是你，我是我，各走各的道，互不相干！”李振山说：“那你就想办法证明，我是你的同乡，是一个受压迫受剥削的贫民，逃兵荒来到这里，给我安排一份工作。”

县城正在搞商业公私合营，李国正安排他到街道商店当了一名营业员，李振山说话算数，再也没有来找过他。

李国正在金华仕途一路顺畅，军管结束后，就到财政局当了预算科长，然后和一个当地姑娘恋爱，结婚生子成家了。一个人做过的事，无论怎样掩盖伪装，总有一天要付出代价的。很多年过去了，李振山一直没找他。使他想不到的是，中午过后，李振山大摇大摆地来到他财政局办公室，李国正立即关上门，小声说：“你又来干什么？”李振山傲慢地说：“我是你顶头上司，难道不能来找你？老蒋要反攻大陆了，说不定这天下又是我们的了。我正在组织一支武装迎接国军，但在资金上有困难，上峰命令你，在一个月内筹集军饷一万元，到时你就是复国的功臣，县长、市长的官位等着你去上任呢。”李国正气不从一处来，说：“你滚，给我滚得远远的，要钱，一分都没有！”李振山也不是吃素的，他眼露凶光拔出手枪对准他说：“要我走没那么容易，要是一个月内筹不到一万元，你对这枪说吧。”说完收起枪就出去了。

这一万元是天文数，虽然他整天和钞票打交道，手中有的就是钱，可这钱都是国家的，移用一分都是犯罪。可是，如果不给李振山钱，他说不定在哪一天，准会一枪把他崩掉，为了自己的性命，必须把他稳住，于是造了一个假预算，拿出一千五百元。他把钱交给李振山说：“就这点钱，你要再逼我，我去自首你也逃不了。”

李振山是什么人？被他这点伎俩就能唬住？他不去财政局，在他下班的路上拦住他，有时在家门前等他，非要这一万元，这个日子没法过了，真想去公安局自首与李振山同归于尽，但看到妻子和两个孩子，他下不了这个决心。

正在这时，政府号召机关干部、工厂职工下放到农村，为了避开李振山，他狠狠心报了名，带着妻子孩子全家下放到月亮湾。他暗暗得意，你李振山敢回月亮湾吗？你害死了这么多人，在月亮镇血债累累，月亮镇的人不把你剁成肉酱才怪！

他逃出了李振山的魔掌，还当了大队会计，大把的钞票成堆的粮食在他手中过，他过了几年舒心的日子，官运亨通，财也发了，比在财政局当科长还要抖擞。想不到四清运动清查他的贪污盗窃，把他从巅峰一下扯入阴沟，这还不是最坏的结果，四清工作队灵敏的嗅觉，已怀疑他的那一段历史，正在顺藤摸瓜，万一查出在保密局培训班的罪恶，那是杀头之罪啊！

王指导出差这么长时间，去哪儿了？听李海波他们背后交谈，是去了省城，他隐约感到，危机正向他一步步逼近。王指导穿上那身威严的警服，带着李光义又出差了，是不是去了金华？李振山是不是也被抓起来，已经供出了他？一连串的疑问使他坐立不安。他接触不了外界的人，唯一能够打听的就是陈跃峰和李海波，也许能透露出一点风声。陈跃峰就坐在办公桌边，他正在看一本养鱼的手册，他试着对陈跃峰说："我要找李书记，有话要同他说。"陈跃峰抬起头说："你还有脸见李书记，他都为你抬不起头呢。"他碰了一鼻子灰，没有得到想要的情况。李海波来接班了，他又问李海波："李书记去哪儿了，我找他有事呢。"李海波全然没有保密防范的意识，直截了当说道："还不是为了你的事，和王指导外出了，你还是争取主动，早一点坦白交代吧。"

果真如此，东窗事发！他突然感到一阵眩晕，天在转，地在动，他的末日已经来临，一屁股坐在地铺上。他从未有过这样的失态，经济上的贪污是几个钱，大不了撤职退赔开除党籍，做一个普通老百姓，照样能够活下去，而国民党特务的身份暴露了，他的人生，他的家庭，就彻底完蛋了。如果人世间有生不如死，他才真正体验到，这样活着要比死难受很多。

其实人生是无从选择的，就好比无法选择自己的父母一样，每个人无法选择自己出生的时间，也无法选择家庭的出身。在出生之前，没有征得谁同意就有了生命，命运之神就把你送到人间。李国正如果再晚几年出生，避开了民不聊生的战争年月，他将会是完全不同的人生。而在那个年代，为了生活，为了前途，一不小心就走上了歧途。现实的世界不是缺少道路，而是可以走的道路太多，谁也不知道哪条道路可以走到光辉顶点，哪条道路是死胡同，只要跨出了这一步，你就得走下去，没有后悔，后悔了也没用。放长了人生看，任何人没有走对走错，只有成功与不成功；放大了社会看，没有绝对的公正与公平，只有相对合理与合法。你在前朝是功臣，换了朝代就是罪人。一个最聪明的人，都逃不出命运的宿命。李国正如果在十年前坦白自首，下场同样也是悲惨的。他不怨天，不怨人，只怪命运安排早出生二十年。

李国正想着这些往事，仍抱有一线希望，只要李振山不暴露，他还是安全的。不到最后推车撞壁这一刻，他是不会交代这一反革命的历史。

王局长和王海松、李光义一行，来到浙江金华，很快同当地公安局取得联系，在李振山家的四周进行了布控。首先要确定李保国是否就是李振山，这个任务交给了李光义，他经过化装扮成了一个要饭的乞丐，游走在附近，快到上班时间了，李保国推着自行车出来了，李光义低着头从他身边走过，十七年了，他的脸上爬上了皱纹，头发也花白了，唯独这张国字脸没变，这一双鼓鼓的金鱼眼没有变，还露着凶光，他就是李振山！仇人相见，一颗狂跳的心都快要跳出来了，但他不能激动，不能有丝毫暴露。他和他擦肩而过，看着李保国上了自行车，走远了。他急忙向附近的王局长汇报："他就是李振山！"王局长点了点头，立即骑上自行车，紧跟李保国去了。

李保国和往常一样，到了单位，把自行车推向停车处，然后走向仓库。他没有一点预感，走得是那样逍遥自在，突然听到后面一声大喊，"李振山！"他心一慌，这个名字已有十七年没有人喊了，急忙回头一看，就在这一刻，仓库窜出两名公安，两人扭住他的两条胳膊，把他按倒在地，给他铐上冰凉的手铐。王海松走上前对他说："别装了，你是李振山，被逮捕了。"李振山鼓着一双金鱼眼说："我是李保国，你们抓错人了。"王海松说："我带你去见一个人，你就不会说你是李保国！"

李振山被押上呼啸而来的黄色警用吉普车，又呼啸着向公安局飞驰，李光义在这里等着他。当他走下吉普车，远远看到李光义时，他一下就瘫软了。李光义平静地对他说："别装了，月亮湖的人民等着你回去清算你的血债呢。"

金华县公安局立即抄了李振山的家，在隔墙里搜出了二十支步枪，三把勃朗宁手枪，还有大量的子弹，接着又在地板下搜出了潜伏特务花名册，金华县公安局连夜紧急抓捕，经过紧急审讯，在附近的山洞里缴获了电台，一举破获了潜伏的台湾国民党特务组织。

抓回了李振山，轰动了月亮湖。他的逮捕归案，不但交代了与李国正之间的罪恶交往，还给社员群众上了一场严肃的阶级斗争课，国民党的残余不甘心他们的失败，还在伺机而动，国内外的阶级敌人还在遥相呼应，梦想夺回失去的天堂。要使每一个人记住，千万不要忘记阶级斗争。公社大院里挤满了人，有的是来复仇的，也有来控诉他罪恶的，更多的是来看热闹的。公社赵书记与分团刘团长商量，决定在月亮镇小学操场召开万人大会，控诉李振山勾结日本鬼子，残害百姓的滔天罪行，控诉他鱼肉百姓，疯狂杀害地下党员，杀害新四军战士的反革命罪行。

这样的大会，土改时批斗恶霸地主开过，镇压反革命枪毙人开过。好多年没开过这样的大会了。大会由公社赵书记主持，四村八邻的社员群众来到小学操场，席地而坐，操场上红旗飘飘，高音喇叭放着革命歌曲，响彻四方。在一片"千万不要忘记阶级斗争"的口号声中，李振山被公安局的武装警察押上了斗批台。先由公安局王局长介绍破案抓捕经过，然后有李光义等十二位同志上台历数他欺压人民，残酷杀害革命志士的滔天罪行。他血债累累，在人民的控诉下不得不低头认罪。人民大众开心之时，就是阶级敌人难受之时。公审大会结束，李振山被押着走向月亮湖边，随着两声清脆的枪声，结束了他罪恶的生命。

十七年过去了，人们没有忘记李振山罪行，他的逮捕归案，使冤屈的灵魂得到了伸张，使善良的人们得到了心灵的安慰。

李振山供出了与李国正在金华的全部经过，公安局又到江苏监狱提审了当年保密局培训班的学员，证实了李国正在雨花台枪杀革命烈士的罪行，唯一没有证据的是，他参干后随军南下是不是张若芸安排的潜伏。公安局预审员对他一次次的提审，都拒不交代保密局培训班的事，王指导把他亲自填写的表格摔在他面前，他抱头痛哭，承认受了张若芸的欺骗，误入歧途，只字不提枪杀共产党之事，问他与李振山是什么关系，他只交代给他介绍了工作，不知道他是潜伏特务。他作了顽抗到底的最坏打算。最后他对王指导和预审员说："我累了，真的累了，好想睡一觉。"

上过高山，走过平地，才知道坦途的顺畅；追求荣华宝贵，走错了路，迷失了方向，跌倒了，才知应该本分做人。人生的酸甜苦辣，品尝到最后，只留下了一种滋味，就是无可奈何花落去。

预审员走了，只有陈跃峰和曾国兴看守，他对陈跃峰说："身上还有些零钱，我想喝酒，能不能给我买瓶酒和下酒的菜？"

陈跃峰没有回答他，心想，过惯了好日子的人，到了此刻，还要享受吃喝，真是死不要脸了。但转念一想，犯人在枪毙前都允许让他喝酒吃肉，何况他是隔离审查，他要喝酒就让他喝吧。他让曾国兴上月亮镇去买酒买肉。他不忘自己的职责，严密地监视着李国正的一举一动，在移送公安局之前，决不能出一点差错。

曾国兴回来了，把酒和肉放到李国正面前，他大口喝酒，大块吃肉，半瓶酒下肚，脸上泛起了红晕，他边吃边哼起了锡剧小调，酒精使他忘记了一切，仿佛自己不是被审查，而是在街坊酒店里喝酒，及时行乐，只是找不到猜拳行令的对手罢了。

他喝着喝着突然笑了，笑过后又放声大哭，表情是心情的具体表现。谁说笑比哭好，这笑是绝望后的回光返照，这哭是阵痛后无穷的追悔，到伤心绝望时，悲则大笑，痛则大哭。这个时候，无论是大笑还是大哭，不是彻底痛心的悔过，而是人性发狂的变态。

他在猜测着，李振山肯定交代了他为特务组织提供经费的事实，揭露了他在雨花台枪杀共产党人的罪行，公安局已掌握了他的全部罪恶，他是一个双手沾满鲜血，又是有着严重贪污盗窃的"双料"特务反革命，用不了多长时间法院就会判他死刑，把他五花大绑押解到月亮湖边，然后"呯呯"两枪，一阵绞心的剧痛，他向前扑到，就什么都不知道了。然后大街小巷，到处张贴处决他的法院布告。他的妻子儿女在家中痛哭，还要背着反革命家属这个阴影，永远不得翻身。他一生最对不起的就是妻子和儿女，他们无论如何也不会相信，他们的父亲会是国民党军统特务！还去想这些干啥，不要等到一切水落石出，再考虑后路，只有人一死，这些事就永远无法弄清了，想追究也不能追究了。砍头不过是风吹帽，人死如灯灭，再过十八年又是一条好汉！他把剩下的酒一口全干了。

夜深了，曾国兴背靠墙壁打起了呼噜，陈跃峰坐在办公桌边打起了盹，这个夜晚和往常一样，外面的北风呼呼地吹着，天上的星星依旧神秘地闪烁。突然听到“啪”的一声，陈跃峰奋身跃起，只见李国正已经倒地，两只筷子分别插入两个鼻孔顶入脑门，鲜血在他的鼻孔和嘴中喷出。

“快来人啊，李国正自杀了！”

第二十章 “左”比“右”好

第一个来到现场的是常队长，他看到满地是血，李国正的手和脚还在抽搐，说明他还活着，他急忙对陈跃峰说：“赶快备船送医院抢救！”

紧跟着王指导和柳青也来了，他们慌乱地把李国正抬上木船，陈跃峰立即架起了橹，曾国兴和李海波在船头一篙接一篙用力撑船，木船箭一般劈开水路，在深夜的寒风中向月亮医院驶去。

这样的重症病人，当然是何院长急诊，她顾不上李国正浑身是血，掀起他的衣服，进行听诊，还能听到微弱的心跳，她急忙喊来护士，做好输液准备。一阵慌乱之后，药水终于一滴一滴流进他的血管。常队长问何院长：“还有救吗？”何院长摇着头说：“插得太深了，大脑积满了瘀血，没救了。赶快通知他的家人吧。”

当他的妻子曹凤娟来到医院时，李国正已经去世了。护士擦干净他脸上的血污，他的遗容很难看，张大的嘴巴凸鼓着眼球，两根筷子仍然插在鼻孔里，脸型已经扭曲变样了，她一下就扑倒丈夫的身上，呼天喊地大哭起来，没有人劝说，劝也没有用。朝夕相处的亲人，突然走了，死得又这样惨，她的天塌了，地陷了，她怎能经得起这样丧夫的痛彻，她什么都不顾了。

过了很久，她抬起泪眼，对常队长说：“老李进去的时候都很好，不就是贪污几个钱，我们可以慢慢地退赔，他还不清，还有儿子还，总有一天能还清，还不至于去死！你说，他究竟犯了什么罪？”

常队长一脸伤感地说：“是的，他不应该死，但他犯下的不仅是严重的经济贪污，还和李振山勾结在一起，是敌特反革命罪。等天亮之后，公安局王局长会向你说明一切的。”

曹凤娟顿时吓蒙了：“他是特务？是反革命？你们一定弄错了。他是随军南下干部啊！”说完又大哭起来。

天亮了，王局长来了，法医对李国正的死亡进行鉴定，确定是自杀。王局长供布了李国正在学校参加三青团国民党，后经特务头子张若芸介绍，又参加了保密局特务培训班的那段经历。他隐瞒了历史，混入革命队伍。随军南下到金华后，又参与潜伏特务李振山的活动，并为特务组织筹措了活动经费等罪恶。他自绝于人民，属于畏罪自杀。

月亮镇上贴出了巨幅标语：国民党特务李国正畏罪自杀，罪加一等！月亮湾大队也刷出了横幅：潜伏特务李国正罪大恶极，畏罪自杀，罪不可赦！

他的死，似乎不是一个人的生命离去，而是死去一只狗，而这只狗，曾经咬死过人，他自己不死，也会被人活活打死。他的罪恶铁证如山，没有人同情，他的家人也不敢为他辩护，他死得比鸿毛还轻！

县公安局王局长深深地感到内疚，作为一个多年刑侦工作者，在敌特证据确实的情况下，没有把他及时收监，麻痹大意造成了非正常死亡，追查责任内紧外松，他向县委作了深刻的检查，并要求降薪一级处理。

常队长终于可以松一口气了，抓回了罪大恶极的李振山，查实了暗藏特务李国正的罪恶活动，活生生的现实教育了广大群众。人们在欢呼声把一个罪恶灵魂送上断头台，另一个同伙又以自杀结束了罪恶的生命。在生者与死者之间解开了一个死结，了结了许多人的恩怨，留下了新中国镇压反革命最后的一迹。

四清运动已经取得了很大的成绩，随着清理阶级队伍告一段落，工作重点进入组建生产队和大队的领导班子。大部分干部是好的和比较好的，生产队长和会计大部分担任原来职务，但对大队主要干部的任用搭配却让常队长举棋不定。政治路线确定之后，干部就是决定的因素。如果让李光义和许云中留任，只要从年龄较轻又有文化的党员中选出一个大队会计，但这样搭配班子使常队长不放心，老一代土改时出来的干部，年龄普遍大了，文化水平低，基本上是文盲、半文盲，已不能适应社会主义建设的需要了。运动中涌现了一批积极分子，他们有文化知识，也有一定觉悟，但工作经验少，还怕嫩竹扁担挑不起这个担子。大队就这么几个人，选来选去都不合意。而运动的要求，已到了组织建设的关键时刻，选不出来也得选出来。他把李光义、许云中、陈跃峰、李海波、曾国兴这些人在头脑中盘点，尽量发现他们的优点、特长、能力，希望能找到合适的坐标。他对李光义虽然有了进一步的了解，在抓捕李振山的过程中还立了功，但对他的孤傲，思想上的右倾保守，在他心中仍然有疙瘩。再则年龄大了，身体也不好，那就让陈跃峰担任，他年轻，有文化，工作也不错，他已经是党支部副书记，接任党支部书记顺理成章，可是，他和李光义一样右倾保守，不听话。他不能不想，在工作上曾经顶撞过不协调，特别是对李光义的揭发批判过程中，起着相反的作用，并不合时宜地在申诉书上签了字，对工作队施加压力。他的思想观念与他是那样格格不入。常队长不是不食人间烟火的神仙，也不是凡事都能出以公心，人人都有私心杂念，爱听顺风话，欢喜听话的小绵羊。他至少对陈跃峰产生过此人不可重用的想法。陈跃峰虽然有德有才，还有很好的群众基础，但要让他担任一把手，能否掌好舵，接好班，他还不放心。

让许云中担任，大事做不来，小事又糊涂，还有男女生活作风问题，这人道德品德上有问题，群众影响又不好，威信不高，这个大队长能否继续留任，还有问题呢。

那就让李海波担任，他阶级斗争观念强，路线觉悟高，但总有给人不踏实的感觉，给人有说不出的味道，说的是一套，做的又是另一套，表里不一，还会做小动作。他做人不厚道，诚信有问题。让他当书记，恐怕党内考察都通不过。常队长只能为他惋惜了。

曾国兴是好人，工作积极，肯苦耐劳，为人老实，但好人不一定能当好领导。别看这基层党支部书记，既要高尚的品德，无私的奉献，又要有总揽全局，团结一班人共同奋斗的能力，像他这样的好人，担负一项具体工作行，要独当一面，主持全面工作，还缺乏一定的工作能力。

有能力的不顺眼，顺眼的没有能力，不是这个毛病就是那个不行。农村落后，农村没有人才，而选好这个书记，是关系到月亮湾几千老百姓的安宁和幸福，是能不能坚持走社会主义道路的大事。

他打开办公室的门，让风吹散了满屋的烟味，他深深地吸了一口新鲜空气，向对面王指导的宿舍走去。

王海松正伏在办公桌上写得认真，听到身后有脚步声，猛一抬头，常队长已站在他身后了。

“吓了我一跳，怎么不先敲敲门？”王指导抱怨地说。

“你这么认真，写什么呢？”

王指导站起身说：“我在写检查呢。李国正的自杀，我有不可推卸的责任，王局长作了检查，我也干了十多年的公安，麻痹大意没想到他会自杀，铸成了大错。在作书面检查的同时，并请求组织降薪一级。”他说得诚恳，自责得严厉。

常队长说：“我是工作队长，论责任，也应该由我来担当。作检查的应该是我啊。”

王指导说：“我和王局长是具体负责这个专案的，这个责任由我和王局长承担是恰当的。吃一堑，长一智，检查错误要深刻彻底，只有触到痛处才能改得彻底。一切从大局出发，把不良影响降到最低限度，保证下阶段工作顺利展开。”

王指导为全局考虑，主动承担责任的高风亮节，使常队长一阵感动，工作队人员来自五湖四海，各行各业，能有这样的好同志做搭档，他感到骄傲，又感到惭愧，他上前握住了他的双手，千言万语不知从何说起。

应该走出这个沉痛教训的阴影了，他俩顺着河边的大路一直向东走去，冬天的田野是凋零的，社员们正从河边挑着一担担的烂草湖泥，送往麦田，然后撒开，把麦苗盖住，避寒挡风，安全越冬。湖泥烂草的肥力，又是麦苗开春生长的要素，每一粒粮食都浸透了农民的汗水。

他俩走到湖边，极目远眺，浩瀚的湖面水天一色，远处白帆点点，依托在水面上慢慢移动。不知从何处来又不知飘向何方。远处的山峦，与地平线连成一片，看去就像海市蜃楼，不停地移动，不断变幻，瞬间又幻化成另一番景象。湖中微波轻浪，在阳光照耀下泛着粼粼波光，晶莹闪烁。一群水鸟掠过水面，点击腾空飞向蓝天。白云、风帆、水鸟、共融，天人合一，恬淡和谐，流光溢彩，只将缕缕阳光，映在盈盈绿水。

常队长站在那里，凝望着远方，他在深深思考，也在感悟，每个正确决定总是在思考和感悟中逐步形成，每个正确决定都是自己与自己较量的产物。他在反思中荡涤自己的偏见，在新的考量中逐步成熟。

王指导说：“老伙计，你带我到这里，是来看月亮湖风景的？我可没有这个兴致！”

常队长说："我是和你商量工作的，月亮湾大队这个班子怎么搭配，你考虑过没有？你提供一个参考意见吧。"

王指导说："你和我商量，一定已经作全面考虑，还是你先说吧。"

常队长有些不快，说："废话！我要是拿定了主意，早就跟你说了。选好一个带头人，组织建设就落实了一大半，而现在，我的脑子有些乱，特想听听你的意见。"

王指导一听，觉得他态度是诚恳的，于是便投石问路地说："这不是现成的吗？李国正已经死了，李光义和许云中是属于好的和比较好的干部，李光义继续担任支部书记，许云中虽然犯有一定错误，仍然可以教育，再选一个大队会计就是了。"

"就这么简单？"常队长看着王指导不满地说。

王指导说："有这么复杂吗？如果李光义由于年龄关系不再担任支部书记，陈跃峰可以接班，也只是配备一个大队会计，剩下的是该如何安排李光义，他当过小乡乡长，照顾安排退下来的老同志，我们义不容辞。但我知道你对李光义和陈跃峰还有一些偏见，那就选李海波和曾国兴，或者让许云中接替也行。如果这样做，不说李海波的人品和曾国兴的能力，工作队前脚走，社员群众后脚就要跑到公社县里去上访，整个大队就会闹成一团糟！"

常队长始终在听，王指导停下不说了，他看着他，常队长急了："你说下去呀，看着我干啥？"

王指导说："刚才我不负责任说了这么多违心的话，但这正是你心里想的。其实你也拿不定主意。要选好大队领导班子，不能凭自己的感觉，戴着有色眼镜去看人，我们必须克服这种错误的思想方法。要出以公心，选择德才兼备，能为群众办事的优秀干部，让他们走上领导岗位，我们就问心无愧了。李光义为老百姓顶撞领导，就认为他难以领导，不是好干部，难道他做错了吗？陈跃峰也有不听话的缺点，但他是为了工作，而且事实证明他做的是正确的，那就该检查我们自己的思想方法和工作方法了。党内有不同意见不是坏事，而是好事，这就是发扬民主。如果没有能顶撞领导的下级，也许我们会犯更大的错误。"

王指导停顿一下又继续说道："有些人在工作上宁'左'不'右'，首先要明确什么是'左'，什么是'右'。'左'是脱离群众，空想盲动，不顾客观现实瞎折腾,'右'是保守消极,穿新鞋走老路,腐朽颓废,毫无进取之心。无论是右倾还是'左倾',都是错误的思想作风。很多同志认为'左'比'右'好,其实在社会主义建设时期,'左倾'的危害更具有破坏性。而我们在一次次的反右倾中变得极左了,'左'能比'右'好吗?李光义一切从实际出发,正是坚持了实事求是的群众路线。陈跃峰在学校就入了党,毕业后就当了生产队长,一改前任队长陈炳德独断专行的工作方法,吃苦在前,一心为公,带领群众,把一个后进队搞成公社样板队,他既有生产一线的实践经验,又具备了领导一个大队的能力,这样优秀的青年,我们视而不见,反存偏见,把一个根红苗正的接班人错看成右倾保守、无所作为的人。依我看,陈跃峰才是优秀的接班人。"他终于说出了早就该说的话。这些话,字字句句都击在常队长的心坎上。

一阵北风吹来,湖面上翻起了白浪,一个接一个拍打着湖岸,溅起的水花打湿了他们的长裤和鞋袜。常队长的心像这湖面一样,在剧烈地翻腾,冲刷着他不健康的灵魂,荡涤着他一贯的"左倾"思想。回想进村后的工作,他是多么主观,多么自负,自以为一贯正确,听不得不同的意见,任其发展下去,是多么危险。

他用力握住了王指导的手说:"听君一席话,胜读三年圣贤书。我死搬教条,总以为'左'比'右'保险,戴着有色眼镜看人,几乎坏了大事。今天不谈这些了,容我好好思考,有一个转变过程。老伙计,谢谢你!"

王指导说:"听说陈跃峰和新婚妻子分居了,他的那个漂亮媳妇,在婚前就怀了别人的孩子,媳妇不爱他,两人新婚之夜就闹翻了,换了谁都受不了,可他以坚强的毅力,一直忍到现在,一心扑在工作上,不容易啊!"

常队长说:"谁说不是呢,他家的东西都被乔亚芳娘家的人砸了,他还在加工点给她张罗房间,还在关心她,换了其他男人,早已赶她走了。从他处理个人的感情中,也可以看出,他的内心强大,他有一个超强忍受压力的胸怀,又有善待他人善良的心,这种美德,在现在的青年中,很少有了。"

他俩边说边走,已到鱼塘,男女社员正在栽桑苗。陈跃峰拿着铁锹,在用力挖坑,李新秀抱着桑苗,一棵棵放入坑中,拥土踏实。

常队长卷起长袖,拿起铁锹挖坑,王指导抱起了一捆桑苗,一棵一棵往坑里放，把苗扶正，然后填土压实。尽管没有农民干得利索，却干得认真细致。工作队员参加集体劳动，已成为联系群众的工作方法。

李新秀眼尖，一下就看到了常队长和王指导，她立即对陈跃峰说：“跃峰哥，你看，常队长和王指导也在那边栽桑苗呢。”

陈跃峰抬头一看，果然是常队长和王指导，他俩这个时候来到工地，也许有事找他，他放下铁锹，向他俩走去，迎上去说道：“这桑苗栽下了，放养鱼苗却没有钱了。”

常队长也放下铁锹说：“是不是没借到贷款？”

陈跃峰叹了口气说：“信用社借到八千元，只够买桑苗的费用。我正发愁借不到买鱼苗的贷款。”

王指导说：“那你为什么不多借一点？”

陈跃峰说：“信用社的贷款规模有限，借给了你买鱼苗，别人就没钱买化肥，鼻子上的肉拉不到嘴里吃，蒋主任也没办法。”

常队长突然想起了什么，他对陈跃峰说：“要不你去县农行走一趟，徐行长做过我的秘书，我给你写一张便条，也许他能给你解决困难。”

陈跃峰一阵惊喜说：“蒋主任也说过，县农行贷款规模大，抽出二万三万不成问题，但人家不认识我，再多的钱也不会借给我。现在可好了，有熟人好办事，明天我就去县农行。”

他接过常队长写的便条，小心地折好放在胸口的口袋里。他从心底里感谢常队长。只要能借到贷款，顺利地放下鱼苗，他就用不着担心了。

常队长看着满心欢喜的陈跃峰，根本看不出他在个人问题受到巨大打击的迹象。他心胸宽阔，心里装着集体，把婚姻的不幸默默忍受，把别人的嘲笑当作无事一样，有这种乐观态度和坚强性格的人，还需要别人安慰吗？

常队长和王指导交换了一下眼光，原来对他的担心都是多余。常队长又拿起铁锹，王指导抱起桑苗，又投入了紧张的劳动。

第二天早晨，陈跃峰很早就起床了，他吃过早饭，把母亲特地为他做的煎饼塞进内衣口袋，紧紧贴在胸口，这是他去县城的中饭，农村人上城，舍不得花钱进饭店吃饭，都是自带干粮。陈跃峰虽然是因公出差，生产队可以补贴伙食费，但他深知集体一分一厘来之不易，能为集体节省,就尽量不让生产队增加开支。

冬天的早晨,淡淡的雾霭笼罩着田野,小河小沟都结上了一层薄薄的冰,一层洁白的霜花覆盖大地,把田里的小麦,油菜和叶片,冻得紧贴在地面。这些越冬作物,坚韧地忍受着严寒的摧残,却孕育着希望,积蓄着能量在迎接万物复苏的春天。

他踏上去月亮镇的大路,很快就到了轮船站。虽说是轮船站,可只有一间屋子,一个售票窗口,放着两张条凳,充其量只能算一个码头。去县城就只有这一趟轮船,月亮镇是路过,要去县城的人,都站在河边等候,只要听到"呜呜"的汽笛声,轮船就到了月亮镇。

陈跃峰买好轮船票,看到在人群里挤着一个穿红色格子上衣的姑娘,这不是李新秀吗,难道她也去县城?昨天收工时都没说,今天一早居然还走在他前面,他抿嘴一笑,假装没看见她,走到码头边上一块青石上坐下了。

月亮镇是方圆几十里的交通枢纽,河面上来往的船只川流不息,有装着稻谷上粮管所交公粮的,有摇着船儿来食品站卖肥猪的,有满载着砖瓦和建筑材料的,摇橹的"吱咯"声,船与船的碰撞引起的叫喊声,更显示出小镇的繁忙和热闹。陈跃峰正看得出神,忽然觉得后颈痒痒的,他不自觉地伸手去抓痒,却被抓住了,回头一看,原来是李新秀用一根稻草放在颈脖上搔痒,她"咯咯"一笑,说:"去逛县城了,只知道一个人去,就不带上我。"陈跃峰站起身说:"我是去玩吗?是去办事的!"李新秀说:"你不带我,什么事都办不成,要不信,你试试看!"陈跃峰说:"我有信用社的介绍信,还有常队长写的条子,徐行长是他的老部下,怎么会办不成?"李新秀说:"借三万元贷款是巨额借款,凭一张纸条就给你贷款,你想得太简单了吧。"陈跃峰说:"我借不到,凭你能借到?"李新秀诡秘地一笑,说:"到时你别求我!"

轮船"呜呜"地叫着靠上了码头,人们争先恐后地向前挤,陈跃峰却宽厚地走在后面。不就是为了一个座位,用得着那样争先恐后吗?

轮船不停地晃动,让人站立不稳,一些人占到了座位,都是健壮的中年人和年轻人。一些人站着,大多数是老人和抱着小孩的妇女。这个世界就是这样,欺弱逞强,先下手为强。人多座位少,总有人占不到座位,站着的人不埋怨坐着的人,只怪轮船上的座位太少了。

李新秀用书包帮陈跃峰占了一个座位。她站在座位边上不停地张望，她希望在漫长的航行中，陈跃峰能坐在她身边。

陈跃峰走过来了，李新秀拿起书包，他旁边却站着一个抱着小孩的妇女，他指着这个妇女对李新秀说："你给我占了一个座位，她就要站到县城了。"说完就让这位妇女坐下。李新秀的脸突地红了，迅速站起把座位让给站在身后的一个老汉。

轮船起锚向前航行了。这时船老大走进舱剪票了，一边走一边说："给各位添麻烦了，年轻的让座给妇女和老人！让座了！"年轻人都站起来，妇女和老人们坐下了。人们的心是善良的。抢座位是欲望，是心态，让位与老弱病残是爱心、是姿态。纯朴的民风展现出社会的和谐与美好。

两个多小时的航行终于到达了县城，人们拥挤着走出船舱。陈跃峰回头问李新秀："我去县农业银行，你去哪儿？"李新秀不假思索地回答："你去哪儿，我也去哪儿。"陈跃峰无奈一笑，说："我是为生产队办事，因公出差，你跟着我，不会给你记出勤的。"李新秀生气地说："谁要你记工分？换了别人，给我记工也不来呢。"

两人说着侃着，已到县农业银行门前，陈跃峰对李新秀说："你在这里等我，我上楼去找徐行长。"李新秀说："这农行大门你能进，我就进不得？"陈跃峰一甩手："你愿意跟着就跟吧。"

陈跃峰依着办公室的序号找到了徐行长的办公室，他礼貌地敲门，却无人答应，显然，徐行长不在办公室。一位穿中山装的中年人，从另一个办公室走出对他说："徐行长在地委开会，不在家，你找他什么事？"陈跃峰说："借贷款呗。"那人说："要借贷款应该找我，你有手续吗？"陈跃峰说："有。"就拿出了常队长写的便条，那人看了两遍，"呵呵"一笑说："就凭这张纸条借贷款，这银行的钱早就借空了。徐行长在这里，也不会答应你。小伙子，我告诉你借贷款的手续，首先要写申请，写明借贷款的理由，然后到公社，让公社主任签上意见，盖上公社的大印，再交到我们这里，我们商量研究后，还要到实地考察调查，这个项目好不好，能不能借，还要考察你们还款的能力和信用，才能发放贷款。对不起，这次让你白跑一趟了。"陈跃峰红着脸说："难道没有商量的余地了？"那人说："我姓马，是这里负责信贷的副行长，不会糊弄你，你去办好这些手续再来找我吧。”

陈跃峰还能说什么，他以为常队长的条子就能办成贷款，哪知道银行放贷有这么多的条条框框，贷款没有借着，碰了一鼻子灰，就像泄了气的皮球，快快不快走下楼。

李新秀却在“嗤嗤”地笑着，不无嘲讽地说：“这回该求我了吧”

陈跃峰说：“你能借到贷款？我给你记一个月的出勤。”

李新秀红着脸说：“谁要你记工分？只要你求我，我就让你借到贷款。”

陈跃峰一怒说：“贷款都泡汤了，你还在看我笑话！”

李新秀委屈地说：“谁开玩笑了？马行长要的手续我早就给你办好了，都在我爸那里。我爸还说，各行各业都要支援农业，他还要给咱借无息贷款呢。”她的眼泪在眼眶里打转，只差没有掉下来。

陈跃峰一惊，知道自己过分了，他立即说道：“对不起，我借不到贷款火气大，不该对你发脾气，我错了。”

李新秀破涕为笑，说：“去县委找我爸解决吧。”

李新秀拉过陈跃峰的手，直往县委快步走去。

李新秀带着陈跃峰，轻车熟路地来到她父亲的办公室，他正送走了一批人，看到李新秀和陈跃峰，立即招呼道：“小陈书记，什么风把你吹来了?”陈跃峰脸一下红到耳根，从来没人称呼过他的职务，这位组织部常务副部长这样称呼他，他真有些受宠若惊了。

李副部长是本村人，但只有逢年过节才能见到他，想不到他这么亲近，这样平易近人。当他再次抬头看他时，他已在打电话，只听他说道：“是孙副局长吗？我推荐的那个栽桑养鱼的项目落实了没有？噢，开过局长办公会，已经落实了。行，你来我办公室，这个大队的书记在这里等着呢。”放下电话，他又对陈跃峰说道：“国庆回家我去湖边看过，这鱼塘还真有些现代化，如果经营管理得当，每年可增加几万元收入。新秀把你的借贷报告送到我这里，我不是管农村经济的，但知道多种经营管理局有这个扶持项目，而且还是无息贷款，就把申请转到多管局，现在项目落实了，贷款也有指望了。大家都说社会主义好，光吃饱肚子还不行，还要发展经济提高生活水平呢。”

陈跃峰听到贷款落实了，心中一阵高兴，急忙说道：“感谢李部长，又为家乡的社员群众操心了。”

李副部长连忙摇着手说：“谢什么，谁让我也是月亮湾人，说实在话，每当我从县城回到家，看到社员点的还是煤油灯，住的还是平房茅草屋，干的是牛马活，心中就有说不出的滋味。为什么农民只配住茅草屋？为什么至今还通不上电？这让我揪心。我希望家乡好，有所发展，我希望家乡的老百姓过上幸福快乐的日子。”

陈跃峰说：“我们感到惭愧，解放十六年了，山河依旧，面貌未改，如果站在生产队长的位置上，只是生产粮食，满足社员吃饱穿暖，这还说得过，如果站在一个大队领导的岗位上，还是这一点追求与理想，就远远不够了。应该要有远大的目标，选定发财致富的渠道，规划新农村建设的远大设想，带领干部群众共同努力奋斗，去改变农村一穷二白的现状。”

这一番话使李副部长刮目相看，新的一代年轻干部在成长，他们与老一代干部就是不一样，有文化，懂科学，有远见，不满足于有饭吃就行。时代不同了，他们有更高的理想，更多的追求。社会主义建设就要靠这一代年轻人，朝气蓬勃地接过班，发挥他们的智慧和积极性，希望寄托在他们身上。他也激动地说：“最近县委和县政府召开了联席会议，要求明年全县三分之一的农村要通上电，拉线接电的最大困难是资金，县委要求，国家补贴一点，地方自筹一点，社员个人拿出一点。可是这样的机遇，在名单中却没有月亮湾大队，我感到失望，不知是什么原因，没有进入这一批名单？”

陈跃峰说：“在党员干部中，一些人只看到眼前利益，怕影响社员当年分配收入，抱着等一等，看一看的思想，不同意勒紧裤带，投入资金。后来好多人都后悔了，包括李书记在内。如果现在还能争取，我们一定要争取，否则就对不起老百姓了。”

两人谈兴正浓，门前传来一阵急促的自行车铃声，李副部长说：“孙副局长来了，这无息贷款能不能落实，就看你的了。”

孙副局长一进门，李副部长就把陈跃峰作了介绍，陈跃峰握住了孙副局长的手说：“我们自力更生挖了三百亩鱼塘，塘埂上已经栽了桑苗，但缺少买鱼苗的资金，所以求助上级政府支持了。虽然我们现在还很穷，但养鱼是一项本小利大的项目，而且当年投入，当年就有收益，我相信，用不了几年时间，就会积累更多的自有资金，到那时，我们就不用国家扶持了。”

孙副局长打量着这个小伙子，看上去还未完全成熟，却显示出无须声张的厚实，不由刮目相看。但他还是有些疑虑，不无担心地说：“栽桑养蚕，开塘养鱼是一项投入少，产出多的项目，贷款是杠杆，对项目起步有着决定性的作用，搞得好，三万元能变成三个五个三万元，但我更想知道，你如何使用这三万元？一年之后，又怎样归还这三万元？”

陈跃峰知道孙副局长不完全放心，便胸有成竹地说：“发展多种经营是高效农业，这三万元只够购买鱼种，而农民养鱼是以工代本，我计算过，鱼塘按比例投放鲢鱼、草鱼和鳊鱼，鲢鱼的食物是浮游生物，我们用猪粪培育肥水，使饲料多次转化利用。草鱼、鳊鱼以食草为主，芦苇滩上有的就是青草，我们可以用草喂鱼，搭配少量的稻谷和麦子，又可节约大量饲料成本。三百亩鱼塘初步计算，可产出成鱼十五万斤，收入可达七万多元，再加蚕茧收入一万元，归还这三万元贷款已经绰绰有余了。第一年搞养殖下的成本比较大；第二年下的本就不要这么多了，首先鱼种我们可以自繁自育。做到节本降耗，效益一年比一年好。其实，搞经营就是做生意，做生意就要赚钱。同时，我们希望得到多管局在技术上的辅导，把渔场越办越大，为市场提供更多的水产品，我们的收入也增加了。”

陈跃峰对养鱼的经营管理，有条有理，不夸张，不扩大，收入来源有依据，还款计划有落实，给孙局长的印象是，这小伙子是干实事的人。

孙副局长高兴地说：“我们多种经营管理局的主要职能是扶持农村发展各项副业生产，我很愿意把你大队作为我局的联系点，这个关系确定后，这无息贷款委托月亮公社信用社按计划放贷，你要用钱，到信用社办借款手续就行了。”

孙副局长说完从手提包中拿出一式三份已经填写好的合同书，陈跃峰郑重地盖上了公章和自已章印。

陈跃峰自己都不相信，就这样顺利地借到了贷款，而且是国家扶持的无息贷款。他再看李新秀，她脸上挂着笑容给孙副局长添茶水，却回过头狠狠瞪了他一眼。

孙副局长呷了一口茶，把一份合同放入自己的包中，剩下两份交给陈跃峰，说："你这两份合同一份交信用社，你自己保留一份。为了保证项目出成果，我局决定派一名蚕桑技术员和一名鱼技员，深入蹲点进行专业技术指导，并指导渔场的消毒、防病治病、科学养鱼一系列的工作，请你安排好他们的食宿，以便总结经验，面上推广。"

孙副局长看了看李副部长，又说道："我的工作完成了，还有不完善的地方请李部长补充。"

李副部长哈哈一笑说："我只是做媒牵一根线，今后你们相处怎么样，就别来找我这个外行了！"

孙副局长也打着哈哈，出门骑上自行车，一阵风似的走了。

李副部长回过头对陈跃峰说："项目落实了，贷款也借到了，这仅是良好的开端，而你的责任更重大了。我必须对你提几点要求：第一，要专款专用，不准移作他用，保证国家贷款安全；第二，一定要出成果，出效益，让社员增加收入；第三，要按时还贷，诚信做人，再借不难。虽然我不是责任人，但我会随时关心项目的进程，一旦发现有违规，会及时建议多管局终止合同。"

陈跃峰说道："我深知这贷款来之不易，我会把贷款的使用情况每月向多管局提交报表，同时请你多加督促。李部长，感谢你对家乡农业生产的关心和支持！"

李副部长说："谢我干什么，是你的项目好，再加上你能说会道，感动了孙副局长。要不是新秀三番五次催我，我还不知道多管局有这个项目呢。要谢，你谢新秀好了。"

陈跃峰红着脸说："我答应给新秀记一个月的工分。"

李新秀说："去你的吧，谁说要记工分，鱼养好了，我家也有一份呢。"

李副部长看到女儿对陈跃峰这么亲近，眼中还闪烁着异样的光芒，而这种眼神只有在深爱的人面前才能流露，他一直在猜测女儿的心思，与陈跃峰究竟是什么关系，陈跃峰已经是有家室的人，这是他绝对不允许的。他不由生气地对李新秀说："别多嘴了，跟我去食堂打饭，跃峰难得来，今天我请他吃饭。"

李新秀不情愿地跟着他。他为了进一步探究女儿的秘密，便直截了当地说："乖女儿，你总不会爱上这小子了？他可是结过婚的男人，这样发展下去,你会吃亏的。”

李新秀挣脱他的手说:“爸,你瞎说什么,你女儿是吃亏的人吗?结过婚又怎么样,他们之间根本就没有感情,结婚的当天就分居了。”

李副部长的怀疑终于得到了证实,他由生气变为愤怒,低声训斥道:“你介入了他的婚姻纠纷?这是伤风败俗的事!不行,我绝对不同意,你得赶快离开他!”

李新秀双手按上耳朵,连声说道:“我不听,我不听!”说完回头就走。

李副部长无奈地看着倔强的女儿,已走出县委大院。拗妻逆子,无法可止,女儿长大了,她的婚姻要自由,你能拴住她的人拴不住她的心。他买了二份客饭,又特地增添了一份红烧肉回到自己办公室。

他招呼陈跃峰坐下吃饭,陈跃峰看不到李新秀,便说道:“等新秀一块来吃吧。”

李副部长放下筷子说:“别等她。刚才她碰上干部科的小姚,他俩正在谈对象,在一块用餐了。”

陈跃峰的心里“咯噔”一下,下咽的红烧肉像吞了一块冰,噎在喉咙口,这怎么可能呢?她明明亲口对他说,她爱他,要他尽快结束和乔亚芳的痛苦婚姻,她一往情深地等他,难道这都是随便说说的?这不可能!她不是这种朝三暮四,脚踏两只船的姑娘,假如她不爱他,又何必费尽心思帮他走门路借贷款呢。她对他的关心,超过了所有的人。可事实就是这样,这是她爸亲口说的,不相信也得信,她正在陪伴男朋友吃饭。唉,世上最难料的是女人心,最怕的是六月天,人往高处走,水往低处流,谁不想攀高枝跳龙门。女人的心说变就变。再说了,你陈跃峰算个啥,人是二婚的,工作是修地球的,一年的收入顶不上人家三个月的工资,还有一个不会睡女人的臭名声,不管是真是假,宁可信其真,有哪个女人愿嫁给性无能的男人。

他怀着忐忑的心情吃完了这顿午饭,就向李副部长告别。他只觉得天塌下了半边,地陷下三尺,头也是晕晕的。他只想早一点看到李新秀,问她这是不是真的。两个人相爱无须理由,要散要离开总要问个明白。他急匆匆走到轮船码头,站在门口左顾右盼,等待李新秀到来。

轮船站人进人出,走了一批,又来了一批。眼看开往月亮镇的轮船就要起锚了，还不见李新秀的踪影。看来她是不会来了。恋人相会后的分别，总是那样依依不舍，有说不完的知心话儿，也许她忘了轮船开出的时间，也许男朋友带着她去逛商店了，也许她今天不回家了，这都是她的自由，何必还要苦苦等她，她答应过一定要嫁给你吗？

轮船“呜呜”的汽笛声像黄牛一样吼叫，人们踏着跳板向船舱涌去，他仍然站在码头不停地张望，期待李新秀在最后一刻出现。然而，望断人影稀，却不见伊人来。艄公大声呼叫着，“开船啰，快上船呀。”在轮船即将离岸的那一刻，他才急忙跳上船。爱情中从来只见新人笑，哪顾旧人哭，此刻的李新秀，正和男朋友谈得开心呢。

轮船开出护城河，又进入了氿湖，迎风破浪向前行驶。它在中途要停靠很多的码头，让一批旅客上岸，然后又有新的一批旅客上船，人们上上下下，来来往往。人生就像旅途中的轮船一样，他的方向永远向前不变，而船上的旅客走近了，又走远了。从未见过的人，才这里相逢了，又离开了，也许一生一世再也不会相遇。

爱情更是一场又一场的相逢相遇，驿路策马，楼台相会，长亭送别。一回眸，一驻足，说变心就变心了，说离开就散了。男女之间的交往，有多少人从无话不说到无话可说，有多少缘从一朝相逢到一夕离散，挤不进的世界不要硬挤，难为了别人，也委屈了自己。你心上的人，就算再留恋，如果抓不住，也要适时放手，受到委屈也要忍受。爱情总是那样折磨人。总以为可以收获爱情的果实了，又擦肩而过，无缘错失。相逢是美好的开始，离开又是相逢的结束。

轮船靠岸了，他大步向月亮湾走去。此刻，他的头脑已经装满了一揽子农活，麦苗要培土了，油菜要除草施肥了，还有鱼塘上的猪舍要盖，就地取材，土坯墙，茅草顶，自己动手不花钱，生产队有忙不完的活儿。

第二十一章　两瓮银圆

李新秀负气离开父亲后，走出县委大院，迎面碰上了孟秀枝，李新秀惊讶地说："秀枝姨，你也来县城了？"

孟秀枝说："你来县城不带上我，县城这么大，去哪里找社教工作总团呀？我迷路了。"说着她拿着月亮社教分团的介绍信，给李新秀看。

李新秀一下明白了，她还是为了那个地主成分，这也难怪了，头上戴着这地主婆的帽子，没有政治权利，到处受歧视，被人欺负，她实在爱不了，只要有一切希望，她都要冒翻案的风险，去挣扎，去改正。一个人可以贫穷，但不能没有尊严，不能没有自由。她为了改变自己的成分，已经遭受到批斗，但她不甘心，她没过上一天像潘秀凤那样不劳而获的地主生活，哪怕是再次批斗，只要能改变成分，她都情愿。她大着胆子把申诉书再次交给了王指导，王指导郑重其事地找她谈了话，他说："土改时只有漏划的地主富农，没有错划的地主富农。"但听了她的身世之后确实也很可怜，改正也有理由，于是在申诉书上签了意见，让她找社教总团的领导。刘团长也说了同样的话，签了意见让她来县城找社教总团的领导。她步行到县城，找不到社教总团在哪里，却碰上了李新秀。

李新秀把介绍信还给孟秀枝，说："秀枝姨，你别急，只要有这个单位，就一定能找到。"她返身来到县委传达室，一位中年干部热情地告诉她，社教总团的办公处在县政府招待所一号楼。

县政府招待所就在这条大街上，李新秀很快就找到了。可是每个房间都放满了办公桌，每个人都在埋头认真的工作，这纠错的工作，究竟归谁管呢？李新秀想，分团有分团长，总团也就一定有总团长，所谓总团长就是管全面的，只要找到了总团长，这事就有了着落。李新秀落落大方地走进一个办公室，向一个年轻干部彬彬有礼地说道："同志你好！请问总团长的办公室在哪里?”那个干部也很有礼貌地说:“你有介绍信吗?”李新秀拿出分团的介绍信交给他,他看了一下立即说道:“田总的办公室在二楼东面第一间,他正在办公室,你们去就是了。”

李新秀带着孟秀枝来到田总办公室,孟秀枝一下就惊呆了,眼前这个身材魁梧,长着长方脸的田总不就是当年张金大家的长工田子华吗?十多年不见了,可他眉宇间的那股英气,他的宽阔的额头还是老样子,一点都没变,只是多了几条皱纹。当年他们一起下地劳动,一张桌子吃饭,他喊她秀枝小妹,孟秀枝喊他田大哥,他们在一块劳动两年多呢。直到有一天深夜,国民党区长李振山敲开了张金大的大门,到处搜查田子华,这才知道田子华是以做长工为掩护,暗地里却干着共产党区委书记的工作。他在慌乱之中,躲进了孟秀枝的床下,才逃过这一劫。临走时,孟秀枝送他八块银圆,这是她来张家二年所有的积蓄。田子华拿着银圆说:“共产党打下天下这一天,一定来还这银圆,报小妹的救命之恩。”这么多年了,孟秀枝早就忘了,想不到现在再见到他,他已经是党的高级干部,而她却是被管制劳动的地主婆,怎么还有脸认他!

也就在这同时,田子华看到了介绍信上孟秀枝的名字,抬头再看面前的人,他也认出了当年的救命恩人孟秀枝,他迅速走上前,说话声音都颤抖了:“你就是秀枝小妹?”孟秀枝点了点头,眼圈都红了,竟说不出一句话。

田子华让李新秀和孟秀枝坐下,又泡了两杯茶放到她俩面前,深有感慨地说:“十七年不见了,要不是介绍信上写着你的名字,真的认不出你了,你还好吗?”

孟秀枝低着头,擦着眼泪,过了很久才说:“我,一个地主婆,还能好到哪里!”

田子华吃惊地说道:“你,你怎么会是地主成分呢? 不可能！在我的记忆中,四九年解放,你才只有十八岁,而你在张家是抵债做工的,怎么会把你评上地主呢?”

孟秀枝擦干了眼泪说:“一九五〇年刚过年,张金大送给我贪财的父亲八十元银圆,就强迫我做了偏房。下半年村里来了土改工作队,就给我评了地主成分,一直到现在,头上戴着五类分子的帽子监督劳动。我觉得太冤了,才大着胆子一级一级向上申诉,要求改正,想不到在这里碰到你。”

田子华说：“你放心吧，无论怎样，你都不应该是地主。土改时评错了，就应当给你改正。这个错案由我为你做证人。”说完他用电话通知秘书姜勇来他办公室。

这位秘书就是接待她的那位干部，站在那里看着孟秀枝和李新秀，心里在想，你们是田总的什么人？

田子华指着李新秀对他说：“你和这位姑娘去一趟档案局，把月亮湾大队土改时评成分的档案借过来，快去快回，我急等用。”

姜勇和李新秀走了，田子华又对孟秀枝说：“那年我逃走之后，集中了附近三十多个新四军战士，靠这八块银圆北撤到苏北根据地，编入了野战部队，我担任了营教导员，参加了淮海战役和渡江战役，随着部队一直打到浙江舟山，我担任了县军管会主任，参加了土地改革领导工作。第二年抗美援朝爆发，我随部队又到朝鲜，经历了几次大战役，负过多次伤。抗美援朝战争结束后，又回到祖国镇守边防，长期在部队工作。两年前转业到省城，这次参加四清又来到武宜县。你猜我怎么想的？到运动结束一定到月亮湾看望你，把八块银洋连本带利还给你。要不是你当年救了我，早就被李振山杀害了。你对革命有功，绝不是地主婆，是千千万万劳苦农民中的一员！”

孟秀枝破涕为笑了。当了十五年地主婆，从未有人说她对革命有功，受到的都是歧视和凌辱，田子华的这番话，就像流进她心田的甘露，滋润着枯焦的禾苗，她是多么的欣慰，顿觉万分轻松。她苦尽甜来，终于可以扬眉吐气，平等地和社员一样劳动了。好运来得这样快，这样的突然，可她还是不相信自己的耳朵，她轻轻地问道：“这是真的吗？”

田子华说：“这当然是真的。如果土改时错把你划成地主成分，现在给你纠正；如果是不明不白，一直错把你当成地主管制劳动，应该恢复你的政治权利，还要向你道歉呢。”

孟秀枝还是不相信，说：“你这样做，会不会是丧失阶级立场，帮阶级敌人翻案？”

田子华笑着说：“你没有过剥削生活，根本就不是地主，我把你的成分改过来，是为阶级姐妹申冤，这有什么错呢？有错必纠是党的一贯政策，当时评错了，现在可以改正，你就属于这种情况。”

正在这时，姜勇和李新秀回来了。姜勇手里捧着一本厚厚的档案说："在一九五〇年土改时，月亮湾乡评定的地主富农名单中，没有孟秀枝的名字，查阅地主张金大的家庭成员中，只有潘秀凤和张金大是地主，也没有孟秀枝。但到一九五六年，月亮湾村成立高级社，在五类分子的名单中，出现了孟秀枝的名字。我不清楚那个历史时期的政策，所以把全部档案借来了。"

田子华接过档案，仔细翻阅，在土改时张金大的家庭成员四人，张金大和潘秀凤是地主成分，张飞扬年幼，孟秀枝名字后面只有年龄，没有成分。一九四九年解放，孟秀枝未满十八周岁，一九五〇年三月，张金大强霸孟秀枝为二房，下半年土改，孟秀枝未享受三年以上地主生活，她也不够评上地主成分。很显然，当时的土改工作队是严格执行政策的。可是，一九五六年的报表怎么变成了地主成分呢？

他继续仔细看，村里成立初级社，孟秀枝一人带着田地参加初级社，很显然，老地主张金大死了，孟秀枝与潘秀凤母子已分开过了。要入社就要填写个人成分，她是地主张金大的小老婆，她的个人成分也便成了地主，当时村的主要负责人还签了名，是许云中。

一切都清楚了，孟秀枝在土改时就没有被评为地主！

但要给一个监督劳动十多年的"地主婆"把成分改过来，却不是那么简单！

解铃还须系铃人，许云中在土改时是村农会主席，谁评上地主谁评上富农他很清楚，孟秀枝评不上地主成分他应该知道，他为什么要无中生有填报呢？其中的原因必须问个明白。

田子华在工作上是十分细致的，按工作原则，这些问题处理应该由下向上逐级办理，但他还是担心节外生枝，于是把档案和孟秀枝的申诉书交给了姜勇，说："明天你带着这些材料，去找月亮分团的刘团长，请他尽快调查清楚，并把办理情况直接向我汇报。"他觉得还不放心，又为孟秀枝写了当年在张金大家抵债帮工的证明，也一并交给了姜勇。

冬天的傍晚来得不知不觉，已快日落西山了。李新秀为孟秀枝忙了一个下午，早就耽误了乘轮船回家的时间，从县城到月亮公社就这么一个班次，怎么回家呢？

田子华想留孟秀枝和李新秀在县城住下，但孟秀枝坚持要回家，田子华只能叫来总团的吉普车司机，对孟秀枝说道："公路只到湖渎镇，你们在那里下车，再走十里路就到月亮镇，这样天黑前能回到家。"孟秀枝不愿意麻烦田子华，说什么也不肯上车，最终还是在李新秀的劝说下上了吉普车。

吉普车就要起动的那一刻，田子华从口袋中拿出一个信封交给孟秀枝，说："这是一百元人民币，当年你给了我八块银圆，现在一块银圆能兑八元人民币。快二十年了，我还你一百元，希望你收下。"

孟秀枝说什么也不肯收下，"这怎么行？我不能要你的钱！"可车已发动，门已关上了。要再还给田子华也没有机会了。

孟秀枝和李新秀都是第一次乘坐汽车，这汽车跑得真快，转眼就驶出了城区，在田野中的公路上飞奔。落日的余晖把天空和大地照得金黄一片，望得远山，看得近水，归巢的鸟儿在天空飞翔，劳碌一天的人们排成长长的队伍，迎着晚风缓缓走进村庄。在这宁静的夕阳中，一切都显得那样单调和枯燥。

命运就是这样捉弄人，在这个社会中，严酷的政治色彩给每个人染上了颜色，有红色的，有白色的，有黑色的，也有黄色的。这些颜色原本是自然界的色别标志，而人们偏偏把红色喻为革命，把白色代表反动，黑色代表恐怖，黄色说成色情。每个人都披着不同颜色的外衣。孟秀枝遇到了贵人，终于可以脱下白色的外衣，回归到人民的队伍了。她可以抬头挺胸，昂首阔步，去大队开会，去田间劳动，再也不要低头去听治保主任训话了。

湖渎镇转眼间就到了，这里是公路的终点，吉普车再也无法向前行驶，李新秀和孟秀枝下车向司机挥手告别，走上了通往月亮镇的大路。

第二天，姜秘书带着档案材料来到月亮公社，刘团长热情接待了他。他当然没有忘记孟秀枝找过他，想不到总团这么快就派人来调查。给五类分子摘帽是大事。在这个宁左不右的时代，给人戴上五类分子的帽子很容易，要摘掉地主帽子却很难。刘团长办事很谨慎，虽然有档案作证明，但必须找到土改工作队的负责人。可是，当年的土改工作队队长卫忠发已经过世了，还有了解情况的就是当年的村干部，现在活着的知情者，只有李光义和许云中了。

刘团长通知李光义到分团驻地，向他说明了孟秀枝的情况，李光义抓着头发思量了一阵，然后说道："土改时我任月亮湾乡的乡长。新政权刚建立时，国民党残留在大陆的武装经常袭击乡政府，杀害乡干部，我奉上级之命，参加了区中队的剿匪行动。土改工作由乡支部书记朱德明负责。当时评成分是十分严肃的事，按政策，孟秀枝是评不上地主成分的，是他父亲孟根齐哭着闹着要来的。地主张金大的土地和房屋被贫农分了，可在县城和月亮镇还有店铺，如果孟秀枝评上了贫农，今后生了儿子就没有继承权。再说孟根齐爱钱也爱面子，一直吹嘘女儿有田有地有钱，如果评了一个贫农，他在亲戚面前还怎么吹？他一个劲地缠住卫忠发，要把女儿评成地主，卫忠发没办法，就按孟根齐的要求上报了。这些情况我也是听别人说。"

姜秘书又问道："你作为乡长，后来看到这个批准文件没有？"

李光义说："我说过，那段时间在剿匪，等到剿匪结束回乡政府，已是一年后的事，这些文件都归档上交了。"

姜秘书又问道："还有谁知道这件事？"

李光义说："孟根齐死了，卫忠发也死了，那就只有许云中和陈全根是知情人了。"

姜秘书送走了李光义，心中不禁暗自好笑，世上竟有这样贪财愚蠢的父亲，为了得到张家的财产，还有要评地主的笑话，他这愚蠢的做法，断送了女儿的前程幸福，几乎害了她一辈子！也许他认为这就是对女儿的爱，而他的爱，却把女儿推进了火炕，他还认为是爱女儿。他眼睁睁地看着女儿受了冤屈，又怕牵连，指使儿子和全家人与她划清界限，断绝往来，到了咽气的那一刻，都没有为她申辩，天下竟有这么窝囊残忍的父亲！

许云中来了，姜秘书让他坐下便问道："一九五〇年土改时你担任村农会主席，是不是？"

"这么多年过去了，还问这干啥？"许云中一脸迷惘地答道。

"那我问你，孟秀枝是怎样评上地主成分的？"

"她是地主张金大的小老婆，不评地主还能评贫农？"

"你知不知道孟秀枝是被张金大霸占的？"

"当然知道。"

"你既然知道她的身世，为什么还要评她为地主？"

“当时我做不了这个主，全是土改工作队评定上报的。”

“后来公布地主富农的名单，你看到文件上有孟秀枝的名字吗？”

“文件我看到了，但我不识字。如果她不是地主，能把她游街示众批斗吗？”他转守为攻，反过来问姜秘书了。

许云中毕竟见过世面，只要他咬定不改口，走的走了，死的死了，还有谁知道当年的内幕！

姜秘书给许云中的茶杯中添上水，以征求意见的口气说：“我想找一个人，帮你回忆一下当时的情况，是不是可以？”

许云中一下怔住了，当年评成分的讨论会议，只有他才有资格参加，没有人会比他更清楚。他不知道这人是谁，但他蛮有把握，没有人会拿出证据证明孟秀枝不是地主，如果有人会证明，孟秀枝就不会揪上斗批台，然后游街游村了。他很勉强地说：“如果有人能证明她不是地主，说明我们当时的斗争扩大化了。”他说得滴水不漏，还为自己留下了一条后路。

姜秘书走出去，叫来了陈全根，对许云中说：“那一年公布地主富农名单的布告，是你让陈全根抄的，这不会错吧？”许云中心里“咯噔”一下，连忙说道：“我记得，是让陈全根抄写的。”姜秘书又把档案局的文件给陈全根辨认，陈全根立即说道：“我看到过这个文件，就是按这个文件抄写的。”姜秘书又问道：“这个文件上有地主孟秀枝的名字吗？”陈全根翻阅文件，看不到孟秀枝的名字，他在努力地回忆，终于记起了当时的情况，他对姜秘书说道：“我当时用毛笔抄写的，交给许云中后，他说你怎么把孟秀枝遗漏了，我说文件上没有孟秀枝的名字，他又说大老婆潘秀凤是地主，小老婆孟秀枝也是地主，这错不了，你写上吧。我听了他的话，就补写上去了。虽然事隔多年，这事我还是记得的。”许云中一脸紧张地说：“你记错了，文件上没有孟秀枝的名字，我怎么会无缘无故的叫你写上？”陈全根动怒了，说：“你是共产党员，是干部，说过的话，做过的事，该担当就得担当！我还记得，乡政府召开斗批地主的大会，朱德明书记没报到孟秀枝的名字，是你喊我和李金海，去把孟秀枝押上批斗台，跪在张金大的身边，如果你还不承认，要不要让李金海来对质？”

许云中被陈全根说得哑口无言。在铁的事实面前，陈全根的每一句话，都证明是许云中有意识地把孟秀枝扣上地主婆的帽子的。此刻，他低下了头，小声自言自语地说："谁知道呢，大老婆是地主，小老婆就不是地主！"

姜秘书把陈全根和许云中的谈话整理成笔录，交给陈全根校对无误后，说："这材料与你讲的无差错，请你按上手印。"陈全根按上手印说："直到现在才清楚，孟秀枝是怎样错打成地主的。可怜她受了这么多年的监督劳动。"他转身指着许云中骂道："孟秀枝欠你什么，你要这样陷害她？你无耻，玩弄了她，还要一口咬定她是地主，你不是人，是狼心狗肺的杂种，不配做共产党的干部！"

陈全根骂够了，气愤地走出刘团长的办公室。

姜秘书终于明白了，孟秀枝在土改时没评上地主成分，这地主成分是许云中强加到她头上的。当时群众不知情，就连孟秀枝本人也不知情，误认为自己是地主。可是，姜秘书不明白，许云中为什么要这样做，又出于什么目的呢？

姜秘书想，许云中是农会长，他和孟秀枝之间一定还有其他隐情，要弄清这些过节，还得从孟秀枝那儿打开缺口。

姜秘书来到月亮湾大队，把孟秀枝在土改时没评上地主的情况向常队长和王指导做了汇报，陈跃峰领着姜秘书来到孟秀枝家。

孟秀枝刚从田里收工回来，正在做饭。

姜秘书对孟秀枝说："通过查阅土改时的档案，你没有评上地主成分，所以，不需要纠错，你的个人成分，应该是贫农。不过，我要知道，许云中为什么要说你是地主，还要一次次的批斗你，你和他之间究竟有什么过节？"

孟秀枝说："没有啊，他的舅舅与我娘家是邻居，我们自小就认识了，非但没有过节，相互关系还很好，他不可能暗算我，我这个地主成分，也许真是我父亲要来的。"

姜秘书说："通过调查，你父亲是要过，但这地主成分不是要就能够要到的，土改工作队执行政策，你没有评上地主成分，而是许云中在公布地主富农名单时，把你添上去的。十多年来，你自己认为是地主，群众也把你当成地主了。如果许云中和你没过节，早就应该为你甄别了。"

"啊！"孟秀枝的脸一下气得煞白，连声说道，"这不可能，不可能，难道他的良心被狗吃了?”

她在痛苦中回忆不堪回首的身世,不禁想起了被张金大强暴的那个夜晚上发生的事——

天在下着大雨,风在呼啸着,一道耀眼的闪电,紧接着就一声霹雷,天空像墨一样黑,整个世界都淹没在这风雨雷声之中。孟秀枝最怕闪电打雷了,早早关上柴房的门,蜷缩在潮湿阴暗的小床上。她怕柴房门被风吹开,又用一根树棍把门牢牢地顶住,因为还要防张金大这老色狼,他已经不止一次趁着风高月黑夜,前来骚扰她,多数的时候被她大声喊叫吓退了他。今天她感到特别害怕,潘秀凤带着儿子去娘家了,放牛娃董小保病倒了,晚饭没吃就钻进了被窝。这样的夜晚,老贼能错过这样的机会吗?

张金大垂涎孟秀枝的美貌,她长得细皮白肉,嫩得像出水芙蓉,时时惹得张金大邪念横生,这柴房门不是铜墙铁壁,这顶门杠也形同虚设,张金大熬不住了,轻轻拨开顶门杠,推门进去,一下压倒孟秀枝的身上,使她不能动弹,然后去扯她的衣裤,并威胁她说道:“你不是能喊吗,你喊吧喊吧,看还有谁来救你!”

孟秀枝是有防备的,身上穿着几条长裤,任凭张金大发疯地撕扯,都没有扯下。硬的不行,张金大又来软的,他把她压住,口中一个劲地叫着:“小乖乖,你依了我,这些田地都是你的,这房子也是你的,你再也不用下地劳动,就守着我享福吧。”孟秀枝一面挣扎一面说:“谁要你的田地!共产党马上就要没收你的田地,你的末日到了,还在吹什么牛!”张金大说:“没收了我的田地和房产,我还有两瓮头银圆,够你吃用一辈子!”说完又用力扯她的裤子,女人终不是男人的对手,眼看就要让他得手,她急中生智,猛的一脚,正踢中他的下体,张金大吼叫着双手护住下体,孟秀枝翻身跃起,逃出门外,冒着倾盆大雨,飞奔在田野之中。

她哭着叫着,直往湖边跑去,这个世道已没有她生存的地方了,她想跳下翻着白浪的湖水,了却一生,可她会水,会水的人是淹不死的,她只能坐在湖坡上,求死不能,伤心地、决绝地痛哭。

大雨停下了,风不再吼叫了,月亮在乌云中露出了半张脸孔,一片银光洒向大地,静静地照着湖面的涟漪,抖动着片片粼光,绮丽明朗,相映相辉。湖岸上的垂柳,浮在金波和碧浪中,像一团团紫色的雾,又像一堆堆滚动的烟。天地是这样的美，她的人生还刚开始，为什么要去死？张金大靠着当官妹妹的权势，横行霸道，现在也逃到台湾去了，他的末日就要到了。想到这里，她收住了哭声，站起身往回走。但一想到老贼还在家中等她，回去等于飞蛾扑火，她又犹豫了。她就这样在村上走着转着，希望黑夜早早退去，白天早早到来。

“秀枝妹妹，深更半夜了，怎么还不回家。”她迎面碰上了开会回来的许云中，她“哇”的一声又哭起来，许云中拉住她爱怜地说：“秀枝妹妹，不哭不哭，有什么过不去的事，尽管对我说，哥为你做主。”孟秀枝还是哭个不停。

许云中把孟秀枝带到家中，百般劝慰，孟秀枝才说出了所发生的一切。

许云中咬牙切齿地说：“老贼的末日快到了，先分他的田地房产，再把他斗倒斗臭，让他一辈子都别想翻身！”

孟秀枝说：“分了他的房屋和田地，他还有两瓮头银圆，足够他吃用一辈子。”

许云中说：“什么，还有两瓮头银圆？他藏在什么地方？”孟秀枝说者无意，许云中听者却有心了。

“我只是听他说过，也不知道他藏在何处。”

“你要留心观察，知道了立即告诉我。”

孟秀枝“嗯”了一声。他俩越说越相知，许云中搂住了她，她也没推开他，她被他抱到床上，也没挣扎，他脱下她的衣服，她也没有反抗，她认他是她的男人，因为还是小姑娘的时候，她就许配给他，反正她要嫁给他，与其被张金大奸污，还不如现在就给了许云中。

他俩相拥着抱在一起，疯狂地做爱，孟秀枝已把一颗纯洁的心，全部交给了许云中。

从此，许云中经常到张金大家里东探探，西望望，并问孟秀枝，两瓮头银圆藏在哪里，孟秀枝天天盼望着他带着媒人来提亲，他却从来不提半个字，她生气地回答，“不知道！”

没有盼来许云中的媒人，而她却被父母召回家中，娘告诉她，你爹已接受了张金大的彩礼，同意配给他做二房，孟秀枝坚决不同意，他爹把她关在屋里，选择了好日子，一顶花轿把她抬到张金大屋里，她又哭又闹，还是做了张金大的小老婆。她恨许云中，恨许云中欺骗了她，还夺走了她的贞操。她一辈子都不想再见到他。

可是有一天，张金大去县城店铺收账，孟秀枝深夜一觉醒来，听到她原来睡的柴房里有响动，还有沉闷的挖土声，要不是家里来了贼？她壮着胆子端着一盏煤油灯，推门进去一看，竟是许云中，他已挖出了两只瓮头，里面装的都是白花花的银圆。是喊捉贼还是不喊？还没等她想好，许云中已经抱住了她，又是摸又是亲，说："秀枝妹妹，你别怪我没提亲，是你贪财的爹不同意我俩呢，还把我赶出了你娘家的门。现在我发现了老贼的银圆，我有钱了，只等到老贼评上了地主，你就到乡政府和他离婚，说是父母包办的婚姻，然后我俩就结婚。这些银圆仍然是你的，我俩的好日子还在后头呢。"说完抱着孟秀枝进入房中，许云中先温柔地与她做爱，然后信誓旦旦地发誓："我许云中今生不娶你为妻，天打雷劈！"孟秀枝又一次信了。直到五更天将亮，许云中才挑着这两瓮银圆离开。

孟秀枝盼着张金大评上地主，她就可以自由了。使她想不到的是，她也同时评上了地主，同张金大一道游街上了斗批台。她不服去找许云中，许云中对她说："这能怪谁？你爹吵着要让你做地主呢。我是村农会主席，现在只能同你划清界限了。"许云中无情的回答，她气得只能把眼泪往肚子里咽。但她不甘心，又问道："那些银圆呢？"许云中说："我暂时替你保管着，你可千万不能说，这事败露了，你我是要坐牢杀头的。"孟秀枝说："我不要张金大的一分钱，你还是去交公吧。"

没过多久许云中同邻村的一个姑娘结婚了，孟秀枝心中不知有多难受，更何况她是一个被监督的地主分子，剥夺了一切政治权利，哪有她说话的份儿！张金大的银圆被盗，又加上连日批斗，急火攻心，竟一病倒下了，没过多长时间，就一命归西了。从此，孟秀枝便成了孤身一人的小寡妇。

直到一九五六年，月亮湾办起了农业合作社，孟秀枝带着田地农具去入社，许云中才告诉她："这两瓮银圆被人偷走了。"孟秀枝不相信，说："要么你起黑心独吞了，你这样做要受到报应的。"许云中没有把她的话放在心上，你是五类分子，还敢怎样！

随着人民公社化，小乡被撤并了，李光义从乡里回来，担任大队党支部书记，许云中由高级社长转换担任了大队长，大队办起了公共食堂，刮起了共产风，吃饭不用钱，有钱也不能用，孟秀枝把这银圆的事也淡忘了。

到了一九六一年，食堂散了，许云中的老婆抛下女儿死了，他又来与孟秀枝亲近了，孟秀枝耐不住寂寞，接纳了他，过了一年又提出要结婚，许云中说："阶级斗争年年讲，月月讲，天天讲，我是革命干部，过两年再说吧。"直到工作队进了村，她怀了他的孩子，竟丢下她不管了。爱情正如流水，无论给了他多少，总是一去不返，一泄到底。日子还要过下去，夜里哭泣一千次，也没有必要让别人看到哭肿了的双眼。被他抛弃了并非就是残花败柳，更何况枯木也有逢春时。

爱情的美好，在于两小无猜的怦然心动，在于相濡以沫的隽永情谊，也在于平淡时光中铸就的深厚感情。许云中是孟秀枝做小姑娘时的心中偶像，是她这辈子想嫁的人，她甚至无数次的幻想，在梦中都做她的新娘，可她没有等到，但她还以为是这个该死的地主成分。这么多年，她和许云中分分合合，时悲时喜，时好时坏，可她心中还只有他。真正对他的失望，对他的彻底放弃，是那天夜里大着胆子去他家，把要改变地主成分的想法告诉他，非但没有得到他的支持，反而被他赶出了家门。她的心才彻底地凉了。现在一切都清楚了，正因为头上戴着这地主帽子，他才有能力控制她，使她不敢追查银圆的去向，甘心情愿做他的性奴，他什么时候要，就得什么时候供他玩乐。她把青春少女的贞洁给他了，她把自己的情感全部都交给了他，结果是一场彻头彻尾的利用和骗局。是他陷害了她，是他毁了她的青春，是他窃取了地主张金大的银圆，她要告发他，他不配做共产党的干部，要把他一撸到底，让他得到应有的惩罚。

一个善良女人真正发狠心的时候，这个男人也就到了彻底完蛋的时刻。

孟秀枝想清楚了，她鼓起了勇气，向姜秘书和陈跃峰说出了两瓮银圆的事。最后她肯定地说："这两瓮银圆还在他家中，因为他一直无法使用。"

姜秘书和陈跃峰回到大队部，立即把这情况向常队长和王指导做了汇报，常队长觉得案情重大，性质严重，立即控制了许云中，让他来大队部交代问题。他故作镇静，拒不交代。常队长只能最后做出决定，抄家搜查银圆，迅速侦破土改遗留大案。

王指导带着陈跃峰、曾国兴等基干民兵，来到许去中家中，就是这两间平房，家中没有女人收拾，到处堆着破烂和垃圾，散发着一股霉烂的气味。堂前放着一张方台，房内一张四柱木床。一顶木柜，一眼就可以把他家看个遍，这两瓮银圆能藏到哪里？基干民兵很快搜遍了各个角落，一无所获。陈跃峰走进了灶屋，只见一个砖台两眼灶，墙壁上挂着一顶竹木菜厨，下面放着一只水缸，除此以外，再也没有其他物件了。许云中家里穷，穷得精当光。如果他有这么多银圆，为什么要过这种苦日子？

抄家的民兵们感到失望了，王指导在抓耳挠腮，他十分担心，因为对现职大队长实行抄家是要承担责任的。陈跃峰开始怀疑孟秀枝，说的到底是真是假，他突然想到，许云中是在孟秀枝住的柴房挖到的银圆，他会不会把银圆也埋在地下呢？

他把这个想法告诉了王指导，正好同他想到了一块，王指导指挥曾国兴和民兵们搬开了四柱床，民兵们挥舞着铁耙把屋里全部翻了一遍，仍不见装银圆的瓦瓮。正在大家一筹莫展时，曾国兴大叫着从灶房出来："找着了，在水缸下面，你们快来看！"

陈跃峰和王指导跑来一看，水缸被曾国兴搬开了，瓮口上面垫着一层黄褐色的油纸，揭开油纸就露出了两个瓦瓮的瓶口，里面装满了银圆。陈跃峰急忙用铁锹挖出瓦瓮，搬到堂前倒出，全部都是清一色的白花花的银圆。

谁都不会想到，这个平时道貌岸然、穿戴邋遢、家中贫寒的大队长，家里藏匿着这么多的银圆。这是一起偷盗和贪污土改胜利果实的大案，要是在当时被发现，许云中这种监守自盗的犯罪行为，早就被人民政府一枪处死了。他得到了这两瓮银圆，他时时刻刻都惦着它，但又不敢动用它，连老婆生病死亡，也没敢动用一块。他知道，只要露出一点风声，就是他的末日。清平世界，朗朗乾坤，恶有恶报，他的罪行还是暴露了，等待他的是法律的严惩。

陈跃峰和曾国兴每人抱着一个瓦瓮，迅速送往大队部。

这又是一件轰动全村的特大新闻，人们奔走相告，社员们放下农具，妇女们放下吃奶的小孩，急忙从田里跑向大队部，他们的好奇与振奋，争相目睹被埋藏在地下十五年的金银财宝，他们还想看一下许云中，这个外表忠厚又丧妻的可怜男人，竟如此狠毒，为守住秘密，封住孟秀枝的口，不惜把自己心爱的情人，打成地主分子，在监督劳动中度过了漫长的十五年。他们更想知道也是最迫切的，工作队如何处置这些银圆，是给每个社员平分还是交公？

常队长面对这么多群情激奋的社员，搬出一张桌子，把两瓮银圆放在桌上，让围观的社员排好队，慢慢走过来，绕桌子转一圈，让他们一睹银圆耀眼的光彩，使他们牢牢记住，千万不要忘记阶级斗争！

常队长没有把许云中拉出来示众，也没有说如何处理这些银圆，社员群众不免感到失望，就在这同时，从月亮湖方向开来一艘汽艇，停靠在岸边，从汽艇里走出四个武装警察，抬来一个保险箱，把两瓮银圆当众贴上了封条，放进保险箱锁上了。然后拉出许云中，给他铐上冰凉的手铐，一块带走了。

第二十二章　人民来信

许云中犯罪事实清楚，过程简单，手段恶劣，党内给予开除党籍，撤销党内外一切职务，移送司法审判，判处有期徒刑八年。他本人认罪服法，并要求面见李光义。在他押送劳改农场的前一天，李光义来到看守所。许云中瘦了，剃成了光头，眼窝深陷，额上平添了皱纹，胡子也长长了，一下老了许多，还不到四十岁的人，看上去却像一个半老头了。

许云中一见李光义，就像孩子般地哭了，他对李光义说："我对不起你，这么多年一直瞒着你，你还以为我是好人呢。"李光义说："你何止对不起我一个人？你对不起组织，对不起孟秀枝，对不起月亮湾所有的人。你和李国正一样，是混进党内的阶级异己分子，看在多年共事的搭档，毕竟还做了一些有益的工作，我还是来看你了。"许云中说："我的堕落，不怪怨谁，只怪我一时糊涂，犯下这严重的罪恶。"李光义说："你不是一时糊涂，是有目的、有计划的盗窃，你不要怪怨孟秀枝，即使她不揭露你，潘秀凤也不会饶过你，张金大在临死前，完全清楚是你偷了他的银圆，他捡到了你弄丢在现场的农会证，在去世前把这农会证交给了潘秀凤，她一直珍藏着，直到你出事后才把农会证交给了工作队。人在做，天在看，别以为你做得滴水不漏，总会留下蛛丝马迹。去劳改农场好好改造吧，争取立功减刑，早日回家。"说完拿出一个包裹交给他，又说道："这是你的换洗衣服，另外给你买了牙刷牙膏和肥皂。老许，八年时间不算太长，但也不短，好好保重身体！"

许云中接过包裹，带着哭声说："我丧尽天良，我不是人，孟秀枝不是地主，是我有意把她拉上斗批台，目的就是剥夺她的政治权利封住她的口。后来又一次次欺骗她，抛弃她，是为了保住大队长的职务。社会上都说地主富农梦想变天，其实我比他们更想变天，社会主义制度变了，我可以带着这些财宝远走高飞，去城里买地买房开公司，过上吃不完用不完的生活。谁想到互助组,合作化,人民公社化,走集体道路,有钱都不能用。我守着这些财宝,反而成了我一块心病。这些银圆整整骚扰了我十五年。现在财宝没了,我也犯了罪,这才知道人算不如天算。今天让你来见一面,我是要告诉你一件事,你知道我是怎样发现埋银圆的地方吗?自从孟秀枝告诉我两瓮银圆的事之后,我就密切注意张金大的动向,有一天午后,孟秀枝下地了,他家后门的河边停靠了一只黑篷船,船上的人拿着两捆用油布包裹着的东西,张金大就在柴房埋下了,我想这一定是值钱的东西,于是趁他去县城收账不在家的夜晚,偷偷挖出来一看,竟是十多支步枪!当时我吓蒙了,这老地主要枪干什么?再仔细一想,这枪一定是他妹妹张若芸藏在这里的!在这挖掘的同时,我发现了放银圆的瓦瓮,又是一阵高兴,我不要枪,要的是银圆,我把枪仍然埋好,把两瓮银圆拿走了。这就是张金大不敢揭发我偷银圆的原因,而我也不敢说出他私藏枪支的罪恶。这枪肯定还埋在那儿。我对你说出来,这场公案也应该彻底了结了。"

许云中讲着一个离奇的故事。使李光义目瞪口呆,转而怒不可遏地说:"你为什么不早说?"

许云中叹了一口气说:"这事就只有我和张金大知道,他死了,就只有我一个人知道了,反正这枪也烂成了废铁,要加就加我的罪吧。最后我请求你一件事,我两个女儿还年幼,请你看我多年搭档的份上,照顾安排好她们的读书和生活。"

李光义也叹了一口气说:"我已经安排好了,委托你队的五保户盛奶奶照料,大队给予生活费和口粮,盛奶奶无儿无女,心地善良,把两个孩子当作亲孙女一样抚养了。"

许云中又大哭起来,唯一使他安慰的,两个女儿有人替他抚养了。

李光义急急忙忙回到大队,把这一情况向常队长做了汇报,当年地主张金大的柴房,现在已作为生产队的牛圈,刨土两尺深,挖出步枪二十支,已锈迹斑斑,这又是阶级斗争活生生的典型教材,常队长建议放在大队部让社员参观教育,三天后把枪支全部交到公社武装部。

毫无疑问,工作队给孟秀枝恢复了贫农成分,这是以前从来没有过的事,人们只见过漏划的地主富农,给他们戴上五类分子的帽子,没有见过错划的地主,再恢复贫农成分。这也是孟秀枝行善积德的造化,她碰到了贵人，当年好心救下了地下党区委书记田子华。谁知道他十多年之后能当上大干部，给她申冤，报了她救命之恩！好人自有好报，孟秀枝苦尽甜来，终于可以挺直腰杆做人了。

月亮湾大队三个主要干部，许云中盗窃土改胜利果实，违法犯罪被抓了，他将送往监狱劳动改造；李国正是混进党内的国民党潜伏特务，畏罪自杀了。三个人坏了两个，最后只剩下李光义了。

一个农村大队，必须健全组织领导，才能正常开展工作。大队干部不是国家干部，不吃皇粮，不领国家工资，是地方“粮票”，大队干部一般不从外地调进，只能在本村的党员干部中选拔担任。别看这不起级的干部，也是一方神圣，共和国的各项农村方针政策，最终都要靠他们去贯彻落实，他们掌管几千人的衣食生命，也是一方诸侯呢。

干部社员关心这两个位置的空缺，估摸着谁能有这个福分去填补。党员干部也在评估自己，是不是能碰上好运，被领导看中，走上这个领导岗位。不是任何人都能走进这个圈子，必须具备条件，这个条件甚至是苛刻的，首先他们应该是共产党员，不是共产党员想也是白想；其次要有积极表现，德才兼备，有群众基础，一心为公，要办事公道，要有为人民服务的思想，能得到社员的信任和拥护。再经过上级党组织考察，一次次的座谈会，征求群众意见，查上祖宗三代，是不是贫下中农。在社会关系中，要没有地主富农，没有海外关系，只要有一点疑问，就被搁浅，打入另一册，这辈子就别想提干了。各方面反映都是良好的，才具备这个条件。这其中，当然也有和领导关系特别好的，在同等条件下可以优先考虑。

月亮湾人崇尚知识，月亮湾读书人多，月亮湾大队有的就是人才，历史上有记载的就有一名探花，三名进士，官拜尚书巡抚、知府这类的官员有五六人之多。就是现在，职务在县处级以上的还有好几人呢。要选几个大队干部的人选，就更多了。

很多人都想挤进这个圈子，都在努力地表现自己，因为谁都不是诸葛亮，在隆中等待刘备去三顾茅庐，要想出头只能靠自己干出来。

李海波组织共青团员挑灯夜战，填平了去月亮镇大路的坑坑洼洼，再用捡来的碎石铺成了一条平坦的大道。只要人们走上这条大道，人们就会竖起大拇指，这条路是咱共青团员学雷锋干出来的！

曾国兴组织各生产队治保员组成业余消防队，宣传防火防偷防盗知识，日夜巡逻，全村没有失火事故，社员夜不闭户，路不拾遗，小偷绝迹。没有人赌博，没有闲散人员，更没有黑社会。人们安居乐业，一片升平世界。虽然物资生活贫乏，社会的安定和老百姓的安全感达到前所未有的水平。

李新秀带领年轻姑娘专为孤寡老人服务，利用晚上时间到五保户家中打扫卫生，问寒问热，一些老人缺衣缺粮，主动拿出自己的衣物和粮食，资助他们渡过难关，使他们感受温暖，出现了尊老爱幼的良好局面。

在生产队这个大集体，大家平等地参加集体劳动，评工记分，人性的善良是主流。先进总能带动后进，光明会照亮黑暗。尽管时时会有不同意见，有矛盾会争论，甚至很激烈，但人们讲道理，摆事实，公平公正是主流。也有人说风凉话，学雷锋做好事是假积极，捞取政治资本，想一步一步往上爬。但假装也好，积极也好，做了好事总比不做强，能积极一年就做了一年好人，如果能积极一辈子，这假装就不是假装了，而是成了真正的好人了。

什么样的时代造就什么样的人。搞土改，分田地，斗地主，需要一批苦大仇深的贫农，要不怕报复，不怕杀头的积极分子；互助组、合作化，要有一批勤劳能干的带头人；人民公社化，就需要一批顾全大局，懂生产能经营的管理者。培养社会主义的接班人，还要具备一定的文化知识，才能适应发展了的形势。自然界的法则是吐故纳新，老的不断死去，新的不断诞生，才能延续一代代的生命，干部队伍也需要充满朝气。新的要上来，老的必须退下去。建设好月亮湾大队的班子，已成为公社党委和工作队的一项重大工作，经过慎重的考察和认真的商量，应该要出台了。

在四清运动的特定时期，公社党委和工作队党委采取面对面的领导，具体地说，任免大队一级的领导不能由工作队党委说了算，也不能由公社党委说了算，而是两家党委的主要领导一起商量后才能做出决定。

公社党委会议室灯火通明，会议桌一边，坐着公社党委赵书记，公社主任高国正，副书记韩文华，桌子另一边坐着工作队长兼党委书记常国华，党委副书记王海松。会议庄严肃穆，每一个人都感到责任重大。

这个会议，决定着一些人的前途命运，也决定着月亮湾大队的长期稳定与发展。大队干部的搭配，关系到领导班子战斗力的强弱，决定整个大队的精神面貌，决定着生产发展，粮食产量高低，决定着社员群众生活水平的提高。政治路线决定之后，干部就是决定的因素。

赵书记尊重工作队所做的大量工作，更尊重常队长的人格与资历，他对常队长说："工作队深入实际，对培养接班人做了大量的考察和培养，你先提一个名单吧。"赵书记态度诚恳，一切从实际出发。

常队长点了点头，翻开工作笔记，然后说道："赵书记让我先讲，那就谈谈我的设想和看法，供各位商量参考。"他咳了一声说："月亮湾大队三个主要干部，抓了一个，死了一个，他们能隐藏到现在，充分说明阶级斗争的长期性和复杂性。他们的暴露，既是坏事，又是好事，使我们的干部队伍纯洁了。现在只剩下李光义，通过运动的清查和考验，他是清白的，工作是务实的，深受群众拥护。我建议，仍然由他担任党支部书记，陈跃峰担任党支部副书记兼大队长，让他在这个职务上再锻炼一年至二年，接任党支部书记，大队会计一职，建议李海波同志担任。他在运动中工作积极，但也得罪了一些人，群众有些看不惯，我想他会认识自己的缺点，在今后的工作中改正的。这个班子搭配比较保守，如果大胆一点，让陈跃峰一步到位担任党支部书记，那才是最好的选择，可是，大队长没有合适的人选，还有李光义的安置，暂时没有合适的位置。所以，左思右想，与王指导商量后，拿出这个不成熟的方案，请公社党委领导，进一步商量，最后做出决定。"

常队长把握分寸，注重实际，又尊重公社党委，提出了队党委的设想与建议，同时也说出了自己的疑虑。

韩文华副书记说道："常队长考虑得很周到，实际上是提出了两个方案，一个方案是让李光义传帮带一阵子，过一阶段让陈跃峰接任支部书记，这个方案比较稳妥，但也有些保守。另一个方案是调离李光义，由陈跃峰担任党支部书记。这两个方案，都比较接近现实。但对李海波的任用，我却有不同的看法。经过考察，群众一致反映，他当面一套，背后一套，阳奉阴违，出尔反尔，缺乏应有的政治道德品德，给人总有不踏实的感觉。如果把他和曾国兴对比，曾国兴即使头脑不如他灵活，但他的厚道与忠诚,却使人更有好感和信赖。选拔革命接班人,第一是德才兼备,是政治道德与人品,其次考虑能力是否胜任,我认为无论实施第一方案还是实施第二方案,我都不赞成李海波进入领导班子。”

韩副书记出于公心,直截了当地说出了自己的想法和对李海波的担心。

公社主任高国正接着说道:“选好一个大队领导班子,首先要选好领头人,我主张陈跃峰一步到位担任支部书记。月亮湾大队历来是出人才的地方,不要担心没有人,第二生产队长陈国祥就是一个人才,他为人正派,工作积极,顾全大局,有很好的群众基础,又有抓生产的丰富经验,年龄四十不到,正是年富力强的时候,让他担任大队长是最合适的人选,是好中选优。李海波是什么样的人?大家应该知道,他的入党是凭着见义勇为救起两个落水儿童而入党的。后来很多群众说,是他赶着一头牯牛去威吓孩子们,他们在慌忙逃跑中才跌落水塘,而他救起了两个落水小孩成了英雄。当时李光义不清楚,我们也不清楚,后来落水儿童的家长揭开了事件真相,李光义立即向我做了汇报,可是晚了,支部大会通过了他入党的手续,公社党委也批准了,后来给他延长了半年预备期。我同意韩副书记的意见,不予重用。”

常队长的脸红了,进驻月亮湾这么长时间,他对李海波这件事竟一无所知,不能不说这是严重的失察。他问王海松:“你也没听说过?”

王海松说:“李光义没有说过,其他人也没说过。不过这人心眼确实太多了,聪明是好事,用在正道上是能力,用在歪门斜道上是阻力。这种明里是人,暗中是鬼,专搞阴谋诡计的人,当然不能重用。”

高主任说:“对投机钻营混进党内的人,我们的原则是,一是教育帮助改正,二是看其悔改表现,今后控制使用。”

常队长惭愧地说:“民间有句俗话说得好,德才兼备是正品,无德无才是次品,有德无才是好人,有才无德是危险品。一旦用错了人,将会给党的事业造成不可估量的损失!我只看他在运动中的表现,没有深入群众了解他的过去,犯了严重的主观主义错误,险些造成失误,我向党委各领导表示歉意。”

人不是完人,每一个人都会在不知不觉中犯错误,在党的集体领导中,关键是要有完善的制度,发扬民主作风,在同级党委成员的监督下,使权力不任性，才能保证不犯和少犯错误。常队长严以自律的自我批评，让大家深受教育。

最后赵书记作了总结性的发言，他说："月亮湾大队通过'四清'后，社员群众的思想觉悟提高了，阶级队伍进一步纯洁了，自上到下建立了一套完整的管理制度，已经取得了很大的成绩。刚才同志们出以公心，从大局出发，发表了很好的意见，我都赞同。但我还要强调指出，凡是伪装积极要官要权的一个不给，凡是要名要利的一个不用。选进领导班子的必须是爱国家爱集体的带头人。我建议月亮湾大队的党支部书记由陈跃峰担任，大队长由陈国祥担任，大队会计由曾国兴担任，如果无异议，现在采取举手表决通过。"

在经过充分协商和酝酿的基础上，五位领导都举起了手。

赵书记接着又说道："到会五位领导一致通过，这提案还需交月亮公社党委全体成员讨论通过，形成决议，上报县委组织部批准，然后进行公布。关于李光义同志的安置，也应同步进行，根据县卫生局对月亮镇医院增设一名党支部书记，人选由月亮公社推荐，李光义同志担任过小乡乡长，大队党支部书记多年，有着丰富的政治思想工作经验，又有一定的工作资历，让他担任这个职务，比较合适，如果没有异议，请各位举手表决。"

五位领导又同时举起了手，一致通过。

时势造就人，时势也淘汰人。月亮湾大队的组织建设，已落定尘埃。人要成长，必定要在大风大浪中经得起锻炼，经得起考验，有些人能不断进步，就是几年如一日，总是那么勤勤恳恳。有人不成功，就在于投机钻营，一旦被人识破，就什么都不是。人们曾如此渴望前途和命运，能走到最后被别人认可的，不是如何伪装的表现，而是内心的淡定与从容，是要有一颗正义善良的心。命运这东西就这么奇怪，一心想得到的却是竹篮打水一场空，陈跃峰和谁都不争，和谁争都不屑，没有奢望，没有野心，倒收获了意想不到的成功。

从四清运动开始到现在，发动群众，清理财务，查出一批贪污盗窃，多吃多占的四不清干部，也发现一批勤勤恳恳，两袖清风的好干部，正本清源，让他们走上领导岗位。月亮湾大队这个班子的搭配，无疑是好中选优。常队长和王指导感到从未有过的轻松。

月亮公社党委把对月亮湾大队干部的任免上报县委组织部，组织部很快下达了文件，就在公社党委将要宣布陈跃峰任职的时候，分团刘团长来到赵书记的办公室，他拿出一封由县社教总团转来的人民来信，交给赵书记说："这是田总亲自转批的人民来信，信中揭发了陈跃峰私分集体粮食和他本人的生活作风问题，尽管县委组织部已下发了任职批复，如果这些情况属实，组织上只能收回任职批复，并要严肃处理。"他态度严肃，心情沉重，停顿一下又继续说道："人民来信反映的情况，情节严重，工作队也被连带告上了，这事刻不容缓，由你和常队长深入调查了解，做好记录，查实后单独向我汇报。"

赵书记抽出信纸，这是用小学生的练习本纸张书写的，上面的字迹歪歪扭扭，错别字很多，可以肯定，写这人民来信的人文化程度不高，这是谁写的呢？他急忙看下去，人民来信揭发了陈跃峰两个问题，一是破坏集体经济，瞒报私分粮食，在担任生产队长的第一年秋收，给全队社员每人平均私分稻谷五十斤，共计八千三百斤。第二是男女作风腐败，与本队姑娘李新秀长期通奸，脚踏两只船，一人霸占两个女人，致使新婚夫妻关系不和。他还利用职务之便，带李新秀上县城玩耍，开房通奸，在社员群众中造成极为恶劣的影响。

赵书记看完信件，不觉为之一惊，瞒产私分粮食是破坏国家粮食征购政策，中国有七亿五千万人，如果农民不把粮食卖给国家，城市居民吃什么？解放军吃什么？国家就要大乱了。陈跃峰私分粮食，重则依法判刑，轻则撤职查办，开除党籍。这是所有农村基层干部不敢碰的高压线。况且私分粮食不是一人所为，纸包不住火，他知道瞒产私分的后果。以前没有人揭露，到了他任职的关键时刻，居然蹦出这种大问题，赵书记觉得有些不正常。

陈跃峰生活腐化，同时霸占乔亚芳和李新秀两个女人，赵书记绝对不相信，一个见了女人就红脸的男人，在新婚之夜就被女人耍了，他有这种能量玩两个女人于股掌之间吗？这人民来信犹如天方夜谭，不能令人相信。而人民来信又不能不重视，何况是刘团长交办的事，他没带任何人也没有透露风声，就去月亮湾找常队长了。

常队长和王指导都不在大队部，柳青说他俩去鱼塘放鱼种了。

赵书记不敢耽误，又向月亮湖边走去。

已是寒冬腊月，河面上冻着一层冰，西北风呼呼地叫着，刮来西伯利亚的寒流，把天空洗得碧蓝明净，尽管阳光灿烂，还是让人感到刺骨的寒冷。

走出村庄，再过一晌圩田就到了鱼塘，鱼塘埂上已栽上了桑苗，几百亩的水面格成一块一块长方形的鱼塘，圩埂边上停着一艘机帆船，陈跃峰穿着一身防水衣在船舱的水中，用抄网把鱼种捞起，李新秀站在船头上过秤记账，王家全和陈开文挑着水桶把鱼种放入鱼塘。他们协调配合，要以最快速度把鱼种放入鱼塘，否则，鱼种被冷风一吹，不冻死也会受伤，还会影响生长的速度。他们干得如此专一，赵书记走到船边，陈跃峰他们都没有觉察。

赵书记不想打扰他们，轻轻跳上船梢，拿起一根竹篙，插入水中，用力顶住，把船紧紧靠上圩埂，陈跃峰抬头才看到赵书记，他放下抄网，“啊”的一声说：“赵书记，你不声不响的，吓了我一跳！”赵书记笑着说：“你小子神通广大，借了三万元无息贷款，还和多管局挂上了钩，发了财可不要忘记我这个担保人啊。”陈跃峰说：“一个都忘不了，李副部长，孙副局长，信用社蒋主任，还有你，凡是支持过开塘养鱼的人，每人送一条大草鱼！”赵书记笑着说：“鱼就别送了，你按计划价卖一百斤鱼给公社食堂，让大家尝尝你养的鲜鱼。”

陈跃峰爬上了船头，脱下了皮衣皮裤说：“多管局对我们的支持可大了，不但给我解决了无息贷款，孙副局长还亲自到县渔场落实了鱼种，把鱼种送到这里，这些鱼种有鲢鱼、有草鱼、有青鱼，局里的技术员进行科学合理搭配放养，并做出示范，教我们如何喂养，如何防病治病。我们下了决心，要做就一定要做好。”赵书记说：“养鱼经济效益好，你是第一个开拓者，吃螃蟹的人，要总结养鱼经验，在全公社推广，让大家都富起来。”陈跃峰说：“吃粮靠种地，花钱靠副业，农副齐发展，消灭超支户，让大家都富起来，这就是我们的口号，也是努力的方向。只要大伙齐心协力，大干苦干加巧干，这个目标就一定能实现！”赵书记兴奋地说：“明年奋斗目标每人年平均收入八十元，如果你大队能超过一百元，让你当县劳动模范。”

两人谈到兴趣上，越说越投机，要不是常队长从猪舍走出来，他差一点把自己来这里的目的都忘记了。

猪舍里面被芦柴火烤得暖暖的，赵书记搓着冻僵的手往火堆上烤，才慢慢复苏回暖。他拿出人民来信交给常队长，说："你先看一遍，跃峰会不会做出这等事？"

常队长一脸疑惑，抽出信纸，看了一遍，连声说道："不可能，小陈绝不是这样的人！"

赵书记说："你也不信？不信就要拿出不信的依据，李新秀就在这里，她是信中的当事人，我们先找她谈话吧。"

常队长说："李新秀是个正派稳重的姑娘，这种事，怎么对她说得出口呢？"

赵书记说道："为了弄清事实真相，说不出口也得说，我来做这冤大头吧。"

李新秀搓着冻红了的手走进猪舍，被烟火呛得直咳嗽，常队长让她在条凳上坐下，却望着赵书记，意思是在说，还是你开口吧。

李新秀不知发生了什么事，两个领导坐在对面，都是一脸严肃，她在生产队劳动，又没做错什么，这样的氛围显然给她巨大的压力，她羞怯地低着头，看了一眼赵书记，迅速收回了目光，又看了一眼常队长，既然要找我谈话，为什么不开口说呀？

面对这样一个纯朴勤劳的姑娘，要开口问男女关系上的事，赵书记真的说不出口，然而就是她介入了陈跃峰的婚姻，使他和乔亚芳的感情破裂，他必须弄清她与陈跃峰的关系。最难开口也得开口问，他终于想好了最恰当的词语，两目紧紧盯着李新秀，吐出一句摸不着边际的话儿："你觉得陈跃峰这个人怎么样？"

李新秀抬起头，觉得这话很难回答，如果是工作上的，常队长他们比她更了解，无须来问她，如果是问他一贯的为人，王家全、陈开文他们更合适，又何必问她？而且他们今天都是怪怪的，是不是跃峰犯了什么事？这也不可能，这几天，他天天在鱼塘放鱼种，能有什么事吗？赵书记的眼神逼着她，不好回答也得回答，他们是领导，不回答还不行，于是她含糊地说道："他这个人，不是很好的吗？"

赵书记紧逼着又问道："他对你也是很好的吗？"

李新秀一怔，怎么把她和他扯到一块？是不是社会上在传她俩的风言风语了？她的神经是敏感的，赵书记和常队长找她谈话是有来头的，她扪心自问，她和陈跃峰之间没干见不得人的事，她是爱他，但只是在心里爱他，她几次向他表白，他始终没有回应，甚至在最近，不知什么原因，竟不理不睬她了。难道一个人的隐私，喜欢谁和不喜欢谁，一定要向领导汇报吗？男女爱恋是心中最隐蔽的私情，这不能说，说出来，羞死人。她的心一阵狂跳，脸上泛起一片潮红。这仅是一瞬间，她装得无所谓地说："他是生产队长，我是妇女队长，他对妇女工作很支持，我在生产上为他分挑担子，为他出力流汗，当然是很好的。"她说得很自然，滴水不漏。

赵书记深知，任何一个女人对私情是不会轻易暴露的。李新秀的有意避让，正是暴露了她内心的恐慌，激起了他急起直追的欲望，他单刀直入地说："有人看到你和陈跃峰一块乘轮船去县城，能说你们的关系很一般吗？"

李新秀心脏又是一阵狂跳，就这么去县城一次，还是办的公事，就会传得满城风雨，连公社赵书记也知道了，会不会是乔亚芳迁怒于她诬告她？到了这时她才感到事态的严重，但她和陈跃峰没做什么，他俩的关系很正常。她理直气壮说道："我爸为生产队养鱼联系上多管局孙副局长，我爸让我通知跃峰哥一块去办理手续签合同，我不去就办不成，这有什么可说的！"

赵书记又紧逼着问道："这么说，这一天你俩一直在一起？"

李新秀说："上午事情办好了，我爸请他在办公室吃饭，我和秀枝姨在街上吃了一碗面，他下午做什么，我就不知道了。"

赵书记说："那你下午去了哪儿？"

李新秀说："秀枝姨在县城不熟悉，我陪她到县社教总团找到了田总，后来和姜秘书去查档案，整整一下午，都在社教总团，后来田总用吉普车把我和秀枝姨送到湖渎镇，然后两人摸黑回家了。"她瞥了赵书记一眼，"你们像审五类分子一样对待我，我犯了哪一条法？"

赵书记知道李新秀已经生气了，他也顾不得那么多，就直截了当地说道："有人反映你和陈跃峰在恋爱，而且已经走到一块了，他是有妇之夫，难道你不知道？"他这样说，知道会伤害一个姑娘的心，但了为弄清事实真相，不得不去刺痛她，一个姑娘在受到不能忍受的极限，也许能说出真相或者会露出破绽。

李新秀再也忍不住了，“哇”的一声哭了，从来没有人敢对她说这样的话，她委屈极了，边哭边说：“我碍着谁了，要这样糟蹋我？陈跃峰和乔亚芳婚姻的破裂，错在乔亚芳，她在结婚前就和叶东方好上了，在新婚之夜就和跃峰哥闹翻了，还说他不是男人，去医院做了鉴定。是她害了跃峰哥，失财又丢人。她根本就不配跃峰哥。我同情他，可怜他，同时也尊重他的人品，希望他能尽快结束这场痛苦的婚姻，只要有一点良知的人，都会这么想。试问，这有错吗？”

赵书记说：“大家知道你是一个好姑娘，但我想知道，你和陈跃峰之间仅仅是同志、朋友，还是有更进一步的关系？”

李新秀止住了哭声，擦干了眼泪，不屑地说：“这和你们有关系吗？”她停顿了一下，昂起头理直气壮地说：“我有爱一个人的权利，任何人都不能干涉，优秀的男人总是有一股吸引人的气场，我也不例外，被他高尚的品德所感动了。可是吸引和感动并不代表爱情，而爱情是两个人的事情，一方有意另一方没有感觉，永远只能是朋友和同志。所以，我要说的是，我和跃峰哥之间，只是纯洁的朋友和同志友谊，没有你们想象的那样卑鄙和下流。如果没有别的事情，没有必要再纠缠无聊的谎言了。”

李新秀走了，猪舍里留下了几多尴尬和无奈，明知是一场无聊的谈话，但必须用无聊去证实谎言。而证实的代价是去伤害一个无辜的姑娘。陈跃峰生活作风正派，李新秀纯洁端庄，他俩去县城是借款的，并没有开房通奸。人民来信反映的问题，不是事实，纯属诬告。

赵书记拨动着冒着青烟的柴火，又加上几块木片，一绺火焰又熊熊升起，把猪舍烧得暖暖的。他又叫来了王家全和陈开文。他俩呵着冷气搓搓手，心里在想，李新秀刚才淌着眼泪出去，究竟是什么事，要如此神秘，一个接着一个谈话。他俩做好了准备，瞎猜疑是枉费脑筋，只有洗耳恭听，让领导问话，能回答的就回答，不能回答就说不知道，祸从口出，多一句不如少一句，才是明哲保身的办法。他们把手烘热了，就围着火堆坐下。

赵书记给王家全和陈开文发了一支烟，别看这支烟，它完成了一个人情往来，赠烟者付出了香烟获得发对方的好感，接烟者得到的并不是一支烟，而是赠烟者对他的尊重，并产生回馈给对方善意与友好的开始。无论原先多陌生，一支烟拉近了互相之间的距离。王家全吸了两口，感觉不错，就直率地说："赵书记，你有什么事就问吧。"

赵书记并不急于问话，也吸了两口，吐出一口浓烟，然后不紧不慢地说："你还记得六三年的秋收，那一年连续阴雨稻子都发芽了。"

王家全说："记得啊，仓库里堆着几十担受潮的稻子，跃峰同我商量后，就把稻谷分散到各家各户，摊开透气，我们才没有受到损失，当时大家都称赞跃峰灵活机动呢。"他丝毫没发觉赵书记话中有话。

陈开文跟着说："很多生产队没有及时把稻谷分散保管，都发热变质了，最后只能做猪饲料。"

赵书记说："没烂掉当然是好事，可也不能瞒报私分啊。"

王家全急了，说："谁瞒报私分了，天气放晴后，老队长陈炳德提出，把各家各户的稻谷收上来，陈跃峰说，收上来费时又费工，就作社员分配的口粮吧。大家都觉得这样做很好，最后把受潮的稻谷打一个九五折，一百斤稻谷除去五斤的水分，在年终分配时扣除了。"

赵书记又问陈开文："你的记忆力好，在年终分配时是扣除了，还是没扣除？"

陈开文说："谁吃了老虎胆，敢瞒报私分？我是参与制订粮食分配方案的，跃峰还特地提醒我，这笔粮一定要在分配时扣除，我都一一照办了。如果谁说这是私分，就让他去退赔！"

王家全气愤地说："这一定是李金海造的谣，他就是唯恐天下不乱，生产队安定团结了，他浑水摸不到鱼，总觉得要造出一点是非来。"

常队长又发问："你能肯定是李金海造的谣？"

王家全说："不是他还有谁？这几天李海波每天晚上往他家跑，我就知道又要闹出一点风波来。"

常队长拿出人民来信，折去一半，递给王家全看，说："你看这字迹是谁写的？"

王家全只草草一看，就说："这七歪八扭的字，不是李金海写的，还有谁能写出这种字？我认识他的笔迹，一看就知道是他写的。"

赵书记说："别关注是谁写，事情弄清楚就好了。"

王家全和陈开文走了，赵书记对常队长说："人民来信中反映的问题子虚乌有，纯属诬陷造谣，恶意中伤，但我弄不明白，李海波为什么要参与其中？他毁了陈跃峰的前途，他又能够得到什么？好端端的一个青年，为了自己往上爬，就踏上别人一脚。这是他又一次的自我暴露，也更进一步说明，我们不用他是正确的决定。”

赵书记如释重负，长长地叹了一口气。

常队长沉默良久说：“人民来信制度原本是党和政府了解民情的渠道，体贴关心人民的一种方式，被一些心术不正的人利用了。这也对我们提出了更高的要求，不偏听，不偏信，要深入群众，进行调查了解，使我们不犯错误和少犯错误。”

赵书记说：“这次人民来信风波可以告一段落了，由你和我，王指导三人写一份调查报告，交分团刘团长，澄清事实真相。月亮湾大队新组建的领导班子是经过四清运动的考验，每个成员都是坚定走社会主义道路，是群众信得过的干部。用人不疑，疑人不用，我们按县委组织部文件宣布任职批复！”

一个星期后，分团刘团长，公社党委赵书记、高主任、韩副书记，来到月亮湾大队，召开了党支部扩大会，宣布了月亮湾大队新的领导班子的任命，同时宣布了李光义调出的决定，还宣布了柳青担任月亮公社团委书记的任命。

第二十三章　破罐子摔碎

陈跃峰当上党支部书记了，这是月亮湾的头号新闻人物，所有的议论都集中到他一个人身上。在社员心中，大队书记是头上的天，脚下的地。大队书记选好了，这块天是青的，这块地是踏实的。老百姓把这个官当作父母官。大家都看着陈跃峰长大，他能干，能吃苦，有才学，他当生产队长关心群众，办事公道，苦干加实干，他的样板队是流汗干出来的，不是吹出来的。人们感受到他是好人，他当书记，社员心里踏实放心。老百姓对干部有这样的评价，已经相当不错了。

常队长和赵书记一定要陈跃峰向大家表个态，讲讲今后的工作打算，这是新官上任必要的任职宣誓。陈跃峰想了一阵子，说什么呢？豪言壮语一大套，不是吹牛也是假大空，社员群众不爱听，他也说不出口。不讲是不行的，还是讲一点实际的，群众爱听的吧。他想了想便说道："一张纸的任命，把我这个生产队长成为大队书记，地位高了，权也大了，而我却不这么认为。手中的权力是公众给予的权力，这个职务是为人民服务的岗位。一张纸的任命，转眼间把我变成另一个人，权力能实现人生理想，权力也能淹死人，权力可以为老百姓办事，权力滥用也能使老百姓遭殃，权力可以给别人好处，权力也可以以权谋私。总之，当了官，原先是畏畏缩缩的人，立马可以挺起腰杆，一下变得八面威风，连走路的姿势都跟着变，从来不正眼瞧他的人，立马就对他恭敬起来。本来是一个穷小子，只要一当上干部，请他喝酒吃饭的人也多了，多年不走动的亲戚都来走动了。为什么？权有这么多的好处，能不去争取吗？我走上这个领导岗位，深知老百姓要的是什么，恨的是什么，我自己该做什么，不应该做什么。我必须严于律已，从我做起，我还是我，我只是一个普普通通的人，如果要有不同，我当生产队长的时候，以挣工分作为一种谋生的手段，是要养家活口，不得不为个人和家庭考虑，现在担任大队书记这后，如果仍然脱不开个人和家庭的束缚，为个人和家庭谋名谋利，不为集体和社员谋利益，就对不起组织和社员的信任，更对不起自己的良心，那就不配做一个大队书记！”

到会的党员干部、社员代表响起了热烈的掌声，刘团长、赵书记、常队长也鼓起了掌。

陈跃峰又继续说道：“为官一任，造福一方，少说空话，多干实事，这是我考虑最多的想法。大队书记算不上官，但实实在在经营几千亩地，管着两千余人，我就必须让月亮湾人的日子一天天好起来。在这一刻，我没有辉煌许诺，但在年前必须办成两件大事，第一，通上电，安装好我们大队的变压器，让家家户户装上电灯，过上一个明亮辉煌的春节！第二，搞一次大规模的整田平地运动，挑高填底，格田成方，筑好机耕路，挖好灌排沟，为实现农业机械化做好准备。”

电灯电话，耕田不用牛，点灯不用油，是农民多少年的期盼。公社赵书记说过，前任领导也说过，由于种种原因，都没有实现。新任党支部书记夸下海口，怎么不让人欢欣鼓舞？

他在一片掌声中结束了简短而又务实的就职讲话。

每个人就像一个空瓶子，向里面倒水，里面就装着水；往里面倒垃圾，里面就装垃圾。如果心里装着集体的事业，社员的利益，就会一事当先为集体，关心别人胜过关心自己。心里装着老百姓，就会千方百计地去为老百姓办事。每一个人都希望自己的瓶子里长出美丽的花朵，这样的生命就会充满阳光。

陈跃峰从懂事那一天起，就立志要做一个对社会有用的人，在他担任生产队长后，生产队粮食产量提高了，分配收入增加了，社员脸上露出了笑脸，这就是他最大的满足。现在担任了大队书记，肩挑重担，是新的起步，社员群众迫切的目光是他前进的动力。

几千双眼睛在看着他。有的人没当领导前还算个人，但到了一定的位置就变了。怎么做，摆摆花架子，喊喊空口号，把上任时的承诺全忘了？陈跃峰不是这样，一旦承诺了，就是一本合不拢的书，就只能往前走。要干就要干出一个样子来。电是现代化的标志，电是农业机械化的先导，人们盼望着，电线杆就是竖不到月亮湾村上来。李书记也曾跑过供电局，施工队开出一张材料单，没有钱，就被吓退了。这一拖，就耽搁了两年多。

各级政府重视农业，各行各业支援农业，这么好的环境氛围，不努力，不行动，错失良机，就是对工作不负责任，馅饼不会从天上掉下来，全县这么多的农村大队，不去主动争取，供电局不会把电线杆变压器送到你门上来。

李县长曾经说过，在第三个五年计划中，全县农村都要通上电，李副部长说过，资金来源国家补贴一部分，供电局负担一部分，农村大队自筹一部分，具体业务有县三电办协调。李县长说过的话，一定能算数，钱不够可以向银行借贷款，困难最多也难不倒决心，他开始行动了。

他跑公社，跑县城，家里不见他，大队部也不见他，他在忙，忙得废寝忘食，忙得人瘦了，变黑了。忙是一种生活形态，每个人的忙却不一样，有的人为自己忙，为自己的亲戚朋友忙，而他为大伙忙，为社会忙。陈跃峰忙得有乐趣，忙得是那样有信心。

他拿着公社的介绍信，走进县三电办贾主任的办公室，这贾主任可不是一般的人物，抗日战争扛过枪，解放战争上过大战役，抗美援朝跨过鸭绿江，前几年才转业到地方，担任县委农工部长。论党龄，比李县长还要长几年。这三电办主任不是好差使，要协调供电局、农机水利局、农业局、商业局的业务和工作，没有一点资格还镇不住这些实力派，全县要加快步伐让农村通上电，李县长还是把这个三电办主任让他兼任了。此刻他正在忙着打电话，陈跃峰把申请报告放到他面前说："贾主任，请你签个字，月亮湾大队也想通上电。"贾主任放下话筒，看着眼前这个小伙子说："要通电，你带来多少钱？"陈跃峰说："李县长说过国家补贴一部分，供电局负担一部分，地方筹措一部分，该地方出资的，我们一定筹措。"贾主任说："现在什么时候了？今年的计划已经下达了，早些时候你干啥去了？"陈跃峰脸一红，腼腆地说："我刚当大队书记还不到一个星期。请你帮个忙，给我批了吧。"

贾主任放下茶杯，打量着这个小伙子，土里土气中显出无所畏惧的胆量，说话中透露出一股坚强的决心，而且他还是刚走上领导岗位的青年，不给予支持就是给他当头一棒，他虽然没有权力增补计划，但还是诚恳地说："李县长手中还有少量的计划可以争取，你把报告让他签个字，再来找我吧。"

陈跃峰疑虑重重地说:“他能给我签字吗?”

贾主任笑了笑,说:“他不了解你,当然不会给你签,但你有决心,可以感动他。政府的预留计划就是为没有分配到,但又迫切需要,并且有决心的人留下的,你去争取吧。”

陈跃峰知道了,贾主任没有拒绝他,而且在指点他。要想得到计划,只有李县长才能办到。他告辞贾主任,来到轮船站,轮船已经开出了。他踏上了县城回家的大路,在一轮明月东升,月光如水的夜晚,走进公社大院,赵书记正在灯下看文件,他汇报了去三电办的经过,然后拿出申请报告,恳求赵书记去李县长那里签字。赵书记一瞪眼说:“李县长能轻易给别人走后门吗?他明天来月亮公社检查工作,你自己找他吧。”

赵书记不帮这个忙,他只有硬着头皮找李县长了。

明儿一大早他坐在公社传达室,等到中午不见赵书记,也不见李县长,他啃了几个麦粉饼,继续等。天暗了,才见赵书记一身疲惫走进来,他告诉他,李县长住在杨渎公社了,明天一早来月亮公社,你就在村口等吧。

明天还有明天,时不我待,要是明天李县长不来,怎么办?他只能上县政府去办公室找他了。

吃过早饭,他站在村口等,左等右等不见大路上有人来,他夸下了海口,他的心里急得像被猫抓一样难受。

正在踌躇中,只见曾国兴急急忙忙走来,说:“赵书记和李县长在吴家圩,赵书记让你赶快去!”陈跃峰一惊,吴家圩地区偏远,麦子长势最差,这不是明摆着让他吃批评!

领导下基层检查生产,一般都让领导看长势好的麦苗看一派大好形势,让领导开心,领导心情好了,下级受表扬,你好我好大家都好。赵书记可不一样,他敢于露丑,敢于自揭家底,既要看好的,又要看差的,他让李县长看最差的吴家圩,赵书记自有他的打算,他不能让陈跃峰滋生骄傲自满情绪,要使他感到有压力,才能永不停步,健康地成长。

陈跃峰怀着忐忑的心情快步向吴家圩走去。

李县长没有批评他,很热情同他握手,并让他介绍大队的基本情况,他紧张的心情才得以放松。

他略作思考，便对李县长说道：“月亮湾大队二千一百二十人，三千二百三十亩土地，今年平均亩产九百三十斤，每人平均分配收入七十二元，基本解决了温饱。但与上级的要求，还有很大的差距。差距不是坏事，有差距就有潜力。当务之急是抓好三麦田间管理，一是促平衡，普施三麦越冬肥，狠抓三类苗的转化，二是开好灌排沟，沟沟相通，田间做到雨停水尽，降低田间湿度，降低地下水位。因此，我们通过规划，利用冬闲时间，开展大规模的农田基本建设，挑高墩，填低塘，筑好机耕路，开好灌排沟，把丰产农田连成片，改善生产条件，为全面实现农业机械化做好准备。”

李县长说：“是啊，很多基层干部的认识还停留在互助组、高级社那个时候的思想观念，因循守旧，怕苦怕累，怕花钱，下不了决心。小陈，你这个规划设想好。不过，当前重点要抓三类苗的转化啊。”说完望着这片黄瘦的麦苗。

陈跃峰立即说道：“我已买下向阳居委会公厕的所有粪水，争取三类苗普施人粪一次，把三类苗转化为二类苗。”

李县长说道：“县城很多公厕都没有得到利用，你能这样做，一举两得，既得到了廉价肥料，又解决了城市卫生。”

李县长和陈跃峰谈得很投机，赵书记不知不觉又把李县长带到了鱼塘，他对李县长说：“月亮湾大队抓紧粮食生产的同时，还把发展多种经营放到重要位置，他们栽桑养蚕、开塘养鱼，就这一项，明年要增加几万元收入呢。”

李县长说：“以粮为纲，发展副业，以副养农，全面发展，这是党在农村的长期政策。农村发展副业，供给市场，提高人民生活水平。月亮湾大队先行一步，总结经验，全面推开。小陈，生产上如果有困难，直接找我。”

陈跃峰心中一阵高兴，说：“我大队至今没通上电，今年又没立上计划，电是农村现代化不可缺少的能源，恳求领导照顾，列入计划。”

李县长转身问赵书记：“是这样吗？”

赵书记说道：“由于种种原因，月亮湾大队没有立上计划，但小陈书记的决心还是很大的。”

李县长说道：“我还有几个计划外的名额，是照顾和支持比较贫困的大队，小陈这么迫切，我不能让他失望，但有一个条件，农田基本建设必须先行一步，把全大队的农田挑高填低，格田成方，建成旱涝保收的丰产田，我才能把计划给你。”

陈跃峰拿出申请报告和农田基本建设的蓝图，对李县长说：“对于农田基本建设，经过全面规划，画出了蓝图，已经开始行动，如果灌排沟、机耕路做好了，没通上电，还是没有现代化的气息。”

李县长拍拍陈跃峰的肩膀，接过申请报说：“小伙子，别着急，农田基本建设和通电同时进行，干出社会主义的高效率！”说完就在申请报告上签下“请县三电办审核办理”的批示。

陈跃峰的努力争取，得到了李县长的支持，又来到三电办，贾主任立即约来供电局陆局长，他快人快语地说：“竖杆拉线，供电局义不容辞，高压杆，高压线由农林局出资，变压器配电柜按财产划分也应该由供电局承担。”陆局长说道：“该供电局负责的我决不推辞，那低压杆、低压线谁负责？”贾主任明知陆局长在出难题，他不客气地对陆局长说：“这是李县长的扶贫项目，是县政府办公会议决定的，低压杆、低压线的费用暂由供电局垫付，竣工验收通过后来三电办结算。”陆局长为难地说：“供电局资金周转暂时有困难，三电办能否把这笔钱先给我汇过来？”贾主任说：“事到临头出难题，要不要请李县长再来说一遍？”陆局长连忙摇手说：“千万别再惊动李县长！我是说，资金上暂时有困难，既然你决定了，困难我自己解决吧。”官大一级压死人，贾主任没费周折就说服了陆局长，他又把目光移向农业局的陈局长，陈局长知道又该他忍痛出血了，没等贾主任开口就说道：“农电的资金已经用完了，月亮湾是计划外新增的，没钱办不成事啊。”说完把双手一摊，显出一副无可奈何的样子。贾主任说：“钱用完了，人是活的，据我所知，地委还有追加计划，你可以去上面再争取。”陈局长说：“大有大的难处，这一点追加资金，给谁都不够用。”贾主任说：“那就把明年的计划拉到今年办，上面追查我顶着，你还怕啥？”陈局长说：“我还是向地区农业局争取吧。”

该落实的资金和物资都落实了，贾主任看着陈跃峰说：“政府的支持都到位了，大队自筹这一块什么时候到位？”陈跃峰说：“农村虽穷，但该我们出的早就准备了。大队、生产队二级砸锅卖铁，也要在开工前凑齐。为了节约开支，农村有的是劳动力和农船，运输、挖坑、抬杆、拉线这些小工，全部有我们自已负责，争取在春节前完工，让社员群众过上一个亮堂堂的春节！”

贾主任站起身送客，一边走一边对陈跃峰说：“李县长被你的韧劲感动了，对我下了死命令，一定要争取到供电局和农业局的支持。资金解决了，离春节只有一个半月的时间，要加劲干哪。”

贾主任的鼓励，是对陈跃峰的鞭策。一个有强烈事业心的人，他心里装的永远是工作。

他回到大队，连夜召开支委会，各生产队的干部会。大队要通电了，等于一个炸雷响遍了全村，人们盼了多少年，把线一拉灯就亮，闸刀向上一推机器就轰轰地转，多么神奇的电，看不见，摸不着，巨大的能量从三根线上送过来，它送来了力量，送来了光明。

曾国兴带着各生产队的会计，把筹集的资金汇到三电办，供电局的施工队下乡了，陈跃峰带着他们勘测线路，指挥社员挖坑、抬杆、拉线，工程快速推进。

变压器安装好了，电线杆竖好了，通往各生产队的线路也架好了，水到渠成，每家每户都在计划自家的电灯安装。陈跃峰累坏了，他想美美地睡个觉，母亲却拉着他说：“家里要安装五只电灯，新房里一只，灶房一只，堂前一只，芳菲房里一只，我和老头子房里一只。黑灯瞎火一辈子了，想不到老来用上了电灯，妈高兴啊，唯一的心事就是你和亚芳的事，你去接她回家吧，女孩子家不懂事，你原谅她这次吧。”

他这才记起，他忙这忙那，把办离婚的大事都忘记了。这段日子，他没见过乔亚芳，她也没找过他，两人之间没有感情，已经冷淡了。他想到这事就心烦，原本就没过上一次夫妻生活，与其在一起同床异梦，晚离不如早离，一分两便各自重新开始，就当噩梦一场。他理解母亲的心情，万事皆可迁就，唯独感情不能勉强。他不想使母亲伤心，含糊地说道：“妈，大队的事情这么忙，趁着没家庭牵挂，我想多为集体做几件事呢。”母亲含着泪花爱怜地说：“你把这个家当成饭馆，吃了就走，晚上回家当成旅社，天亮就走，妈不会跟你一辈子，今后谁给你洗衣做饭？”

儿子在父母面前是永远长不大的孩子，即使长大成人，在外面事业搞得轰轰烈烈，回到父母跟前，还是把他当作孩子，絮絮叨叨地说个不停。可怜天下父母心，这些唠叨又触到他心中的痛处。他回到新屋，他太疲倦了，倒下便睡。

他在迷糊之中听到外面起风了，黑压压的云层随着风势从天边涌过来，瞬间就是“哗哗”的瓢泼大雨，不好，社场上还晒着稻谷，这是社员分配后的余粮，明天就要送粮库卖给国家。他跑出门外，冰冷的雨点打在他脸上，他放开喉咙大叫：“抢场了，快把稻子往屋里搬啊！”

他被风雨惊醒了，但屋外没有风声，也没有雨声，公粮任务早就完成了。原来是做梦了。他用手往脸上一摸，却真真实实地潮湿了一片。他透过眼皮能感觉到一片光亮，记得睡前是关灯的，是谁开了电灯？

他睁开了眼睛，不由大吃一惊，床头上坐着乔亚芳，她脸对脸看着他，一滴一滴的眼泪不断掉落在他脸上，那一片冰凉竟是她的泪水！

陈跃峰一下爬起来说：“啊，是你回来了！”

乔亚芳用手擦干了眼泪，伤感地说：“这里是我家，我俩还是夫妻，我愿意来就来了呗。”

陈跃峰说：“当然，你可以回来。不过，我俩走到这一步，分手已成定局，我还是劝你一句，去把离婚手续办了吧。这样拖着对你我都不好，亚芳，我们毕竟同学一场，好聚好散吧。”

乔亚芳突然抓住陈跃峰的手，边哭边说：“跃峰，我错了，你喜欢我爱我的时候，把一颗心都掏给了我，我没有在乎，却把全部的爱和一片痴心给了叶东方，我总以为从此得到了他，而他把我的心掏走了，人也不见了。我没有把真情和身子留给真正爱我的你，却在几元钱一间的旅馆里给了没心没肺的人，我对不起你。我在错误的时间遇上了不该遇见的人，让我抱憾终身。请再给我一次机会，做你的好妻子吧。”

她边哭边说，凄切动人，感人肺腑，追悔莫及。如果要在结婚的当晚和他说这些，他一定会原谅她，帮她把眼泪擦干，什么贞洁，初夜全都不当一回事，只要她爱他，一心一意跟他过日子，就是让他身上割下一块肉，他都愿意。时过境迁，炽热的爱情已经冷到了冰点，纯真的爱情泼上了一盆脏水，爱意越来越淡，人渐走渐远，心头的伤口仍在淌血，还在隐隐作痛。他曾试着选择忍让和宽容，甚至丢掉自尊选择糊涂，然而，不是到街上买一件衣服，买一篮小菜，即使不合适，马虎一点都可以将就，这是要和他生活一生一世的人。衣服破了可以补，爱情的裂痕却无法可修。陈跃峰无数次的设想，要是叶东方突然回来了，站在他和乔亚芳之间，她是扑向自己还是扑向叶东方？他不敢再想了。不是你的梦，最美也要醒，不是你的情，最痛也要断！一颗心要伤多少次，才会选择放弃？

女人是国之母，家之妇，人之妻。男人无志，事业不成，女人不柔，家财不旺。为人妻，为人母，就要一颗心扑在丈夫和孩子身上，岂能人在曹营心在汉？不是给一次机会就能使她忘记叶东方。他抽出被她抓住的手说："到现在再说这些，就能弥补感情的裂痕？我不能欺骗自己，你也不要委曲求全，我们还都年轻，与其凑合不如分开。应该有更适合自己的生活，我们各自尊重，去重新开始吧。"

乔亚芳心中一阵紧缩，她的认错得不到陈跃峰的原谅，是在意料之中。而她是有备而来，既然认错打动不了他，她还有更锐利的武器，那就是她漂亮的脸蛋，苗条的身材，女性的妩媚。陈跃峰以前一心一意地追她，一心要娶她为妻，不是看中了她的美丽吗？既然这样，把这个美让他一览无遗，看个够吧。她迅速脱光了衣服，上床钻进热被窝，她就不相信陈跃峰刀枪不入，是坐怀不乱的柳下惠！

她抱住陈跃峰说："我是你妻子，我要你，是我正当的要求，哪怕明天就去离婚，今晚我俩在一块，仍然合理合法。跃峰，不管你对我有多少意见，就要了我吧，也算是夫妻一场。"说完她依偎在他的怀里，扯他的衣裤。她下了无数次的决心，放下女人的自尊，不顾羞耻，就是要挽回保住婚姻，如果他心一软，依了她，今天就是迟来的新婚之夜。小两口和好了，谅解了，还用得着去离婚吗？

这是一个美妙绝伦的裸体，光滑洁白细腻的皮肤，在灯光下发着光亮，头上的黑发散开遮掩着微红的满月，她喘着粗气用挺拔的乳峰磨擦他的胸膛，香软潮湿的红唇亲着他的脸颊，他感到酥软，他在青春萌动中不知遐想过多少次，在梦中惊喜地拥抱。而现在赤裸裸的她紧抱在怀中，光滑圆浑的手臂勾着他的颈脖，姑娘独有的女人味强烈地熏得他不能自持，双手不由自主地在她光滑柔软的肉体上下滑动，强烈的男性反应急切地想进入她的身体。男人可以避让所有人间诱惑，却抵挡不住美人在怀中的娇吟。而且是一个滚烫的肉体，他忍不住抱紧了她，眼看两人就要滚到一块，就在这甜蜜迷乱的恍惚中，他猛然想到，她和叶东方在一起，也是这个样子吗？

一股无名的厌恶，强烈的嫉妒，占据他整个身心。他可以原谅她所有的过错，却不能原谅她和叶东方的做爱，甚至还有了他们爱的结晶。爱情具有绝对的排他性，不能掺杂一粒沙子。她与叶东方在一块做爱的影子占据了他所有的空隙，她一面可以和叶东方做爱，又可以把肉体在他身上厮磨，她把自己分成两半，去面对两个男人。难道还有这样不要脸的女人？她柔软的肉体瞬间变成一堆腐肉，女人的体香变成腐臭。他抱着的女人身上竟然这样肮脏。他觉得有被强奸的感觉，强烈的欲望突然泼上一盆冷水，抱紧她的手也松开了。

他推开她，迅速起身穿上衣服，冷静地对她说："亚芳，你睡床上，我睡地板。"说完就到床后拿出席子在地板上铺开。

乔亚芳惊呆了，她不顾女人的颜面，主动要求做爱，想不到会是这样的结局。她用一个女人最下贱的举动，想挽回自己的婚姻，而他对她的热情已彻底冷却。她乘兴而来，败兴而散，以为用女性的柔美能征服男人，性爱能扭转一切，却被他无情拒绝。她想和好的希望彻底破灭了。她羞愧满脸，一场繁华的等待，幸福的期待，顿时化为泡影。她也有心痛的时候，莫非这都是冥冥之中的报应！

任何女人都接受不了这种现实。她的柔情碰上了无情，他们之间的最遥远的距离，不是在进退之间，而是明明在一块，却远隔千山万水。性是爱的源泉，爱又是性的原动力，如果夫妻之间没有爱还能生活在一起，两人没有性生活却万万不能。她的委屈变为愤怒，愤怒使人失去理智，陈跃峰不要他了，就算给他再多的柔情，他也无动于衷。这个世界就是这样，爱你的人为你疯狂，为你付出，时刻在关注你；不爱了，也就不在乎了，任你怎样的付出，他都置之不理。别去打扰不在乎你的人，因为他心里已经没有你，你的美是路边花，镜中月，你的柔情在他眼中是淫荡。乔亚芳的怒火像火山一样爆发，她咬牙切齿地说道："你以为你高尚，你以为你当了书记，就有了欺负我的资本，你别得意，你不是要离婚吗，我就是不离！我要让你身败名裂，我要你为今天的无情后悔一辈子！"

她迅速穿上衣服，冲出门消失在黑暗中。

陈跃峰想不到她会这样狂怒，跟着追了出去，可是，黑夜茫茫，只有繁星点点，闪耀着神秘莫测的寒光，哪里还见她的身影！

他跑着来到电灌站，她的宿舍门紧锁着，窗户里看不到一点光亮，这一切都证明，她没有回来，是去了乔渎村娘家？也不可能，她能到哪儿去呢？

其实，乔亚芳一出门就向湖边跑去，她的心中乱极了，跑到湖边才知道走错了方向，来这里干什么呢？

月亮湖的水奔腾不息，日夜东流，夜幕下什么都看不清，只有永不停息的波浪拍打着湖岸，发出有节奏的声响，如一支夜曲，优哉游哉，它不知人间世事，不知忧伤。几千年来，它就这样静静地流着，看人间悲欢离合，看着一代一代的人，从少年到青年，到中年，直至老去。看一个一个朝代兴衰盛亡，一直看到现在。

没有月亮，湖岸死一样的沉寂。自古至今，多少痴男怨女，一时想不开，或者碰到跨不过的坎，在这风高月黑夜，就站在这里，纵身一跳，一切烦恼，都归于自然。月亮湖接纳了不知多少冤魂野鬼，没有人知道，人们也不会知道。一个人投湖了，再多的伤感，多么惊天动地，都在历史的岁月中遗忘。乔亚芳到这里来，难道也是想勇敢地一跳？

不。生命只有一次，失去了就永远回不来。爱情不是生命，人的一生可以有很多次爱情，一次失败了可以再来一次。人的一生可以爱很多人。婚姻也是一样，一桩婚姻失败了，还可以有第二次，第三次，离婚也许不是坏事，机遇在失望中诞生，幸福在绝望中降临，不要为爱轻生，不要为情葬送，人生没有过不去的难关，生命中也没有离不开的人。今天的泪水，是明天的成长，今天的伤害，是明天的坚强，曾经是错了，现在都懂了，错了就无法挽回，错就让它错吧。叶东方一去无音讯，就当他死了吧。陈跃峰不在乎她，她也可以不在乎他，人这一辈子，不过短短几十年，她是一个女人，正是情欲旺盛的年岁，她需要男人，没有男人的夜晚是冷冰冰的，没有男人滋润的女人是干巴巴的，欲望的等待和折磨已把她逼疯了。别再一味傻下去，世上有的就是好男人，找一个知情知暖的男人又如何？能牵手的时候，别肩并着肩走，能拥抱的时候，别伸不出手臂，能在一起的时候，别轻易分开，能成为最亲近的人别刻意离开。生是一场见识，活是一次品尝，趁着年轻貌美，只要能放开，挑逗她的男人太多了。

人的善恶只有一念之差，人有堕落只有一步之遥。走什么样的路做什么样的人尽在这瞬间的选择。她在加工点工作，是公众人物，接触各种各样的人，美丽女人惹人喜爱，漂亮女人有回头率。男人的目光总在她身上打转，她高傲得像公主，总是还有胆大的男人在她手上摸一下，在她高耸的乳房上捏一把，都被她冷峻严厉的目光唬住了，为什么要假正经？女人的美丽是男人公共的财富，女人的美丽是上帝给予男人的眼福，是爹妈遗传的，不用好用足也是白白浪费，女人天生是让男人疼的，要不自己就是傻逼。她想好了，要用自己的肉体去找回失去的，去报复不在乎自己的人，求得心理上的平衡，否则自己太亏了。

她怀着复杂的心情回到加工点，忍不住又是一阵伤心，她刚到这里工作时，一个轧稻的滚筒和两台钢磨，设备时好时坏，坏了也没人修理，社员来加工稻麦，有时候一等就是几天，还经常出现短斤少两的事情，社员的意见大极了。财务更是一团糟，本大队社员加工是记账，到年终一次结算。这些账记得模糊不清，有的少记了，有的多记了。外村的社员来加工是要收现金的，王师傅人缘好，总是不足额，碰上亲戚朋友不收费，这种经营造成加工点严重的亏损。乔亚芳来到后，看出了管理不严的弊病，首先规范了记账收款制度，社员该付多少加工费就记多少账，并按手印签字入账。付现金加工的每天结账，一星期到大队交出纳会计。她自己慢慢学会了修理，原本就不复杂的设备，不长时间，她闭着眼睛都能拆下再安装。工效提高了，短斤少两的矛盾没有了，加工点第二月就出现了盈余。王师傅不得不佩服乔亚芳的管理能力和心灵手巧，社员们也对乔亚芳赞不绝口。她为大队加工点所做的一切，李光义表扬过，常队长和王指导表扬过，而陈跃峰看到了，却从来没有表扬过一次。

想到这里，她更加伤心了。她做得再好，陈跃峰的心冷了，也换不回他的热情，她对他再忠诚，也改变不了他的看法，他铁了心不要她了，与其这样，还守着这个不爱的男人干什么！

潘多拉的魔盒一旦打开，报复他的种子就在心中发芽生根，什么贞节、道德、伦理都见鬼去吧。

她擦干眼泪，咬牙切齿地说："陈跃峰，你就等着戴绿帽子吧。"

冬季的加工点是一年最忙的季节，每家每户都要把分到的稻谷加工成白米。加工点就她和老王两个人，老王干白班，乔亚芳干夜班，白天来加工的人多,晚上来加工的人少。而这几天,特别忙碌,每到老王下班,还堆放着很多的稻谷,女人力气小,要把上百斤的稻谷端起放进滚筒,却很费力。好在加工点总是聚集着很多男人,只要她一个招呼,就有人帮她。漂亮女人有气场,漂亮女人能使唤人。张飞扬就是这里的常客,他喜欢看乔亚芳漂亮的脸蛋,喜欢听她银铃般的笑声,他帮乔亚芳干活,不觉得累,而是享受,有时一干就干到深夜。

天上下着蒙蒙的细雨,加工点堆满了稻谷,却没有人来聊天玩耍,乔亚芳只能自己干起来,她不时到门口张望,张飞扬是风雨无阻的常客,今天怎么不来了?

她又端起一箩稻谷,正要用力往下倒,突然箩筐轻轻地侧过,稻谷全部倒进了滚筒,她回头一看,张飞扬竟然站在她身后接过了箩筐,他俩靠得这么近,她向他投去一个迷人的笑容说:“我就知道你一定会来的!”

张飞扬说:“我杀了一只羊,给你带来一只羊腿!”

乔亚芳嗔怪道:“谁要你的羊腿,我只要你帮我!”

男人毕竟是男人,一箩稻谷轻轻一搬就倒进了机器,乔亚芳把机器马力开足,两人一边干活一边说话,很快就把剩下的稻谷加工完了。两人拍打着身上的灰尘,乔亚芳又端来一盆热水,放在他面前莞尔一笑说:“看你脸上的灰尘,擦一把脸。”张飞扬受宠若惊,慌忙推开说:“我身上脏,你先洗吧。”乔亚芳说:“我要你先洗,你就去洗,洗干净了,我请你喝酒呢。”说完乘势在他脸上捏了一下,张飞扬全身顿感一阵酥麻,心在怦怦地跳,他知道,他的付出已得到了这个漂亮女人的好感,她捏他一把,是女人对男人的挑逗,这是无声的言语,情感上的靠拢。这使他大喜过望。俗话说,男要女,隔重山,女要男,只隔层纸,这一捏,暗示着她的认可和接纳,还有比这更激动的吗?他在情场初试就成功了。能得到这个美丽女子的青睐,癞蛤蟆吃上了天鹅肉!

张飞扬在激动亢奋中,顾不得满身的灰尘,像头狼似的扑过去,搂过她纤细柔软的腰肢,在她脸上狠狠地亲了一口!乔亚芳本能地推开他,两眼一瞪说:“死鬼,这儿是什么地方?洗干净了,到我房里,你要怎么就怎么!”说完就跑进了自己的房间。

张飞扬洗完推开房间,只见乔亚芳穿着背心和短裤,露出洁白光滑的肌肤，高耸挺拔的乳峰，滚圆的屁股，她身上每一个部位都是那样性感，在刺激着他的神经。日思夜想的女人已经对他敞开，他冲动了，迫不及待搂紧她，紧紧吻住她送上的湿润嘴唇。

到底是结过婚的女人，不玩无间道，要来就动真格！乔亚芳的放荡远远超出了张飞扬的想象，她含笑拉过他，解开他衣服上的纽扣，松开他的裤带，把他脱得一丝不挂，她抱着他钻进了被窝，就像一个道具一样被她搬弄着，她放荡的淫态，完全征服了这个还有点胆怯的男人。欲望的恶魔在疯狂地膨胀，没有一个男人会抵御漂亮女人的引诱，没有一个男人不向往风流艳遇，人的情欲原来就是一场精彩的等待，盛大的晚宴就在眼前，没勇气的男人没出息，没胆量的男人做不成大事，不容他犹豫，不容他多想，色胆如天，他顺势把她压在身下，到处乱摸乱捏，女人嗫嚅着引导未经云雨的男人，把他揽进港湾，尝试女人无限的滋味。年轻的血液在沸腾，青春的活力在涌动，这一刻，所有的恐惧和担心都不再存在，所有的力量化成爱欲，像火山一样喷发。他俩同时进入高潮，在激情无限的野性中堕入无底的深渊。

哦，性爱原来是这样，只要是男人，就能把她带进极乐世界，男人把女人当成心肝宝贝，是女人的阴柔把男人变成了真正的男人。在这暴风雨过后，乔亚芳哭了，她是在为自己而哭，她太傻了，为什么要守着叶东方无望的爱？为什么要在新婚之夜拒绝陈跃峰？男人不都是一样的吗？爱情这东西，你把身体给谁都能产生爱意，只要放弃女人的本分，就可得到快乐。她为叶东方守着贞洁，使自己失去了幸福，什么爱情道德节操，全是骗人的鬼话！叶东方骗了她，陈跃峰说过可以包容她一切，到时候却把她无情抛弃，也是在骗她！女人为什么要为男人坚守？男人可以拈花惹草，这个世界原本就不公平！男人和女人，就是赤裸裸的爱欲，欲就是爱，爱就是欲！她再也不相信爱情了，再也不相信任何一个男人了。她对张飞扬没有爱，照样可以做爱，无比轻松快活。她出轨了，让陈跃峰戴上绿帽子，她心理平衡了，同时也抽了叶东方一个响亮的耳光，女人报复男人，竟然这么容易。

张飞扬是好人吗？当然不是。他千方百计接近她，讨好她，觊觎她的花容月貌，就是不怀好意。而他的邪念正迎合了她报复陈跃峰的欲望，她需要男性的力量，来填补她的空虚。然而，高潮过后，欲望退去，又感觉无比失落，她失去的不但是贞洁，而是整个自我！

张飞扬兴致正高，搂着乔亚芳说："宝贝，赶快和陈跃峰离婚吧，我爱你，我要永远和你在一起。"乔亚芳推开他，不屑地说："你拿什么爱我，你有这个资格吗？跟了你，生的孩子还是小地主呢！"

张飞扬一下颓唐了，他是地主的儿子，谁跟他谁倒霉，谁跟他谁就要吃苦头。他卑微，他没钱，他认命，他配不上她，但已经和她睡到一起了，她就是他的女人，强健的体格就是男人的资本，他能使她快乐，能使她尖叫，是地位和金钱替代不了的，你乔亚芳现在就缺少这个，你有需求我有力量，还装什么正经！想到这里，他又一次亢奋起来，翻身把她压在身下，像虎狼一样凶猛，狠狠地说道："我是什么都没有，但这个就是资本！我有爱的权利，我要娶你，让你快乐一辈子。"

乔亚芳需要他男性的力量，任凭他粗暴的抚摸疯狂的做爱，熊熊的欲火需要他的雷霆万钧，亢奋的肉体需要他猛烈的压挤。她忘情地扭动配合。其实爱和欲是一对孪生姐妹，爱是人性，欲是兽性，没有欲就没有爱，但没有爱可以照样发泄做爱。人性在兽欲中沉沦，欲望在疯狂中得到满足。乔亚芳紧抱这个从来没有爱过的男人，享受着肉体无限的快乐。

这种欢愉毕竟是偷来的，注定见不着阳光，在东方破晓之前，乔亚芳依依不舍催促张飞扬赶快离开。

乔亚芳依旧天天上夜班，张飞扬仍然天天来加工点帮忙。一个是天上的仙女，一个是地上的凡人，谁都不会怀疑他俩已经睡到一块，会有不正常关系。工作结束了，乔亚芳关紧房门，灯灭了，她在等待张飞扬，他俩做得人不知，鬼不觉。殊不知，要想人不知，除非已莫为，电灌站站长王长春早就盯上了，他是一个不动声色的人，他惊奇乔亚芳会这么贱，竟与张飞扬搞上了，但又嫉妒张飞扬的艳福，心里痒痒的，如果当面点穿她，冤家就做绝了，这辈子休想沾上她，不点穿她又如何能得手，他终于想到了一条妙计，让乔亚芳陷入这个圈套不能自拔。

又是一个与往常一样的夜晚，加工点打烊了，乔亚芳进屋了，王长春躲在黑暗里，看着张飞扬进屋了，他走进配电间，拉下闸刀，整个电灌站变得黑洞洞，抗旱保苗抽水机停止了转动，灌水沟断水了。他敲响了乔亚芳的房门说："加工点的线路碰线了，急需排除故障送电，麻烦你起来开门。”乔亚芳慌了，就这么十多平方米的房间，一开门从外就看到里面，怎么办？她急中生智说：“我睡了，把钥匙从门缝里送给你。”王长春说：“不行，加工点里这么多粮食，缺斤少两了，我负不了责任。”他说得在理。乔亚芳说：“那你先去加工点等着，我穿好衣服就来。”这样的回答也符合情理，既可支开王长春，又可以让张飞扬赶快走人。王长春走了，她急忙穿衣起身，又抱了一堆衣服把张飞扬推出了门，想不到迎面碰上在暗处的王长春，张飞扬情急之下撒了一个慌，说：“肚子着凉了，在这厕所蹲了半天。”王长春一语双关说：“你跑错了地方，这堆屎到底拉在哪儿了？”张飞扬一时语塞，提着裤子就走了。

乔亚芳这才慢慢走出来，打开了加工点的门，王长春假装拿着手电这里照照，那儿拧拧，然后对乔亚芳说：“故障已经排除，你可以锁门了。”

他回到配电室，推上了闸刀，抽水机呼的一声又出水了，“哗哗”的流水随着渠道涌向前方，整个电灌站又灯火通明。

当乔亚芳回到房间的时候，王长春已坐在床上等候。她一惊，立即正色说道：“半夜三更，你怎么可以随便走进我的房间？”

王长春色迷迷地盯着她说：“张飞扬能在这儿睡你，我为什么不可以？”

乔亚芳柳眉倒竖说：“说话要有事实根据，不能血口喷人，你再不走，我可要喊人了。”

王长春是拈花惹草的高手，他拎起张飞扬的内裤说：“这算不算是证据？我把这东西交给常队长，一个是书记夫人，一个是地主儿子，这台戏可热闹了，我问你，你愿意私了还是公了？”

乔亚芳一下瘫软了，想不到张飞扬这狗东西这么没用，留下这个把柄，如果让他交到常队长那里，麻烦就大了，丢了脸面不说，这工作也得丢，今后去哪儿住呀，她毕竟是个未经世事的少妇，被王长春这一吓唬，吓得掩面抽泣起来。

王长春立即换上了笑脸，上前拉过她手说：“我的小乖乖，我只是开一个玩笑，大哥同你闹着玩呢，只要你依我，这事打死我也不说。”

她抽回手，一边哭一边说：“你去揭发我，怎么不去啊？你前脚走，我就摸灯头死给你看，说你强奸逼死我，不信你试试。”

王长春心头一震，想不到这女人还真有一手。就这么走了不甘心，强行与她做爱没这必要，因为他不缺少女人。他站起身，一脸无奈说："小姑奶奶，我见你怕了，我可以不告发你，但不会放过张飞扬，你就等着瞧吧。"

告发了张飞扬，有一个奸夫就有一个坏女人，这等于告发了乔亚芳，姜到底还是老的辣！乔亚芳服输了。她想，偷一个男人是偷人，偷两个也是偷，破罐子摔碎了，他要就让他要吧，她把身体给了他，把你当心肝宝贝儿，多一个男人多一份爱。但要让一个可以做父亲的男人玩，必须敲他一杠子，让他知道她的身价，她转而温柔地说："你要我就要养我，我家都没有了，你要为我生活考虑。"

王长春转怒为喜，不就是要几个零花钱吗，自己工资每月五十多，拿出一个零头就足够了，他想都没想就说道："小乖乖，只要你依了我，我就会对你好，不就是要钱吗，每月给你十元生活费！"

"你想打发叫花子一样打发我？"她一脸不屑地说。

"那你要多少？"

"你的工资一半归我！"

"我还要养家活口呀，要不这样，每月再加五元！"

"你不满足我的要求，休怪我不能满足你。"

乔亚芳在关键时刻一步不让，王长春心想，只要有一个开头。今后就由不得你，堂堂一个男子汉，还斗不过你这丫头片子！

他伸手从口袋摸出五张五元大钞，交给乔亚芳说："今天刚领工资，这个月的我付给你。"乔亚芳接过钱，放在口袋里，这动作，这表情，明白地告诉王长春成交了，可以行动了，王长春猴急地把乔亚芳抱起，放到床上，一切顺理成章。

一场惊天动地的肉搏结束了，她不再那么恨王长春了。她浅浅一笑说："你爱我什么，值得你花这么多钱？"王长春不假思索地说："这是爱吗？我只喜欢你的年轻和漂亮。"她不解又问道："爱和喜欢有什么区别？"王长春说："爱是全身心的，你就是我，我就是你，两个人像一个人。喜欢，对我来说，只要有钱，可以喜欢很多像你这样的漂亮女人。"

乔亚芳茫然了，原来他的喜欢和张飞扬不一样，王长春喜欢她的漂亮，张飞扬是既喜欢她的漂亮又从心底里爱她，他们都喜欢她的年轻与漂亮，包括叶东方也是这样爱她。

王长春满足地走了，她却蒙着被子哭了。

如果她坚决地跟着叶东方闯天涯，后来就不会发生这么多的风波。

如果她不脚踏两只船，拒绝了陈跃峰的求婚，她的人生悲剧将不会发生。

如果她在新婚之夜，恩恩爱爱地与陈跃峰做夫妻，那她的一生将会是另一种人生。

如果她自尊、自重、自爱，她仍然是一个人见人爱的美丽女人。

可是，人生没有那么多的如果，人的一生如抛出去的石块，一旦抛出去了，就再也收不回。破罐子摔碎了，再也不能恢复到原来的模样。

第二十四章　情债只能用情还

过了农历腊月初八，离春节越来越近，家庭主妇开始打算过年了，要给孩子添新衣，要供养老人给他称粮。尽管口袋里没有多少钱，穷也有穷的安排，女人们成群结队上月亮镇购买年货。无论是种地挣工分的，还是在单位拿工资的，家家户户蒸饭做米酒，淘米磨粉做团子，这是过年必不可少的。

天空上偶尔响起了孩子们玩耍的爆竹声，不时传来杀猪宰羊的尖叫声，鸡鸭被追得满场飞。人们看重过年，在生产队一年做到头，只有过年才能歇口气，在家美美地喝上自制的米酒。人们盼望过春节，这年给人们带来新的希望，带来新的好运。

临近年关，大队工作更是千头万绪，当书记的一天忙到夜，上管路线政策方针，下管社员群众生产劳动。陈跃峰带着支委一班人慰问了烈士军属，又要查看五保户孤寡老人的生活，在社会主义集体化的农村，人人有劳动义务，人人也要有饭吃，决不能有死角。没有贫富，没有差距，一个平均公正的贫穷社会，居然也让人们过得心安理得。

工作队提倡过革命化春节，什么是革命化？就是提倡新思想、新风尚、不搞封建迷信、不大吃大喝、不铺张浪费、不走亲访友，坚持革命生产一起抓。各大队都向公社表了态，大年初一不放假，打响春耕生产第一炮。

陈跃峰不唱高调，不跟风，但也不甘落后，你唱你的高调，我有我的打算。年初一出勤不等于高产丰收，反之，年初一不出工不等于不突出政治，春节演上一台革命戏曲小品，既宣传了农村的大好形势，又丰富了社员的娱乐生活。作秀唱高调，老百姓有意见，顺民意，欢度春节民心所向。

月亮湾的历史文化底蕴深厚，很多人能唱锡剧、哼快板，还有拉胡琴、弹三弦、吹笛子，敲锣鼓调龙灯更是民间传统娱乐，每逢喜庆节日，锣鼓敲得应天响，歌声唱得满天飞。文娱爱好者自编自导，排练群众喜闻乐见的节目，在村上演出，还到兄弟大队巡回演出。李海波与李新秀演的锡剧《双推磨》，在全县的会演中还得过一等奖。

一个村要排练一台戏曲节目，就是一个小剧团，演戏要有花旦、小生、老生和青衣，还要有一班能拉能吹的鼓乐文长。要排演一台优秀的节目，必须精心组织，选好剧目，挑选演员，认真排练。每年春节演出，大队团支部是主角，李海波和李新秀既是团支部的负责人，又是能唱能演的演员，陈开文能拉二胡弹三弦，王家全能吹笛子，还有刚从学校毕业回乡的后起之秀，月亮湾大队要排练十多个节目是蛮有把握的。

陈跃峰从公社开会回来，就直往李海波家走去。

李海波不在家，他妈没好气地对陈跃峰说："出力流汗的事有海波的份，升官享乐没他的福气，团支部书记是你铳前的狗，今后别来烦他了。"

话是他妈说的，牢骚显然是李海波的，陈跃峰心中明镜般清楚，大队干部大换班，他没有捞到一官半职有情绪，这可以理解，但他还是共产党员，要经得起组织的考验，不怕挫折，改正缺点，积极向上，这才是应有的正确观念。他不想让他就此一蹶不振，就必须和他作一次推心置腹的谈话，交换意见，使他重新振作起来。

陈跃峰在李家坟荒地找到了李海波，他正和几个社员在垦荒锄地，看到陈跃峰走来，头都不抬，他干他的，看样子，就是拒他千里之外。陈跃峰不计较他的态度，还是走上前耐心地说："海波，我发现你变了，变得已经不是原先朝气蓬勃的你，我们能坐下好好谈谈吗？"

李海波走到一边，放下锄头，没好气地说："谈什么？让你可怜我，还是让你盛气凌人教训我？我听够了，再也不想听了。"

陈跃峰说："我俩是多年的朋友，这次你没进入领导班子，我也为你惋惜，但不论怎么说，你自己也有一定的责任。今天不说这些，有志青年志在四方，我已向公社推荐，让你参加四清工作队，改变一下环境，也许有更好的作为。人最怕的就是沉沦。海波，听我劝一句，振作起来吧。"

李海波一怔，气愤地说："你怕我影响你工作，要把我赶出去？"

陈跃峰还是耐心地说:“工作队是锻炼人培养人的大熔炉,我是真心为你好,这有什么不好呢?再说了,我有赶你走的必要吗?”

李海波说:“别再猫哭老鼠假慈悲了,我最恨的就是当面说好话,背后下毒手的人了。我什么地方都不去,就在月亮湾这块土地上,不信谁能把我赶走!”

陈跃峰说:“不要赌气了,这是一个很难得的机遇,你要慎重考虑,放弃了很可惜。我们还是谈谈当前的工作吧。往年这个时候,排练文娱节目已经是热火朝天了,你是团支部书记,这工作就别再推辞了。”

李海波说:“我决定辞去团支部书记,你另请高明吧。就不再参与排练文娱节目了。”

陈跃峰一惊说:“你不觉得,这情绪闹得太大了?”

李海波说:“什么情绪不情绪,瘌痢头上的虱明摆着,我为排练文娱节目,从开始到会演结束,一个多月,白天下地劳动,晚上演出,唱哑了喉咙还得唱,为大队争得了荣誉,而我得到了什么?还不是为他人作嫁衣裳!”他不屑地看了陈跃峰一眼又说道:“突击队在工地上冲锋陷阵,我出尽力流尽汗,学雷锋做好事处处带头,我得到的是当面一套,背后一套伪装积极,出力不讨好,干事的不如不干的,现在什么都不干了,也不用别人指责了。”

李海波把话说到这个份上,都冲着陈跃峰而来,人与人相处就这么难,原先无话不说的好朋友,都有一颗努力进取的心,一个人成功了,一个人还在原地踏步,他不总结回顾自己的过错,把失败的原因归于别人,忌妒的劣根使他迷失人性,怨天怨人就不检查自己做得不对。也许他认为这个世界不公平,有人可以梦想成真,有人只能抱憾终生。这些不同结局的背后,一定总有公平的地方存在,正是他性格与品德的缺失,恰恰就是这些缺失成为别人的阶梯,注定了他的失败。如果他想飞,什么时候都是机遇,什么时候都能飞到天上;而看到别人飞上天了,就想把别人也拉下来,结果没有把别人拉下来,而他自己也别想再飞上天了。

如果陈跃峰还是生产队长,也许他和陈跃峰还是铁杆朋友。

无论陈跃峰怎样劝说,李海波的脾气越来越大,已没有半点商量余地了。

陈跃峰怀着极端复杂的心情，离开了李海波。

不会因为李海波不参与就不排演文娱节目，也不会少了一个文娱骨干就演不出文娱节目。李海波躺倒不干了，还有李新秀，还有更多能演能唱的后起之秀，照样能把文娱节目排演得红红火火。

去找李新秀，陈跃峰同样感到为难和尴尬，世上不如意的事都冲着他一个人来。没有李海波，只要有李新秀，这台戏仍然能够演下去，如果同时少了这两个台柱，这台戏就很难唱下去了。

自从那天从县城回来后，他就有意避开李新秀。两人在一个生产队劳动，明明碰到一块了，干着干着他就走开了，以前安排妇女干活总是他亲自交代，现在却让王家全去转告她，这分明就是不愿见她。为什么要这样？为啥听到她在谈男朋友要这样难过？你是有老婆的人，你能去爱她吗？她说过要嫁给你吗？他对自己提出一连串的疑问，他没有理由怪怨她，他觉得自己错了，更不该对她的意见。

然而无论怎样的克制，都克制不住对她的思念。他欺骗自己却欺骗不了感情，越是不见越是要见她，越是要忘记越是不能忘记。她像长了根似的在他心中赶不走驱不散，这种揪心的苦恋，搅得他心神不定。他痛苦着，自责着，有时在深夜突然坐起，决心要当面去问一下究竟，明明是爱情好灿烂，怎么突然说变就变了？

他就这样从心里想着李新秀，但终究没有勇气去问一个为什么。他深深知道，他没有资格去爱她，也不应该对她产生非分之想。就在他为爱揪心的时候，公社党委宣布他担任了大队党支部书记，在谈话时，赵书记对他旁敲侧击，严肃地要求他要正确对待婚姻和爱情，要树立正确的恋爱观，做道德的榜样，群众的表率。赵书记肯定听到了什么，才有这样严肃的有所指。乔亚芳不肯办离婚手续，一拖再拖，即使分居了，他还是有家室的男人，怎么可以发展李新秀的感情呢？就是她答应了，也不可以这么做。这样败坏的是党风，丧沦的是道德，有多少党的干部在枪林弹雨中没有倒下，却在和平年代过不了金钱美女关。许云中就是最好的教训。社员群众在看着他，公社党委寄予他莫大的希望，老百姓都不可以做的事，他决不可以做！就是讨不上老婆做一辈子光棍，也不能给组织丢脸！

对组织的承诺一诺千金，做群众的表率一身正气，任何时候必须牢记，自古忠孝难双全，好事难成双。个人恋爱最大也是小事，党的纪律决不能违反，这就是一个共产党员对组织的承诺。

生活中没有过不了的坎，生命中没有离不开的人。失恋难受，可以心疼，可以哭泣，但不能堕落。今天的忍痛就是明天的成就，今天的泪水就是明天的坚强。

随着繁忙的工作，他无暇再去考虑个人感情，而他当上书记后，李新秀不来找他了，再也不亲热地叫他跃峰哥了，甚至碰面都不说一句话。人心渐走渐远，最好的东西也有失去的时候，最深的感情，也有淡忘的一天。两个交往至深的人，也有各奔东西的一天。他真想大哭一场，用泪水来送别这段难离难舍，理还乱的爱情。

李新秀带领妇女正在麦田中培土，远远看到陈跃峰向这边走来，心中怦然一动，她已好长时间看不到他了。自从赵书记和她谈话之后，陈跃峰去大队工作了，生产队长由王家全接任。但她永远想不清楚，她对他的恋情，对他的表白，仅是两个人之间的事，赵书记是怎么知道的。

初恋姑娘的恋情是隐蔽的，喜欢上一个人总是独自放在心底里，慢慢地品尝，甜甜地享受，不到水到渠成，瞒着最关心她的父母，最知心的闺蜜都不通风。她的秘密只想让一个人知道，那就是她日思夜想那个人。她爱陈跃峰，他是她的牵挂，他是她的未来，一天看不到他就会失落；他和别的姑娘在一块多待一会就会感到恐慌；她焦急地盼望他赶快与乔亚芳离婚，她就可以公开与他的恋情。然而，自从那次县城回来之后，她发觉他变了，见了她不再有期待的目光，他的脸上不再有迷人的笑容，他的淡然和冷漠让她感到突然，她曾多次主动上前搭讪，他都不理不睬，总以布置生产为名，把她想说的话堵回去，使她无法沟通。也许他与乔亚芳没有离婚，也许他怕群众闲言碎语，也许他还有其他苦衷，许许多多的也许，她为他的变化寻找理由，她为自己的等待鼓足勇气，她一切都从好处想，这种心灵的等待，没有等来陈跃峰的热情，只有冷漠还是冷漠，难道这场恋爱从开始到现在都是她一厢情愿？她被折磨得通夜睡不好觉。

让她真正的绝望是赵书记和常队长的那次谈话之后，她真诚的爱被别人误解，她遭受无端的羞辱，她的自尊被无情出卖，没有一个初恋姑娘能经受这样的打击。她恨自己的幼稚和下贱，更恨陈跃峰的薄情与无耻，你不要脸，我还要脸哪！两个人的恋情，怎么可以向组织汇报呢？没有人知道她当时的愤怒，没有人知道她有多委屈。她瞎了眼爱上这个没心没肺的男人，为了证明自己积极向上，竟然以出卖恋人为代价，作为向上爬的垫脚石。她以为真正的爱情能经得起生与死的考验，其实最经不起考验的也是爱情。好端端的一个人，一旦到了某个位置，就不正常了，就不是人了，不但别人找不到他，他也难以找回原来的自己。爱情相比地位与金钱，是那样显得苍白无力。

爱情这根线断了，就像放飞的风筝，开始还能看到渐飞渐远的影子，最后什么都看不到了，手中拉着这根线还有何用，松开手让他飞吧。

人各有志，各有选择，好聚好散，不必流泪，不要结怨。就当什么都没有发生过，何必在朝朝暮暮中还要思念，把他说过的甜言蜜语永远遗忘，把曾经的一番爱意，当作冬天袖口的一抹温暖，风一吹就凉。让这些往事，统统遗忘在月色还未散去的清晨，踏着阳光去面对今天和明天。

陈跃峰和李新秀的爱情，就被李副部长一个小小的阴谋，平平常常的一句话，惹得平地风波起，拆得鸳鸯两分飞。缘聚缘散间，才知道一生相知亦很难，相随路太远。

陈跃峰硬着头皮来到田边，拿起锄头，走到李新秀的前面，他一声不响地在前头刨土，李新秀在后面抄土压苗，谁也不先说话。他俩就这样沉默着，在田间搭档又干起了农活。

陈跃峰用劲地刨，很快与李新秀拉开了距离，他放下锄头，等李新秀靠近了，才对李新秀说："春节快要到了，文娱节目该要排练了，你和李海波是怎么想的？"李新秀这才知道他的来意，要用上她了，就来找她，用不着她的时候，就晾在一边，她心中本来就有气，便丢给他一句话："你别来找我，否则赵书记又要说我缠住你不放了。"陈跃峰一怔，排练节目怎么扯上了赵书记？明知要受她的冷落，还要来找她，要不是为了春节这一台戏，无论如何也不看她的脸色。他强压心中的怨气，仍然平和地说："你是文艺宣传队队长，又是团支部副书记，排演节目只能找你，时间不等人，赶快召开会议，落实剧本，搭配演员吧。李海波不再参与，这副重担就落到你的肩上，有什么困难，需要谁配合，党支部会全力支持你。"

他打着官腔，说得那样生硬，失去了原先的随和与亲近，官大一级压死人，李新秀怎能随你摆弄？她也气呼呼地说："我为什么要听你的安排？文艺宣传队长我也不想做了，你另请他人吧。"

一向顺从的她变得如此倔强，使陈跃峰大为失望，她是骨干，没有她的参与组织，文娱宣传队就要散伙，他耐着性子说："这不行，你是主要骨干。没有你参加，就召集不起演员，，如果对我有意见，请不要把情绪带到工作上。"他心中有气，说得生硬又粗糙。

李新秀并不买账，不无讥讽地说："乔亚芳的戏演得比我更好，你怎么不动员她？看来还是舍不得自己的老婆！"

陈跃峰涨红了脸，"你怎么能这样说话？"他气得说不下去了。

李新秀仍然不依不饶地说："难道我说错了？"

两人关系闹到了这个份上，已没有继续谈下去的必要了，陈跃峰长叹一声，又默默干起了活。

寒风吹在他的脸上，有些生疼，吹得他眼角淌出了泪水，他伤心极了，当初这么好的一个姑娘，知书识礼，顾全大局，才貌双全，一下变得如此尖刻，如此无情。曾经好得一塌糊涂的朋友，分崩离析地去了。曾经的红颜知己，也无情反目了。人啊人，不必走得太近，还是远一点好。呼呼的北风吹起了尘土，吹起了他的衣角，也吹灭了他以往的梦想和所有的美好。

他闷闷不乐地来到大队部，迎面碰上了柳青，他一脸沮丧地说："我改变计划了，今年的春节文艺演出不搞了。"柳青满脸疑惑说："我已选好了《芦荡火种》《海岛女民兵》两个大型优秀剧本。大队文艺宣传演出代表着党支部的政治宣传工作，是大队的形象，今年不搞文艺演出，社员群众会怎么想？"

陈跃峰说："重要性我知道，李海波不愿再演了，李新秀也不演了，一下少了二个台柱子，没有拿得出手的主角，我怕演不好。"

柳青说："就为这点事？李海波不愿演出在我意料之中，李新秀可没有说不参加，《海岛女民兵》还是她选定的，她要演主角海霞呢。不要少了李海波，就改变整个计划。月亮湾人才济济，只要善于培养新人，仍然能演好节目。再说了，我们工作队员中，能唱能演的大有人在，把他们发动起来，就是一支阵容强大的演出队。"

陈跃峰转忧为喜，说："想不到你还有这一手！搞文艺演出我是外行，就交给你负责了。"

柳青说："还是让李新秀负责吧，她嗓音好，演得又好，在青年中有威信，一定能挑起这副重担。至于我嘛？就演《芦荡火种》的主角郭建光、阿庆嫂和胡传魁、刁德一的角色也落实了，只剩下沙奶奶这个角色还没有人选，有人推荐孟秀枝出演沙奶奶，我试过她的锡剧唱腔，嗓音很好，但动作表情不太理想，通过指导还能胜任。这两个节目是重头戏，搞好了就精彩了。其他小品、独唱、相声是陪衬。现在急需要找一个表现艺术指导的老师，来辅导舞台动作才是关键。"

陈跃峰说："辅导老师倒有一个，他就是陈庭君，他当过中学文体老师，在锡剧团做过编导，他能唱能演能辅导，往年李海波和李新秀都请他辅导过。可他是右派分子，合适吗？"

柳青双手一拍，说："我们搞文艺宣传，让他做艺术教练，是用他一技之长。再说了，他在运动中表现积极，队党委正商量给他的右派摘帽呢。"

剧本有了，演员有了，拉二胡的、弹三弦的、吹笛子的，都是原班人马，现在又有工作队员加入，还有了艺术辅导，春节文艺演出一定会比往年更加风光。陈跃峰的心情一下变得明亮起来。

陈跃峰忙着又去田头，查看整田平地，格田成方农田基本建设的进度。

柳青却站在那里纳闷，李新秀昨天晚上还是高高兴兴的选节目，为什么今天就反悔呢？

李新秀的参与，事关演出的成功与否，柳青必须及时了解清楚，他放下一大堆剧本，就向陈家桥一队的田头走去。

他来到李新秀劳动的田头，拿起锄头，在她前面刨土，一直干到中午休息，才对李新秀说："文艺节目排练已到关键的时候，你怎么说不参加就不参加了？"

李新秀双眼一瞪："谁说不参加了？"

"你自己和跃峰说的，你忘记了？"

李新秀说："他有事有人，无事无人，我为啥要听他的？"

"就为这么一点鸡毛蒜皮，至于这样吗？"

李新秀气得含着泪花说："他为显示自己，向赵书记汇报我纠缠他，简直就是自作多情，可他这么说了，我的面子往哪儿搁？"

柳青终于看出了苗头，李新秀与陈跃峰恋爱并非空穴来风。他同情陈跃峰婚姻不幸，有权追求自己的真爱，李新秀与陈跃峰是天生一对，但现在恋爱不是时候。李新秀这么说，是她误解了陈跃峰，事过境迁，这人民来信之事可以解密了。他对李新秀说："你错怪跃峰了，有人写人民来信到社教总团，说他在追求你才坚决要与乔亚芳离婚，刘团长和赵书记很重视，敲了他的警钟。如果你与他没有这事，何必又要这么在意呢？"

李新秀"啊"了一声，这才意识到自己错怪了陈跃峰，赵书记找她谈话是核实情况，她涨红了脸连忙说道："烂舌头的人都在胡说八道，跃峰哥可不是这样的人。"

尽管李新秀矢口否认，柳青心里却明白了，她可以在陈跃峰面前矫情，却不允许任何人说他一声不好。

李新秀是识大体顾大局的人，她和柳青走门串户，找人谈心，组织了一支阵容强大的文艺宣传队。

学校的礼堂上夜里灯火通明，柳青和李新秀他们歌笙鼓乐，在热热闹闹地排练文娱节目。

陈跃峰和陈国祥带领社员修路挖沟，挑高墩，填低塘，日夜奋战。一条机耕大道从大队部前的田野中穿过，然后向东向西延伸，路的两旁是灌排沟，与电灌站灌溉总渠相连接，至此，机电灌水覆盖了全大队所有的田块，人们彻底告别了人工车水灌溉的岁月、槽筒水车完成了历史使命。整田平地，格田成方的农田基本建设，为实现农业机械化奠定了良好的基础。

他带着陈国祥、曾国兴沿着机耕路向前走去，来到陈家桥第一生产队，看到王家全与李金海在争论。他上前一看，原来是机耕大道穿过李金海的自留地，李金海拦住了筑路的社员，王家全对李金海好说歹说，答应把生产队最好的地块与他交换，李金海就是不答应。孟秀枝看不下去了，说："你要觉得这块地好，我的自留地就在你的自留地旁边，把我这块地换给你，你看怎么样？"李金海瞪着双眼说："地主婆的帽子摘了还不到一个月，就你假积极！"他再也没有推托的理由，只能让大路穿过了他的自留地。

陈跃峰看到矛盾解决了,又继续往前走。可事情到此并没有结束,李金海把一腔怒火全泄在孟秀枝身上,他把孟秀枝拴在树上的羊放开,并把它赶到麦田里,以羊吃集体麦苗为借口,竟把羊活活打死了。

这只羊是孟秀枝一把草一篮菜精心喂养的,本想杀了过大年,羊被打死了,过年就没有了,孟秀枝捧着死羊伤心地哭泣,她知道是李金海有意报复她,明明是欺负了她,她怎么能斗过男人呢?

兔子急了还咬人,你打死我的羊,孟秀枝举起一根竹竿,打死了李金海家的两只大公鸡。这一下可不得了,李金海上前揪住孟秀枝的头发,把她摁倒在地,打架女人不是男人的对手,转瞬间就被李金海打得鼻青眼肿。陈开文上前拖开,对李金海说:"一个大男人打女人,你不觉得害羞?"

李金海大声吼着说:"我就是打了她,谁让她多管闲事?"说着气呼呼地走开了。

矛盾纠纷越闹越大,孟秀枝饶不了李金海,揪着李金海要赔羊,李金海要孟秀枝赔鸡,两人揪着来到队长王家全的家,后面跟着老人小孩一大群,王家全不得不放下饭碗,来处理这场各说各有理的纠纷。

孟秀枝说:"我的羊拴在树上,他牵到麦田打死了,明明是公报私仇,队长你要秉公处理啊。"

李金海也不示弱,愤愤地说:"我为保护集体青苗,不小心把羊弄死了,这也是为了集体,她倒好,为报复打死了我家两只大公鸡,我非要她赔不可!"

孟秀枝说:"你赔我羊,我赔你鸡!"

李金海说:"你休想!"

孟秀枝说:"你不赔我羊,与你没完!"

王家全说:"依我看,你俩别吵了,羊和鸡不是病死的,照样可以吃,都别赔了。至于谁有理谁没理,依我看都有理又都没理,凡事都有一个前因后果,李金海动手殴打女人,这是不对的。孟秀枝么,也应该作自我批评,都是人民内部矛盾,不必你死我活的,行不行?"

别看王家全这简单的几句话,把这两人的气都消了。李金海不要赔孟秀枝的羊,他从经济上划得来,打人没有理,嘴边说一个对不起,不值一分钱。孟秀枝不赔羊是吃了一点亏,可李金海得向她赔礼道歉,占了理,况且这羊仍然可以吃,又算个啥?胸中这口恶气也就平衡了。

不能不说王家全是处理社员纠纷的高手,就是让法官来审理,原则和法律,证人和证据,非得审上三天三夜,还分不出青红皂白,王家全几句话就摆平了。

可是,孟秀枝回家还是哭了一整夜,她不能不想,如果她有丈夫,李金海敢这样欺负她吗?假如强伢在这里,李金海敢动手打她吗?

她终于想明白了,第二天,吃过早饭便来到大队部。陈跃峰热情地让她坐下说:"孟姨,你找我有什么事吗?"孟秀枝红着脸小声地说:"我想请你帮一个忙。"她吞吞吐吐说到一半便不说了。陈跃峰说:"你说吧,只要我能帮得上,一定尽心尽力帮你,我们在这里办公,就是为村上每一个社员服务的。"孟秀枝这才红着脸说道:"就是强伢的事,前几天我去看守所看过他,他对自己的行为很后悔。看守所的领导也告诉我,像他这样一时冲动的犯罪,只要有单位领导来担保,可以不判刑,回原单位监督劳动改造。我想过了,他出来后我就和他结婚,一来生活互相有照顾,结婚后我再也不会让他出去招惹是非了。"陈跃峰说:"你这个想法很好,我也赞成你和他结婚组成家庭。强伢这人并不坏,他有一个家,有你管住他的鲁莽,他一定会是好社员。我愿意为他担保,这事就这么说定了。"

其实,陈跃峰和强伢也有着深厚的感情。强伢无兄无妹,在襁褓中就失去双亲,他是远在山区的姑妈把他带大的,到十五岁那一年,姑妈就把他送回老家独自生活了。那时他特别喜欢儿时的陈跃峰,像大哥一样照顾他,护着他,只要有谁欺负他,他就会挺身而出,陈跃峰也乐意跟他玩。长大成人后,陈跃峰担任了生产队长,尽管他小偷小摸,但劳动却是一把好手,陈跃峰安排他做最脏最苦的活,从不倔强,他宁可吃苦出力,也要支持他的工作。现在遇上了劫难,陈跃峰能袖手旁观吗?

他到公社开了证明,带上孟秀枝,乘轮船来到县公安局,

法制科的徐科长接待了陈跃峰和孟秀枝,他对陈跃峰说:"李强(强伢的大名)出身贫农,本次行凶又是初犯,况且事出有因,伤者又未致残,属于过失伤人。他进来后悔改态度好,按照刑法,在可判刑和可不判刑的界限上,可以由单位出面保释,法制科同意你们的要求,上报局

办公会决定后就放人，同时也希望你们配合公安局做好保释后的监管工作，定期向公安局汇报情况。”说完拿出一张表格，让陈跃峰填好。

陈跃峰填好表格，盖上大队的公章，签上自己的名字，然后给孟秀枝也签了名。

孟秀枝笑了。她在憧憬与强伢结婚后的生活，她会严格约束他不再招惹是非，她会替他生养一个儿子或者一个女儿，她会尽一个妻子的责任，给他温柔，照顾他的生活，彻底改变他的人生。这就是一个美丽善良女人幸福的向往。

她感激陈跃峰，每到最困难的时候，都能伸手拉她一把，他的热忱和善良，赢得了她发自内心的敬重。她同样也同情他不幸的婚姻，同为女人，她痛恨乔亚芳，枉为一个知识女性，不检点自己做出伤风败俗之事。这种女人，根本就配不上陈跃峰！

在长期的集体劳动中，她觉得李新秀和陈跃峰倒是天生一对。她在从县城回来的路上，她就对李新秀说过，陈跃峰与乔亚芳合不来，离婚是迟早的事，要不要孟姨牵一根红线？李新秀只是诡秘地一笑，看这神态，不回答就是同意了。过了几天，孟秀枝再问李新秀，她却红着眼睛说，人家眼光高，我自己去送给人家？

孟秀枝和陈跃峰一块回家的轮船上，她问陈跃峰，李新秀哪一点不如乔亚芳，是人没有乔亚芳漂亮还是文化没她高？这样漂亮优秀的女孩决不能错过。孟姨给你做介绍人，你看这事成不成？”

陈跃峰说：“我还没有离婚，怎么能谈对象？”

孟秀枝说：“那不就是一张纸吗？谁都知道是乔亚芳不正经害了你。你就不要再推托了。”

陈跃峰说：“他父亲在县城给她相中了吃皇粮的对象，怎能看上我这样的泥腿子？”

孟秀枝糊涂了，李新秀说陈跃峰眼光高，陈跃峰说李新秀已经选中了白马王子，究竟是怎么一回事？是谁看不上谁？她决定打破砂锅问到底：“据我所知，她在县城没有男朋友。”

陈跃峰没好气地说：“就在上个月，我同她上县城借贷款，在他父亲那儿吃中饭，她和男朋友约会去了，这还有假？”

孟秀枝仔细算了算日子，就是在县委大门口碰到李新秀的这一天，她两人在小吃店吃了一碗面，然后一下午都帮她办事，后来两人一块坐田总的吉普车，到家天都黑了，哪有时间和男朋友约会？孟秀枝连忙说道："那天中饭她和我一块吃的，然后一直在社教总团帮我办事，她什么地方都没去，你误会了她！"

陈跃峰吃惊地说："孟姨，她真是和你一块吃面的？"

"我干吗要骗你！"

陈跃峰这才恍然大悟，他错怪了李新秀！他不得不重新审视李副部长那天说的话，他为什么千方百计在他俩之间制造隔阂和矛盾？可怜天下父母心，不就是嫌弃他是二婚的，还是不拿工资只挣工分的土八路！殊不知，他小小的一个阴谋，几乎毁了女儿一生的幸福！

陈跃峰深深地自责，自己的心胸竟这么狭隘，内心是多么肮脏。他冷落了李新秀，让她伤透了心。他自以为高尚，殊不知，他的内心是多么的虚伪；他自以为清高，殊不知，他的清高竟是十足的傲慢。你若计较，处处都是怨言，你若包容，处处都是大路。他自私狭隘，把近在咫尺的恋人推向无边的天涯。

还能得到李新秀的谅解和宽恕吗？唯有那颗真诚不变的心。

转眼到了农历二十四，随着送灶的爆竹声，年味越来越浓烈了。陈跃峰吃过娘做的送灶糯米粉团子，便来到学校礼堂，还有六天就是新年初一，文艺节目就要上演，这是过好革命化春节的重要标志，也是社员群众热切的盼望。今晚是彩排的日子，柳青特意邀请陈跃峰，对各类节目做最后政治上的审定。

大礼堂灯火辉煌，鼓乐喧天，演员们化妆已定，进入角色，大家蹦蹦跳跳，又唱又说，一派热烈的氛围，让陈跃峰感到特别高兴。柳青迎上前说："两个大型剧目，还有独唱、相声、小品，十多个剧目足够演上四个多小时。要论演艺水平，不是吹牛，农村宣传队一流！"陈跃峰笑着说："群众是最好的评判员，是骡子是马，到时让群众说了算！"

李新秀指挥着人们摆好布景，王家全的二胡已经拉响了，曾国兴的三弦弹开了，陈开文的笛子吹响了。随着一片鼓乐声，柳青身穿绿军装，头戴五星帽，健步绕场一圈亮相，把这个郭建光演得沉着坚定，气势磅礴，接着他用浑圆高亢，婉转流畅的嗓音唱道：

朝阳映在阳澄湖上
芦花放，稻谷香，岸柳成行
全凭着劳动人民一双手，画出了锦绣江南鱼米乡
祖国的好山河寸土不让
岂容日寇逞凶狂
战斗负伤离战场，养伤来到沙家浜
半月来，思念战友首长，也不知转移在何方
军民们反扫荡，何日里奋臂挥刀斩豺狼！

他的每一个动作，每一个眼神，都和情节紧密配合，演得惟妙惟肖，出神入化。接着阿庆嫂、胡传魁、刁德一、沙奶奶相继出场。这些演员有本村的，也有工作人员，他们团结协作，互相学习，认真排练，演出水平在原来基础上又向前跨出了一大步。

陈跃峰走上前握住柳青，热烈祝贺，说："好啊，够得上专业剧团的水平了，相处这么长时间，还不知道你唱功这么好！"

柳青说："这要感谢陈庭君老师，是他的精心的指导，使我们的演艺向前跨了一大步。李新秀演海霞，才是真的出众呢。"

接着人们又换上新的布景，柳青小声对李新秀说："今天是演出前最后一次排练，你从出台到亮相，要演出渔家姑娘对祖国的无限热爱，对蒋匪特务的痛恨，又要展现渔家姑娘的青春活泼与刚强，这要靠你的表情和舞台动作充分发挥体现。你有不错的表演基础，如果用眼神配合动作恰到好处，海霞这个角色就演活了。"

李新秀点了点头，穿着碎花蓝底的渔家姑娘服装，拖着两条齐肩粗辫，手握钢枪，伴随着音乐声，迈着轻盈小步，出场亮相，在一片喝彩声中，李新秀缓缓抬起双手，用婉转悠扬的声调唱道：

昨夜风大海浪高，
美将特务贼心不死，
伺机反扑又潜入我海岛。
军民团结一条心，
筑起海防钢铁长城；

誓把豺狼一举歼灭干净！

陈跃峰思绪万千，看着剧中的海霞，如烟的往事，曾经是青梅竹马，两小无猜，凭空一场误解，惹得两情相恶。柳青解密恨已消，孟秀枝无意之中拨开迷雾见真情，有缘终究来相聚，也许爱情要考验，也许真情要磨难。这是多么美丽温顺的姑娘。他糊涂，他该死，居然误把她看成是这山望着那山高的女人。

春节文艺排练演出成功了。夜深了，陈跃峰与李新秀并肩走在回家的路上，在这夜色中，他们感受到青春友情的美好，他似有千言万语要和她说，但又不知从何说起，他的心在"怦怦"地跳，在慌乱中感激地说道："新秀，我担任生产队长，你支持我的工作，为我出谋划策，不计较个人利益；我到大队工作，你又演出这么好节目……你为我付出太多太多……我不知怎样感激你才好？"

李新秀嗔道："谁要你感激，我只是喜欢演戏，还喜欢唱歌，文艺节目演好了，也是为大队争光。"

陈跃峰说："我要告诉你一个好消息，经公社党委考察，决定让你参加地委四清工作队。工作队是培养人锻炼人的大熔炉，这对你很合适，我希望你有更好的前途。可是，李海波没有通过这次考察审查，我为他感到很可惜。"

李新秀一阵惊喜，外出参加工作是她梦寐以求的向往，这也是个人前途的一次机遇，她当然高兴。但转念一想，这会不会是他的"阴谋"，再次把她从他身边支开？恋爱中姑娘的心是多疑的。她心中又是一阵紧缩，不禁说道："你是在还债？这债能还吗？情债只能用情还，我可不领你的情！不过我还是要告诉你，李海波变了，他已不再是以前的李海波，你千万要提防他暗算你！"

陈跃峰"啊"的一声，李新秀该说的已说明，她相信他是真诚的，只有那个能让她流泪的人，才是她最爱的人，只有那个懂她眼泪的人，才是她知心的人，只有那个为她擦干眼泪的人，才是能够和她相守一辈子的人。

一切都在不言中，尽在相互的关爱中。李新秀加快了步伐，在情与爱的考验中，她变得更加成熟了。

第二十五章　自古红颜多薄命

人人盼望的新年终于到了，而真正的过年，还是从大年三十开始。工厂放假了，机关单位放假了，在外地工作的人们行色匆匆，急忙回家与亲人团聚，这些人多数是夫妻分居两地的牛郎织女，七夕都不能相会，一年就这么一次假期。村上平添了许多人。他们都是月亮湾走出去的精英，带着城市的精彩，祖国建设的日新月异，还有许许多多的奇闻轶事回来了。他们同乡亲们串门闲聊，从口袋里拿出卷烟，每人一支。在这落后的农村，工人和农民存在巨大差别的岁月，只有过年，才能相逢在一起，回归原来的乡亲关系，融入了温暖的气息。只有在这个时候，闭塞的乡村，才能知道原子弹的威力有多么巨大，人造卫星上天有多么的困难，万吨巨轮有多么大。人们带着惊诧的好奇，欣赏神话般的现代科技。这些新闻，足够他们一年茶余饭后闲谈的资料了。

过年了，最高兴的要数孩子们，过年能穿上一件新衣，过年能吃上平常吃不到的鱼肉荤腥，饱尝口福过馋瘾，过年可以不要去割草放羊，过年还能收到压岁钱。过了年，又长大了一岁。总之，他们心中都有一个梦，希望自己快快长大，像大人一样挑起百多斤的担子，去劳动挣工分。此刻，他们手中拿着鞭炮，成群结队地在田野中奔跑。没有孩子们的顽皮，过年就少了一道风景，少了一份乐趣。有了他们，这个世界才有未来，生活才有追求的希望。

过年最忙的就是当家的女人了，她们要操持一家人吃什么，穿什么，丈夫要穿得光鲜，否则和别人相比就矮了半截头，过年孩子不能受委屈，即使穿不上新衣服身上也要干干净净，丈夫和孩子的穿戴，代表着家庭的体面，也代表着女人的光洁与能干。让一家人吃好也同样纠结着女人的心，一年忙到头，就看这一顿年夜饭，哪怕自己再忙再累，丈夫和孩子吃好了，就满意了。这就是她们全部的幸福。体贴女人的男人总是这么说："过这个年干什么？忙坏女人，吃坏男人，欢喜煞小孩！"

过年有各种各样的过法，家庭条件好的进钱户，过年会杀一只猪，猪身上每个脏器都是一道好菜，每做一道菜都离不开猪肉和猪油，杀一只猪过年，餐桌就可无比丰盛。条件差的超支户也要过年，杀不起猪就杀一只羊，没有羊也要杀一只鸡，买几斤肉，到月亮湖捉几条鱼。餐桌上有鱼有肉有鸡，就是很丰盛了。没钱的人也要过年，挨家挨户讨饭的叫花子也要过年。只有这个年最公平，人人都要过，不过也得过，老人们哀叹着过一年又向坟墓迈进了一步。

总之，过年就是一笼笼热腾腾的团子，一桌丰盛的年夜饭，大门上贴的"福"字和红对联，除夕夜爆响不断的鞭炮声，还有亲戚朋友的大串门……尽管号召提倡过革命化的春节，年味已被冲淡，失去了往年浓浓的年味，但在老百姓的心底里，过年是薪火相传最隆重的节日，是承上启下的关键时日，人们仍然把它当成生命的成长，人生的转折，把霉气厄运扔在去年，迎来新年的好运与幸福，希望一年比一年过得更好。

陈跃峰的家庭个个都是劳动力，年终分配是进钱户，陈芳菲在农机厂领工资，这样的条件在农村算得上是富户了。肖金凤一早就拉着陈跃峰到猪舍，指着两头肥猪说："今年同往年不一样，你结婚了，新亲多，杀一头猪过年吧。"陈跃峰说："娘，都怪儿子给家里添麻烦，同乔亚芳闹成这样子，还有谁上门拜年！再说了，造房结婚欠下的债还没有还清，今年就不杀猪了，送食品站卖掉还债吧。"母亲的眼睛一下红了，眼睛里汪着泪水，爱怜地对儿子说："你还是去接亚芳回家过年吧。"陈跃峰说："她想回来过年，咱不撵她，她不回家过年，咱不去请她。她想怎么着，我管不着，你也别操这个心了。"母亲擦干了眼泪说："再怎么说，只要一天没办离婚，她还是咱家的人。人心都是肉做的，她心里也苦着哩。要不娘做几个菜，你给她送去。"陈跃峰说："娘，我正忙着呢，你让芳菲送去，不就得了。"他明知妹妹不愿见乔亚芳，他还是敷衍着说。

曾经最火热、最揪心的女人，一旦心凉了，没有了爱，她在他心中就什么都不是了。他曾经那样深深地爱过，如果她不做出让他心痛的事，就是割下身上一块肉给她送去，只要能讨她喜欢，他都情愿。但此一时彼一时，谁都不是情圣，没有了牵挂，不爱了，唯一解脱的办法就是不见面。

陈跃峰实在是忙，一个大队几千人，这么多的事，当干部的不操心，让谁去操心呢？尤其是新官上任，总要新人新貌新气象，做出一点与众不同，要让社员称赞一声好，他就更忙了。

他在村上走着，第一个要去拜访的就是李副部长，虽然他耍了一点小小的阴谋，离间了他和李新秀的关系，但他并不怪他，也没从心底里记恨他。他官至县委组织部常务副部长，坐在台上做报告，教育别人，振振有词，说得天花乱坠，但轮到自己家的事就不一样了。可怜天下父母心，做父亲的哪有不想替女儿找一个乘龙快婿？虽然他阻止李新秀与他接触，公与私是两码事，他对家乡的生产还挺关心呢，此刻已经在田头转了一大圈，刚回到自家门前的场上。陈跃峰装着什么都没发生过，迎上前说："李副部长，你早啊！"李副部长说："我看了田里的麦苗，虽然好于去年，但长势不平衡，三麦田间管理要促平衡啊。"陈跃峰说："是啊，这几百亩三类苗，开春能施上一遍促苗肥就好了。"李副部长说："全县就这么一家化肥厂，都是计划分配，还是施一次自然肥料吧。"陈跃峰笑了笑说："化肥是计划了，这氨水可没计划，我去参观杨渎大队的三麦田间管理，他们正在浇氨水呢。我一问才知道，杨渎是县委王书记蹲的点，氨水是王书记批的条。化肥厂的干部归你管，你的批条不会没有用吧？"李副部长被逗乐了，一半批评一半逗笑说："你小子刚当了几天书记，就想走歪门邪道，想从我这里开后门，没门！"陈跃峰说："各行各业支援农业，组织部关心生产也是支援农业。再说了，月亮湾的粮食增产了，你家也可以多分粮和钱，你要不支持，别怪我在新秀娘面前告你对家乡不支持！"

李副部长知道县委书记县长都蹲点，他们蹲点就要把粮食产量搞上去，搞出一个先进样板来，化肥厂是县里办的，照顾一点氨水就一点不奇怪了。月亮湾是自己的家乡，老婆孩子还在种地，他希望家乡好，一张批条是举手之劳。于是便说道："给你批一百吨氨水没问题，但有一个条件，三麦亩产一定要超杨渎！"陈跃峰伸出一只手说："一百吨氨水就能超杨渎？至少也要五百吨，怎么样？"李副部长说："你小子得寸进尺，这化肥厂是我开的？给你三百吨吧，要是亩产达不到杨渎的水平，到时别怪我撤你的职！"

李副部长让李新秀拿来纸和笔，当即写好批条，递给陈跃峰，然后说道："我从不给人写批条，这次给你写了，是觉得你能干事。我去看了你开的鱼塘，蛮有起色，也很有远见。同时也请你记住，要搞好一个大队，不能靠外援，要像大寨大队那样，自力更生，艰苦奋斗。"

李新秀高兴地说："爸，月亮湾大队有你支持，又有跃峰哥实干，一定能够赶超杨渎了，你一定要多回家检查督促呀。"

李副部长皱了皱眉头，这小子究竟有啥魅力？把花儿一样的宝贝女儿吸引得一口一个跃峰哥，而对县机关的小周连面都不见一次，他喜欢陈跃峰有才有德是人才，但真要把新秀嫁给他，毕竟是结过一次婚的男人了。他虎了新秀一眼，说："我俩商量农业生产的大事，你少插嘴！"

李新秀不高兴地噘起嘴说："就你看不起我，跃峰哥当书记，我还是他的高参呢。"她不情愿地回到了里屋。

陈跃峰接着又说道："村上的党员干部听说你回来了，都提出要你给我们上一堂党课，讲讲外面的形势，也好让我们思想有进步。"

李副部长说："让我作形势报告，我可说不好。"

陈跃峰说："你在县三级干部会上给我们上的党课，大家都说理论联系实际，深入浅出，讲得好极了，你就给党员干部再讲一遍呗。"

李副部长没有推托理由了，他诚恳地说道："这样也行。给月亮湾的党员干部讲话，要联系本地实际，让我做些准备吧。"

陈跃峰口袋里掖着氨水的批条，满心欢喜地告辞了。李副部长的批条，不是一张纸，而是一船船的氨水，是黄澄澄的麦粒，金灿灿的稻谷。庄稼对化肥的需要，不亚于婴儿对母乳的依赖。这氨水就这么神奇，散发着刺鼻的臭味，可浇到那里，麦苗就好到那里，抽出的麦穗大，结出的麦粒也饱满。蛮干不如巧干，自然肥料的来势没有化肥快，巧干不如走捷径，有这三百吨氨水作抵挡，这几百亩三类苗转化，就有指望了。

下一个拜访谁？陈跃峰早就想好了，他就是李天顺。他是伪乡长李天荣的弟弟。李天荣在日伪时期当了三搭界的伪乡长，李天顺却走了与兄长完全不同的道路，在城里未读完高中就参加了新四军，到全国解放时已担任了解放军的师后勤部长，随着社会主义建设的需要，又转业到三线军工厂，担任了胜利水泥厂的厂长。由于哥哥政治历史的原因，他很少回家乡，这一次父亲病重回家探亲，陈跃峰当天就去拜访了，还慰问了他父亲。当时曾国兴就提醒他，李天顺的哥哥是反革命，你可不要敌我不分！陈跃峰一笑说："李天顺提着脑袋参加革命时，你我还在爹娘的裤裆里呢。"陈跃峰自有他的打算，全大队十多个生产队，脱粒晒场还都是泥土场，雨天一场水，淋湿了稻谷麦子发芽腐烂变质，不知要浪费多少粮食，他早就想改土场为水泥场，可就是买不到水泥。天赐良机李天顺回来了，这个军用水泥厂一年生产几万吨水泥，只要他手指缝掉下一点点，他就足够了。放着这个关系不利用，实在可惜了。

他去拜访的是李天顺，而不是李天荣，他要的是集体急需用的水泥，而不是谋自己的私利，别人爱怎么说，由他们去说吧。

陈跃峰来到李天顺家，他正好从镇上医院配药回到家，陈跃峰急忙问道："老人家现在怎么样？"李天顺说："就是咳嗽，吃了药还不见好。"

陈跃峰从口袋里拿出一瓶自制药膏说："这是我娘用枇杷叶和柿子熬的药膏，能润肺止咳，给你爹服用也许能止咳嗽。"李天顺接过药瓶说："我也听说过这种土方治气管炎有特效。小陈书记，怎样感谢你呢？"陈跃峰说："都是乡里乡亲的，说感谢就见外了。"

李天顺立即用开水冲开，让家人端进里屋让老人服下。

两人坐在堂前聊起了家常，陈跃峰说："你是见过大世面的人，我想请你到田头转转，给咱的工作提提建议，以便更好地开展工作。"李天顺开心一笑说："农村工作我是外行，要向你们学习才对。不过，多年没回家了，村上的变化也大，我也想出去转转看看。"

两人并排走出村口，来到生产队社屋，门前是一片潮湿的泥土场，场上长着一层发了芽的稻苗，被霜一打，枯萎的像被火烧焦了似的，农民辛辛苦苦收到的粮食，就这样糟蹋了。李天顺可惜地说："要是把土场改成水泥场，就不会霉烂这么多粮食了。"陈跃峰说："是啊，买不到水泥，想到了也做不到。"

李天顺没有回答，他的工厂生产水泥，但都用于国防军工建设，谁都不准动用，他很想拿出一点支持家乡的建设，可是军法大于天，谁动用军用物资，谁就得受军法处理，他也爱莫能助。两人又走到二队的社场，地面上同样长着一层枯黄的稻苗，浪费严重。陈跃峰弯下腰抓起一把发芽的瘪谷说："像这样的浪费，全大队一年要几百担，足够给上百人吃一年了。"李天顺出生在农家，深知粮食的宝贵，他发自内心的愧疚，不禁一阵冲动，对陈跃峰说："我是水泥厂的厂长，就动用一次特权吧。全厂打扫仓库车间一年就有上千吨非标水泥，但全都给县物资局计划了，你到公社开一个证明，我把水泥先发给你，然后再用我的批条去物资局开票，都是公对公，犯不了大错误，就这么办了！"

陈跃峰想不到这么容易就解决了难题，兴奋地说："太感谢你了，有了水泥晒场，不仅不会浪费粮食，还可以提高劳动工效，减轻社员劳动强度。李厂长，我们一定把上等好粮卖给国家，以回报你对我们的支持。"

李天顺微微一笑说："谁让我也是月亮湾人！"

陈跃峰又领着李天顺观看了整田平地的现场，李天顺感慨地说道："农业集体化这么多年了，这些田地还保持着旧社会的老模样，而你把高低不平的田块整平拉直，格田成方，既有利于今后机械化操作，又美化了农村田园。我不懂农业，但觉得这样很好，要建设社会主义新农村，就要有长远规划。"

两人又沿着河埂向湖边走去。

冬天湖畔的景色是单调的，芦苇收割了，只留下光秃秃的深褐色的滩涂，站在圩埂上，没有了遮掩，一眼就看到一望无际的湖面，水天一色，白云从头顶飘过，蓝天仿佛低了，只要一伸手，就可以扯下一朵白云。只有飞过的一群白鸥，在盘旋着巡视，与天还隔着高空，这才觉得天还是天，湖还是湖。

远处一排排的浪花，随着风势向湖岸扑来，溅起莹雪般的水珠，后面又紧跟着一排波浪，后浪推前浪，如群羊抢滩般地追逐，争先恐后，永无休止奔向岸边。

李天顺深深地吸了一口气，指着鱼塘对陈跃峰说："这一片鱼塘，是刚开挖的吗?"陈跃峰说："现在能吃饱肚子了，可口袋里没有钱，靠山吃山，靠水吃水，利用荒滩，开挖鱼塘，栽桑养蚕，放水养鱼，发展多种经营，搞一点经济收入，这才是提高农民生活水平的唯一出路。"

李天顺说："是啊，解放都这么多年了，还存在着城乡差别，工农差别，脑力劳动和体力劳动的差别。要改变农村的一穷二白，首先要把经济搞上去，农民手中有了钱，才能缩小三大差别。小陈书记，你的路子走的很对，我支持你。"

陈跃峰说："发展农村经济，不但要多种经营，我还设想办几个加工厂，比如，现在的芦苇都只供社员煮饭烧水，这是极大的浪费，我想把它加工编织成芦帘、芦席，然后卖给国家；还有国家生产的化肥，远远不够农业生产的需要，我想办一个小型氮磷钾的土化肥工厂，自产自用，这样既可节省农本，增产粮食，还可以卖给其他生产队。有人说我是异想天开，是白日做大头梦，我就是要试一试，成功了，就是走出一条发展农村经济的新路子。"

李天顺说："农村办厂不是梦想，少花钱，办适合农村条件的小型工厂，是发展农村经济的根本出路。把农产品加工增值，比如稻麦加工厂，饲料加工厂，家具厂，这都是农民需要的产品，都是为农服务。日本和欧洲的一些国家，就是走工业化的道路，才成为经济强国。人家能搞，我们为什么不能搞？你的想法很有现代气息，我赞成。你们有这么多的芦苇，可以办编织厂，编织成芦帘芦席，再卖给我们水泥厂，我厂每年到外地采购十多万元的芦帘芦席呢。"

陈跃峰高兴地说："编织芦帘芦席，其实不需要厂房，可以发动社员千家万户搞编织，社员白天参加集体劳动，晚上编织，成本低，价格可以比别人低一点，我们都愿意做。"

李天顺说："过了春节上班后，我去供应科查一查库存，就派供应科的同志来和你联系。这样水泥厂也可节约远道运输的成本。"

陈跃峰说："这桩买卖咱就做定了。怎么感谢你的支持呢？对了，我们有水产品，明年春节前，我们按计划价供应你们鲜鱼，这就叫工人农民互通有无吧。"

两人越说越投机，直到太阳正中才分手。

利用春节拜访回家过年的乡贤，没费周折就解决了农村急需的氨水和水泥，还争取到编织芦席的业务，为芦苇找到了出路。闭塞的农村，落后的农村，耕种着土地，犹如井底之蛙，只知道柴米油盐，吃饱肚子就满足，看不到外面的天空，看不到世界的精彩，却天天在固步自封，比旧社会好多了，比资本主义强多了，好在哪里？强在哪里？不比不知道，一比差距还很大呢。时代在发展，你不前进，人家在发展，你就是落后，落后就要挨打！可悲的是自己落后了还不知道落后，何为站得高，看得远，就是要看到别人的长处，看到自己的不足，学习先进的社会管理，才能产生前进的动力。他与李天顺的一番交流，才知道自己的思想落后了，而这种落后，不是他一个人，而是从上到下一片人。大家高叫着“以粮为纲”，粮食是上去了，可是为什么国家还是那样贫穷落后？

他回到家中，看到母亲和乔亚芳正在厨房包馄饨，她怎么回家了？是母亲去接来的，还是她主动回家的？陈跃峰心中又泛起一阵涟漪。她那天晚上留下了狠话，你想离，我就是不离！看样子，她真想无限期地拖下去了。

他没有和乔亚芳打招呼，只叫了一声娘，就回到自己的房里，乔亚芳洗了手也跟了过来，她低着眉眼，似乎要有话说，但又说不出口，陈跃峰心想，她跟过来肯定有事。两人关系走到这一步，她要在家里过年，两人在一起，无论怎样都不顺眼，他心中的伤口，还在淌血，不见面也罢，见了面总觉得别扭。没有了爱，石头上栽葱扎不下根，什么都不是。早断早丢下一桩心事。于是便说道：“有什么事，你就说吧！”

乔亚芳心里也有气，她向他认错献殷勤，投怀送抱，陈跃峰铁了心不让她靠近，她才知道这婚姻已无法挽回。婚姻不是一个人唱独角戏，不是你方唱罢我登场，而是高难度的演双簧，需男人女人协调的配合，才能互解风情。女人总是女人，尽管这个家已容纳不下她，大年三十了，她厚着脸皮回来了，婆婆仍然对她慈爱有加，使她忐忑的心情得到一点安慰，然而陈跃峰对她的冷落，又使她跌落万丈深渊。

最难开口还得开口，最别扭也得说，她站在一边怯怯地说：“我在加工点劳动的工分都返回生产队分配了，这一百多元是我的劳动所得，我还要独立生活，想取回分配工资。”

陈跃峰不假思索地说：“当然，你的劳动收入归你，这是毫无疑问的，在分配时我已经给你存入了信用社，本准备在办离婚手续时交给你，现在你提出来，那你就拿去吧。”他打开办公桌抽屉，把一张存单交给她。

乔亚芳接过存单，想不到陈跃峰早就准备好了。这么容易就拿到了劳动工资，心中一阵高兴，但高兴之余，又感到一阵伤心，也使她真正认识眼前这个男人，是一个讲情讲义讲道理的男子汉。自己没尽妻子的责任和义务，相反给他造成这么多的经济损失，而他从来不计较，是她的就是她的，一点都不刁难。平心而论，这样宽宏大量的男人世间少有。原本美满的婚姻，都被她的任性毁掉了。她后悔，她在恨自己的同时也恨叶东方，要是没有那次约会，她和陈跃峰早就是幸福的一对了。可是人生没有后悔药，时光决不会倒流，爱情从来就是专一的，要怪就怪自己的无知与德性。没有完全泯灭的良知使她幡然醒悟，她流着泪说道："我知道分手已是无法更改的事实，我还要告诉你，虽然在结婚时不爱你，但随着时间的推移，对你的了解，我已经深深爱上了你，这爱来得太晚了。残酷的现实伤害了你，这是我一生无法回避的错。不求你深深记得我，只求你别忘记你的世界我曾经来过。"

陈跃峰看她哭得像泪人儿，也动了恻隐之心，他不无伤感地说："我永远不会忘记这段岁月。的确，我曾经深深地爱过你，只要你在新婚之夜把一切告诉我，无论你以前做过什么，我仍然会一如既往地爱你。你错过了这个机会，把我推向无底的深渊……落到今日的地步，并非你一个人的责任，我明知你不爱我，一个劲地苦苦追求，使你在选择中摇摆不定，做出了荒唐的决定。我一生都不会原谅自己的过错。属于我们共同生活的路已走到尽头，也许我说这些对你很残忍，但我从来不对你撒谎，也不想在这样的时刻改变我已经做出的决定……"

应该说的，已明白无误地讲出。心灵的伤痛，还是对自己说吧。我需要的，你能给我时却没有给我，你现在需要的，我也一样给不了你。因为我不能欺骗自己的感情，也不应该像你欺骗我那样欺骗你……我以前爱你，是真的，而现在不爱了，也是真的，没有爱情的婚姻是不道德的。所以，应该开始人生下一个旅程，你把我从你的心中彻底删除，我也把你从我的生命里删除。就像茫茫人海，狭路相逢，然后转身，重新开始各走各的路。陈跃峰想到这里，他的眼睛湿润了。他不得不为她的生活考虑，他真诚地说道："我还能为你做的，就是给你劳动的权利，你仍然可以在大队加工点工作，直到你自己想离开为止。如果你愿意，今天吃完年夜饭再离开，妈也有留你吃饭的意思。"

乔亚芳心中像打破了五味瓶，什么样的味儿都有。也许她还沉迷在感情中没有清醒，不懂得生活的残酷，至今都活在浪漫的梦中。然而生活不是梦，梦终久有一天要回到现实中，生活就是生活，生活要有一个家庭，家庭要有自己的亲人、丈夫和孩子。生活要有柴米油盐，缺一不可，否则就不是生活。命运也在捉弄人，她在不恰当的地点，又碰上了不该碰到的人，她和张飞扬做了不该做的事。也许这就是命运的安排。破罐子都摔碎了，还能指望什么？让这个噩梦继续做下去吧。

她擦干了眼泪说道："我早知道就是这个结局。不过，还要感谢你对我的宽容，让我有安身之处。春节假期结束上班后，我们就去公社办好离婚手续。跃峰，我不想留下吃年夜饭了，我无颜再见你的家人，留下喝下的不是酒，吃下的不是菜，是难以进口下咽的黄连。我也不配吃这年夜饭。谢谢妈和你的好心，我该走了。"

陈跃峰站起身送她，正要出门，母亲追过来说道："亚芳，你不能走！你还是咱家的人，你一个人去加工点过年，不知情的人还要说咱刻薄呢。"乔亚芳说："妈，你是好妈妈，我没有福气有你这样的娘。是我对不起跃峰和家人，还是让我走吧。"肖金凤说："在加工点什么吃的都没有，怎么过年？还是留下吧。"

乔亚芳擦了一把眼泪，她知道今后再也回不到这个家了，心中一阵心酸，她看了看陈跃峰，陈跃峰避开了她的目光对母亲说："猪肉和鱼都烧好了，馄饨也包好了，亚芳在加工点有煤油炉，让她带些回去，热一热就可以吃的。"肖金凤听儿子说得也有道理，立即去厨房把鱼和肉包了几大包，又斩了半只鸡，放进了竹篮，对乔亚芳说："这些菜够你吃几天了，如果你想回家，什么时候都可以回来，这里还是你的家，娘在家里等你。"

乔亚芳放声大哭，一头扑进肖金凤的怀抱，肖金凤拍着她的肩膀说："不哭不哭，过年应该高兴才对，高兴才对。"

过了好长时间，她离开肖金凤的怀抱，已不见陈跃峰，肖金凤提着菜篮，把乔亚芳送到村口，把一篮鱼肉饭菜交给她。肖金凤站在那儿，擦着眼泪，不断叹息，她看着乔亚芳远去的身影，为她惋惜，而更多的却在为自己的儿子难过。

乔亚芳不敢回头再看肖金凤，她怕自己忍不住再跟她回去。多好的老人啊，她没有为自己的过错另眼相待，没有为她对陈跃峰不忠迁怒于她，她把她当成自己的女儿，做错了事不是一味地责怪，而用自己的温情去体贴，用自己的爱心去抚慰。她不是亲生妈妈，却比亲生妈妈更加慈爱。可是婆婆毕竟是婆婆，她要的是丈夫的挽留，他冷若冰霜，就是留下来也不会有好心情，别再自作多情了。

她不禁想到生她养她的爹妈，现在过年了，想到了这个无家可归的女儿吗？是他们一手导演了这场悲剧婚姻，是他们下狠心把她赶出了家门。两个妈妈，不比较不知道，一比对，她更恨自己的妈妈了。虽然她恨娘家的每一个人，却又无时无刻不思念着他们。只要家中任何一个人来接她回家过年，她都会毫不犹豫地走上回娘家的路。她往乔渎的大路上望去，希望爹妈来接她，爹妈不来兄弟也行，可是路上空空荡荡的，已没有行人，更看不到来接她回家的亲人。此刻，她除了孤独还是孤独，眼泪又情不自禁涌了出来。她感到绝望了。一个人做错了事，总希望有人包容，有人原谅，别人不包容，女儿是妈身上掉下的肉，任何时候都会想着自己的女儿。她站立在路口痴痴地等待。远远看见两个人影走来，走近一看，是陌生的过路人。她仍然抱着一线希望在等待，望穿秋水不见亲人来。她拖着沉重的脚步，慢慢向加工点走去。一个人在落难时，不是有吃有穿，也不是钱多钱少，而是要有人安慰，有人帮着，有人想着，有人同情你，最大的苦难也能挺过去，可是她恋人没了，丈夫没了，爹妈没了，兄弟没了，什么都没有了，众叛亲离，只有她孤独一个人。

她回到加工点，平时机声隆隆人声杂吵的地方，现在静得出奇，没有一个人，只有变压器发出嗡嗡的响声。她不饿也不想吃饭，关上房门，穿着衣服就钻进被窝睡觉了。

一觉醒来，已近黄昏，村上传来零星的爆竹声，这个时刻，正是一家人围着桌子吃团圆饭的时刻了。她又想起了在娘家的日子，妈妈手巧，总会操弄出一桌子可口的饭菜，父亲平时不喝酒，到了这一天，也会倒满一杯自做的米酒，呷上一口，用筷子夹上一片肉，细细品尝一年来的辛苦。弟弟会抓起一只鸡腿，大口撕扯，然后端着满满的酒杯，逼着父亲干杯。在这个时候，她会到灶下帮忙，妈妈会把她推出来说："女儿家总有一天要嫁出去，在家过一年少一年，你就陪陪老爸吧。"接着大哥二哥带着一家子人来敬酒，说是敬老爸的酒，大人小孩围着桌子坐下来，一台子好菜很快就消灭光了，父母对着孙儿们笑，孙儿们吵着要压岁钱，妈妈走进房里，拿出一沓早就准备的红纸包包，一人一个，他们然后笑着吵着到门外放花炮了。

乔亚芳沉浸在过去的幸福岁月里，似乎在遥远的梦境里。此刻，老爸在喝酒了吗，大哥二哥带着全家人来敬酒了吗？他们会想起这个无家可归的女儿了吗？

她在回忆着自己凄惨的命运，她爱上叶东方没有错，错就错在自己的软弱；她在新婚之夜不让陈跃峰碰没有错，错就错在叶东方杳无音讯；她想和陈跃峰重归于好也没有错，错就错在腹中的胎儿。人世间原本就没有对与错。自古红颜多薄命，你喜欢的人，并不一定能走到一块，生活在一起的人，并不一定是你喜欢的人。命运把许多相爱的人活生生地拆散，也把并不相爱的人凑合在一起生活。无论是爱与不爱，也要度过一生，照样生儿育女。爱情是性，性就是爱情。性的出轨，就是爱的终结。人心不是石头，谁都疼不起。她苦苦等待叶东方，最终却伤了陈跃峰。

命运本无常，一半天注定，一半是人作。《红楼梦》也这么说，假作真时真亦假，无为有处有还无。人生就是一场梦，脚踏两块西瓜皮，滑到哪儿就到哪儿吧。

她觉得肚子饿了，幸亏肖金凤给她这么多好吃的，她点燃煤油炉，热一热就可以吃了。人人要过年，吃过这顿孤独的晚餐，再睡一觉，新的一年就来到了。

突然，她听到了"笃笃"的敲门声，这声响，她听出是王长春的敲门声，难道他不在家中陪老婆孩子吃年夜饭？她讨厌他到处拈花惹草，她看不上他不顾老婆孩子，要不是一怒之下报复陈跃峰，决不会让他粘上身。他得寸进尺，想来就来，想要就要，全不顾及她的处境。不就是给了几十元钱吗？她要尽快摆脱他的纠缠，否则后患无穷。她从床垫下取出那几张分文未动的钞票，从窗口扔出去，说："你别做梦了，你以为姑奶奶是想你这几个臭钱吗，全部还给你，你滚吧。"

这使王长春感到突然，他用这花花绿绿的钞票勾引过无数女人，女人不就好这一口吗？愉悦了身体，又得到了收入。一旦勾引上了，就像吸上了毒瘾，到熬不住的时候反过来主动找他。这个小美人怎么了？他硬磨软磨地站在门口，她就是不开门。王长春的欲火越燃越旺，难以自持，又迫不及待从衣袋中摸出几张钞票，连同刚才乔亚芳还给他的，叠成一沓塞进了窗户，接着又敲起了门，并大声说道："亚芳啊，大年三十，我知道你寂寞，不陪老婆孩子来陪你，是真心喜欢你啊。"乔亚芳隔着窗户传出声音："谁要你陪了？谁要你爱了？你要再缠着不走，明天就去工作队那儿告你强奸我，开除了工作可别怪我！"王长春不死心，说："小美人，我受不住了，你让我今晚住这里，明儿去坐牢也值了。"他的敲门声越弄越大，在这空旷的田野，几十米外都能让人听到。这一次轮到乔亚芳哀求王长春了，她带着哭声说："我求你了，别弄出这么大的声响，让别人知道了，我怎么在这里工作？"王长春一下乐了，你也怕别人知道了名声不好，我就抓住你这一根软肋不放，于是便说道："乖乖，开门让我进去吧。连张飞扬这种人你都要，我怎么就不能。如若你假正经，我就不走了，让大家都知道你和我好上了！"说完更加用力"嘭嘭"地敲起来，这声音响得吓人。

突然，窗户打开，一面盆冷水泼出，还夹杂着尿屎，正好浇在他的头上淋下，浑身湿透，寒风一吹，冻得他直哆嗦，这小贱人真是铁了心要赶他走，他双手抹着一脸一头臭水，不禁恼羞成怒，咬着牙说道："臭婊子，你以为你有什么了不起，陈跃峰不要你了，叶东方死在外面了，你是狗都不吃的坏女人！敬酒不吃吃罚酒，你就等着瞧吧。"

乔亚芳听着脚步声走远了，这才一头扑倒床上，号啕大哭。她用枕巾拭着泪水，哭了停下，想到伤心处又再哭，直哭到村上爆竹声大作，她才迷迷糊糊睡去。

她又从睡梦中醒来，听到门外有窸窸窣窣的声音，先是一惊，连忙起身找了一根木棍把门顶牢，不一会又听到钥匙开锁的响声，这门只有两把钥匙，一把留在自己身边，一把给了张飞扬，莫不是张飞扬来了？她在恐慌中问道："是谁？"门外的张飞扬答道："是我，给你送饭菜来了。"乔亚芳这才放下一颗悬着的心，拿开了顶门棍，张飞扬进得门来，从菜篮中拿出热腾腾的饭菜，放到桌子上说："你一定饿了，这里又没锅灶，赶快趁热吃了吧。"乔亚芳眼圈一热，想不到还有人惦着她，她确实饿了，拿起筷子，一阵狼吞虎咽，吃了大半，方才停下。

张飞扬利索地收拾了碗筷，放入菜篮，又拿出一封信件，说道："我原想到这儿同你一块吃年夜饭的，想不到接到姑姑从香港托人带来了一封信，她知道我家境困难，还附带来五百元港币，只能在家陪着客人吃饭，刚送走客人，我就急急忙忙地来了。"

乔亚芳眼前一亮，说："你有一个姑姑在香港，我怎么没听你说过？"

张飞扬说道："我这个姑姑是国民党军统特务，解放前夕逃往了香港，有这样的海外关系，避都避不及，再要张扬，岂不是自找麻烦。"

乔亚芳说："那她现在干啥？"

张飞扬说道："我们之间不通信，有信也是别人转来的。我听人说，香港这地方，那可是自由世界，不划分阶级，没有五类分子，大家一样平等。姑姑在信中还说，侄儿有文化，来香港准能找上一个好工作。可是没有护照，我也只能死掉这条心了。"

乔亚芳说："我也听叶东方说过，香港那个地方富得流油，人人都有工作能挣很多钱。有很多人偷渡过去，不几年就发了财。深圳和香港只隔着一条河，凭你的水性，潜在水中一个猛子不是过去了？"

张飞扬说："没有你说的那么容易，深圳河是国境线，中英两国都有守护的军队，被抓住了是叛国，不抓住也会被乱枪打死，无论是被打死和遣返回来，叛国都要判死罪。我宁愿在这里受苦，也不愿意去冒这个险。"

乔亚芳不听也罢，在国境线上偷渡竟有这么危险，她又想起了叶东方，他成功偷渡到了香港了吗？到了香港怎么没有一点音信？偷渡不成功也该遣返回来了。他肯定在偷渡时出了危险，被一枪打死了，或者溺水淹死了，而她还在苦苦地等他。想到悲怆处，不禁"啊"了一声，她自知失态，故作镇静地说："是啊，一个人不是到了无法活下去的地步，谁都不愿意走这条路！"

张飞扬说："我倒觉得现在这样也挺好，姑姑在香港挣钱，每年能寄上几千元补贴家用，想买什么就买什么，生活比别人过得宽余，过上一两年，结余一笔钱，造上一幢楼房，这一辈子，有你在我身边，再生两个小孩，什么都满足了。"他在憧憬着美好的梦想，但又觉得这一切离他太远了，她还没有离婚，是别人的妻子，即使离婚了，凭他现在这样子，她愿意嫁给他吗？一连串的疑问，他觉得自己是那样渺小，那样微不足道，他又陷入不可自拔的自卑中。

乔亚芳叹了一口气，说："别想这么远，过一天算一天，明天是怎么样，还不知道呢。依我说，你应该去冒这个险！在这里，你是地主子女，拼死拼活地干活，没有发言权，被人当作异类，还装得像热爱社会主义英雄似的，图个啥？你可以去香港探亲，去了就别再回来了。"

乔亚芳从骨子里看不起他，张飞扬是知道的，但他心中涌动着一股热血，他爱乔亚芳，一心想娶她为妻，爱能使人冲动，爱能使人忘记自己，甚至能使人走上极限。张飞扬突然站起，拍着胸脯说：“亚芳，你以为我愿意过这种日子？龙生龙，凤生凤，老鼠养的钻地洞，只要这个世道不变，我俩即使结婚生子，也是地主的黑后代！我恨不得现在就带你去香港，让你过上好日子。可你迟迟拖着不离婚，陈跃峰有什么好？别看他现在风光，许云中和李国正也风光过一时，他们的下场就是他的下场。共产党就是靠一次次的运动，一次次的整人，一次次的换人，维持坚不可摧的统治。所以，当干部难有几个有好结局的，你离开他是明智的选择。我们结婚吧，为了你，为了我们的子孙后代，我们去香港吧。”

乔亚芳感动了，一头扑进他的怀抱。

张飞扬拉灭了电灯，两人滚打在这小小的单人床上。

第二十六章　夜半捉奸

年初一的早晨，天气出奇的好，阴霾了几天的天空，被西北寒流带来的干燥的空气，一扫而去，云消雾散。东方的地平线上，一轮红日，正在湖面喷薄而出，顷刻光芒万丈，照耀着月亮湾的大地，天上连一点云丝都不见。人们担心过年下雨下雪，出不了门，走不成亲戚，不能去看戏剧，现在可好，老天帮忙，注定要给大家过上热热闹闹的春节。

陈跃峰、陈国祥、曾国兴一大早就起身了。公社统一布置，移风易俗过春节，年初一出满勤，力争农业生产开门红。

过年是中国老百姓几千年的传统节日，一年做到头，就享受这么几天，说什么都想不通，社员群众和领导就是想不到一处来。尽管陈跃峰也不愿意这么做，但下级服从上级是纪律。公社赵书记在会上说过，县委书记县长过年不休假，公社全体干部不放假，全都要下乡检查农业生产，就是省委书记和省长，也要坐着直升飞机来视察呢。

王家全吹响了出勤的哨子，他一人来到社场上，后面稀稀拉拉跟着陈庭君、李天荣、谭君武和潘秀凤，还有李祥、陈开文这几个队干部。大多数社员却都待在家里不上工，他气不从一处来，昨天还都说好了，节日出勤记双倍工，难道就不怕倒扣两天工？

王家全又回到村上，把哨子吹得一阵紧一阵，高着嗓门大声呼喊着："出工了，出工了！今天一个上午记两天工，不出勤不请假的倒扣两天工分！"

人们还是怕扣工分，不情愿地拿着工具，陆陆续续走向社场。

王家全再次来到社场，看到今天结婚的强伢和孟秀枝也出工了，可唯独不见陈炳德和李金海，正要开口发话，陈庭君报告说："李金海让我给他请假，他说年初一要他干活除非用麻绳捆了来！"王家全脸色一阵难看。这种明挑着与队长对着干的社员是个别，他们有个性，天不怕地不怕，王家全不屑和他争长短。只有扣他两天工分让他心痛就是了。紧接着，李祥又报告说："陈炳德昨晚酒喝多了，起不了床，让我给他请假。"王家全揶揄道："他起不了床，是无线电同你说的？"李祥回答说："他老婆同我说的呗。"

王家全这才停止了追问，继续向大家说道："今天出勤是好样的，特别是强伢和孟秀枝，今天是他俩结婚的日子，都来参加劳动，值得表扬。年初一出勤虽然是形式，但这是听党话跟党走的行动标志。李金海公开抵触，就是反对党的领导，扣他两天工分。陈炳德吃酒耽误出勤，但能请假，情有可原，不作扣工处理。现在大家下地干活，给麦苗培土，十点收工回家吃饭，十二点集中，到学校礼堂观看现代革命锡剧——《芦荡火种》，欢欢喜喜过大年！"

中国的农民是最纯朴的老百姓，他们听话、简单、勤劳，没有奢望，没有过高的要求，他们都下地干活了，所不同的是，没有了以往的自觉，他们带着十分的不满，被迫的无奈，不情愿地干起来。

没有看到县委书记和县长开着小火轮从湖面上"嘭嘭"地过来，也没看到天上有直升飞机，但看到常队长、王指导和工作队员们都下地劳动了，陈跃峰、陈国祥、曾国兴转了一个圈也都下地了。公社赵书记、高主任带着公社干部来到田头慰问了，社员们还有什么话可说的！只要工分簿上能记上两天的工分，就满足了。

王家全理解人们的心情，人在田里却惦着家里的客人，人们想的是喝酒走亲戚，还要看戏剧。当队长既要听领导的，又要照顾到社员的情绪，不到十点钟，就吹响了下工的哨子。社员们听得哨子一声响，纷纷走上了田埂，争先恐后往家跑，大队的文艺演出牵动着他们的心，餐桌上的酒肉早已馋得他们垂涎欲滴了。

文艺演出的海报早在年前就贴出去了，年初一下午演出《芦荡火种》，晚上演出《海岛女民兵》，唱的都是锡剧，当地的人们爱听这种地方调。吃过中饭丢下饭碗就往社场跑，争取早到能有一个好座位。

每个生产队的男女老少由队长带领着走进学校大礼堂，陈国祥按先后顺序给他们安排好座位，老人们嗑着瓜子，小孩在追逐戏闹，人们互道祝福平安，说着吉祥语言。只有在这个时候，才充满着乡村的年味。小孩觉得长大了一岁，大人觉得又老了一岁。这年总是在你面前等候着,不管你愿意不愿意,除夕零点的钟声响起,你又跨进了新的一年。

台上锣鼓声响起来,二胡拉起来,三弦弹起来,笛子吹起来,这乐声预示着马上就要开演了。大人们不再交谈了,小孩停止了嬉闹,都把注意力集中在戏台上。鼓乐骤然停下,大幕徐徐拉开,郭建光从芦苇丛中跃出,一身英雄豪气,大义凛然,他优美的动作和圆润的唱腔引得全场雷鸣般的掌声。

"这是谁家的孩子,长得这么英俊,还有这么好的歌喉!"一个老头儿跷起了大拇指,口中啧啧不停地赞叹着。

"往年的小生都是李海波扮演,他去哪儿了?怎么不见他上台演出?"一个老太又狐疑地说。

"你们不认识吧,演郭建光的是工作队的柳青,现在是咱公社团委书记,他文化高,能文能武,当然演得好!"一个中年社员自豪地说。

"海波也演得很好啊,他怎么不演了?"老太又好奇地问。

"排练节目和演出,全都不记工分是义务,李海波是演得好,但吃的是自家的饭,又没捞到一官半职,他不愿意演了。"

中年社员一句话说到点子上,老太惋惜地"唉"了一声。接着阿庆嫂、沙奶奶、胡传魁、刁德一相继出场,人们的注意力又集中到剧情中。沙奶奶高亢的唱腔,阿庆嫂机智灵活地与刁德一智斗,动听的锡剧引得大家欢声雷动。老太又兴奋地说:"演沙奶奶的不是孟秀枝吗?想不到这小寡妇还有这一手!"老头儿跟着说道:"只是可惜了,她看上了二流子强伢,今天还是她的大喜日子呢,怎么还在演戏?"老太说道:"光棍讨寡妇,还讲什么排场,两家合一家,两铺并一铺,不就是一家人了。"老头连声"呵呵",又专心一致看戏了。

礼堂里热热闹闹,人们看戏聊天,欢度春节,礼堂外却是北风呼啸,李海波独自在学校门前徘徊,想往年,大队文艺演出,他既是主角,又是总指挥,没有他精心组织就没有春节的演出,缺了他就排不成节目,他众星捧月地被人宠着赞扬着,村上漂亮姑娘围着他转,人们赞不绝口。而如今,孤零零地一个人,没人与他说话,再没有人赞扬他。他以为他不出马,就演不出节目,他希望大队文艺宣传队就此散伙。可事与愿违,戏剧阵容越演越大,演员越演越多。地球少了他没有停止转动,月亮湾的文艺演出没有他照样有声有色，比原来更胜一筹。一种无名的失落，狂躁的愤怒，压抑在心中，撕咬着他的灵魂。这不能怪别人，只能怪自己。他忌妒，蓄意与陈跃峰对着干，连他自己都不知道为什么要这样做。不是陈跃峰排挤他，也不是文艺骨干有意疏远他，陈跃峰亲自登门请他，被他无情拒绝，柳青和李新秀一次又一次地邀请，他都婉言谢绝。现在离开了这个表现舞台，就像士兵失去了战斗阵地，是他自己打错了算盘。

李海波二十岁高中毕业回到大队，当时正在反右倾，书记李光义因右倾保守写了一次又一次的书面检查，上级就是通不过，不是他检查不深刻，是他太实事求是了。只有初小文化的他，怎么能按领导意图写好检查？李海波却看准了这棵大树，自己想发展，总要有带路人，去找谁领路？许云中是个肩上不挑担的人，要靠他是隔河靠杨树——靠不着，而李光义是重情重义的厚道人。他把李光义的检查书看了又看，发现有很多用词不当的地方，他把“犯了不应该的错误”中的“不应该”改成了“严重”，只改两个字，语气加重了，领导看得顺心了。如此又改动了几个关键词儿，还是这个内容，上级领导一下就通过了。李光义深深感动了，觉得他是有才华的青年，并让他担任了团支部书记。过了一年，又有见义勇为下河救小孩的事迹，就发展他入了党。团支部书记就是党支部书记接班人。他迫切希望能够接上班，而李光义仍然没退下，他一等就是两年多，让他等得心里不是滋味。这次四清工作队进驻后，他敏锐地发觉常队长对李光义印象很不好，觉得机会来了，他的野心又一次膨胀，他为了取得常队长的信任，在李光义放包袱的大会上，他撕破脸皮对他进行了激烈的攻击和批判。不知为什么，他的举动没有得到常队长的赏识，反而暴露了自己的野心。李光义再次得到重用后，当然抛弃了他，而且在组建领导班子时，连大队长和大队会计的职务都不给他，这口气他咽不下。有谁能把野心和雄心分得一清二楚呢？胜者王侯败者贼，成功了是雄心，失败了是野心。他一次次拙劣的表现，注定了他无可奈何花落去。他重新再照看自己的灵魂，这镜子已蒙上了一层灰尘，出现了裂纹，再在镜子中照看他的形象，他已成为哈哈镜中上蹿下跳的丑角。他自以为做得紧跟得体，在人们的眼中却成为披上了一张蛇蜕的蝮蛇。

他把所有的忌恨都记在陈跃峰的头上，没有他，工作队最终只能选择他。他是拦路虎，绊脚石，不赶走这只拦路虎，不搬掉这块绊脚石，他永无翻身之日。

他不配合他工作，他拉一帮人与他唱反调，对他的工作进行挑刺，希望他干不下去主动辞职，或被公社撤职，到那时也许仍然可以获取信任，由他取而代之。

然而陈跃峰工作一环套一环，首先干了一件深得民心，皆大欢喜的大事，全大队通电了，社员盼了多少年，他上任几个月就办成了。再就是整田平地，格田成方，拿出实际行动改天换地，带领社员走集体富裕的道路，深得常队长和公社赵书记的赏识。现在他有职有权，下有群众基础，上有领导赏识，再要搬掉他，没那么容易了。

在这个世界上，任何人千万不要把自己看得太重，离开了你就办不成事情，自然界谁离开了谁地球照样转动，太阳照样从东方升起。你能干事业，领导就信任你；你能顾全大局，领导就把你当成人才，委以重任。你不争气，大事做不来，小事又不干，又爱搞阴谋，被人识破了，就不把你当回事，让你靠边站。你生气了，是因为你不够大度；你失落了，是你不够豁达；你嫉妒别人，是因为你不够优秀；你耍阴谋诡计，说明你没有道德。凡此种种烦恼，根源都在你自己。有多少计较，就有多少痛苦，有多少宽容，就有多少欢乐。负担越多，你的人生就越是沉重。一个人可以自信，但不要自大，一个人可以发飙，但决不能狂妄。人活一世，随缘就会轻松自如，处处计较，浮躁了自己，看轻了别人。平淡处世，踏实做人，其实是一种风度，是一种达观的处世哲学，是心态上的成熟。李海波先前的成长一帆风顺，造成了他孤傲的性格，他从未尝过失败的滋味。聪明的人自以为智商比别人高，实质上是最愚蠢的人。现在他痛了，失落了，如果悬崖勒马，重新理智地审视自己的为人，正视现实，光明正大地做人，他还是一个有作为的人。可是，扭曲的人性不容他回头，他得不到的东西别人也休想得到，他决心要和陈跃峰一比高低。他在泥潭中只能越陷越深。

他离开热闹的学校，在田野里漫无目标走着，不知要去哪里。听到月亮镇那边传来锣鼓声响，那是月亮大队和乔渎大队的两条龙，正在月亮镇中心小学操场表演，比试对舞。他在百无聊赖中，走进这热闹的人群，看起了舞龙比赛。

小学操场上人山人海，在中心留下的空地上，一条黄龙，一条白龙正在鼓声中团场，齐声的喝彩招来更多的观众。中华民族自称龙的传人，对龙特别崇敬，每到节日，舞龙的人们穿上彩装，抬出锣鼓，沿村舞龙游走。龙是吉祥物，谁家的店铺开张，谁家新房落成，主家会主动把龙请来，上下四周，游走一遍，据说龙能驱邪归正。结束了，主人会送上一条烟，几块糕，他们不计较多少，总是高兴而来，乘兴而去。春节就更不用说了，十多人吃过饭就扛着龙，沿村敲打锣鼓来到月亮镇，人们习惯地站在家门口，向他们方盘里献上一块糕、几角钱，一天下来能收几十元，这就是他们微薄的报酬。乡村的舞龙，不是为了钱，更多的是为节日凑热闹。

今天的比试，是公社文化站主办的，不收钱不收礼，目的是欢度春节，增添热闹氛围。乔渎村和月亮村的龙在地方上是有名望的，都使出了看家本领，竭尽全力努力表演，一阵阵的喝彩此起彼伏。最后的决胜是二龙戏珠，谁能夺得宝珠谁就是赢家。黄龙翻滚，悠然自得吞吐宝珠，白龙紧追不舍，高高抬起头颈，张开血盆大口，一口咬住抢过宝珠，黄龙摇着尾巴，岂能让白龙得逞，猛地一头窜上，夺过宝珠，咬住不放，黄龙白龙上下翻滚，全场欢声雷动，二龙戏珠的精彩表演达到高潮。

李海波随着大伙的喝彩，也“呵呵”地叫起来。

正在兴高采烈之际，他的肩膀突然被人猛地一拍，急忙回头一看，竟是电灌站站长王长春，都是抬头不见低头见的熟人，互道一声新年好，两人便走出了拥挤的人群。王长春不无惊奇地说：“你老弟是月亮湾宣传队的头牌小生，怎么不上台演戏，倒有闲情来看龙灯了？”一句话说到了李海波的痛处，一时竟不知怎样回答：“我，我，我生了咽喉炎，喉咙唱不出声调了。”他说了一个谎，却也掩盖得合情合理。王长春“嘿嘿”一笑说：“不是咽喉炎的原因吧，是你和跃峰书记闹情绪吧。”李海波眉头一皱，他和王长春平时交往不多，况且他的口碑也不好，怎能在他面前轻易暴露有关前程的大事，他不屑地说道：“老兄你也管得太宽了吧，我跟他闹什么情绪！”王长春吐了一口唾沫说：“算了吧，是什么狗屁兄弟？他自己上去了，一脚把你踏到泥土里，连一个配角都不让你干！唉，工作队的老常也不知怎么想的，放着你聪明能干的人才不用，却把头上戴着绿帽子王八当宝贝了。”王长春话虽说得难听,却正中李海波的下怀,他觉得王长春倒也懂得一些事理,于是说道:“谁不喜欢听顺风话?我不会拍马屁,他能拍,领导就喜欢。乔亚芳是不正经,但他俩要离婚了,这能影响到他的前途吗?”王长春又拍了一下李海波的肩膀,诡秘地说道:“老弟总算说对了,乔亚芳结婚前犯的错,人们只会同情陈跃峰,结婚后犯的错呢?那就是他对家属教育不严,治家无方了,况且,乔亚芳阶级路线不分,竟然同地主子女……”王长春做了一个鬼脸不说了,他想试探一下李海波的关切程度。李海波却一惊,乔亚芳长得这么漂亮,这么高傲,总不会和地主子女去搞关系?不由脱口问道:“那个地主子女是谁?”王长春说:“你不要问是谁。乔亚芳是什么样的女人?是一个水性杨花的骚女人,陈跃峰不要她,与她分开住,她受得了吗?我不说了,让工作队知道了又要批评我无事生非了。如今这年月,多一事不如少一事。”他吊足了李海波的胃口。然后又拍拍李海波的肩膀,又说道:“还愣着干什么?回家喝老酒!”

这时舞龙灯也结束了,人们潮水般的向四面八方散去。

李海波却拉着王长春,不让他走,继续说道:“你老兄的话还没说完呢。”

王长春说:“这儿人多眼杂,要不你到我家喝酒,我细细说给你听。”

李海波跟着王长春来到他家,一进门,王长春大声叫着:“老婆,来贵客了,赶快做几个菜,好让我俩下酒!”一边说,一边翻箱倒柜,找出一瓶珍藏的洋河大曲,给李海波和自己满满倒上一杯。

转眼间他老婆已切好了猪头糕和白斩鸡,端上台来,王长春拿起酒杯,同李海波碰了碰,呷了一大口,然后说道:“你说怎么着?打死我都不相信,乔亚芳这贱人,会看上张飞扬,一个地主的儿子,没有貌,没有钱,更没有地位,两人偷偷摸摸睡到一张床上了。她和陈跃峰还没去离婚,这成什么体统?”王长春又气又恨,把乔亚芳说得越坏越难听,方能报那一盆尿屎淋头的恨。

李海波吃了一惊,月亮湾大队有的就是好小伙,好男人,乔亚芳是天仙般的美女,怎么能看上张飞扬?他放下酒杯说:“老兄,晚上漆黑一团的,你会不会看错了人?”

王长春说:“我不是吹,在这个电灌站,一只苍蝇飞过,是雌是雄,我都不会看错,张飞扬是个大活人,他进了谁的房间,我还能看错!”

李海波说:“这可是一个惊天机密,你可不能乱说。”

王长春说:“这两个狗男女偷情,对于别人,只是茶余饭后的笑料,可对你,却是千载难逢的机会,我这样说,你还不明白吗?”

李海波会意地一笑,举杯碰了碰王长春的酒杯说:“敬你一杯,咱俩干了!”

两人你一杯,我一杯,直到喝足了吃饱了,李海波才离去。

月亮湾小学大礼堂,芦荡火种演出成功,直到全体演员谢幕,观众们都不肯离开。陈跃峰上台和演员一一握手,表示祝贺。然后向社员大声宣布:“晚上演《海岛女民兵》,请各位社员继续光临!”

强伢早就在台下等候新娘孟秀枝了,他对孟秀枝说:“客人都到齐了,只等你到场就要开席喝酒,还不赶快洗掉面上的油彩!”

大队长陈国祥笑着说:“新娘本来要化妆的,我看这沙奶奶的模样最适合她,就这样回去拜天地得了。”

大家一阵哄堂大笑,强伢拿出两斤水果糖,交给陈国祥说:“这是我和秀枝的喜糖,你发给大家吃吧。”

孟秀枝快步走在前,强伢拉着陈跃峰说:“不是我拉拢腐蚀干部,我有今天离不开你,这杯喜酒你一定要喝,也算是给我面子。”

陈跃峰说:“我去,一定去!我这杯喜酒我喝定了。”说完拿出一个早就准备的红纸包,里面夹着一张五元人民币,塞进强伢的口袋,说:“这是我祝贺你俩的心意,你收下吧。”

强伢推辞着说:“这不行,难为情死了,这不是让你送礼吗!”

陈跃峰说:“送礼喝喜酒,理所当然,你要不收,我还真的去不了。”

强伢深深领会到陈跃峰的真情,只能收下这份子钱。

两桌喜酒就摆在孟秀枝的屋子里,房子虽然低矮,却被孟秀枝收拾得干干净净,他俩也没有什么亲戚,男女双方只来了几个代表,可就是这两桌简单的喜宴,几颗喜糖,可以向世人宣告,这两个苦命人,从此结合到一起,开始新的生活。

陈跃峰的到场,无疑给喜宴增添了许多光彩,人们一齐鼓掌,要求他给强伢和孟秀枝说几句祝贺的话,陈跃峰站起身子说道:“在这特殊的婚礼上,我是想说几句,不说夫妻恩爱,白头偕老,早生贵子这些陈词滥调。他两人心心相印，互相爱慕，结婚了不生孩子干吗?”陈跃峰说得幽默风趣，惹得大家笑得前仰后翻。一阵乐趣过后，他又接着说道:“强伢和孟秀枝两人走到今天，来之不易，两人是一根藤上的两个苦瓜，前半生受尽了苦难和折磨，现在苦尽甜来，祝愿他俩互敬互爱，互相体贴，争当爱集体，爱国家的好社员。还要说一句，强伢头脑简单，爱激动，遇事要多听秀枝的意见，男人能怕老婆，未必不是一件好事!”接着又问强伢:“你能做到吗?”强伢站起身一脸凝重地说:“我一定秀枝的话，也听你的话! 做一个好社员。”强伢的姑姑站起身说:“强伢如果真的患上‘气管炎’我就一切都放心了。感谢陈书记，感谢各位左邻右舍，对强伢长期以来的照顾! 现在祝各位宾客，新春快乐，万事如意!”

宾客们端起酒杯，开始畅怀大饮。

陈跃峰惦念着晚上的文艺演出，酒至半酣就先行告退了。

大礼堂已挤满了观众，连走廊上都挤满了，这些人群中，有本大队的社员，还有临村来的观众，他们要一睹李新秀主演《海岛女民兵》海霞的风采，一齐涌了过来，陈国祥特意烧了两锅茶水，放在天井里，招待这些外村的观众。

曾国兴看到临村来了这么多的人，心中感到自豪，早早指挥王家全拉起了二胡，他自己弹起了三弦，陈开文吹起了笛子，这是精彩演出的前奏，好戏马上就要上演了，演出前人们评论的是文长，谁的二胡拉得圆，谁的三弦弹得响，谁的笛子吹得悠扬，谁都想在这场合中露一手才艺，显一显身手。

李新秀已经化妆，红红的脸膛，粗黑的眉毛，一双水灵的大眼睛传神脉动，扎着一条粗粗的长辫，穿上渔家姑娘的短袄，越发显得俊美秀气。此刻，她正在温习台词，虽然是老演员了，还担心在紧急关头一时忘记，那认真的神情，无异于去执行重要的使命。柳青劝导说:“别那么紧张，演出时后台还有人提示呢。”正说着，陈跃峰也来到化妆室，他看到演员准备已经完毕，便对柳青和李新秀说:“七点准时演出，有没有问题?”李新秀说:“早就准备好了，只等闹台开演呢。”陈跃峰回到前台，对陈开文说:“锣鼓声要热烈，配乐时间要长，这样才能把气氛搞得更加浓烈!”陈开文放下笛子，指挥锣鼓声乐一齐大作，那气派，简直就是专业剧团的水平，观众们一下欢呼起来。随着板鼓声响，竹笛一声长啸，幕布徐徐拉开，海霞肩扛步枪，带着一队女民兵闪亮登场，绕场一圈，亮相，个个都是漂亮姑娘，犹如仙女从天降，台下欢呼声，掌声排山倒海响起来。海霞举起步枪，踏着舞步，动作柔中带刚，轻启樱桃小口，唱道："海防前线女民兵，不爱红装爱武装，飒爽英姿赛男儿，蒋匪特务胆敢来侵犯，叫他有来无去消灭光。"唱毕，一个优美的转身，又是一次热烈的欢呼和掌声。

海霞婉转动人的唱腔，优美自然的动作，蒋匪特务滑稽可笑而又奸诈的表情，牵动着每个观众沸腾的心。春节能看上这样大型吸引人的文艺演出，这是社员最奢侈的享受了。人们珍惜这难得的演出，中途没有人离开。婴儿们困了，嘴里含着母亲的奶子慢慢入睡，小孩子们玩累了，靠着爷爷奶奶的怀抱吃着糖果，人们沉浸在歌舞升平的快乐里。

只有张飞扬，只看了一场，便溜出了大礼堂。这剧情虽然吸引人，但他的兴趣不在这儿，他有比观看演出更吸引人的地方，时时刻刻都在牵挂，那就是加工点，乔亚芳在等着他。坠入爱河的他，从来没有像现在这样爱一个人，思念一个人。那个人天仙般的美丽，给他爱抚，给他纵欲，给他快乐。他做梦都没想到能得到她，然而他居然得到了。他是黑五类子女，以前相亲看过很多姑娘，对方一听到他成分是地主，不说一句话就转身离开了，他自卑，痛恨自己的父母，为什么要有这么多土地，又为什么要生他；他也恨自己，为什么要投胎到地主家里，可是出生在哪一家，是你自己能选择的吗？乔亚芳没有讨厌他，居然委身于他，他要用一生来报答她，用全部的精力去爱她。他披着黑色的夜幕，踏着星光，去加工点与乔亚芳约会。

电灌站和往日一样，没有热闹，没有歌声，默默地卧在黑暗的星光下，孤独地看着村上的万家灯火，只有配电室里亮着一盏半明半暗的灯，还有配电柜不知疲倦地响着微弱的"嗡嗡"声。张飞扬警觉地向周边扫视一遍，确定没有人跟着，才大着胆子按预先约定的暗号敲了几下门，并小声地说："亚芳，是我，开门。"里面的电灯立即亮了。"这么晚了，你还来干啥？"乔亚芳埋怨着打开门。张飞扬抱住她说道："我也想早点来陪你，可人多眼杂，怕别人看到呀。"乔亚芳说："不过节，电灌站有人轮流值班，这几天，就我一个人，这么大的一幢房，又远离村庄，我害怕极了。"张飞扬说："那你就开着灯睡觉呗。"乔亚芳说："你真是一头猪,我开着灯,就是告诉别人我还住在这里,关着灯,别人以为我也回家过年了。"张飞扬立即拉灭了电灯说:"还是没灯没亮的好,我俩住这儿,就没有人知道了。"说完在黑暗中脱光衣服抱着乔亚芳钻进了被窝。

乔亚芳推开张飞扬说:"你只顾自己的感受,哪里顾我的处境,我是有夫之妇,给人知道了我的脸往哪儿搁?这几天吧,你不来,想你来,来了吧,又是胆战心惊,我有一种不祥的预感,背后像有人跟着似的,给人捉住了怎么办?"

张飞扬挺了挺身,贴着乔亚芳的身子说:"怕什么?都到这个份上了,不就差一张结婚证书吗?男女婚姻自由,我才不管呢。不过你也得抓紧时间把这手续办了,就直接住到我家里。"

乔亚芳"嗯"的一声,有张飞扬在壮胆,她顺从地让他脱下了内裤,张飞扬迫不及待地翻身,把乔亚芳压在身下,两人一阵摸索,那张小床有节奏地"吱咯吱咯"响起来,两人在温柔乡中滚作一团,陶醉在偷情的柔情蜜意中。

屋里是温暖的春天,屋外却是寒风凛冽的冬天。其实从张飞扬走出大礼堂的这一刻,就被人盯上了。三个黑影跟着他来到电灌站,隐藏在黑暗中,他们的血液像火一样燃烧,想象着乔亚芳与张飞扬脱光衣服抱在一块偷情的样子,心也怦怦地跳着,他们不敢相信这是真的,这样漂亮的书记夫人,竟然下贱地姘上了黑五类的子女。人们都说女人漂亮是祸害,可男人就喜欢这祸害,舍得金钱使美人千金一笑,不怕风险也要一探花容月貌,甚至为争夺美人大打出手,两国交兵。他们忌妒张飞扬的艳福不浅,痛恨乔亚芳的水性杨花,但又幸灾乐祸,陈跃峰啊陈跃峰,你娶得美人归,无福享受她,活该你要做王八,谁让你把人见人爱的美人自己不用,放在荒村野地供别人享受呢!

李金海的心早就痒痒了,即使嗅不到她半点儿腥味,也可在用麻绳捆绑时在她裸露的身体上摸个够,看个够,要不是为了这见不得人的邪念,他还不愿意跟着李海波来这里呢。此刻,他对李海波小声说:"他俩正在快活,我们在外面受冻,此刻不动手,还等何时?"李海波说:"你急什么?过早动手,他俩还没搞上,这叫通奸未遂,只有让他们搞得热火朝天,搞完了,这才是铁的证据。已经等这么长时间了,再等一会儿吧。"站在一旁的陈炳德附和着李海波说:"海波说得对,再等一等吧。"

窗户又亮起了灯火，就这么几秒钟，又熄灭了，陈炳德说："现在可以破门而入了。"李金海憋足了全力，用肩膀对准门撞击，第一下，没撞开，陈炳德走上前，与李金海合力"一、二、三"，猛地一撞，门撞开了，凭着微弱的星光，床上两个白花花赤身裸体的人，在慌忙中寻找衣裤，陈炳德和李金海一步窜上前，扭住了张飞扬，张飞扬一手挡住下体，一手挡住来人，无论怎样抵抗，怎是两个人的对手？终于赤裸着被麻绳结结实实捆了起来。乔亚芳在慌忙之中摸得一条长裤，急忙套上，才发现是张飞扬的，又急忙穿上自己的棉袄，吓得喊娘叫爹哭起来。李金海绑好张飞扬后，回头看到乔亚芳已穿上衣裤，便伸手抓住她外露的奶子，狠狠捏了一把，痛得乔亚芳杀猪般一阵尖叫，陈炳德不是好色之徒，举起手一个巴掌，打得李金海眼冒金星，他用麻绳把乔亚芳捆好，扔到床上。李海波自始至终没有动手，看到人已捆好，他才不阴不阳地说："想不到啊，书记夫人在这里招野汉，唉，找的竟是地主子女，陈书记是想'双保险'（指共产党干部找个地主做靠山）呀。"乔亚芳哭着低垂着头，几次撞向墙壁，要不是李金海拉着，已经头破血流了。

张飞扬跪在地上，向李海波一边磕头一边说："海波，我和你前世无仇，今生无冤，你就饶了我和亚芳吧"

李海波说："饶过你也可以，只要你检举，是陈跃峰为自己'双保险'，才让乔亚芳主动勾引你，你揭发了，我立即就放了你！"

张飞扬说："这不可以，我不能昧着良心诬陷陈跃峰。再说了，我与乔亚芳是真心相爱，你们没有权力这样对待我！"

李海波放下脸，伸手一巴掌向张飞扬扇去，说："你搞了别人的老婆，反倒有理了，我问你，乔亚芳离婚了吗？她的丈夫是陈跃峰！是当今月亮湾大队的书记。你不检举陈跃峰，现在就拉你去游村，看你招不招！"

张飞扬不是傻子，已看出李海波的丑恶嘴脸，醉翁之意不在酒，抓的是他和乔亚芳，目的是想搞垮陈跃峰，让他当不成书记，他可以取而代之，如果让这等奸贼掌了权，更是他的灾难，他决不能为虎作伥。他昂起头，理直气壮地说："游就游，没啥了不起，杀了头碗大一个疤，过十八年又是一条好汉！"

李海波恼羞成怒，对陈炳德和李金海说："社员们还在礼堂看戏，把他两人拉到那里，增加一份热闹，让大家看看这一对奸夫淫妇！”

李金海早就耐不住了，伸手拿过张飞扬的短裤，套在乔亚芳的头上，把乔亚芳的短裤套在张飞扬的头上，又把麻绳收紧捆扎实了，牵着裸露半身的张飞扬，穿错衣裤的乔亚芳向村上走去，他俩哭着喊着，要生不能，求死不得。这哭声，这喊声，凄厉得像鬼一样尖叫，像狼一样哀号，声声划破夜空，星星不忍再看，闭上了眼睛，大地不忍心看，洒下一地露水便是淌下的泪水。

文艺演出正好结束了，社员们照着手电举着火把向四面八方散去。他们沉浸在的节日欢乐里，一面走一面议论，谁演得好，谁演得一般。他们绝对不会想到，在这新的一年第一天，并不安定，并不吉祥。一股涌动的暗流，正在积聚力量，他们阴谋策划，寻事生非，制造矛盾，诽谤造谣，进行一次你死我活的较量。任何一次运动，都是整人的运动，一些人被整了，“四不清”干部下台了，但“四不清”的人还在，他们的势力还在，他们会用同样的手段来整治整他们的人，即使你做得最公道，最完美，鸡蛋里没骨头也能挑出一根刺，造出一些事端，使你束手无策。

礼堂里只剩下陈跃峰、陈国祥、曾国兴和柳青，还有李新秀他们少数的演员，正在收拾道具和打扫场地。李海波、李金海、陈炳德牵着张飞扬、乔亚芳走进灯火辉煌的礼堂，大家一下都惊呆了。首先做出反应的是柳青，当他看到光着下身的张飞扬，就明白了一切，他严厉地对李海波说：“你知道在干什么吗？你还有一点人味吗？”

李海波指着张飞扬和乔亚芳说：“你要问我干什么，只要问问他俩干了什么，你要闻人味也得在他俩身上闻。你要是处理不公道，别怪我不听话，我现在就牵着他俩往公社送。”

柳青沉默了，与没有人性的人争论也是多余，让张飞扬赤身裸体去公社，这有伤大雅，他脱下一条外裤，解开捆着张飞扬的麻绳，让他穿上裤子，然后又解开乔亚芳的绳子，对李海波说：“随便绑人是侵犯人权，你知道不？”

陈炳德沉不住气了，上前拦住柳青说：“他俩乱搞男女关系，伤风败俗，你是在包庇坏分子！这儿没有理可讲，总有讲理的地方，金海弟，把他俩捆起来送公社。”

李金海拿起麻绳正要动手，一直沉默的陈跃峰大喝一声："住手！"大家的目光一齐看过来，陈跃峰夺过李金海手中的麻绳，丢向一边，平静地说道："我与乔亚芳分居了，她有选择爱人的权利，任何人不得干涉。他俩虽然在公共场所乱搞男女关系，偷尝禁果，但并没有触犯法律，仅是道德问题。国祥同志，你是大队长，又是大队调解委员会主任，柳青书记代表公社管委会，你俩商量一下，该怎么处理就怎么处理吧。"说完又对李海波和陈炳德说道："这里没有你们的事了，你们可以走了。"

李金海嘲讽地说道："陈书记真是大人有大量，老婆给人睡了，竟然还帮奸夫开脱！"

陈炳德接着说道："陈书记知道这女人不是好货，想推给张飞扬呢。"

一个收拾道具的中年人嚷道："臭女人不要脸，看她还去加工点上班不！"

什么样难听的话都有，一旦男人和女人的奸情败露，人们不责骂男人道德败坏，总是一盆子污水往女人身上泼，女人是祸水，女人是狐狸精，似乎有了女人之后，男人才会不安稳，天下才这么混乱。

突然一声沉闷的响声，人们才从七嘴八舌中惊醒，乔亚芳撞墙倒下了！

李新秀立即上前抱起乔亚芳，她昏迷了，满头满脸的鲜血，淌满了全身！

陈跃峰拨开人群，来看乔亚芳，发现墙上鲜血四溅，再看李新秀怀中的乔亚芳，散乱的头发中，露出一张苍白的脸，已没有了气息。他大声呼唤曾国兴："救人，救人要紧！"曾国兴情急之中，找到一副演戏用的道具担架，把乔亚芳放上担架，和陈跃峰抬着她往医院飞奔。

张飞扬哭叫着扑过来，陈国祥重重地揍上一拳，说："祸是你惹的，乔亚芳能救过来，是你的万幸，如果救不过来，你就等着坐牢吧。"说完把他关进了戏台边的厢房。

李海波、陈炳德、李金海想不到会是这样的结果，要是乔亚芳死了，娘家人来找人命，首先把他三人家中砸个稀巴烂，他们又怕又慌，这祸端由他们捉奸而起，人死了就是最大的理由，他们必须承担责任，接受死者家属上门找人命!

人们转而大骂李海波、陈炳德、李金海灭绝人性,丧尽天良,干下这绝子绝孙的坏事。此时不走更待何时,三人灰溜溜地逃跑了。

李新秀脱下满是血迹的外套,迅速追上担架,打着手电,为他们照着光亮,一路向医院走去。

第二十七章　碧海孤魂

其实，乔亚芳的伤势并不太重，她又气又羞，无颜见人，猛地一撞，只是短暂的昏迷，在去医院的路上就醒了。但头皮撕开了一条裂口，淌了一头一脸的血，染红了衣衫，打湿了棉袄，样子显得特别严重。她躺在担架上挣扎，哭叫着："放开我，让我去死！"

陈跃峰按住她，吼道："是你自已找死！真要去死的人，没有一点动静就死了，喊着要去死的人，死都死不了。现在送你去医院，治好了你还想死，随时都可以去死！"

陈跃峰一场大骂，乔亚芳反倒平静了，她"嘤嘤"地小声哭泣，是伤心的眼泪，是悔恨的眼泪？也许她伤心，也许她后悔，她走到这步田地，都是她自找的，怨不得任何人。

这究竟是什么原因？她要经历如此苦难，到底有没有一种规律，有没有一种外界力量在安排，在操控人的命运？没有人知道，也不存在这种规律，一般来说，人的祸福是命由心造，福自我求。就是说一个人的命运好坏，不是上天注定，而是个人自已造就，人的思想决定行为，观念正确，步子走对，一生吉祥平安。思想意识错了，跨出错误一步，就会步步走错。人的思想行为决定命运，每个人世界观各不相同，造成不同的命运，一万个人有一万种命运。命运就像一条无形的轨道，牵引着人们一步一步向前，有人一生幸福美满，有人一生灾祸不断。乔亚芳命运坎坷，只能从她自身行为意识寻找灾祸的根源。

节日值夜班的是院长何香蓉，她一看又是陈跃峰扶着满身血污的乔亚芳，不由皱了皱眉头，这对夫妻真是不像话，结婚后摩擦不断，丑态百出，大年初一打得头破血流，是过日子的夫妻吗？心中不免泛起一阵厌恶。但医生的职责是以救人为天职，她立即给乔亚芳检查了伤势，听了心跳，测了血压，然后说道："心跳血压正常，头部是外伤，并无大碍，缝起来就行了。”

陈跃峰把乔亚芳推进了手术室，便坐在长条凳上，再回头审视这桩婚姻，错就错在她的美貌，她的那双眼睛，顾盼生辉，扣人心弦；那个鼻子，小巧玲珑；还有那惹人怜爱的樱桃小口，红唇白齿，只要微微一笑，两个酒窝，甜如蜜罐，讨人喜欢。本以为娶了漂亮老婆光辉门第，丰盈养眼，在别人的一片艳羡声中使他心花怒放。如今看来，女人的美貌是祸不是福，稍不留神，就成为别人的猎物，感情出轨偷人养汉一地鸡毛。不是吗？她风流成性，分居不长时间，又勾搭上张飞扬，又被强奸。当他第一眼看到她被捆着的样子，简直气得晕了！他无论怎么都不会相信，她会和张飞扬走得这么近，还有了那种关系，而且被当场捉住了。闹出这样巨大的风波，树有树皮，人有人脸，夫妻反目可以吵嘴，可以打架，夫妻不和可以离婚，但绝不可以红杏出墙。乔亚芳道德败坏，水性杨花，不但毁了她自己，还把他推向无底的深渊。这是他的耻辱，是无法忍受的耻辱！

节日的医院里，没有病人，静得出奇。陈跃峰认真梳理这场风流案，他恨张飞扬，地主的儿子到底不是好东西，色胆包天，勾引有夫之妇，做下如此荒唐之事。可他弄不明白，乔亚芳如此高傲，对不怀好意的男人向她投来挑逗，她连眼梢都不抬一下，张飞扬要长相没长相，要钱没钱，要地位没地位，连没品位的农村姑娘都看不上，他凭什么勾搭上乔亚芳？是爱情的魅力，不是！她绝对不会爱上张飞扬。仅用水性杨花来形容乔亚芳，也没有说服力，究竟是一种什么样的力量，让他两人勾搭在一块？陈跃峰百思不得其解，也理不出头绪。此刻，他只恨自己，恨自己心软。早知道她不爱自己，同她把离婚手续办了，她去风流，去偷人，不论干什么都与他无关了。而现在，他必须忍受这奇耻大辱，忍受来自各方面的讥讽与嘲笑，让他丢尽脸面，名誉扫地。

陈跃峰在深思，这绝不是普通的男女偷情捉奸，陈炳德、李海波和李金海牵着张飞扬，李海波的那种得意，不把自己搞臭决不罢休的神态，显然是醉翁之意不在酒，是冲着自己来的。他和李金海在运动中上蹿下跳，没捞到一官半职，把一腔怒火都泄在陈跃峰身上，而陈炳德是“四不清”下台干部，对他的不满更是由来已久，他敏锐地感觉到，这捉奸并不是一桩风流案，里面还包含着不可告人的目的。别看这大队书记是基层干部，历来都是权力争夺的焦点。一届一届的干部，你上台，我下台，台下的睁大眼睛看着台上的，台上的夹紧尾巴做人，做得最好都有防不胜防的时候，不怕你横行霸道吃喝嫖赌，就怕你走在正道上，没有办法把你拉下台。什么阶级斗争路线斗争？说穿了就是党内争权夺利的斗争。陈跃峰一身正气，工作上找不出毛病，你的老婆在加工点偷人养汉，被双双捉住看你怎么说，不辞职也要弄得你威风扫地见不得人。

想到这里，陈跃峰不禁打了一个寒战。李光义曾经对他说过，这个大队书记不好当，上有领导下有群众，顾了皇娘顾不了太子，经一次运动历一次风险，每走一步都有陷阱。现在看，李海波捉奸目的是为他精心设下的陷阱。

手术室的门打开了，陈跃峰急忙上前向何院长打听情况，何院长不屑地说："死不了，只是一点皮外伤而已。"她看着陈跃峰，这小伙子一表人才，相貌堂堂，可是妻子接二连三的风流事，难道他生理上真有毛病？她打量着陈跃峰又说道："小陈书记，你能领导一个大队，怎么就管不好一个家？"陈跃峰被何院长一顿抢白，像被打了一闷棍，退到一边。李新秀在一旁替陈跃峰委屈，上前对何院长说："你错怪陈书记了，他和乔亚芳早就分居了。"她又指着乔亚芳说："她自作自受，做了那种见不得人的事，能怪谁呢？"何院长一听，知道自己不明来龙去脉，言重了，立即改口说道："小陈书记，你忙了这大半夜也累了，到我办公室喝茶。"陈跃峰扶着乔亚芳去病房，李新秀上前拦住说："还不去忙你的事，大队长和支委们在大队部等着你呢，这里有我在，用不着你操心了。"

李新秀主动照顾乔亚芳，并不是出于对她的怜悯，她从心底里恨她，看不起她，恨她害得陈跃峰人财两空，恨她不忠不贞，不珍惜陈跃峰，却在外面乱搞男女关系。她永远看不上这种朝三暮四的下贱女人。她让陈跃峰走开，是让他避嫌，不再给别有用心的人去制造谣言说闲话。当然，还有埋藏在心底里的情愫，她不愿意他再接触乔亚芳，她太在乎他了。只要对他有利的事，她都愿意做。这一份长久爱的背后，都蕴含着一份热烈的关切，这种关爱无须多说，只要一个眼神，一句话就足够了。

陈跃峰担心乔亚芳再次寻短见，有李新秀在医院照顾乔亚芳，他放心了。他大步走出医院，这才意识到，如果在这之前对乔亚芳还保留最后一点关爱，现在已经全无影踪，他彻底失望了。一个女人，可以爱一个人，也可以不爱一个人，她和叶东方之间的感情，他可以理解，那是她的初恋，爱情是圣洁的，不允许有任何杂念污染，爱情更能体现道德品行。但她一次次的放荡，还有什么理由可以解释刚才发生的一切？这也使他下定决心，只有彻底把她从心中永远删除。有的人离去会眷恋一生一世，有的人离去会伤痛一辈子，而对她的决绝，他感到卸下了千斤重担，一身轻松。他急着送她上医院抢救，说到底是他救人的责任，对生命的尊重，是一种人道而已。

柳青和陈国祥他们正在等他，目的是征求他的意见，怎样处理乔亚芳和张飞扬，事情发展到这样，不处理还不行，但也不像李海波所希望的那种非人性的处理，把他俩捆绑送公社痛打一顿，搞逼供，让他俩再乱咬人，他的处理要秉公办事，以理服人，让群众心服口服，不留一点后遗症。

支部委员们一个接一个发言，陈国祥说："张飞扬身为地主子女，不思好好改造，强奸妇女，道德败坏，应该交公安部门按刑法处理。"他立场坚定，爱憎分明，很显然，把案情定为强奸，既照顾了陈跃峰的面子，又免除了对乔亚芳的处理。

妇女主任陆秀娟说："为了保护妇女的合法权益，对强奸妇女的流氓行为必须严加打击，张飞扬强奸妇女，影响极坏，我同意大队长的处理意见，给他戴上坏分子帽子，以正民风，教育群众。"

支委们的发言，只处理张飞扬，不处理乔亚芳，这使陈跃峰感到意外，明明是两人通奸，偏要说成强奸，他心里十分清楚，他们不是在帮乔亚芳，而是在给他挽回面子。他再也忍不住了，站起身沉痛地说："今天夜里发生这样的事情，是我想不到的。我虽然和乔亚芳分居了，但还没有办理离婚手续，在法律上她还是我的妻子。她去加工点住宿是我安排的，给她创造了犯错误的有利条件，我有不可推卸的责任，在此我向支部做出检查。但对同志们的发言却不能苟同，什么是强奸？是指违反女方的意愿与其强行发生性关系，这叫强奸。可是，从捉奸现场提供的证据，没有证据证明是张飞扬强奸了乔亚芳，恰恰相反，他俩是勾搭成奸两厢情愿。同志们为什么要不顾事实偏向乔亚芳？无非乔亚芳还是我的妻子。这种做法是错误的,我必须进行阻止。什么是面子?乔亚芳让我丢尽了脸面,明知没面子了,还强要面子,比没面子还可耻!我要脸面,就要不怕丢脸。问题在于如何去正确面对,这才是挽回脸面唯一的途径。乔亚芳和张飞扬通奸被捉,已造成了极坏的影响,不严肃处理不足以平民愤,为了打击歪风邪气,以正民风,我建议给予乔亚芳开除加工点的工作,并给予罚款二十元的处理。对张飞扬怎么处理,我建议放人,不送公安追究刑事责任,因为他没有犯罪,只是犯错而已。在做出深刻检查的同时,也给予罚款二十元的处理。同志们,我们要以此为教训,在主张自由恋爱,婚姻自由的同时,反对包办婚姻,但绝不允许乱搞男女关系,破坏他人家庭。同时也告诫每一位同志,必须警钟长鸣,努力改造世界观,以身作则,发挥党员模范先锋作用,把月亮湾支部建成一个群众信得过,具有坚强战斗力的堡垒。"

柳青最后说道:"我完全同意跃峰书记的处理意见。但我还要严肃批评一些同志的错误观念,冤案错案是怎么造成的?就是不讲实事求是,你们为了照顾跃峰书记的面子,把男女通奸定性为暴力强奸,放过乔亚芳,严惩张飞扬,这合理吗?这会引起群众更大的不满。别以为这是思想意识的小事,这是关系到法律原则的问题。国祥同志,你带了一个不好的头,要引以为戒啊。"

柳青说完,带着满脸尴尬的陈国祥来到关押张飞扬的厢房,他给张飞扬解开捆绑的麻绳,向他宣布了处理决定,然后说道:"你可以走了。"

张飞扬还是愣着,柳青说:"明天把检查书和罚款交到大队部,你走吧。"

张飞扬想不到会是这样的处理决定,他搞的女人是当今大队书记的老婆,不打死也要脱三层皮,怎么就这样便宜了他?这使他感到意外。他向柳青和陈国祥磕了三个响头,爬起身就向门外跑去,迅速消失在漆黑的夜色里。

但他没有回家,他心里惦记着乔亚芳,在她撞墙的那一刻,他看到了她满头的鲜血,她要是死了,他一定会跟着她去死,生不能做夫妻,死也要在一块。但这么快就放了他,她肯定还活着,没出大事,可能还在医院医治。他一出门,便急急忙忙向医院走去。

医院漆黑一片,只有一间病房亮着灯光,张飞扬推开门,只见李新秀在病床边打着瞌睡，乔亚芳躺在病床上挂水，他急忙扑上去说："亚芳，你怎么样了？你好傻呀。"乔亚芳微微睁开眼睛，露出一丝惊恐的目光低声说："你是逃出来的还是放你出来的？你走吧，不要再见面了。"张飞扬说："是他们放我出来的，我不能不管你。大队长和柳青说了，只要你我写一份检查，罚二十元钱，就没事了。我俩的事既然闹出面了，就不要藏着掩着，该公开了。"乔亚芳说道："我连最起码的人格都没有了，都没脸见人了，还公开什么！我害苦了陈跃峰，也害了你，谁碰上我谁倒霉，你走吧。"张飞扬说："什么脸面不脸面，人都是为自己活着的，别人怎么看，我不管。我爱你，把你当作宝，你就有面子。在月亮湾这个地方待不下，哪儿的山水不养人？哪儿的黄土不埋人？天下大着呢。"张飞扬说得振振有词，乔亚芳只是在嘤嘤哭泣。

坐在一边的李新秀，想不到这么快就放了张飞扬，这样的处理她感到不可思议。陈跃峰太软弱了，太没血性了，乔亚芳还是他的妻子，张飞扬在他头上拉屎撒尿了，他也不在乎，还在为他开脱。换了任何人，都要把张飞扬打断一条腿。她为他不平，为他气愤，然而她亲眼目睹张飞扬和乔亚芳是这么亲近，这样的女人还配陈跃峰吃醋吗？也许他早就选择了放弃不要她了。已经放弃了就不再留恋，这是他对乔亚芳彻底的告别。她开始理解陈跃峰的胸怀，体谅他的苦衷。这样的处理结局，也正是她所希望看到的。乔亚芳和张飞扬这样的投入，她还有必要在这里做电灯泡吗？

她站起身对张飞扬说："我该走了，把乔亚芳交给你，你俩好自为之吧。"

病房里只剩下张飞扬和乔亚芳，两个人又在一起了，这是不是一场梦？劫后余生的乔亚芳一刻都不能平静。这个梦是那样的险恶，那样的吓人，那样的惊心动魄，然而已经过去了。她的梦醒了，她又一次从鬼门关回到人间，在她最无奈的时候，张飞扬豁出去了，又来到她的身边，使她浑身一阵发热，又有了活下去的勇气。往事如烟，曾经多少的梦想，多少的思念，现在对她都不重要。无论多深的痛苦，多大的悲伤，都要她承担，人这一辈子，无非就是个过程，爱就爱了，不要后悔，散就散了，不要追忆。她可能在别人面前丑陋不堪，但张飞扬却视她为心肝宝贝。不要失意，不要悲伤，再揪心的事，过了今天到明天就是小事，到了后天就成了故事。凡事能够放下就好，是梦终有醒的时候，游戏总有结束的一天。然而生活还得继续，工作开除了，娘家回不得，哪儿是她安身立命的地方呀？想到这里，她的泪水又淌下来了。

张飞扬帮她擦干眼泪，说："闹得满城风雨了，干脆就到我家住下吧。"他试探性地看了看乔亚芳，想就此成其好事。

"去你家，你把我放在油锅上煎啊！"乔亚芳一下坐起来，愤愤地说。

张飞扬说："我是征求你意见，其实我也不知道，应该怎样安排才好。"

乔亚芳稍一冲动，头部伤口感到一阵剧烈的疼痛，忍不住又呻吟起来，张飞扬扶她躺下，她又哭泣起来。她为自己的命运而哭，为失去的爱情而哭，更为自己的轻率和荒唐而哭。她有无比优越的条件，她原本可以和陈跃峰恩恩爱爱，幸福地过上一生，而为了和叶东方的爱情，倾其全力去保护，得到的却是泪水。爱情就像一个无所不能的骗子，把涉世不深的少男少女，一步一步引向虚幻的迷途，把人生最宝贵的青春消耗殆尽，让你饱受折磨，刻骨铭心，痛不欲生。而无比神圣的爱神却躲在一旁，甚至还在轻蔑地嘲笑。爱情的光环不知欺骗了多少人，当你想退出时，已被深深套住了。生活是现实的，人们在玩弄着爱情，爱情也在捉弄人，自有人类文明的那一天起，人和爱情就这么纠缠在一起，创造着幸福，也创造着人间悲剧。

乔亚芳心比天高，怎么愿意跟张飞扬一辈子在月亮湾生活呢？如果她横下心和他结婚，生下的儿子还是狗崽子，几十年后还有人翻出陈年旧账，使孩子脸上无光，这样的生活不是她所期望的生活。她恨月亮湾，也恨乔渎村，她恨这里所有的人。她要去一个陌生的地方，一个没有人知道她底细的地方，一切从头开始。可是要离开这里，没有户口，没有工作，能去哪里？挣不到钱，就没有生路，只要你还生活在这块土地上，就要有一个落脚点，要有一个温暖的家。尽管张飞扬的怀抱能使她温暖，但绝不是她的选择。她越哭越伤心，却想不出一个办法。

张飞扬尽力地安慰她，他抚摸着她的手说："你不愿意到我家，那就先到县城我大姑那里住一段时间吧，大姑夫和大姑母都是工人，表姐已经出嫁了，家里就他两个人。大姑母不会不帮助我。"他搜肠刮肚地终于想到了一个暂时安顿乔亚芳的去处。

乔亚芳停止了哭声，带着疑问说：“他们能收留我吗？”张飞扬说：“张家就我一棵独苗，她不会看着张家绝门户。至于能住多长时间，住一天算一天吧。”

天已经蒙蒙亮了，乔亚芳原本这伤就不严重，只是受了一点惊吓失了一点血，她立即起床说：“这里待不下去了，先去你大姑家住几天吧。”她俩趁着路上没有人，回到加工点把衣物钱物装进了手提箱，她怕碰到熟人，两人走小路拐上去县城的大道。冬天的田野里升腾着一片迷茫的雾霾，得到春天信息的麦苗上挂着露珠，远处的村庄上空响着稀稀拉拉的爆竹声，人们还沉浸在新年的快乐里，而她是那样讨厌这里的一草一木，憎恨这里的每一个人。这里洒下了她青春的泪水，青春是一生最好的年华，而她却品尝了人生的酸甜苦辣。她要离开这里，离开了就再也不想回来。

太阳出来了，路上尽是走亲戚的行人，她提着手提箱，张飞扬和她肩并肩走着，不知内情的人，还以为她俩是一对新婚夫妇，她带着丈夫回娘家呢。

大姑见到侄儿带着一个漂亮媳妇来拜年，这是谁家的姑娘，长得这样漂亮，这么有气质，竟能走进地主家的门，祖宗坟头上出笋了。大姑母笑得合不拢嘴，拿出花生瓜子一大堆，一边埋怨说：“你娘真是的，你娶这么漂亮的媳妇，怎么一点声响都没有，我就你一个侄儿，理应去恭贺啊。”张飞扬说：“咱俩正在谈朋友呢，还没有结婚呢。真要办酒结婚那一天，要请姑母上座呢。”大姑母看着亚芳的俊模样，心中一阵高兴，又说道：“姑娘是哪村人？叫啥名字？”乔亚芳一阵脸红，张飞扬抢着回答说：“她叫乔亚芳，是乔渎人，比我小一岁，咱俩是同学。她父母知道我俩在谈恋爱，还有意见呢。”

他大姑是何等聪明之人，一听就明白了，她是瞒着父母逃来这里的。这样要出事的，她惊恐地“啊”了一声，张飞扬把姑母拉到一里屋，不以为然地说：“大姑母聪明一世，懵懂一时，你知道什么叫生米煮成熟饭？我带着她出来住一段时间，等她爹妈气消了，再回去，她父母不同意也得同意了。”大姑母点了点头，不过她仍然心有余悸地说：“她爹妈会不会找到这里？”张飞扬说：“我今天就回家，她爹妈肯定要找我要人。我在家，他就不会怀疑我把他女儿藏在这里！”他把这个谎言说得天衣无缝，合情合理，大姑母居然相信了。并立即收拾女儿以前住过的闺房，让乔亚芳住下来。

大姑母回到堂前对乔亚芳说："姑娘，我女儿出嫁了，她的房间一直空着，你先住下吧。"乔亚芳进房一看，一顶榉木大柜，一张小巧精致的木床，还挂着蚊帐，床头放着一张梳妆台，还有一张古琴，虽然沾满了灰尘，琴弦却完好。房内还有主人昔日的留香。摆设是那样雅致，她长这么大，还是第一次看到这么小巧精美的闺房。

大姑母退出房门，张飞扬拥着乔亚芳坐下说："亚芳，这房间你还满意吗？"乔亚芳推开他说："这房子又不是你的，还不知道能住几天！"张飞扬调笑说："只要你愿意，就在这里金屋藏娇吧。"乔亚芳说："都到这步田地了，月亮湾和乔渎娘家闹翻天了，你还在高兴。"张飞扬说："你以为我不担心？现在把你安置好了，吃过饭就回去，看看风声，再作打算。"乔亚芳说："那你一定要派人去了解我爹妈的态度，这里毕竟不是久留之地。"张飞扬说："只要你爹妈不反对，我们就结婚！"说着双手搂过乔亚芳，只听她"哎呀"一声，张飞扬碰到了她头上的伤口，乔亚芳狠狠瞪了他一眼，他只能乖乖地坐到一边。短暂的欢愉，一匆而过，随之而来的又是沉重的压力，他俩要获得自由，走到一起，还要过五关斩六将，现在刚刚过第一关啊。

吃过中饭，张飞扬别过姑夫姑妈，他一路快走，在太阳下山之时，月亮湾已遥遥在望，就是这个村庄，他生活了二十四年，他的童年是在父母的娇纵下长大，他的少年是在人们鄙视下度过，他的青年是在阶级斗争声中走过。他没有朋友，没有人关心他，更没有异性知已，人们像避瘟疫一样避开他。他在孤独中长成了一个结实的小伙子。他需要女人，要结婚成家，可没有一个姑娘愿意嫁他，他恨这个村庄，恨这里的所有人。只隔开一天，仿佛恍如隔世，他对这里所有的一切都陌生了。要不是为了乔亚芳，他永远不愿再回到这块是非之地。

他怕走进村庄，他怕人们用异样的眼光看他，他怕人们在他身后指指划划，他怕村里所有的人。一个青年与有夫之妇偷情，被人捉奸捆住，是犯了天条，成了过街老鼠，人人可以喊打，个个可以唾弃，他还有什么脸见人。

他在田野中转悠，不敢走近村庄。直到西天断了红光，天色暗了下来，才探头探脑走进村里。他避开路上的行人，一头钻进家里，这家还是家吗？堂前的八仙桌没有了台脚，歪斜着倒在那里，放粮食缸瓮都成了碎片，稻米散落一地。走进灶房更不成样子，平时烧茶煮饭的灶头也被扒了，烟囱倒在地上散落一片乌灰，铁锅通了，碗盆成了碎片。唯一没动的是他睡觉的竹片还搁在那里。这家已没有家的样子，当年日本鬼子进村也只抢粮食，只抢花姑娘，也不捣毁锅灶呢。

母亲潘秀凤坐在残垣断砖上嘤嘤哭泣，张飞扬拿起一把菜刀吼道："谁干的？是不是陈跃峰带着人来干的？老子不想活了，去和他拼了！"说完就往门外走。潘秀凤再也不让儿子外出惹祸了，站在门口拦住他说："你疯啦，这是乔亚芳兄弟带着人来砸的，要不是陈跃峰派人来阻止，这间房子也扒掉了。"张飞扬放下菜刀，像泄了气的皮球。是他勾引了乔亚芳破坏了她的家庭，又带着她跑了，她的家人不来找他找谁？他爱乔亚芳，这家就是给她兄弟全砸碎了，这苦果也只能忍气吞声。

潘秀凤擦干了鼻涕眼泪，又说道："乔坤生和陈巧娣正带着一帮人到处找你和乔亚芳，听说已经把乔亚芳许配了一个朝鲜回来的志愿军，这人拿着高工资，住在太湖疗养院，只是少了一条胳膊一条腿，身边就缺少一个女人服侍他，亚芳她爹妈收了他三百元定亲钱，只等把人送过去，一切就完事了。"

张飞扬吃了一惊说："你听谁说的？"

潘秀凤说："孟秀枝说的呗。她还算有一点良心，也为你抱不平，亲自去了一趟乔渎，把事情问了一清二楚，这还能有错！你道这荣军是谁？是乔书记的门房小舅子！儿啊，你斗不过人家，就放手吧。"

张飞扬说："不行，怎么可以把她嫁给一个残废人，论年纪，简直可以当她爹了，这不是害了她一生吗？她爹妈的心肠也够毒辣了。我不能让他们把亚芳往火坑里送！"

潘秀凤说："别人家的女儿自有爹娘做主，你管得着？依我看，这几天你别待在家，免得给他们捉住了吃苦头。"母子俩正说着，门又"嘭嘭"被人敲起来，潘秀凤推着儿子让他往后门逃，从衣柜中拿出一个衣包交给他，说："这是死鬼你爹给我的八十块银洋，我一直藏着，你拿着外出谋生吧。"张飞扬连忙跪下说："妈，儿子不孝，没有和你讲真话，乔亚芳被我藏在大姑母家，这一走，不知到何年何月才能见到你。"潘秀凤说：

"你就别顾我了,带着亚芳外流吧,你们能在外面生儿育女,有朝一日再回家,给我上坟烧炷香吧。"

这个世界上,所有的爱都是为了相聚,希望永远在一起。只有一种爱,那就是母爱,为了儿子的幸福,为了儿子逃脱灾难,宁愿自己孤独,狠心分离,这是生离死别的爱! 以分离作为最大代价的爱。

张飞扬对着娘磕了三个响头,流着泪,一头钻进黑暗中,一转身就不见了。

还能回来吗? 原想等风波平息过后,就带着乔亚芳回家,这个梦想彻底破灭了,所有的路走到了尽头。人到走投无路时,没有路也得走。中国这么大,路这么多,就没一条路可以让他和乔亚芳走,没有一块地方可以让他和乔亚芳安生,他猛然想到了香港的小姑,内地连着香港,香港连着内地,只隔着一条深圳河,隔着完全不同的两个世界,人到绝路总要挣扎,狗急了还跳墙呢。

他摸了摸搭裢袋里的银圆和港币,现在已经不恨死鬼父亲了,他好像早就预测到儿子会有这么一场劫难,提前给他准备了一笔路费,这是雪中送炭,像在沙漠里遇上一股清凉透彻的泉水,在黑暗中见到了一线光明。有了它,他和乔亚芳到香港的路费足够了。天空不会总是那样晴朗,总有起风的早晨,狂风暴雨的夜晚,人生总会有惊涛骇浪,他选择了一条充满荆棘,充满危险离奇的路。这个主张一旦定下来,就像买了一张有去无回的车票。

他在黑暗中大踏步地向县城走去。

这个夜,乔亚芳同样是不眠之夜。

尽管大姑母对她很慈祥,很客气,但她总觉得有寄人篱下的卑微。她坐在房里不敢出来,她怕见阳光不敢见人,不敢和大姑母说话,怕露出真相,怕把她赶出去。如果上天允许她忏悔的话,时光能够倒流,她决不会去县城与叶东方约会,更不会献出少女的贞操。她会在新婚之夜对陈跃峰献出全部温柔。然而,岁月无情,错过了就是错过了。错过一辆班车可以等下一班,错过了一个人,就错过一辈子。吃完晚饭,她就上床睡觉了。

人生充满了矛盾,此刻的她,只能迫切地等待张飞扬的到来。她希望能够带来好运,希望父母兄弟正在迫切找她,给她重回家园的机会,她一定会跪在父母膝下求得他们的原谅，然后规规矩矩地做人。即使丢失了爱人，迷失了自我，也不至于无家可归。也许生活会过得艰辛，也许仍然会被情所困，女人来到这个世界，就是给滚滚红尘增添色彩。至少她可以有一个家园，不必流落在外了。

她就这样胡乱想着，在伤感中进入了梦乡。

天将破晓时张飞扬敲开了大姑母的家门，他一脸憔悴，一身疲惫走进房门，乔亚芳立即坐起问道："见到我父母了吗?"张飞扬的眼泪一下夺眶而出，说："你们的家人恨不能杀了我，我怎么去见他们?"乔亚芳抓住他的手焦急地说："他们把你怎么了？你说啊，你说!"张飞扬说："你的兄弟把我的家砸了一个稀巴烂，还扬言要打断我两条腿，这还不是最严重的，你爹妈已把你许配给只有一条腿一只手臂的荣军谢正芳，只要你回家，就扎扎捆捆把你送过去。"张飞扬艰难地说完了这一切。

乔亚芳又"哇"的一声哭了起来。她可以和陈跃峰离婚，她可以没有张飞扬，但决不可以没有娘家，她恨过爹娘的无情，她恨过兄弟的势利，但这毕竟是她长大的家，爹娘是她的靠山，家园是她的安身之处，她连最后的依靠都失去了，难道命该如此，要嫁给残废军人过一辈子?

张飞扬随她哭够了，眼泪哭干了，才递给她一块手帕，然后说道："摆在你面前只有两条路，一条路，你回娘家，按照你爹娘的意思，心甘情愿地嫁给谢正荣，每月工资一百多，有的就是钱，不愁吃不愁穿过一辈子。另一条路，那是一条不归路，跟着我偷渡去香港，去投靠我小姑张若芸，凭你我的文化水平，肯定能找到一个体面的工作，从此恩恩爱爱过一辈子。何去何从，你选择吧。"

乔亚芳芳擦干眼泪，坚决地说："既然爹娘断绝了骨肉情，我也就没有了爹娘。偷渡去香港纵然九死一生，这个险我也跟着你去冒!"

张飞扬解开搭裢袋，拿出五百元港币，露出一堆白花花的银圆，伤感地对乔亚芳说："我妈让我带着你流浪，叫我永远别回家，这些钱，已足够路上的费用了。"

这些钱并没有使乔亚芳感到高兴，断送她前程的是叶东方，让他没脸见人的是张飞扬。她在恨叶东方的同时也恨张飞扬，这白花花的银子就是张飞扬的聘礼，她只能跟一个与自己不合拍，并不爱他的人过一辈子。时至现在恨也没用了，只有跟着他，除此之外，她已经没有另作选择的余地。

她坐到梳妆台前，照看自己的容颜依然那样秀丽，一双会说话的眸子依然水灵，女人可以没有工作没有钱，但不能没有美丽，女人漂亮就是资本，在月亮湾掉价了，换一个没人知道的地方，她仍然美丽可人，仍然可以昂着头招来回头率。人活着没必要记着以前，也许跨出这一步，天高任鸟飞，海阔任鱼跃。

张飞扬和乔亚芳用谎言告别了大姑母，踏上了去南国的旅程，搭乘了汽车换火车，下了火车又乘汽车，住的是小旅店，吃的是大饼和开水，终于来到南国边关小镇深圳。

深圳和香港只有一河之际，站在罗湖桥上可以看到对面山上英国军队的哨所，为了防止大批灾民的偷渡，深圳河的两岸架起了铁丝网，即便如此，还有人避开哨兵剪断了铁丝，钻了过去，这样的偷渡，成功率极小，无论是被英国哨兵发现，还是被中国哨兵逮住，都得遣送回原籍，张飞扬和乔亚芳吃尽千辛万苦来到这里，转悠了几天，没有把握，也不敢造次。他俩听人说，深圳河偷渡有生命危险，万一被河两侧的哨兵枪弹击中了，等于打死一只小狗小猫，收尸的都没有，只能随着流水淌到大海喂鱼龟。他俩害怕了。正在踌躇之际，一个本地人来到小旅社说到中英街偷渡最方便，一条街分别为中英两国控制，这边是中国，那边是英国，国界在街中心，只要越过界，就到了香港。如果真有这么方便，何不去看一看？他俩跟着这个当地人爬上了去沙头角的班车，人还未下车，就有警察上前盘问了，他俩当然不会露馅，这个本地人帮助巧妙避过了。他们来到中英街，在这里可以购物，也可以闲游，但不能越界，中英两国的警察时刻注意着行人，有一只苍蝇飞过都知道，怎么能让人越界呢。他俩唉声叹气地回到深圳小旅社。

既然有人要偷渡，收钱越境的蛇头应运而生，有卖假护照的，有趁风高月黑夜泅渡深圳河的，有往海上用船偷渡到香港的。各种方式的偷渡，成功率最高的还是海上偷渡。正在乔亚芳和张飞扬绝望之时，一个本地渔民来到他的房间，他毫不掩饰地说："我是专做海上偷渡生意的，上次带你去中英街的朋友跟我说了，我愿意帮这个忙。"张飞扬沉默了一会，心想世上哪有免费的午餐，上门拉生意的都是为了钱，只要能安全偷渡，把所有的钱全部给他，也甘心情愿。他对蛇头说："你开一个价吧。”蛇头伸出两只手：“每人五百元人民币，两人一千元！”天哪，两人从遥远江南水乡到这里，一路风餐露宿，节约用钱，只剩下少量港币和八十元银圆，全部给了蛇头还不够，到了香港吃什么用什么？张飞扬对蛇头颓丧地说：“你走吧，我没这么多钱。”眼看到手的生意就要泡汤，蛇头也作了妥协，委婉地说：“那就每人四百元吧。”张飞扬说：“我说过了没有这么多钱！”蛇头不甘心：“那你愿意出多少钱？”张飞扬说：“我只有八十块银圆，要多一分都没有！”蛇头松了一口气，疑惑地说：“现在市场上有很多假银圆，你可不能忽悠我，那是性命交关的大事！”张飞扬从口袋中拿出两块银圆，放到蛇头的手中说：“这银圆是我家祖传的，你验一验是真是假就知道。”蛇头接过银圆放到嘴边用力一吹，发出清脆的“嗡嗡”声，连声赞叹：“不错，是真的，还是袁大头呢。”蛇头喜形于色，坐下不走了。

乔亚芳自始至终只是听，不说一句话，她把张飞扬拉到一边，小声说：“我们交了钱，他跑了怎么办？”张飞扬说：“这正是我担心的。”蛇头似乎觉察到了他俩的疑虑，拍着胸底气十足地说：“我在这道上混了三年多，两边的警方都有内线，没有失过一次手，在香港最繁华的皇后道上，我都开了两家商铺，这一次是金盆洗手，今后再也不干了。谁愿意提心吊胆把脑袋提在手上去挣钱！如果你怕收钱不见人，那就在上船时交给我吧。”

一方是不要钱只要命，另一方是要命又要钱，说穿了都是铤而走险，干的是不要命的事。价钱谈成了，就是所谓的一拍即合，接下来就是商量上船的时间、地点和路线行程。

就要离开内地了，这一生再也回不来了，尽管这个社会没有给他们带来幸运，带来欢乐，但毕竟是故乡，这里有他的亲人，有他的家园，是生他养他长大的地方，一种说不清、道不明的伤感，萦绕在心坎，驱不散赶不走。是对亲人和家园的留恋？不是，亲人给他们的是绝情，家园已被砸得破败不堪。是对叛国行为的内疚与自责？那就更不是，如果这个社会给予生活的希望与平等，给予一点同情与温暖，他俩决不会来到这个边疆小镇，面对茫茫大海，以生命为代价作最后的挣扎。他俩阴沉着脸，越接近偷渡的日子，越感到压抑紧张，他俩只有一次又一次的做爱，发泄青春充沛的精力，缓解心灵深处的恐慌，唯恐每一次欢愉都是一生最后一次灵与肉的交融。

这一天终于来到了，天上乌云密布，那是真正的风高月黑夜，大有山雨欲来风满楼的迹象，在海滩停着一条破旧的机帆船，在海浪的冲击下不停地晃动，船舱中已经挤满了神色慌张的人。张飞扬和乔亚芳把脚先伸进船舱，再把身体挤进去，才勉强占到一个站着的位置。机帆船在蛇头的吆喝下，慢慢离开了海岸，摇晃着向无边的黑暗驶去。船舱中死一般寂静，他们为危险的航程担忧，为未卜的前途担心，只有几个基督教徒在虔诚地祈祷，希望上帝保佑，掩饰内心极度的不安。

机帆船在黑色的大海中兜了一圈，发现没有异常情况，才调转船头，向着那片五光十色的灯火驶去，这片灯火，就是他们日夜向往要去的地方，越是靠近那片灯火，心情越是紧张激动，那片灯火在召唤着他们，那里黄金遍地，就等待着他们去发掘，那里是自由世界，是人间天堂，可以任人纵横。人最怕生错了地方投错了胎，而女人投错了人家，还有第二次选择。而投错了国籍，命中注定要承受这种风险。乔亚芳极度紧张，捏住张飞扬的手臂不放，仿佛他就是靠山，就是救世主。她怯怯地问张飞扬："上了岸我们去哪里？"张飞扬说："上岸之后，就往居民区跑，摆脱香港警察的追捕，然后按地址找小姑呗。"乔亚芳的心情这才得以缓解，她松开捏着他的手，头靠上他的肩膀，似乎在积蓄力量，等待着那最紧张的一刻。

突然，一道强烈的探照灯光越过小船的上空，紧接着几道灯光从不同角度射来，很明显，他们的越境偷渡被警方发现了，顿时，不远处的汽艇鸣着汽笛快速靠拢，并开始喊话，蛇头咬紧牙关对舵手说："加速前进，向海岸靠拢，前面就是英国海域，大陆巡逻汽艇是不会越过国境线的。"舵手加大了油门，引擎冒出了黑烟，机帆船在超负荷高速前进，可是警方的汽艇已拦住了机帆船前行的水路。蛇头一时恐慌，指挥手下举枪向汽艇射击，试图逼迫警方让开一条水路，可汽艇就是不离不弃地在前方拦截，并开枪进行了还击，一颗子弹击中了舵手，他"哎呀"一声倒下了，蛇头立即上前自已操起舵柄，指挥手下进行了更猛烈的射击，顿时流弹乱飞。突然"砰"的一声，站在船舱口的张飞扬顿觉胳膊一热，一股鲜血流出，船上的女人发出"哇哇"尖叫，顿时一片混乱。张飞扬知道自已中弹了，他咬紧牙关，冒着剧痛，撕破外衣，对乔亚芳说："赶快给我包扎，不能流血！”

乔亚芳早就吓得瘫软了，怎能替他包扎，正好舱内有一个外科医生，他挤到舱口，拿过布条，给张飞扬包好扎紧，才制住了流血，乔亚芳抱着他哭泣，张飞扬忍着剧痛，头上冒着冷汗，大声说道：“哭什么？我好好的，不就是淌了一点血！”被他这么一吼，乔亚芳反倒不哭了，把他抱得更紧了。

船舱外的枪战还在继续，流弹还在呼啸，蛇头一面拼死还击，一面拉大油门，已经甩开汽艇，可是这枪声已惊动英国巡逻汽艇，已在前面拦截，中方汽艇后面紧追不放，一颗子弹击中了蛇头，他应声倒下，失去方向的帆船向一块礁石撞去，船体顿时分成几块，海水涌入船舱，舱内几十个人浮出水面，喊声哭声尖叫声响成一片。

张飞扬生长湖边，自小练就一身好水性，他在慌乱中抓住一块木板，但不见了乔亚芳，只有汹涌的海浪，散落的漂流物，还有致命的呼救声，惨烈的悲剧，惊心触目。他四处寻找，高声大叫：“亚芳，亚芳，你在哪儿？”

其实，乔亚芳也不是旱鸭子，她也能游泳，在海浪中挣扎，听到喊声，顺着喊声游过来，两人终于合成一处，借着木板的浮力，用力向岸边划去。

海浪一个接一个打来，木板的浮力毕竟有限，经不起两人的重量，他俩只能轮流扶着木板向前行进。张飞扬的伤口经海水一泡，又开始出血，鲜红的鲜血染红了海水，他渐渐支持不住了，伏在木板上喘气，一幕葬身海底的镜头在他头脑中反复闪现，如果他不受伤，完全可以奋力游上海岸，现在受伤的手已提不起了。一个海浪涌来，接连灌了几口海水，他的身体在下沉，难道这年轻的生命就此葬身海底？

不行！前面不远处就是海滩，在灯光照耀下，已依稀可见，踏上海滩就是生命再一次降生！求生的欲望使他再一次鼓足劲向前划动。他和乔亚芳紧抓住木板不放，只见一个巨浪扑来，把他两人从浪尖滚入波谷，乔亚芳不见了，木板也脱离了双手，在前面的波涛中颠覆，木板就是生命，他奋力上前又抓住了木板，再回头寻找乔亚芳，只见波谷之中漂着一团黑发，他把木板推过去，她又浮出水面，顺势抓住了木板，张飞扬拼命喊道：“抓住它，不能松，向前游啊！”乔亚芳带着哭声说：“飞扬，快游过来，我两人要生一同生，要死一块死。”张飞扬在海浪中挣扎，伤口的剧痛已使他一条手臂失去了知觉，生命的源泉在逐渐枯竭，他再也无力游向木板靠近，接着又呛了几口海水浮出水面，乔亚芳扶着木板拼命向他靠拢，一道海流把她们冲开，渐行渐远，张飞扬绝望了，对着乔亚芳高叫：“亚芳，坚持住，你一定要上岸……啊！”一个巨浪扑来，把张飞扬翻入水底，乔亚芳声嘶力竭地呼喊：“飞扬，坚持住啊，我就过来，要死一块儿死！”浪过水平，张飞扬再也没有浮出水面。

东方的天空已出现一片霞光，乔亚芳跌跌撞撞地走上沙滩，她独自踏上异乡的土地，难道这是一场噩梦？她还没回过神，再回顾大海中险恶的一幕，只觉双眼一黑，便跌倒在沙滩上。

第二十八章　翻案阴谋

春节像一个行色匆匆的路人，一晃就过去了，年味却像住娘家的女儿，懒着迟迟不肯离去。

月亮湾这个年过得不寻常。一对狗男女年初一晚上偷情被捉奸，成为村上第一大新闻，因为乔亚芳是公众人物，她不但是书记陈跃峰的妻子，她还是乔渎文艺队的头牌花旦，出众的美人儿。现在与奸夫张飞扬双双不见了，有人说她与张飞扬跳入月亮湖中殉情了，但生不见人死不见尸，更多的人说他俩私奔了。无论是殉情也好，私奔也罢，有人摇头叹息，有人唏嘘。陈跃峰派人四处打听寻找，始终没有音讯，最后只能以失踪人员上报了公社。

月亮湾大队排演的《芦荡火种》和《海岛女民兵》两台大戏，成为月亮公社最受群众青睐的剧目。兄弟大队互相调演，这个村演了再到那个村，临近公社也发出邀请专场演出，一发不可收，白天演了晚上演，晚上演了明天接着演，天天排满了演出。社员要看戏，演员要表现，老百姓对过年的那份眷恋，还远远没有结束。

一年之计在于春，麦苗油菜要管理，积造肥料备耕忙，县政府向全县人民召开了“淡化年味，迅速掀起春耕生产新高潮”的广播大会，公社也响应县政府的号召，发出紧急通知，停止文艺交流演出，反对互相请吃，要求社员出满勤。一声号令，田里地上，全都是人，一片朝气蓬勃。因为人们都懂得，手中有粮，心中不慌，中国有七亿人口，吃饭是第一件大事，不会因为过年耽误了农时季节，更不会由于张飞扬和乔亚芳私奔喋喋不休而影响生产。

其实，最懂得农时季节的还是农民自己。他们知道麦苗什么时候要施肥，什么时候要培土，他们知道劳动力用在什么地方最恰当。陈跃峰和陈国祥都当过生产队长，有着指挥生产的丰富经验，年初五就召开了各生产队干部会，部署安排了当前生产，在县政府召开广播大会时，春耕生产已经热火朝天地干起来了。

大队是“大家庭”，生产队是“小家庭”，这些“家长”能管理，能持家，能算计，田里的庄稼就长得旺，粮食就收得多，这个集体就富裕，反之，这些“家长”不善于经营，缺乏治理能力，这个“家庭”就混乱，田里收不到高产量，社员的分配收入就低。大队干部和生产队干部的能力决定社员的生活水平。而社员的生活水平又体现干部的工作能力。

大年初五一复工，社员们就摇着农船上县城清厕所，挑人粪，给麦苗油菜普施返青肥，但这一点粪水远远满足不了麦苗生长的需要，更多的还需要化肥。陈跃峰拿着李副部长的氨水批条，来到县化肥厂。厂长看了批条为难地说：“李副部长的批条在年前能管用，现在氨水由李县长统一分配了。要不你去李县长那儿，让他签个字吧。”陈跃峰愣在那儿，李副部长的批条在大年夜才弄到手，明明是他的权力还不够大，化肥厂才不给他氨水。人家不给，有什么办法呢。

三类苗转化急需返青肥，这氨水太重要了，只要化肥厂在生产，就会有氨水，李县长能给别人写批条，也有可能给月亮湾大队写批条。上次特批通电就是他给予的照顾。况且农田基本建设给他留下很好的影响。然而再次找他要氨水，会不会给他留下得寸进尺，贪心不足的坏影响？

凡事都要有分寸，李副部长既然写了批条，让他去向李县长求情，要比自己去更有把握。一把钥匙开一把锁，他把找李副部长的任务交给了李新秀，一物制一物，父亲不会让女儿空着手回家。

为大队出差办事李新秀当然愿意。最近她的心情特别好，乔亚芳和张飞扬的奸情败露，然后又双双失踪，陈跃峰没有了婚姻牵累，现在可以走出单相思的苦恋，她终于可以光明正大公布自己的恋情了。昨天老书记李光义到她家串门，对她娘说要给她介绍对象，而且直截了当说出了陈跃峰，她娘当时就含笑答应了。娘能答应就成功了一半，父亲有反对意见，还要娘死缠滥打去说服父亲哩。李书记说话办事从来到边到沿，没有得到陈跃峰的同意，他能贸然来提亲吗？

她想借这个机会，当面问问跃峰哥，乔亚芳失踪了，这个离婚手续怎么办，什么时候去办？因为她要公开和他的恋情，还横着那张结婚证,把这张结婚证作废了,她和他就可以名正言顺走到一块了。

陈跃峰在大队部等待李新秀,他为这氨水焦急,很多麦苗缺肥发黄了,这关系到夏熟丰收的大问题,氨水搞到了,三类苗能转化,就能增产粮食。国家需要粮食,社员需要增加收入,当干部就是要为大伙操心,为老百姓谋利益。

李新秀坐在陈跃峰的对面,不无担心地说:“我爸不愿意去找李县长,怎么办?这交易是你和我爸谈的,这倒好,你把责任全搁在我肩上了。”她故意把介绍信推给陈跃峰。

陈跃峰说:“大家知道氨水浇麦的效果特别好,这氨水就紧张了。紧张是人为造成的,到最后总有人能争取到,派你去争取比任何人都合适。”他一语道破了天机。

李新秀明白他是利用她,便不依不饶地说:“要我去弄批条可以,你得答应我一件事,要不你用轿子抬我都不去。”她用调皮的目光看着陈跃峰。

陈跃峰说:“只要你能弄到批条,不要说一件事,就是一千个一万个,我都答应你。”

李新秀说:“我还是怕你耍赖。”

陈跃峰说:“说过的话不算数是小狗!”

李新秀说:“那好,我去县城办氨水批条,你去公社民政把离婚手续办了。”

陈跃峰一时无话可说了。不是他不想办离婚,那些办离婚的干部,这个离婚不是想办就能办得到,中国式的婚姻是结婚容易离婚难,宁拆十座庙,不拆散一对夫妻。先是劝说,再是调解,原本好聚好散,性格不合离了各自方便,但非得闹得寻死作活,两败俱伤,两个人成为生死冤家,才准予离婚。乔亚芳不同意离婚,现在人又失踪了,同谁去离?这个地方是成双成对的进出的地方,即使是去离婚,也要两个人一起去,现在独自一人去,是不能办离婚的。他无奈地对李新秀说:“今天我们不说这个,行不?”

李新秀说:“你被她害惨了,还要继续拖下去,外界的风言风语更难听了,我都替你脸红。你想过吗?现在她跟张飞扬私奔了,如果她在外面干了坏事,比如杀人放火了,偷窃作案了,还要你这个名义上的丈夫去担待；如果她投靠了美蒋特务搞破坏，你就成了反革命家属，到时候后悔都来不及。有些事，不是不可能，什么样的事都有可能发生。我是为你考虑才提醒你，你自己掂量吧。”

李新秀每说的一句话正是他所担心的，张飞扬和乔亚芳在外面做了违法犯罪的事，陈跃峰还是要背上这黑锅，更重要的他要自由，还要恋爱结婚，不斩断这层关系，就脱不了干系。当事者混，旁观者清，一经李新秀提醒，更是感到后果严重。他说：“现在到公社民政已经办不了这个离婚，但他们已经给我出具了相关证据和手续，让我去法院申请判决离婚。”

李新秀这才接过介绍信，说：“老爸的批条没用了，就让他带我去见李县长，你等待我的好消息吧。”

陈跃峰说：“快去快回，千万别空着手回来啊。”

李新秀会意地一笑，走出大队部，上月亮镇乘轮船去县城。

李新秀走进父亲的办公室，父亲正在忙着打电话，她只能在沙发上坐下。父亲一个接着一个打电话，等于没看见她一样，李新秀忍不住了，说：“我是有事找你的，这电话有没有完？”

李副部长放下电话说：“你可真有能耐，陈跃峰放个屁，你就立马来县城了，告诉你，这氨水很紧张，我写批条没用了。”李新秀没说要氨水批条，来意竟被他猜中了。

李新秀反唇相讥说：“给月亮湾弄氨水是你自己答应的，我问你，当了官儿就可以说话不作数？”

李副部长说：“此一时彼一时，现在李县长亲自管氨水分配了，你让我去犯错误不成！”

李新秀赌气坐下说：“我不管你的批条有用没有用，反正你得帮我把氨水批条弄到手，要不然，我坐在你办公室不走了。”

女儿在父亲面前可以耍赖撒娇，父亲决不可以对女儿撒泼，撒娇的女儿不一定是坏脾气，撒泼的父亲肯定不是好父亲。李副部长叹了一口气，说：“要不，我带你去李县长那里试试吧。能批到，当然是好事，要是他不松口，我也没办法。”

李新秀一下高兴了，说：“去就去，李县长也是讲道理的人，批给别人是为了增产粮食，批给我也是为集体，我就不相信会拒绝我！”

父女俩走进李县长办公室，他正在看文件，一抬头正好碰上李新秀的目光，立即问道："老李，什么风把你吹到我这里，还带上一个如花似玉的姑娘？"李副部长急忙说："这是我女儿，想找你办点事。"李县长说："办事？是不是女儿要嫁人了，还缺少一点紧缺物资？这个行，要是打家具没木料，我给你打一个电话，让物资局计划处解决一点，要是备嫁妆布票不够，你写一个申请，我给你特批二丈布票。"

李县长一番话把李新秀说成了大红脸，她嗫嚅着说："谁说要嫁人了，我才不要布票和木材呢。"

李县长一片热情当头一盆冷水，他对李副部长说："老李，这究竟是怎么一回事？"

李副部长口吃着说："是……是……这样的，我春节回家……答应月亮湾大队小陈书记五百吨氨水，他派我女儿来要批条，你能不能……照顾给一点。"他艰难地说清了事情的原委。

李县长顿时松了一口气，说："原来是这样！小陈书记干得很不错，有经营头脑，有魄力，虽然氨水很紧张，给了他能起大作用，我同意，给月亮湾大队批五百吨氨水！"

李新秀立即拿出公社介绍信，上前递给李县长，说："谢谢县长的关心和照顾。我们一定用最快的速度施好三麦返青肥，争取夏熟大丰收！"

李县长在介绍信上签了字，笑着对李新秀说："请你转告小陈书记，这氨水要用在刀口上，千万不能拖延时间了。"说完他指着李副部长说："麦子丰产了，他才是真正的大功臣呢。"

李副部长红着脸说："你这批评比打还重呢，今后这种本位主义错误，不会再犯了。"

李副部长和李新秀离开了县长办公室，李新秀抑制不住内心的喜悦，对着父亲的耳根悄悄地说："爸，怎么感谢你呢？让我做一顿丰盛的午餐感谢你吧。"李副部长假装生气地说："哼，我还没同意，就合力来坑老爸，生了你这样的女儿，真没良心！"

李新秀的脸一下红到脖子上，说："爸，还说我呢，要不是我帮你，你不是成了言而无信的骗子？"

李副部长扬起手，却没有打下，顺势拍了一下她的肩膀，唬着她说：

“看我回家不好好收拾你！”

李新秀批条在身，心中惦记着要施肥的麦苗，在食堂吃过午饭，就急忙回家了。

陈跃峰拿到了批条，五百吨氨水要从化肥厂运到月亮湾，一只船一次装五吨，每天只能来回一趟，又要在短短的几天内完成，这是一项艰巨的任务。他连夜召开生产队长会议，集中农船，集中劳力突击运输。人心齐，泰山移，息人不息船，男社员运氨水，妇女们负责冲水浇麦苗，给三类苗普施了一次返青肥。

公社赵书记、高主任带领各大队书记，大队长进行三麦田间管理大检查，月亮湾大队麦苗长势特别好，而且机耕路、排水沟，条条通畅，麦田无积水，黑油油的麦苗一眼望不到边。同是一个天，为什么月亮湾的麦苗长得好？兄弟大队的领导既羡慕又忌妒，心中猜疑陈跃峰施了什么魔法，让麦苗吃饱喝足，长得如此旺盛。宋渎大队的刘书记拍着陈跃峰的肩膀说：“你给麦苗施了什么肥，麦苗竟然长得这么黑油?”陈跃峰憨厚地说：“庄稼一枝花，全靠肥当家，播种时，施足了基肥，开春后又到县城清理了厕所，再弄到了几百吨氨水，普遍浇上一遍人粪与氨水，再加上开好灌排沟，排除了湿害，科学种田跟上去，麦苗长势也就好了。”他毫不隐瞒地说出了秘密。乔顺田书记却轻蔑地说：“什么科学种田，不就是开后门弄到了几百吨氨水，如果我有这‘后门’氨水，也不会比你差！”他的牢骚话让赵书记听到了，他放下脸对乔书记批评说：“你不动脑筋怕苦怕累，就学会了忌妒人。等一会儿去看乔渎的麦苗，长势这么差，难道与你的无能没关系?”乔书记挨了一顿批，灰溜溜地缩到队伍后面。赵书记向大家招了招手，让大家在田埂上坐下说：“今天就在月亮湾大队的田头召开现场会，月亮湾的麦苗为什么长势好？第一无湿害，去年冬天展开了大规模的农田基本建设，格田成方，每条麦沟通畅无积水，消除了湿害。第二是肥料，麦子播种时基肥足，又适时施上返青肥。看似简单的道理，有些大队就是没做到。个别些领导以其昏昏，使人昭昭，化肥放在仓库里，猪粪人粪装在粪坑里，人懒地懒麦苗也懒得长。不要怨天尤人，现在补救还来得及，集中劳力，集中肥料，突击两天补施返青肥，把失去的机会补回来。”赵书记说完了高主任又补充说：“打好三麦丰收这一仗，肥料是关键，公社用生猪以物易物向吴径化工厂换来尿素二百吨，已按三麦面积分到各大队，现在就可以到生产资料部购买施用。公社已作了很大的努力，希望各大队抓紧有利时机，适时施好返青肥。”

陈跃峰引领了全公社的三麦田间管理，他没有骄傲，更没有停步，麦收是小熟，夺取全年粮食丰收的关键是水稻。现在正是春耕积造自然肥料的季节，他向兄弟大队进行了挑战，提出了“积足每亩百担肥，力争亩产超千斤”的响亮口号，他带领社员下湖耙草积肥。春风吹，白帆扬，月亮挂树梢，播碎满河星，百舸争流积肥忙。月亮湾大队春耕生产搞得轰轰烈烈，出现了前所未有的大好形势。

四清工作队已完成了运动的各项工作，按照地委新的部署，即将撤出进驻新的县区，就要撤离前一天，常队长对陈跃峰说：“时间过得真快，我还记得刚进村的那一天，就好像还在昨天，一晃半年过去了。”陈跃峰说：“感谢工作队，整顿了干部队伍，清理了生产队的财务，审理了多年遗留问题，提高了干部社员的思想觉悟。现在要走，还舍不得你们走呢。”常队长说：“最使我感到欣慰的是，我们揪回了潜伏特务李振山，清算了他的罪恶，而且证实了李国正的反革命历史，还暴露了许云中盗窃土改胜利果实，居然一直被重用。这一系列血淋淋的阶级斗争，触目惊心，一次次的运动，居然让他们蒙混过关，这使我感到痛心。然而，法网恢恢，疏而不漏，终于得到了清算。使我值得骄傲的是，通过清理集体财务，查出了一批蛀虫，纯洁了干部队伍。从而健全了各项规章制度，培养了一批根红苗正的人，走上了生产队和大队的领导岗位，我们可以放心地离开了。”

陈跃峰感慨地说：“感谢工作队为月亮湾大队做出的贡献。在运动中使我学到了书本上没有的知识。工作队艰苦朴素的思想品质，深入实际，联系群众的工作作风，将使我一生受用，永远是我学习的榜样。”

他俩边走边交流，沿着河边直往月亮湖走去。

田野中的小麦已经拔节，紫色的蚕豆花已经盛开，发着芬香，成片的油菜花，紫云英花，万绿丛中一片黄，一片红，把大地染得万紫千红。蜜蜂在空中飞舞，小鸟在柳枝啼唱，鱼儿在清澈的河水中漫游，这水乡的春天，简直就是一幅动态的画！

他俩不知不觉来到鱼塘，隔年冬天栽下的桑苗已吐出了嫩芽，塘埂上一片葱绿。鱼儿在水中吃食跳跃，当年投入，当年收益，农林牧副渔齐发展，这是农村致富的一条康庄大道，陈跃峰想到了，他正在做，这仅是一个开端，他还有更多的梦想，这上千亩的芦苇滩，还有很多荒废的水荡，他都要让它变为聚宝盆，摇钱树呢。

常队长对陈跃峰说："你让我最初留下的印象，就是在这鱼塘工地上，你有远大目标，你有务实的行动，有大胆创新精神，这是李光义这一代人身上没有的。有谁像你这样光着膀子，和社员一样挑土，流的汗比社员还多。让你这样的人担任农村大队领导，至少不会做官当老爷，也不会贪腐，所以你让我有所好感。"

陈跃峰说："做人要有责任，要不，社员干吗选你当队长？"

常队长与陈跃峰又走到地处偏僻的胡家圩，这里地偏路远，领导检查生产，从不走到这里。常队长却感叹地说："只有像你这样干实事的人，不弄虚作假，不吹牛拍马，才会让李县长和赵书记来看你的不足之处，如果大家都像你这样，三年困难时期，就不会头脑发热，吹牛浮夸一亩地收几万斤粮，党的农村工作就不会有这么大的失误，饿死这么多人。"

陈跃峰说："大跃进，田里收不到粮食，群众在挨饿，还要上报亩产一万斤，表面看是浮夸风，其实是迎合领导，不顾群众死活，好让自己升官发财，这是血的教训啊。"

他们又走上笔直宽大的机耕路，原先高低不平的农田，成为一片片齐整的农田，一眼望不到边。常队长感慨地说："农业集体化十多年了，山河未变，面貌未改，你却用了一个多月时间，把田埂拉直了，把水塘填平了，既增加了耕地面积，又便于灌排。这是社会主义建设的百年大计，为实现农业机械化跨出了一大步。"

陈跃峰感到极不自然，他停下脚步，吃惊地看着常队长说："你今天怎么了？尽是说些表扬话，我都受不了了。"

常队长说："你别得意，批评你的话还在后头呢，听了千万别跳起来。"

陈跃峰说："我知道工作上还有很多不足之处，请你指出来，我一定改正。"

常队长说："你曾经给我留下很坏的影响，差一点就被我打入另一册，如果我这样做了，就犯下了不可饶恕的错误。”他略停顿了一下，意味深长地说：“你在运动初期，顽固地站在李光义一边，其思想比他更右倾，而且公开在会议上与我顶牛，当时正在发动群众，批判资本主义，我对你寄予很大希望，而你却成了阻力，落后群众的尾巴。工作队不需要你这样的人。而李海波却站在运动的前列，在发动群众起到了一定的作用，但随着运动的深入，李光义的复出，李海波左右摇摆，我才看到他的另一面，那是投机取巧不光彩的一面。再把他和你相比，他的品德，他的为人，和你竟有天差地隔之远，我指出他的缺点与不足，希望他改正。然而他的世界观形成了，要改也难。一个没有道德的人，是绝对不会有光明正大的党性，这就是放弃他的理由。对李光义停职处理的决定，是党的政策必须要的处理。而真正使我感动的，改变我错误的观念是那次田地召开的社员座谈会，有那么多的贫下中农对我做法不满意，有意见，我才重新开始认识你和李光义，谁是代表群众的利益，谁是群众的贴心人，老百姓拥护喜欢你和李光义这样的干部，搞社会主义建设需要这样坚持走群众路线的人。”他终于说出了那段思想激烈斗争的过程。

陈跃峰激动地说：“你知道我当时怎么想的吗？我可以丢掉自己的前程，可以什么都不是，但不能违背自己的良心，去踏别人的肩膀往上爬，做讨人喜欢的应声虫。”

常队长也激动地说：“为人民利益坚持对的，为人民利益改正错的，这是一个共产党员起码的道德品德，但这也正是我担心的所在。工作队要撤出奔赴新的地区，继续搞四清。我们离开之后，也许会有人翻案，四不清下台干部还会以各种形式同我们作较量。你要依靠党的领导，依靠群众，站稳立场，保护四清运动的成果。你已经成熟了，知道该怎么做，我就不多说了。到了新的驻地后，我会给你写信。”

陈跃峰心中百感交集，感慨地说：“怎么这么快就要走了？”

常队长说：“你别担心，地委考虑很周到，公社分团暂不撤，刘团长还在，王指导也留下做观察员，还会有一段时间离开。他是一个党性原则强，有丰富工作经验的干部，凡事和他多商量，多研究。我相信，月亮湾在党的领导下，一定会变得更安定，更美好。”

陈跃峰在大队部举办了茶话会，邀请了党员干部和各生产队的社员代表，大家欢聚一堂话别。工作队半年来与社员同吃同住同劳动，不拿群众一针一线，保持了党的优良传统作风，每个队员与社员群众结下了深厚的友谊，一旦离开，情也依依，别也依依。陈跃峰背着常队长的被服行装，带领着大家，把常队长他们送到大路口，才挥手道别。

春天是万物生长的季节，大麦已经开始抽穗，小麦已经拔节做肚，再过一个多月就要收割油菜和大麦了，农村工作千头万绪，农时季节一个接着一个，夏收即将来临，建造水泥场应该摆上重要工作位置了。

陈跃峰坐了一上午轮船，又乘了两小时长途汽车，来到水泥厂。

李天顺没有失信，仓库中的无标水泥一直给月亮湾大队留着。他对陈跃峰说："月亮湾不通公路，这几十吨水泥怎么运?"陈跃峰说："社员编织的苇席用农船送过来，再把水泥带回去。"李天顺说："农船走水路来回至少要一个星期，碰上雨天这水泥会走标，还是用厂里的轮拖把水泥送过去，回来时把苇席带回来。"这样做又快又安全，陈跃峰当然愿意了。

水泥从水路运到了月亮湾。这水泥在农民的眼中，是宝贝，是奇迹，只要把水泥、石子、沙子再用水调和一下，就坚挺发硬变成了石块，难怪城里人用水泥钢筋能建造几十层高的大楼，能造出平整而又坚固的马路。农村建造晒场，不走车辆，只需铺上薄薄的一层水泥就足够了。

社员们卸下水泥，又把芦席一件一件装上轮拖，轮船又鸣着汽笛走了。拌和水泥用的石子和黄沙，大队长陈国祥早就准备好了，他发动妇女捡碎石断砖，再敲碎，就成了浇制场地的石子；没有黄沙，离月亮湾五十里的横山河，河底有的就是黄沙，社员们跳入河中淘，不用花钱买，空船去，满船归，自力更生，节约成本，因陋就简，土法上马。各生产队的水泥场地很快就建好了。集体办事人多力量大，不怕做不到，就怕当干部的想不到。有些人一杯茶，一支烟，一张报纸看半天，照样可以混日子。让这种人管辖一个地方肯定好不了。陈跃峰每当实现一个梦想时，又在想着做下一件事。一心想着集体的人，把梦想变成了现实。

又是一个春光明媚的上午，邮递员骑着自行车，在田头交给了陈跃峰一封人民法院的信件，他拆开一看，是他和乔亚芳的离婚判决书，他颤抖着双手看了一遍又一遍，他为乔亚芳付出了沉重的代价，这个噩梦终于结束了。现在乔亚芳无论在哪里，她干了些什么，与他再也没有关系了。而更重要的是，他自由了，他可以像其他青年一样，去恋爱，去追求自己心爱的姑娘。他爱李新秀，从心底里喜欢她，而李新秀同样也欢喜他，向他抛出一次又一次的红丝线，那根红线在空中飘荡，他想接又不敢接，甚至用虚伪来装傻，避开她热烈的目光，压抑那份青春的渴望，现在终于可以抛开所有的顾虑，向她敞开自己的胸怀，向她表白了。

大队的工作永远如此繁忙，一个两千多人的大队，天天产生矛盾，时时都有纠纷，看似鸡毛蒜皮的小事，今天不处理，明天会更多，矛盾不化解，小事变大事，就会更复杂。一个大队要安定，矛盾不上交，全靠大队干部认真负责的精神，细致而又耐心的思想政治工作。

每天都是这样，有家中断粮要借粮的，有生病要借钱的，有邻里吵架来评理的，有夫妻吵架闹离婚的，还有社员和生产队干部吵架的，这一堆事情怎么处理？陈跃峰的思路很清晰，要借粮，要借款的由大队会计曾国兴处理解决，邻里纠纷、夫妻不和由大队长陈国祥调解。这一帮子事处理好了，人也走了，办公室里还有很多人，他仔细一看，清一色的是四清下台干部，陈跃峰还没问话，陈炳德就大声嚷嚷："我没有贪污盗窃，我是被冤枉的。"陆明荣跟着说道："我没有贪污这么多，是工作队逼我交代的。"这些人都当过生产队干部，竟然异口同声，说工作队搞"逼供信"，要求重新核实，要不就拒绝退赔。陈跃峰一看这架势，这是要搞翻案哪！

陈跃峰觉得事态严重，定案退赔工作他都是参与的，怎么是"逼供信"呢，每一桩贪污都有证据，每一张检查都是出于自己的交代。然而四清工作队刚刚走，他们就提出翻案。定案退赔重事实，不轻信口供，都是一桩一件核实的，白纸黑字的材料都还在，他相信没有错。但不给他们复查是压制，再复核一次未尝不可，于是便说道："王指导还在，大队查账小组没散，申诉是你们的权利，有错提出来，再交查账小组复查，确实是错定的，一定给你们纠错。"陈炳德蛮横地说："工作队搞逼供信，全是冤假错案，还搞什么复查！"

陆明荣也跟着说："这日子没法过了，与其退赔后饿死，还不如就死在这里！"一时七嘴八舌，有耍无赖的，有强硬的，有不讲理的，归根到底就是一句话，就是不退赔！

陆荣汉还是生产队长，还在党内严重警告处理期间，他不敢大声叫喊，却对陈跃峰阴阳怪气地说："工作队都是外地人，打一炮就走了，你是本地人，我劝你少结怨，多积德，别再逼我们退赔了。'二十三条'中也有这么一条，对退赔有困难的犯错误干部，也可以减、缓、免呢！"

硬的、软的，有跟你吵的，有和你软对抗的，红脸白脸的人都有，一句话，如果答应他们不合理的要求，就是否定四清运动。如果这样做了，群众不会答应，上级政府不同意，四清工作，查账对证，就白干了。陈跃峰已气愤到极点，他猛地一拍桌子说："党的政策历来重证据，不轻信口供，不冤枉一个好人，不放过一个坏人。工作队的分团还在，王指导还在做观察员，有冤枉的跟我去分团，只要有证据证明你没有贪污盗窃，就把已经退赔的还给你们！"他站起一手拉着陆荣汉，一手拉着陆明荣，就往外屋走，陆明荣害怕了，挣脱逃走了，陆荣汉也在求饶了。陈跃峰说："刚才还叫冤枉，怎么不去翻案了？你们都怕了？"

这些四不清干部心中本来就有鬼，抱着侥幸的心态来试一试，能不退赔当然是好事，被陈跃峰这一坚决的态度，溜走了一大半，最后只剩下陈炳德和陆荣汉。陈跃峰没好气地说："陆荣汉你留下来，我还有话问你。炳德叔，你先走吧。"

陈跃峰两眼盯着陆荣汉说："你还是党员，知道翻案的后果吗？告诉我，是谁让你们来大队发难的？"

陆荣汉支支吾吾地说："我们都被李海波利用了，他和陈炳德说，城关公社的'四不清'干部都不退赔了，已经退出的也给他们领回去了，四清工作队犯了错误。我不相信，去找他，他却说，信不信由你，去不去随便你，吃亏的是你自己。我半信半疑，就跟着他们来了。"

陈跃峰紧跟着问："这么说，你们都是被李海波挑动而来的！"

陆荣汉说："大概都是他和陈炳德叫来的吧。"

陈跃峰什么都清楚了，李海波是这个事件的幕后挑唆者，翻案是阴谋，他千方百计地制造麻烦，就是让自己干不下去。可是，没那么容易，群众觉悟提高了，不管是谁，没有人会给他当枪使。当不上干部使坏主意拆台，告诉你，你的阴谋不会得逞，去照照自己的灵魂，有多么丑恶，不用说当书记，就是做一个人，你都不合格了。

这个世界上就有这种人，抱怨自己怀才不遇，埋怨上苍不公，名利与地位与他无缘，他就是没有想过，因为别人的路好走，就去抢别人的路走，见别人的路近，就去抄别人的近路，放着自己的路不走，他怎么能走好自己的路呢。

陈跃峰把这些情况及时向王指导做了汇报，王指导敏锐地感觉到情况复杂，这股翻案风不光月亮湾有，其他公社也有所抬头，这是一股逆潮流的翻案风。他对陈跃峰说：“树欲静而风不止，这仅是一个信号。李海波是迎合了四不清下台干部的心态，在暗中推波助澜，妄图否定四清运动的伟大成果，我们决不能掉以轻心。我建议，召开支部民主生活会，揭露李海波煽阴风，点鬼火的阴谋诡计，并给予他严肃的党内处分。在对待四不清干部的纠错上，不掩着也不盖着，本着有错必纠的原则，把查账对证小组改名纠错办公室，让曾国兴、陈开文他们接待要纠错的人，实事求是进行复查，确实是错定的，有一笔纠正一笔，让他们退赔了也要心服口服。这样做，目的就是不留下一个冤假错案。”

支部紧急召开会议，陆荣汉在会上检查了自己不想退赔的错误思想，并揭露了李海波串通陈炳德和犯有贪污盗窃的四不清干部到大队闹翻案的全过程。这使全体党员大为吃惊。接着陆明荣也揭发李海波，他说：“我知道贪污盗窃翻不了案，李海波却对我说，搅浑了水好摸鱼，翻不了案也可以挂起来不退赔。我听了他的话，就来大队闹翻案。李海波为什么要这么做？无非就是没当上干部，对跃峰书记有意见。”

李海波脸上红一阵，白一阵，气急败坏地说：“你胡说，你乱咬人！”

陈开文平静地说：“要不要把陈炳德也叫过来，把你对他说过的话再说一遍？”

李海波再也没有了狡辩的言辞，只能低下了头。

陈国祥说：“李海波煽动四不清干部闹翻案，已严重违反了党的纪律，我建议，给予党内警告处分。”

李海波像一头发狂的狮子，咆哮着说：“我反对，这是打击报复，我要申诉！”

陈跃峰严厉地说：“什么是打击报复？谁报复你了？你又一次说错话了。你策划翻案阴谋，要为你的错误负责，为自己不光明正大而羞耻。我同意陈国祥同志的提议，给予你党内警告处分。现在请全体党员举手表决！”

到会的党员都举起了手，支部一致通过对他的党内警告处分决定。

第二十九章　曲终人散

公社的通知下达了，李新秀要去地委培训学习，参加新的一轮四清工作。

一轮弯月挂在西方的天空，撒下一片银色的清辉，微风吹拂着绿油油的麦苗，不知名的昆虫在低声吟唱，田野中弥漫着油菜花香，春天是万物生长的季节，春天是鲜花盛开烂漫的季节，春天也是姑娘小伙子们谈情说爱的季节。冬去春来，时光无声，岁月轮回，春天却记得这块大地所发生的往事，在絮絮叨叨着人们洒下的汗水，细数着每一个昼夜晨昏的杂吵，畅想着一片金黄色的希冀。春天也记下了陈跃峰和李新秀在劳动中结下的深情厚谊。

他俩在月色中走向田野的深处。

城里人谈恋爱有公园，可以在花前月下倾诉衷肠，还有说不完的甜言蜜语，他们可以在林间小道牵手相随；情侣们还可以牵着手到电影院看电影，农村没有这个条件，但并不缺少诗情画意的环境，广阔的田野是爱的天地，黑色的夜空是幕帐，月亮为他们放哨，星星为他们站岗，泥土路上有他们的脚印，空气中到处弥漫着爱的气息，条条道路通向婚姻的殿堂。

陈跃峰和李新秀并肩坐在湖坡上，这是多么美丽的夜晚，月亮弯弯静静照在平面如镜的湖面上，一阵微风轻轻吹过，激起一片涟漪，吹碎满湖星，托起水中月。爱情柔弱如水，月亮纯洁如心，他们尽情地享受青春的美好，展望未来的幸福。

李新秀累了，侧过身体依偎在他怀中，眼中闪烁着晶莹的光芒，她细声细语地问道："跃峰哥，你终于可以拉我的手，也可以抱我了，那你今后怎么办？"陈跃峰知道她问的是什么，却故意说："日子就这么过下去呗，还能怎么样？"李新秀从他怀中坐起，一对拳头雨点般地落在他肩膀胸膛上，连声说道："你坏，你坏！明明晓得我问的是什么，却答非所问！我再说一遍，我俩的关系什么时候公开？"

陈跃峰搂过李新秀，柔和地说："这还用问吗，李书记为我已经向你妈提亲了，你妈没反对，就是同意了。不过……"陈跃峰又留下一个疑问，让李新秀去焦急，去猜测。

李新秀紧逼着说："不过是什么？哪来这么多的疑问。"

陈跃峰说："再过两天，你就要去地委培训学习，然后参加'四清'工作，四清工作队员是不准谈恋爱的，我怕影响你的工作。"

李新秀说："四清工作队员的纪律是不准和进驻所在地的群众谈恋爱，不准工作队员之间谈恋爱。照你这么说，已经结婚的、已经有恋爱对象的，非得离了婚，解除了婚约，才能参加四清工作队？"

陈跃峰说："行，行，我说不过你，我再请李书记去你爸那里跑一趟，如果他老人家不同意，那怎么办？"

李新秀说："我是我自己的，我的婚姻我做主。如果他不同意，我就干脆不征求他的意见了。但我爸不是这样的人，他还是领导干部呢。"

陈跃峰被她的决心感动了，放下深深的疑虑说："其实人的一生，爸妈只能随儿女一阵子，父母总有离去的时候，生活一生一世的是我们和孩子。乔亚芳和叶东方的爱情，原本可以得到幸福的，但她被父母掌控了，她又脚踏两只船，违背自己的意愿嫁过来，又不自尊自爱，甘愿堕落，这其中有她父母的责任，但主要还是她自己拿不定主张。"

李新秀说："到现在你还在想着她？"

陈跃峰说："怎么会呢？早在发现她怀上叶东方的孩子时，我对她就彻底失望了，后来又和张飞扬做出那种不要脸的事。现在对她只有厌恶，不过还带有无尽遗憾和可怜，原来她也是一个姑娘，是被叶东方害惨了。一切都已过去了。相信我，我会爱你一百年不变心！"

李新秀还能说什么呢，她激动得抱住陈跃峰，今生能找到这样有情有义的男人是缘分，是福气。不过，两人很快就要分离，这一走，至少是一年不见面，一年不太长也不太短，她怕忍受不了思念的折磨，她更担心他现在的工作，工作队撤走了，别看表面平平稳稳的，各种各样的势力在抬头，有外出转手贩卖搞投机倒把的，有只顾个人发家损害集体利益的，还有少数人唯恐天下不乱，制造矛盾，给领导发难，增添麻烦。没有一劳永逸的运动，平稳只是暂时的，原来的矛盾解决了，新的矛盾又在不断产生。她总觉得李海波没有捞上一官半职，把这私愤一股脑儿冲着陈跃峰发泄，以前两人是朋友，现在是对头。这股势力还不是他一个人。而陈跃峰不记他之过，还是和以前一样，仍然推荐他到四清工作队锻炼，可公社政审没通过，他又说陈跃峰当面是人背后是鬼，暗中说他的坏话。他是一个翻脸无情的小人，但又有一定的能量，满足不了他的私欲，谁知道他在暗中会干出什么样的卑鄙事。

陈跃峰抚摸着她的肩膀，看着她的脸说："新秀，你在想什么呢？"

李新秀说："我很担心你，你是一个工作狂，个性又直率，从来不考虑个人的进退得失。人心复杂，知人知面不知心，稍有一点差错，就会被造谣恶意中伤。我不去工作队，还可以时时提醒你，我不在，有谁给你操心呢？"她还是说出了自己的担忧。

陈跃峰笑着说："我以身作则，不贪不腐，上有公社党委的正确领导，依靠支部集体的力量，农民盼望的就是多收粮食，增加收入，能造上新房子，结婚生子，过上好的生活。放心吧，我会经常写信给你，把一些情况及时告诉你。"

李新秀"嗯"了一声，把陈跃峰抱得更紧了。

真正相爱的恋人无须海誓山盟，海枯石烂，因为石头不会烂，大海永远不会枯。暂时的分离正是为了今后相聚的甜蜜，时间的考验更能铸就成熟的爱情。

李新秀躺在他的怀中，仰望着星空，月亮下山了，点点繁星更明亮了，镶嵌在天幕上，散发着迷离的光彩。他俩听着远处的蛙声，听着湖岸有节奏的涛声，沉醉在大自然的怀抱之中。

几天后，李新秀打起背包，去地委学习培训，然后分赴兄弟县区展开新的一轮四清工作。

当陈跃峰来到轮船码头的时候，李新秀已经上船了，她站在船头甲板上，向陈跃峰挥手。陈跃峰拨开人群，走到前面，挥手说道："别忘了给我写信！"

轮船"呜呜"的汽笛声，催促轮船离开了码头，船舷两侧"哗哗"的流水涌向船尾，轮船驶入航道，在加速前进。

李新秀站在船头上，还在向陈跃峰挥手，她的眼睛湿润了。

从此她的人生开启了一条新的人生道路。

正如李新秀预料的那样，李海波被党内警告处分之后，不是反思自己的错误，从根本上转变观念，重新做人，他像一个憋足气的皮球，你拍得有力，他反弹得越高，他从历数常队长的种种不是开始，说工作队是执行错误的“桃园经验”，搞包办代替，大搞逼供信。他拿着《人民日报》批评“桃园经验”的文章，游走在“四不清”干部之中，说：“中央都说四清运动搞错了，你们还在勒紧肚皮搞退赔，是不是脑子都进水了？”陆荣汉说：“报纸代替不了中央文件，好汉不吃眼前亏，我是贪污了集体的现金和粮食，退赔是应该的。”李海波说：“只有打出来的江山，没有守得住的码头。工作队留守人员就是要保住那一点成果，我敢说，不用多长时间，全部都得推翻！”他挑动“四不清”干部串通一气，以各种形式对陈跃峰施加压力，甚至进行威胁。

陈跃峰也在看《人民日报》的文章，也在分析形势，但是他坚信，社会主义教育运动是按中央“二十三条”文件执行的，“四不清”干部的贪污盗窃，多吃多占是实实在在的。退赔是大快人心的，党风好转了，干部清廉了，这是老百姓所希望的。党内有不同的声音，社会上有谣传，不怕干扰，不怕打击报复，要心怀全局，也要有折戟沉沙的准备。共产党的铁打江山，是从无到有，从小到大，是逐步发展的。现在红旗飘飘，有党的坚强领导，岂怕少数“四不清”干部闹翻案！

他把原来常队长的办公室贴上一张纸，写上“经济复查办公室”五个黑迹大字，由曾国兴、陈开文坐镇接待复查。一天过去了，没有人来要求申诉复查，两天过去了，仍然没人来，一个星期过去了，还是没有人来申诉复查。前些时候，闹着要纠错复查的人，都没踏进复查办公室一步。

曾国兴坐不住了，对陈跃峰说：“我闲着没事干，屁股都坐出老茧了。”陈跃峰笑着说：“没事干是好事，你要真要忙不过来，那就糟糕了，说明四清工作真的搞了一大批冤假错案。现在没事干，你和开文可以睡觉喝茶打扑克，但不能离开办公室一步。”

其实在农村，哪来这么多冤假错案，“四不清”干部多吃多占，贪污盗窃，社员都看在眼里记在心里。生产队就这么一点收入，除了买农药化肥，修理农具，这些支出社员都看得见。钱少了，粮食不见了，能到哪里去？“四不清”干部贪污盗窃，多吃多占，清查账册后人证物证都是明摆着，过去反右派搞错有冤案，那是政治路线，农村干部贪污盗窃，多吃多占，腐化堕落，事实清楚，铁证如山，和政治运动完全是两码事。再说了，大多数“四不清”干部都知道贪污不好，多吃多占也不好，贪污盗窃的心虚，多吃多占的理亏，没有吃饱了撑的，再来碰一鼻子灰，受一顿训。主动要求复查，等于自找麻烦，只有傻子才会这么干。

曾国兴和陈开文把茶喝足了，扑克牌打烂了，太阳半天高就唱着山歌下班了。

就在这时，在村口有一个中年妇女正在等着曾国兴和陈开文，她就是李国正的遗孀曹凤娟。

她怯怯地对曾国兴小声地说：“四清下台干部可以纠错翻案，我家李国正可以翻案吗？”老百姓分不清纠错和翻案两个不同意义的词汇，认为纠错就是翻案。曾国兴双眼一瞪说：“你要为你死鬼丈夫翻案？”曹凤娟慌张地说：“他虽然死了，是反革命特务分子，我要和他划清界限，但他贪污的钱却要我和孩子退赔，如果有错定的，而且还有人证明，是不是也可以纠错？”曾国兴说：“人都死了，还有谁能说得清，即使有人证明，也死无对证，你就死心吧。”曹凤娟拿出一本李国正生前的记事本说：“上面清清楚楚记着，一九六二年十二月八日在造桥专项资金中拿出二百八十元送到塔山水库工地，作民工伙食费用，而且还找到了许云中亲手写的收条，这些证据可以证明，国正没有贪污这笔钱。我和孩子还要活下去，是不是可以纠错？”

曾国兴接过记事本和许云中的收条，反复看了几遍，这账和收条不是伪造的，确是李国正和许云中的手迹。可是，这钱用于水库民工伙食费，公事公办，完全可以入账支出。李国正是精细人，为什么不记账？而且在他的交代中，还承认是贪污呢？由此看来，事情并非这么简单，其中肯定还有隐情。他是负责复查的，闲着没事感觉到空虚，一旦事情来了，就是一个烫山芋，为反革命特务分子纠错，还心有余悸呢。他对曹凤娟说：“这事关重大，还需进一步调查取证。在没有取得相关证据前，你还要认下这笔账！”

曹凤娟走了，曾国兴回到大队，查阅了李国正的检查书，他是承认从建桥的资金中，拿走了二百八十元，但没有说明作任何用途，也没有承认是贪污，凑巧的是当晚就自杀了，工作队在定案时，就把这份检查书作依据，定为贪污。这样的结论是粗糙的，现在唯一的知情人是许云中，可他在官山林场劳改，他只能和陈开文去官山劳改林场外调了。

曾国兴把这一情况向陈跃峰做了汇报，陈跃峰和王指导商量后同意了曾国兴的外调方案。

许云中在狱警的陪同下和曾国兴、陈开文见面了。

几个月的劳改生活，他瘦了，他用吃惊的眼光看着曾国兴和陈开文。从一个贫苦农民到农会长，率领大伙斗地主，分田地，再到高级社长，生产大队大队长，最终沦为阶下囚。他从人上人到人下人，这十多年，他究竟干了些什么？明知地主的浮财是政府的，他却费尽心机窃为私有，明知这银圆用不出去，却私藏着。他仍然过着清苦的日子，有钱等于没钱一样，人为财死，鸟为食亡。人一旦染上了贪欲，就种上了一生的祸根。

他知道曾国兴不是来看望他的，因为他和他没有私交，他还带着陈开文，陈开文是查账对证的铁算盘，是不是又发现了他新的问题来与他核对？那可不是好兆头，交代问题不老实，那是要加刑的！

监狱警察对他说："你家乡领导找你核对一件重要的事情，你要实事求是反映，这也是给你一个立功的机会，好好争取吧。"

曾国兴递过他写的那张收条，说："你还记得这张收条吧？"许云中看了看立即说："我记得，三年前，我带着两百多民工在塔山水库工地上，虽然吃的是白米饭，可下饭的是萝卜干盐水汤，挖土挑土是重体力，没有油水民工屎都拉不出了，我回大队向李国正支了二百八十元给民工改善伙食，回来后把钱交给了炊事班，这件事民工们会为我证明。"他还以为是核对他自己的问题。

曾国兴说："你知道这现款是哪里来的吗？"

许云中说："当然知道，当时大队穷得买一瓶墨水的钱都没有，是李国正出主意挪用了水利局造桥的钱，后来让我做了一张运输石料的假证明，还捺着民工的手印呢。"

一切都清楚了，造桥的钱是水利局的，专款专用不能移用，为了民工能吃上几块猪肉和有油的菜汤，李国正才移用了国家下拨的钱。这钱没有被私吞，李国正也不糊涂，只是在死前没有来得及说清楚，而工作队却粗心大意定案了。

尽管四清工作队工作是细致的，是严格执行政策的，在特殊情况下还是发生了差错。

曾国兴把许云中所说的情况整理成材料，让他按上了指印。就要离开了，许云中流下了眼泪，不无悲伤地问道："我两个孩子都好吗?"曾国兴说："好，都在上学，寄养在五保户盛奶奶家里，大队按月把粮送过去，盛奶奶收拾得干干净净，你就放心吧。八年刑期很快就会过去，我们盼望你早日回家。"

曾国兴和陈开文走了。许云中望着他俩的背影放声大哭。蛇不知道自己有毒，咬了会死人，他从来只知道自己玩得开心，活得痛快，伤害了别人还悠然自得。监狱，是窥探人生灵魂最清晰的窗口，大家直面人性丑恶和无耻，赤裸裸的没有尊严和伪装，爱恨荣辱，得失成败，一目了然。许云中玩火自以为玩得高明，却经不起良心与善良的考证，再明白这些道理，已犯下了不可饶恕的罪行。

曾国兴和陈开文查阅了当年的账册，看到了民工捺着指印的假单据，不是人死了就无以对证，让错就错下去，还有活着的人，无论过去多长时间，总会留下蛛丝马迹。

曾国兴向大队支委和王指导汇报了复查全过程，陈跃峰和支委成员作了合情合理的决定，李国正死了，该是他的罪，死了也要承担，不是他的错，死了也要改正，一致同意减除了这一错定的贪污款。

没有人跟风闹翻案，也没有人跟风要求纠错。一个公正的社会，坚持对的改正错的，是公正和合理，天不会掉下来。无论给什么样的人纠错，都是社会的进步。公正公平的纠错，面对那些心怀叵测的人，反而不敢趁乱浑水摸鱼了。

人们该干什么还是干什么，听队长安排分配劳动，上船下湖积肥，或是农田除草管理，庄稼人有永远干不完的农活。这一切依旧没有变，但整个大队的面貌在改变，社场由泥土场变成了水泥场，村道上有了明亮的路灯，田野中的高墩削平了，低洼填平了，田埂拉直了。这一切都表明越变越好，人们在社会主义康庄大道上前进。连地主婆潘秀凤都沮丧地说，田埂搬掉了，我家的田地再也认不出了。

集体的面貌在变，人心也在变，国家的形势也在变。在报纸上已经开始批判“三家村”、“四家店”，农村也在“破四旧、立四新”，两条道路的斗争也上升为“两条路线”的斗争，给农村四清运动增添了新的内容，要结合开展无产阶级文化大革命，搞好社会主义教育运动。才能保证党不变质，国不变色。看似平静的农村，一些人又活跃起来了。李海波带领着一帮人，砸毁了已是社屋的土地庙，又说李家桥堍上的一对石狮子也是“四旧”，被砸碎了。人们闻风而动，抄出了陈姓和李姓的家谱，在大队部前付之一炬，称为革命行动。总之，人们变得不再地道了，不再那么善良了。

一天的深夜，陈跃峰在梦乡中听到了敲门声，立即醒了，这么晚了，是谁来找他？晚上敲门一定有急事，他起身开了门，一看是王指导，心中一惊，他是老练稳重的人，这个时候来找他，一定出大事了。

陈跃峰让他在堂前坐下，给他倒了一杯开水，王指导神情凝重地呷了一口水，心情沉重地说：“我明天一早就要走了，特地来向你告别的。”

陈跃峰说：“留守的工作队员都要走了？”

王指导说：“不，就我一个人走，我犯错误被分团处分了，调地委党校学习反省。”

陈跃峰又是一惊，王指导的作风正派，工作踏实，政策原则性强，怎么突然间犯了错误？他不相信，怀疑自己听错了，急忙说道：“王指导，你是和我开玩笑吧。”

王指导说：“怎么会是玩笑？事情是这样的，我们搞四清纠错复查，而且给反革命特务分子李国正搞纠错，有人写人民来信到社教总团，说是给反革命翻案，破坏四清运动的成果。总团又把人民来信转给了刘团长，他把我狠狠批评一顿，说我丧失阶级立场，敌我不分，充当了右倾翻案的急先锋，是地富反坏右在党内的代理人，错误性质严重。我还能继续留在这里工作吗？我走后，分团派刘国生同志前来接替观察员，希望你配合好刘国生同志的工作，千万不能再出错了。”

陈跃峰霍地站起来说：“给李国正纠错，事实清楚，证据齐全，我不明白错在哪里？要有责任，也不是你的错误，应该是我和曾国兴的错，你太冤了，为什么不申辩？不行，我要向刘团长说清楚，这不是你的事。”

王指导站起拍了拍陈跃峰的肩膀，让他坐下又说道：“你太年轻太纯洁了，还不知道党内斗争的残酷。你去承担了责任，分团照样要处理我，目的就是要刹住这股翻案风。正因为如此，我把责任一个人承担，你和曾国兴就可以不受牵连。月亮湾大队的工作刚有起色，需要你这样的领导，我相信我这样做是值得的。这件事到此为止，不必再说了。一心一意搞生产，多收粮食，让社员过上好日子，这就是我最大的心愿。”

人与人从相识到相知，日久见人心。是否能做到小事共度，大事共担当，时间能见证，担当是气魄，不到危难处，难以见真情。一个老共产党员怀着对党的无限忠诚，对劳动人民的无比热爱，独自背上黑锅，他走了。

第二天一早，陈跃峰来到王指导的住处，已不见他人。一床简朴的被铺，一顶蚊帐，一只面盆，来的时候是这些东西，他带走了。大队的一只半导体收音机仍然放在桌上，一只闹钟在“滴答滴答”走着，一顶凉帽挂在墙壁上。不拿群众一针一线，不占集体一分一厘，他永远保持着优良传统作风。

陈跃峰追出去，走到大路上，太阳还没有出来，白色的雾霾笼罩在绿色的田野上，慢慢地飘到村庄的房屋上，与袅袅的炊烟合在一起，看不清前面的路。遥望路的尽头，早已不见王指导的人影，他带着满腹的委屈走了，陈跃峰的眼眶湿润了。

纠正了一个错误，造成了一桩新的冤案，把别人从泥潭中拔出，自己溅上了一身泥水。无休无止的运动与现实开了一个玩笑，工作队在整别人的同时，同样避免不了自己挨整的遭遇。

坚持对的，改正错的，没有错，只有明知错了还不改正，这才是错上加错。一股浩然正气在撞击着他的心灵，使他内疚，也使他不能平静。他要面见刘团长，澄清事实真相，主动承担责任。要这样窝着、缩着，让别人去替他顶罪，这不是他的风格。

他来到刘团长办公处，他正在看报纸，看到陈跃峰来了，他摘下眼镜说：“小陈书记，你都知道了？工作队刚撤离，就刮起的这股右倾翻案风，王海松充当了急先锋，犯了严重的错误，再怎么着，也不应该帮反革命特务分子翻案呀。”

陈跃峰气闲神定，不管刘团长态度如何严肃，他只有一个目的，要向他说清楚，月亮湾大队没有搞右倾翻案，更没给四清运动的成果抹黑，只是做了应该做的工作，他要告诉他，对李国正的复查是他的主张，这与王海松同志无关，即使错了，也只能处理他，怎么能随便处理一个无辜的人呢？他想好了，对刘团长说道："我听过你很多报告，你总是说，对待犯错误的同志不是一棍子打死，要采取惩前毖后，治病救人的方针，在落实经济案件要坚持实事求是，重证据，不轻信口供，严禁'逼、供、信'。我们对李国正的个别定案进行了调查，发现确实大意错定了，经过支委集体讨论，进行了纠错，这不是翻案。再说了，有错必纠也是符合运动要求的，怎么能处理王指导呢？"

刘团长的脸色在不断地变化，由满脸严肃变成一脸怒色，他终于忍不住了，放下脸说道："放肆！这是一件典型的右倾翻案，明目张胆地否定四清运动的伟大成果，你的立场站在哪儿了？"

陈跃峰没有被刘团长居高临下的怒吼所吓倒，他仍然平静地说："李国正是反革命特务分子，他畏罪自杀了，但他的贪污还要家人退赔，他的孩子还要生活。他的老婆申诉了，我们发现在定案时大意疏忽了，通过调查取证纠错了，这不是翻案，李国正贪污了一万多，给他纠正了二百八十元，他还是反革命分子，还是贪污犯。全大队十多个犯有"四不清"错误的干部，没有一个纠错，更没有翻案，说明月亮湾大队的查账对证工作是扎实的，正确的，纠正个别案子，影响不了四清运动的伟大正确。正是坚持对的，改正错的，从而巩固了这一成果。给李国正复查是我决定的，要处理就处理我吧。"

刘团长点燃了一支烟，狠狠地抽了一口，吐出了一团浓浓的烟雾，不是他不清楚这些情况，世事复杂，而是形势逼着他不得不这样做。政治运动总是这样，来得也猛，去得也快，工作队搞一段时间就撤离了，一些被整过的干部便乘机上蹿下跳搞翻案，有的上访到县里省里，这样反反复复到什么时候才算完？正好月亮湾搞翻案的人民来信转到他手中，该要刹住这股翻案风的时候了。刘团长经过反复的考虑，决定处理王海松，不处理陈跃峰，王海松调走就走了，最多议论一阵子，如果处理了陈跃峰，他是土生土长的，月亮湾就会不平静，也许会乱成一团。所以他留下一手。使他想不到的是，陈跃峰不领他的情，自己跳出来了，公然为王海松鸣冤叫屈。不争不辩，还可以圆通，一旦挑明这影响就更大了。如果任其发展下去，局面必将无法收拾。他从公文包里拿出一沓信件放到陈跃峰面前说："你别以为一贯正确，群众的眼睛是雪亮的，写了你这么多人民来信，检举你阻止'破四旧，立四新'，驱赶县中串联的革命师生，还检举你丧失阶级立场，到公安局给刑事犯罪分子李强做担保，给伪乡长的父亲送医送药，利用歪门邪道开后门，动用国家军工水泥，现在又坚持错误立场，搞右倾翻案。总结你的思想和工作，时间不长，问题不少，年纪不大，思想右倾。根据这些情况，先给你停职处分吧。"

陈跃峰一时懵懂了，他为大队做了这么多的事，开挖鱼塘，整田平地，包括要氨水，搞水泥，哪一件不是为集体为社员操碎了心？居然还有人写了这么多的人民来信，这是什么样的社员？他还是社员吗？真正的社员是知道好坏的，他们知道谁是为集体操心，谁是为了一己私利。只有像李海波这样的社员，才唯恐天下不乱，颠倒是非，混淆黑白，他才能浑水摸鱼，达到不可告人的目的。人民来信既是上级了解民情的一条渠道，但又是借此攻击别人的工具。很显然，信中检举的事情都是上纲上线的。要整死一个人，人民来信反映的每一件事，都可以成为压在他头上的一座山，捆在身上的一根绳，陈跃峰纵有千张嘴，也很难说清楚了。

陈跃峰突然明白了，刘团长不是今天才收到这些人民来信，为什么早不说晚不说，偏要在这个时候与他说这些？无非就是控制他的一个筹码，他要是顺着他的指挥棒走，那些事都是鸡毛蒜皮，甚至是功绩，如果他不听话，条条都可以是罪状！正方反方的辩论随他怎么说，都有不可辩驳的理由，都掌控在他手中。没有争辩的必要，与其说了没用，还不如不说。庆幸的是他已把该说的已经说了，虽然没有洗清王海松身上的不白之冤，但良心上的负重卸下了。

他平静地走出刘团长的办公室。从一个回乡知青到生产队长，再踏上大队党支部书记的岗位，镇管一方天地，又从这个职位回到平民百姓队伍，对于人的一生是一个巨大的反差。他做出了努力，他不遗憾，他对得起社员，对得起自己的良心。每一个人的人生观都不一样，有人为了进取可以不择手段，要尽阴谋诡计，踏着别人的肩膀上，甚至可以杀人越货……陈跃峰呢？他不能这样做，现在把他停职了，不伤不痛也不现实，往往是一寸山河一寸热血，受到这样的打击，他的心都在流血！而他有更高的一种信念在支撑，那就是人性的尊严和做人的善良！不惊不辱，不争不随，凝神之间，没有颠倒众生的幻影，公私之间，没有特权，没有私利，人与人之间，没有高低之分，没有特殊的差别。他清清白白为人，自自然然走下去。

陈跃峰停职了，月亮湾的大地像地震一样突然颤动起来，有人高兴，有人愤怒，有人叹息。陈国祥和曾国兴不干了，把辞职报告交到了公社党委，赵书记理所当然拒绝了他俩的莽撞行为，不同意辞职。他俩也不去大队办公了，天天在生产队参加劳动，一个两千多人的大队，生产没有人指挥，社员纠纷没人处理，正值下秧落谷的关键时刻，人误农时一时，田误收成一年。公社是共和国最基层的政府，这样的乱局如何收拾？赵书记和高主任来到分团，约见了刘团长。

干部之间的交往只要不是你死我活的斗争，表面上都是平和客套温良恭俭让。刘团长明知赵书记来者不善，善者不来，却口是心非的说："你看我，一忙就昏了头，本应去你那里汇报陈跃峰的问题，这下可好，劳驾你两位了。"赵书记也顺口说道："去我那儿到你这里都一样，大家都在忙，关键是要忙了不能乱，乱了也能去应付。"他话中带刺，软中有硬，不免使刘团长梗了一下。不过他反应敏捷，转守为攻反问道："陈跃峰太不知天高地厚了，停职处理不算过分吧？"

几句客套寒暄一下就植入正题，不谈过程，不说是犯了什么性质的错误，就直接商量处理决定，这种主观武断的作风赵书记是不能接受的。不过他还是婉转地说："先不谈处理，我们先分析一下月亮湾大队的乱局，该如何采取措施，行吗？"赵书记真诚的建议，并没有得到刘团长的认可，他一脸严肃地说："乱什么？乱了阶级敌人的阵脚，保住了四清运动的成果，这样的乱有什么不好？"高主任坐在一旁实在忍不住了，也大着嗓门说道："生产没人指挥安排，田里看不到人劳动，下秧落谷就在眼前，农民不种地，保住了四清运动的成果能当饭吃？保卫四清运动成果固然重要，抓好当前生产更是重中之重，运动抓好了，粮食歉收了，这不是你想看到的后果吧？"高主任阴一句，阳一句地反问，噎得刘团长目瞪口呆。

赵书记不等刘团长反驳，接着说道："立即恢复陈跃峰同志大队党支部书记职务，结束月亮湾大队群龙无首的乱象，抓紧季节，把农业生产搞上去。然后结合运动，保卫四清运动伟大成果。”

刘团长没有被赵书记和高主任激烈的言辞而激怒，他知道在这种场合中与下级争论，只能丧失自己的威信，如何应付动了怒气的下级，在一般情况下，是软硬兼施，以组织决定压服。党的规定下级服从上级，发扬民主只是走一个过程，让大家议一下，然后举起一只手，人治才是管理的核心。上级对下级的唯一标准就是听话与不听话，你可以有脑袋，但绝不能违背领导旨意；你可以掌握真理，但千万不能坚持；你可以有能力，但千万不能逞能，一个人在政界混，就得和上级保持良好的关系。否则一纸批文，免了你的职，三寸一张调令，把你发配到偏远地区，让你有苦说不出。分团和公社在运动中的特殊上下级关系，在组织任免上，刘团长有建议权，也有否决权。但他为了协调配合工作还不能把后路堵死，把关系搞僵。他调整了一下思路，便退一步说道：“对月亮湾的工作，我也很着急，为了尽快稳定局势，可以恢复陈跃峰党支部书记职务，但暂时必须把他调离，让他带职参加四清工作队，继续锻炼，接受更多的教育，离开一年半载再回到大队主持工作，这样就成熟多了。这样的考虑，我也是不得已而为之。”

高主任说：“陈跃峰走了，让谁代理支部书记？”

刘团长说：“我看李海波同志可以代理，他阶级觉悟高，斗争性强，能顶住当前这股翻案风。”

赵书记和高主任几乎同时从口中说出：“正是他一手策划煽动了月亮湾的翻案，他是什么样的人，你知道吗？”

刘团长一脸疑惑地说：“他积极上进，立场坚定，是运动中涌现的积极分子！”

赵书记从公文包中拿出月亮湾大队支部会给予他警告处分的报批材料，交给刘团长，说：“你可以不相信我说的话，但不能不相信党员们给他做出的处分。月亮湾大队的翻案是他一手幕后策划的。我可以断定，你手中的人民来信也是他写的，他颠倒是非，恶意造谣，唯恐天下不乱；他为人奸诈，没有德行，没有群众基础，根本不配担任党内任何职务。可悲的是他还有市场，居然还有人赏识他。恕我直言，公社党委是不会通过这一提议的。”

刘团长看过材料，才知刚才的失言是多么可怕！自己高高在上，脱离群众，只凭主观臆想，不分好坏，不辨忠奸，几乎酿成大错。他为自己的莽撞感到羞愧。但对赵书记、高主任的唇枪舌剑又下不了台，要翻脸就显得自己没姿态，若要赤红了脸批评又没理由，与下级动真格，不管是赢还是输了，都是自己输了，最后都是没有和地方党委协调好。与其无休止的争论下去，还不如把这个皮球踢过去，噎对方一下，让对方败在你的姿态上，比叨叨没完更起作用，他放下材料说："这个不行，那个又通不过，还是你们推荐一个吧。"

高主任说："根本用不着推荐，取消陈跃峰的停职检查不就得了？"

刘团长强压住心中的怒火，仍然坚持说："不是不用陈跃峰，让他搞一期运动，暂时离开一下，对他有好处，对月亮湾也有好处。老高，别再争论了，统一思想，再物色一个人。"

赵书记在琢磨着刘团长的心思，他为什么要处理王指导，要让陈跃峰暂时离开？这并不是他的初衷，他也在担心啊，用了这么多工作队员，大张旗鼓发动群众，清理了账册，查出了一批"四不清"干部，路线斗争越演越烈，从中央到地方，有人说社会主义教育运动的方向错了，上行下效，翻案风顿时四起。他清楚地知道，王海松、陈跃峰搞纠错与翻案有根本的区别，但是，要刹住这股翻案风必须暂时停止纠错。他处理王海松，本想保住陈跃峰，但他没有听王海松的劝告，自己撞到枪口上来了，不处理也不行了，他坚持这样做，无非就是刹住翻案这股风，巩固四清运动的成果，警示那些想翻案的人。现在让陈跃峰暂时离开，不失为明智之举。然而，文化大革命的浪潮一个接一个，一浪高过一浪，大有山雨欲来风满楼的气势，谁也预测不到今后会怎么样。而这些猜疑不能言传，只能意会，更不能明说。他只能让赵书记和高主任去悟个中原因了。

赵书记何尝不知道党内高层路线斗争的复杂！"三家村"后面还有"四家店"，还有形形色色的反党集团，他们的后台是党内最大走资本主义道路的当权派，这场斗争先在文化艺术界开刀，然后自上而下全面开展。陈跃峰已卷进这个漩涡。为了一方水土，一方人民的安定，不必再争论了，让陈跃峰暂时离开是好事。他想好了一个刘团长也能接受的人，然后说道："公社团委书记柳青熟悉月亮湾的情况，我建议他兼任月亮湾大队代理支部书记。”

高主任愣在那儿，结巴着说：“你，你怎么也变成了墙上芦苇？”赵书记拍了拍他的肩膀说：“老伙计，陈跃峰是带职参加四清，柳青不是李海波，维护大局稳定是中心，如果真要让李海波这样的人掌了权，月亮公社不闹得乌烟瘴气才怪！刘团长要陈跃峰暂时离开，是为维护这个大局啊。”

赵书记对刘团长说：“你这个政治交底，可真高明！老高一根筋直到底，没救了。”

高主任的脸一下红到脖子上。

陈跃峰接受了公社党委的安排，去地委学习，参加四清工作。他的人生从这里开始，他担任了生产队长，想把生产队两百多亩地种好，多收粮食，让人们吃饱肚子，再也不要挨饿。生产队有几百口人，每个社员有一条心，一百个人就有一百条心。干活有出力的，也有偷懒的，都说人多力量大，可就是人心齐不到一处来，为挣工分打破了头，为称几斤粮闹翻了脸，吵了打了还得在一起干活，闹翻了还要装笑脸，因为你是农民，永远走不出农村这块天地。他起早摸黑带头干，吃尽了别人不能吃的苦，忍受了常人不能忍受的委屈，粮食多收了，可社员还是穷，他决心要让集体富起来，开发荒滩，养鱼栽桑，多种经营，增加社员劳动收入，这条路子走对了。他也当上大队书记了。如果当生产队长是让社员吃饱穿暖，当大队书记就完全不一样了，他必须站得更高，看得更远，把这个一穷二白的农村建设好。在这个平台上，他手下有几千个人，经营着几千亩土地的劳作和收获，农村这个广阔天地，大有作为，可以养鱼养猪养鸡养鸭，可以种瓜种豆种菜，去卖给城里人，换回大把的钞票，然后建上一幢幢的新楼房，住得比城里人更宽敞，穿得像城里人一样时髦光鲜。要实现这些理想，就要一步一个脚印去实现。他开始行动了，大多数社员拍手赞成叫好，暗里却有人恶意中伤，明明这氨水是李县长特批的，有人却说开后门，明明水泥是清仓物资，有人却说是套购国家计划物资。他主张实事求是，有错必纠，他却犯了右倾翻案错误。一顶顶帽子像雪片一样飞来，干事的不如坐着喝茶抽烟的，流汗的不如坐在树荫下讲风凉话的。台上做戏的总是被看戏的人指指画画，拍手叫好的是观众，喝倒彩骂人的也是观众。过去的皇帝老儿喜欢听奸臣的顺心话，现在的领导照样爱听小报告。他在大队书记这个职务上，干上几个月就夭折了，停职一次就是“流产”一次，暂时离去可积蓄力量再回来。失败流产都不可怕，可怕的是丧失再干的决心。外面的世界更精彩，人生拼的就是逆水行舟。

陈跃峰背着行李，走上了去月亮镇的大路，不禁一阵伤感，他百感交集，不知道是留恋还是解脱，他只知道他还要回来。

从这条路上走出去的人，都不想再回来。李天顺和李副部长都是从这条路走出去的，功成名就后就不再回来了。李光义也从这条路走出去，他也不想回来了。还有很多人走出去了，不过他们是偷偷摸摸走出去的，是外流，他们流窜到新疆，到北大荒，到云南边陲深山伐木，什么事都做，无论是路边乞讨，还是做苦工，他们都不再回来了。他又想起了乔亚芳和张飞扬，还有叶东方，他们也是走出去了，在哪儿呢？生活还好吗？他们还回来吗？他不知道也无从知道。

谁都有无法言语的痛苦，谁都有说不出的隐情，谁都有自己的热爱。每个人总有别人看不到的沧桑。站在远处看景，到处都是欢声笑语，莺歌燕舞，翠绿丛生。距离，掩饰了葱茏下的杂草丛生；微笑，掩盖了光辉耀眼下的落寂忧伤。人往高处走，水往低处流，外面的世界这么热闹，这么大，何处水土不养人，无论围城如何森严，都要走出去看看。陈跃峰也要出去了，不过他并不愿意离开，他还依依不舍，他想着未做完的事，想着这块土地上的人。这里还有他未做完的梦，时时刻刻萦绕在他心中，他是一定要回来的，把这个梦继续做下去，一直做到实现为止。

通往外界的唯一交通工具是轮船，码头上挤满了要出去的人。他说好了不要别人送的。可是，李光义、陈国祥、曾国兴，还有强伢、孟秀枝早就在码头上等候了。他们依依不舍，似有很多话要说，但都神情压抑，不说一句话，尽在不言中。只有李光义握着他的手，说出了让人深思而有哲理的话：“跃峰，你记住，是金子，到哪儿都会发光的！”

轮船鸣着汽笛，要离开码头了，陈跃峰最后一个跳上轮船。他站立在船头上，敞开衣襟，让风儿尽情地吹拂。轮船驶进了航道，河水在船舷的两旁“哗哗”流过，徐徐进入月亮湖，浪花拍打着船头，溅起阵阵水花，远天近水，白帆片片，轮船在破浪前进。

月亮湖啊，月亮湖，你自远古流到今，从春流到夏，又从秋流到冬，年复一年，阅尽人间冷暖，看春花秋月，你总是沉默不语，含而不露，笑看人间。而在这流逝的平凡岁月中，却有一段难忘的往事，已被历史慢慢遗忘。

第三十章　三十年后

时间已到了公元一九九五年。

一架银鹰在深圳机场降落，武宜县县长陈跃峰带着工商企业界的精英，走出熙熙攘攘的机场大厅，又迅速钻进前来接机的大面包，入驻香江大酒店。再过上一年，香港就要回归祖国怀抱，"一国两制"的治国方略，鼓舞了港澳一大批有识之士，前来内地投资发展。陈县长抓住这一机遇，主动出击，经过周密准备，邀请了一大批香港企业金融界人士，在香江大酒店召开招商洽谈会。

三十年的时间在历史长河中只是转眼一瞬，而在人的一生已足够漫长，也许就是人的一生。这曲折离奇的三十年，经历了十年"文革"，再是拨乱反正，改革开放，首先在农村分田到户，让农民先富起来，并解散了人民公社的体制，恢复了原来乡、镇、村的建制。历史如同一个爱开玩笑的长者，对每个调皮捣蛋的小孩，任你胡作非为，让你玩够了，玩累了，便放下脸把你教训一顿，让你知错而改，然后再带着你往前走。时间更是一个神秘的导游，你永远不会知道会把你带到何方，路上会遇上什么样的风景，会碰到哪些人，结局又该如何。

陈跃峰当年被迫出走月亮湾，他一走就没有再回来。他来到地区四清工作队，人们都在收拾行李准备下乡了，社教总团人事处长匆匆把他带到高溧县长风公社茶亭工作队，工作队长是地区行署农业局长钟伟光，他一看陈跃峰是带职的大队党支部书记，大队书记来自生产第一线，心中一阵高兴，他正担心队党委里没有一个懂农业生产的，当即就任命他为工作队副队长分管农业生产。

长风公社是贫瘠的丘陵山区，这里没有湖泊和河流，田里只能种棉花和苞谷。棉花和苞谷的收入远远比不上种水稻的收入。而茶亭大队在这丘陵山区的深处，更是靠天吃饭，十年九荒，还过着吃反销粮的半饥不饱的生活。

陈跃峰看着山谷中平展展的土地，要是能种上水稻该有多好，但种水稻必须要有水。他在山坳中转悠勘测，这里不是没有雨水，而是留不住水。大雨"哗哗"地下了，雨停水也流走了，水资源就这样白白浪费了。他终于选定了一个可以蓄水的位置，只要修筑一条几十米长的土坝，就可形成一个自流灌溉的蓄水池，足以让山坳里的几百亩土地种上水稻，这种方便的事，何乐而不为呢！

他把"旱改水"的耕作设想立即向钟局长做了汇报，钟局长觉得这是一个脱贫的举措，立即召开了各种论证会，并得到了当地干部群众的认可。蓄水池没费多大工夫筑好了，这是一件耕作制度的革命，陈跃峰凭自己多年种植水稻的经验，开班讲课，培训农民，正是初夏种植水稻季节，他言传身教，带着社员日夜抢种。到了秋天，已是丰收在望。贫穷山区改种水稻的成功，轰动了整个丘陵山区，地区行署适时在茶亭大队召开了"旱改水"的现场会，推广陈跃峰在丘陵山区种植水稻的成功经验。由于他的才能和贡献，他被转干并调地区农业局"旱改水"办公室任副主任。

在他即将赴任地区工作的时候，他接到了陈芳菲转来李新秀十多封信件，才得知她没有参加四清工作。在学习培训期间，正碰上新华社来地区招收外交新闻工作人员，参加四清工作的学员都是政治上清白的优秀青年，经过严格的挑选和考核，凭她流利的俄语和漂亮的容貌，被录取首都外交学院新闻系的学员。经过一年的培训，派往驻东欧各国的大使馆从事新闻工作。这一走，直到整整六年后，她任职期满回国，她和陈跃峰两人才得以完婚。

在这世事难料的聚散中，曾经是两小无猜的儿时玩伴，到琅琅读书的同窗知己，在繁重的农业生产劳动中结下深厚的友谊，再一波三折，成为心心相印的恋人。他们饱尝分离的思念，哪怕几十年过去了，每每想起，仍然像昨天发生的那样。

也许爱情要经受分离的考验，他俩在行署农业局简陋的宿舍里举行了婚礼。李新秀深情地对陈跃峰说："我给你写了这么多的信，没收到你的回信，我以为你不要我了，直到半年后才收到你的来信，我才知道你也出来了。你知道我当时怎么想的？我恨不得生出一对翅膀，飞到你身边，要告诉你等待的苦闷，然而紧张的学习不容我胡思乱想，只能仍然一封一封给你写信，我知道你不会变心，真正的爱不是朝朝暮暮，我要等待你一辈子！”陈跃峰说：“我可没有你那么多的杂念！我以为你下乡了，工作忙，怎会想到你交上这样的好运。但我心中时刻在想，你会珍惜来之不易的爱情，而我呢，也绝不会让我爱的女人在哭声中后悔！”

李新秀深情地看了他一眼，一头埋进他的怀抱。

婚后李新秀仍回北京新华社工作，陈跃峰在地区农业局工作。两人相隔千里，一年一度过着牛郎织女的夫妻生活。

直到一九七九年，陈跃峰调任月亮公社党委书记，他来到“文革”中被迫害致死的李光义墓前，他沉重地告诉他，他要大刀阔斧搞联产到劳分田到户了，你生前搞的分田到户地没有错！他告慰了亡灵，同时也把在“文革”中上蹿下跳，挑动武斗，作恶多端的公社革委会副主任李海波，送上了法庭，最终判处有期徒刑六年。让他在监狱中去忏悔自己的罪恶吧。

陈跃峰踏着坚定的步伐，发展农村经济，把月亮镇建成了以工业为主体经济的工业强镇。他一直在努力地走上坡路，过得并不轻松，他从公社党委书记一直走到副县长、县委副书记、县长。他从一头黑发干到两鬓斑白，额头上刻下一条条皱纹。一届县长任期结束了，又迎来了第二个任期。李新秀特地从北京回来，爱怜地抚摸着他花白的头发说：“我一生最对不起的就是你，我自私，为了自己的工作和追求，始终没有放弃首都的工作，不在你身边，没有为你洗衣烧茶煮饭，没有照顾你的生活，使你失去了应有的快乐。你一个人默默地孤独生活，在苦闷时没有人为你解闷，在开心时没有人为你鼓掌分享快乐，我是一个不称职的妻子。”她深深地内疚，叹了一口气又说道：“再有两年我就要退休了，儿子大学毕业也参加工作了，我一定回到你的身边照顾你的生活，尽我做妻子的责任。”陈跃峰朗朗一笑说：“我又何尝不是，在儿子出生的那一刻，也是你最需要我的时候，我却不在你身边，让你一个人在医院忍受痛苦。你把儿子一人拉扯到大，培养到大学毕业，你一人挑起了家庭的全部重担，我同样也是不称职的丈夫。还好，再有四年我的任期结束，也到了退二线的年龄。父母不在了，陈家桥的老屋还在，我的身体很好，我俩到月亮湾度晚年吧。”李新秀高兴地说：“我何尝不想回到家乡，大城市的快节奏生活已把我逼疯了，退休了也该慢下来了。到时你种菜我浇园，你荡桨我喂饲，夫唱妇随，回归大自然，有这样的晚年太幸福了。”

陈跃峰若有所思，突然冒出一句话：“我有好长时间没去月亮湾了，我们回月亮湾看看？”李新秀说：“我也十多年不回去了，我是月亮湾的女儿，又是月亮湾的媳妇，无论怎么说，也该去看看了。”

陈跃峰发动了汽车，当年弯弯的乡间土路，现在已是笔直宽阔的公路，一转眼就到了月亮湾，村庄早已没有了原来的模样，一排排楼房排列在河岸两旁，宽阔的水泥村道延伸到村庄每个角落，陈家桥、李家桥、吴家桥三个自然村已连成一片，原来的大队部早已成为一片厂房。汽车沿着笔直的机耕大道开到湖边，已不见成片的芦苇滩，这片湿地都开挖成鱼塘，连着波光粼粼的月亮湖。

李新秀的思绪仿佛又回到了那集体生产的时代，人们每天一早到社场集中，听生产队长安排劳动，然后拉着长长的队伍走向田野，用最艰苦的劳动换取了填饱肚子的粮食。那些远去的往事又浮现在她眼前。茫茫人海，月亮湖畔，一代人老去了，新的一代人又在成长，人们再也不要披星星戴月亮，像牛马一样干活了。人与人之间，曾经是那样斗红了眼睛，甚至见面不说话，现在一笑泯恩仇。这种场景已烟灭在历史的尘埃中，一切都过去了。她闪烁着晶莹的泪光，问陈跃峰：“现在的村书记是谁？”

陈跃峰说：“从一九六六年至今，先后换了五任书记。先由柳青代理了一年支部书记，‘文革’开始后，被李海波赶走了，他把持了大队九年大权，把大队搞成了一团糟。‘文革’结束后，曾国新被重新起用，他一步一个脚印，完成了农业体制转换，办起了工厂，彻底改变了农村的单一农业经济，走上了富裕的道路，后来他调镇政府任经管助理，再由陈庭君的儿子陈文茜接任支部书记，两届任期结束后，调任企业支部书记。现在的党支部书记是许云中的女儿许建英，她是在城市创业成功后带着项目资金回大队办厂的。月亮湾人把她养大培养到大学毕业，她要报答家乡养育之恩才回来的。可惜许云中没有看到女儿辉煌的今天，他早就病死在监狱了。”

李新秀伤感不已。时光飞速前进，她从一个回乡知青成长为外交新闻工作者，长期在高层工作，成为一个高级知识分子，使她彻底脱离了农村女性的狭隘与浅见。但对和她一块劳动一块拼搏的人，仍然怀着深厚的感情，是那样念念不忘。她的父母老了，当年的李副部长在“文革”后期担任了县委书记，后又调省委组织部工作，直至离休后，与老伴在省城过着安逸的晚年。她若有所思，又突然问道：“孟秀枝还好吗？”陈跃峰说道：“她很好，在改革开放初期，她和强伢既种地又养鱼，是月亮湾第一个发家致富的万元户。后来养鱼的规模越来越大，强伢被评为县里的劳动模范。儿了高中毕业后接过他俩的事业，现在是月亮湖渔场的场长，还兼任村委主任呢。”

李新秀高兴地说：“真想不到啊，强伢有今天，孟秀枝功不可没。”

一条汽艇从月亮河快速驶来，在他们面前停下，掌舵的是一个女人，她摘下草帽，对陈跃峰欢快地说：“陈县长，我远远就看到你了，要不要去湖中转一圈？”她把目光又移向陈跃峰身边的女人，突然感到眼前一亮，她迅速跳上岸，拉住李新秀激动地说：“这不是新秀姑娘吗？几乎认不出你了，我早也想，晚也想，终于见到你了。”

李新秀这才猛然醒悟，她眼前这个皮肤黝黑健壮的女人，就是孟秀枝！三十年不见，她老了。她早已不是面带桃花的青春少妇，也不是玉兰花般昂首的半老徐娘，而是一个健康恬静的中老年妇人，她像一株蕴含秀气的秋菊，还是那样动人。她的神态没有老，精神没有老。她还是那个开朗的孟秀枝。李新秀拉住她的手，亲切地叫了一声：“秀枝姨！”两人紧紧地拥抱在一块。

过了良久，李新秀又问道：“强伢在哪儿？”孟秀枝说：“他去镇上买鱼饲料，马上就要回来了。”

陈跃峰已跳上停在岸边的一条木船，他已经架起了橹，李新秀也跳上船，在船头熟练地拿起竹篙，放入水中，用力一撑，船头离岸。陈跃峰双手扶橹，一只脚踏着船舷，“咿呀咿呀”地荡起橹枝，船头箭一般分开水路，向月亮湖驶去。

孟秀枝在岸上大声喊道：“我和强伢等你们回来吃饭。”

这亲切的喊声，一直在李新秀和陈跃峰耳边回响。

陈跃峰在县长的岗位干既自信又辛苦，继续在走自己的路，他还有很多任期目标没有完成，还有很多事需要做，要去实现，去完成。

他在大酒店的会客室审阅港澳来宾的名单，审阅每个合资项目的签约内容。为了把会议开好，每个微小的安排都不能出差错，这是他多年养成的工作习惯。会客室的门推开了，秘书小冯进来了，还带着一位漂亮姑娘。未经小冯介绍，姑娘对陈跃峰莞尔一笑，双手递上一张名片，自我介绍说："我是香港九洲商贸公司总经理陆蕴美，上次与月亮湾电子元件厂签订的合资项目，经过董事会论证后，要作部分调整。董事长正在楼下的咖啡厅约你面谈。"陈跃峰不觉一怔，来深圳之前，李海波就向他汇报过，彩色显像管项目投资大，科技含量高，经济效益好。这个项目是这次经贸洽谈会的亮点，董事长临阵约谈，一定出了重大变化。再看这位年轻貌美的姑娘，长着一对会说话的大眼睛，脸颊上还有两个动人的小酒窝，他对她怎么会这样的熟悉？他记不起在哪儿见过她，但在脑海中却深深地留着这张熟悉的脸容。这个项目临时变化影响到招商会议的氛围与效果，他来不及细想，就跟着陆蕴美走进了电梯。

咖啡厅里响着柔和的音乐，一排明亮的窗户正对着深圳河，可以看到对岸的高楼和远处的大海，十多年前的边关小镇已成为现代化的大城市了。深圳河的两岸已发生了翻天覆地的变化，两岸的铁丝网早就拆除了，再也没有人在这里偷渡。边境已变得如此祥和安宁。

窗户的另一边站着一个衣着华贵的女人，她慢慢转过身，面对陈跃峰微微一笑说："陈县长，打扰你了。"

两人四目相对，陈跃峰简直不敢相信，这不是乔亚芳吗？她还活着！时光已过去三十载，尽管她已经老了，身材已经不再苗条，眼角也爬上了鱼尾纹，但她高贵的气质，娇好的脸容，说话的神态一点都没变，加上她端庄的发型，一身的名牌，更显得雍容华贵。无论年轮给了她多大的变化，陈跃峰还是一眼就认出了她！

陈跃峰稳定了一下情绪，感慨地说："乔董事长，想不到在这样的场合中再见到你！"

乔亚芳优雅地做出了请坐的一个动作，然后说道："我也以为今生再也见不到你了，然而我女儿与李海波签订了一份投资意向，而这个项目又要在你的主持下签订合同，所以，我必须见你，就冒昧地让女儿把你请到这里。”

陈跃峰真诚地说：“欢迎港澳同胞到我县投资，在互利互惠的原则下共同发展，在未正式签订协议前，可以修改部分内容，如有不妥之处，请你提出，我们再作慎重的考量。”

乔亚芳说道：“陈县长，你言重了。先不说这些好吗？月亮镇是我的故乡，我在那儿成人，我一生都忘不了。然而这个地方曾经给了我那么多的泪水和痛苦，几乎把我推向死亡的边缘。当年我九死一生来到香港，坚强地活到现在。我憎恨月亮湾，憎恨曾经害过我的人，我永远不会忘记三十年前春节那个夜晚，李海波设计加害于我，他那种狡黠得意的神态，把你也推向无地自容的尴尬境地。而你的善良，勇敢地承担了一切。没有一个男人会像你这样宽容背叛他的女人。你一忍再忍，还把我送到医院抢救。是你男子汉的胸怀，容忍了我所有的过错，我欠你的债，是一生永远偿还不了的债！”

陈跃峰说：“你约我来到这里，不是为这陈年烂谷子做了结的吧？”

乔亚芳说：“当然不是！可是命运总是在捉弄人，不是冤家不碰头，我的女儿在广交会上碰到了李海波，他还担任了月亮湾电子元件厂厂长，为什么恶人没有报应，反而受到重用当了企业厂长？我当即指示女儿与他签订了两百万美元的投资意向，目的就是要搞垮他。我都设计好了，花几万美元在日本旧货市场买了一套废设备，略作油漆就变成了新设备，我要让李海波做不出一只合格的彩色显像管，让他的企业亏损倒闭，方解我心头之恨。而你却把这个垃圾项目当作亮点在洽谈会上签约，我可以报复李海波，但不能再在你脸上抹黑！我扪心自问，一生久了你这么多，怎么忍心再一次欺骗你？我约你商谈，就是要取消与李海波合作，重新考虑新的投资，让我偿还你还这不清的心债。”

陈跃峰“啊”了一声说：“原来是这样！你以为李海波他们干尽坏事，没有受到惩罚，没有受到报应？好有好报，恶有恶报，李金海跟着他武斗夺权，早在‘文革’初期就在武斗中被打死了。李海波判刑六年出狱后，才创办了月亮湾无线电元件厂，这个企业不是他私人的，是属于月亮湾的集体企业，你要报复的不是李海波，是月亮湾全体群众。如果你觉得还欠月亮湾的，那就按原投资方向不变，提供一套世界一流的先进设备。我知道你不愿意与李海波合作，但新厂房可以考虑更换地方，项目负责人也可以由镇政府另派他人负责。”

乔亚芳朗朗一笑，说：“你还是老样子，不计恩怨，总是为别人考虑。你所说的正是我要与你商谈的，只要合作对象不是李海波，我一定遵守承诺，选购一套最先进的设备，以最快的速度，争取早投产早出成果。”

乔亚芳解开了这个心结，心情舒畅多了。她在回忆着，思考着，认真清理青春的宿债，感到惊异的是，那些事情过去许多年后，仍然使她耿耿于怀。她想努力忘掉一切，而人生最难忘记的是刻骨铭心的爱情。如果允许她重新生活一次，重新度过那段苦难的岁月，她一定会毫不犹豫地选择陈跃峰。重新选择一次就能弥补那些深深的遗憾？那种奇想只是对已经逝去了的年华深深反省和理智的回顾。

过了好久，乔亚芳抬起头问陈跃峰：“你个人生活还好吗？”

陈跃峰爽朗地回答：“我一直过得很好，我有一个爱我的妻子，我也很爱她。我们还有一个优秀的儿子，北大毕业了，现在北京工作。”

乔亚芳感到疑虑，又问道：“你最终没有和李新秀结婚？”

陈跃峰笑了笑说：“我的妻子是李新秀。我们结婚时，她已经三十岁，我已三十一岁了。她在北京新华社工作，我在家乡工作。我每年有一次探亲假，都到北京在她身边度过，她每年春节回来过年。虽然夫妻分居两地，但感觉很幸福。每个人都有不一样的情怀，我们来到这个世界是为了爱而不是为了恨，人的一生有太多的意外，路途有太多的坎坷，经历过爱情的起伏，才能感受真爱的甘甜。人生的真谛是，幸福不在分享者的私囊里，而是在自我感觉的追求中。”

乔亚芳似乎听懂了他话中的含义，但又没有完全听懂，她在伤感中含着泪花说：“我会永远祝福你们的！”

陈跃峰坦诚地说：“你能告诉我，当年你是怎样来香港的？”

乔亚芳在极力回忆偷渡时惊心动魄的一幕。她在以后的日子里，她一直在千方百计地忘却，但却不能忘记张飞扬被海浪吞没的那一幕，他把生的希望让给她，这是何等的高尚与忘我！患难遇知己，生死见真情。然而他已葬身海底，永远离开了她。那段艰辛的历程，她尽力不去触碰它。但她不能不回答陈跃峰，她低下头，艰难地说道：“我和张飞扬选择了从海上偷渡到香港，谁能想到碰上了巡逻舰艇？谁又能想到会触礁翻船？张飞扬不幸中弹葬身海底，死亡意味着一切终结，但又是一个新的历程开始。死神没有收留我，我幸运地爬上了海滩。一个青年渔民救了我，他就是我现在的丈夫，再后来就有了我们的女儿陆蕴美，我们就这样平静地生活。然而，一个人的命运是无法预卜的，我们交上了好运，命运总是在捉弄人，丈夫突然继承了他叔叔的遗产，我们有钱了，住到了香港最繁华的皇后大道，他是一个老实人，经营公司的业务全落到我一个人身上。我整天忙于事务，忙于应酬。不是冤家不碰头，在一次行业聚会时意外遇到了叶东方，这才知道他到香港后就结婚了，而且他妻子还是富家小姐，而我还在煎熬中等他来接我。我的灾难都是由他而起，他把我的心骗走后却抛弃了我，命运给了我如此残酷的安排。"

说到这儿，乔亚芳已经泣不成声。停了一会，她擦干眼泪，继续说道："他欺骗了我的感情，骗走了我的心，在新婚之夜我拒绝了你正当的权利，最终使我失去了你，失去了亲人，害得我无家可归。这比杀父夺妻之恨更加可恶，我恨不得一枪崩了他，要他为我的苦难付出代价。但理智又告诉我，为他再毁灭一次不值得。于是我选择了让他破产一无所有，让他生不如死，这样的报复比杀了他更加痛快！

"我开始在暗中调查他的经营业务，他仅靠几只破旧的船只运输维持生计，在香港最多算是中产阶级，如果我与他竞争，他不堪一击。我精心设计了一个计划，他的生意做到哪里，我就在哪里与他竞争，甚至亏本夺取他的生意，他的公司支撑不住了，到了破产的境地。他几次跪在我面前求我放过他，我被他的哀求心软了，曾想放弃报复他的计划，但一想自己的苦难和张飞扬的死，我就热血上涌，咬牙切齿，此仇不报，誓不为人！仇恨的种子一旦心中生根，使我失去了本真，他的公司破产了，老婆与他离婚了，从此他也消失了。后来我在黑道中打听到，他欠了别人的债，债主把他卖了猪仔，送到太平洋小岛上种甘蔗去了。

"我永远不会忘记，我有今天都离不开张飞扬，每到他的忌日，我都带着丈夫和女儿来到海边，给他超度，给他祈福，他今生受尽了苦难，但愿他来生投一个好人家吧。同时也遥望北方，不祝福我的父母，也不祝福我的兄弟，只祝福你好人有好报，早日找到心爱的姑娘，幸福地过一辈子。"

她说完这一切，已泪流满脸。

陈跃峰听着她传奇般的经历，心潮起伏，难道她受的苦难，自己就没有责任？每个人都有不能公开的隐私和忏悔，乔亚芳失踪后，他在想方设法努力寻找，多少个不眠之夜，他的良心在忏悔，如果他不计较她的失贞，在她回来的那天晚上要了她，和和美美地抱在一块，成了真正的夫妻，就不会发生后来那些风波。而他把她当成一块被人咬过的面包，上面黏满了别人令人恶心的唾液，他只有厌恶，根本就不想与她做爱。他把自己想得太高尚，把她看得太卑下了。最终使她失望沦落，他同样也有愧于她。而现在他要告诉她的是，一个永远令人无法相信的事实！他无限感慨地说："一切都过去了。你年年去祭奠的张飞扬，他没有葬身海底，还活在人世，去年清明节，他和他小姑张若芸，带着他台湾媳妇和一对儿女，来月亮湾给他父母上坟跪拜了呢。"

乔亚芳无论怎样也不会相信，张飞扬还活在人间。她心情激动地说："不可能，我是看着他被巨浪卷入海底的，太不可思议了！如果他活着，为什么不寻找我？"

陈跃峰平静地说："人海茫茫，香港这么大，他去哪里找你？也许他寻你千百遍，你都不知道，后来都绝望了，也就不找了。我告诉你这一情况，是为了解开你的心结。如果你需要，我还可以通过县对台办帮你找到他。人世间最残酷的分别是，生死一别两茫茫，转头已近黄泉路。"

红颜弹指老，花谢香犹在。当繁华落尽，英雄末路，美人迟暮后，乔亚芳还能说什么？她陷入了深思，她与张飞扬的恋情，在陈跃峰面前永远抬不起头，感到无地容身。张飞扬有了妻子儿女，自己也有了家庭，女儿也长大成人，与其带着无尽的遗憾再见面，再带着无法弥补的伤痛分别，那还不如不见面好。爱情是一种感觉，也是一种缘分，随着时间流逝，都在慢慢淡化，环境的改变在慢慢沉淀。不要过分憧憬爱情的美好，也不要夸大失恋的悲伤。事过境迁，一切都在潜移默化中回归本真。一辈子相爱的人，到了下辈子，无论爱与不爱，都不会再相见了。时间是医治心灵创伤最好的良药。

她对陈跃峰说："没有必要再见面了，只要他活着就好，过得幸福就好。老天是公平的，命运要我结束一段感情，并不是没收我的全部幸福，而是在心疼我，所以才用最残酷的方式分手，从而开始新的生活。"说完这些，她的心情已平静了许多。

陈跃峰已经站起，可他还是对乔亚芳说："芳菲最终还是嫁给了你弟弟，她说别人可以反悔，她却不能言而无信，去做一个没有信用的人。她和亚明在一起很幸福，生了一儿一女两个孩子，都已长大成人了。她现在是乡镇企业家，在月亮镇担任机械总厂厂长。你的父母不在了，可你的亲人还在，别再生活在仇恨的阴影中，应该回家看看了。"

乔亚芳"啊"地一声跌坐在沙发里。自从踏上去深圳的路，她就把家里每个人彻底忘了，要不是他们不顾亲情骨肉，她也不会落到如此地步。然而，真的能忘掉吗？每当秋天望着南飞的大雁，她都向着北方掩面大哭。父母的专横，兄弟的薄情，固然令她心灰意冷，然而血浓于水的亲情永远割不断她的思念。也许父母在最后弥留人世这一刻，才知道对不起女儿，还在叨念着流落在外的女儿，睁大眼睛合不拢口眼，盼望她归来见最后一面。更使她想不到的是，陈芳菲还能嫁给她笨拙的弟弟，这要多大的胸怀和自我牺牲。他们之间更没有惊天动地分不开的爱情，然而她忍受着闲言碎语，嫁给了她弟弟，没有理由可以解释，这只能用陈家纯朴厚道的家风才能得出合理的解释。

乔亚芳放声大哭。然后带着哭声对陈跃峰说："感谢你，感谢你们陈家，也感谢芳菲，为我在父母跟前尽孝送终，我又欠下陈家一份还不尽的债。我一定回家，先到你爹妈坟头上烧一炷高香，磕上三个响头，以报对我宽容的仁慈之恩。"

陈跃峰不再说了，他看了看手表，他该走了。会议快要开始了，他满怀信心，大步地走向会场。